ANGLAIS DÉBUTANT

ANGLAIS DÉBUTANT

Nouvelle édition

par

Pierre Gallego

Agrégé de l'Université – Maître de conférences
à l'Université de Paris IV

et

Judith Ward (M. A. Dundee)

Chargée de cours à l'Université de Paris III

sous la direction de

Michael O'Neil (M.A. Cantab.)

Maître de conférences
à l'Université de Paris III

Le Livre de Poche

Conception graphique :
Anne-Danielle Naname

ISBN : 978-2-253-08424-2 — 1re nouvelle édition revue et corrigée L.G.F.
(ISBN 2-253-08092-6 — 1re publication L.G.F.)

SOMMAIRE

Leçons 21-30 : Une Française en Angleterre

Leçons 31-40 : Vie de famille (1)

Leçons 61-70 : Vie de famille (2)

Leçons 71-80 : Amitiés anglo-américaines

Leçons 81-90 : À l'écoute de la radio

Annexes

PRÉSENTATION

Pour la majorité des lecteurs adultes auxquels s'adresse cette méthode, l'assimilation d'une langue ne peut se faire suivant un rythme linéaire et constant, surtout dans l'étape décisive de l'initiation qui conditionne tout progrès ultérieur. Il convient de multiplier les retours en arrière et de reprendre continuellement les mêmes structures dans des contextes différents, sous des éclairages variés, pour créer durablement de nouveaux réflexes chez l'apprenant. Cette méthode sollicite donc du lecteur une participation active.

Nous proposons un traitement systématique des difficultés phonétiques rencontrées en anglais par les francophones, dont on sait qu'elles risquent de constituer par la suite une barrière dans la compréhension tout comme dans l'expression, faute d'avoir été dès le départ abordées avec rigueur et clarté.

Une méthode concrète

Fondée sur une expérience déjà longue, sur un échange continu avec nos lecteurs, cette méthode répond aux besoins du public qui souhaite avant tout :
- parvenir à comprendre les Anglais lorsqu'ils parlent normalement ;
- être en mesure de former des phrases qui ne soient pas décalquées du français.

Par ailleurs, il est illusoire de penser qu'il existe une méthode universelle pour l'apprentissage des langues. Un Français ne sera pas arrêté par les mêmes obstacles en anglais qu'un Allemand ou un Espagnol. C'est pourquoi nous avons confié la rédaction de cette méthode à une équipe franco-britannique spécialisée dans l'enseignement de l'anglais aux Français.

Deux principes de base ont été retenus :
- se limiter à l'étude de la langue parlée d'aujourd'hui[1] ;
- assurer son acquisition réelle.

Plan de l'ouvrage

Les 90 leçons sont réparties en **9 séries de 10**. Chaque série de leçons présente un ensemble de situations organisées autour d'un thème commun : le séjour d'une jeune Française en Angleterre, la vie quotidienne d'un jeune ménage britannique, les préparatifs pour un mariage, le séjour d'un Américain en Grande-Bretagne, des émissions de radio, etc. À travers des situations très variées, le lecteur se familiarise avec la vie quotidienne et les pratiques culturelles des Anglais, tout en assimilant les points de grammaire, de prononciation et de vocabulaire présentés.

Chaque leçon comporte 4 volets :

Page 1 : - texte anglais d'un dialogue vivant, authentique ; il comporte des renvois aux notes de civilisation ;
- transcription des mots nouveaux ;
- remarques sur le rythme (pour les leçons 1 à 20) ;
- proverbe anglais.

Page 2 : - traduction du texte ;
- vocabulaire supplémentaire ;
- remarques sur la prononciation et la compréhension auditive ;
- traduction du proverbe.

Page 3 : - explications grammaticales.

Page 4 : - 5 exercices, soit 450 au total, portant sur la grammaire, le vocabulaire et la prononciation.

En fin de volume plusieurs annexes complètent les leçons :
- tableau de transcription phonétique ;
- index grammatical et tableaux de grammaire ;
- index thématique et notes de civilisation ;

---

[1] Pour ce qui est de l'anglais littéraire, le lecteur dispose d'un excellent choix de titres parus dans les collections « Bilingue » et « Lire en anglais » du Livre de Poche

- corrigés des exercices ;
- lexiques anglais-français et français-anglais ;
- indications sur les exercices enregistrés complémentaires, etc.

Enregistrements

La version sonore, complément indispensable du livre, comporte l'enregistrement des dialogues ainsi que de nombreux exercices. Elle permet d'étudier tous les aspects de la prononciation anglaise et notamment ceux qui posent le plus de problèmes au public français : le rythme et l'accentuation. Elle permet également d'étudier et comparer les différents accents utilisés : anglais britannique standard, bien sûr, mais aussi américain, écossais, irlandais, gallois, du Yorkshire, de Liverpool. Chaque accent utilisé est signalé dans les notes et sur les CD.

Attention : outre le texte enregistré des leçons, vous trouverez :

Leçons 1 à 20 :

- le texte enregistré en version « éclatée », c'est-à-dire avec des plages de silence pour la répétition.

Leçons 21 à 40 :

- le texte enregistré en version « éclatée » ;
- un exercice enregistré pris dans les exercices qui figurent à la quatrième page de la leçon.

Leçons 41 à 60 :

- un exercice de la leçon enregistré ;
- un exercice complémentaire enregistré qui remplace l'exercice de répétition de la version « éclatée ».

Leçons 61 à 80 :

- deux exercices de la leçon enregistrés ;
- un exercice complémentaire.

Leçons 81 à 90 :

- trois exercices de la leçon enregistrés ;
- un exercice complémentaire.

Les indications concernant les exercices complémentaires se trouvent en fin de volume.

La prononciation anglaise

Les sons

Comme toutes les langues, l'anglais comporte un ensemble de sons - des voyelles et des consonnes - spécifiques, qu'on ne trouve pas dans les autres langues. Par ailleurs, la relation entre la façon dont s'écrit un son et la façon dont il se prononce est très indirecte en anglais, de sorte que l'orthographe nous renseigne très imparfaitement sur la prononciation. C'est pourquoi la plupart des cours d'anglais utilisent un système de transcription. Beaucoup d'ouvrages utilisent le système de l'**alphabet phonétique international** (A.P.I.), qui présente beaucoup d'avantages, mais comporte l'inconvénient majeur de faire appel à des signes abstraits inconnus des non-spécialistes. Le système utilisé dans cet ouvrage a les caractéristiques suivantes :

- il fait appel uniquement à des lettres de l'alphabet ;
- toutes les lettres utilisées sont prononcées ;
- chaque lettre ou groupe de lettres correspond toujours au même son ;
- un trait au-dessus de certaines voyelles indique une prononciation allongée (ex. : **a** dans *bad*, mais **ā** dans *car*) ;
- un point au-dessus de certaines consonnes indique un son particulier (ex. : **z** dans *zoo*, mais **ż** dans *the*).

Les différents sons anglais sont présentés progressivement, grâce à cette transcription, dans les cinq premières leçons, pour lesquelles le **dialogue entier** est d'ailleurs transcrit. À partir de la leçon 6, **chaque mot nouveau** est transcrit lors de sa première apparition.

L'accentuation/le rythme

Il existe une différence de rythme fondamentale entre l'anglais et le français : en français, toutes les syllabes sont prononcées avec à peu près la même force, alors qu'**en anglais certaines sont prononcées avec force – elles sont accentuées – et d'autres ne le sont pas**. Lesquelles faut-il accentuer ?

On distingue deux cas :
1. En anglais, on accentue les mots porteurs d'information – les noms, les verbes, les adjectifs et les adverbes. Ce sont les mots qu'on garde par exemple dans un télégramme : *Arrivons samedi midi Roissy*. Les mots grammaticaux : les articles, les pronoms, les prépositions, les auxiliaires, etc. – qu'on omet dans un télégramme – ne sont généralement pas accentués en anglais et de ce fait ont deux prononciations : l'une qu'on entend quand le mot est accentué – c'est **la forme forte**, et l'autre, beaucoup plus fréquente, utilisée quand le mot n'est pas accentué – c'est **la forme faible**.

Nous insistons sur ce phénomène car il s'agit d'une des difficultés majeures pour les Français qui apprennent l'anglais : les mots les plus fréquents en anglais – il y en a une quarantaine – ont deux formes, la plus fréquente étant faible, c'est-à-dire difficile à entendre et donc à comprendre. Ce problème est étudié dans plusieurs leçons à la rubrique *Rythme*.

2. Dans n'importe quel mot anglais de plus d'une syllabe, une des syllabes sera accentuée. **Attention :** l'accentuation en anglais n'est pas un raffinement ajouté à la prononciation, elle **détermine** la prononciation. Comparez la prononciation de ces deux mots : **pho**tograph *photographie* [fôoutegrãf] et pho**tog**rapher *photographe* [fetogrefe]. Le déplacement de l'accent modifie la prononciation de toutes les voyelles. Des indications et des règles concernant l'accent de mot sont données dans plusieurs leçons à la rubrique *Prononciation*.

Étant donné l'importance de l'accentuation en anglais, nous indiquons, pour chaque mot nouveau, la syllabe accentuée en gras. Par ailleurs, dans les dialogues des leçons 1-40, toutes les syllabes accentuées sont imprimées en gras. À partir de la leçon 41 – on n'est plus débutant à ce niveau ! – nous nous contentons d'indiquer l'accent principal (qu'on appellera *tonique*) de chaque phrase des dialogues.

MODE D'EMPLOI

Pour une plus grande efficacité, il est vivement recommandé d'utiliser l'ensemble **livre et CD**, bien que l'on puisse, naturellement, utiliser le livre seul.

Avec livre et CD :

1. Écouter le texte enregistré d'abord sans regarder le texte écrit.

2. Lire le texte anglais en consultant la traduction (page 2) et en **se reportant** au bas de la page 1 pour la **prononciation** des mots nouveaux ainsi qu'aux remarques de la page 2.

3. Lire les explications **grammaticales** (page 3).

4. Réécouter le texte en tenant compte des remarques de prononciation, de la traduction et des explications grammaticales.

5. Répéter le texte (version « éclatée » leçons 1 à 40), d'abord avec le texte sous les yeux, puis sans le regarder.

6. Apprendre au fur et à mesure le **vocabulaire** nouveau de chaque leçon.

7. Faire les exercices de la page 4 et vérifier les réponses dans les *Corrigés* en fin de volume.

8. Refaire les exercices oralement avec les CD (à partir de la leçon 21). Quand vous vous en sentirez capable vous pourrez vous dispenser de les faire d'abord par écrit.

9. Faire l'exercice complémentaire (à partir de la leçon 41) en vous servant des indications en fin de volume.

10. Réviser systématiquement vos connaissances en réécoutant, avec quelques semaines de décalage, chaque texte, pour améliorer votre compréhension, et en refaisant les exercices, écrits et enregistrés, pour consolider votre pratique de l'anglais.

Avec livre seulement :

1. Lire le texte anglais en consultant la traduction (page 2) pour la compréhension.

2. Se reporter au bas de la page 1 pour la **prononciation** des mots nouveaux ainsi qu'aux remarques de la page 2.

3. Lire les explications **grammaticales** (page 3).

4. Relire le texte à haute voix en tenant compte des remarques pour la prononciation, de la traduction et des explications grammaticales pour le sens.

5. Apprendre au fur et à mesure le **vocabulaire** nouveau de chaque leçon.

6. Faire les exercices de la page 4 et vérifier les réponses dans les *Corrigés* en fin de volume.

7. Réviser systématiquement vos connaissances en relisant, avec quelques semaines de décalage, chaque texte, pour la compréhension, et en refaisant les exercices, pour consolider votre pratique de l'anglais.

LEÇON 1

Hello

[**S.** = Sue (Susan) — **P.** = Phil (Philip)]

S. He**llo** **Phil**[1].
[helôou fil].

P. He**llo** **Sue**. **How** are **you?**
[helôou sōū haou e yōū]

S. **Fine**. And **you?**
[faïn end yōū]

P. I'm **fine too**.
[aïm faïn tōū]

S. Oh, a **pho**to of **you** and **Joe** in a **boat**.
[ôou e fôoutôou ev yōū en djôou in e bôout]

P. **Yes**.
[yès]

S. It's a **nice boat**.
[its e naïs bôout]

P. **Yes**. **It is nice**.
[yès it iz naïs]

Remarques : rythme

Nous avons vu dans la Présentation (p. 14) que, dans une phrase, les mots n'ont pas tous la même importance. Les mots porteurs d'information sont plus importants que les autres. Ces mots importants sont marqués en gras. Par exemple, dans la phrase *Oh, a photo of you and Joe in a boat,* les mots importants sont : **photo, you, Joe, boat.** En anglais ces mots sont accentués, alors qu'on ne fait que passer rapidement sur les mots qui les relient.

As nice as pie.
[ez **naïs** ez **paï**]

Salut

S. *Salut, Phil !*
P. *Salut, Sue ! Comment vas-tu ?*
S. *Bien. Et toi ?*
P. *Ça va aussi.*
S. *Oh, une photo de toi et Joe dans un bateau !*
P. *Oui.*
S. *Il est bien ce bateau.*
P. *Oui, il est vraiment bien.*

Les sons

1. [e] est le son de la lettre **e** dans le français, *le*, *me* ou *de*.
2. [i] est un son qui ressemble à celui de la lettre **i** dans le français *mille*, mais en plus court, et la bouche est moins ouverte, ce qui le rapproche du **é** français.
3. Le son [ou] s'apparente à la prononciation du *ou* français dans le mot *sous*, mais en plus long.
4. [aï] ressemble au son que l'on trouve dans les mots français *ail* ou *paille*.
5. [aou] est composé de deux sons. La voix glisse du son **a** vers le son **ou**, comme dans *Raoul*.
6. [ôou] est lui aussi composé de deux sons. On glisse du son **ô**, comme dans *pôle*, vers le son **ou**.
7. [è] est le son du **e** français dans les mots *net*, ou *Hachette*.

Prononciation

En début de mot, le **h** est prononcé en anglais : hello [helôou], how [haou].

Vocabulaire

house [haous], *maison*
bike [baïk], *vélo*

Bon comme le pain.
(m. à m. : *Aussi bon que le pâté en croûte.*)

GRAMMAIRE

1. Le verbe *être* : How are you?

Are [ā] est la forme commune à toutes les personnes du pluriel du verbe **be** [bī], *être*, qui, comme en français, fait également fonction d'auxiliaire. À l'intérieur d'une phrase, comme ici, la prononciation de **are** est réduite à [e].

You est le pronom personnel sujet de la deuxième personne, du singulier et du pluriel : l'anglais ne fait pas de distinction entre le tutoiement et le vouvoiement.

La première personne du singulier est **am** [am] souvent réduite à [m] et représentée à l'écrit par **'m** qu'on appelle forme contractée ou contraction. **I'm**, *je suis*.

Remarque importante : le pronom sujet de la première personne du singulier s'écrit **toujours** avec une majuscule.

La troisième personne du singulier du verbe **be** est **is** (forme contractée **'s**) : **It's a nice boat**.

It est le pronom personnel neutre, indiquant la troisième personne du singulier. Il est employé pour faire référence à des choses.

2. Les mots interrogatifs

How, *comment*, pronom interrogatif, se place en tête de phrase. Il est immédiatement suivi d'une forme verbale.

Remarquez le schéma : mot interrogatif + **be** + sujet dans ce type de phrase interrogative : **How are you?**

3. L'adjectif qualificatif : I'm fine too

Fine, adjectif en position attribut après le verbe. Comme tous les adjectifs en anglais, il a la même forme au masculin, au féminin, au singulier et au pluriel.
Lorsque l'adjectif est épithète, il se place devant le nom : **It's a nice boat**.

4. Too

Too signifiant *aussi*, se place en fin de proposition.

5. L' article indéfini : a photo

A est l'article indéfini anglais *un*, *une*.
On l'emploie devant les mots commençant par une consonne : **a photo, a house**.

EXERCICES

A. Remettez les mots dans l'ordre, de façon à obtenir des suites acceptables :

1. are/you/how/?
2. am/fine/I.
3. blue/a/boat.
4. house/big/is/a/it.
5. and/you/Joe/nice/a/in/boat.

B. Traduisez en anglais :

1. un vélo
2. un beau vélo
3. Comment allez-vous ?
4. une belle photo
5. Comment vas-tu ?

C. Traduisez en français :

1. A photo of a boat.
2. How are you?
3. I'm fine.
4. It's a house.
5. Joe is in a boat too.

D. Cherchez l'intrus (quel est le mot qui ne comporte pas le son que l'on retrouve dans les deux autres ?) :

1. fine/you/too.
2. it/is/I.
3. nice/it/fine.
4. coat/oh/too.
5. Phil/fine/is.

E. Dans chaque phrase, soulignez les mots qui doivent être accentués (ceux que vous retiendriez pour un télégramme) :

1. It's a bike.
2. Joe is nice.
3. A house and a boat.
4. It's a nice photo.
5. A nice bike and a nice boat.

LEÇON 2

Family photos

[**S.** = Sue (Susan) — **P.** = Phil (Philip)]

S. More photos?
[mō fôoutôouz]

P. Yes. This is my **fa**mily.
[yès żis iz maï famili]

S. Is **this** your **daugh**ter?
[iz żis ye dōte]

P. Yes. It's **Wen**dy, my **daugh**ter.
[yès its wèndi maï dōte]

S. How old is she?
[haou ôould iz chi]

P. She's **four**.
[chiz fō]

S. She's **ve**ry **pret**ty.
[chiz vèri priti]

P. And **this** is my **son**, **Tim**. He's **se**ven.
[en żis iz maï sœn tim hiz sèvn]

S. Oh, he's **like** you. Is **this** your **wife?**
[ôou hiz laïk yōū iz żis ye waïf]

P. No, it's a **friend**. **This** is **Jan**, my **wife**.
[nôou its e frènd żis iz djan maï waïf]

S. She's **ve**ry **pret**ty too.
[chiz vèri priti tōū]

Remarques : *accent de mot*

Désormais, avec les mots de plusieurs syllabes, nous marquerons en caractères gras la **syllabe** accentuée, les mots importants d'une seule syllabe restant bien sûr marqués en gras. Vous pouvez ainsi voir que, dans le dialogue ci-dessus, les mots de plus d'une syllabe sont accentués sur la première : **pho**tos ; **fa**mily ; **daugh**ter ; **Wen**dy ; **ve**ry ; **pret**ty ; **se**ven.

Like father like son.
[laïk **fā**że laïk **sœn**]

Photos de famille

S. *D'autres photos ?*
P. *Oui, ça, c'est ma famille.*
S. *C'est ta fille ?*
P. *Oui, c'est ma fille Wendy.*
S. *Quel âge a-t-elle ?*
P. *Elle a quatre ans.*
S. *Elle est très jolie.*
P. *Et voici mon fils Tim. Il a sept ans.*
S. *Oh, il te ressemble. C'est ta femme ?*
P. *Non, c'est une amie. Voici Jan, ma femme.*
S. *Elle aussi est très jolie.*

Les sons

1. Le son [ŏ] ressemble à celui de la lettre **o** dans l'exclamation *Bof !*, c'est-à-dire un **o** très ouvert.
2. Le son [a] ressemble à celui de la lettre **a** dans le français *patte*, en plus bref.
3. Le son [ī] se rapproche de la prononciation du **î** dans le mot français *île*, en un peu plus long.
4. Le son [œ] s'apparente à celui que l'on trouve dans le français *bœuf*.
5. Le son [ż] n'existe pas en français. Il est différent de la prononciation de la lettre **z** en français en ceci qu'il est prononcé en plaçant le bout de la langue entre les dents et en laissant l'air s'échapper entre celle-ci et les dents.
6. Remarque sur la prononciation du **r** en anglais : au début ou à l'intérieur d'un mot il est prononcé sans être « roulé », comme dans **very** ou **pretty**. Lorsqu'il se trouve en fin de mot, comme **daughter** ou **four** il n'est pas prononcé, sauf devant un mot commençant par une voyelle.

Vocabulaire

one [wœn], *un*
two [tōu], *deux*
five [faïv], *cinq*
six [siks], *six*

Tel père, tel fils.

GRAMMAIRE

1. Le pluriel des noms

Photos : on forme le pluriel de la grande majorité des noms en anglais en ajoutant un **s** au nom singulier. **Photos** est le pluriel de **a photo**. Les noms qui comme **photo** ont un singulier et un pluriel sont appelés *noms comptables*. Les noms qui ont une seule forme sont appelés *noms non comptables*.

2. Les démonstratifs

This, pronom démonstratif, *ceci*, sert à désigner, à présenter une personne ou un objet proche :
This is my daughter. *Voici ma fille*.
This is my son. *Voici mon fils*. (mot à mot : *ceci est*)

3. Les adjectifs possessifs

My, adjectif possessif de la première personne du singulier, n'a qu'une forme, quel que soit le genre ou le nombre du nom qui suit. Il équivaut donc à *mon*, *ma*, *mes* : **my family**, *ma famille* ; **my photos**, *mes photos*.

Your, adjectif possessif, deuxième personne du singulier et du pluriel. Une seule forme donc correspondant au français *ton*, *ta*, *tes*, *votre*, *vos* : **your daughter**, *ta fille* ; **your photos**, *tes photos*.

4. La phrase interrogative

Is this your daughter? est la phrase interrogative correspondant à la phrase affirmative **This is your daughter**. On voit donc qu'en anglais, pour obtenir une phrase interrogative à partir d'une phrase affirmative comportant le verbe **be**, il suffit d'inverser le sujet et le verbe **be**.

5. Les pronoms personnels : She's four – he's seven

She, *elle*, pronom personnel sujet, troisième personne féminin singulier.

He, *il*, pronom personnel sujet, troisième personne masculin singulier.

On remarque qu'en anglais, pour exprimer l'âge, on emploie le verbe *être*.

You dans **he's like you** est pronom personnel complément : on remarque qu'il a la même forme que lorsqu'il est sujet.

EXERCICES

A. Traduisez :

1. Quel âge as-tu ?
2. J'ai sept ans.
3. Mon fils a trois ans.
4. Voici ma fille.
5. Elle est très jolie.

B. Mettez les mots dans l'ordre qui convient.

Attention aux signes de ponctuation.

1. son/this/my/ ./Ben/is
2. old/?/is/how/he
3. four/ ./is/he
4. daughter/your/?/is/seven
5. seven/yes/ ./she/is

C. Transformez les phrases en phrases interrogatives :

1. You are English.
2. It's a nice boat.
3. This is your daughter.
4. She is four.
5. She's a friend.

D. Complétez les phrases suivantes :

1. How … you?
2. I … fine.
3. John is … boat.
4 Your daughter … pretty.
5. How … is your son?

E. Combien de syllabes contient chacun des mots suivants ?

1. daughter [dōte]
2. wife [waïf]
3. family [famli]
4. business [biznis]
5. week-end [wīkènd]
6. hello [helôou]
7. photo [fôoutôou]

LEÇON 3

England and Scotland

[**S.** = Sue (Susan) — **P.** = Phil (Philip)]

S. Where's Jan from?
[wèez djan from]

P. Scotland.
[skotlend]

S. Oh, my **fa**ther's **Scot**tish. Are **you Scot**tish **too?**
[ôou maï fāżez skotich e yōū skotich tōū]

P. No I'm **not.** I'm from **Lon**don.
[nôou aïm not aïm frem lœnden]

S. So your **chil**dren are **half Eng**lish and **half Scot**tish?
[sôou ye tchildrn e hāf inglich en hāf skotich]

P. That's right.
[żats raït]

S. So am **I.** My **mo**ther's from the **north** of **Eng**land and my **fa**ther's from **Glas**gow[2]. Is **Jan** from **Glas**gow?
[sôou em aï maï mœżez frem że nōṡ ev inglend en maï fāżez frem glazgôou iz djan frem glazgôou]

P. No, she **is**n't. She's from **Ed**inburgh.
[nôou chi iznt chiz frem èdinbre]

S. Edinburgh's a **love**ly **ci**ty.
[èdinbrez a lœvli siti]

Remarques

Notez les différentes prononciations de **from** dans le dialogue ci-dessus. La forme accentuée (voir la Présentation p. 14) est utilisée lorsqu'elle apparaît en fin de phrase (ligne 1), mais ailleurs on a utilisé la forme faible.

Home sweet home.
[**hôoum** swīt **hôoum**]

L'Angleterre et l'Écosse

S. *Elle vient d'où, Jan ?*
P. *D'Écosse.*
S. *Oh, mon père est écossais. Tu es écossais aussi ?*
P. *Non. Je suis de Londres.*
S. *Donc tes enfants sont moitié anglais moitié écossais ?*
P. *Oui, c'est ça.*
S. *Moi aussi. Ma mère est du nord de l'Angleterre et mon père est de Glasgow. Est-ce que Jan est de Glasgow ?*
P. *Non. Elle est d'Édimbourg.*
S. *Édimbourg est une belle ville.*

Les sons

1. [o] est un son bref qui ressemble à celui de la voyelle **o** dans le mot français *note.*
2. [èe] est un son voyelle double qui commence par [è] et finit par [e], un peu comme si on prononçait le mot français *père* en omettant le son **r**.
3. [ā] est un son long et ouvert qui ressemble à la prononciation de la lettre **a** dans le mot français *hâte.*
4. [ṡ] n'existe pas en français. On le produit si on essaie de prononcer le français *se* en mettant l'extrémité de la langue entre les dents et en obligeant l'air à sortir de part et d'autre de la langue. Ne pas confondre avec [ż] qui s'écrit également **th**.

Vocabulaire

car [kā], *voiture*
bus [bœs], *autobus*
French [frènch], *français*
the **South** [że saouṡ], *le sud*
Italian [italyen], *italien*
Spanish [spanich], *espagnol*

Rien ne vaut son chez-soi.
(m. à m. : *Maison, douce maison.)*

GRAMMAIRE

Les mots interrogatifs : Where's Jan from?
Where, *où*, mot interrogatif, immédiatement suivi de l'auxiliaire **'s** c'est-à-dire **is** : **Where's Tom?** *Où est Tom ?*

From, préposition indiquant l'origine :
I'm from London. *Je suis de Londres.*

Dans les questions, **from** se place en fin de phrase, contrairement au français : **Where's she from?** *D'où vient-elle ?*

2. Les noms de pays : Scotland
La plupart s'écrivent sans article défini, contrairement au français : **Scotland** [skotlend], *l'Écosse* — **England** [iṅglend], *l'Angleterre* — **France** [frāns], *la France*.

3. Les adjectifs de nationalité : Scottish
Ils s'écrivent toujours avec une majuscule : **English** [iṅglich], *anglais* — **French** [frènch], *français*.

4. La négation : No, I'm not
I'm not est la forme négative de **I am** qui s'obtient en plaçant la négation **not** après l'auxiliaire.

En anglais, pour répondre *non*, on emploie le mot **no** suivi du sujet sous forme de pronom et de l'auxiliaire accompagné de sa négation : **Is Phil Scottish?** *No, he is not.*

No, she isn't : isn't au lieu de **is not** : dans la langue parlée, la négation **not** employée après un auxiliaire est très souvent réduite et se prononce comme si elle formait un seul mot avec celui-ci : **She isn't** [chī iznt]. — **They aren't** [żè ānt].

5. Le pluriel des noms : children
Children est le pluriel irrégulier de **child** [tchaïld].

6. Les pronoms personnels
They est le pronom personnel sujet de la troisième personne du pluriel correspondant à *ils* et *elles*.

7. So am I traduit le *aussi* exprimant une comparaison. On a le schéma **so** + auxiliaire + sujet, et l'adjectif n'est pas répété. Comparez avec le schéma de **too** (voir 1-4), qui se place en fin de proposition.

EXERCICES

A. Traduisez :

1. D'où êtes-vous ?
2. Je viens de (m. à m. : je suis de) France.
3. Est-ce que vos enfants sont anglais ?
4. Londres est une belle ville.
5. Ce garçon n'est pas français.

B. Mettez à la forme négative :

1. Jan's English.
2. I'm French.
3. My father's Scottish.
4. You're English.
5. He is Spanish.

C. Complétez la réponse :

1. Who's this? — … Tim.
2. Are you from London? — No, …
3. Is Wendy seven? — No, …
4. Who's Jan? — … my wife.
5. Is Glasgow a nice city? — No, …

D. Trouvez la question correspondant à la réponse donnée (toutes les questions, sauf la dernière, se rapportent au contexte de la leçon) :

1. No, she isn't English.
2. Scotland.
3. No, I'm not.
4. No, she isn't. She's from Edinburgh.
5. I'm from France.

E. À chacun des sons voyelles ci-dessous (de 1 à 4) correspondent deux mots de la liste suivante (de a à h). À vous de les trouver :

a) y**ou**	b) b**i**ke	c) c**ar**	d) fr**ie**nds
e) f**a**ther	f) f**i**ne	g) y**e**s	h) t**oo**.

1. [è] **2.** [ā] **3.** [aï] **4.** [ou]

LEÇON 4

A friend

[**S.** = Sue (Susan) — **P.** = Phil (Philip)]

S. Who's **this**?
[hōūz żis]

P. Oh, **that**'s **Nick**, **Nick John**son. A **friend**. He can **speak five lan**guages.
[ôou żats nik nik djonsen e frènd hi ken spīk faïv lańgwidjiz]

S. Really?
[riēli]

P. And he can **play** six **mu**sical **ins**truments.
[end i ken plèī siks myōūzikl instrouments]

S. Wow! That's **ve**ry im**press**ive ! Is he a mu**si**cian?
[waou żats vèri imprèsiv iz i e myouzichn]

P. No, he's an **ar**tist.
[nôou iz en ātist]

S. Oh. Is he **mar**ried?
[ôou iz i marid]

P. No, he's di**vorced**. You're **ve**ry **in**terested in **Nick**.
[nôou hiz divōst ye vèri intristid in nik]

S. Yes, I **am**. He's **very good-look**ing.
[yès aï am hiz vèri goud loukiń]

P. Well, I can intro**duce** you, if you **like**.
[wèl aï ken intredyōūs yōū if ye laïk]

S. All right. **When**?
[ōl raït wèn]

Remarque

Les mots de même racine ne sont pas toujours accentués sur la même syllabe. On a par exemple : **mu**sic [**myōū**zik], **mu**sical [**myōū**zikl], mais mu**si**cian [myōū**zi**chn]

A friend in need[3] (is a friend indeed).
[e **frènd** in **nīd** iz e **frènd** in**dīd**]

Un ami

S. *Qui est-ce ?*
P. *Oh, ça c'est Nick, Nick Johnson, un ami. Il parle cinq langues.*
S. *Vraiment ?*
P. *Et il peut jouer de six instruments de musique.*
S. *Ça alors ! C'est très impressionnant ! Il est musicien ?*
P. *Non, artiste.*
S. *Oh ! Il est marié ?*
P. *Non, il est divorcé. Tu t'intéresses beaucoup à Nick.*
S. *Oui. Il est très beau.*
P. *Eh bien, je peux te le présenter si tu veux.*
S. *D'accord. Quand ?*

Les sons

1. Le son voyelle double [îē] se prononce comme la dernière partie du mot français *amie* quand on veut préciser oralement qu'il s'agit d'une femme : *ami-e* et non pas *ami*.
2. [ou] ressemble au *ou* français dans le mot *trou*, mais prononcé un peu plus en arrière. C'est un son bref.
3. [èï] est un son voyelle double, qui commence sur [è] pour glisser vers [i].
4. Le son [ṅ] est toujours représenté par les consonnes **ng** précédées d'une voyelle. Il ressemble à la prononciation française de la dernière syllabe des mots *parking* ou *jogging*.

Vocabulaire

three [ṡrī], *trois*
eight [èït], *huit*
nine [naïn], *neuf*
ten [tèn], *dix*
eleven [ilèvn], *onze*
twelve [twèlv], *douze*

C'est dans le besoin qu'on reconnaît ses vrais amis.
(m. à m. : *Un ami dans le besoin est un ami en vérité.*)

GRAMMAIRE

1. Les mots interrogatifs : Who's this?
Who, pronom interrogatif *qui* porte sur l'identité des personnes : **Who are you?** *Qui êtes-vous ?*

2. Les démonstratifs : That's Paul
That, pronom démonstratif singulier, comme **this** (voir 2-2), est utilisé pour faire référence à des choses ou à des personnes plus éloignées, ou dans les reprises comme ici : il reprend le **this** de la question précédente.

3. L'auxiliaire can : He can speak five languages
Can est un auxiliaire qui a la même forme à toutes les personnes et signifie *pouvoir*, *savoir*, *être capable de*. Il est suivi de la forme de base du verbe (celle que l'on trouve la première quand on cherche un verbe dans un dictionnaire).
On ne le traduit pas toujours en français, notamment lorsque la notion de *pouvoir*, *être capable de*, est implicite dans le verbe : *il parle cinq langues = il sait, il peut parler cinq langues.*

4. L'article indéfini
Is he a musician? : en anglais, un nom singulier en position attribut est toujours précédé de l'article indéfini, alors qu'en français on n'emploie pas d'article dans ce cas :
He is a musician. *Il est musicien.*

An artist : devant un mot commençant par une voyelle, l'article indéfini prend la forme **an** : **an artist** — **an animal** [en animel], **un animal** — **an interesting book**, *un livre intéressant*.

5. Les adjectifs composés : He's very good-looking
Le schéma illustré par **good-looking** est : adjectif (**good**) + verbe (**look**) + suffixe (**-ing**). Dans un adjectif composé, les deux mots gardent leur accent, mais l'un est plus fort que l'autre. Ici, c'est l'accent de **looking** qui est le plus fort.

6. Le présent simple : If you like
Like est un verbe au présent, à la deuxième personne. On remarque que la conjugaison est très simple puisqu'il n'y a pas de terminaison spéciale à cette personne, où on utilise tout simplement la forme de base du verbe.

EXERCICES

A. Traduisez :

1. Est-ce que Nick est ton ami ? — Oui.
2. Il sait jouer de six instruments.
3. Phil sait parler trois langues.
4. Mon amie sait jouer de quatre instruments. — Ah, oui ?
5. Elle s'intéresse beaucoup à vous.

B. Complétez, s'il y a lieu, de façon à obtenir des phrases correctes :

1. … you interested … music?
2. Nick … my friend. He … speak five languages.
3. Valerie … musician too.
4. I'm not … artist.
5. … daughter is … very good artist.

C. Mettez à la forme interrogative :

1. That's Nick.
2. He can play six musical instruments.
3. He's divorced.
4. Nick is from London.
5. You are from Glasgow.

D. Posez la question se rapportant aux mots en italique, à l'aide des mots interrogatifs *who, how, how old, where* :

1. This is *Nick*.
2. He is from *London*.
3. She is *fine*.
4. Wendy is *four*.
5. *My brother* can play four musical instruments.

E. 1. Parmi ces mots de deux syllabes, un seul est accentué sur la deuxième syllabe. Lequel ?
artist, brother, divorced, married, really, rugby, very.

2. Classez les mots suivants en trois groupes, selon qu'ils sont accentués sur la 1re, la 2e ou la 3e syllabe :
languages, impressive, musical, introduce, instruments, musician, interested.

LEÇON 5

Making plans

[**S.** = Sue (Susan) — **P.** = Phil (Philip)]

S. Can **Nick speak Ita**lian?
[ken nik spīk italyen]

P. No, he **can't**. He can **speak French**, **Spa**nish, **Ger**man and **Hin**di. **And Eng**lish of **course**.
[nôou i kānt hi ken spīk frènch spanich djōēmen en hindi and iṅglich ev kōs]

S. Wow! **What lan**guages can **you speak**, **Phil**?
[waou wot laṅgwidgiz ken yōū spīk fil]

P. Only **Eng**lish. **What** ab**out you**?
[ôounli iṅglich wot ebaout yōū]

S. A **bit** of **French**[4] and a **bit** of **Ita**lian. **Well**, **when** can I **meet** him?
[e bit ev frènch end a bit ev italyen wèll wèn ken aï mīt im]

P. To**mor**row if you **like**. We can **go** to the **pub**[5]. **Nick**'s **al**ways at the **pub on Thurs**days.
[temorôou if ye laïk wi ken gôou te że pœb niks ōlwez et że pœb on żōēzdiz]

S. Oh **that**'s **real**ly **great**.
[ôou żats riēli grèīt]

Prononciation

making **plans** [mèïkiṅ planz]

Remarques

Notez la forme accentuée de **you** en fin de phrase (ligne 5). **You** apparaît sous sa forme accentuée à la ligne 4, aussi parce qu'il est utilisé en opposition avec **Nick** et est donc important ici. En revanche, le **you** de la ligne 8 est sous sa forme faible.

Tomorrow is another day.
[te**mor**ôou iz e**nœ**że **dèï**]

On fait des projets

S. *Est-ce que Nick sait parler italien ?*

P. *Non. Il sait parler français, espagnol, allemand et hindou. Et anglais, bien sûr.*

S. *Ça alors ! Et toi, Phil, tu parles quelles langues ?*

P. *L'anglais seulement. Et toi ?*

S. *Un peu de français et un peu d'italien. Eh bien, quand est-ce que je peux le rencontrer ?*

P. *Demain si tu veux. Nous pouvons aller au pub. Nick est toujours au pub le jeudi.*

S. *Ça c'est vraiment formidable !*

Les sons

1. [oue] est un son double, dont la première partie ressemble au *ou* français, et la deuxième au son **e** comme dans *le*. La voix glisse du premier au second.

2. [o̅e̅] ressemble au son que l'on retrouve dans le mot français *sœur*, mais en plus long.

Vocabulaire

Monday [mœndi], *lundi*
Tuesday [tyo̅u̅zdi], *mardi*
Wednesday [wènzdi], *mercredi*
Friday [fraïdi], *vendredi*
Saturday [satedi], *samedi*
Sunday [sœndi], *dimanche*

Demain, il fera jour.
(m. à m. : *Demain est un autre jour.*)

GRAMMAIRE

1. Les noms de langues : French

Les noms de langues commencent toujours par une majuscule et ils ne sont pas précédés d'un article :

French, *le français* ; **Spanish**, *l'espagnol* ; **Hindi**, *l'hindou.*

Hindi is a difficult language. *L'hindou est une langue difficile.*

2. Les auxiliaires : No, he can't

Dans les réponses brèves par *oui* ou par *non* (voir 3-4), en plus de **yes** ou **no**, l'anglais, le plus souvent, reprend le sujet sous forme de pronom, accompagné de l'auxiliaire, assorti ou non d'une négation.

La forme négative de **can** est **can't** dans la langue parlée, et **cannot** dans la langue écrite.

3. Les mots interrogatifs : What languages?

What, adjectif ou pronom interrogatif, invariable en genre et en nombre, traduisant *quel, quelle, quels, quelles, que* (pronom).

4. Les pronoms personnels : When can I meet him?

Him, forme complément du pronom personnel masculin de la troisième personne du singulier, correspond au pronom sujet **he**.

5. L'article défini : the pub

The est le seul article défini anglais, une seule forme correspondant à *le, la, les*. On l'emploie devant les noms singuliers et pluriels lorsqu'ils sont définis, soit par le contexte de la phrase, soit par la situation dans laquelle se trouvent les personnages (comme ici : il s'agit d'une institution anglaise bien connue *le pub*).

6. Les jours de la semaine : on Thursdays

On emploie la préposition **on** devant les jours de la semaine : **on Thursdays**, *le jeudi*, lorsqu'il s'agit d'exprimer un complément de temps.

Lorsqu'on mentionne tel ou tel jour de la semaine on emploie le nom tout seul :

Tomorrow is Monday. *Demain, c'est lundi.*

Le pluriel sert à exprimer la répétition : *le jeudi*. Sans le **s, on Thursday** veut alors dire *jeudi*, c'est-à-dire *jeudi qui vient* !

EXERCICES

A. Traduisez :

1. Je parle un peu de français et un peu d'italien.
2. Est-ce que votre ami sait parler anglais ?
3. Nick est au pub le jeudi.
4. Je peux vous rencontrer lundi si vous voulez.
5. Il ne peut pas aller au pub jeudi (= ce jeudi).

B. Complétez les réponses :

1. Can Sue speak Italian? — Yes …
2. Can Nick speak Hindi? — Of course …
3. Can you meet him tomorrow? — No, I …
4. Are you sure? — Yes, …
5. Is Jan from London? — No, …

C. *A* ou *an* ? Employez l'article indéfini qui convient :

1. This is … photo.
2. It's … interesting photo.
3. … friend in need is … friend indeed.
4. My friend is … artist.
5. He is … good artist.

D. Imaginez la question correspondant à chaque phrase-réponse, en tenant compte des suggestions données entre parenthèses :

1. It's my brother.
2. (An artist). Yes, he is.
3. (Four musical instruments). Yes, he can.
4. He can speak German.
5. (The pub). I can go on Friday.

E. Soulignez les syllabes qui doivent être accentuées, sans oublier les mots qui apparaissent sous leur forme forte :

1. Where are you from?
2. Yes, they are.
3. I can speak French. Can you?
4. Are they from Canada?
5. I'm from London.

LEÇON 6

A change of plan

[**S.** = Sue (Susan) — **P.** = Phil (Philip)]

S. Phil, phone.

P. Right… Hel**lo**? Oh, hel**lo**, **Nick**… **Yes**, she's **here**… **Oh**, o**kay**… **Ne**ver **mind**… **No** I **can't make** it… **Yes**, o**kay**… **No, Jan**'s in **Scot**land with the **kids** un**til** the **tenth**… **Right**, **see** you **then. Bye**… **Nick can't make** it to**night**.

S. Oh, what a **shame. What** a**bout next Thurs**day?

P. No, I **can't make** it **then.** Can you **come** on the **sev**enth? It's a **Sat**urday. **Nick** and **I** are **both free then.**

S. Yes, I'm **free** on the **sev**enth **too.**

P. Right. Well, we can **meet** at the **Roy**al **Oak.**

S. Oh, can't we **meet here**?

P. Er, **yes**, if you **like. About eight** o'**clock**?

S. Yes, that's fine.

Remarques

Quand le nom **day** [dèï], *jour*, est utilisé pour former le nom des jours de la semaine (voir p. 35), il perd son accent et sa prononciation est réduite à [di].

Mots nouveaux

change [tchèïndj]	okay [ôoukèï]	then [żen] bye [baï]	seventh [sèvnṡ]
phone [fôoun] here [hiē]	with [wiż] kids [kidz]	tonight [tenaït]	both [bôouṡ] free [frī]
never mind [nève maïnd]	until [œntil] tenth [tènṡ]	shame [chèïm] next [nèkst]	royal [roïel] oak [ôouk]
make [mèïk]	see [sī]	come [kœm]	o'clock [eklok]

Better late than never.
[bète **lèīt** żen **nè**ve]

Changement de plan

S. *Phil ! Téléphone !...*

P. *Oui. Allô ? Oh, salut, Nick... Oui, elle est ici... D'accord... Ça ne fait rien... Non, ça m'est impossible... Oui, d'accord... Non, Jan est en Écosse avec les gosses jusqu'au 10... D'accord, à bientôt, salut... Nick ne peut pas venir ce soir.*

S. *Oh, zut. Et jeudi prochain ?*

P. *Non, je ne peux pas ce jour-là. Tu peux venir le 7 ? C'est un samedi. Nick et moi sommes tous les deux libres à cette date.*

S. *Oui, je suis libre le 7 moi aussi.*

P. *Bien. Alors nous pouvons nous rencontrer au « Chêne Royal ».*

S. *Ah, on ne peut pas se rencontrer ici ?*

P. *Ben... oui, si tu veux. Vers huit heures ?*

S. *Oui, c'est très bien.*

Les sons

Le son [oï] est un son voyelle double comportant le o de l'anglais **not**, suivi d'un son ressemblant à la dernière syllabe du français *houille*, prononcé très brièvement. C'est la même prononciation que l'ancien mot français *oil* dans l'expression *la langue d'oil* (opposée à la langue d'oc).

Vocabulaire

What's the time? [wots że taïm], *Quelle heure est-il ?*

ten past nine
[tèn pāst naïn]

quarter **past nine**
[kwōte pāst naïn]

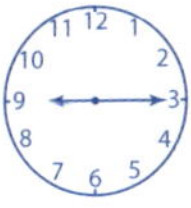

half past nine
[hāf pāst naïn]

Mieux vaut tard que jamais.

GRAMMAIRE

1. L'impératif : never mind
Analysons cette expression : elle se compose de **never**, *ne … jamais*, et de l'impératif du verbe **mind**, *se soucier de, s'occuper de*, et dans les phrases interrogatives et négatives, *être dérangé*. Pour l'impératif à la deuxième personne, on utilise la forme de base du verbe. L'expression traduite m. à m. donnerait *ne vous souciez jamais de* d'où le sens de *ça ne fait rien* ou *peu importe*.

2. Les adjectifs numéraux ordinaux
The 10th, m. à m. *le dixième*. Pour exprimer les quantièmes, l'anglais utilise les adjectifs numéraux ordinaux que l'on forme à l'aide de l'article défini **the** suivi de l'adjectif numéral cardinal affecté de la terminaison **-th**. Seuls les trois premiers sont irréguliers :
the first [że fœst] (the 1st), *le premier* ; **the second** [że sèkend] (the 2nd), *le second* ; **the third** [że ṡœd] (the 3rd), *le troisième*. Voir Annexes

3. Les phrases exclamatives : what a shame!
What pronom exclamatif, toujours suivi de l'article **a/an** lorsqu'il est employé avec un nom comptable au singulier (voir 2-1) :
What a big house! *Quelle grande maison !*

Shame *(la honte)*, qui employé seul ne prend jamais d'article indéfini, est considéré comme un nom comptable dans l'expression **what a shame!** *(quel dommage !)*.

4. La phrase interro-négative : can't we meet here?
Dans une phrase interro-négative, l'auxiliaire se place en tête de phrase, accompagné de la négation lorsque celle-ci est contractée en **n't**. Viennent ensuite le sujet, suivi d'un verbe principal. Si la négation n'était pas contractée, on aurait : **can we not meet?**, forme très rare et appartenant soit à des dialectes régionaux, soit à une langue plutôt affectée.

EXERCICES

A. Traduisez en anglais :

1. Où est Paul ?
2. Est-il au pub ?
3. Ne pouvez-vous pas le rencontrer vendredi ?
4. Non. Je ne suis pas libre ce jour-là.
5. Ça ne fait rien. Vous pouvez le rencontrer la semaine prochaine, si vous voulez.

B. Construisez des phrases interro-négatives à partir des phrases données. Exemple : *You can speak French — Can't you speak French?*

1. He can come tomorrow.
2. They are English.
3. Sue is half Scottish.
4. They can't make it on Friday.
5. She can play golf.

C. Traduisez en français :

1. It's six o'clock.
2. What time can you come?
3. About half past seven.
4. I can't make it on Thursday.
5. Never mind. See you on Friday.

D. Complétez en indiquant l'heure :

1. **2.** **3.** **4.** **5.**

1. It's … – **2.** It's … – **3.** It's … – **4.** It's … – **5.** It's …

E. Parmi les mots suivants, 9 d'entre eux ont le son voyelle [aï] **; lesquels ? dans quels mots trouve-t-on les sons voyelles** [i] **et** [èï] **?**
mind, like, right, fine, kids, nice, wife, tonight, eight, bye, five.

LEÇON 7

More about Nick

[**S.** = Sue (Susan) — **P.** = Phil (Philip)]

P. Oh, he**llo**, **Sue**. You're **ear**ly. I'm **not rea**dy.

S. That's o**kay**. I can **wait.**

P. The **pub is**n't **far.** It's **fif**teen **min**utes on **foot** or we can **take** a **bus.**

S. Oh, we can **walk.**

P. Right. I'm **rea**dy.

S. So, Nick's an **art**ist. Is he **rich**?

P. Well, he **is**n't **real**ly **rich** but he **lives** in a **love**ly **big house. Er, what else** can I **tell** you a**bout Nick?** He's **thir**ty-**two.** He's **not ve**ry **tall. Um**, he **likes good food**, **wine**. He **loves** his **car.** It's a **Porsche**, a **red Porsche 911.**

S. Mm, **ve**ry **nice.**

Remarque

Au début d'une phrase, la forme faible de **he** est [hi]. En revanche, au milieu d'une phrase le **h** initial ne se prononce plus et la forme faible devient [i]. C'est pour cette raison que les trois premières fois où **he** apparaît dans le dialogue ci-dessus, il se prononce [i], tandis que pour les quatre **he** suivants, qui sont placés en début de phrase, la prononciation est [hi].

Mots nouveaux

early [o̅e̅li]
ready [rèdi]
wait [wèït]
far [fā]
fifteen [fiftīn]
minutes [minits]
foot [fout]
or [ō]
take [tèïk]
walk [wōk]
rich [ritch]
but [bœt]
lives [livz]
else [èls]
tell [tèl]
thirty-two [ṡo̅e̅titou]
tall [tōl]
likes [laïks]
good [goud]
food [foud]
wine [waïn]
loves [lœvz]
red [rèd]
Porsche [pōch]

Eat, drink and be merry.
[**īt drink** en bi **mè**ri]

On en apprend davantage sur Nick

P. *Salut, Sue. Tu es en avance. Je ne suis pas prêt.*
S. *Pas de problème, je peux attendre.*
P. *Le pub n'est pas loin. C'est à un quart d'heure à pied, ou bien nous pouvons prendre un autobus.*
S. *Oh, on peut aller à pied.*
P. *D'accord. Ça y est, je suis prêt.*
S. *Donc Nick est artiste. Il est riche ?*
P. *Disons qu'il n'est pas vraiment riche, mais il vit dans une grande maison magnifique. Voyons... qu'est-ce que je peux te dire d'autre sur Nick ? Il a trente-deux ans. Il n'est pas très grand. Il aime la bonne chère, le vin. Il adore sa voiture. C'est une Porsche. Une Porsche 911 rouge.*
S. *Hmm, très bien.*

Prononciation : la syllabe tonique

Nous avons vu que les mots importants d'une phrase, ou une syllabe dans les mots de plusieurs syllabes, étaient accentués. Une autre caractéristique importante de la prononciation anglaise est *la syllabe tonique*.
Dans une phrase courte, comme celles auxquelles nous nous sommes limités pour le moment, l'une des syllabes accentuées l'est plus fortement que les autres : c'est la syllabe tonique. On la trouve le plus souvent à la fin de la phrase, comme le montrent ces exemples empruntés au dialogue (nous indiquons la syllabe tonique en majuscules) :
That's okay I can WAIT — The pub isn't FAR.

Vocabulaire

blue [bloū], *bleu*, **white** [waït], *blanc.*

What time is it? [wot taïm iz it], *Quelle heure est-il ?*
It's **ten** to **two**, *Il est deux heures moins dix.*
It's **quar**ter to **three**, *Il est trois heures moins le quart.*

Bien faire et laisser dire.
(m. à m. : *Mange, bois et sois joyeux.)*

GRAMMAIRE

1. It's fifteen minutes on foot

On foot. Notez l'emploi de la préposition **on** dans l'expression équivalant au français *à pied*.

Pour les autres moyens de locomotion, on emploie la préposition **by** : **by car**, *en voiture* ; **by bus**, *en autobus* ; **by train**, *en train* ; **by plane**, *en avion* ; **by boat**, *en bateau*.

2. Le présent simple : he lives, he likes, he loves

À la troisième personne du singulier, le présent est marqué par la terminaison **-s.**

Toutes les autres personnes ont la même forme, celle de la forme de base du verbe telle qu'on la trouve dans le dictionnaire :
I like good wine. *J'aime le bon vin.*
You like good wine. *Tu aimes/vous aimez le bon vin.*

3. Les adjectifs : a lovely big house

En anglais, un nom peut être précédé de plusieurs adjectifs. L'ordre dans lequel apparaissent ces adjectifs obéit généralement à certaines règles. C'est ainsi que l'adjectif le plus subjectif, c'est-à-dire celui qui fait intervenir le point de vue ou le jugement de celui qui parle, apparaît normalement en premier, et se trouve donc être le plus éloigné du nom qu'il modifie. D'où les places respectives de **lovely** et de **big**.

4. What else?

Else associé à un mot interrogatif a le sens de *autre* ou *encore* dans le sens de *qui vient s'ajouter à* :
Who else? *Qui d'autre ?*
Where else? *Où encore ? À quel autre endroit ?*

5. Les noms de matières : food, wine

Les noms désignant des denrées ou des matières sont employés sans article défini lorsqu'ils sont pris dans un sens général. Ce sont des noms non comptables :
wine, *le vin, du vin.*
food, *la nourriture, de la nourriture.*

EXERCICES

A. Traduisez en anglais :

1. Il joue au tennis.
2. Il aime le vin blanc.
3. Ils parlent l'espagnol.
4. C'est de l'eau.
5. Elle aime le vin rouge.

B. Transformez ces phrases en phrases interrogatives :

1. He can't wait.
2. He's very tall.
3. They can walk to the pub.
4. His car is a red Porsche.
5. She isn't French.

C. Employez la préposition qui convient : *in, on, to, from, of, until* :

1. Peter's interested … boats.
2. She's … New York.
3. We can go … the theatre.
4. Can you come … Friday?
5. Wendy and Tom can only wait … five o'clock.
6. I can speak a bit … German.

D. Traduisez en français :

1. The house isn't far. It's ten minutes on foot.
2. Tony loves good wine and good music.
3. He isn't married — he's divorced.
4. She isn't really pretty but she's very nice.
5. Linda isn't an artist — she's a musician.
6. Can you wait ten minutes?

E. Soulignez les *h* qu'il faut prononcer :

1. Hello, Helen. How are you?
2. Is he really half Italian?
3. Here he is.
4. The house is his.
5. He likes Picasso but he likes Dalí too.
6. Can he speak Hindi?

LEÇON 8

Meeting Nick

[**S.** = Sue (Susan) — **P.** = Phil (Philip) — **N.** = Nick (Nicholas)]

P. Well, **here** we **are**.

S. Mm, it's **very nice** in **here**. Can you **see Nick**?

P. No, I **can't**. **Oh yes** I **can**. **Look**, he's **o**ver **there**. In the **green jack**et... He**llo**, **Nick**. **This** is **Sue**.

N. He**llo**, **Phil**. **How** are **you**? He**llo Sue**. **Pleased** to **meet** you. Can I **get** you a **drink**?

S. Yes please, an **o**range j**uice**.

N. What a**bout you**, **Phil?**

P. A **pint** of **bitt**er[6] for **me**.

N. Right then... **There** you **are**.

S. Thanks. I **like** this **pub**.

N. Yes, it **is nice**. It's **one** of my **fa**vourite p**ubs**.

P. Oh, **there's Car**ol. **I want** to **have** a **word** with her. Ex**cuse** me, **you two**. **Back** in a **min**ute.

Remarques

À la forme négative, les auxiliaires n'ont jamais une prononciation faible.
Remarquez le changement du son voyelle de **can** [kan] (ou [ken] forme faible) lorsqu'il devient **can't** [kānt].

Mots nouveaux

meeting [mītiṅ]
see [sī]
look [louk]
over there [ôouve żèe]
jacket [djakit]
pint [païnt]
pleased [plīzd]
get [gèt]
drink [driṅk]
please [plīz]
orange [orindj]
juice [djo͞us]
bitter [bite]
for [fe]
me [mī]
thanks [ṡaṅks]
noisy **[noï**zi]
one [wœn]
favourite **[fèïv**rit]
pubs [pœbz]
want [wont]
have [hav]
word [wo͞ed]
her [ho͞e]
excuse [ikskjo͞us]
back [bak]

Two's company (three's a crowd).
[**to͞uz kœmp**ni **sriz** e **kra**oud]

Sue rencontre Nick

P. *Bon. Nous y voilà.*

S. *Mais c'est que c'est très bien ici. Tu aperçois Nick ?*

P. *Non, je ne le vois pas. Ah si ! Regarde, il est là-bas. En veste verte… Salut, Nick. Je te présente Sue.*

N. *Salut, Phil ! Comment vas-tu ? Bonsoir, Sue. Enchanté de faire votre connaissance. Je peux vous offrir quelque chose à boire ?*

S. *Oh, un jus d'orange s'il vous plaît.*

N. *Et toi, Phil ?*

P. *Pour moi, ce sera une chope de blonde.*

N. *Très bien… Et voilà !*

S. *Merci. J'aime bien ce pub.*

N. *En effet, il est très bien. C'est un de mes pubs favoris.*

P. *Tiens, voilà Carole. J'ai un mot à lui dire. Excusez-moi, vous deux. Je reviens dans une minute.*

Prononciation : la syllabe tonique

La syllabe tonique vient normalement en fin de phrase, c'est-à-dire sur le dernier mot accentué. Si le ou les derniers mots d'une phrase ne sont pas accentués, alors la syllabe tonique sera la dernière syllabe accentuée de la phrase où qu'elle soit, comme dans ces exemples du dialogue :

Pleased to MEET you. I want to have a WORD with her.

Vocabulaire

apple [apel], *pomme*
lemon [lèmen], *citron*
to**ma**to [temātôou], *tomate*
ba**na**na [benāne], *banane*
grapefruit [grèïpfrout], *pamplemousse*

À deux, c'est de la compagnie, à trois c'est la foule.

GRAMMAIRE

1. Les adverbes de lieu

Les adverbes **here**, *ici*, et **there**, *là*, sont employés dans des expressions idiomatiques :

- soit pour indiquer que le sujet se trouve ou arrive quelque part :
  Here they are. *Les voici.*
  Here we are. *Nous voici, nous y voici.*
  There we are. *Nous voici, nous y voici.*
- soit pour présenter quelque chose que l'on apporte : **Here you are**. *Voici, voilà* (= je vous apporte ce que vous avez demandé).
  There you are. *Voici, voilà.*

Remarquez que, dans ces expressions, l'adverbe est toujours placé en première position.

2. L'auxiliaire can : can you see Nick?

Can est employé avec les verbes de perception lorsque ceux-ci désignent une situation particulière : **I can see.** *Je vois* (en ce moment). Dans ce cas, il ne se traduit pas en français (voir 4-3).

3. Les démonstratifs : this is Sue — I like this pub

On emploie **this** parce qu'il y a proximité avec celui qui parle.

4. Les pronoms personnels : for me — with her

Me est la forme complément du pronom personnel de la première personne du singulier. Il correspond au français *me* ou *moi*.

Her est la forme complément du pronom personnel féminin de la troisième personne du singulier. Ce pronom correspond au français *la, elle, lui* :
I can see her. *Je la vois.* **I am with her.** *Je suis avec elle.*

5. In the green jacket

Pour indiquer comment quelqu'un est habillé, on emploie la préposition **in** devant les noms de vêtements : **the man in the black shoes**, *l'homme aux chaussures noires*. Cette préposition correspond donc au français *au, à la, aux* ou *en*.

EXERCICES

A. Traduisez en anglais :

1. C'est une de ses photos favorites.
2. Son père est écossais.
3. Est-ce que Nick est avec elle ?
4. Sa voiture est là-bas.
5. La vodka-orange est pour elle.

B. Mettez à la troisième personne du singulier en utilisant *he* :

1. They like this pub.
2. I live in London.
3. Can you play golf?
4. How are you?
5. I want a drink.

C. Traduisez en français :

1. He wants to have a word with you.
2. I like her blue jacket.
3. It's a very nice pub.
4. They are divorced.
5. Is your wife from London?

D. Complétez en indiquant l'heure :

1. **2.** **3.** **4.** **5.**

1. It's … – **2.** It's … – **3.** It's … – **4.** It's … – **5.** It's …

E. Soulignez dans ces phrases les formes faibles :

1. Can she speak Italian? Yes, she can.
2. He's a very nice man. Yes, he is.
3. There she is.
4. She isn't very tall.
5. He loves his car.

LEÇON 9 Getting to know Nick

[**S.** = Sue (Susan) — **N.** = Nick (Nicholas)]

N. Do you **work** with **Phil**?

S. No, I'm in com**pu**ters.

N. Oh, so how do you k**now Phil**?

S. We **go** to the **same squash club**.

N. Oh, do you **play squash?** I can **play squash** but I pre**fer tennis**. I'm **lu**cky, you **see**. I'm **good** at **all sports**.

S. Oh, really?

N. Yes, but of **course** for **me art** is **more** im**por**tant than **sport.** I'm an **ar**tist, you **know.** Are you **in**terested in **art**?

S. Well, **yes**, I **am**. I **like**…

N. People **aren't real**ly **in**terested in **art. How ma**ny **peo**ple **go** to exhi**bi**tions? Do **you**?

S. Not often, but…

N. Of **course** an **ar**tist is…

Remarques

Dans le dialogue ci-dessus, les mots suivants se prononcent avec la forme faible : **but** [bet], **at** [et], **for** [fe], **of** [ev], **do** [de], **to** [te], **are** [e], **you** [ye], **can** [ken].
Assurez-vous de bien faire la différence entre **work** [wœ̄k] et **walk** [wōk].

Mots nouveaux

getting [**gè**tiṅ]
work [wœ̄k]
computers [kem**pyoū**tez]
know [nôou]
same [sèïm]
squash [skwoch]
club [klœb]
prefer [pri**foe**]
tennis [**tè**nis]
lucky [**lœ**ki]
sports [spōts]
important [im**pō**tent]
than [żan]
art [āt]
aren't [**ānt**]
many [**mè**ni]
people [**pīpl**]
exhibitions [eksi**bi**chenz]
often [**of**n]
all [ōl]

Beauty is only skin deep.
[**byoūt**i iz **ôoun**li **skin dīp**]

Sue apprend à connaître Nick

N. *Vous travaillez avec Phil ?*
S. *Non. Je suis dans l'informatique.*
N. *Ah, bon. Mais alors comment connaissez-vous Phil ?*
S. *Nous allons au même club de squash.*
N. *Oh, vous jouez au squash ? Je sais jouer au squash, mais je préfère le tennis. J'ai de la chance, n'est-ce pas ? Je suis bon dans tous les sports.*
S. *Vraiment ?*
N. *Oui. Mais bien sûr pour moi, l'art est plus important que le sport. Je suis artiste, voyez-vous. Vous vous intéressez à l'art ?*
S. *Ma foi, oui. J'aime…*
N. *Les gens ne s'intéressent pas vraiment à l'art. Combien vont aux expositions ? Vous y allez, vous ?*
S. *Pas souvent, mais…*
N. *Bien sûr, un artiste est…*

Prononciation : intonation

L'importance de la syllabe tonique vient de ce qu'autour d'elle s'organise l'intonation de la phrase. La voix monte et descend pour communiquer différentes choses à l'auditeur, et c'est sur la syllabe tonique que les principaux changements se produisent. Comme vous le verrez à plusieurs reprises dans les leçons à venir, un changement de la syllabe tonique dans une phrase peut en changer radicalement le sens.

Vocabulaire

brandy [brandi], *cognac*
sherry [chèri], *vin de Jerez*
beer [biē], *bière*
water [wōte], *eau*
tea [tī], *thé*
port [pōt], *porto*

La beauté n'est qu'apparence.
(m. à m. : *La beauté ne va pas plus loin que la peau.*)

GRAMMAIRE

1. Le présent simple : Do you work with Paul?

La forme interrogative du présent se construit avec l'auxiliaire **do** à toutes les personnes, sauf la troisième personne du singulier où l'on a **does.**

On a le schéma : **do** + sujet + verbe.

On l'emploie ici parce qu'il s'agit de poser une question sur l'activité habituelle de Sue.

2. L'omission de l'article défini : squash – tennis

Comme les noms de matières (voir 7-5), les noms de sports ne prennent pas d'article défini lorsqu'ils sont employés dans un sens général :
squash, *le squash* ; **tennis**, *le tennis.*
Même chose pour **art**, *l'art*, et **sport**, *le sport*.

3. Le comparatif : art is more important than sport

Lorsqu'un adjectif comporte plus de deux syllabes, on l'appelle alors adjectif long, le comparatif se forme en plaçant **more**, *plus*, devant l'adjectif ; *que* est traduit par **than** :
A Porsche 911 is more impressive than a Twingo.
Une Porsche 911 est plus impressionnante qu'une Twingo.

4. Les mots interrogatifs : How many people...?

How many, *combien*, est suivi d'un nom pluriel.

5. Les noms particuliers : people

people signifiant *les gens* est un nom toujours accordé au pluriel, bien qu'il n'en porte par la marque.

6. L'emploi des auxiliaires : Do you?

L'auxiliaire, à la forme interrogative, sert souvent à reprendre un verbe qui vient d'être exprimé et qui est alors sous-entendu. Ici, **do you** reprend **go to exhibitions**, d'où le sens de *et vous ?* (sous-entendu : *vous allez voir des expositions ?*).

EXERCICES

A. Traduisez en anglais :

1. Elle est très jolie.
2. Il joue au rugby et au squash.
3. Mary ne s'intéresse pas vraiment au sport.
4. Combien de personnes peuvent jouer de quatre instruments de musique ?
5. Bill veut te dire un mot.

B. Mettez à la forme interrogative :

1. You work in Paris.
2. She likes Robert.
3. It's a very nice house.
4. They can go to the pub on Friday.
5. French people like good wine.

C. Traduisez en français :

1. Is your friend free on the eleventh?
2. Can you introduce me to that good-looking girl?
3. Her mother is a very impressive woman.
4. Their children are in Italy until the ninth.
5. — When can we meet? — What about next Friday?

D. Employez le mot qui convient : *in* (2 fois), *at* (2 fois), *with, to* :

1. Does he work … I.B.M.?
2. I know he works … London … Ann.
3. He's very good … his job.
4. Well, he's interested … it.
5. He wants to go … America.

E. Barrez les *r* que l'on ne prononce pas :

1. He's really an artist but he's more interested in sport than art.
2. — That drink is for her. — Right.
3. Here we are.
4. Your father's over there.
5. Of course I prefer a pint of bitter.

LEÇON 10

A boring evening

[**S.** = Sue (Susan) — **P.** = Phil (Philip)]

P. So, what do you **think** of **Nick**?

S. He's **awful**. I **thin**k he's **rude** and con**ceit**ed.

P. Oh, poor old Nick.

S. He's a **real bore**. He **talks** a**bout** him**self all** the **time**. He's **on**ly **in**terested in **one thing** — **Nick John**son.

P. D**on't** you t**hink** he's f**unny**?

S. No, I d**on't**. He's **just bo**ring. And he **drink**s **like** a **fish**.

P. Yes, he d**rinks** a **lot**.

S. He d**rinks too much**. I **real**ly **don't like** him.

P. Well, he **likes** you. He **wants** to **see** you a**gain**. He **thinks** you're **in**teresting and a**ttrac**tive!

S. Too bad. I'm **not in**terested.

Remarques

Nous avons déjà vu la différence du son voyelle entre **can** et **can't** (voir p. 46). De même, les sons voyelles de **do** [dōu] (ou sa forme faible [de]) et **don't** [dôount] sont différents. À l'image des formes négatives des auxiliaires, **don't** n'a pas de forme faible.

Mots nouveaux

evening [**ī**vniṅ]
think [ṡink]
boring [**bō**riṅ]
rude [rōud]
conceited [ken**sī**tid]
stand [stand]
poor [poue]
real [riēl]
pain [pèïn]
talks [tōks]
himself [him**sèlf**]
thing [ṡiṅ]
don't [dôount]
funny [**fœ**ni]
just [djœst]
drinks [driṅks]
much [mœtch]
lot [lot]
wants [wonts]
again [e**gèn**]
interesting [**in**tristiṅ]
attractive [e**trak**tiv]
bad [bad]

It takes all sorts (to make a world).
[it **tèïks ōl sōts** te **mèïk** e **wōēld**]

Une soirée assommante

P. *Alors, qu'est-ce que tu penses de Nick ?*
S. *Il est affreux ! Je pense qu'il est grossier et plein de lui-même.*
P. *Oh, ce pauvre vieux Nick.*
S. *C'est un vrai raseur. Il parle tout le temps de lui-même. Il ne s'intéresse qu'à une chose : Nick Johnson.*
P. *Tu ne le trouves pas drôle ?*
S. *Non. Tout simplement rasoir. Et il boit comme un trou.*
P. *C'est vrai, il boit beaucoup.*
S. *Il boit trop. Je ne l'aime vraiment pas.*
P. *Ma foi, toi tu lui plais. Il veut te revoir. Il pense que tu es intéressante et charmante !*
S. *Pas de chance. Ça ne m'intéresse pas.*

Intonation : la syllabe tonique

Bien que la syllabe tonique soit généralement sur la dernière syllabe accentuée d'une phrase, il n'en est pas toujours ainsi. L'une des raisons de ce déplacement peut venir du désir de celui qui parle de donner de l'importance à quelque chose. Par exemple dans **I REALly don't like him**, Sue, qui a déjà indiqué qu'elle n'aime pas Nick, désire de nouveau attirer l'attention sur ce fait.

Vocabulaire

fish [fich], *poisson*
bird [bo͞ed], *oiseau*
cat [kat], *chat*
dog [dog], *chien*
brown [braoun], *brun, marron*
green [grīn], *vert*
yellow [yèlôou], *jaune*
black [blak], *noir*

Il faut de tout pour faire un monde.
(m. à m. : *Il faut toutes sortes [de gens]…)*

GRAMMAIRE

1. Les pronoms réfléchis : he talks about himself

Himself, *lui-même*, est un pronom réfléchi. Il se forme en ajoutant le suffixe **-self** au pronom personnel complément de la troisième personne du singulier.

De la même façon, au féminin on aura **herself**, *elle-même*.

> **Attention :** à la première et à la deuxième personne on ajoute le suffixe à l'adjectif possessif : **myself**, *moi-même* ; **yourself**, *toi-même.*

Au pluriel, le suffixe est **-selves**, et on observe les mêmes combinaisons qu'au singulier :
ourselves, *nous-mêmes* ; **yourselves**, *vous-mêmes* ;
themselves, *eux-mêmes, elles-mêmes.*

2. Les propositions subordonnées : Don't you think he is?

On remarque que l'équivalent de la conjonction *que* en français n'est pas obligatoirement rendu en anglais, où la subordonnée est directement rattachée à la principale.

Don't you think/he's funny? — He thinks/you're interesting…

3. La phrase interro-négative : Don't you think…?

L'auxiliaire **do** suivi de la négation contractée vient en tête. La phrase commence donc par **don't.**

Comme nous l'avons vu (6-4), on a toujours le même schéma quel que soit l'auxiliaire : auxiliaire + **not** (contracté) + sujet + verbe :
Can't you come? *Ne peux-tu pas venir ?*

4. Les réponses négatives : No, I don't

Comme pour l'auxiliaire **be** (voir 3-4) et tous les autres auxiliaires (voir 5-2), l'auxiliaire **do** suivi de la négation **not** est repris après le mot négatif **no.**

5. Too much

Sert à traduire *trop* après un verbe :

He speaks too much. *Il parle trop.*

6. A lot

Sert à rendre *beaucoup* après un verbe :

He speaks a lot. *Il parle beaucoup.*

EXERCICES

A. Traduisez en français :

1. Sue doesn't often go to art exhibitions.
2. They both go to the same tennis club.
3. I'm not really interested in sport.
4. I think he's attractive but he drinks too much.
5. How many people do you know in this pub?

B. Vous venez de rencontrer la sœur d'un de vos amis anglais. Vous êtes curieux et vous voudriez savoir son âge, si elle est mariée ou non, si elle a des enfants et où elle habite. Quelles sont les questions que vous devez poser à votre ami pour obtenir toutes ces informations ?

C. Soulignez la syllabe tonique dans les phrases suivantes :

1. Paul can speak five languages.
2. Do you work with her?
3. Her sister lives in that red house.
4. What do you think of him?
5. They're both very good at sport.

D. Cherchez l'intrus (quel est le mot qui ne comporte pas le son que l'on retrouve dans les trois autres ?) :

1. awful bore sport early
2. good goes only don't
3. rude too house you
4. funny blue one much
5. rich with nice kids

E. Classez les mots suivants en trois groupes, selon qu'ils sont accentués sur la première, la deuxième ou la troisième syllabe.

Attention : un seul est accentué sur la troisième.

boring, attractive, interested, interesting, himself, conceited, again, prefer, important, exhibitions, artist, lovely, ready, early.

LEÇON 11

A phone call

[**N.** = Neil — **K.** = Karen]

N. Hel**lo**.

K. **Yes**, hel**lo**. Er, my **name**'s **Ka**ren **Jone**s. It's a**bout** the **flat**.

N. **Oh** **ye**s. **Wel**l, **ac**tually it's a **house not** a **flat**.

K. **Oh right**. **Well**, can you **tell** me a **bit** a**bout** it?

N. **Sure**. It's **full**y **fur**nished. It's **£100** a **week** plus elec**tri**city. There are **three bed**rooms and we **all share** the **kit**chen and the **bath**room.

K. **Yes**, I **see**. **Er**, can I **come** and **see** it?

N. **Yes**. You can **come round a**ny **e**vening.

K. **What** a**bout** to**night**? **About eigh**t o'**clock**?

N. **Yes**, t**hat**'s **fine**.

K. **Er**, **what**'s the a**ddress**?

N. **Oh, 15 Shipl**ey **Road**. It's **near** the **li**brary.

K. O**kay**. **See** you **this e**vening **then**.

Remarques

À l'origine, l'expression **o'clock** s'écrivait **of the clock**. Mais comme **of** et **the** étaient toujours prononcés rapidement et sous leur forme faible, l'orthographe s'est mise à refléter la prononciation.

Mots nouveaux

call [kōl]
name [nèïm]
flat [flat]
actually [**ak**tcheli]
bit [bit]
sure [choue]
fully [**fou**li]
furnished [**foe**nicht]
plus [plœs]
electricity [èlèk**tris**iti]
round [raound]
bedrooms [**bèd**roūmz]
share [chèe]
kitchen [**kit**chin]
bathroom [**baś**roūm]
come [kœm]
any [**èni**]
evening [īvniṅ]
address [e**drès**]
Shipley [**chip**li]
road [rôoud]
near [niē]
library [**laï**breri]

An Englishman's home is his castle.
[en **iṅg**lichmenz **hôoum** iz is **kāsl**]

Un coup de fil

N. *Allô.*

K. *Oui. Allô… Je m'appelle Karen Jones. C'est à propos de l'appartement.*

N. *Ah, oui. Eh bien, en fait c'est une maison et pas un appartement.*

K. *Ah, d'accord. Voyons, vous pouvez me la décrire un peu ?*

N. *Bien sûr. Elle est meublée. C'est 100 livres par semaine, plus l'électricité. Il y a trois chambres, et nous partageons tous la cuisine et la salle de bains.*

K. *Oui, je vois. Alors, je peux venir la visiter ?*

N. *Oui, vous pouvez passer n'importe quel soir.*

K. *Ce soir, ça irait ? Vers 8 heures ?*

N. *Oui, très bien.*

K. *À propos, quelle est l'adresse ?*

N. *Ah oui, 15 Shipley Road. C'est près de la bibliothèque.*

K. *Très bien. À ce soir donc.*

Vocabulaire

cellar [sèle], *cave*
loft [loft], *grenier*
(on the) **ground floor** [graound flō], *(au) rez-de-chaussée*
(on the) **first floor** [fo͞est flō], *(au) premier étage*
lift, *ascenseur*
block of flats, *immeuble*
bedsitter, *studio*

Intonation : la syllabe tonique

Si la syllabe tonique n'est pas sur le dernier mot accentué d'une phrase, c'est qu'il y a un autre mot particulièrement important dans cette phrase. Lorsque, par exemple, celui qui parle apporte un complément d'information. Ainsi dans : **It's a CAR, it's a SPORTS car, it's a RED sports car**, à chaque fois c'est l'information nouvelle qui porte la tonique.

Charbonnier est maître chez soi.
(m. à m. : *La demeure d'un Anglais est son château.*)

GRAMMAIRE

1. L'article indéfini : It's £100 a week

Devant des mots comme **day, week, month,** etc., ou tout autre mot exprimant une durée dans le temps, l'article indéfini **a** sert à rendre le français *par*.

2. There are

Traduit *il y a* devant un nom pluriel.

Attention à la prononciation : [żere].

À la forme interrogative, on aura : **Are there…?** [eże]

3. Les noms composés : bedroom, bathroom

Le schéma *nom* + *nom* est très fréquemment utilisé en anglais pour former des noms composés.

Les deux éléments constituant un nom composé sont soit soudés comme ici, soit réunis par un trait d'union, soit séparés. Il n'existe pas de règle pour savoir à l'avance laquelle des trois orthographes sera utilisée. Notez les exemples qui figurent dans les leçons à venir.

4. Can I come and see it?

Le verbe **come** suivi de la conjonction **and** et d'un autre verbe correspond à la tournure française *venir* + infinitif :
Come and sit here. *Viens t'asseoir ici.*
Le verbe **go**, *aller*, se construit de la même façon :
Go and sit there. *Allez vous asseoir là-bas.*

5. L'adjectif démonstratif : this evening

Comme il s'agit de la soirée du jour même, on emploie le démonstratif qui exprime la proximité : **this**.

6. Near the library

Remarquez que **near** diffère de l'équivalent français *près de* et ne prend pas de préposition :
Come and sit near me. *Venez vous asseoir près de moi.*

EXERCICES

A. Traduisez :

1. Come round about nine o'clock.
2. Their house is near the library.
3. How many bedrooms are there?
4. They all share the house.
5. It's a lovely, fully-furnished flat.

B. Construisez des phrases interro-négatives à l'aide des éléments fournis :

1. You/think/Paul/funny
2. Your friend/drink/a lot
3. He/think/Sue/attractive
4. Nick/a bore
5. Peter/talk about/his children

C. Mettez le pronom réfléchi qui convient :

1. I want to talk about …
2. He only thinks about …
3. You talk about … all the time!
4. She's only interested in …
5. Their friends ski but they don't ski …

D. Complétez en traduisant l'expression donnée entre parenthèses :

1. Ann likes Tony. (beaucoup)
2. Nick drinks. (trop)
3. I like her. (aussi)
4. He talks about himself. (trop)
5. I think you talk. (beaucoup)

E. Soulignez la syllabe tonique dans chaque phrase :

1. a. Is that your car? b. No, it's my sister's car.
2. a. What colour's his jacket? b. It's a green jacket.
3. a. Are you English? b. Of course I'm English.
4. a. Is it a good bike? b. It's a very good bike.
5. a. That's a nice T.V. b. It's a new one.

LEÇON 12

Asking the way

[**Mr. S.** = Mr. Smith — **K.** = Karen]

K. Ex**cuse** me **please**. Can you **tell** me the **way** to the **li**brary?

Mr. S. The **li**brary? The **li**brary isn't open at t**his time** of **day**.

K. **Yes**, I k**now**. **Ac**tually it's **Ship**ley **Road** I **want**. It's **near** the **li**brary.

Mr. S. **Ship**ley Road? Oh **yes**. **Now then**. Are you on **foo**t?

K. **Yes**.

Mr. S. **Well**, **go down** to the **traff**ic **lights** and t**urn left**. **Then** you **go straight on** for a**bout oh**, a **hun**dred **yards**[1] and you **come** to a s**mall round**about. You **can't miss** it. **Well**, **Ship**ley **Road** is **one** of the r**oads off** the **round**about. The **first** or the **se**cond I **think**. It's a**bout** te**n minutes** from **here**.

K. **Thank** you very **much**.

Mr. S. You're **wel**come.

Remarques

Attention : il peut arriver que dans une phrase plusieurs formes faibles se suivent.

Can you **tell** me the **way** to the **li**brary?
[ken ye **tèl** mi ze **wèï** te ze **laï**breri]

Mots nouveaux

way [wèï]
open [**ôou**pen]
day [dèï]
know [nôou]
foot [fout]
down [daoun]
traffic lights [**trafik laïts**]
turn [tœn]
left [lèft]
straight on [strèït on]
hundred [**hœn**dred]
yards [yāds]
small [smōl]
welcome [**wèl**kem]
miss [mis]
off [of]
first [fœst]
second [**sè**kend]
roundabout [**raound**ebaout]

All roads lead to Rome.
[**ōl rôoudz līd** te **rôoum**]

Comment demander son chemin

K. *Excusez-moi. Pouvez-vous m'indiquer le chemin de la bibliothèque ?*

Mr. S. *La bibliothèque ? La bibliothèque n'est pas ouverte à cette heure de la journée.*

K. *Oui, je sais. En fait, c'est Shipley Road que je cherche. C'est près de la bibliothèque.*

Mr. S. *Shipley Road? Ah oui. Voyons, vous êtes à pied ?*

K. *Oui.*

Mr. S. *Eh bien, vous allez jusqu'au feu rouge et vous tournez à gauche. Ensuite vous continuez tout droit pendant, oh, une centaine de mètres et vous arrivez à un petit rond-point. Vous ne pouvez pas le manquer. Eh bien, Shipley Road est l'une des routes qui partent du rond-point. La première ou la deuxième je crois. C'est à peu près à dix minutes d'ici.*

K. *Merci beaucoup.*

Mr. S. *De rien.*

Vocabulaire

lane [lèïn], *chemin*
right [raït], *droite (≠ gauche)*
street [strīt], *rue*
crossroads [krosrôoudz], *croisement*
opposite [opezit], *en face (de)*

Prononciation

Comme on l'a vu, les questions de rythme et d'intonation sont très importantes en anglais. Mais par ailleurs, comme dans toutes les langues, il est essentiel de bien distinguer certains sons. En français par exemple, la distinction entre **u** et **ou** gêne beaucoup d'anglophones (cf. la différence entre *dessus/dessous*). Dans les leçons à venir, nous étudierons certaines distinctions fondamentales de l'anglais.

Tous les chemins mènent à Rome.

GRAMMAIRE

1. Les prépositions : to, at, on, off
La préposition **to** dans **to the library** indique la direction ou la destination. La préposition **at** est employée devant les heures et certaines expressions de temps :
at nine o'clock, *à neuf heures* ; **at this time of day**, *à cette heure de la journée* ; **at midday, at noon**, *à midi* ; **at Christmas**, *à Noël*

Après un verbe, la préposition **on** est aussi employée comme particule adverbiale pour modifier le sens du verbe. On ajoute souvent une idée de continuation ou de progression :
you go straight on ; go on, *continuez*.

Le mot **off** employé comme préposition, **off the roundabout**, indique la séparation ou l'éloignement.

2. Les démonstratifs : at this time of day
Emploi de **this** pour désigner la période dans laquelle se trouve celui qui parle.

3. It's Shipley Road I want
It's sert à rendre le français *c'est* lorsqu'il est suivi d'un nom.

Remarquez que la proposition **I want** (= *que je cherche*) ne comporte pas de pronom relatif.

4. L'impératif : go down to the traffic lights and turn left
À la 2e personne, du singulier ou du pluriel, l'impératif est constitué de la forme de base du verbe, sans terminaison :
go, *allez* ; **turn**, *tournez*.

5. Turn left
Remarquez l'absence de préposition devant **left** (français : à gauche) après le verbe **turn**.

6. Les adjectifs numéraux : a hundred yards
Pour traduire *cent*, on emploie **hundred** précédé de l'article **a**.

Pour dire *deux cents*, on dira **two hundred**, où l'on remarque que **hundred** est invariable.

7. Les adverbes de quantité : Thank you very much
Beaucoup qualifiant un verbe se rend en anglais par **very much**.
I like this film very much. *J'aime beaucoup ce film.*
Attention : il se place toujours **après** le complément.

EXERCICES

A. Traduisez :

1. Excuse me. Can you tell me the time, please?
2. There's a roundabout and then the traffic lights.
3. Turn right at the traffic lights.
4. I can't see. Are the traffic lights green or red?
5. Terry lives in a flat, not a house.

B. Complétez en employant les mots suivants : ***to, on, off, at, for, to*** **:**

1. I can meet you … quarter past seven.
2. Paul goes … work in his car.
3. Go straight … to the roundabout.
4. It's a small road … Shipley Road.
5. They go … London … Christmas.

C. Traduisez :

1. Est-ce que la bibliothèque est ouverte à cette heure de la journée ?
2. Pouvez-vous m'indiquer le chemin ?
3. À pied, c'est à dix minutes d'ici.
4. Vous ne pouvez pas la manquer : elle est dans Shipley Road.
5. Merci beaucoup.

D. Trouvez la question suggérée par la réponse :

1. He's thirty-six.
2. No, they aren't really rich.
3. It's quarter to five.
4. It's my brother.
5. Yes, I like wine very much.

E. Soulignez toutes les formes faibles :

1. Are the children Italian?
2. You go straight on for about a hundred yards.
3. The library isn't open at this time of day.
4. Go down to the traffic lights and turn left.
5. It's about ten minutes from here.

LEÇON 13

Looking over the house

[**N.** = Neil — **K.** = Karen]

K. Hel**lo**, I'm **Ka**ren.

N. Oh hel**lo. Come in**. My **name**'s **Neil**[2] **by** the **way. Well**, we can **start** down**stairs. This** is the **li**ving room. **Er**, it's a **co**lour T.**V**.

K. Mm, it's a **ve**ry **nice room**.

N. This is the **kit**chen.

K. Uhuh. Is there a **wash**ing ma**chine**?

N. No, but there's a launde**rette** just a**round** the **cor**ner. **That**'s **Vic**ky's **room**. She's **not in** at the **mo**ment. She's a **nurse**.

K. Oh **yes**?

N. The **o**ther **bed**rooms are up**stairs**... **That**'s **my room** and **this** is the **bath**room.

K. Oh, there's a **show**er. **That**'s **good**.

N. Yes, and **this** is the **o**ther **bed**room. There's **plen**ty of **cup**board **space** and it's a **new bed**.

K. Uhuh. Well, yes, I **like** it.

N. O**kay**. **Well let**'s **go** down**stairs** and **have** a **cup** of **co**ffee and we can **talk about** it.

Remarque

On prononce **cup** [kœp], *tasse*, et **board** [bōd], *planche*, mais **cupb**oard se prononce [kœbed].

Mots nouveaux

by [baï]
start [stāt]
downstairs [daoun**stèez**]
living room [**li**viṅ **roum**]
colour [kœle]
T.V. [tī**vī**]
washing machine [**wo**chiṅ me**chīn**]
launderette [lōn**drèt**]
around [e**raound**]
corner [**kō**ne]
moment [**môou**ment]
nurse [nōes]
other [œże]
upstairs [œp**stèez**]
shower [**chaou**we]
plenty [**plèn**ti]
cupboard [**kœ**bed]
space [spèïs]
new [nyōu]
bed [bèd]
cup [kœp]

Cleanliness is next to godliness.
[**klèn**lines iz **nekst** te **god**lines]

Visite de la maison

K. *Bonjour. Je suis Karen.*

N. *Ah, bonjour. Entrez. À propos, je m'appelle Neil. Bon, on peut commencer par le rez-de-chaussée. Voici le salon… C'est une télé couleur.*

K. *Hm, c'est une pièce très agréable.*

N. *Voici la cuisine.*

K. *D'accord. Il y a une machine à laver ?*

N. *Non, mais il y a une laverie au coin de la rue. Ça, c'est la chambre de Vicky. Elle n'est pas là en ce moment. Elle est infirmière.*

K. *Ah oui ?*

N. *Les autres chambres sont en haut… Ça là-bas, c'est ma chambre, et voici la salle de bains.*

K. *Oh, il y a une douche. C'est bien, ça.*

N. *Oui, et voici l'autre chambre. Il y a plein de rangements, et le lit est tout neuf.*

K. *Oui. Ma foi, ça me plaît.*

N. *Parfait. Eh bien allons en bas prendre une tasse de café. Nous pourrons en discuter.*

Vocabulaire

roof [rōūf], *toit*
ceiling [sīliṅ], *plafond*
wall [wōl], *mur*
floor [flō], *plancher*

Prononciation : l'accentuation des mots composés

Les noms composés (voir Grammaire) comportent **deux** accents : un accent principal, plus fort, et un accent secondaire. Dans la majorité des cas c'est le premier élément qui porte l'accent principal, ainsi qu'on peut le voir dans les exemples : **liv**ing room, **wash**ing machine, **bed**room, **bath**room.

La propreté est proche de la sainteté.

GRAMMAIRE

1. La traduction de *on* : we can start downstairs

Le pronom personnel **we** (= *nous*) sert à rendre le français *on* lorsque *on* inclut celui qui parle : **In my family we all speak English**. *Dans ma famille on parle tous l'anglais.*

2. There's a launderette ; is there a washing machine?

There's + *nom singulier* traduit *il y a*. Remarquez qu'on a utilisé **'s**, forme contractée de **is** :

Attention à la prononciation réduite [żez] !

Is there est la forme interrogative correspondante. Comme dans toutes les phrases interrogatives comportant un auxiliaire, celui-ci est placé en tête. On a le schéma : auxiliaire **be** + there + nom.

3. Les noms composés : washing machine, living room

Deux exemples de noms composés dont les deux éléments sont séparés (voir 11-3).

4. Le génitif : Vicky's room

Avec un adjectif possessif, on aurait **my room**, **your room**, etc. La forme **Vicky's** joue donc le rôle de l'adjectif possessif. Ceci explique pourquoi le génitif est parfois appelé *cas possessif*. On a le schéma : *nom propre* + **'s** + *nom commun*.

5. Les prépositions : she's not in

In (sous-entendu : **the house**) est employé dans ce sens essentiellement dans des questions : **Is Karen in?**, *Karen est-elle là ?* (= à la maison, chez elle) et dans des phrases négatives : **Sorry, she's not in**, *Désolé, elle n'est pas là*. Le contraire sera **out : She is out** [aout], *elle est sortie*.

6. L'article défini : at the moment

The a ici la valeur d'un démonstratif (= **this**) :
at the moment, *en ce moment*.

7. Les adjectifs indéfinis : other, plenty of

Other, *autre*, employé comme adjectif est invariable.

Plenty of, *largement assez*. **Plenty of water, plenty of chairs**, *largement assez d'eau, de chaises*.

8. L'impératif : Let's go

L'impératif à la première personne du pluriel s'obtient en plaçant **let's** devant la forme de base du verbe : **let's go**, *partons*.
Let's est formé du verbe **let** et de **'s** qui est la forme contractée du pronom complément **us**, *nous*.

EXERCICES

A. Traduisez :

1. Ma chambre est en haut.
2. La femme de Robert est infirmière.
3. Il n'y a pas de machine à laver dans la maison.
4. La laverie est tout de suite au coin de la rue.
5. L'autre salle de bains est en bas.

B. Mettez le verbe entre parenthèses à la forme du présent qui convient :

1. Sue (live) in Scotland.
2. They (speak) English.
3. Carol (love) sports cars.
4. Chris and Tony (like) whisky.
5. She can (speak) three languages.

C. Remettez les mots dans l'ordre de façon à reconstituer une phrase acceptable.

Attention aux signes de ponctuation.

1. upstairs/room/Neil's/is/.
2. that/Kay's/the/on/book/is/table/?
3. mother/where/Carol's/is/?
4. got/David's/cats/sister/five/has/.
5. friend/can/too/Italian/Robert's/speak/?

D. Traduisez :

1. How many rooms are there?
2. Have they got a colour T.V.?
3. The bedrooms are upstairs.
4. The kitchen is blue and white.
5. There isn't a washing machine.

E. À chacun des sons voyelles ci-dessous (de 1 à 5) correspondent deux mots de la liste suivante (de a à j). À vous de les trouver :

a) first	b) start	c) space	d) walk	e) light
f) time	g) nurse	h) yards	i) talk	j) name
1) [ā]	2) [oe]	3) [eï]	4) [aï]	5) [ō]

LEÇON 14

A new flatmate

[**N.** = Neil — **K.** = Karen]

N. What do you **do by** the **way**, **Ka**ren?

K. I **work** in a **bank**. **What** a**bout you**?

N. I'm a **tea**cher. **So**, **er**, **well**, if you de**cide** to **move in** you **pay** a **month**'s **rent** in ad**vance** and you **give** a **month**'s **no**tice **when** you **want** to **leave**. We've **got one rule** : **no smok**ing in the **rooms** we **share**. Of **course** you can s**moke** in your **own room**.

K. I **don't** s**moke** so **that**'s **no prob**lem.

N. Er, **what else**? We've **got** a **ro**ta for the **house**work but we're **fair**ly **cas**ual a**bout** it. **What else** can I **tell** you?

K. Nothing **real**ly. **Well**, I t**hink** it's **all ve**ry **nice**. Can I **take** it?

N. Yes, **cer**tainly. **Wel**come!

K. Thanks. **Well**, **when** can I **move in**?

N. It's **up** to **you**. The **room**'s **free now**.

K. What a**bout next Fri**day?

N. Yes, **that**'s **fine**. **No prob**lem.

Remarque

Do n'apparaît sous sa forme faible que lorsqu'il est auxiliaire et non verbe principal. Cela apparaît clairement dans l'exemple : **What do you do?** [wot de ye dōu]

Mots nouveaux

flatmate [**flat**meït]
bank [baṅk]
teacher [**tī**tche]
decide [di**saïd**]
move [mōuv]
pay [pèï]
month [mœnṡ]
rent [rènt]
advance [ed**vāns**]
give [giv]
notice [**nôou**tis]
leave [līv]
got [got]
no smoking [nôou**smôou**kiṅ]
rule [rōul]
smoke [smôouk]
problem [**prob**lem]
rota [**rôou**te]
housework [**haous**wōek]
fairly [**fèe**li]
casual [**kaj**youel]
nothing [**nœ**ṡiṅ]

There's no place like home.
[żèz **nôou plèïs laïk hôoum**]

Une nouvelle colocataire

N. *À propos, Karen, qu'est-ce que vous faites dans la vie ?*
K. *Je travaille dans une banque. Et vous ?*
N. *Je suis enseignant. Bon, eh bien, si vous décidez de venir habiter ici, vous payez un mois de loyer en avance et vous donnez un mois de préavis si vous voulez partir. Nous avons une seule règle : interdiction de fumer dans les pièces communes. Bien sûr, vous pouvez fumer dans votre propre chambre.*
K. *Je ne fume pas, donc ça ne pose pas de problème.*
N. *Voyons, quoi d'autre ? Nous faisons le ménage à tour de rôle, mais on est plutôt souples là-dessus. Qu'est-ce que je peux vous dire encore ?*
K. *Rien en fait. Eh bien, je pense que tout ça c'est très bien. Je peux la prendre ?*
N. *Mais bien sûr. Soyez la bienvenue.*
K. *Merci. Eh bien, quand est-ce que je peux m'installer ?*
N. *C'est quand vous voulez. La chambre est libre dès maintenant.*
K. *Que diriez-vous de vendredi prochain ?*
N. *Oui, parfait, sans problème.*

Vocabulaire

doctor [dokte], *médecin*
lawyer [lōye], *avocat*
secretary [sèkretri], *secrétaire*
engi**neer** [èndjinie], *ingénieur*
housewife [haouswaïf], *femme au foyer*

Prononciation : le groupe de souffle

Jusqu'ici nous n'avons rencontré que des phrases courtes avec une seule syllabe tonique. Cependant les phrases plus longues peuvent comporter plus d'un groupe de souffle et dans chaque groupe on aura une syllabe tonique, ainsi que l'illustre l'exemple suivant : **Well if you decide to move IN/you pay a month's rent in adVANCE/ and you give a month's NOtice/when you want to LEAVE.**

Rien ne vaut son chez-soi.
(m. à m. : *Il n'y a pas d'endroit comme chez soi.*)

GRAMMAIRE

1. Les verbes composés : move in

Le verbe **move** signifie *bouger, déplacer, déménager*. Dans ce dernier sens, s'il est suivi de **in**, cela contribue à modifier le sens du verbe, **move in** voulant alors dire *emménager*. Dans ce cas, **in** est appelé *particule adverbiale*. On voit donc qu'un même mot, **in**, peut être tantôt préposition (voir 8-5), tantôt particule.

2. Le génitif : a month's rent, a month's notice

La forme **'s** est utilisée avec des mots exprimant la durée comme **day, week, month, year**.

3. Have got : We've got

En anglais contemporain, ce verbe est l'équivalent du verbe *avoir*. C'est l'élément **have** qui se conjugue : **has got** à la troisième personne du singulier et **have got** à toutes les autres :
Nick has got a car. *Nick a une voiture.*
We have got a car. *Nous avons une voiture.*

Les formes contractées sont respectivement : **'s** ou **'ve : He's got**, *il a* ; **we've got**, *nous avons*.

4. L'omission du pronom relatif : the rooms we share

On remarque qu'il n'y a pas de pronom relatif entre **the rooms** et **we share**. En français, ce type de phrase serait inconcevable mais en anglais le pronom relatif complément est souvent omis (voir 12-3).

On se souvient que la conjonction *que* est aussi souvent omise en anglais (voir 10-2).

5. Les démonstratifs : so that's no problem

That est employé comme pronom pour reprendre ce qui vient d'être dit.

6. L'auxiliaire can : when can I move in?

Can a ici son deuxième sens le plus fréquent : il exprime la permission (il ressemble au verbe *pouvoir* en français qui exprime soit la capacité, soit la permission).

EXERCICES

A. Traduisez :

1. Mon amie Ann travaille dans une banque.
2. Vous donnez un mois de préavis si vous voulez partir.
3. Je crois que je peux emménager vendredi prochain.
4. Vous pouvez fumer dans votre chambre si vous voulez.
5. Que puis-je vous dire d'autre ?

B. Remettez les mots dans le bon ordre.

Attention aux signes de ponctuation.

1. Kevin/can/he/see/?/
2. meet/pleased/to/you/./
3. I/word/want/you/with/have/to/a/./
4. that/is/husband/your/?/
5. you/like/sports/centre/this/do/?/

C. En vous référant au dialogue, répondez aux questions :

1. What does Karen do?
2. What is the rule in the rooms they share?
3. Does Neil do the housework?
4. What does Karen think of the house?
5. When does she want to move in?

D. Complétez à l'aide de l'article *the* lorsqu'il est nécessaire :

1. Phil and Sue go to … same squash club.
2. Vicky is interested in … cars.
3. Where is … Buckingham Palace?
4. They all go to … pub on Saturday.
5. Is … art more important than … sport?

E. Soulignez la syllabe tonique dans chaque phrase :

1. I work in a bank.
2. We both do the housework.
3. It's a new bed.
4. The room's free now.
5. What about next Friday?

LEÇON 15

Talking about the new flatmate

[**N.** = Neil — **V.** = Vicky]

N. I've **got some**one for the **o**ther **room.**

V. Oh really? **Male** or **fe**male?

N. Female. She **seems ve**ry n**ice**. **Friend**ly. Her **name**'s **Ka**ren. She d**oesn't smoke.**

V. Oh g**ood**, **that**'s **luck**y. **What** does she **do**?

N. She **works** in a **bank.**

V. When can she **move in**?

N. On **Fri**day.

V. That's **good**. **Then** she's g**ot** the week**end** to **sett**le d**own.**

N. Mm. We can t**ake** her to the s**ports cen**tre on **Sun**day.

V. Yes, o**kay**. Have you **got** a **key** for her?

N. No, but I can **get one** to**mo**rrow.

V. I **hope** she's **got** some **good** C.**D**.'s. I'm **sick** of the **ones** we've **got.**

N. Yeah, **so** am **I.**

Remarques

The a deux formes faibles. Devant une voyelle, on le prononce [żi] : **the other room** [żi œże **rōūm**]. Devant une consonne, il est prononcé [że] : **the weekend** [że wik**ènd**] ; **the sports centre** [że **spōts sèn**te].

> **Attention :** ce qui compte pour choisir l'une ou l'autre forme, c'est la prononciation et non pas l'orthographe.

Ainsi **the ones** se prononce [że **wœnz**] parce que **ones** commence par un son-consonne [w] et non par un son-voyelle.

Mots nouveaux

talking [**tō**kiṅ]
someone [s**œm**wœn]
male [mèïl]
female [**fī**mèïl]
seems [sīmz]
lucky [**lœ**ki]
yeah [yèe]
weekend [wīk**ènd**]
settle [sètl]
key [kī]
tomorrow [te**mo**rôou]
C.D. [sī**dī**]
ones [wœnz]

The more the merrier.
[że **mō** że **mè**riē]

Propos sur la nouvelle colocataire

N. *Ça y est, j'ai quelqu'un pour l'autre chambre.*
V. *Ah, oui ? Un homme ou une femme ?*
N. *Une femme. Elle a l'air très bien. Sympathique. Elle s'appelle Karen. Elle ne fume pas.*
V. *Bien, c'est un coup de chance. Elle fait quoi dans la vie ?*
N. *Elle travaille dans une banque.*
V. *Elle peut emménager quand ?*
N. *Vendredi.*
V. *C'est bien. Comme ça elle aura le week-end pour s'installer.*
N. *Nous pouvons l'emmener au centre sportif dimanche.*
V. *Oui, d'accord. Tu as une clé pour elle ?*
N. *Non, mais je peux en avoir une demain.*
V. *J'espère qu'elle a quelques bons disques compacts. J'en ai marre de ceux que nous avons.*
N. *Ouais, moi aussi.*

Vocabulaire

lock [lok] (v), *fermer à clé*
(n), *serrure*
window [windôou], *fenêtre*
record [rèkōd], *disque*
female, *femelle*
door [dō], *porte*
close [klôouz], *fermer*
ciga**rette** [sigerèt], *cigarette*
ca**ssett**e [kesèt], *cassette*
male, *mâle*

Prononciation : la syllabe tonique

Comme nous l'avons vu (p. 71), une longue phrase peut être divisée en différents groupes de souffle, chacun d'entre eux possédant sa syllabe tonique.
Une phrase courte, même si elle ne comporte qu'un seul mot, aura toujours une syllabe tonique.
Tout cela se trouve illustré dans l'exemple : **FEmale/She seems very NICE/FRIEND**ly/**She doesn't SMOKE**.

Plus on est de fous, plus on rit.
(m. à m. : *Plus on est nombreux, plus on est joyeux.*)

GRAMMAIRE

1. Les indéfinis : some good records, I've got someone

Employé devant un nom pluriel, **some** signifie selon les cas : *une certaine quantité de, quelques, des*. On le trouve surtout dans des phrases affirmatives.

Someone, pronom indéfini formé de **some** + **one**, s'emploie dans les phrases affirmatives et traduit le français *quelqu'un.*

2. L'auxiliaire can : when can she move in?

Can a ici le sens de *pouvoir = être en mesure de*. Comparez avec 14-6.

3. Les prépositions : to settle

Employée devant un verbe, la préposition **to** indique le but et traduit donc le français *pour* + verbe.

4. Les pronoms personnels : we can take her

Her est le pronom personnel féminin complément de la troisième personne du singulier (sujet : **she**). Ici, **her** représente Karen.

5. Le pronom one : I can get one

One, *un, une*, reprend **key**.

Lorsqu'il reprend un nom pluriel, il a la forme **ones** :
I'm sick of the ones we've got (**ones** = *CD's*).

C'est le seul pronom à pouvoir être précédé de l'article défini.

EXERCICES

A. Traduisez :

1. Notre nouvelle colocataire ne fume pas.
2. Quel est son métier ?
3. Neil a une clé pour elle.
4. J'en ai assez de cette musique.
5. Vicky en a marre des amis de Neil.

B. Complétez avec le verbe qui convient :

1. — Do you …? — No, I don't like cigarettes.
2. Can Gary … golf?
3. My father … in a bank.
4. Can you … me the way to the sports centre?
5. Nick always … whisky.

C. Posez la question portant sur les mots en italique :

1. I work *at the library*.
2. They go to the bank *on Friday*.
3. Paul prefers *tennis*.
4. Sheila can play *squash*.
5. *Sheila* can play squash.

D. Répondez aux phrases suivantes par l'affirmative ou la négative, comme indiqué, en utilisant *one* :

Exemple : **Has David got a flat? (yes/nice)**
Yes, he's got a nice one.

1. That's a nice jacket. (Yes/new)
2. Have Mary and Joe got a large flat? (No/small)
3. Have you got a red car? (No/blue)
4. Has Jane got a cat? (Yes/white)
5. Have you got any photos of him? (Yes/good)

E. Classez en trois groupes de quatre les mots suivants selon le son-voyelle qu'ils contiennent [ôou], [œ] **ou** [ou] **:**

hope, other, move, room, bloke, lucky, some, do, so, smoke, one, you.

LEÇON 16

Moving in

[**N.** = Neil — **K.** = Karen — **V.** = Vicky]

N. Hel**lo** **Ka**ren. Can I **help**?

K. **Oh** hel**lo**, **Neil**. **That**'s **kind** of you. Can you **car**ry **that** **box**? It's **ve**ry **hea**vy. It's **full** of **bo**oks.

N. **Where** do you **want** them, in the **li**ving **room** or in **your** room?

K. **Oh**, in the **li**ving **room**, I t**hink**, if **that**'s o**kay**.

N. **Right**. **What else** can I **do**?

K. Can you t**ake that suit**case? It's **full** of c**lothes**. It's **not** ve**ry** **hea**vy.

N. **Sure**. **Any**thing **else**?

K. **Er**, is there **some**where I can **put** my **bike**?

N. **Oh yes**. You can **put** it in the **shed** in the **gar**den. **Vick**y **puts** **hers** in **there**. **Come** and **meet** her. She's in the **kit**chen. … **Vick**y, this is **Ka**ren, our **new flat**mate.

V. Hel**lo** **Ka**ren, **nice** to **meet** you. **Wel**come to the **house**. If there's **any**thing you **need** d**on't** **hesi**tate to **ask**.

K. **Thanks**.

Remarques

Le **h** est prononcé dans **hello, help, heavy, hers, house** et **hesitate** mais pas dans la forme faible de **her : Come and meet her** (ligne 13).

Mots nouveaux

help [hèlp]
carry [**kar**i]
box [boks]
heavy [**hè**vi]
books [bouks]
full [foul]
clothes [klôouz]
anything [**èni**ṅiṡ]
somewhere [**sœm**wèe]
put [pout]
bike [baïk]
shed [chèd]
garden [**gād**n]
hers [hōēz]
our [aoue]
need [nīd]
hesitate [**hèzi**tèït]
ask [āsk]

Many hands make light work.
[mèni **handz mèïk laït wōēk**]

Installation

N. *Bonjour, Karen. Je peux vous aider ?*

K. *Oh, bonjour, Neil. C'est gentil de votre part. Vous pouvez porter cette boîte ? Elle est très lourde. Elle est pleine de livres.*

N. *Vous les voulez où ? Dans le salon ou dans votre chambre ?*

K. *Oh, dans le salon je pense, si personne n'y voit d'inconvénient.*

N. *Très bien. Qu'est-ce que je peux faire d'autre ?*

K. *Pouvez-vous prendre cette valise ? Elle est pleine de vêtements. Elle n'est pas très lourde.*

N. *Bien sûr. Autre chose ?*

K. *Eh bien… Est-ce qu'il y a un endroit où je peux mettre mon vélo ?*

N. *Oh oui, vous pouvez le mettre dans la cabane du jardin. C'est là que Vicky range le sien. Venez que je vous présente. Elle est dans la cuisine… Vicky, voici Karen, notre nouvelle colocataire.*

V. *Bonjour, Karen. Enchantée de faire ta connaissance. Bienvenue dans la maison. Si tu as besoin de quelque chose, n'hésite pas à demander.*

K. *Merci.*

Vocabulaire

light [laït], *léger* | **emp**ty [èmti], *vide*

Prononciation : l'accentuation des mots composés

Les exemples suivants, extraits des dialogues indiqués entre parenthèses, se conforment tous au schéma d'accentuation normal (voir p. 67), à l'exception de weekend et good-**look**ing qui ont l'accent principal sur le deuxième mot : good-**look**ing (leçon 4), **house**work (leçon 14), week**end**, **sports** centre (leçon 15), **suit**case, **flat**mate (leçon 16).

Souvenez-vous (voir 11-3) que les mots composés peuvent être écrits en un seul mot comme **suitcase**, séparés comme **sports centre**, ou écrits avec un tiret comme **good-looking** (leçon 4).

Plus on est nombreux, plus le travail est léger.
(m. à m. : *De nombreuses mains rendent le travail léger.*)

GRAMMAIRE

1. Les indéfinis

Anything, pronom indéfini, employé dans une phrase interrogative ou après **if**, *si*, signifie *quelque chose.*

On l'emploie lorsque l'on n'a aucune idée de ce que sera la réponse. Si on anticipait une réponse positive ici, on dirait :
If there is something you need…

Somewhere, *quelque part*, s'emploie dans des phrases interrogatives, si on s'attend à une réponse positive, et dans les phrases affirmatives.

2. Les pronoms personnels

It, pronom qui sert à reprendre des noms de choses, n'a qu'une forme, qu'il soit sujet ou complément (tout comme **you**) :
It's full of clothes – Put it in the shed.

3. Do : What else can I do?

Do est ici non plus un auxiliaire mais un verbe et signifie *faire.*

4. Les pronoms possessifs : Vicky puts hers in there

Hers, *le sien, la sienne, les siens*, est le pronom possessif féminin de la troisième personne du singulier.

Un pronom possessif se forme généralement en ajoutant la terminaison **-s** à l'adjectif possessif correspondant. (C'est ce même **-s** qu'on retrouve dans le génitif ou cas possessif.)

your → yours **our → ours** **their → theirs**

His et **its** ont la même forme, qu'ils soient adjectifs ou pronoms, et **my** devient **mine** lorsqu'il est pronom (voir Annexes).

5. Les noms communs particuliers : clothes

Ce nom n'a pas de singulier :
Where are my clothes? *Où sont mes vêtements ?*

6. Les démonstratifs : This is Karen

This est employé dans les présentations, puisque la personne que l'on présente est toute proche.

7. Les verbes construits avec to : don't hesitate to ask

Hesitate fait partie de la catégorie des verbes qui se construisent avec **to** lorsqu'ils sont suivis d'un autre verbe :

I hesitate to tell him. *J'hésite à le lui dire.*

EXERCICES

A. Traduisez :

1. Karen a une boîte pleine de photos.
2. Est-ce qu'elle est très lourde ?
3. Sa valise est pleine de disques, mais elle n'est pas très lourde.
4. Est-ce que je peux mettre mes livres quelque part ?
5. Neil met les siens dans la cabane du jardin.

B. Complétez à l'aide du mot *to* lorsqu'il est nécessaire :

1. Can you … carry that box?
2. You can … come if you … like.
3. You go down … the traffic lights and you turn … right.
4. We can … take her … the sports centre.
5. Do you … want … go … the library?

C. En vous référant au dialogue, répondez aux questions :

1. What is in Karen's suitcase?
2. Where does Neil put the box?
3. Are the books heavy?
4. Where can Karen put her bike?
5. Who is in the kitchen?

D. Formulez à nouveau les phrases suivantes du dialogue en modifiant les mots en italique le cas échéant :

Vicky puts *hers* in there. Come and meet *her*. *She's* in the kitchen.
1. John puts his in there …
2. Ann and Mary …
3. Peter and Paul …

E. Parmi ces mots seulement trois sont accentués sur la deuxième syllabe. Lesquels ? Les autres sont accentués sur la première syllabe :

address, kitchen, evening, roundabout, library, colour, shower, coffee, advance, notice, tomorrow, heavy, hesitate.

A nice quiet evening

[**N.** = Neil — **K.** = Karen — **V.** = Vicky]

N. Oh, t**here you are**, **Ka**ren. Are you **all sor**ted **out**?

K. Yes, **more** or **less.** I'm **glad** it's **Sa**turday to**mo**rrow. I **need** the week**end** to re**co**ver.

N. Well, **now** you can **sit** dow**n** and h**a**ve a n**ice cup** of **tea**. We can **get fish** and **chips**[3] **la**ter and **watch** a **film** on the **box**[4].

K. What's **on** to**night**?

N. No idea, but the **pro**gramme's in the **pa**per. W**here is** the **pa**per, **Vic**ky?

V. Uh, it's **un**der the **tea**pot.

N. Right, **here** we **are.** Now, **let's see. Well**, there are **two films** — a **Wes**tern, "**High Noon**" with **Ga**ry **Coo**per or a **mu**sical **co**medy, "**Sing**ing in the **Rain**".

V. Well, **now** that there are **three** of us we can **have** a demo**cra**tic **vote**. **Ka**ren?

K. Well, I like Westerns.

N. Great ! "**High Noon**" **then**. **Hard** l**uck, Vic**ky.

Remarques

Notez que quand les deux mots **there are** sont à la forme faible, on prononce le **r** de **there** [żer e] (voir p. 23).

Mots nouveaux

sorted out [**sō**tid **aout**]
more or less [mōr e lès]
glad [glad]
recover [ri**kœ**ve]
sit down [sit daoun]
quiet [kwaïet]
watch [wotch]
film [film]
idea [aï**diē**]
programme [**prôou**gram]
paper [**pèï**pe]
under [**œn**de]
teapot [**tī**pot]
let's [lèts]
western [**wès**ten]
High Noon [haï nōun]
musical comedy [**myōu**zikl **ko**midi]
Singing in the Rain [**siṅ**iṅ in że rèïn]
us [œs]
democratic [dème**kra**tik]
vote [vôout]
hard luck [hād lœk]

*If you **can't beat** them, (**join** them).*
[if ye **kānt bīt** żem **djoïn** żem]

Une bonne soirée tranquille

N. *Ah, te voilà, Karen. Alors, tu as fini de ranger ?*
K. *Oui, plus ou moins. Je suis contente que ce soit samedi demain. J'ai besoin du week-end pour me remettre.*
N. *Eh bien maintenant, tu peux t'asseoir et prendre une bonne tasse de thé. Nous irons chercher des « fish and chips » plus tard et nous regarderons un film à la télé.*
K. *Qu'est-ce qu'il y a à voir ce soir ?*
N. *Aucune idée. Mais le programme est dans le journal. Au fait, Vicky, il est où, ce journal ?*
V. *Ben, il est sous la théière.*
N. *Bon, voyons, voyons. Eh bien, il y a deux films — un western, « Le train sifflera trois fois » avec Gary Cooper, ou « Chantons sous la pluie », une comédie musicale.*
V. *Eh bien, maintenant que nous sommes trois, nous pouvons voter démocratiquement. Karen ?*
K. *Vous savez, moi, j'aime les westerns.*
N. *Super ! Ce sera donc « Le train sifflera trois fois ». Pas de chance, Vicky !*

Vocabulaire

channel [tchanel], *chaîne* (télé)
docu**men**tary [dokyoumèntri], *documentaire*
news [nyōūz], *nouvelles*
box [boks] (fam.), *télé*
fish and chips [fichentchips], *frites et poisson frit à emporter.*

Prononciation : syllabe tonique et forme forte

Dans les expressions suivantes, la tonique tombe sur **are** qui est bien sûr prononcé sous sa forme forte [ā] : **there you ARE** [zèe you ā] (ligne 1) et **here we ARE** [hiē wi ā] (ligne 10).
Par contre, il apparaît non accentué et sous sa forme faible dans deux autres phrases : **there are two FILMS** [zère tōū films] (ligne 10-11) et **there are THREE of us** [zère ṡrī ev œs] (ligne 13).

Si vous ne pouvez les battre, joignez-vous à eux.

GRAMMAIRE

1. Les comparatifs irréguliers : more or less

More, *plus*, est le comparatif de supériorité de **much** ou **many**.

Less, *moins*, est le comparatif de supériorité de **little**, *peu de* (+ nom singulier). Il sert à former les comparatifs d'infériorité :
English is less difficult than French.
L'anglais est moins difficile que le français.

2. Les prépositions : I need the weekend to recover

To, placé devant un verbe, indique ici le but.

3. L'ordre des adjectifs : a nice quiet evening

Lorsque **nice** est employé avec un autre adjectif, c'est toujours lui qui vient en première position : ici, il précède **quiet** (voir 7-3).

4. L'omission de l'article : fish

Tout comme tous les noms de matières, **fish** (voir 7-5) ne prend pas d'article lorsqu'il désigne le poisson en général :
I like fish. *J'aime le poisson.*
I like beer. *J'aime la bière.*
I like chips. *J'aime les frites.*

5. What's on?

Cette expression est employée pour demander quel est le programme à la télévision, ou ce que l'on joue au cinéma ou au théâtre.

« **What's On** » est d'ailleurs le nom d'un des guides des programmes des spectacles en Angleterre.

6. Les prépositions : in the rain

Remarquez l'emploi de la préposition **in** pour traduire *sous la pluie*.

7. Les pronoms personnels : three of us

Us est la forme complément du pronom **we** :
They like us. *Ils nous aiment* (voir Annexes).

EXERCICES

A. Traduisez :

1. Je n'aime pas le poisson.
2. Qu'y a-t-il à la télé ce soir ?
3. Où est la théière ?
4. Oh, la voici, sous le journal !
5. Il y a trois films à la télé ce soir.

B. Remplacez les mots en italique par un pronom :

1. Where is *the paper*, Vicky?
2. I like *Westerns.*
3. *Karen and Neil* both like Westerns.
4. Neil tells *Karen* about the flat.
5. *Neil* looks at the programme.

C. Reconstituez les phrases en commençant par le mot en italique.

1. go/want/*they*/bank/to/to/the/tomorrow
2. *Karen*/are/boring/comedies/thinks/musical
3. T.V./is/on/*what*/tonight/?/
4. on/a/tonight/film/*there*/good/is
5. *Neil*/Karen/key/Tuesday/can/on/get/for/a

D. Traduisez :

1. She's glad it's the weekend.
2. Is there a good film on T.V. tonight?
3. Do you prefer Westerns or musical comedies?
4. They watch more television than us.
5. The programme for the weekend is in the paper.

E. Soulignez la syllabe tonique dans chaque phrase :

1. a. What do you want for supper?
b. We can get fish and chips for supper.
2. a. What's in the paper?
b. The programme's in the paper.
3. a. What's under the teapot?
b. The paper's under the teapot.

LEÇON 18

Saturday morning

[**N.** = Neil — **K.** = Karen]

N. Good morning, **Ka**ren. S**leep wel**l?

K. Mm, like a **lo**g. It's **very quie**t **here.**

N. Yes, it **is. Now**, w**hat** a**bout break**fast[5]? There's **bread** in the **bread**bin, **butt**er and **milk** in the **fridge** and **ce**real in **tha**t **cup**board. **Help** your**self.**

K. Thanks. I must **do** some **shop**ping this **mor**ning. **Where**'s **Vic**ky?

N. She's at **work.** She's on the **early mor**ning s**hift this week** so she **leaves** the **house** at **five** o'**clock.**

K. Oh, **ra**ther **her** than **me. What time** do **you leave**?

N. A**bout quar**ter **past eight.** But **not** at week**ends** of **course.** D**on't you work** on **Sat**urdays, **Ka**ren?

K. Only **e**very **o**ther **Sat**urday. **Not** to**day. Mm**, **this** is **love**ly **jam.** Is it home-**made**?

N. Yes, **Vicky**'s **mo**ther **makes** it.

K. It's de**li**cious. **Oh, how oft**en do the **bus**es **go, Neil**?

N. There's **one every twelve min**utes. In **theo**ry.

Remarques

Dans la phrase *I must do some shopping this morning* (ligne 6), **must** et **some** sont prononcés avec leurs formes faibles [mest] et [sem] respectivement.

Mots nouveaux

morning [**mō**niṅ]
sleep [slīp]
log [log]
breakfast [**brèk**fest]
bread [brèd]
breadbin [**brèd**bin]
butter [**bœ**te]
milk [milk]
fridge [fridj]
cereal [**si**ēriēl]
yourself [ye**sèlf**]
must [mœst]
shopping [**cho**piṅ]
shift [chift]
rather [rāże]
today [te**dèï**]
theory [**ši**ēri]
jam [djam]
home-made [**hôoum mèïd**]
delicious [di**lich**es]
every [**èv**ri]

The early bird catches the worm.
[żi **oe**li **boed katch**ez że **woem**]

Samedi matin

N. *Bonjour, Karen. Bien dormi ?*
K. *Oui, oui. Comme une souche. C'est très calme ici.*
N. *C'est vrai. Tu veux ton petit déjeuner ? Il y a du pain dans la boîte, du beurre et du lait dans le frigo, et des céréales dans ce placard. Sers-toi.*
K. *Merci. Il faut que je fasse quelques courses ce matin. Où est Vicky ?*
N. *Elle est à son travail. Elle est de la première équipe du matin cette semaine, donc elle quitte la maison à cinq heures.*
K. *Je ne voudrais pas être à sa place. Tu pars à quelle heure, toi ?*
N. *Vers huit heures et quart. Mais pas le week-end bien sûr. Tu ne travailles pas le samedi, toi ?*
K. *Un samedi sur deux seulement. Pas aujourd'hui. Hmm !… Cette confiture est très bonne. C'est fait maison ?*
N. *Oui. C'est la mère de Vicky qui la fait.*
K. *Elle est délicieuse. Au fait, quel est l'horaire des bus ?*
N. *Il y en a un toutes les douze minutes. En principe…*

Vocabulaire

sugar [chouge], *sucre*
sweet [swīt], *sucré*
savoury [sèïvri], *salé*
spoon [spōūn], *cuillère*
fork [fōk], *fourchette*
knife [naïf], *couteau*

Prononciation

Ainsi que nous l'annonçions p. 63, une première distinction importante concerne l'opposition entre les sons [ī] et [i]. Par exemple, ici nous avons **leave** [līv] et **sleep** [slīp] qui, par un simple changement de voyelle, deviennent respectivement **live** [liv], *vivre*, et **slip** [slip], *glisser*.

Le monde appartient à ceux qui se lèvent tôt.
(m. à m. : *L'oiseau matinal attrape le ver de terre.*)

GRAMMAIRE

1. L'omission de l'article : breakfast, bread, butter, milk, cereal

Nous avons vu (7-5) que les noms de matières employés dans un sens général, contrairement au français, ne prennent pas d'article défini. Nous trouvons dans cette leçon les exemples :
bread, *le (du) pain* ; **butter**, *le (du) beurre* ; **milk**, *le (du) lait* ; **cereal**, *les (des) céréales*.
Il en est de même pour les noms de repas :
lunch, *le déjeuner* ; **tea**, *le goûter* ; **dinner**, *le dîner* ; **supper**, *le souper*.

2. L'auxiliaire must : I must do some shopping

Must appartient à la même catégorie d'auxiliaires que **can** et il possède les mêmes caractéristiques :
– il est suivi de la forme de base d'un verbe :
I must go. *Je dois partir.*
– il ne prend pas de **-s** à la troisième personne du singulier : donc même forme à toutes les personnes.
– dans une phrase interrogative, on a l'ordre : *auxiliaire* + *sujet* + *verbe* :
Must we go? *Devons-nous partir ?*
– dans une phrase négative, on a le schéma : *sujet* + *auxiliaire* + **not** + *verbe* :
You must not do that. *Il ne faut pas que tu fasses ça.*

Remarque : la négation est souvent contractée et **must not** devient **mustn't** [mœsent].

3. Les mots interrogatifs : how often... ?

How often sert à poser une question sur la fréquence d'un événement. **How often do you go there?** *Combien de fois* par semaine (mois, etc.) *y allez-vous ?* Remarquez que l'usage français est de préciser la fréquence *par semaine, par mois*, etc.

4. every

Every, *chaque*, est normalement suivi d'un singulier :
every day, *chaque jour.*
Dans l'expression **every other** + *nom*, **every** se rend par *un* (ou *une*) *sur deux* :
Every other day, *un jour sur deux*.
Dans l'expression **every** + *numeral* + *nom pluriel*, **every** se traduira par *tous (toutes) les* + nom :
Every three months, *tous les trois mois.*

EXERCICES

A. Traduisez :

1. David always sleeps like a log.
2. We need a new key.
3. My cousin Rachel smokes too much.
4. Linda drinks like a fish.
5. Your mother makes delicious jam.

B. Complétez à l'aide de l'article *the* lorsqu'il est nécessaire :

1. Put … bread in the breadbin, please.
2. Do you play … golf?
3. What time do they have … dinner?
4. … cereal is on the table.
5. I don't like … butter.

C. En utilisant un mot de chaque colonne, écrivez une expression comme dans l'exemple : (Ø = pas d'article)

Exemple : **a big, heavy suitcase.**

	delicious	American	man
Ø	tall	heavy	film
a	small	good-looking	bed
an	interesting	comfortable	suitcase
	big	furnished	jam
	nice	home-made	room

D. Trouvez la question correspondant à la réponse donnée. Utilisez les mots interrogatifs donnés entre parenthèses :

1. There's milk and butter in the fridge. (What?)
2. Vicky leaves the house at five o'clock. (When?)
3. Vicky's mother makes it. (Who?)
4. Neil and Karen are in the kitchen. (Where?)
5. Neil leaves for work at quarter past eight. (What time?)

E. Soulignez les formes faibles :

1. There are five library books on the table.
2. Can you speak German?
3. He must do some more.
4. I can come at three o'clock.
5. Yes, I think he can.

LEÇON 19

Small talk

[**V.** = Vicky — **K.** = Karen]

V. Have you **got a**ny **bro**thers and **sis**ters, **Ka**ren?

K. No, I'm an **on**ly **child**, but I've **got** four**teen cou**sins.

V. Do you **see** them **of**ten?

K. Well not very **of**ten, **on**ly at **Christ**mas and **wedd**ings and **thing**s **like that**.

V. Mm. Oh, be**fore** I for**get**. **Neil** and **I u**sually **go** to the **sports cen**tre on **Sun**days. Do you **want** to **come with** us to**mo**rrow?

K. Yes please. **What time?**

V. We **u**sually **leave here** at **half past nine**.

K. What time does the **swimm**ing **pool o**pen?

V. Ten o'**clock** on **Sun**days. You **need** a **swimm**ing **cap**.

K. Oh, I **have**n't **got one**. Per**haps** I can **buy one** at the **sports cen**tre.

V. I can **pro**bably **lend** you **one**.

K. Oh, **right**, **thank**s.

V. Well, I'm **off** to **bed now**. **See** you in the **mor**ning.

K. Yeah. Good**night**.

Remarques

Comme **the**, l'article indéfini a deux formes faibles différentes selon qu'il se trouve devant un son-voyelle ou un son-consonne, mais à ces deux prononciations correspondent deux orthographes différentes : **a swimming cap** [e **swim**iṅ kap], **an only child** [en **ôoun**li **tchaïld**].

Mots nouveaux

Christmas [**kris**mes]
weddings [**wèd**iṅz]
before [bi**fô**]
forget [fe**gèt**]
usually [**yo͞u**jeli]
us [œs]
swimming pool [**swim**iṅ **po͞ul**]
cap [kap]
perhaps [pe**haps**]
buy [baï]
lend [lènd]
probably [**pro**bebli]
goodnight [goud**naït**]

Charity begins at home.
[**tchar**iti bi**ginz** et **hôoum**]

À bâtons rompus

V. *Est-ce que tu as des frères et des sœurs, Karen ?*
K. *Non. Je suis fille unique, mais j'ai quatorze cousins.*
V. *Tu les vois souvent ?*
K. *Eh bien pas si souvent que ça. Seulement à Noël, à des mariages et à des trucs comme ça.*
V. *Oh, tant que j'y pense : Neil et moi allons d'habitude au centre sportif le dimanche. Tu veux venir avec nous demain ?*
K. *Oui, avec plaisir. À quelle heure ?*
V. *D'habitude nous partons d'ici à neuf heures et demie.*
K. *À quelle heure ouvre la piscine ?*
V. *Le dimanche, à dix heures. Il te faut un bonnet de bain.*
K. *Ah, mais je n'en ai pas. Peut-être que je pourrai en acheter un au centre sportif.*
V. *Je pourrai sans doute t'en prêter un.*
K. *Parfait. Merci.*
V. *Eh bien, je vais me coucher maintenant. À demain matin.*
K. *C'est ça. Bonne nuit.*

Vocabulaire

swim [swim], *nager*
dive [daïv], *plonger*
swimming-costume [swimiṅkostyo̅o̅m], *maillot de bain*
diving-board [daïviṅbōd], *plongeoir*

Prononciation : la syllabe tonique

Notez que certaines expressions de temps, normalement, ne prennent pas la tonique : **Vicky and I usually go to the SPORTS centre on Sundays; Do you want to come WITH us tomorrow?; I'm off to BED now.**

Charité bien ordonnée commence par soi-même.
(m. à m. : *La charité commence chez soi.*)

GRAMMAIRE

1. Have got : have you got

La forme interrogative de ce verbe s'obtient en inversant le sujet, **you**, et l'auxiliaire, **have**, selon le schéma que nous connaissons déjà : *auxiliaire + sujet + verbe* (voir 2-4).

2. Les indéfinis : any brothers

Du, de la, des se rendent par **any** dans une phrase interrogative quand on veut indiquer qu'on ne sait pas si la réponse sera positive ou négative (voir **anything** 16-1).

3. Les adjectifs numéraux : fourteen

Fourteen, *quatorze*, s'obtient en ajoutant la terminaison **-teen** à l'adjectif **four**. On obtient de la même façon tous les adjectifs numéraux de 13 à 19, avec parfois quelques modifications orthographiques :

13 : **thir**teen [ṡœtīn]
14 : **four**teen [fōtin]
15 : **fif**teen [fiftīn]
16 : **six**teen [sikstīn]
17 : **seven**teen [sèvntīn]
18 : **eigh**teen [eïtīn]
19 : **nine**teen [naïntīn]

D'où le terme de **teenager** [tīnèïdje] pour désigner un adolescent entre 13 et 19 ans.

4. Les noms composés : swimming pool ; swimming cap

Exemples de formation de noms composés à l'aide de deux éléments mis côte à côte mais non soudés (voir 11-3). Le premier élément est constitué du participe présent du verbe **swim** que l'on obtient en ajoutant la terminaison **-ing** au verbe (avec redoublement de la consonne finale ici), le deuxième est un nom commun. **Washing machine** et **living room** sont formés selon le même schéma (voir 13-3).

5. Off: I'm off to bed

Comme nous l'avons déjà vu (12-1), **off** indique la séparation, l'éloignement. D'où son emploi avec le verbe **be**, dans la langue familière, pour signifier que l'on s'en va : **I'm off**, *je m'en vais*, est ici suivi de **to bed**, *au lit*.

EXERCICES

A. Traduisez :

1. Tu as des frères et des sœurs ?
2. Quand les voyez-vous ?
3. Qui veut venir avec nous ?
4. Il me faut un bonnet de bain.
5. Je ne vois pas mes cousins très souvent : seulement à Noël.

B. Mettez à la troisième personne du singulier en utilisant *she* :

1. Have you got any brothers and sisters?
2. Do you see them often?
3. Can you swim?
4. Have you got a swimming cap?
5. Do you want to come with us?

C. En vous référant au dialogue, répondez aux questions :

1. Has Karen got a lot of brothers and sisters?
2. What does Karen need?
3. What time does the pool open?
4. When do Neil and Vicky go to the sports centre?
5. What time do they leave the house?

D. Quels mots contiennent le son [œ] ?

cousin	us	probably	brothers	not
buy	off	does	much	only

E. Indiquez l'heure :

1. **2.** **3.** **4.** **5.**

1. It's … – **2.** It's … – **3.** It's … – **4.** It's … – **5.** It's …

LEÇON 20

Telephone for Karen

[**V.** = Vicky — **K.** = Karen]

(The phone rings)

V. He**llo**… **No**, **this** is **Vic**ky, **one** of her **flat**mates. **Yes, just** a **min**ute **please**… **Ka**ren! It's for **you**.

K. O**K here** I **am**… **Who** is it?

V. I d**on't know**.

K. He**llo**. **Ka**ren **speak**ing… oh, he**llo Dave**… **Yes**, I'm **fine**… **Yes**, it's **real**ly **nice**… **No**, **no**t to**night**… **No**, I'm **not free** on **Sat**urday **ei**ther, I'm a**fraid**… **Well**, I **don't want** to **make plans** for **next week yet**… **Look**, **Dave**, I **can't talk now**. I'm in a **hur**ry… O**kay**, **bye**… **Oh**, he's **so bo**ring ! I **can't stand** him.

V. That's **pre**tty **ob**vious!

(The phone rings)

V. He**llo**… **Yes**, of **course**. **Here** she **is**. It's your **mo**ther.

K. He**llo**, **Mum**… **Yes**, **love**ly… **No**, **I don't need a**nything, **thanks**… **Yes**, of **course**, you can **come** when**e**ver you **like**… **Yes**, o**kay**, **see** you **then**. **Love** to **Dad**… R**ight**. **Bye.**

Remarques

Remarquez que lorsque **he is** et **she is** (ligne 14) sont placés en fin de phrase, on utilise la forme forte et par conséquent il n'y a pas de contraction.

Mots nouveaux

telephone [**tè**lèfôoun]
rings [riṅz]
either [**aï**że]
afraid [e**frèïd**]
yet [yèt]
out [aout]
bye [baï]
stand [stand]
obvious [**ob**viēs]
mum [mœm]
dad [dad]

There are plenty more fish in the sea.
[żere **plèn**ti **mō fich** in że **sī**]

On téléphone à Karen

(Le téléphone sonne)

V. *Allô ?... Non, c'est Vicky. J'habite ici avec elle. Oui, un instant, s'il vous plaît... Karen ! C'est pour toi.*

K. *Me voilà !... Qui est-ce ?*

V. *Je ne sais pas.*

K. *Allô... Ici Karen. Oh, salut, Dave... Oui, ça va. Oui, c'est vraiment bien. Non, pas ce soir. Non, je ne suis pas libre samedi non plus, malheureusement. Tu sais, je ne veux pas encore faire de projets pour la semaine prochaine... Écoute, Dave, je ne peux pas parler maintenant. Je suis pressée... D'accord, au revoir... Oh, ce qu'il peut être barbant ! Je ne peux pas le supporter.*

V. *Ça se voit !*

(Le téléphone sonne)

V. *Allô... Oui, bien sûr. Je vous la passe. C'est ta mère.*

K. *Allô, maman ? Oui, très bien. Non, je n'ai besoin de rien, merci... Oui, bien sûr, tu peux venir quand tu veux. Oui, d'accord. À bientôt. Embrasse papa pour moi. D'accord. Au revoir.*

Vocabulaire

the week **af**ter next, *dans deux semaines*
the day after to**mo**rrow, *après-demain*

Prononciation : les formes faibles

Remarquez que la forme faible de **her**, comme dans **one of her flatmates**, a la même prononciation que la forme faible de l'article **a.** Ceci peut être la source d'ambiguïtés comme dans les phrases suivantes qui ont la même prononciation [its e baïk] : **it's her bike** ; **it's a bike.**

Your et **him** apparaissent tous les deux sous leur forme faible dans ce dialogue : **your** [ye] (ligne 14), **him** [im] (ligne 11).

Une de perdue, dix de retrouvées.
(m. à m. : *Il y a plein d'autres poissons dans la mer.*)

GRAMMAIRE

1. Les démonstratifs : this is Vicky

La personne qui appelle au téléphone se présente en employant **this : this is Vicky**, *ici Vicky* ou *Vicky à l'appareil* (voir 16-6).

That sera employé pour désigner le correspondant. Karen pourrait dire :
Is that Dave? *C'est Dave à l'appareil ?*

2. Either : not free on Saturday either

Either sera employé après une négation pour rendre le français *non plus* :

I don't speak Italian either. *Je ne parle pas l'italien non plus.*

3. Not... yet : don't want... yet

yet employé avec une négation signifie *pas encore* :
I'm not ready yet. *Je ne suis pas encore prêt.*

Remarquez que, contrairement au français où *pas encore* forme un bloc indissociable, en anglais les deux termes **not** et **yet** peuvent être séparés par un ou plusieurs mots.

Son équivalent dans une phrase affirmative est **still** [stil] :
He is still here. *Il est encore là.* (= Il n'est pas encore parti.)

4. Les indéfinis : I don't need anything

Le pronom **anything**, employé après une négation, sert à rendre le français *rien*. **Not... anything**, *rien*, est donc la négation de **something**, *quelque chose.*

Not... anything peut être remplacé par un seul mot, **nothing** *(rien)*, notamment dans les réponses brèves :
What do you want? Nothing, thank you, *Que voulez-vous ? Rien, merci.*

5. L'auxiliaire can : You can come

Il n'a pas ici le sens de capacité mais de permission, ce qui est son deuxième sens le plus courant (voir 14-6).

6. Whenever : whenever you like

Ever ajouté à **when** indique que le choix du jour importe peu à celui qui parle. Il renforce *quand tu veux* dans le sens de *n'importe quand*. Karen est d'accord pour n'importe quel jour.

EXERCICES

A. Traduisez :

1. Un instant, s'il vous plaît. Je parle avec ma mère.
2. Tu veux déjà faire des projets pour la semaine prochaine ?
3. Elle est vraiment très ennuyeuse.
4. Je ne suis pas libre vendredi, et je ne suis pas libre samedi non plus.
5. Ne travailles-tu pas le lundi ?

B. Complétez ces proverbes anglais :

1. An Englishman's … is his …
2. All roads … to Rome.
3. Many … make light …
4. The … bird … the worm.
5. There's … place … home.

C. Complétez avec la préposition qui convient : *to, on, in,* ou *at* :

1. Are you free … Sunday?
2. Joanne lives … Edinburgh.
3. I see my cousins … Christmas.
4. They always leave … half past seven.
5. We go … the sports centre … the weekend.

D. Dans sa conversation téléphonique avec sa fille, la mère de Karen utilise les phrases mentionnées ci-dessous. Regardez le dialogue et mettez les phrases dans l'ordre qui convient :

1. What about Wednesday evening?
2. Do you need anything?
3. Okay. See you about half past six on Wednesday then.
4. Hello, Karen. Is it a nice house?
5. Can we come and visit you?

E. Soulignez la syllabe tonique dans chaque phrase :

1. — Is that her mother?
   — No, it's her sister.
2. — Have you got a garden?
   — Yes, I've got a big garden.
3. — Do you drink whisky?
   — No, I only drink beer.

LEÇON 21

A visitor from abroad

[**A.** = Ann — **P.** = Peter]

A. **Here**'s a **lett**er from Co**rinne**. Her **plane** ar**rives** at **ten past** el**ev**en on the fif**teen**th. **That**'s **next Tues**day. Can you **pick** her **up** at the **air**port?

P. **Who** on e**arth** is Co**rinne**?

A. Jo**anne**'s **daugh**ter. You **know**. My **friend** Jo**anne**, **right**? **Live**s in **Fran**ce, re**mem**ber? Her **daugh**ter Co**rinne** is coming to **stay** with us for a **cou**ple of **week**s.

P. Oh **yes**, I re**mem**ber but **isn't** her **name Co**co?

A. **That**'s her **nick**name. Her **real name**'s Co**rinne**.

P. Oh I **see**. **Well**, I'm **not work**ing on **Tues**day so I sup**pose** I **can meet** her. **What** does she **look like**?

A. **Well**, she's **quite tall**, **slim**. She's **got short** br**own hai**r, br**own eyes**. I've **got** a **pho**to of her **some**where. She's very s**mart**.

P. She s**ound**s **ty**pically **Fren**ch. **How old** is she?

A. Oh she must **be** seven**teen** or eigh**teen**, I sup**pose**.

P. **What**'s her **Eng**lish **like**?

A. **Per**fect. She **always speaks Eng**lish with Jo**anne**.

Mots nouveaux

visitor [**vi**zite]
abroad [e**brōd**]
letter [**lè**te]
plane [plèïn]
arrives [e**raïvz**]
pick [pik]
up [œp]
airport [**èe**pōt]
earth [o͞eṡ]
remember [ri**mèm**be]
couple [kœpl]
nickname [**nik**nèïm]
suppose [se**pôouz**]
quite [kwaït]
slim [slim]
short [chōt]
hair [hèe]
eyes [aïz]
smart [smāt]
sounds [saoundz]
typically [**ti**pikli]
perfect [**po͞e**fekt]

A rose by any other name would smell as sweet.
[e **rôouz** baï èni **œże** **nèïm** woud **smèl** ez **swīt**]

Une visite de l'étranger

A. *Voici une lettre de Corinne. Son avion arrive à 11 h 10 le 15. C'est mardi prochain. Tu peux aller la chercher à l'aéroport ?*

P. *Mais c'est qui, Corinne ?*

A. *La fille de Joanne. Mon amie Joanne, tu sais bien, celle qui habite en France. Tu te souviens ? Sa fille Corinne vient passer deux ou trois semaines chez nous.*

P. *Ah oui, je me souviens. Mais elle ne s'appelle pas Coco ?*

A. *Ça, c'est son surnom. Son vrai nom est Corinne.*

P. *Je vois. Eh bien moi, je ne travaille pas mardi, alors je suppose que je peux aller la chercher. Elle est comment ?*

A. *Eh bien, elle est plutôt grande, mince. Elle a les cheveux courts, châtains, les yeux marron. J'ai une photo d'elle quelque part. Elle est très élégante.*

P. *Elle m'a l'air typiquement française. Elle a quel âge ?*

A. *Oh, elle doit avoir dix-sept ou dix-huit ans, je suppose.*

P. *Et son anglais ?*

A. *Il est parfait. Elle parle toujours anglais avec Joanne.*

Vocabulaire

short [chōt], *petit ; court*
curly [kœli], *bouclé*
visitor [vizite], *visiteur*
fat [fat], *gros*
long [loṅ], *long*
straight [strèït], *raide* (cheveux)

Prononciation : *la syllabe tonique*

Une autre raison qui peut faire que la tonique ne soit pas sur la dernière syllabe accentuée de la phrase est le désir d'obtenir un effet de contraste.

Par exemple, dans le dialogue on a : **That's her NICKname. Her REAL name's Corinne** (ligne 9). La présence de la tonique sur **real** sert à établir un contraste entre son surnom et son nom véritable.

L'habit ne fait pas le moine.
(m. à m. : *Une rose, même sous un autre nom, sentirait toujours aussi bon.*) W. Shakespeare, *Roméo et Juliette*

GRAMMAIRE

1. Le présent simple : Her plane arrives ; she always speaks. On emploie le présent simple notamment :

a) lorsqu'on décrit une habitude (voir 7-2, 9-1). Dans ce cas, on trouve souvent des adverbes comme : **always**, *toujours* ; **never** [nève], *jamais* ; **often**, *souvent*.

We often go to England.

b) lorsqu'un événement dépend d'un horaire ou d'un plan préétabli en dehors de celui qui parle :

Her plane arrives at ten past eleven on the fifteenth.

2. Who on earth...? Dans la langue parlée, on ajoute souvent l'expression on earth (m. à m. : *sur terre*) à un mot interrogatif pour exprimer la surprise ou l'agacement. Elle peut se rendre par *donc*, mais souvent elle est traduite par l'intonation seulement.

3. Les prépositions : for a couple of weeks, he looks like

For, devant **minute, day, week, month...,** etc. sert à exprimer la durée. **Like** (= comme) fait changer le sens du verbe **look** (= regarder, paraître), **look like** signifiant *ressembler* : **He looks like his father.** *Il ressemble à son père.*

4. L'ordre des adjectifs : short brown hair

Lorsque deux adjectifs précèdent un nom, l'adjectif indiquant la taille (**short**) précède l'adjectif de couleur.

5. Les noms particuliers : hair

hair, *cheveux*, est toujours singulier et jamais précédé de l'article **a** : **Corinne's hair is brown.** *Les cheveux de Corinne sont châtains.*

6. She sounds French, What's... like

Pour rendre le français *avoir l'air* suivi d'un adjectif, on utilise le verbe **sound** lorsqu'il est fait allusion à un son. Si on fait référence à l'apparence extérieure, donc à la vue, on dira **look** : **He looks French.** *Il a l'air français.*

Dans le schéma **what** + **be** + *nom (ou pronom)* + **like, what** suivi de **like** traduit le français *comment, à quoi ressemble* :

What's a panda like? *À quoi ressemble un panda ?*

7. L'auxiliaire must : she must be seventeen

Employé ici dans son deuxième sens, pour exprimer une très forte probabilité, il équivaut au français *devoir*.

EXERCICES

A. Traduisez :

1. Quand arrive l'avion de Corinne ?
2. Leblanc ? Ça fait (= semble) très français !
3. Ils parlent toujours anglais avec leur père.
4. Quel âge a-t-elle ?
5. Je pense qu'elle doit avoir seize ans.

B. Placez les adjectifs donnés entre parenthèses dans le bon ordre devant le nom, en choisissant la forme d'article qui convient (Ø = pas d'article) :

1. Ø/a/an photo (interesting, old)
2. Ø/a/an cat (black, small)
3. Ø/a/an jacket (lovely, red)
4. Ø/a/an pub (new, nice)
5. Ø/a/an hair (blonde, long)

C. Traduisez :

1. The bus leaves at ten past nine.
2. When does your father arrive?
3. Bill always stays with his family at Christmas.
4. I suppose I can meet her at the airport.
5. What's their new house like?

D. Trouvez la question correspondant à la réponse donnée par les mots en italique. Utilisez les mots interrogatifs donnés entre parenthèses :

1. It arrives *at quarter to twelve*. (When?)
2. They are staying for *five days*. (How long?)
3. She looks like *her mother*. (Who?)
4. She's *twenty-three*. (How old?)
5. Her English is *perfect*. (What … like?)

E. Soulignez toutes les formes faibles :

1. Can you pick her up at the airport?
2. Her daughter is coming to stay with us for a couple of weeks.
3. Oh yes, I remember but isn't her name Corinne?
4. What does she look like?
5. I've got a photo of her somewhere.

LEÇON 22

Meeting Corinne

[**C.** = Corinne — **P.** = Peter]

P. Ex**cu**se me. Are you Co**rinne** Le**blanc**?

C. Yes, I am.

P. He**llo**, I'm **Pe**ter, **Ann**'s **hus**band. I'm a**fraid** **Ann**'s **work**ing this **morn**ing.

C. Oh he**llo**, **Pe**ter. **Pleased** to **meet** you. It's **ve**ry n**ice** of you to c**ome** and **meet** me.

P. Oh **that**'s **all** r**ight**. It's a **plea**sure. **Let** me t**ake** your **suit**case.

C. Per**haps** we can **find** a **tro**lley. It's **ra**ther **hea**vy.

P. Good heavens! **So** it **is**! It w**eigh**s a **to**n. W**hat** on **earth** have you **got** in h**ere**?

C. Bottles of **wine** for **you** and **Ann**!

P. Aha ! I d**on't mind car**rying it t**he**n. The **car**'s just **o**ver **there**. It's the **blu**e **Ro**ver.

C. Is **Ann work**ing this after**noon** as **well**?

P. No, she's **off** this after**noon**. She's **com**ing h**ome** for l**unch**.

Mots nouveaux

pleasure [**plè**je]
find [faïnd]
trolley [**tro**li]
heavens [**hè**venz]
weighs [wèïz]
ton [tœn]
bottles [**bot**lz]
lunch [lœntch]
afternoon [āfte**nōū**n]
home [hôoum]

All work and no play makes Jack a dull boy.
[**ōl wōek** en **nôou plèï mèïks djak** e **dœl boï**]

À la rencontre de Corinne

P. *Excusez-moi. Vous êtes Corinne Leblanc ?*
C. *Oui.*
P. *Bonjour, je suis Peter, le mari d'Ann. Malheureusement Ann travaille ce matin.*
C. *Oh, bonjour, Peter. Enchantée. C'est très gentil d'être venu me chercher.*
P. *Je vous en prie. Il n'y a pas de quoi. Laissez-moi prendre votre valise.*
C. *Nous pourrons peut-être trouver un chariot. Elle est assez lourde.*
P. *Ouf ! en effet ! Elle pèse une tonne. Qu'est-ce que vous pouvez bien avoir là-dedans ?*
C. *Des bouteilles de vin pour vous et Ann !*
P. *Haha ! Dans ce cas-là, pas d'objection. La voiture est tout près d'ici. C'est la Rover bleue.*
C. *Ann travaille cet après-midi aussi ?*
P. *Non, elle est libre. Elle rentre pour déjeuner.*

Vocabulaire

de**par**tures [dipâtchez], *départs*
ar**ri**vals [eraïvelz], *arrivées*
customs [kœstemz], *douane*

Prononciation

Dans la leçon 22, nous trouvons les formes faibles et les formes fortes de **am** et **is**. Ligne 2 et ligne 10, ils apparaissent en fin de phrase et se trouvent donc sous leur forme forte [am] et [iz]. **Is** apparaît aussi au début de la ligne 15 sous sa forme forte. Partout ailleurs dans le dialogue, ils apparaissent sous leur forme faible [m] et [z], ce qui est traduit par l'écriture puisqu'on utilise les formes contractées.

Trop de travail abrutit.
(m. à m. : *Uniquement du travail et pas de jeu font de Jack un garçon terne.)*

GRAMMAIRE

1. Le présent progressif : Ann's working this morning
On le forme à l'aide de l'auxiliaire **be**, qui se conjugue, suivi du verbe principal affecté du suffixe **-ing**. Il est employé ici pour évoquer une action en train de se dérouler au moment où l'on parle.

2. Les constructions avec to + *verbe* : It's very nice of you to come
On trouve souvent le schéma **it** + **be** + adjectif + **to** + verbe avec des adjectifs comme **nice, difficult, easy, pleasant, interesting**, etc., ce qui traduit l'expression impersonnelle française *il est* + adj + *de* + verbe à l'infinitif : **It is pleasant to have breakfast in bed.** *Il est agréable de prendre le petit déjeuner au lit.* (Voir **nice to meet you**, leçon 16, ligne 15.)

3. Les constructions verbales sans to : Let me take
Le verbe **let**, *laisser, permettre*, est suivi de la forme de base du verbe. À la première personne du pluriel, il sert à rendre l'impératif (voir 13-8) : **Let's go.** *Partons.*

4. So it is
Le schéma **so** + *pronom* + *auxiliaire* est utilisé pour reprendre ce qui vient d'être dit, lorsqu'il y a un élément de surprise qui intervient, et abonder dans ce sens : **Oh, look! It's raining!** *Oh, regardez ! Il pleut !* **So it is!** *Mais oui ! Vous avez raison !* Ne pas confondre avec le schéma **so** + *auxiliaire* + *pronom* qui sert à traduire *aussi* (voir 3-7).

5. Les adverbes de lieu : in here
L'anglais emploie **here** ici parce que celui qui parle désigne la valise près de lui, alors qu'en français on dira *là-dedans*.

6. Le gérondif : I don't mind carrying
L'expression **I don't mind** est suivie soit d'un nom : **I don't mind English food.** *Je n'ai rien contre la nourriture anglaise* ; soit d'une forme verbale terminée par **-ing**, appelée gérondif ou nom verbal parce qu'elle occupe la place, et a la fonction, d'un nom : **carrying** occupe la place de **English food**. Il ne faut pas la confondre avec le participe présent qui a la même forme (voir 19-4).

7. Off : She's off this afternoon
La préposition **off** (voir 19-5) est aussi employée comme particule adverbiale dans les expressions comme **have a day off**, *avoir un jour de congé*.

EXERCICES

A. Traduisez :

1. Peter est le mari d'Ann.
2. Qu'avez-vous donc dans cette valise ?
3. Ça ne vous dérange pas de la porter pour moi ?
4. Ils n'ont pas de chariot.
5. Ann travaille ce matin, mais elle rentre à la maison pour le déjeuner.

B. En vous référant au dialogue, répondez aux questions :

1. What is Ann doing?
2. Has Corinne got a trolley?
3. What is in Corinne's suitcase?
4. What is Peter's car?
5. Is Ann working all day?

C. Mettez le verbe entre parenthèses à la forme qui convient :

1. Kevin (play) golf this afternoon.
2. Carol (read) the paper every morning.
3. I (do) the housework on Mondays.
4. Susan (work) in Barcelona this week.
5. The children (watch) T.V. at the moment.

D. Reconstituez chaque phrase ci-dessous en commençant par le mot en italique.

Attention aux signes de ponctuation.

1. ton/*her*/weighs/suitcase/a/./
2. Ann/bottles/wine/full/*it's*/for/of/of/./
3. old/*Peter*/Rover/an/blue/got/has/./
4. *Peter*/suitcase/mind/carrying/her/doesn't/./
5. Ann/afternoon/working/*is*/in/the/?/

E. Soulignez la syllabe tonique dans chaque phrase :

1. — It's the Mini.
   — Is it the green Mini?
2. — Is Barry working this week?
   — No, he's off this week.
3. — Let me take your bag.
   — It's a very heavy bag.

LEÇON 23

Meeting Ann

[**A.** = Ann — **C.** = Corinne — **P** = Peter]

P. Well, **here** we **are**. **Come on in**. Oh, **Ann**'s **here**.

A. He**llo**, Co**rinne**. It's **love**ly to **see** you a**gain**.

C. It's **love**ly to **be here**.

A. Your r**oom** is up**stairs**. **Fol**low **me**. **Pe**ter can **brin**g your **suit**case **la**ter. **That**'s the **bath**room, **there**'s the **toi**let and **this** is your **bed**room.

C. Oh, it's a **beau**tiful r**oom**.

A. I'm **glad** you **like** it. **Now let**'s **see**, **tow**els, **coat han**gers in the **ward**robe… I **think there**'s an **ex**tra **blan**ket in this d**rawer**… **yes**, **ther**e it **is**. You can **turn** the **heat**ing **up** or **down like this**, o**kay**? **Clock**wise for **up** and **an**ticlockwise for **down**. Have you **go**t **ev**erything you n**eed**?

C. Yes t**hanks**, I **think so**.

A. Well, d**on't hesi**tate to **ask** if you **wan**t **any**thing **else**. Is Jo**anne** ex**pec**ting you to **phone**?

C. Yes, I would **like** to **give** her a **quic**k **rin**g if **that**'s o**kay**.

A. Of **course**. The **te**lephone is down**stairs** in the **hall**. You can **dial** di**rect**. It's **00 33 1** for **Pa**ris.

Mots nouveaux

follow [**fol**ôou]
bring [briṅ]
later [**lèï**te]
toilet [**toï**let]
beautiful [**byōō**tifl]
towels [**tao**ulz]
coat hangers [**kôout hiaṅe**z]
wardrobe [**wōd**rôoub]
extra [**ek**stre]
blanket [**blaṅ**kit]
drawer [drō]
heating [**hī**tiṅ]
clockwise [**klok**waïz]
anticlockwise [**an**tiklokwaïz]
expecting [ik**spèk**tiṅ]
would [woud]
quick [kwik]
telephone [**tè**lèfôoun]
hall [hōl]
dial [daïl]
direct [daï**rekt**]

Home is where the heart is.
[**hôoum** iz **wèe** że **hāt iz**]

Rencontre avec Ann

P. *Voilà, nous y sommes. Entrez. Tiens, Ann est là.*

A. *Bonjour, Corinne. Quel plaisir de te revoir.*

C. *C'est un plaisir d'être ici.*

A. *Ta chambre est en haut. Suis-moi. Peter apportera ta valise plus tard. Ça c'est la salle de bains. Les toilettes sont là-bas et voici ta chambre.*

C. *Oh, elle est très jolie !*

A. *Je suis contente qu'elle te plaise. Voyons voir… les serviettes de toilette, les cintres dans l'armoire… Je crois qu'il y a une couverture supplémentaire dans ce tiroir… en effet, la voici. Tu peux augmenter ou baisser le chauffage, comme ça, d'accord ? Pour augmenter c'est dans le sens des aiguilles d'une montre, pour baisser, en sens contraire. Tu as tout ce qu'il te faut ?*

C. *Oui, merci. Je crois bien.*

A. *En tout cas n'hésite pas à demander si tu veux autre chose. Est-ce que Joanne s'attend à ce que tu lui téléphones ?*

C. *Oui. J'aimerais bien lui passer un coup de fil rapide, si tu es d'accord.*

A. *Bien sûr. Le téléphone est en bas, dans l'entrée. Tu peux faire le numéro directement. Pour Paris c'est le 00 33 1.*

Vocabulaire

p**hone** di**rec**tory [fôoun daïrèkteri], *annuaire téléphonique*
operator [operèïte], *standardiste*
answering ma**chine** [ānsriṅ mechīn], *répondeur automatique*
ring [riṅ], *sonner, téléphoner*

Prononciation : les formes faibles

Tous les mots grammaticaux n'ont pas une forme faible. Dans ce dialogue, par exemple, les mots **on, in, so** et **if** sont des mots qui n'ont pas de forme faible. Leur prononciation est toujours la même, à savoir respectivement : [on], [in], [sôou] et [if].

Où se trouve le cœur, là est la maison.

GRAMMAIRE

1. Le comparatif : later

Later, *plus tard*, est le comparatif de supériorité de **late**, *tard*. Il se forme en ajoutant **-er** à l'adjectif court (1 syllabe, ou 2 syllabes mais terminé par **y**). Exemples : **tall, taller** ; **pretty, prettier**. **Late** se terminant par **-e**, on ajoute seulement **-r**.

2. Les démonstratifs : that's the bathroom, this is your bedroom

Ann emploie **that** devant **bathroom** et **this** devant **bedroom** parce qu'elle se trouve plus loin de la salle de bains.

3. So : I think so

So a plusieurs emplois différents (voir 3-7 et 22-4). Après un verbe d'opinion comme **think, hope** ou **suppose, so** reprend le sens de toute la phrase précédente. Ici **so** = *I have got everything I need*. En français, il se rend par le pronom *le*, ou ne se traduit pas.

4. Les indéfinis : If you want anything else

Dans une phrase conditionnelle, on emploie **anything** quand on ne sait pas si la réponse sera *oui* ou *non*.

5. Else : anything else

Else que nous avons déjà vu (voir 7-4) est aussi utilisé avec **something, anything** ou **someone** dans le sens de *autre* (= *en plus*). Il se place toujours **après** l'indéfini : **He's talking to someone else.** *Il parle à quelqu'un d'autre.*

6. La construction verbe + complément + to + verbe

Un certain nombre de verbes, comme **expect**, se construisent selon le schéma : *verbe* + *complément* + **to** + *verbe* : **Is Joanne expecting** + **you** + **to** + **phone**, où **you** est le complément de **expect** et le sujet de **phone**.

7. L'auxiliaire would : Would like to give her a quick ring

Would est un auxiliaire qui sert à rendre le conditionnel français. Il est suivi de la forme de base du verbe principal et s'emploie à toutes les personnes. Il est le plus souvent employé sous sa forme contractée **'d**. L'expression **I would like**, qu'on trouve souvent sous la forme **I'd like**, *j'aimerais*, est toujours suivie de **to** + verbe : **I'd like** + **to** + **give her…**

EXERCICES

A. Traduisez :

1. Je peux apporter votre valise plus tard.
2. Si vous voulez quelque chose d'autre, n'hésitez pas à demander.
3. Vous avez tout ce dont vous avez besoin ?
4. Tu peux baisser le chauffage.
5. Paul aimerait donner un rapide coup de fil à son père.

B. Complétez le verbe à l'aide du mot qui convient :

1. The music is too quiet. Turn the volume …
2. He looks … his brother.
3. Jill and Robert have got a new flat. They move … on Monday.
4. Wendy is coming to see you … the weekend.
5. How's London? Are you settling … all right?

C. Complétez à l'aide de *to* lorsque c'est nécessaire :

1. I'm expecting Paul … help me.
2. Let me … do that for you.
3. They want … go now.
4. Don't hesitate … come and see us.
5. Can you … carry that bag?

D. Transformez les phrases suivantes en phrases interro-négatives :

1. Carol thinks it's a nice room.
2. She'd like to ring her mother.
3. There's a towel on the bed.
4. Peter can bring her suitcase later.
5. You dial 010 33 1 for Paris.

E. Parmi ces mots, seulement trois sont accentués sur la deuxième syllabe. Lesquels ? Les autres sont accentués sur la première syllabe.

Tuesday	letter	suppose	delicious
daughter	trolley	morning	somewhere
pleasure	English	airport	typically
always	afraid	husband	suitcase

Changing money

[**A.** = Ann — **C.** = Corinne — **B.** = Bank Clerk]

A. Would you **like** to **do any**thing in par**ti**cular this **morn**ing, Co**rinne**?

C. Yes, I'd **like** to **go** to a **bank**[1].

A. O**kay**. **Well**, we can **go** into **town** to**gether.**

(In the bank)

B. Good morning.

C. Good morning. I'd **like** to **change** some **Euros, please.**

B. Traveller's cheques or **cash**?

C. Cash. I've **got 600 €. How much** is **that** in **pounds?**

B. Well, the ex**change** rate is **1,5 €** to the **pound** so **that gives** you... 400 **m**inus the **five pounds standa**rd charge. **So that's £395.**

C. £395. **All right.**

B. How would you **like** it?

C. I'd **like ten fives** and the **rest** in **twen**ties, **please.**

B. Certainly... **There** you **are.**

C. Thank you. Good**bye**.

B. Good**bye**.

Mots nouveaux

changing [**tchèïn**djiṅ]
money [**mœ**ni]
particular [pe**ti**kyoule]
together [te**gèże**]
change [tchèïndj]
traveller's [**trav**lez]
cheques [tchèks]
cash [kach]
pounds [paoundz]
exchange rate [iks**tchèïndj rèït**]
minus [**maï**nes]
standard [**stan**ded]
charge [tchādj]
fives [faïvz]
rest [rèst]
twenties [**twèn**tiz]
goodbye [goud**baï**]

Money doesn't grow on trees.
[**mœni** dœznt **grôou** on **trīz**]

Comment changer de l'argent

[**E.** = employé de banque]

A. *Tu aimerais faire quelque chose de spécial ce matin, Corinne ?*
C. *Oui. J'aimerais aller à la banque.*
A. *D'accord. Bon, on peut aller en ville ensemble.*

(À la banque)
E. *Bonjour.*
C. *Bonjour. Je voudrais changer des euros, s'il vous plaît.*
E. *Chèques de voyage ou espèces ?*
C. *En espèces. J'ai 600 euros. Ça fait combien en livres ?*
E. *Eh bien le taux de change est de 1,5 euro pour une livre, ça vous fait donc… 400 livres moins les 5 livres de commission habituelles. Ce qui nous fait 395 livres.*
C. *395 livres. Très bien.*
E. *Vous les voudriez comment ?*
C. *J'aimerais dix billets de cinq livres et le reste en billets de vingt, s'il vous plaît.*
E. *Entendu… Voilà.*
C. *Merci. Au revoir.*
E. *Au revoir.*

Vocabulaire

coin [koïn], *pièce de monnaie*
notes [nôouts], *billets de banque*
purse [pōēs], *porte-monnaie*
change [tchèïndj], *monnaie*
wallet [wōlit], *portefeuille*

Prononciation : l'argent

Le symbole de la livre, **£**, s'écrit devant la somme, mais en parlant, on le prononce après le nombre de livres. **£355.47** sera prononcé **three hundred and fifty-five pounds forty-seven.**

L'argent ne se ramasse pas sous les sabots d'un cheval.
(m. à m. : *L'argent ne pousse pas sur les arbres.*)

GRAMMAIRE

1. Les emplois de to : I'd like to go to a bank
Dans cette phrase apparaissent successivement les deux emplois de **to** :
a) pour introduire un verbe (ce qui donne l'équivalent de l'infinitif français) ;
b) comme préposition devant un nom pour indiquer la direction (voir 12-1).

2. Into : we can go into town together
On emploie **into** au lieu de **in** devant un nom lorsqu'il y a une idée de mouvement et de changement de lieu. On dira **I live in town**, *J'habite en ville* (il n'y a pas de mouvement), mais **I go into town every day**, *Je vais en ville tous les jours* (il y a un mouvement).

3. Les indéfinis : some euros
Some est surtout employé dans les phrases affirmatives (voir 15-1). Devant un nom pluriel il signifie *des, quelques*. On l'emploie quand on veut parler d'une quantité indéfinie.

4. Les adjectifs de nationalité :
Rappel : ils prennent toujours une majuscule ! (voir 3-3).
Ils précèdent immédiatement le nom : **A big red American car.**

5. Les mots interrogatifs : How much is that? How would you like it?
How, *comment*, entraîne le schéma habituel : **how** + auxiliaire + sujet + verbe.

How much, *combien*, utilisé tout seul (on sous-entend alors toujours le mot **money**), s'emploie pour demander une estimation, un prix : **How much is this book?** *Quel est le prix de ce livre ?*

How much are these apples? *Combien valent ces pommes ?*

6. So : so that gives you...
Encore un autre emploi de **so** (voir aussi 3-7, 22-4 et 23-4), qui signifie ici *ainsi, donc.*

7. Les adjectifs numéraux : fives... twenties
Ils sont normalement invariables. Ici, il s'agit en fait de noms communs utilisés en anglais parlé pour désigner des billets de cinq ou de vingt livres. Remarquez le pluriel de **twenty, twenties** (le **-y** devient **-ie**). N.B. : Pour rendre *les années vingt, trente*, etc., l'anglais dit **the twenties, the thirties,** etc.

EXERCICES

A. Traduisez :

1. Ann veut aller en ville.
2. Aimeriez-vous aller à la banque ?
3. J'ai 400 euros. Combien ça fait en livres ?
4. Quel est le taux de change ?
5. La commission habituelle est de dix livres.

B. En vous référant au dialogue, répondez aux questions :

1. Where does Corinne want to go?
2. Who goes into town with her?
3. How much money does Corinne change?
4. How many five pound notes does Corinne want?
5. Is her money in traveller's cheques?

C. Posez la question portant sur les mots en italique :

1. Steve would like to change *fifty pounds.*
2. She'd like to change *some euros.*
3. They'd like to go *tomorrow.*
4. I'd like to go to *a bank.*
5. They go into town *by car.*

D. Formulez à nouveau les phrases suivantes en modifiant les mots en italique le cas échéant :

Simon *is* here. Can you see *him*? *He's* in *his* white *jacket.*

1. Mary is here. Can you see her?…
2. My friends …
3. I …

E. Soulignez les syllabes accentuées :

1. Paul wants to change some money.
2. Would you like to go to town?
3. I can take you in my car.
4. Is it far to the pub?
5. Her mother is English actually.

LEÇON 25

Toothache

[**C.** = Corinne — **P.** = Peter — **R.** = Receptionist]

C. Can I **take** an **as**pirin from the **bath**room, **Pe**ter?

P. Yes, of **course. What**'s the **mat**ter? **Head**ache?

C. No, a **te**rrible **tooth**ache.

P. Would you **like** me to **make** an ap**point**ment for you with our **den**tist?

C. Well, I **don't real**ly **want** to **go** to a **den**tist **here**. I'd **ra**ther **wait** un**til** I **get back** to **France**.

P. Why? Why wait?

C. Well, you **wouldn't like** to **go** to a **French den**tist, **would you**?

P. That's **not** the **point**. Our **den**tist is **real**ly **ve**ry **good**.

(Talking to the dentist's receptionist)

C. Good after**noon**. My **name**'s Co**rinne** Le**blanc**. I **have** an ap**point**ment with **Mr. Wins**low at **quar**ter **past three**.

R. Pardon? Can you **say** your **name** a**gain, please?**

C. Co**rinne** Le**blanc**.

R. How do you **spell** your **sur**name?

C. L.E.B.L.A.N.C.

R. Oh **yes. Well**, would you **like** to **take** a **seat** in the **wait**ing room?

Mots nouveaux

aspirin [**as**prin]
matter [**mat**e]
headache [**hèd**èïk]
terrible [**tè**ribl]
toothache [**to͞uṡ**èïk]
appointment [e**poïnt**ment]
dentist [**dèn**tist]
why [waï]
point [poïnt]
receptionist [ri**sèp**chenist]
pardon [**pā**den]
surname [**so͞e**nèïm]
seat [sīt]

Vocabulaire

teeth [tīṡ], *dents*
toothpaste [to͞uṡpèïst], *dentifrice*
toothbrush [to͞uṡbrœch], *brosse à dents*
clean your teeth [klīn ye tīṡ], *brosse-toi les dents*

Better the devil you know (than the devil you don't know).
[**bèt**e że **dèv**il ye **nôou** żen że **dèv**il ye **dôount nôou**]

Rage de dents

*[**S.** = la secrétaire]*

C. *Je peux prendre une aspirine de la salle de bains, Peter ?*
P. *Oui, bien sûr. Qu'est-ce qui ne va pas ? Mal à la tête ?*
C. *Non. Une terrible rage de dents.*
P. *Est-ce que vous voulez que je prenne un rendez-vous pour vous chez notre dentiste ?*
C. *Vous savez, je n'ai pas vraiment envie d'aller chez le dentiste ici. Je préférerais attendre d'être de retour en France.*
P. *Pourquoi ? Pourquoi attendre ?*
C. *Eh bien vous, vous n'aimeriez pas aller chez un dentiste français, n'est-ce pas ?*
P. *Là n'est pas la question. Notre dentiste est vraiment très bon.*
(Conversation avec la secrétaire du dentiste)
C. *Bonjour. Je m'appelle Corinne Leblanc. J'ai rendez-vous avec M. Winslow à trois heures et quart.*
S. *Comment ? Vous pouvez me redire votre nom, s'il vous plaît ?*
C. *Corinne Leblanc.*
S. *Comment s'écrit votre nom de famille ?*
C. *L.E.B.L.A.N.C.*
S. *Ah oui. Bien, si vous voulez bien vous asseoir dans la salle d'attente.*

Prononciation : l'alphabet

Voici la prononciation de l'alphabet anglais :

A [èï]	**B** [bī]	**C** [sī]	**D** [dī]	**E** [ī]	**F** [èf]
G [djī]	**H** [èïtch]	**I** [aï]	**J** [djèï]	**K** [kèï]	**L** [èl]
M [èm]	**N** [èn]	**O** [ôou]	**P** [pī]	**Q** [kyo̅u̅]	**R** [ā]
S [ès]	**T** [tī]	**U** [you]	**V** [vī]	**W** [dœbl yo̅u̅]	
X [èks]	**Y** [waï]	**Z** [zèd]			

Mieux vaut un diable qu'on connaît
qu'un diable qu'on ne connaît pas.

GRAMMAIRE

1. Les noms composés : headache, toothache
Ces deux noms composés sont obtenus par le même procédé : noms de parties du corps + **ache**, *mal, douleur.*

2. Les constructions verbe + to + verbe : would you like me to...?
La forme **would you like** peut se trouver avec la même construction que le verbe **expect** (voir 23-7), à savoir : **would you like** + *pronom complément* + **to** + *verbe*, où le pronom est complément du premier verbe et sujet du deuxième :

I would like her to come tomorrow.
J'aimerais qu'elle vienne demain.

> **Attention :** alors qu'en français on a une subordonnée introduite par la conjonction *que*, en anglais on a une construction infinitive.

3. L'emploi de l'auxiliaire : would you?
Would est ici utilisé en reprise pour traduire *N'est-ce pas ? Pas vrai ?*

Ce phénomène est très fréquent en anglais et on trouve les deux schémas suivants :
– verbe principal négatif (+ **not**) → *reprise* : auxiliaire + sujet ?
– verbe principal affirmatif → *reprise* : auxiliaire + **not** (contracté) + sujet ? Exemples :
He can't speak Hindi, can he?
He can speak Hindi, can't he?

N.B. : Si la négation n'est pas contractée, on a le schéma : *auxiliaire* + *sujet* + **not : can you not?** Cette construction est très rare.

Ces fins de phrases sont appelées **question-tags** dans les grammaires anglaises. Nous les appellerons *queues de phrase.*

4. Les constructions sans to : I'd rather wait
L'expression **I'd rather** (= **I would rather**), *je préférerais*, est suivie directement de la forme de base du verbe sans **to**. On emploie la même forme à toutes les personnes, seul le pronom change :
They'd rather go now. *Ils préféreraient partir maintenant.*

EXERCICES

A. Traduisez :

1. Vous n'aimeriez pas que je parte, pas vrai ?
2. Corinne a un terrible mal de tête.
3. Elle préférerait attendre d'être de retour à Paris.
4. J'ai rendez-vous avec votre dentiste anglais.
5. La salle d'attente ? Non, merci. Je préfère attendre ici.

B. Traduisez :

1. I'd like to make an appointment, please.
2. How do you spell that?
3. The waiting room is on the left.
4. What time is your appointment?
5. What's the matter, Jill?

C. Complétez en employant la préposition qui convient :

1. We can meet … three o'clock.
2. There's a letter … you from Linda.
3. Tony always phones me … Tuesday.
4. He never phones … the weekend.
5. I love walking … the rain.

D. Trouvez la question suggérée par la réponse :

1. D.U.P.O.N.T.
2. My appointment is at half past two.
3. That's the waiting room, there.
4. Yes, our dentist is very good.
5. Aspirins? Yes, of course. Help yourself.

E. Soulignez toutes les formes faibles :

1. Can you say your name again please?
2. Can I take an aspirin from the bathroom?
3. I don't want to go to a dentist here.
4. Would you like to take a seat?
5. Does she think he's a good dentist?

LEÇON 26

A charming dentist

[**C.** = Corinne — **P.** = Peter]

P. He**llo**. **How** do you **feel?**

C. **Bett**er, but my **mouth** is **still numb**. You're **right** a**bout** your **den**tist. He's **mar**vellous and he's **al**so **ve**ry good-**look**ing.

P. **Yes, Ann thinks so too. Per**sonally **I** pre**fer** his re**cep**tionist. **Now**, can you **eat any**thing?

C. **Not** for a **coup**le of **hours. I mustn't chew** on **that side**.

P. **Well, I think Ann**'s **go**ing to **make** you some **soup**.

C. Oh, **love**ly. Per**haps** I can **give** her a **hand**.

P. I **hope** you're **not go**ing to **sit** in the **kit**chen **goss**iping a**bout Bob Wins**low.

C. **Pe**ter, you're **not jeal**ous, **are you?**

P. **What? Me, jeal**ous? You **think** I'm **jeal**ous of **him** just be**cause** he's **hand**some, **rich** and suc**cess**ful?

C. **Don't** for**get charm**ing, in**tell**igent and **wit**ty.

P. Ah, **yes**. I **see**. **Well**, I'm **glad** you're **so** im**press**ed by a **Brit**ish **den**tist.

Mots nouveaux

feel [fīl]
better [**bèt**e]
mouth [maouṡ]
still [stil]
numb [nœm]
marvellous [**māv**les]
personally [**pōe**sneli]
hours [aouez]
chew [tchōu]
side [saïd]
soup [sōup]
hand [hand]
gossiping [**gos**ipiṅ]
jealous [**djèl**es]
handsome [**han**sem]
successful [sek**ses**fl]
charming [**tchā**miṅ]
intelligent [in**tèli**djent]
witty [**wit**I]

There's no smoke without fire.
[żez **nôou smôouk** wiż**aout faïe**]

Un dentiste charmant

P. *Tiens. Alors, comment vous sentez-vous maintenant ?*
C. *Mieux, mais j'ai la bouche encore engourdie. Vous avez raison à propos de votre dentiste. Il est merveilleux et en plus il est très beau.*
P. *Oui, Ann est aussi de cet avis. Quant à moi, je préfère sa secrétaire. Voyons, est-ce que vous pouvez manger ?*
C. *Pas encore. Dans quelques heures. Il ne faut pas que je mâche de ce côté-là.*
P. *Je crois qu'Ann va vous faire de la soupe.*
C. *C'est gentil. Peut-être que je peux lui donner un coup de main.*
P. *J'espère que vous n'allez pas rester à la cuisine, à parler interminablement du dentiste.*
C. *Dites donc, Peter, vous n'êtes pas jaloux, par hasard ?*
P. *Quoi ? Moi, jaloux ? Vous croyez que je suis jaloux de lui tout simplement parce qu'il est beau, riche et qu'il a réussi dans la vie ?*
C. *N'oubliez pas d'ajouter charmant, intelligent et spirituel.*
P. *Ah, oui. Je vois. Eh bien je suis content que vous soyez si impressionnée par un dentiste britannique.*

Vocabulaire

filling [filiṅ], *plombage* lip [lip], *lèvre*
gossip [gosip], *échanger des commérages, bavarder*

Prononciation : le h initial

La lettre **h** en début de mot est généralement prononcée en anglais. On dira donc : **hand** [hand], **hope** [hôoup], **handsome** [hansem]. Nous avons déjà vu que dans les formes faibles elle n'est pas toujours prononcée, comme dans **he** ou **his**, etc. (voir p. 42).
Il existe aussi un petit nombre de mots où le **h** initial n'est jamais prononcé et dont **hours** fait partie.

Il n'y a pas de fumée sans feu.

GRAMMAIRE

1. Le comparatif : better

Better, *meilleur, le mieux*, est le comparatif de **good** et de **well**. C'est un comparatif irrégulier.

Than est utilisé pour introduire le deuxième terme de la comparaison :

He plays better than me. *Il joue mieux que moi.*

2. Les adjectifs possessifs : my mouth

Là où le français emploierait un article défini, devant les parties du corps, l'anglais emploie un adjectif possessif :

His hair is brown. *Il a les cheveux châtains.*

3. Les prépositions : you're right about your dentist

La préposition **about** signifie ici *à propos de, au sujet de, en ce qui concerne* :

What do you know about him? *Que savez-vous de lui ?*

Ne pas confondre avec **about** signifiant *environ* (leçon 6).

4. Still : my mouth is still numb

Dans une phrase affirmative, pour exprimer l'idée de quelque chose qui se prolonge, l'adverbe **still** traduit le français *encore, toujours* (voir 20-3).

5. L'auxiliaire must : I mustn't chew

La forme négative de **must** (voir 18-2) exprime l'interdiction :

You mustn't do that. *Vous ne devez pas faire cela.*

6. Be going to : Ann's going to make some soup

Cette tournure, dans laquelle seul **be** se conjugue, sert à rendre la notion de futur proche accompagnée d'une notion d'intention de la part du sujet. C'est l'équivalent du verbe français *aller* + verbe à l'infinitif :

I'm going to buy a new car.
Je vais acheter une nouvelle voiture.

7. Le participe présent : gossiping

Comme nous l'avons déjà vu (19-4), il s'obtient en ajoutant **-ing** à un verbe. C'est une forme verbale qui correspond ici à un infinitif français. Comme en français, le participe présent peut aussi être employé comme adjectif :

a charming man, *un homme charmant*.

EXERCICES

A. Traduisez :

1. J'ai la bouche encore engourdie.
2. Je ne peux rien manger.
3. Tu ne penses pas que je suis jaloux, n'est-ce pas ?
4. Ann va faire de la soupe pour Corinne.
5. Cathy se sent mieux cet après-midi que ce matin.

B. En vous référant au dialogue, répondez aux questions :

1. What does Corinne think of Peter's dentist?
2. How long must Corinne wait before she can eat?
3. What is Ann going to do?
4. What is the dentist's surname?
5. Is Peter jealous of the dentist?

C. Formez des expressions en combinant chaque nom avec les deux mots les plus appropriés et en ajoutant l'article indéfini lorsque nécessaire. Faites attention de mettre les mots dans le bon ordre :

brown, rich, chicken, delicious, successful, red, small, new

1. soup **2.** artist **3.** dog **4.** car

D. Peter a téléphoné à la secrétaire du dentiste afin de fixer un rendez-vous pour Corinne. Complétez le dialogue en donnant les répliques de la secrétaire :

– Good morning. I'd like an appointment with Bob Winslow please. (1) …
– Well, this afternoon, if possible. (2) …
– Yes, quarter past three is fine. (3) …
– Oh, it's not for me, actually. The name is Corinne Leblanc. (4) …
– L.E.B.L.A.N.C. (5) …
– Lovely, thank you very much. Goodbye. (6) …

E. Soulignez les *h* qu'il faut prononcer :

1. He's only here for half an hour.
2. How is his uncle?
3. Is he going to stay in a hotel?
4. How many children has he got?
5. Can Helen help him?

LEÇON 27

A lift to town

[**A.** = Ann — **C.** = Corinne — **P.** = Peter]

A. I'm **go**ing to the **post** office. Does **any**one **want** **any**thing?

P. I'd **like** some **stamps, please**.

A. How many do you **want?**

P. Two books, please. First class.

C. Are you **go**ing into **town, Ann?**

A. Well, I'm **not ac**tually **go**ing into the **cen**tre of **town. Why?** Do you **want** a **lift?**

C. Yes. If you **don't mind. I want** to **buy** a **coup**le of maga**zines** and **do** a **bit** of **win**dow **shopp**ing.

A. Well, I can **drop** you by the **bank**. Is **that** any **good?**

C. Yes, thanks. That's **fine**. I'm **go**ing to **see** if I can **get** some **ideas** for **pres**ents. **One** of my **friends** has **got** a **birth**day soon. **I want** to **send** her **some**thing **typi**cally **Brit**ish. **Any ideas?**

P. A ca**ssette** of **God Save** the **Queen**[2]? A **hun**dred **tea**-bags? A **bull**dog[3]? The **U**nion **Jack**[4]?

C. Thanks, Peter. You're a **great help**.

Mots nouveaux

post [pôoust]
office [**ofi**s]
stamps [stamps]
dozen [**dœz**n]
class [klās]
centre [**sèn**te]
lift [lift]
magazines [mage**zīnz**]
drop [drop]
presents [**prèz**nts]
best [bèst]
soon [sōūn]
birthday [**boeś**dèï]
send [sènd]
something [**sœm**śiṅ]
Union Jack [**yōū**nyen djak]
God Save the Queen [god sèïv że kwīn]
tea-bags [**tī**bagz]
bulldog [**boul**dog]

Beggars can't be choosers.
[**bèg**ez **kānt** bi **tchōū**zez]

Ann emmène Corinne en ville

A. *Je vais à la poste. Est-ce que quelqu'un veut quelque chose ?*

P. *J'aimerais bien des timbres, s'il te plaît.*

A. *Tu en veux combien ?*

P. *Deux carnets, s'il te plaît. Tarif normal.*

C. *Tu vas en ville, Ann ?*

A. *En fait, je ne vais pas vraiment au centre-ville. Pourquoi ? Tu veux que je t'emmène ?*

C. *Oui, si ça ne te dérange pas. J'ai envie d'acheter deux ou trois magazines et de faire un peu de lèche-vitrine.*

A. *Eh bien, je peux te déposer près de la banque. Ça te va ?*

C. *Oui, merci. C'est parfait. Je vais voir si je peux trouver des idées de cadeaux. C'est bientôt l'anniversaire d'une de mes amies. Je veux lui envoyer quelque chose de typiquement britannique. Vous avez des idées là-dessus ?*

P. *Une cassette de l'hymne national ? Une centaine de sachets de thé ? Un bouledogue ? Le drapeau britannique ?*

C. *Merci, Peter. Vous m'êtes vraiment très utile.*

Vocabulaire

chemist [kèmist], *pharmacien*
baker [bèïke], *boulanger*
butcher [boutche], *boucher*
supermarket [soupemākit]

Prononciation

Certaines classes de mots obéissent à une règle simple qui indique sur quelle syllabe porte l'accent. Ainsi, la plupart des mots terminés par **-ette** sont accentués sur la dernière syllabe. Par exemple : ca**ssette** et (leçon 13) launde**rette**.

Lorsqu'on n'a pas d'argent, il faut se contenter
de ce qu'on veut bien vous donner.
(m. à m. : *Les mendiants ne peuvent pas être ceux qui choisissent.*)

GRAMMAIRE

1. Les indéfinis : Does anyone want anything?
Ann emploie **anyone** et **anything**, deux composés de **any**, parce qu'elle ne sait pas quelle va être la réponse (voir 19-2).

2. Les noms particuliers : two dozen
Le nom **dozen**, *douzaine*, précédé d'un nombre, est invariable. Il a la même forme au singulier et au pluriel.

3. Les constructions verbe + to + verbe : I want to buy
Lorsque le verbe **want** est suivi d'un autre verbe, ce dernier est toujours précédé de **to** :
Where do you want to go?
Où voulez-vous aller ?

4. Les adjectifs de nationalité : typically British
British, adjectif de nationalité, s'écrit toujours avec une majuscule (voir 3-3).

5. Les noms « non comptables » : a great help
Normalement, le nom **help**, *aide, secours*, ne prend pas d'article. C'est ainsi qu'on dira :
We need help to do this.
Il nous faut de l'aide pour faire cela.

Il n'a qu'une forme : il fait partie des noms dits « non comptables ».

On emploie l'article seulement si **help** est précédé d'un adjectif et désigne une personne :
You're a great help to me.
Tu m'es d'un grand secours.

6. Les noms composés : post office, tea-bag, bulldog
Nous trouvons dans cette leçon les trois schémas des noms composés (voir 11-3) :
a) deux éléments joints : **bulldog**
b) deux éléments reliés par un trait d'union : **tea-bag**
c) deux éléments séparés : **post office**.

EXERCICES

A. Traduisez :

1. Je vais en ville. Est-ce que tu veux quelque chose ?
2. Veux-tu que je t'emmène en voiture ?
3. J'aimerais acheter des timbres.
4. Ce cadeau est pour ton amie, n'est-ce pas ?
5. C'est bientôt l'anniversaire de ma mère.

B. Traduisez :

1. Corinne always has good ideas for presents.
2. Actually, the bank is in the centre of town.
3. Can you give me a lift on Friday morning?
4. She buys a couple of magazines every week.
5. Can you get me ten second class stamps?

C. Reconstituez les phrases en commençant par le mot en italique

Attention : aux signes de ponctuation.

1. wants/friend/*she*/present/send/to/her/a/./
2. you/Queen's/*do*/know/the/when/is/birthday/?/
3. *Corinne*/lift/town/wants/a/into/./
4. bank/*Ann*/her/drops/by/the/./
5. does/want/Peter/*how*/stamps/many/?/

D. Complétez avec le verbe qui convient :

1. I'm going to … Alan a present.
2. How do you … that? G.R.E.Y.
3. She'd like to … some Euros into pounds.
4. Do you want me to … you some soup?
5. Susan wants to … a parcel to her cousin.

E. Soulignez la syllabe tonique dans chaque phrase :

1. a. I'd like some bread.
b. Some white bread?
2. a. Do you want me to give you a lift?
b. Yes. If you don't mind giving me a lift.
3. a. I want to buy a couple of magazines.
b. What type of magazines?

LEÇON 28

At the post office

[**A.** = Ann — **PO.** = Post Office Assistant]

A. Good after**noon**. I'd **like three air mail lett**ers **plea**se and I'd **like** to **send** this **parc**el to **New Zea**land.

PO. Air mail or **sur**face **rate**?

A. Well, I want it to arr**ive** by the **mid**dle of Oc**to**ber**. It's** for my **ne**phew**'s birth**day. **How long** does **sur**face **rate take?**

PO. **About three months**, **so** it's **not go**ing to **get the**re un**til** the **end** of Oc**tob**er.

A. How much would **it be** by **air?**

PO. Er, **£14.80** by **air.**

A. And **sur**face **rate**?

PO. £5.15.

A. Mm, **sur**face **rate then**. I'm **not go**ing to **send** it by **air.** It's **too** ex**pen**sive. It **does**n't **rea**lly **mat**ter if it's a **bit la**te.

PO. Okay. **Any**thing **else?**

A. Er, **yes**. I **al**so **want two books** of **first class stamps**, and a **£10 pho**ne **card, plea**se.

PO. Right. There you **are. That's £22.20** alto**ge**ther, **please.**

Mots nouveaux

air [èe]
mail [mèïl]
New Zealand [**nyou zi**lend]
parcel [pāsl]
middle [midl]
surface rate [**soe**fes **rèït**]
October [**oktôou**be]
nephew's [**nèf**youz]
end [ènd]
too [tou]
expensive [iks**pèn**siv]

Time is money.
[**taïm** iz **mœni**]

À la poste

*[**E.** = employé des Postes]*

A. *Bonjour. Je voudrais trois aérogrammes s'il vous plaît et j'aimerais envoyer ce colis en Nouvelle-Zélande.*
E. *Par avion ou par bateau ?*
A. *C'est-à-dire que je veux qu'il arrive au plus tard au milieu du mois d'octobre. C'est pour l'anniversaire de mon neveu. Ça prend combien de temps par bateau ?*
E. *Trois mois environ, donc il n'arrivera pas là-bas avant fin octobre.*
A. *Ça coûterait combien par avion ?*
E. *Par avion, c'est 14,80 livres.*
A. *Et par bateau ?*
E. *5,15 livres.*
A. *Bon... alors par bateau. Je ne vais pas l'envoyer par avion. C'est trop cher. Ça n'a pas tellement d'importance s'il arrive un peu en retard.*
E. *Très bien. Vous désirez autre chose ?*
A. *Oui. Il me faut aussi deux carnets de timbres au tarif normal, et une carte de téléphone de 10 livres, s'il vous plaît.*
E. *D'accord. Voici. Ça fait 22,20 livres en tout, s'il vous plaît.*

Vocabulaire

aunt [ānt], *tante*
uncle [œnkel], *oncle*
niece [nīs], *nièce*
postcard [pôouskād], *carte postale*
envelope [ènvilôoup], *enveloppe*
parents [pèerents], *parents* (père et mère)

Prononciation : *la syllabe tonique*

Les deux exemples ci-dessous illustrent à nouveau l'emploi de la tonique pour marquer l'élément d'information nouveau, malgré la distance entre les deux expressions :
... **middle of OcTOber** (ligne 4) ; ... **END of October** (ligne 8)

Le temps, c'est de l'argent.

GRAMMAIRE

1. Les prépositions : by sea, by the middle of October

La préposition **by** apparaît avec deux sens dans ce dialogue :
– devant un nom, **by**, *par*, exprime le moyen ou l'agent : **by sea**, *par bateau* (m. à m. : par mer) ;
– devant une expression indiquant une date ou une heure, il a le sens de *au plus tard* :
You must be back by ten o'clock.
Il vous faut être de retour avant 10 heures.

2. Les mots interrogatifs : How long does it take?

How long est un mot interrogatif composé de deux éléments. Dans une phrase, il se construit sur le même schéma que tous les mots interrogatifs déjà vus.

Il sert à poser une question sur la durée : *combien de temps ?*

3. Les conjonctions de temps : not until the end of October

Until, *jusqu'à, jusqu'à ce que*, lorsqu'il est combiné avec la négation **not** signifie *pas avant* :
not until tomorrow, *pas avant demain.*
C'est donc le contraire de **by** (voir ci-dessus).

4. Too : too expensive

Ici **too** signifie *trop*. Il se place devant l'adjectif qu'il qualifie.

Ne pas confondre avec **too** signifiant *aussi* qui se place, lui, en fin de phrase (voir 1-4).

5. Les adjectifs numéraux : twenty-two

Les adjectifs désignant les dizaines, en dehors de **ten**, se terminent tous par **-ty** et se forment à partir des neuf premiers chiffres, avec quelques modifications orthographiques (voir Annexes).

Lorsqu'ils sont suivis d'une unité, on les écrit avec un trait d'union :
21, **twenty-one** ;
22, **twenty-two**, etc.

EXERCICES

A. Traduisez :

1. Combien est-ce que ça coûte pour envoyer ce colis en France ?
2. Combien de temps est-ce que ça prend par avion ?
3. Combien de timbres voulez-vous ?
4. C'est trop cher par avion.
5. En fait, cela n'a pas d'importance si mon colis arrive avec un peu de retard.

B. En vous référant au dialogue, répondez aux questions :

1. What does Ann want to send to New Zealand?
2. Who is it for?
3. How long does it take by sea?
4. What is the last thing Ann buys?
5. How much does she pay?

C. Formez une phrase interro-négative à l'aide des éléments fournis :

1. Corinne/want/lift
2. Peter/got/cassette/God Save the Queen
3. Ann/want/go window-shopping
4. it/expensive/send/parcels/air
5. Ann/must/send/letters/today

D. Trouvez les paires logiques dans ces deux groupes de phrases :

1. How do you know Rachel?	A. Yes, but it isn't mine.
2. That's a lovely jacket.	B. Actually, it's a boy.
3. What a lovely baby girl!	C. Yes, but it's an old one.
4. Is it a good film?	D. I work with her.
5. Has Emma got a car?	E. Yes, but it's too long.

E. À chacun des sons voyelles ci-dessous correspondent trois mots de la liste suivante. À vous de les trouver :

who	great	drop	dozen	wait
late	chew	trolley	right	couple
god	just	side	buy	soon
[ou]	[èï]	[aï]	[œ]	[o]

LEÇON 29

A pub lunch

[**A.** = Ann — **C.** = Corinne — **P.** = Peter]

A. **Pe**ter and **I** are **both free** for **lunch** to**day**. Would you **like** to **have lunch** in a **pub**, Co**rinne?**

C. **Mm, that sounds li**ke a **good idea**.

A. **Well, I think** the **eas**iest **thing** is to **all meet** in the **pub**. The **Red Lion** in the **High Street**[5].

(In the pub)

P. Co**rinne**, I'm over **here. Ann is**n't **here yet**. But we can **or**der. She **al**ways **has** a **plough**man's **lunch.**

C. **What is** a **plough**man's **lunch, Pe**ter? I can **ne**ver re**mem**ber.

P. **Well, ba**sically it's **bread** and **cheese. Then** you **get** some **sa**lad and **pick**les and **things** with it. It's **qui**te **good here**. Are you **go**ing to **have that?**

C. No, I d**on't** think I **want** th**a**t. Wh**a**t are **you go**ing to **have?**

P. I **fan**cy the **ho**me-**ma**de **soup fol**lowed by **steak** and **kid**ney **pie**[6] with **chips.**

C. **Mm**. I **think** I'm **go**ing to **have that too.**

P. **What** do you **want** to **drink**, Co**rinne? How** a**bout** a **la**ger[7]?

C. **Yes please, half** a **pint** for me. Mm, I'm **hun**gry. I'm **look**ing **for**ward to **this.**

Mots nouveaux

lion [laïen]
street [strīt]
order [**ō**de]
ploughman's [**plaou**menz]
basically [**bèï**sikli]
cheese [tchīz]
salad [**sa**led]
pickles [**pik**lz]
fancy [**fan**si]
steak [stèïk]
kidney [**kid**ni]
pie [paï]
lager [**lā**ge]
hungry [**hœn**gri]
forward [**fō**wed]

Enough is as good as a feast.
[**inœf** iz ez **goud** ez e **fist**]

Déjeuner au pub

A. *Aujourd'hui, Peter et moi sommes tous les deux libres à l'heure du déjeuner. Tu aimerais déjeuner dans un pub, Corinne ?*

C. *Mm… Ça m'a l'air d'une bonne idée.*

A. *Bon alors, le plus simple, il me semble, est que nous nous donnions tous rendez-vous au pub. Le Red Lion dans la High Street.*

(Au pub)

P. *Corinne, par ici ! Ann n'est pas encore là. Mais nous pouvons commander. Elle prend toujours une assiette campagnarde.*

C. *Une assiette campagnarde ? C'est quoi ça, Peter ? Je ne m'en souviens jamais.*

P. *Essentiellement du pain et du fromage. Puis avec ça, vous avez de la salade, des cornichons et plein d'autres choses. C'est assez bon ici. Vous allez prendre ça ?*

C. *Non, je ne pense pas. Et vous, vous allez prendre quoi ?*

P. *J'ai envie de prendre la soupe maison, suivie d'un steak et kidney pie avec des frites.*

C. *Mm, je crois que je vais prendre ça aussi.*

P. *Qu'est-ce que vous voulez boire, Corinne ? Une blonde, ça vous dit ?*

C. *Oui, s'il vous plaît, un demi. Mm, j'ai faim. Je me régale d'avance.*

Vocabulaire

po**ta**toes [petèïtôouz], *pommes de terre* ; **car**rots [karets], *carottes* ; **peas** [pîz], *petits pois* ; **steak** and **kid**ney **pie**, *pâté en croûte contenant de la viande et des rognons* ; **kid**ney, *rognon, rein.*

Prononciation : la syllabe tonique

Remarquez qu'en anglais, c'est la tonique qui sert à attirer l'attention sur l'élément important, alors que le français, lui, ajoute des mots pour obtenir le même résultat :

What IS a ploughman's lunch? (ligne 8)

What are YOU going to have? (ligne 13)

Manger à sa faim est déjà un festin.
(m. à m. : *Assez est aussi bien qu'un festin.*)

GRAMMAIRE

1. Le superlatif : the easiest thing

Avec des *adjectifs courts*, c'est-à-dire des adjectifs d'une syllabe ou de deux syllabes mais terminés par **-y** (voir 23-1), le superlatif se forme selon le schéma : **the** + adjectif + **-est** :

He is the nicest man I know.
C'est l'homme le plus gentil que je connaisse.

Remarquez que le **-y** de **easy** devient **-i** devant la terminaison **-est**.

2. La place des adverbes : she always has, I can never remember

Les adverbes de fréquence, comme **always** ou **never**, se placent normalement devant le verbe principal.
Avec **be**, par contre, ils se placent normalement après :
She is never late. *Elle n'est jamais en retard.*

3. L'emploi de have : what are you going to have

Ici **have** n'est pas auxiliaire mais un verbe signifiant *prendre, consommer*. Il se conjugue dans ce cas comme un verbe ordinaire :

What do you have for breakfast? Tea or coffee?
Que prenez-vous pour le petit déjeuner ? Du thé ou du café ?

4. Les mots interrogatifs : How about a lager?

How about est synonyme de **what about** (voir leçon 5).

5. I'm hungry, *j'ai faim*

Dans un certain nombre d'expressions, l'anglais emploie **be**, *être*, alors que le français utilise le verbe *avoir* :
I'm thirsty [ṡōēsti], *j'ai soif.*
I'm cold [kôould], *j'ai froid.*
I'm hot, *j'ai chaud.*
I'm sleepy [slīpi], *j'ai sommeil.*

EXERCICES

A. Traduisez :

1. J'ai faim.
2. Quand peut-on déjeuner ?
3. Je ne déjeune jamais avant 1 heure de l'après-midi.
4. Elle prend toujours la même chose.
5. Puis-je avoir du pain et du fromage ?

B. Traduisez :

1. The easiest thing is to all have the same.
2. What's his name? I can never remember.
3. What do you want, chicken soup or tomato soup?
4. The apple pie is delicious.
5. He's a nice man but he's very jealous.

C. Remplacez les mots en italique par un pronom :

1. *That book* is *Peter's*.
2. Give *all his books* to *Peter*.
3. Has *Diana* got a lot of *clothes*?
4. Do *Vicky and Gareth* want to come?
5. Is *John* sure that *Carol* is coming?

D. Reconstituez les noms composés :

Exemple : a) 5) airport

a) air	f) waiting	1) wise	6) office
b) nick	g) post	2) ache	7) day
c) coat	h) tea	3) card	8) hangers
d) clock	i) birth	4) room	9) name
e) head	j) phone	5) port	10) bags

E. Soulignez toutes les formes faibles :

1. Peter and I are both free for lunch.
2. Are you going to have that?
3. What are you going to have?
4. Half a pint for me.
5. Would you like to have lunch in a pub?

LEÇON 30

A ticket for Stratford

[**C.** = Corinne — **B.** = British Rail employee]

C. I'd **like** a **se**cond **class** re**turn** to **Strat**ford.

B. That's **six pound**s **twen**ty... **Thank** you.

C. The **next train** is at **ten past nine**, **isn't** it?

B. Yes, **that**'s **right**.

C. Which platform does it **go from?**

B. Platform **four**.

C. Oh, **right** and can you **tell** me the **ti**mes of the **trains** to **come back** this **e**vening, **say**, **af**ter **six** o'**clock**.

B. Six twenty-**three**. **Six** fifty-**five**. **Seven** **for**ty.

C. Is **that** the **last one?**

B. No, there's a**no**ther **one** at **eight** fif**teen**. **Last one** at **nine** twenty-**five**.

C. What time does the **seven forty get in?**

B. Eight twenty.

C. Is it di**rect?**

B. They're **all** di**rect** ex**cept** for the **six fif**ty-**five** — **chan**ge at **New**town.

C. Thank you **ve**ry **much**.

Mots nouveaux

ticket [**ti**kit]	train [trèïn]	fifty [**fif**ti]	fifteen [fif**tīn**]
return [ri**tœn**]	twenty [**twèn**ti]	forty [**fō**ti]	last[lāst]
Stratford [**strat**fed]	platform [**plat**fōm]	another [e**nœ**że]	

Knowledge is power.
[**no**lidj iz **paou**e]

Un billet pour Stratford

*[**E.** = employé des Chemins de fer]*

C. *Je voudrais un aller-retour deuxième classe pour Stratford.*
E. *Ça fait 6,20 livres… Merci.*
C. *Le prochain train est à 9 h 10, n'est-ce pas ?*
E. *Oui. C'est exact.*
C. *Il part de quelle voie ?*
E. *Voie quatre.*
C. *Oh, très bien. Et est-ce que vous pouvez me dire l'horaire des trains pour le retour ce soir, disons après 6 heures.*
E. *6 h 23, 6 h 55, 7 h 40.*
C. *C'est le dernier ?*
E. *Non. Il y en a un autre à 8 h 15. Le dernier à 9 h 25.*
C. *À quelle heure arrive celui de 7 h 40 ?*
E. *8 h 20.*
C. *Il est direct ?*
E. *Ils sont tous directs, sauf celui de 6 h 55 — il faut changer à Newtown.*
C. *Merci infiniment.*

Vocabulaire

single [sinġl], *aller simple* ; **plat**form [platfōm], *quai* ; con**nec**tion [kenèkchen], *correspondance* ; coach [kôoutch], *wagon (d'un train)* ; **sta**tion [stèïchn], *gare*

Prononciation : la syllabe tonique

Comme nous l'avons vu (14-1, 23-3), l'anglais possède de nombreux verbes composés ou verbes à particule, c'est-à-dire se présentant sous la forme verbe + particule, comme **get in** (ligne 13). Quand ces verbes n'ont pas de complément, la tonique se place sur la particule et non sur le verbe :
What time does the seven forty get IN?

Savoir, c'est pouvoir.
(m. à m. : *Le savoir est le pouvoir.*)

GRAMMAIRE

1. L'emploi de l'article : the next train

Lorsque **next** est employé avec un nom commun autre que **day, week, month, year**, etc., il se construit avec l'article défini.

> **Attention :** ne pas confondre **next week**, *la semaine prochaine*, avec **the next week**, *la semaine suivante.*

2. Les mots interrogatifs : which platform…?

Which, *quel, quelle, lequel, laquelle*, est employé lorsqu'il y a une idée de choix :

Here are two books : which (one) do you prefer?
Voici deux livres : lequel préférez-vous ?

3. Les prépositions : does it go from… ?

Lorsqu'un verbe nécessite l'emploi d'une préposition, il garde cette préposition dans les questions, bien que celle-ci ne soit plus suivie d'un nom et se trouve ainsi en fin de phrase :

I am from England → Where are you from?
The train goes from platform four → Which platform does the train go from?

4. L'omission de l'article : platform four

Lorsque **platform** est suivi d'un adjectif numéral, il s'emploie sans article.

5. L'expression de l'heure : nine twenty-five

Lorsque le nombre de minutes ne se termine pas par 0 ou 5, on est obligé d'employer le mot **minutes**. C'est ainsi que *six heures cinq* se dira **five past six** mais *six heures trois* devra se dire **three minutes past six.**

Remarquez qu'au lieu de dire **twenty-five past nine** pour les horaires dans les moyens de transport, on emploie la façon « internationale » de dire l'heure, qui mentionne les heures avant les minutes, et n'utilise ni les quarts ni les demies :

the six-fifteen train, *le train de 6 h 15.*

6. Les verbes composés : get in

Le verbe **get**, *obtenir*, employé avec **in**, change de sens et signifie *entrer*. Ici, à cause du contexte, *entrer en gare* (voir 14-1).

EXERCICES

A. Traduisez :

1. À quelle heure part le prochain train ?
2. Il part du quai 10.
3. Il vous faut changer à Newtown.
4. Combien coûte un aller-retour pour Stratford ?
5. Tous les trains à destination de Stratford sont directs, n'est-ce pas ?

B. En vous référant au dialogue, répondez aux questions :

1. How much is Corinne's ticket?
2. When does she want to come back?
3. Where does the train leave from?
4. Are all the trains direct?
5. What time is the last train from Stratford?

C. Complétez en employant le mot qui convient :

1. That music is giving me a headache. Turn the volume…
2. What does his new teacher look …?
3. The children are looking … to your birthday.
4. What time does his train get …?
5. Sort your bedroom … now, please, Robert.

D. Posez la question portant sur les mots en italique :

1. The first train is *at quarter to seven.*
2. She wants to go to *Stratford.*
3. We're free for lunch *today.*
4. I'm going to order *soup.*
5. A phone card is *£10.*

E. Soulignez la syllabe tonique dans chaque phrase :

1. When do they move in?
2. a. Is that the last one?
b. No, it's not the last one.
3. Sheila and Richard are coming round.
4. a. Is Lucy coming this evening?
b. No, she's coming tomorrow evening.

LEÇON 31

Barry and Teresa

[**B.** = Barry — **T.** = Teresa]

B. Hel**lo**. **An**yone **home**? It's **me.**

T. We're up**stairs**, in **Si**mon's **room**... Hel**lo**. You're **back** **ear**ly.

B. **This af**ternoon's **meet**ing was **can**celled.

T. **That**'s **nice**. Were you **ve**ry **late** this **mor**ning?

B. **Ac**tually I was **on**ly **ten min**utes **late** in the **end.**

T. **Oh good**. I was **wor**ried. We d**on't** **want Dad**dy to **get** the **sack**, **do** we, **Si**mon?

B. Hel**lo**, **Si**mon. Are you **pleased** to **see** your **Dad**dy? **What** are you **do**ing? Is **Mum**my **read**ing you a **book**?

T. **Yes**. He's **tired**. We were in the **park** for **most** of the after**noon**. It was **love**ly, **real**ly **hot** and s**un**ny.

B. **Good**. **Oh**, **by** the **way**, there's a **love**ly **old-fash**ioned **rock**ing h**orse** in the **toy** shop **next** to the office. I'm **sure** **Si**mon would **love** it for his **birth**day. Can you **meet** me for **lunch** to**mo**rrow and we can h**ave** a **look** at it to**ge**ther?

T. **No, I can't**. Your **mo**ther's **com**ing round for **lunch** to**mo**rrow.

B. **Oh yes**. **What** a s**hame**. S**ome**time **next week then.**

T. **Yes**, o**kay**. **Mon**day's a **good day** for **me**.

Mots nouveaux

cancelled [**kan**seld]
daddy [**dadi**]
mummy [**mœmi**]
tired [taïed]
park [pāk]
hot [hot]
rocking [rokiṅ]
sunny [**sœ**ni]
old-fashioned [**ôould fach**end]
office [**ofi**s]
horse [hōs]
toy [toï]
shop [chop]

Blood is thicker than water.
[**blœd** iz **ši**ke żen **wō**te]

Barry et Teresa

B. *Ohé ! Il y a quelqu'un ? C'est moi.*
T. *Nous sommes en haut, dans la chambre de Simon… Salut. Tu rentres tôt.*
B. *La réunion de cet après-midi a été annulée.*
T. *Ah, c'est bien, ça. Tu étais très en retard ce matin ?*
B. *En fait, finalement, je n'ai eu que dix minutes de retard.*
T. *Ah, bien. Je m'inquiétais. Nous ne voulons pas que papa se fasse renvoyer, n'est-ce pas, Simon ?*
B. *Bonjour, Simon ! Content de voir ton papa ? Qu'est-ce que tu fais là ? Maman te lit un livre ?*
T. *Oui. Il est fatigué. Nous avons passé la plus grande partie de l'après-midi au parc. C'était magnifique. Il faisait soleil et vraiment chaud.*
B. *Tant mieux. À propos, il y a un superbe cheval à bascule d'autrefois dans le magasin à jouets près de mon bureau. Je suis sûr que Simon adorerait ça pour son anniversaire. Tu peux me rencontrer, demain, pour déjeuner, et nous pourrons jeter un coup d'œil ensemble ?*
T. *Non. Je ne peux pas. Ta mère vient déjeuner chez nous demain.*
B. *C'est vrai. Dommage. Un autre jour alors, la semaine prochaine.*
T. *Entendu. Le jour qui me convient, c'est lundi.*

Vocabulaire

man [man], *homme* ; **wo**man [wouman], *femme* ;
up-to-**date** [œptedèït], *à la mode, récent*

Prononciation

La langue française comporte un certain nombre d'homophones, c'est-à-dire des groupes de deux ou plusieurs mots qui n'ont pas le même sens mais qui se prononcent de la même façon : *mot/maux* ; *sot/saut/sceau/seau*. En anglais, il y a aussi beaucoup d'homophones (voir exercice E).

La voix du sang parle toujours plus fort que les autres.
(m. à m. : *Le sang est plus épais que l'eau.*)

GRAMMAIRE

1. Le verbe *être* : were you, I was
Le verbe **be** a deux formes au passé : **was** pour le singulier **(I, he, she, it was)** et **were** pour le pluriel **(you, we, they were)**.

2. Le passif : was cancelled ; was worried ; are you pleased ?
Le passif indique que l'action est « subie » par le sujet.

Tout comme en français, on a le schéma : verbe *être* + participe passé du verbe principal. Seul le verbe *être* change de forme, le participe passé étant invariable.

The meeting was cancelled. *La réunion a été annulée.*

3. Le génitif : this afternoon's meeting
Il s'emploie couramment avec des expressions de temps comme : **this morning**, **this afternoon**, **this week**, **last week**, etc. ainsi qu'avec **yesterday**, **today** ou **tomorrow**. On dira ainsi : **today's paper**, *le journal d'aujourd'hui.*

4. Les verbes à deux compléments : Is Mummy reading you a book ?
Le verbe **read** a ici deux compléments : **you** (complément d'attribution) et **book** (complément d'objet direct). Lorsque le premier revêt la forme d'un pronom, il se place toujours tout de suite après le verbe. Si au lieu du pronom **you**, on avait un nom, **Simon**, on pourrait en effet avoir en anglais soit : **Is Mummy reading Simon a book?** soit **Is Mummy reading a book to Simon?**

5. Most of. Most of, *la plupart, la plus grande partie de* est suivi de l'article **the** lorsqu'il introduit un nom défini :
Most of the people I know. *La plupart des gens que je connais.*

Devant un nom pluriel non défini, **of** disparaît et on n'emploie pas d'article : **most children**, *la plupart des enfants*.

6. Les adjectifs composés : old-fashioned
Le schéma *adjectif* + *mot terminé par* **-ed** est une des façons de former un adjectif composé en anglais.

7. La forme progressive : Your mother's coming round... tomorrow
Le présent progressif est souvent employé avec une valeur de futur lorsque le sujet du verbe est une personne.

EXERCICES

A. Traduisez :

1. Ils s'inquiétaient au sujet de leurs enfants.
2. Je suis sûr que vous aimeriez ce film.
3. Voulez-vous me lire un livre ?
4. Déjeunons.
5. Chris passera faire un tour la semaine prochaine.

B. Mettez au passé simple :

1. Are you hungry?
2. Kevin is a very clever child.
3. Wendy's worried about her work.
4. They are both teachers.
5. I'm quite good at sport.

C. Traduisez :

1. He was early because the meeting was cancelled.
2. Would she like a book for her birthday?
3. Is John going to get the sack?
4. It was a hot, sunny afternoon.
5. When is your mother coming round for lunch?

D. Complétez ces proverbes anglais :

1. Home is where the … is.
2. … doesn't … on trees.
3. There's … smoke without …
4. Enough is as … as a feast.
5. … the devil you … than the devil you don't know.

E. Ces phrases contiennent des homophones. Lesquels ? Écoutez et répétez :

1. You can see the sea from the window.
2. I've got two sisters too.
3. I'd like to buy a painting by Matisse.
4. Would you get some more wood?
5. I feel weak this week.

LEÇON 32

A visit from Grandma

[**G.** = Grandma — **T.** = Teresa]

T. Look, **Si**mon, **here**'s **Grand**ma **come** to **see** you.

G. He**llo**, my **popp**et! **Give Grand**ma a **kiss**. Oh, **what** a **big boy** you **are** now!

T. Mm, **near**ly **one** al**rea**dy. **Doesn't time fly!**

G. Oh **yes**. It **see**ms **on**ly **yes**terday that **Barry** was **on**ly **one**. I re**mem**ber his **first birth**day so **well.** We in**vi**ted **all** the **neigh**bours' **chil**dren to his **par**ty. There were fif**teen chil**dren, pl**us** their **mo**thers! Are you **go**ing to **have** a **par**ty for **Si**mon?

T. Well, a **coup**le of his **friends** from **play** group[1] are **com**ing r**oun**d for **tea**, if you can c**all tha**t a **par**ty.

G. Mm, **well**, **no**. That's **hard**ly a **party**, **is it**, **dear?**

T. I **don't think** he'd en**joy hav**ing **too ma**ny **chil**dren **round.**

G. Oh, **Ba**rry **loved** it! But **then** he was an ex**cep**tionally **so**ciable **child** and **such** a **cle**ver **litt**le **boy!** I **start**ed to **teach** him to **read when** he was **on**ly **three** and he **learned ve**ry **quick**ly.

T. Mm. **Well**, **I think** it's **be**tter for them to **learn** to **read** at **school** with **all** the **o**ther **chil**dren.

G. Do you, dear? Well, you **may be right.**

T. Yes, **well.** I'll **go** and **put** the **ke**ttle **on**.

Mots nouveaux

visit [**viz**it]
grandma [**gran**mā]
poppet [**pop**it]
kiss [kis]
boy [boï]
already [ōl**rè**di]
yesterday [**yès**tedi]
neighbours [**nèïbez**]
party [**pā**ti]
group [grōōp]
call [kōl]
enjoy [ind**joï**]
many [**mè**ni]
exceptionally [ik**sep**chenli]
sociable [**sôou**chebl]
such [sœtch]
clever [**klè**ve]
little [litl]
teach [tītch]
quickly [**kwik**li]
school [skōōl]
may [mèï]
kettle [**kèt**l]

Least said (soonest mended).
[**līst sèd sōō**nest **mènd**id]

Une visite de grand-mère

T. *Regarde, Simon. Voici grand-mère qui est venue te voir.*

G. *Bonjour, mon bijou ! Un bisou pour grand-mère ? Oh là, là, mais c'est que tu es un grand garçon maintenant !*

T. *Mm. Presque un an déjà. Comme le temps passe vite !*

G. *C'est vrai. Il me semble que c'est à peine hier que Barry avait un an. Je me rappelle si bien son premier anniversaire. Nous avions invité tous les enfants des voisins à la fête. Il y en avait quinze, plus les mères ! Tu vas fêter l'anniversaire de Simon ?*

T. *Eh bien, deux ou trois de ses camarades de la crèche vont venir pour le goûter, si tu peux appeler ça une fête.*

G. *Enfin, non. On ne peut pas appeler ça une fête, n'est-ce pas, ma chérie ?*

T. *Je ne crois pas qu'il aimerait avoir trop d'enfants autour de lui.*

G. *Oh, Barry adorait ça ! Mais il faut reconnaître que c'était un enfant particulièrement sociable, et quel petit garçon intelligent ! J'ai commencé à lui apprendre à lire dès l'âge de trois ans et il apprenait très vite.*

T. *Moi je pense qu'il vaut mieux qu'ils apprennent à lire à l'école, avec tous les autres enfants.*

G. *Vraiment, ma chérie ? Au fond tu as peut-être raison.*

T. *Oui. Bon, je vais mettre l'eau à chauffer.*

Vocabulaire

kiss (v), *embrasser*
g**rand**-daughter, *petite-fille*
g**rand**parents, *grands-parents*
g**rand**son [gransœn], *petit-fils*

Prononciation

La terminaison **-ed**, marque du passé pour les verbes réguliers, a trois prononciations : après les sons **t** ou **d** elle se prononce [id], c'est-à-dire qu'on ajoute une syllabe (**started** [stātid]) ; ailleurs, elle se prononce simplement soit [d] (**loved** [lœvd]), soit [t] (**worked** [wekt]).

Moins on en dit, mieux cela vaut.
(m. à m. : *Le moins on en dit, le plus tôt c'est réparé.*)

GRAMMAIRE

1. Les phrases exclamatives : What a big boy you are!
Le mot exclamatif **what**, *quel, quelle, quels, quelles* est toujours suivi de l'article **a** lorsqu'il est employé avec un nom comptable singulier (voir 6-3).

2. La conjonction that : It seems that Barry was only one
La conjonction **that** *(= que)* souvent omise après un verbe (voir 10-2) est ici exprimée après l'expression **it seems.**

3. So : so well
Encore un autre sens de **so**. Devant un adjectif, ou un adverbe comme ici, **so** signifie *si, tant, tellement*.

4. Le passé simple : we invited.
Pour les verbes dits « réguliers » (ou « faibles »), le passé simple se termine par **-ed** à toutes les personnes. Comme le verbe **invite** se termine par **-e**, il suffit d'ajouter **-d** pour avoir le passé. Remarquez que le passé simple de ces verbes a la même forme que le participe passé.

5. Le génitif : the neighbours' children
Lorsque le nom du « possesseur » se termine par **-s**, la marque du génitif se réduit à l'apostrophe. Remarquez que **the neighbour's children**, *les enfants du voisin*, et **the neighbours' children**, *les enfants des voisins*, ont la même prononciation.

6. Les verbes suivis de verbe + ing : he'd enjoy having
Le verbe **enjoy** est suivi soit d'un nom, soit d'un verbe à la forme **-ing** (gérondif : voir 22-6) qui a le rôle et la fonction d'un nom.

7. Such : such a clever little boy
Devant un nom, l'adverbe **such** signifie *si (= tellement)*.

> **Attention :** si on a affaire à un nom singulier, comme **boy**, **such** se place avant l'article indéfini. Au pluriel, bien sûr, le problème ne se pose pas : **such clever little boys.**

8. L'auxiliaire may : you may be right
Il a les mêmes caractéristiques que **can** et **must** (voir 4-3 et 18-2) et exprime l'éventualité. On peut avoir deux traductions en français : soit *il se peut que tu aies raison*, soit *tu as peut-être raison*.

9. L'auxiliaire will : Well, I'll put the kettle on
La forme contractée de l'auxiliaire **will**, dont une des fonctions est de rendre la notion de futur, est **'ll**. Il a les mêmes caractéristiques que **can, must** et **may** (voir 18-2).

EXERCICES

A. Traduisez :

1. What a nice man he is!
2. She'd enjoy having a party.
3. He's such a charming man.
4. It may rain this afternoon.
5. Charlotte learned to read when she was four.

B. En vous référant au dialogue, répondez aux questions :

1. How old is Simon?
2. How many children went to Barry's first birthday party?
3. How many children are going to come to Simon's house for tea?
4. Why doesn't Teresa want to invite a lot of children?
5. Is Teresa going to teach Simon to read?

C. Complétez avec le verbe qui convient : *change, get, read, make, send*

1. Would you like me to … you a book?
2. Richard thinks he's going to … the sack.
3. I'm going to the bank to … some pounds.
4. I always … a parcel for her birthday.
5. … an appointment for half past ten.

D. Complétez les phrases avec le mot qui convient :

1. My brother's daughter is my …
2. My mother's husband is my …
3. My father is my son's …
4. My uncle's children are my …
5. My father's sister is my …

E. Regroupez les verbes ci-dessous en fonction de la prononciation de la terminaison *-ed*, [t], [d] ou [id] :

liked	sounded	ordered	remembered	followed
looked	wanted	helped	dropped	preferred
chewed	hoped	impressed	cancelled	loved
lived	seemed	called	played	decided

LEÇON 33

A working father

[**B.** = Barry — **J.** = Jane — **P.** = Patricia]

J. Barry, can you **give** me a **print**out of the **sale**s **fig**ures for **last Feb**ruary… **Hey**, **Bar**ry, wake **up!** What's the **matt**er with **you this morn**ing?

B. Oh, so**r**ry **Jane**, I can **hard**ly **keep** my **eyes o**pen. I **on**ly **slept** a**bout three hours** last **night** — **Si**mon's **tee**thing. We **had** to **get up six times** in the **night**. It's the **third night runn**ing. We're **both** ex**haust**ed.

P. Oh, **yeah**. It's **aw**ful **when** they're **tee**thing.

J. You should **just leave** him to **cry**. If you ig**nore** him, he'll **soon stop**.

B. He's **ra**ther **diff**icult to ig**nore**. He's **got** in**cre**dible **lungs**. **Any**way, Te**re**sa would **ne**ver a**gree**. She **thinks** he should **be** pi**cked up e**very **time** he **cries**. **Ac**tually I m**ust say** I **tend** to a**gree**.

J. Well, **just don't let** it af**fect** your **work**.

B. I'm **sure** it w**on't last much long**er.

P. Don't **you** be**lieve** it. It can **last** for **months**. My **eld**est **cried e**very **night** for **ten** months.

B. My **God**[2]. I'd **ne**ver sur**vive that long**.

P. You **get used** to it. Re**mem**ber, the **first month** is the **worst**.

B. So I can **look for**ward to twenty-**se**ven m**ore real**ly **bad nights. Great.**

J. Hey, come on, Barry. I **need those sales fig**ures.

Mots nouveaux

printout [**print**aout]
figures [**fig**ez]
February [**fè**breri]
matter [**ma**te]
wake up [wèïk œp]
sorry [**so**ri]
keep [kīp]
slept [slèpt]
teething [**tī**żiṅ]
running [**rœ**niṅ]
exhausted [ig**zō**stid]
ignore [ig**nō**]
lungs [lœṅz]
sales [sèïlz]
anyway [**è**niweï]
affect [ef**èkt**]
believe [bi**līv**]
eldest [**èld**est]
cried [kraïd]

Spare the rod (and spoil the child).
[**spèe** że **rod** en **spoil** że **tchaïld**]

Un père au travail

J. *Barry, tu peux me sortir à l'imprimante un état des ventes de février dernier ?... Hé là, Barry, réveille-toi ! Qu'est-ce que tu as ce matin ?*

B. *Oh, désolé, Jane. Je peux à peine garder les yeux ouverts. Je n'ai dormi que trois heures environ la nuit dernière. Simon fait ses dents. Il nous a fallu nous lever six fois cette nuit. Pour la troisième nuit d'affilée. Nous sommes tous deux épuisés.*

P. *Oh, j'connais. C'est épouvantable quand ils font leurs dents.*

J. *Vous devriez tout simplement le laisser pleurer. Si vous ne faites pas attention à lui, il s'arrêtera très vite.*

B. *C'est assez difficile de ne pas faire attention à lui, il a de tels poumons. De toute façon Teresa ne serait jamais d'accord. Elle pense qu'il faut le prendre dans les bras chaque fois qu'il pleure. En fait, je dois reconnaître que je suis plutôt d'accord avec elle.*

J. *Fort bien, mais que ça ne t'empêche pas de travailler.*

B. *Je suis sûr que ça ne va plus durer bien longtemps maintenant.*

P. *Détrompe-toi. Ça peut durer des mois. Mon aîné a pleuré chaque nuit, pendant dix mois.*

B. *Mon Dieu, jamais de la vie je ne survivrais aussi longtemps.*

P. *On s'y habitue. Souviens-toi que le premier mois est le pire.*

B. *Donc je peux encore m'attendre à vingt-sept nuits vraiment pénibles. Formidable.*

J. *Hé là, Barry ! Allons, il me faut ces chiffres des ventes.*

Vocabulaire

nightmare [naïtmèe], *cauchemar*
go to sleep, *s'endormir*
in**cre**dible [inkrèdibl], *incroyable*
dream [drïm], *rêve*
snore [snō], *ronfler*

Trop de gentillesse peut être coupable.
(m. à m. : *Épargnez le bâton et gâtez l'enfant.*)

GRAMMAIRE

1. L'emploi de l'adjectif possessif : keep my eyes open
Comme nous l'avons déjà vu (26 2), l'anglais emploie l'adjectif possessif devant les parties du corps :
I can hardly keep my eyes open. *Je peux à peine garder les yeux ouverts.*

2. Le passé simple : I only slept
Slept est le passé simple du verbe **sleep**, verbe dit « irrégulier », dont il faut connaître la forme du passé simple par cœur (Voir la liste dans les Annexes). Cette forme est la même à toutes les personnes.

3. L'expression de l'obligation par have to : we had to get up
Cette expression, synonyme de **must** exprimant l'obligation, remplace **must** lorsque l'obligation a pour origine un élément extérieur au sujet :

Sorry, I have to go. *Désolé, je suis obligé de partir*.

Au passé, **had to** remplace **must** dans tous les cas, puisque **must** n'a pas de forme passée.

4. L'auxiliaire should : You should just leave him to cry
Il a les mêmes caractéristiques que **can, may, must, will** et **would**. Il sert à rendre le conditionnel du verbe *devoir* :

You should leave him. *Vous devriez le laisser pleurer.*

5. Le comparatif : much longer
Much, *beaucoup*, est employé pour modifier un adjectif au comparatif : **much younger**, *beaucoup plus jeune*.

6. Le superlatif : my eldest
Pour désigner le plus âgé des enfants, on emploie une forme spéciale : **eldest** (au lieu de **oldest**, superlatif régulier de **old**).

7. Les démonstratifs : I'd never survive that long
That employé devant un adjectif en renforce le sens et signifie alors : *tellement, à ce point* ou *si*.

8. Used to
Used to, *habitué à*, s'emploie avec les verbes **get** et **be** et est suivi soit d'un pronom, soit d'un nom, soit d'un gérondif :
You get used to children. *On s'habitue aux enfants.*

EXERCICES

A. Traduisez :

1. Je ne savais pas que la tour Eiffel était si grande.
2. Sa fille aînée a quinze ans maintenant.
3. Ils devraient l'aider (= Barry).
4. Je ne dors que six heures par nuit.
5. Ils veulent la prendre dans leurs bras chaque fois qu'elle pleure.

B. Trouvez les paires logiques dans ces deux groupes de phrases :

1. Just ignore her.
2. How long does it last?
3. When do you pick him up?
4. Why is he so tired?
5. What's the matter?

A. He didn't sleep much.
B. I've got a headache.
C. It can last for weeks.
D. Every time he cries.
E. I can't ignore her.

C. Traduisez :

1. The sales figures for March were very good.
2. They have to do their homework.
3. Kim is much nicer than her sister.
4. You really should stop smoking.
5. Harry is the eldest child.

D. Remettez les mots dans le bon ordre :

Attention aux signes de ponctuation.

1. looking/Rebecca/forward/is/to/her/birthday/./
2. boy/old/little/how/is/your/?/
3. they/leave/to/at/have/o'clock/eight/./
4. Kevin/agrees/me/never/with/./
5. many/how/letters/got/you/have/?/

E. Soulignez les formes faibles :

1. Can you help me with this? — Of course I can.
2. He should work more. — Mm, he certainly should.
3. Would you like a drink? — Yes, I would.
4. You don't like Mozart, do you? — Yes, I do.
5. Neil would never agree to come.

LEÇON 34

The babysitter

[**C.** = Cathy — **B.** = Barry]

(The doorbell rings)

C. He**llo**.

B. He**llo**, **Ca**thy. **Come on in**. We're **near**ly **rea**dy. **Si**mon's in **bed**. He **went out like** a **light**. Te**re**sa **took** him to **play** group this **morn**ing and we've **been** in the **park all** after**noon** so he **did**n't **have** a **nap**. He was **real**ly **tired** so **I don't think** he'll **wake up**.

C. He **doesn't** usually **wake up**.

B. **Well**, the **thing is**, he's **tee**thing at the **mo**ment. If you **hear** him **cry**ing you can **give** him a **bot**tle. Te**re**sa's **left one rea**dy in the **kit**chen. Er, **this** is the **te**lephone **num**ber in **case** you **need** it.

C. **Right**.

B. There are **bis**cuits and **things** on a **tray** in the **kit**chen. You **know where** the **tea** and **co**ffee **are**, so **help** your**self**. Oh, er, I'm **ter**ribly **so**rry, **Ca**thy, but I'm a**fraid** the **te**lly's **not work**ing **pro**perly. The **pic**ture's **ve**ry **fuz**zy.

C. **That**'s o**kay**. I've **got loads** of **home**work to **do**.

B. **Any**way we **won't be ve**ry **late**. We'll **be back** a**bout mid**night **prob**ably.

Mots nouveaux

babysitter [**bèï**bisite]
doorbell [**dō**bèl]
out [aout]
light [laït]
in case [in kèïs]
biscuits [**bis**kits]
tray [trèï]
terribly [**tè**ribli]
properly [**pro**peli]
picture [**pik**tche]
fuzzy [**fœ**zi]
loads [lôoudz]
homework [**hôoum**wœ̄k]
midnight [**mid**naït]

Better safe than sorry.
[**bè**te **sèïf** żen **so**ri]

La baby-sitter

(La sonnette retentit)

C. *Bonsoir.*

B. *Bonsoir, Cathy. Entre donc. Nous sommes presque prêts. Simon est au lit. Il s'est endormi sans broncher. Teresa l'a emmené à la crèche ce matin et nous avons passé tout l'après-midi au parc, donc il n'a pas fait sa sieste. Il était vraiment fatigué ; je crois qu'il ne se réveillera pas.*

C. *D'habitude, il ne se réveille pas.*

B. *Oui mais voilà, il est en train de faire ses dents en ce moment. Si tu l'entends pleurer tu peux lui donner un biberon. Teresa en a laissé un tout prêt dans la cuisine. Euh, voici le numéro de téléphone pour le cas où tu en aurais besoin.*

C. *Bien.*

B. *Il y a des biscuits et des bricoles sur un plateau dans la cuisine. Tu sais où se trouvent le thé et le café, alors sers-toi. Oh, euh, je suis vraiment désolé, Cathy, mais la télé ne marche pas bien. L'image est toute floue.*

C. *Ça ne fait rien. J'ai plein de devoirs à faire.*

B. *De toute façon, nous ne rentrerons pas très tard. Nous serons probablement de retour vers minuit.*

Vocabulaire

out of **o**rder [aoutevōde], *en panne*
break down [brèïkdaoun], *tomber en panne*

Prononciation

Remarquez que **-er** en fin de mot n'est jamais accentué et est toujours prononcé [e] : **babysitter** [bèïbisite]. Ceci s'applique à beaucoup d'autres mots que nous avons déjà vus : **mat**ter, **ra**ther, **long**er, **ne**ver, **af**ter, **fa**ther, **mo**ther, **tea**cher, **cor**ner, **show**er, **oth**er, **lat**er, **und**er, **let**ter, to**get**her.

On n'est jamais trop prudent.
(m. à m. : *Mieux sûr que désolé.*)

GRAMMAIRE

1. Le passé simple : went, took, didn't have a nap

Went est le passé de **go**, *aller*, et **took** est le passé de **take**, *prendre*. À la forme interrogative et négative, et à toutes les personnes, on emploie l'auxiliaire **did** (forme passée de **do**) suivi de la forme de base du verbe. C'est ainsi qu'on aura :

He went → Did he go? → He did not go (did not est généralement contracté en **didn't**).

2. Le *present perfect* : we've been, Teresa's left

Ce temps se forme à l'aide de l'auxiliaire **have** (qui se conjugue) et du participe passé du verbe principal (qui est invariable) : **been** est le participe passé de **be** et **left** est le participe passé de **leave**. Sa formation est donc semblable à celle du passé composé français, mais certains de ses emplois sont très différents de ceux de son « équivalent » apparent.

On l'emploie, notamment, pour parler du passé mais sans s'intéresser à la situation passée elle-même : on s'intéresse plutôt aux prolongements de ce passé dans le présent (d'où son nom en anglais de *present perfect*) : Simon dort à poings fermés maintenant parce que *nous sommes restés au parc tout l'après-midi* ; *Teresa a laissé un biberon prêt dans la cuisine*, on ne précise pas quand, et maintenant il est prêt à être utilisé.

3. Les verbes à deux compléments : give him a bottle

Comme **read** (voir 31-4), **give** est un verbe à deux compléments. Si le complément d'objet direct est représenté par un pronom, celui-ci suit immédiatement le verbe et le complément d'attribution est précédé de **to** :

give him a bottle → give it to him

Comme en français d'ailleurs : *donne-lui un biberon → donne-le-lui*.

Remarquez qu'en anglais on ne fait pas de différence entre **give him a bottle** et **give Simon a bottle**, alors qu'en français on dira dans ce dernier cas : *Donnez un biberon à Simon*.

4. Les noms particuliers : homework

Le nom **homework** n'a qu'une forme et il s'accorde toujours au singulier. C'est un nom non comptable (voir 2-1) :

This homework is easy. *Ces devoirs sont faciles*.

5. L'expression du futur : we won't be very late

Won't [wôount] est la forme contractée de **will not** (voir 32-9).

EXERCICES

A. Traduisez :

1. Did they go to Spain?
2. No, they didn't go.
3. Sue has already left.
4. Give them to Pat.
5. Help yourself to biscuits.

B. En vous référant au dialogue, répondez aux questions :

1. Where is Simon?
2. Why didn't Simon have a nap?
3. Why does Barry think Simon may wake up?
4. What is Cathy going to do?
5. What time will they be back?

C. Mettez au passé simple :

1. I go to the swimming pool at the weekend.
2. He sleeps eight hours every night.
3. They invite us round on Fridays.
4. Peter takes a bus to work.
5. The children learn to read at school.

D. Dans les phrases suivantes, remplacez les mots en italique par un pronom :

Exemple :
Take this letter *to Peter.*
Take him this letter.

1. Give a drink *to Joe.*
2. Show your new car *to Mary.*
3. Tell a story *to the children.*
4. Read a book *to Jennifer.*
5. Lend that pen *to David.*

E. Chaque mot ci-dessous contient le son [e]**. Soulignez la syllabe où se trouve ce son :**

brother	yesterday	agree	second	figures
afternoon	yourself	over	probably	usually
better	actually	presents	hundred	cassette
magazine	centre			

LEÇON 35

A visit to the doctor's

[**T.** = Teresa Freeman — **D.** = Doctor]

D. Good morning, Mrs. Freeman.

T. Good morning, Doctor.

D. Now then. What seems to **be** the **mat**ter with **this young man?**

T. He's **got** a **ve**ry **bad cough**, **Doc**tor. I **think** his **ears** are **hurt**ing him **too** be**cause** he **keeps touch**ing them and **cry**ing and he's **off** his **food**.

D. Uh**uh. Has** he **got** a **tem**perature?

T. No, I **don't think so.**

D. Well, can you un**dress** him and I'll **have** a **look**... Can you **hold** his **hands, please? Thank you... Yes**. You can **put** his **clo**thes **on again now. Well**, there's **no**thing to **wor**ry a**bout. He's got** a **slight** infec**tion** in his **right ear**. I'll **give** you a pre**scrip**tion for some **drops**. I **don't think** he **needs** anti**bio**tics. It should **clear up pret**ty **quick**ly.

T. Is it **all right** if I **take** him to **play** group?

D. No, a**void tak**ing him **out** if you **can**. It's **no**thing **catch**ing but you should **keep** him **warm** and **quiet** for a **few days. Make** an ap**point**ment for the **end** of the **week** and we'll **see how** he's **get**ting **on**. Of **cour**se if there's **any prob**lem be**fore then gi**ve me a **ring**.

T. Yes, of **course, Doc**tor. **Thank** you.

Mots nouveaux

young [yœṅ]	undress [œn**drès**]	infection [in**fek**chen]	clear up [**kliēr** œp]
cough [kof]	hold [hôould]	drops [drops]	avoid [e**voïd**]
ears [iēz]	worry [wœri]	antibiotics [antibaï**ot**iks]	catching [**katch**iṅ]
hurting [**hœ̄t**iṅ]	slight [slaït]		
warm [wōm]			

An apple a day (keeps the doctor away).
[en **ap**l e **dèï kīps** że **dok**ter e**wèï**]

Visite chez le médecin

D. *Bonjour, madame Freeman.*
T. *Bonjour, docteur.*
D. *Alors, qu'est-ce qui ne va pas chez ce jeune homme ?*
T. *Il a une très mauvaise toux, docteur. Je crois qu'il a peut-être aussi mal aux oreilles parce qu'il n'arrête pas de les toucher, ni de pleurer, et il n'a plus du tout d'appétit.*
D. *Mouais… Est-ce qu'il a de la fièvre ?*
T. *Non, je ne crois pas.*
D. *Bien. Pouvez-vous le déshabiller, je vais l'examiner… Vous pouvez lui tenir les mains, s'il vous plaît ? Merci… Oui. Vous pouvez le rhabiller maintenant. Eh bien, ça n'a rien d'inquiétant. Il a une légère inflammation de l'oreille droite, je vais vous prescrire des gouttes. Je ne crois pas qu'il ait besoin d'antibiotiques. Ça devrait disparaître assez vite.*
T. *Puis-je l'emmener à la crèche ?*
D. *Non, évitez de le sortir si vous pouvez. Ça n'est rien de contagieux, mais il faut le maintenir au chaud et au calme pendant quelques jours. Prenez rendez-vous pour la fin de cette semaine et nous verrons alors comment il va. Bien sûr en cas de complications avant cette date, passez-moi un coup de fil.*
T. *Comptez sur moi, docteur. Merci.*

Vocabulaire

pres**crip**tion [priskripchen], *ordonnance* ; cough (v), *tousser* ; **med**icine [mèdsin], *médicament* ; sneeze [snîz], *éternuer*

Prononciation

Encore une règle simple concernant l'accent de mot : les mots terminés en **-ion**, qui constituent un groupe très important, sont toujours accentués sur la syllabe précédant cette terminaison : in**fec**tion, pres**crip**tion, exhi**bi**tion, ex**cep**tion.

Une pomme chaque matin, un écu de moins pour le médecin.
(m. à m. : *Une pomme par jour garde le médecin à distance.*)

GRAMMAIRE

1. Le génitif : a visit to the doctor's

Ce type de génitif, dit « génitif incomplet » parce qu'il n'est pas suivi d'un nom, est employé notamment pour traduire *chez* (c'est le mot **house** qui est sous-entendu) :
I'm going to my uncle's. *Je vais chez mon oncle.*

2. La construction verbe + verbe -ing : he keeps touching them, avoid taking him out

Le verbe qui suit **keep** est toujours à la forme **-ing**. Dans ce cas, **keep** a le sens de *continuer à, ne pas cesser de.*

Le verbe **avoid** a la même construction : **You should avoid talking about it.** *Vous devriez éviter d'en parler.*

3. L'emploi de l'article a : has he got a temperature?

Remarquez la différence avec le français : *avoir de la fièvre.*

4. La formation des mots : undress

Le verbe **dress** veut dire *habiller* ou *s'habiller*. Le préfixe **un** permet d'exprimer le contraire : *déshabiller* ou *se déshabiller*. Il est plus fréquemment utilisé avec des adjectifs :
kind, *gentil* ; **unkind**, *pas gentil, méchant.*

5. Les verbes composés : put his clothes on again

Avec la particule adverbiale **on**, le verbe **put**, *mettre, placer* prend un sens plus restreint : *mettre un vêtement*. Le complément peut s'intercaler entre le verbe et la particule. Si le complément est un pronom, il se place obligatoirement entre le verbe et la particule. On dira par exemple soit **switch on the light**, soit **switch the light on** pour traduire *allumer la lumière*, mais on devra dire obligatoirement **switch it on**, *allume-la.*

6. Les adverbes : pretty quickly

Pretty, adjectif signifiant *joli* et employé surtout pour désigner une beauté féminine, est aussi adverbe servant à modifier un autre adverbe. Il signifie alors *assez, plutôt.*

7. L'auxiliaire will : Yes, I will

Will est très souvent employé dans les réponses brèves pour manifester la (bonne) volonté du sujet (ou l'absence de bonne volonté si on emploie **won't !**), notamment après une phrase où l'on demande quelque chose à quelqu'un. On peut le rendre par le français *oui, volontiers.*

EXERCICES

A. Traduisez :

1. George n'arrête pas de me téléphoner.
2. Je vous verrai chez le dentiste.
3. Le médecin m'a donné une ordonnance.
4. Ne le déshabillez pas.
5. Elle n'a pas de fièvre.

B. Complétez à l'aide de l'article *a, an* ou Ø lorsqu'il n'y a pas d'article :

1. Simon's got … infection.
2. Shall we have … lunch in … pub?
3. I've got … headache.
4. They play … golf three times … week.
5. She's … doctor.

C. Traduisez :

1. What's the matter with you?
2. Stop doing that!
3. Does she need antibiotics?
4. I'll make an appointment on Friday.
5. Did the doctor give you a prescription?

D. Complétez avec le possessif qui convient (*my, your*, etc.) :

1. I hurt … nose.
2. Diana can't keep … eyes open.
3. Open … mouth, please, Corinne.
4. Simon needs drops in … right ear.
5. They put … hands on the table.

E. Soulignez la syllabe accentuée :

information [infemèïchen]
education [èdjoukèïchen]
revolution [rèvelo͞uchen]
population [popjoulèïchen]
profession [prefèchen]
tradition [tredichen]
attention [etènchen]
hesitation [hèzitèïchen]
description [diskripchen]
solution [selo͞uchen]
conversation [konvesèïchen]
sensation [sènsèïchen]

LEÇON 36

Inviting friends

[**B.** = Barry — **T.** = Teresa]

T. By the **way I**'ve in**vi**ted **Lin**da and **Den**nis **round** for a **meal** on **Fri**day **night.**

B. Not this Friday?

T. Yes. Why?

B. "Citizen **Kane", which** I've **ne**ver **act**ually **seen**, is on T.**V.** on **Fri**day.

T. Well, never **mind**. You can **tape** it.

B. Yes, I su**ppose so.**

T. Dennis **said** they've just **bought** a **new board game.** They're **go**ing to **bring** it **round** to **play.**

B. What is **it?**

T. Er, they **did tell** me, but **I can't** re**mem**ber **what** it's **call**ed. App**ar**ently it's **all** the **rage** in Ame**ri**ca.

B. It's **not that thing** a**bout fa**mous **peop**le, **is it?**

T. I've **no idea**. They **did**n't **say what** it was a**bout.**

B. Mm. Well, I hope it's **bet**ter than the **last one. That** was the **most bor**ing **game** I've **e**ver **played** in my **life**. I'd **ra**ther **play cards**, or **Scrabb**le, or **som**ething.

T. Su**ggest that, then**. I've **found a nice re**cipe for a **veg**etable **cur**ry, **which I want** to **make** for them.

B. Oh good, we **hav**en't **had** a **cur**ry for **ag**es.

Mots nouveaux

meal [mīl]
Citizen Kane [**si**tizn **kèïn**]
seen [sīn]
tape [tèïp]
said [sèd]
bought [bōt]
board [bōd]
game [gèïm]
tell [tèl]
apparently [e**pa**rentli]
rage [rèïdj]
ages [**èïdj**iz]
famous [**fèï**mes]
ever [**è**ve]
life [laïf]
cards [kādz]
Scrabble [skrabl]
suggest [sed**jèst**]
curry [kœri]
found [faound]
recipe [**rè**sipi]
vegetable [**vèdj**tebl]
America [e**mè**rike]

Once bitten, (twice shy).
[**wœns bit**n **twaïs chaï**]

Des amis sont invités

T. *À propos, j'ai invité Linda et Dennis à manger vendredi soir.*

B. *Pas ce vendredi ?*

T. *Si. Pourquoi ?*

B. *« Citizen Kane », que je n'ai jamais vu en fait, passe à la télé vendredi.*

T. *Eh bien, ça ne fait rien. Tu peux l'enregistrer au magnétoscope.*

B. *Oui, sans doute.*

T. *Dennis a dit qu'ils viennent d'acheter un nouveau jeu de société. Ils vont l'apporter ici pour jouer.*

B. *Qu'est-ce que c'est comme jeu ?*

T. *Euh, ils me l'ont bien dit, mais je n'arrive pas à me souvenir du nom. Apparemment ça fait fureur aux États-Unis.*

B. *Ce n'est pas ce machin sur les personnages célèbres au moins ?*

T. *Aucune idée. Ils ne m'ont pas dit en quoi il consistait.*

B. *Mm, enfin... j'espère qu'il vaut mieux que le dernier qu'ils avaient. C'était le jeu le plus barbant auquel j'aie jamais joué de ma vie. Je préférerais jouer aux cartes, au scrabble ou à autre chose.*

T. *Eh bien, propose-le alors. J'ai trouvé une bonne recette pour un curry aux légumes que je veux leur faire.*

B. *Chouette alors, ça fait des siècles qu'on n'a pas eu de curry.*

Vocabulaire

win [win], *gagner* ; lose [lōūz], *perdre* ; chess [tchès], *jeu d'échecs* ; draughts [drāfts], *jeu de dames*

Prononciation

Les mots **than** et **could** apparaissent sous leur forme faible [żen] et [ked]. Leur forme forte est : [żan] et [koud]. Remarquez que l'on trouve le son [ou] dans la forme forte de **should, would** et **could**. Leur forme faible, comme dans la plupart des cas, est toujours en [e].

Chat échaudé craint l'eau froide.
(m. à m. : *Une fois mordu, deux fois timide.*)

GRAMMAIRE

1. Le *present perfect* : I've invited, I've never seen, they've bought, I've ever played, I've found, we haven't had

Comme nous l'avons vu (voir 34-2), le *present perfect* est employé pour parler d'un événement passé, non situé avec précision dans le temps. On a une série de participes passés irréguliers (voir la liste en Annexes) : **seen < see ; bought < buy ; found < find**. **Just** employé avec le *present perfect* permet de parler d'un passé indéfini récent, et traduit le français *venir de*. La préposition **for**, employée avec le *present perfect* devant une expression de temps, signifie *depuis* :

I haven't seen her for two weeks.

Je ne l'ai pas vue depuis deux semaines.

2. La forme emphatique : they did tell me

La forme « normale » serait : **They told me.** *Ils me l'ont dit.* Mais Teresa veut insister sur le fait qu'ils le lui ont bel et bien dit. Pour marquer cette emphase, l'anglais emploie l'auxiliaire **do** (ici **did** puisque la phrase est au passé simple) sur lequel est placée la tonique. **Do**, qui porte les marques de temps et de personne, est suivi de la forme de base du verbe. La forme emphatique sert surtout à contredire une affirmation négative. À la phrase : **You didn't come yesterday!** on répondra : **But I did come!** *Mais si je suis venu !*

3. Les pronoms relatifs : which I've never actually seen – which I want to make for them

Which est employé après un antécédent non animé, ici « Citizen Kane », un film et **vegetable curry**, un nom de plat.

Il est ici complément et correspond au pronom relatif *que*. Contrairement à ce que nous avons déjà vu (14-4), le relatif ici ne peut pas être omis. On distingue deux types de relatives :

a) dans **The film I saw in Edinburgh last year is on T.V. on Friday**, la relative **I saw in Edinburgh last year** définit **the film** et le relatif peut être omis.

b) dans « **Citizen Kane** », **which I've never actually seen**, la relative ne définit pas **Citizen Kane**, elle apporte un supplément d'information, et dans ce cas on ne peut pas omettre le relatif. On peut donc dire qu'après une virgule, un relatif ne peut pas être omis.

4. I'd rather

L'expression **I'd rather (= I would rather)** sert à rendre *je préférerais*. Elle est suivie de la forme de base du verbe : **He'd rather go**. *Il préférerait partir.*

EXERCICES

A. Traduisez :

1. I've just seen Toby.
2. When did Daniel leave?
3. The most boring game that I've ever played is Monopoly.
4. He'd rather drink wine.
5. The one I want is on the table.

B. En vous référant au dialogue, répondez aux questions :

1. Who has Teresa invited round on Friday?
2. What does Barry want to do on Friday evening?
3. What do their friends want to do?
4. Does Barry like playing board games?
5. What is Teresa going to make?

C. Mettez au « present perfect » :

1. My mother … just … a new car. (buy)
2. They … tennis for two years. (not play)
3. I … Carol's bag. (find)
4. Nick … some books for you. (leave)
5. You … never … that film. (see)

D. Donnez une réponse qui contredise l'affirmative en reprenant le verbe *be* ou l'auxiliaire à chaque fois :

Exemple : **Linda isn't very friendly.**
Yes, she is.

1. You didn't tell me.
2. Linda wasn't there.
3. His cousins don't like him.
4. Paul can't swim.
5. Susan and Carol aren't English.

E. Soulignez les formes faibles :

1. There are some biscuits in the cupboard.
2. Would your friend like to come too?
3. I know Tracy can play but can her sister?
4. You must be from Scotland.
5. We should wait for him.

LEÇON 37

A car-boot sale

[**T.** = Teresa — **G.** = Gail]

G. He**llo**, Te**re**sa. **Come in. What** a **love**ly **swea**ter. It **real**ly **suits** you. **Where**'s **Si**mon?

T. I **left** him with his **grand**parents. They **off**ered to **have** him for the **mor**ning so I'm **mak**ing the **most** of it.

G. What would you **like, tea** or **cof**fee?

T. I don't mind. Whate**ver** you're **mak**ing.

G. Ex**cuse all this junk. K**evin's **Scout**[3] **Troop** is **or**ganizing a car-**boot sale**[4] so we **thought** we'd **try** and **get rid of** a **few things**. The **kids** have **got so ma**ny **toys** they **don't play with** any**more.**

T. You **know I**'ve **ne**ver **been** to a car-**boot sale.**

G. Really? Oh you must **come**. They're **good fun**. We've **ne**ver **taken stuff** to **sell** be**fore** but we **of**ten **go** to **have** a **look. Some**times you **find real bar**gains.

T. What sort of **things do people sell?**

G. Oh, all sorts of **things. Books, toys, fur**niture, **clothes**, **e**ven **plants – you name** it.

T. How much do you **pay** to **take part?**

G. Well, it **va**ries. The **Scouts** are **ask**ing for **£10.**

T. Mm. I don't think we've **got** a **car** load of **things we don't want** but I'll **come** a**long** and **have** a **look.**

G. Yes, do. I'm **sure** you'll en**joy** it.

Mots nouveaux

suits [sōūts]
whatever [wot**è**ve]
junk [djœnk]
organising [**ō**genaïżiṅ]
try [traï]
rid [rid]
anymore [èni**mō**]
fun [fœn]
taken [tèïken]
stuff [stœf]
sell [sèl]
bargains [**bā**genz]
sort [sōt]
even [**ī**vn]
furniture [**fōē**nitche]
plants [plānts]
part [pāt]
varies [**vèe**riz]
along [eloṅ]

Nothing ventured, (nothing gained).
[**nœ**ṡiṅ **vent**ched **nœ**ṡiṅ **gèïnd**]

Vente à la brocante

G. Salut, Teresa. Entre. Quel beau pull. Il te va vraiment bien. Où est Simon ?

T. Je l'ai laissé chez ses grands-parents. Ils m'ont proposé de le garder pour la matinée, aussi j'en profite au maximum.

G. Qu'est-ce que tu aimerais, du thé ou du café ?

T. Ça m'est égal. Je prendrai ce que tu feras.

G. Excuse tout ce bric-à-brac. La troupe de scouts de Kevin organise une vente à la brocante, alors nous avons pensé essayer de nous débarrasser de quelques affaires. Les gamins ont tant de jouets avec lesquels ils ne jouent plus désormais.

T. Tu sais, je n'ai jamais assisté à une vente à la brocante.

G. Vraiment ? Oh, il faut que tu viennes. C'est très amusant. Nous n'y avons encore jamais apporté de choses à vendre, mais nous y allons souvent pour jeter un coup d'œil. Quelquefois on trouve de vraies affaires.

T. Que vendent les gens ?

G. Oh, toutes sortes de choses. Des livres, des jouets, des meubles, des vélos, des vêtements, même des plantes — tout ce qu'on peut imaginer.

T. Vous payez combien pour participer ?

G. Eh bien, c'est variable. Les scouts demandent 10 livres.

T. Mm. Je ne crois pas que nous ayons assez de choses dont nous ne voulons plus pour remplir une voiture, mais je passerai jeter un coup d'œil.

G. Oui, c'est ça. Je suis sûre que ça te plaira.

Vocabulaire

sweater [swète], *pull*   car-**boot** [kā bout], *coffre*

Qui ne risque rien, n'a rien.
(m. à m. : *Rien d'entrepris, rien de gagné.*)

GRAMMAIRE

1. Les verbes transitifs/intransitifs : it really suits you
Le verbe **suit** en anglais est toujours transitif (c.-à-d. directement suivi de son complément), alors qu'en français il est intransitif. C'est ainsi que : **This dress suits your daughter** se rendra par *Cette robe va bien à votre fille* et que : **It suits her to perfection** se rendra par *Elle lui va à ravir.*

Donc, alors que le français a deux constructions selon que le complément est un nom ou un pronom, la construction anglaise ne change pas.

2. Le passé simple : left, offered, thought
Left est le passé de **leave**
Thought est le passé de **think** (voir en Annexes).

3. La concordance des temps : I thought we'd try
Sur ce point l'anglais se comporte exactement comme le français. C'est ainsi qu'au présent, nous aurions :
I think we will (we'll) try. *Je pense que nous essaierons.*

Comme **think** est au passé ici, le temps de la subordonnée doit aussi être au passé, et **will** est remplacé par sa forme passée **would** (contractée en **'d**).

4. L'expression de la quantité : so many toys
Pour rendre le français *tant*, devant un nom pluriel, on emploie l'expression **so many**.

Devant un nom non comptable singulier, on aurait **so much** : **so much fish**, *tant de poisson.*

5. Les noms non comptables : furniture
Comme **hair, help, homework, furniture** est un nom non comptable, il n'a qu'une forme. Il s'accorde toujours au singulier :
Our furniture is old. *Nos meubles sont anciens.*

Pour traduire *un meuble*, on dira : **a piece of furniture.**

6. Le présent progressif : I'm making the most of it, whatever you're making, is organizing, are asking
Tous ces exemples montrent que le présent progressif s'emploie pour faire référence à une situation particulière, que l'action soit effectivement en cours comme dans **I'm making the most of it, is organizing** et **are asking**, ou qu'elle soit tout simplement prévue, donc future, comme dans **whatever you're making.**

EXERCICES

A. Traduisez :

1. Il y a tant de choses dans le placard que je ne peux pas le fermer.
2. La veste bleue te va bien.
3. Les gosses sont en train de jouer avec leurs jouets.
4. Les gens vendent toutes sortes de vieilleries.
5. J'ai trouvé une bonne (= **real**) affaire.

B. Construisez des phrases au présent progressif à l'aide des éléments fournis :

Exemple : **Vicky/organize/party**
Vicky is organizing a party.

1. Tony/read/book
2. Jane/make/tea
3. I/watch/film/T.V.
4. They/buy/furniture
5. Barry/Teresa/have/cup/coffee

C. Traduisez :

1. I'd rather have coffee.
2. Gail wants to sell some of the children's toys.
3. That jacket doesn't really suit him.
4. I enjoyed it. It was good fun.
5. Kate has never been to Paris.

D. Remplacez les mots en italique par un pronom personnel :

1. *The kids* have got so many toys.
2. *Teresa's* got a lovely jumper.
3. *Simon* is playing with *his friends.*
4. *The Scouts* are asking for £10.
5. *Teresa* will go and see *the car-boot sale.*

E. Soulignez les syllabes toniques :

1. Sarah plays tennis, golf and squash.
2. Do you prefer Edinburgh or Glasgow?
3. He's only ten, not eleven.
4. Ben can speak Spanish, Italian and French.
5. — Do you like apples? — I like red apples.

LEÇON 38

News of friends

[**B.** = Barry — **T.** = Teresa]

B. Hel**lo**. Is **Si**mon in **bed?**

T. Hel**lo. No**. He's **rea**dy for **bed** but I **kept** him **up** so you could **see** him. He's **play**ing with his **cars.**

B. How is he to**day?**

T. Oh, he's **much bet**ter. He **seems fine now.**

B. Right. I'll **go up** and **see** him then. Shall I **read** him a **book** and **put** him to **bed?**

T. Yes, please. His **fa**vourite **book** is **"Spot"** at the **mo**ment. **Read** him **that one... Okay?**

B. Yes. Mm. That smells good. What is it?

T. Chicken **cass**erole[5]... **I got** a **let**ter from **Lu**cy **Flint** this **mor**ning. Did you **e**ver **meet** her?

B. Yes, I met her a **couple** of **times.**

T. Well, she's en**gaged** to a **pi**lot. They're **go**ing to **get mar**ried **some**time in the **summ**er.

B. Oh **yes?** Were there **a**ny **o**ther **let**ters?

T. Just a **gas bill. Oh** and **Chris phoned** to **find out whe**ther we're **go**ing **up** to the **Ed**inburgh **Fest**ival[6]. I **said** we'd **prob**ably **give** it a **miss this year.**

B. Yeah, it'd **be** a bit **dif**ficult with **Si**mon.

T. Anyway, he **asked** me a**bout that Bed** and **Break**fast[7] **place** we **stayed at. I said** you'd **phone** him **back.**

Mots nouveaux

bill [bil]
kept [kèpt]
could [koud]
shall [chal]
Spot [spot]
smells [smèlz]
chicken [**tchik**in]
casserole [**kas**erôoul]
couple [**kœpl**]
times [taïmz]
engaged [in**gèïdjd**]
pilot [**paï**let]
summer [**sœ**me]
gas [gas]
whether [**wè**że]
festival [**fès**tivel]
year [yiē]
place [plèïs]
stayed [stèïd]

The way to a man's heart is through his stomach.
[że **wèï** tou e **manz hāt** iz śrōū iz **stœ**mek]

Des amis donnent de leurs nouvelles

B. *Bonsoir. Simon est au lit ?*
T. *Bonsoir. Non. Il est prêt à aller au lit mais je ne l'ai pas couché pour que tu puisses le voir. Il joue avec ses voitures.*
B. *Comment va-t-il aujourd'hui ?*
T. *Oh, beaucoup mieux. Il a l'air en bonne santé maintenant.*
B. *Très bien. Alors je monte le voir. Tu veux que je lui lise un livre et que je le mette au lit ?*
T. *Oui, s'il te plaît. Son livre préféré en ce moment est « Spot ». Lis-lui celui-là... D'accord ?*
B. *Oui. Mmm ! Ça sent bon. C'est quoi ?*
T. *Une fricassée de poulet... J'ai reçu une lettre de Lucy Flint ce matin. Tu as eu l'occasion de la rencontrer ?*
B. *Oui. Deux ou trois fois.*
T. *Eh bien, elle est fiancée à un pilote. Ils vont se marier cet été.*
B. *Ah oui ? Il y avait d'autres lettres ?*
T. *Seulement une note de gaz. Ah oui, Chris a téléphoné pour savoir si nous allons au festival d'Édimbourg. J'ai dit que nous laisserions sans doute tomber cette année.*
B. *Ouais, ce serait un peu difficile avec Simon.*
T. *En tout cas, il m'a demandé des renseignements sur ce « bed and breakfast » où nous avons logé. Je lui ai dit que tu le rappellerais.*

Vocabulaire

mail [mèïl], *courrier*
keep [kīp], *garder*
autumn [ōtem], *automne*
postman [pôousmen], *facteur*
spring [spriṅ], *printemps*
winter [winte], *hiver*

Prononciation

Nous avons vu (p. 87) l'importance de la distinction [i]/[ī]. Une autre opposition importante concerne les voyelles [o]/[ôou]. Dans la leçon 38, nous trouvons **got** [got] et **phoned** [fôound], qu'il faut distinguer respectivement de **goat** [gôout], *chèvre* et **fond** [fond], *qui aime.*

On n'attire pas les mouches avec du vinaigre.
(m. à m. : *Le chemin vers le cœur d'un homme passe par son estomac.*)

GRAMMAIRE

1. L'auxiliaire shall : Shall I read him a book ?
En anglais contemporain, **shall** est très souvent employé dans des phrases interrogatives, à la première personne, lorsque celui qui parle offre ses services, fait une proposition ou une suggestion. Il correspond au français *Voulez-vous/veux-tu que… ?, et si… ?* : **Shall I help you?** *Veux-tu que je t'aide ?* Au pluriel, il s'agit plutôt d'une suggestion : **Shall we go to an Indian restaurant?** *Et si on allait au restaurant indien ?*

2. Whether : Chris phoned to find out whether we're going up
Sert à rendre le français *si* pour introduire un choix entre deux alternatives. Si la deuxième alternative est formulée, elle est introduite par **or**. On a donc : **whether… or…** = *si… ou si… :* **I don't know whether I will see him (or not).** *Je ne sais pas si je le verrai (ou non).*

3. Le discours indirect : I said we'd probably give it a miss
Quand on rapporte les paroles de quelqu'un, la phrase se compose de deux verbes : un verbe comme *dire*, suivi d'un verbe subordonné dont le temps dépend de celui du premier. Le français et l'anglais se comportent de la même manière : *Il dit qu'il viendra.* **He says he will come.** *Il a dit qu'il viendrait.* **he said he'd come (= would come)**, où **would** est la forme passée de **will.** La conjonction **that** est omise, ce qui est le cas le plus fréquent (voir 10-2).

4. La préposition en fin de phrase : that… place we stayed at
Lorsque le verbe **stay** est employé avec un complément de lieu, celui-ci est toujours introduit par une préposition (**at** ou **in**) : **We stayed at a Bed and Breakfast place.** Si un pronom relatif remplace ce complément, il se place avant le verbe et la préposition reste après le verbe : **That Bed and Breakfast place (which) we stayed at.** Ici, comme c'est souvent le cas (voir 12-3, 14-4), on a omis le pronom relatif complément et la préposition reste en fin de phrase. Cette construction, qui pose problème pour les Français, est très fréquente en anglais.

EXERCICES

A. Traduisez :

1. Sally said she'd probably stay in a hotel.
2. Shall I open the window?
3. Oliver kept his toys in his room.
4. Can you remember where we stayed?
5. They got married last summer.

B. En vous référant au dialogue, répondez aux questions :

1. What is Simon doing?
2. How is he?
3. What is "Spot"?
4. What has Teresa made for dinner?
5. Are Barry and Teresa going to the Edinburgh Festival this year?

C. Mettez au passé simple :

1. Claire phones her parents every evening.
2. I stay at a very nice hotel.
3. My son asks too many questions.
4. Philip gets a lot of presents.
5. I meet interesting people at work.

D. Posez la question portant sur les mots en italique :

1. I've been here *for two hours.*
2. I arrived *at three o'clock.*
3. I'm waiting for *Helen.*
4. I don't like *curry.*
5. I've been *to Canada.*

E. Prononcez ces paires de mots en faisant attention à l'opposition [o]/[ôou] **:**

A. [o]	**B.** [ôou]
want [wont], *vouloir*	won't [wôount] (= will not)
got [got], *passé de* « get »	goat [gôout], *chèvre*
fond [fond], *aime bien*	phoned [fôound], *téléphoné*
not [not], *ne… pas*	note [nôout], *lettre, mot*
hop [hop], *sauter*	hope [hôoup], *espérer*

LEÇON 39

A birthday present

[**B.** = Barry — **G.** = Grandma]

(The phone rings)

B. Hel**lo?**

G. Hel**lo**, **Barr**y **dear. I went** to the **Ear**ly **Learn**ing **Centre**[8] to**day look**ing for a **birth**day **pres**ent for **Si**mon. **I** just **couldn't** de**cide what** to **buy** him so **I thought** per**haps** you could ad**vise** me.

B. Well, Mother, I'm a**fraid Si**mon is **still** at the **stage where** he's **just** as **like**ly to **play** with the **wrap**ping paper as the **pres**ent, so **I wouldn't wor**ry a**bout** it **too much.**

G. Oh, but I'd **like** to **get** him **some**thing **spe**cial for his **first birth**day. **I couldn't** de**cide** be**tween** a tra**di**tional **ted**dy bear, a **beau**tiful **wood**en **No**ah's **Ark** and a **ve**ry **nice mu**sic set with **drums** and a **xyl**ophone. **What** do **you think?**

B. Well, we can **rule out** the **mu**sic set for a **start** and his **god**mother has just **bought** him **a ted**dy bear.

G. Oh I see. That doesn't leave me much **choice then, does it?** It will **have** to **be** the **No**ah's **Ark.** Or per**haps some**thing **more** edu**ca**tional. **What** do you **think?**… **Bar**ry? **Bar**ry? **Oh**, we've been **cut off. How** an**noy**ing!

Mots nouveaux

went [wènt]
advise [ed**vaïz**]
stage [**stèï**dj]
been [bīn]
likely [**laïk**li]
wrapping [**ra**piṅ]
special [**spè**chel]
between [bit**wīn**]
traditional [tre**dich**nel]
teddy bear [**tè**di bèe]
wooden [**woud**n]
Noah's Ark [**nôou**ez **āk**]
set [sèt]
drums [drœmz]
xylophone [**zaï**lefôoun]
rule out [rōūl aout]
godmother [**god**mœże]
choice [choïs]
educational [èdju**kèï**chenl]
cut off [kœt of]
annoying [e**noï**iṅ]

Don't look a gift horse in the mouth.
[**dôount louk** e **gift hōs** in że **maouṡ**]

Cadeau d'anniversaire

(Le téléphone sonne)

B. *Allô ?*

G. *Bonjour, Barry chéri. Je suis allée au Centre de jeux éducatifs aujourd'hui chercher un cadeau d'anniversaire pour Simon. Mais je n'ai tout simplement pas pu décider quoi lui acheter, alors j'ai pensé que peut-être tu pourrais me conseiller.*

B. *Écoute, maman, j'ai peur que Simon n'en soit à un stade où il est tout aussi probable qu'il jouera avec le papier d'emballage plutôt qu'avec le cadeau, alors à ta place je ne m'en ferais pas trop.*

G. *Oui, mais j'aimerais lui trouver quelque chose qui sorte de l'ordinaire pour son premier anniversaire. Je n'ai pas pu me décider entre un ours en peluche traditionnel, une magnifique arche de Noé en bois et un très joli ensemble d'instruments avec des tambours et un xylophone. Qu'en penses-tu, toi ?*

B. *Eh bien, nous pouvons commencer par éliminer l'ensemble musical, et d'autre part sa marraine vient de lui acheter un ours en peluche.*

G. *Je vois. Ça ne me laisse pas un grand choix alors, n'est-ce pas ? Il faudra que ce soit l'arche de Noé. Ou peut-être quelque chose de plus éducatif ? Qu'en penses-tu ?... Barry ? Barry ? Oh, nous avons été coupés. Que c'est agaçant !*

Vocabulaire

ex**pen**sive [ikspènsiv], *cher* ; make up your mind [maïnd], *décidez-vous* ; **ug**ly [œgli], *laid* ; cheap [tchīp], *bon marché*

Prononciation

Dans ce dialogue, **as** et **has** apparaissent tous les deux sous leur forme faible. Ils ont la même prononciation [ez]. Cependant, lorsque **has** se trouve en début de phrase, le **h** est prononcé et la forme faible devient [hez].

À cheval donné on ne regarde pas à la bouche.
(m. à m. : *Vous ne regardez pas dans la bouche d'un cheval qu'on vous offre.*)

GRAMMAIRE

1. Le participe présent : looking for

Ici aussi (voir 19-4), il équivaut à l'infinitif français (= *pour chercher* dans le sens de *à la recherche de)*. Remarquez qu'en anglais ce verbe se compose de deux éléments : verbe + préposition.

2. Le relatif what : ... couldn't decide what to buy

What est ici un pronom relatif complément. Il n'est jamais précédé d'un antécédent et signifie *quoi, que* ou *ce que* : **I don't know what do do.** *Je ne sais quoi (que) faire.*

3. L'auxiliaire could : I thought perhaps you could advise me

La forme passée de **can, could**, est souvent utilisée pour faire référence à du présent. Elle a alors le sens du conditionnel français : **Could you carry my suitcase?** *Pourriez-vous porter ma valise ?*

Par contre, dans la phrase : **I couldn't decide between a traditional teddy bear..., could** a bien une valeur de passé.

4. Le comparatif : as likely... as the present

As... as sert à rendre le comparatif d'égalité *aussi... que* : **He's as clever as his brother.** *Il est aussi intelligent que son frère.*

5. L'expression de la quantité : much choice

Devant un nom non comptable singulier, **much** sert à traduire *beaucoup.*

I haven't got much money. *Je n'ai pas beaucoup d'argent.*

Lorsqu'il est employé seul, on le trouve essentiellement dans des phrases interrogatives ou négatives. On peut dire : **Have you got much money?** *Avez-vous beaucoup d'argent ?* mais on dira : **I've got a lot of money.** *J'ai beaucoup d'argent.*

S'il est qualifié par **so** ou **too**, on le trouvera aussi dans des phrases affirmatives : **He drank too much beer**. *Il a bu trop de bière.*

6. L'emploi du passif : we've been cut off

L'anglais utilise le passif, sans complément d'agent, pour rendre l'impersonnel français *on* : **The meeting was cancelled.** *On a annulé la réunion ;* **I was told that I could come.** *On m'a dit que je pouvais venir.*

Dans l'exemple du texte, on constate que l'auxiliaire **be** est conjugué au *present perfect* : on s'intéresse uniquement à l'accomplissement de l'action et à ses incidences sur le présent.

EXERCICES

A. Traduisez :

1. Kay ne pouvait pas décider quoi leur donner.
2. Pourriez-vous m'indiquer le chemin pour le centre-ville, s'il vous plaît ?
3. Je cherche mon pull jaune.
4. Il n'y a pas beaucoup de choix.
5. Il est tout aussi probable que Robert oubliera.

B. Reconstituez les phrases en commençant par le mot en italique. Chaque phrase contient un comparatif du type *as… as* :

Attention : aux signes de ponctuation.

1. brother/tall/not/his/*he's*/as/as/./
2. rich/they/that/know/didn't/*I*/were/as/as/./
3. father/father/your/my/old/*is*/as/as/?/
4. today/*yesterday*/sunny/just/was/as/as/./
5. *cats*/dogs/nice/just/are/as/as/./

C. Traduisez :

1. What are you looking for?
2. Could you help me to carry this box, please?
3. I don't know what she would like.
4. Richard hasn't got much money.
5. A first birthday is always special.

D. Mettez les phrases suivantes au passif :

Exemple : **Someone cancelled the meeting**. The meeting was cancelled.

1. Someone left this bag in the shop.
2. Someone prepared the meal quickly.
3. Someone found the library books in the garden.
4. Someone made an appointment for one o'clock.
5. Someone asked the children some questions.

E. Soulignez tous les mots qui sont accentués :

1. My aunt has got a lovely garden.
2. Mandy won't help.
3. Has he got a lot of friends?
4. Could you keep the stamps for him?
5. My car is faster than yours.

LEÇON 40

Having friends round

[**T.** = Teresa — **B.** = Barry — **L.** = Linda — **D.** = Dennis]

D. Hel**lo**. **So**rry we're a **bit late**. They're **do**ing some **road**works on the **Ash**ford **Road** and we g**ot stuck** in the **tail**back.

T. Oh, yes, **I got caught the**re the other **day**. Oh, **what gor**geous **flow**ers! You **should**n't h**ave**!

B. Let me **ta**ke your c**oats**... **What** will you **have** to **drink**?

L. A **small whis**ky, **plea**se, **Ba**rry.

D. Just a **to**nic for **me**. I'm in **train**ing.

T. In **train**ing? In **train**ing for **what**?

D. You **have** in **front** of you a **fu**ture par**ti**cipant in the **Lon**don **Mar**athon[9].

B. You're **not se**rious, **are you?**

D. I **cer**tainly **am**. You **know** I **go run**ning with some b**lokes** from w**ork**? **Well**, we de**ci**ded it would be a **good idea** to **train** for the **M**arathon. **Why don't** you **join** us, **Ba**rry? **Get rid** of **that** spare **tyre**.

B. What spare **tyre**? **Speak** for your**self**! I'll **ha**ve you **know** I'm in **per**fect **sha**pe.

T. Wh**en is** it, **Den**nis?

D. The **first Sun**day in **A**pril. We're **go**ing to **run** for **chari**ty[10]. If you d**on't join** us then at **least** you'll **spon**sor[11] us, I **ho**pe.

T. Oh yes. Of **cou**rse we **will**.

Mots nouveaux

roadworks [r**ôoud**wōēks]
Ashford [**ach**fed]
tailback [**tèïl**bak]
gorgeous [**gōd**jes]
flowers [**flaouw**ez]
coats [kôouts]
training [**trèïn**iṅ]
front [frœnt]
future [**fyōūt**che]
participant [pā**ti**sipent]
marathon [**ma**reṡen]
serious [**siē**riēs]
blokes [blôouks]
tyre [taïe]
shape [chèïp]
April [**èï**prl]
at least [et **līst**]
sponsor [**spon**se]

The spirit is willing (but the flesh Is weak).
[że **spi**rit iz **wi**liṅ bet że **flech** iz **wīk**]

On reçoit des amis

D. *Salut ! Désolé, nous sommes un peu en retard. Il y a des travaux sur la route d'Ashford et on s'est fait prendre dans le bouchon.*
T. *Oh oui, moi aussi je m'y suis fait prendre l'autre jour. Quelles fleurs magnifiques ! Vraiment, il ne fallait pas !*
B. *Donnez-moi vos manteaux… Qu'est-ce que vous prenez ?*
L. *Un petit whisky, s'il te plaît, Barry.*
D. *Pour moi un tonic seulement, je suis en période d'entraînement.*
T. *Entraînement ? Entraînement pour quoi ?*
D. *Tu as devant toi un futur participant au marathon de Londres.*
B. *Tu plaisantes, non ?*
D. *Certainement pas. Tu sais que je cours avec des types du bureau ? Eh bien, nous avons décidé que ce serait une bonne idée de nous entraîner pour le marathon. Pourquoi tu ne te joins pas à nous, Barry ? Pour te débarrasser un peu de ta graisse.*
B. *Quelle graisse ? Parle pour toi ! Permets-moi de te dire que je suis en parfaite forme.*
T. *Ça a lieu quand, Dennis ?*
D. *Le premier dimanche d'avril. Nous allons courir pour une œuvre de bienfaisance. Si vous ne venez pas avec nous, j'espère au moins que vous nous soutiendrez financièrement.*
T. *Mais oui, bien sûr.*

Vocabulaire

traffic jam [trafik djam], *embouteillage*
spare **tyre** [spèe taïe], *roue de secours*

Prononciation

Pour les mots terminés en **-ic** ou **-ics**, l'accent tombe toujours sur la syllabe avant cette terminaison : **mu**sic, **ton**ic, antibi**ot**ics, el**ec**tric, **traf**fic, demo**cra**tic.

L'esprit est prompt, mais la chair est faible.
(m. à m. : *L'esprit est plein de bonne volonté…*)

GRAMMAIRE

1. Les indéfinis : some roadworks, some blokes

Souvenez-vous que **some** traduit *des* devant un nom pluriel ou un nom non comptable, lorsqu'on veut indiquer l'idée d'une *certaine quantité de*, d'un *certain nombre de.*

2. Le passif : we got stuck, I got caught

Stuck est le participe passé de **stick** et **caught** le participe passé de **catch** (voir en Annexes). On remarque que **get**, ici sous sa forme passée **got**, remplace quelquefois l'auxiliaire **be** dans une tournure passive, avec une légère différence de sens : **We were stuck**, *on était pris*. **We got stuck**, *on s'est fait prendre.*

3. Les phrases exclamatives : what gorgeous flowers !

What, mot exclamatif (voir 6-3), est aussi utilisé devant des noms pluriels : **What nice children!** *Quels gentils enfants !*

Ainsi donc un même mot, **what**, peut être : interrogatif (voir 5-3) ; relatif (voir 39-2) ; exclamatif.

4. L'auxiliaire will : What will you have to drink? Of course we will

En plus de sa valeur de futur, il exprime aussi ici un sens de volonté, qu'on ne traduit pas nécessairement en français, qui est le sens originel de cet auxiliaire *(= vouloir)*. On l'utilise très souvent dans ce sens-là quand on offre quelque chose à une personne et qu'on s'enquiert de ses desiderata.

On ne s'étonnera pas que **will**, employé comme nom, signifie *testament*, c'est-à-dire *les dernières volontés* de quelqu'un.

En revanche, dans **you'll (= will) sponsor us, I hope**, il n'a qu'une valeur de futur.

5. Le participe présent : I go running

Lorsque le verbe **go** est suivi d'un verbe, celui-ci est au participe présent. **I go running.** *Je vais courir* (sous-entendu : régulièrement).

> **Attention :** il ne faut pas confondre avec *je vais courir* indiquant une idée de futur qui se dira en anglais : **I'm going to run!**

6. If : If you don't join us

Dans une conditionnelle introduite par **if**, *si*, on a le même schéma en français et en anglais, à savoir le présent après **if** et le futur dans la principale **(will). If** peut aussi exprimer l'alternative, comme **whether** (voir 38-3).

EXERCICES

A. Traduisez :

1. Would you like some flowers?
2. What a beautiful garden !
3. I go swimming every morning.
4. Will you join us?
5. They usually go running in the park.

B. En vous référant au dialogue, répondez aux questions :

1. Why are Dennis and Linda late?
2. What does Dennis want to drink?
3. Why?
4. Does Barry want to run in the London Marathon?
5. When is the London Marathon?

C. Complétez avec la préposition qui convient : *for, in, at* (deux fois), *of* (deux fois) :

1. Shall we meet … front … the library?
2. Gin and tonic … me, please.
3. I want to have … least four children.
4. Why don't you get rid … that old chair?
5. Janet's … the stage where she doesn't want a nap.

D. Mettez au passé en respectant les concordances des temps :

1. He thinks they will come.
2. Debbie says she will help.
3. Bobby says it will be a boring film.
4. My cousins think he's marvellous.
5. I think Gary will be there.

E. Soulignez la syllabe accentuée :

atomic [etomik]
scientific [saïentifik]
automatic [ōtematik]
diplomatic [diplematik]
heroic [hirôouik]
fantastic [fantastik]
economic [īkonomik]
artistic [ātistik]
climatic [klaïmatik]
romantic [remantik]

LEÇON 41

Wedding invitations

[**Mrs F.** = Mrs Flint — **Mr F.** = Mr Flint[1]]

Mrs F. Oh he**llo**, dear. I'm glad you're in **ear**ly. I'm **writ**ing the invi**ta**tions and I **nee**d your ad**vice**.

Mr F. Oh **yes?**

Mrs F. **Now**, the **prob**lem **is** that **Ri**chard and **Lu**cy don't want to invite more than fifty **pe**ople and I've got a list of **fif**ty-**se**ven **peo**ple here that I really m**ust** invite. **Joh**n, are you **list**ening?

Mr F. **Yes**, dear.

Mrs F. **Well**, put the **pa**per down. What do you sug**gest? I** don't know what to **do**.

Mr F. Lo**o**k, it's Lucy and **Rich**ard's wedding. If they only want **fif**ty people then you'll have to cross off seven m**ore**.

Mrs F. But I just can't decide w**ho** to cross off.

Mrs F. **Her**e, give it to **me**. **I'll** sort it out. Let's **see**… Mrs L**yle**, **well**, we don't want t**hat** old witch, for a s**tart**.

Mrs F. **John**! Mrs Lyle is **not** an old witch.

Mr F. **Well**, if you don't want my **help** then let me read the paper in **peace**. Ask Lucy and **Rich**ard to sort it out.

À partir de cette leçon, seules les syllabes toniques sont soulignées. Notez que certains personnages ont un accent différent de l'accent britannique standard que vous avez entendu jusqu'ici.

Mots nouveaux

wedding [**wè**diṅ]
invi**ta**tions [invi**tèï**chenz]
ad**vice** [ed**vaïs**]
problem [**prob**lem]
list [**list**]
listening [**lis**niṅ]
cross off [kros of]
glad [glad]
witch [witch]
let [lèt]
peace [pīs]

It's easier said than done.
[its **ī**ziē **sèd** żen **dœ**n]

Faire-part de mariage

Mme F. *Ah, bonjour, chéri. Je suis contente que tu rentres tôt. Je suis en train d'écrire les invitations, et j'ai besoin de tes conseils.*

M. F. *Ah, oui ?*

Mme F. *Vois-tu, le problème c'est que Richard et Lucy ne veulent pas inviter plus de cinquante personnes et j'ai ici une liste de cinquante-sept personnes qu'il faut absolument inviter. John, tu m'écoutes ?*

M. F. *Oui, chérie.*

Mme F. *Alors, pose le journal. Qu'est-ce que tu as comme idée ? Moi je ne sais pas quoi faire.*

M. F. *Écoute, c'est le mariage de Lucy et de Richard. S'ils ne veulent que cinquante personnes alors il te faudra en barrer encore sept.*

Mme F. *Oui mais voilà, je ne sais pas qui barrer.*

M. F. *Passe-la-moi. Je vais te résoudre ça. Voyons… Mme Lyle, bon, pour commencer nous ne voulons pas de cette vieille sorcière.*

Mme F. *John ! Mme Lyle n'est pas une vieille sorcière.*

M. F. *Très bien. Si tu ne veux pas de mon aide, laisse-moi lire le journal en paix. Demande à Lucy et à Richard de régler le problème.*

Vocabulaire

best **man** [bès man], *garçon d'honneur* ; **wed**ding-ring [wèdiṅ riṅ], *alliance* (bague) ; bride [braïd], *mariée* ; **bride**groom [braïd-groum], *marié* ; **wit**ness [witnes], *témoin*

Prononciation

La conjonction **and** est le plus souvent prononcée [en] ou [n]. Cette prononciation faible permet de lier deux mots et d'en faire un seul bloc rythmique : **Richard and Lucy** [ritchedenlousi]. La fréquence de cette prononciation a été consacrée par la création d'une nouvelle contraction **'n**, comme dans **rock'n roll.**

Plus facile à dire qu'à faire.

GRAMMAIRE

1. Les noms non comptables : advice

Il n'a qu'une forme et s'accorde toujours au singulier :
I need your advice. *J'ai besoin de tes conseils.*

Pour rendre le français *un conseil*, on aura recours à l'expression **a piece of** (voir 37-5) :
He gave me a good piece of advice.
Il m'a donné un bon conseil.

2. Le comparatif : more than

Comme nous l'avons vu (17-1), **more** est le comparatif de **much** et **many**.

On l'utilise pour former le comparatif des adjectifs longs (voir 23-1) :
Lesson 41 is more difficult than lesson 1. *La leçon 41 est plus difficile que la leçon 1.*

3. Les relatifs : people here that I really must invite/I just can't decide who to cross off

That est aussi un pronom relatif. Il peut avoir comme antécédent soit un animé, soit un non-animé. Il a une même forme qu'il soit sujet ou, comme ici, complément. Souvenez-vous que quand il est complément, il peut être omis, ce qui était le cas dans les exemples que nous avons déjà vus (voir 12-3, 14-4).

Who n'est employé que pour les animés, surtout les personnes. Il est soit sujet, soit complément.

Il existe une forme complément, **whom**, très rare en anglais contemporain. Cette forme est obligatoire après une préposition :
The decision has been taken. *La décision a été prise.*
By whom? *Par qui ?*
Mais on préférera généralement éviter cette formulation trop littéraire et on dira **who by?**

I'm writing a letter. Who to? *J'écris une lettre. À qui ?*

4. Le génitif : Lucy and Richard's wedding

Il porte sur le bloc **Lucy-and-Richard** et la marque **-'s** se place sur le dernier terme de l'expression.

Ce phénomène est très courant en anglais parlé :
The man in the green hat's wife.
La femme de l'homme au chapeau vert.

EXERCICES

A. Traduisez :

1. Laissez-moi vous donner quelques conseils.
2. Nous ne pouvons pas inviter plus de cinquante personnes.
3. Pouvez-vous m'aider à résoudre ça ?
4. Ce n'est pas votre mariage, n'est-ce pas ?
5. Pose ton livre et écoute, s'il te plaît.

B. Complétez ces proverbes anglais :

1. Spare the … and spoil the …
2. Better safe than …
3. An … a day keeps the … away.
4. The way to a … heart is through … stomach.
5. Don't look a gift … in the …

C. Traduisez :

1. Who shall I invite?
2. John wants to read the paper in peace.
3. Do you want my help or not?
4. Who can I cross off?
5. She's glad he's in early.

D. *Who, that* ou Ø (= pas de pronom relatif) :

1. The coffee … Sue made was awful.
2. Would the person … broke the window please pay for it.
3. That's the cat … was stuck in a tree.
4. He's the boy … can speak Chinese.
5. There's the car … I want to buy.

E. Reliez par *'n* et prononcez ces couples de mots célèbres :

1. fish [fich]		tonic [tonik]
2. Bonnie [boni]		Hardy [hādi]
3. Marks [māks]	'n	chips [tchips]
4. gin [djin]		Spencer's [spènsez]
5. Laurel [lorel]		Clyde [klaïd]

LEÇON 42

Mother and daughter

[**Mrs F.** = Mrs Flint — **L.** = Lucy]

Mrs F. Is Richard coming **round** tonight, Lucy?

L. No, not to**night**. He's working **late**.

Mrs F. **Well** then, will you help me to finish the invi**ta**tions. **I** don't know who to cross off my **list**.

L. Mm, o**kay**, if you **like**. Aren't you playing **bridge** tonight?

Mrs F. **No**, Betty's visiting her **sis**ter this week so I haven't got a **par**tner.

L. Where's **Dad**? Isn't he having any **din**ner?

Mrs F. No, dear, he's watching a football match on T.**V**. so he's just having a **sand**wich.

L. *(Yawns)* Oh, **dear**, I think I'll have an early **night** tonight.

Mrs F. You **work** too hard. Never **mind**, you'll be on your honeymoon in just five **weeks**. A fortnight in the **sun** is just what you n**eed**.

L. **Yes**. I'm looking **for**ward to it I **must** say.

Mrs F. Will you have some apple **pie?**

L. **No**, thanks Mum. I'll just have a coffee.

Mrs F. **Now** then, dear. About these invi**ta**tions…

Mots nouveaux

finish [**fi**nich] bridge [bridj]

partner [**pāt**ne] dinner [**dine**]

yawns [yōnz]

fortnight [**fōt**naït]

visiting [**vis**itiṅ]

sandwich [**san**widj]

h**one**ymoon [**hœni**mo͞un]

apple pie [**ap**l paï]

Two heads are better than one.
[to͞u hèdz e bète żen **wœn**]

Mère et fille

Mme F. *Est-ce que Richard passera ce soir, Lucy ?*
L. *Non, pas ce soir. Il finit tard.*
Mme F. *Bon alors, est-ce que tu veux bien m'aider à finir les invitations. Je ne sais pas qui rayer de ma liste.*
L. *Très bien, si tu veux. Tu ne joues pas au bridge ce soir ?*
Mme F. *Non. Betty rend visite à sa sœur cette semaine, alors je n'ai pas de partenaire.*
L. *Où est papa ? Il ne mange pas ce soir ?*
Mme F. *Non, ma chérie. Il regarde un match de football à la télé. Alors il se contente d'un sandwich.*
L. *(Elle bâille)* Mon Dieu, je crois que je me coucherai tôt ce soir.
Mme F. *Tu travailles trop. Ne t'en fais pas, dans cinq semaines à peine tu seras en voyage de noces. Quinze jours au soleil, voilà ce qu'il te faut.*
L. *Oui. Je dois dire que j'attends ça avec impatience.*
Mme F. *Est-ce que tu veux de la tarte aux pommes ?*
L. *Non, merci, maman. Je prendrai seulement un café.*
Mme F. *Voyons, ma chérie, à propos, ces invitations ?...*

Vocabulaire

sunbathe [sœnbèïz], *prendre un bain de soleil* ;
island [aïlend], *île* ; fly [flaï], *aller en avion* ; **la**zy [lèïzi], *paresseux*

Prononciation

Comme nous l'avons déjà vu (p. 67), l'accent principal des noms composés se place généralement sur le premier élément. Il y a cependant des exceptions à cette règle, dont les principales sont : 1. Les noms de lieux et de routes (sauf ceux qui se terminent par **street**) : Trafalgar **Square,** Chester **Road,** mais **Ox**ford Street. 2. Des mots qui désignent de la nourriture (sauf ceux qui se terminent par **cake**) : apple-**pie,** **v**egetable **curry** mais **wedd**ing cake**.**

Deux avis valent mieux qu'un.
(m. à m. : *Deux têtes sont mieux qu'une.*)

GRAMMAIRE

1. Le présent progressif

On retrouve ici les principaux emplois de la forme progressive :
- action en cours au moment où l'on parle : **He's working late; Betty's visiting her sister; he's watching a football match on T.V.; I'm looking forward to it.**
- valeur de futur : **Is Richard coming round tonight? Aren't you playing bridge tonight?**
- accent mis sur une situation particulière : **Isn't he having any dinner? He's just having a sandwich.**

Remarquez dans ces deux derniers exemples que **have** n'est pas ici considéré comme un auxiliaire mais comme un verbe ordinaire (voir 29-3), et c'est pour cela qu'il peut se mettre à la forme progressive. Il en est ainsi notamment lorsque **have** signifie *prendre un repas* ou **manger** :

Do you have tea or coffee for breakfast?
Prenez-vous du thé ou du café pour le petit déjeuner ?
ou dans des phrases comme : **He's having a bath** [bāṡ], **he's having a rest**. *Il est en train de prendre un bain, de se reposer.*

2. L'auxiliaire will

Les exemples de ce dialogue rappellent deux des emplois de **will** que nous avons déjà vus :
- expression du futur tout simplement :
  I think I'll have an early night ; you'll be on your honeymoon; I'll just have a coffee.
- expression du futur + valeur de volonté :
  Will you help me? Will you have some apple pie?

Cet emploi est très courant dans les questions à la deuxième personne avec le sens *voulez-vous*.

3. Les différents emplois de just

Just peut avoir plusieurs sens :
- *simplement, seulement* :
  He's just having a sandwich; I'll just have a coffee.
- *à peine, tout juste* :
  You'll be on your honeymoon in just five weeks.
- avec le « present perfect », il sert à rendre *venir de* :
  I've just seen him. *Je viens de le voir.*
- *exactement, juste* :
  A fortnight in the sun is just what you need.

EXERCICES

A. Traduisez :

1. I have to work late this week.
2. Why aren't they having any lunch?
3. I'll just have a cheese sandwich.
4. They're going to Venice for their honeymoon.
5. A cup of coffee is just what I need.

B. En vous référant au dialogue, répondez aux questions :

1. What is Richard doing this evening?
2. What does Mrs Flint ask Lucy to do?
3. Who is Betty?
4. What is Lucy's father doing?
5. Does Lucy want some apple pie?

C. Mettez au présent progressif :

1. The children … their homework. (do)
2. Her plane … this afternoon. (arrive)
3. … they … today? (come round)
4. I … a letter. (write)
5. Paul … in a flat (live)

D. Trouvez les paires logiques dans ces deux groupes de phrases :

1. Where's Katy?	**A.** Just one.
2. Will you have some cake?	**B.** Just two days.
3. How many biscuits?	**C.** No thanks, just tea.
4. Do you want a whisky?	**D.** She's just gone out.
5. How long did you stay?	**E.** That's just what I need.

E. Soulignez la syllabe portant l'accent principal :

Buckingham Palace	Regent Street
Park Avenue	Wembley Stadium
Ashford Road	chicken casserole
vegetable soup	Christmas cake
beef curry	chocolate mousse
fruit salad	Christmas pudding
tomato sauce	banana split

LEÇON 43

A difference of opinion

[**Mrs F.** = Mrs Flint — **Mr F.** = Mr Flint]

Mrs F. I can't think why Lucy and **Rich**ard won't have gold lettering for the **men**us. Black makes it look like a **fun**eral, not a **wedd**ing. Don't **you** think gold is more suitable, dear?

Mr F. It doesn't matter what **I** think. Or **you** for that matter. It's not our **wedd**ing. They know what they **want**. Stop inter**fe**ring.

Mrs F. I'm **not** interfering, I'm **help**ing.

Mr F. **Hum**, **well**, there's a very thin **line** between helping and inter**fe**ring.

Mrs F. Well, **real**ly John. I'm working my fingers to the **bone** for this wedding. I know I won't get any **thanks** but I resent being **cri**ticized.

Mr F. Oh, **come** on, Rachel. You **love** organizing things. You're having a **whale** of a time.

Mrs F. That's **typ**ical of you. You won't do anything your**self** so you say I en**joy** doing it to salve your **con**science.

Mr F. **Humph!**

Mrs F. What does **humph** mean exactly?

Mr F. It means I'll be glad when this wedding is over and I can read the paper in **peace**.

Mots nouveaux

difference [**dif**rens]
opinion [e**pin**yen]
gold [gôould]
lettering [**lè**teriṅ]
menus [**mèn**yo͞uz]
funeral [**fyo͞un**rel]
suitable [**so͞u te**bl]
whale [wèïl]
inter**fe**ring [inter**fiē**riṅ]
thin [ṡin]
line [laïn]
re**sent** [ri**zènt**]
criticised [**kri**tisaïzd]
typical [**tip**ikel]
salve [salv]
conscience [**kon**chens]
mean [mīn]
e**xact**ly [ig**zak**tli]

Silence is golden.
[**saï**lens iz **gôoul**den]

Un différend

Mme F. *Je ne comprends pas pourquoi Lucy et Richard ne veulent pas de lettres d'or pour les menus. Le noir fait penser davantage à un enterrement qu'à un mariage. Tu ne crois pas que des lettres d'or sont plus appropriées, chéri ?*

M. F. *Peu importe ce que je pense. Ni ce que tu penses d'ailleurs. Ce n'est pas notre mariage. Ils savent ce qu'ils veulent. Arrête de te mêler de ce qui ne te regarde pas.*

Mme F. *Je ne me mêle de rien, j'aide.*

M. F. *Hm, tu sais, la frontière entre les deux est très mince.*

Mme F. *Ça alors, John, je me mets en quatre pour ce mariage, je sais qu'on ne m'en sera pas reconnaissant mais je n'apprécie pas d'être critiquée.*

M. F. *Allons, allons, Rachel, tu adores organiser. Tu t'amuses comme jamais.*

Mme F. *Ça te ressemble tout à fait. Tu ne veux rien faire toi-même, alors tu dis que j'aime faire ça pour te donner bonne conscience.*

M. F. *Hm !*

Mme F. *Ça veut dire quoi exactement, hm ?*

M. F. *Ça veut dire que je serai content quand ce mariage sera passé et que je pourrai lire mon journal en paix.*

Vocabulaire

a**gree** with [egrī], *être d'accord avec* ; **dis**agree with [disegrī], *ne pas être d'accord* ; **get on well** with, *s'entendre bien avec* ; **whale**, *baleine* ; **have** a **whale** of a time, *s'amuser comme un fou* ; **fing**ers [fiṅgez], *doigts* ; **bone** [bôonn], *os*

Prononciation

On trouve dans ce dialogue plusieurs autres mots qui ont des homophones (voir p. 139). Vous retrouverez ces mots et leurs homophones dans l'exercice E.

La parole est d'argent mais le silence est d'or.
(m. à m. : *Le silence est doré.*)

GRAMMAIRE

1. L'auxiliaire will : won't have, you won't do anything yourself

La forme négative de **will** exprime ici le refus, c'est-à-dire une volonté négative (voir 34-5).

2. Les constructions verbales sans to : makes it look like…

Quand on a une construction verbe + verbe, nous avons vu que le deuxième verbe est soit à la forme en **-ing**, soit à la forme de base précédée de **to**.

Il y a un très petit nombre de verbes qui ne sont suivis que de la forme de base (sans **to**). C'est le cas notamment de **let** (voir 22-3) et de **make** :

He makes his son work every evening.
Il fait travailler son fils tous les soirs.

3. L'emploi du gérondif

On trouve dans ce dialogue deux emplois du gérondif :

– après un certain nombre de verbes comme **resent, love, stop** ou **enjoy** (voir 22-6, 32-5) :

I resent being criticized; you love organizing; I enjoy doing it.

– après la préposition **between** :

There's a very thin line between helping and interfering.

Ce dernier cas illustre une règle générale : le verbe qui suit une préposition est toujours au gérondif.

4. Les subordonnées de temps : when this wedding is over

Contrairement à ce qui se passait pour la concordance des temps, l'anglais et le français sont ici tout à fait différents.

Dans la phrase française correspondant à : **I'll be glad when this wedding is over and I can read the paper in peace**, tous les verbes sont au futur : *je* serai *content quand ce mariage* sera *terminé et que je* pourrai *lire mon journal en paix*.

Après une conjonction de temps en français, on a soit le futur, soit le subjonctif présent : *Je lui expliquerai tout ça quand il* arrivera. *Donnez-lui quelque chose à boire avant qu'il ne* parte.

En anglais, on aura le présent simple dans tous les cas, et ces deux phrases se rendront respectivement par : **I'll explain all that to him when he arrives. Give him something to drink before he goes**.

EXERCICES

A. Traduisez :

1. Elle adore jouer au bridge.
2. Je le lui dirai lorsque je le verrai.
3. Il ne veut tout simplement pas m'écouter.
4. Préférez-vous en doré ou en noir ?
5. Est-ce qu'elle est en train de se mêler (de ce qui ne la regarde pas) ou en train d'aider ?

B. Posez la question portant sur les mots en italique :

1. Wendy's got *five* brothers. (how many?)
2. Barry wants to watch the film *Citizen Kane*. (which?)
3. Sheila arrived *at ten past nine*. (when?)
4. *Nicholas* is waiting for you. (who?)
5. Mrs Flint thinks *gold* is more suitable. (what?)

C. Traduisez :

1. He won't do anything himself.
2. Who likes being criticized?
3. The menus for the reception look lovely.
4. It's a very suitable place for a honeymoon.
5. Does it matter what he thinks?

D. Mettez le verbe entre parenthèses à la forme qui convient :

1. Everyone in my family loves (swim).
2. I'd like (stop) now.
3. I really enjoy (listen) to jazz.
4. Carol wants (play) golf.
5. I'd rather (drink) beer than orange juice.

E. Ces phrases contiennent des homophones. Lesquels ? Écoutez et répétez :

1. No, I didn't know that.
2. It's not a proper knot.
3. Our test took an hour.
4. You won't see whales in Wales!
5. So that's how you sew on buttons.

LEÇON 44

Shopping for clothes

[**S.A.** = Shop Assistant — **Mrs F.** = Mrs Flint]

S.A. Good **mor**ning. Can **I help** you?

Mrs F. **Yes**.I'm looking for something to wear to a **wed**ding. My **daugh**ter's wedding, as a matter of fact.

S.A. Oh **yes**. Well, I've got some **love**ly outfits at the moment, **ve**ry suitable for the bride's mother. Have you got any particular colour in mind?

Mrs F. **No**, I'd like something **cheer**ful, but not too **bright** of course. Oh and not yellow or orange. They don't **suit** me.

S.A. I **see**. What **size** are you?

Mrs F. Four**teen**.

S.A. **Well**, let me show you what I've **got**.

Mrs F. I like the dress with the co-ordinated **jack**et.

S.A. **Yes**, it **is** nice, **is**n't it? I've got it in pale green or **blue too**.

Mrs F. **No**, I prefer the **pink**. Can I try it **on**?

S.A. **Cer**tainly, madam[2]!... Oh **yes**, it **suits** you. You look **love**ly.

Mrs F. **Yes**, I **like** it. How much **is** it?

S.A. The dress and jacket together are **£**465 (**pounds**).

Mrs F. Well, **yes**. I think I'll **take** them.

Mots nouveaux

wear [wèe]
outfits [**aout**fits]
cheerful [**tchīē**foul]
fact [fakt]
bright [braït]
size [saïz]
show [chôou]
dress [drès]
co-ordinated [kôouōdinèïtid]
pale [pèïl]
pink [piṅk]
try on [traï on]
madam [**ma**dem]

A fool and his money (are soon parted).
[e **foul** en iz **mœ**ni e **sou n pāt**id]

Achat de vêtements

*[**E.** = Employée de magasin]*

E. *Bonjour, madame. Je peux vous aider ?*

Mme F. *Voilà, je cherche quelque chose à mettre pour un mariage. Le mariage de ma fille, en fait.*

E. *Ah, oui. Eh bien, j'ai de très beaux ensembles en ce moment, tout à fait ce qu'il faut pour la mère de la mariée. Vous avez une couleur préférée ?*

Mme F. *Non. J'aimerais quelque chose de gai, mais pas trop voyant bien sûr. Ah oui, ni jaune ni orange, ces couleurs ne me vont pas.*

E. *Je vois. Quelle taille faites-vous ?*

Mme F. *Du 42.*

E. *Laissez-moi vous montrer ce que j'ai.*

Mme F. *J'aime cette robe avec la veste assortie.*

E. *Oui. Elle est vraiment jolie, n'est-ce pas ? Je l'ai aussi en vert pâle ou bleu.*

Mme F. *Non. Je préfère le rose. Je peux l'essayer ?*

E. *Mais bien sûr, madame… Oh oui, elle vous va bien. Vous avez l'air très bien.*

Mme F. *Oui, elle me plaît. Elle vaut combien ?*

E. *La robe et la veste ensemble font 465 livres.*

Mme F. *Très bien. Je les prends.*

Vocabulaire

skirt [skœ̄t], *jupe*
shirt [chœ̄t], *chemise*
suit [sōut], *costume*
coat [kôout], *manteau*

Prononciation

Une autre distinction importante concerne les sons-voyelles [œ] et [o]. Dans la leçon 44, nous trouvons **colour** [kœle] et **got** [got] qu'il ne faut pas confondre avec **collar** [kole], *collier, col*, et **gut** [gœt], *boyau.*

Un imbécile et l'argent ne restent pas ensemble longtemps.
(m. à m. : *Un sot et son argent sont vite séparés.*)

GRAMMAIRE

1. Les indéfinis : I'd like something cheerful

Un pronom indéfini peut être complété :

– soit par un adjectif, comme ici, et dans ce cas l'adjectif suit immédiatement l'indéfini :

I'd like something interesting.

Je voudrais quelque chose d'intéressant.

– soit par un verbe, et dans ce cas le verbe se construit avec **to** :

I'd like something to drink.

Je voudrais quelque chose à boire.

2. Les verbes à deux compléments : Let me show you what I've got

Show, comme **read** (voir 31-4), **give** (voir 34-3) et **tell**, a deux compléments : l'un indiquant ce que l'on montre, le deuxième indiquant à qui l'on montre. Le plus souvent, on a le schéma représenté par cet exemple : **show** + complément d'attribution + complément d'objet.

Rappelez-vous qu'il existe une deuxième construction (voir 31-4) dans laquelle c'est le complément d'objet qui est placé le premier. On trouve donc :

Show your mother your new dress.

Montre ta nouvelle robe à ta mère.

ou **Show your new dress to your mother.**

3. Les verbes composés : Can I try it on?

Le verbe **try** signifie *essayer* au sens général du terme :

Try to open this window. *Essaie d'ouvrir cette fenêtre.*

Employé avec la particule adverbiale **on**, il prend une signification plus étroite et signifie comme ici *essayer un vêtement.*

On a la même forme que la préposition **on** *(sur)*. On emploie le terme de « particule » justement pour le différencier de la préposition : son rôle ici est de contribuer à changer le sens du verbe, et non pas à introduire un nom ou un groupe nominal.

Remarquez qu'une préposition qui suit un verbe est inséparable de celui-ci. Ainsi, dans l'exemple :

She's looking at the dress in the shop-window.

Elle regarde la robe à la devanture, **at** est inséparable de **look** et introduit le complément, ce que l'on regarde. La particule, elle, comme nous l'avons vu (36-5), peut être séparée du verbe.

EXERCICES

A. Traduisez :

1. Would you like to try it on?
2. Green doesn't suit her.
3. As a matter of fact I prefer the other one.
4. Could you show me what you've got?
5. It's too bright for me.

B. En vous référant au dialogue, répondez aux questions :

1. What is Mrs Flint looking for?
2. Why doesn't she like yellow?
3. What size is she?
4. Does Mrs Flint try on the blue dress?
5. How much is the outfit she buys?

C. Un même mot convient à toutes ces phrases. Lequel ? Traduisez :

1. We're leaving … three days.
2. I've got it … yellow or white.
3. What did you have … mind?
4. Penny loves lying … the sun.
5. Let me read the paper … peace.

D. Mettez à la forme négative du présent progressif :

1. Mrs Flint … a dress to wear to a party. (look for)
2. They … Spanish at school. (learn)
3. My wife … bridge tonight. (play)
4. Bob and Alice … to Majorca for their honeymoon. (go)
5. I … a pizza. (make)

E. Prononcez ces paires de mots en faisant attention à l'opposition [œ]/[o] **:**

	A. [œ]	**B.** [o]
1.	colour [kœle] *couleur*	collar [kole] *col*
2.	gut [gœt] *boyau*	got [got] *passé de* **get**
3.	cut [kœt] *couper*	cot [kot] *lit d'enfant*
4.	nut [nœt] *noix*	not [not] *ne … pas*
5.	luck [lœk] *chance*	lock [lok] *serrure*

LEÇON 45

Wedding presents

[**Mr F.** = Mr Flint — **R.** = Richard]

Mr F. Oh he**llo**, Richard. Lucy won't be in until **la**ter. She asked me to **tell** you some more **wedd**ing presents have arrived. She's put them in the **liv**ing room.

R. Oh, **right. Thanks**. I'll have a **look** at them then… Oh my **God!** Have you seen these **plates?** They're enough to spoil **any**one's appetite.

Mr F. **Yes**, I'm not too keen my**self**. Er, I think I'd better **warn** you that Lucy thinks they're rather **nice**.

R. **Does** she? **Well**, thanks for telling me. I'll be **tact**ful about them. Look at these **sheets!** Pink and yellow **stripes**. I **ask** you!

Mr F. **Yes**. It was the same when Rachel and I got married. I remember one particularly hideous **vase** that I dropped and **broke**. Accidently on **pur**pose, you know. We still **laugh** about it.

R. How long do you think it will **take** me to break twelve **plates?**

Mr F. If you take **my** advice you'll drop the whole lot all to**ge**ther. You **know**, as you're putting them away in the **cup**board.

Mots nouveaux

plates [plèïts] **spoil** [spoïl]	keen [kīn] warn [wōn]	par**ti**cularly [pe**ti**kyouleli]	acci**den**tly [aksi**dèn**tli]
e**nough** [inœf]	**tact**ful [**takt**foul]	**hid**eous [**hid**iēs]	whole [hôoul]
appetite [**a**pitaït]	sheets [chīts] stripes [straïps]	vase [vāz] broke [brôouk]	laugh [lāf] a**way** [e**wèï**]

A word to the wise (is sufficient).
[e **wōed** te że **waïz** iz **sefi**chent]

Cadeaux de mariage

M. F. *Bonjour, Richard. Lucy rentrera plus tard. Elle m'a demandé de vous dire que d'autres cadeaux de mariage sont arrivés. Elle les a mis dans la salle de séjour.*

R. *Ah, d'accord. Merci. Alors, je vais y jeter un coup d'œil… Mon Dieu, vous avez vu ces assiettes ? Il y a de quoi couper l'appétit à n'importe qui.*

M. F. *Oui, personnellement je n'en raffole pas tellement, mais je crois devoir vous avertir que Lucy les trouve plutôt jolies.*

R. *Vraiment ? Eh bien, merci de m'avoir informé. Je ferai preuve de tact. Regardez-moi ces draps ! Des rayures roses et jaunes. Franchement !*

M. F. *Oui. C'était pareil quand nous nous sommes mariés, Rachel et moi. Je me souviens d'un vase particulièrement horrible que j'ai laissé tomber et brisé. Accidentellement exprès, vous savez. Nous en rions encore.*

R. *Combien de temps pensez-vous qu'il me faudra pour casser douze assiettes ?*

M. F. *Si vous voulez un conseil : laissez tomber toute la pile d'un seul coup, vous voyez, quand vous les rangerez dans le buffet.*

Vocabulaire

son-in-law [sœninlō], *gendre* ; **daugh**ter-in-law, *belle-fille* ; **mo**ther (father…)-in-law, *belle-mère* ; **the in**-laws [żï inlōz], *les beaux-parents*

Prononciation

Aux lignes 8 et 13, on trouve la forme faible de **that** [żet]. Quand **that** est un démonstratif, il apparaît toujours sous sa forme forte [żat] : **That's my bag** [żats maï bag]. On aura par contre : **Where's the bag that Philip had?** [wèez że bag żet filip had].

Un mot dans l'oreille d'un sage suffit.
(m. à m. : *Un mot à l'homme sage suffit.*)

GRAMMAIRE

1. L'auxiliaire will : Lucy won't be in

Won't (will not) est ici la forme négative de **will** à valeur de futur.

2. Les constructions verbe + to + verbe : she asked me to tell you/it will take me to break

Les verbes **ask** et **take** se construisent selon le schéma : verbe + complément + to + verbe.

En anglais, contrairement au français, un complément ne peut jamais précéder un verbe : comparez **she asked me to tell you**, à *elle* m'*a dit de* vous *le dire* et **it will take me to break**, à *il* me *faudra pour casser.*

3. Le comparatif : some more wedding presents

Comme nous l'avons vu (17-1), **more** est le comparatif de **much** ou de **many**. Il signifie *davantage, plus.*

4. Le génitif : anyone's appetite

La marque du génitif peut aussi être portée par les pronoms indéfinis : **someone, anyone, somebody** et **anybody**.

5. I'd better

L'expression **I'd better (= I had better)** sert à rendre le français *je ferais mieux de*. Comme **I'd rather** (voir 36-4), elle est suivie de la forme de base du verbe :

He'd better go now. *Il ferait mieux de partir maintenant.*

Remarquez que la contraction **'d** correspond à **had** dans l'expression **you'd better** et à **would** dans l'expression **I'd rather**.

6. Le gérondif : thanks for telling me

Le complément du verbe **thank** est introduit par la préposition **for**. Si ce complément est un verbe, il se met au gérondif (voir 22-6).

7. Les relatifs : one... hideous vase that I dropped and broke

That a ici un antécédent non animé : **vase**.

Broke est le passé simple de **break**.

EXERCICES

A. Traduisez :

1. Elle veut que je lui montre mes timbres.
2. Elle m'a demandé de le lui dire. (= à lui)
3. Est-ce qu'ils en ont ri ?
4. Matthew ne sera pas à la maison ce soir.
5. Les cadeaux de mariage sont dans le salon.

B. On vous indique la tonique pour chaque phrase (1 à 4), trouvez la bonne question (A à D) :

1. Rachel showed ME the books.
2. RACHEL showed me the books.
3. Rachel showed me the BOOKS.
4. Rachel showed me the books YESterday.

A. Who showed you the books?
B. What did Rachel show you?
C. When did Rachel show you the books?
D. Who did Rachel show the books to?

C. Traduisez :

1. I'd better have a look.
2. Don't drop them!
3. He broke the whole lot.
4. They gave us some very nice white plates.
5. There are some more sheets in that cupboard.

D. Complétez avec le possessif qui convient (*my*, *your*, etc.) :

1. Kevin broke … leg last year.
2. The doctor told her to close … eyes.
3. I've hurt … hand.
4. Tony never washes … hair.
5. Charles brushes … teeth three times a day.

E. *That* – accentué ou faible ?

1. Who did that?
2. Is that your car?
3. That's the one that I want.
4. So that's the secret!
5. He said that that was the cup that John broke.

LEÇON 46

Last minute details

[**F.** = Mrs Flint — **S.** = Secretary — **H.** = Hotel manager]

F. I'd like to speak to the person responsible for **wed**ding receptions, please.

S. Just a **mo**ment. I'll put you **through**.

H. Hel**lo**?

F. Good **mor**ning. This is Mrs **Flint**. You are organizing my daughter's wedding reception in **June**.

H. Oh **yes**. What can I **do** for you, Mrs Flint?

F. **Well**, I've just been in touch with the **ca**terer's and they said they'll deliver the wedding cake[3] to the ho**tel** the day before the **wed**ding. That is on June the **ninth**. **Now**, it is extremely **fra**gile and it must be **kept** in a cool, dry **place**.

H. **Yes**, don't **wor**ry, Mrs Flint. We are **quite** used to dealing with wedding cakes. We have a special **sto**rage cupboard. I can a**ssure** you it won't come to any **harm**. I'll take care of it **per**sonally.

F. **Will** you? Thank you **so** much. I'm very **grate**ful. There's just one **o**ther thing. It now looks as though there will be **fif**ty guests, not fifty-**se**ven. I'll phone you to con**firm** that at the end of the **week**. **Er**, I don't think there was anything **else**.

H. **Fine**. Thank you for **phon**ing, Mrs Flint. Good**bye**.

Mots nouveaux

manager [**ma**nidje]
person [**poe**sn]
res**pon**sible [ris**pon**sibl]
re**cep**tions [ri**sèp**chenz]
put through [pout śrou]
touch [tœtch]
caterer's [**kèï**terez]
de**li**ver [di**li**ve]
cake [kèïk]
ho**tel** [hôou**tèl**]
ninth [naïnś]
storage [**stō**ridj]
June [djoun]
extremely [**ikstrīm**li]
care [kèe]
cool [kōul]
used to [yous tou]
dealing [**dī**liṅ]
dry [draï]
a**ssure** [e**choue**]
harm [hām]
fragile [**fra**djaīl]
grateful [**grèït**fl]
though [żôou]
guests [gèsts]
con**firm** [ken**foem**]

Practice makes perfect.
[**prak**tis **mèïks poe**fekt]

Derniers détails

*[**S.** = Secrétaire — **G.** = Gérant de l'hôtel]*

F. *J'aimerais parler à la personne chargée des réceptions de mariage, s'il vous plaît.*
S. *Un instant. Je vous la passe.*
G. *Allô ?...*
F. *Bonjour. Mme Flint à l'appareil. Vous organisez la réception de mariage de ma fille en juin.*
G. *C'est exact. Que puis-je faire pour vous, madame Flint ?*
F. *Voilà, je viens de parler à mon traiteur et on m'a dit que le gâteau de mariage serait livré à l'hôtel le jour avant le mariage. C'est-à-dire le 9 juin. Or il est extrêmement fragile et il faut le conserver dans un endroit frais et sec.*
G. *Oui. Ne vous inquiétez pas, madame Flint. Nous avons l'habitude de nous occuper de gâteaux de mariage. Nous avons un compartiment de stockage spécial. Je peux vous assurer qu'il ne lui arrivera rien. J'y veillerai personnellement.*
F. *Vraiment ? Merci infiniment. Je vous en suis très reconnaissante. Autre chose, il semble maintenant qu'il y aura cinquante invités et non pas cinquante-sept. Je vous téléphonerai pour confirmer à la fin de la semaine. Euh, je ne crois pas avoir autre chose à vous dire.*
G. *Fort bien. Merci de nous avoir appelés, madame Flint. Au revoir.*

Vocabulaire

waiter [wèïte], *garçon* (hôtel, restaurant) ; de**ssert** [dizōēt], *dessert* ; **dish** [dich] ; *plat*

Prononciation

En anglais britannique, le **r** n'est prononcé que lorsqu'il est suivi d'un son-voyelle : **Yes, they are** [yès żè ā], **take care** [tèïk kèe]. Mais ici, on trouve **you are organizing** [yer ōgenaïzin] (ligne 5) et **take care of it** [tèïk kèer ev it] (ligne 16).

C'est en forgeant qu'on devient forgeron.
(m. à m. : *La pratique rend parfait.*)

GRAMMAIRE

1. Les verbes composés : I'll put you through
Put through, *mettre en communication téléphonique*, est un verbe composé à particule : **you** doit s'intercaler entre le verbe et la particule (voir 35-6).

2. Le génitif : with the caterer's
Encore un exemple de génitif incomplet (voir 35-1). Le mot sous-entendu ici est **shop** ou **firm**.

3. La formation des adverbes : extremely
Tout comme le français emploie le suffixe *-ment* pour former des adverbes à partir d'adjectifs *(rapide, rapidement)*, l'anglais emploie le suffixe **-ly** pour obtenir un adverbe à partir d'un adjectif :
extreme, extremely ; nice, nicely ; fine, finely.

4. Be used to : we are quite used to dealing with
Comme nous l'avons vu (33-8), cette expression, qui correspond au français *être habitué à*, est suivie soit d'un nom, soit d'un verbe à la forme en **-ing** (gérondif), ce qui est normal puisque **to** est une préposition ici.

5. Les indéfinis : it won't come to any harm
Any est employé à cause de la présence d'une négation dans **won't** (voir 20-4).

6. Though : It looks as though
Though est ici synonyme de **if** *(si)*.
L'expression **it looks as if (though)** équivaut au français *on dirait que* ou *comme si*.

7. Les démonstratifs : to confirm that
That est employé, et non pas **this**, parce qu'on fait référence à quelque chose qui a été dit avant : le nombre d'invités (voir 14-5).

EXERCICES

A. Traduisez :

1. I'm used to children.
2. It looks as though it's going to rain.
3. Can you put me through to the manager, please?
4. Could you take care of it personally?
5. Will you confirm that by next week?

B. En vous référant au dialogue, répondez aux questions :

1. Who does Mrs Flint want to speak to?
2. When will the wedding cake be delivered?
3. Where must it be kept?
4. Where will the hotel manager keep the cake?
5. How many guests will there be?

C. Complétez les phrases à l'aide des verbes à particule suivants : *get up, wake up, try on, put through, turn down.*

1. Can I … this jacket …?
2. What time do you … in the morning?
3. I'm hot. Could you … the heating …
4. Come on, Ken. It's nine o'clock. Time to …
5. I'll … you … to the manager, sir.

D. Mettez à la forme interrogative :

1. Jane lives in Edinburgh.
2. Tony is making a cake.
3. He'll come at eight o'clock.
4. Steve and Bob went for a walk.
5. Celia could read when she was four.

E. Soulignez les *r* que l'on entend :

1. It's been raining for over a week.
2. Kitty works for her uncle.
3. Do you need three or four apples?
4. Robert's got nicer eyes than me.
5. Does your mother remember Alice?

LEÇON 47

Honeymoon plans

[**L.** = Lucy — **R.** = Richard]

R. Hel**lo**, Lucy. What are you **do**ing?

L. I'm looking at our honeymoon ho**tel** brochure.

R. What, again?

L. Mm. I hope it's as nice as it looks **here**. I can't beli**eve** we're going to be in Ber**mu**da[4] in a couple of weeks.

R. Yeah. Just **think**, this time in two **weeks** we'll be stretched out on the beach in the **sun**.

L. I can hardly **wait**. Carol was green with envy when I **told** her. She and Mark went to Majorca for a **week** for **their** honeymoon and **we're** going to Bermuda for **two** weeks.

R. Well that's one of the **ma**ny advantages of marrying a pilot. We'll be able to go all over the place. I fancy going to Ja**pan** next summer.

L. That'd be **love**ly. I haven't really been **any**where. In **fact**, I've only been on a **plane** once before. You know, I haven't got my **pass**port back yet. Wouldn't it be **aw**ful if it didn't arrive in **time!**

R. It **will**. Don't **worry**. **Any**way, you can always get on from the **post**-office[5].

Mots nouveaux

brochure [**brôou**che] — **stret**ched [**strèt**cht] — Ma**jor**ca [me**yō**ke] — Ja**pan** [dje**pan**]

Ber**mu**da [be**myou**de] — beach [bītch] — ad**van**tages [ed**vān**tidjiz] — **pass**port [**pās**pōt]

envy [**èn**vi]

yet [yèt] — told [tôould] — **a**ble [**aï**bl] — **once** [wœns]

All's fair in love and war.
[**ōlz fèe** in **lœv** en **wō**]

Projets de voyage de noces

R. *Bonjour, Lucy. Qu'est-ce que tu fais ?*

L. *Je regarde la brochure de l'hôtel où nous passons notre lune de miel.*

R. *Quoi ? Encore ?*

L. *Hm. J'espère qu'il est aussi beau qu'il en a l'air ici. Je n'arrive pas à croire que nous serons aux Bermudes dans deux ou trois semaines.*

R. *Ouais. Imagine-toi que dans deux semaines, à cette heure-ci, nous serons étendus au soleil sur la plage.*

L. *Je brûle d'impatience. Carole était verte de jalousie quand je le lui ai dit. Elle et Marc sont allés à Majorque une semaine pour leur lune de miel et nous allons aux Bermudes pour deux semaines !*

R. *Eh bien, c'est l'un des nombreux avantages quand on épouse un pilote. Nous pourrons aller un peu partout. Ça me dirait bien d'aller au Japon l'été prochain.*

L. *Ça serait formidable. Pour tout dire, je ne suis allée nulle part. Jusqu'ici, je n'ai pris l'avion qu'une fois en fait. Tu sais, on ne m'a pas encore renvoyé mon passeport. Qu'est-ce que ça serait affreux s'il n'arrivait pas à temps !*

R. *Ne t'en fais pas, il arrivera à temps. De toute façon tu peux t'en procurer un à la poste.*

Vocabulaire

the **fu**ture [że fyoutche], *l'avenir* ; the past [że pāst], *le passé* ;
plan (v), *envisager, prévoir*
come true [trou], *se réaliser*

Prononciation

Souvenez-vous que le **h** initial est généralement prononcé en anglais (voir p. 42, 78, 119), sauf dans certaines formes faibles, bien sûr.

> **Attention :** il existe un certain nombre de mots qui ne se différencient que par la présence ou l'absence d'un **h** initial : **here** [hiĕ]/**ear** [iĕ], *oreille* ; **hair** [hèe]/**air** [èe].

Tout est permis en amour et à la guerre.

GRAMMAIRE

1. Les prépositions : in the sun, green with envy

Pour dire *au soleil* ou *sous la pluie*, l'anglais emploie la préposition in (voir 17-6).

Remarquez l'emploi de la préposition **with**, *avec*, dans l'expression **green with envy** alors que le français emploie *de*.

2. Le passé simple : was green with envy when I told her

En anglais, les deux verbes **was** et **told** sont au même temps.

3. L'auxiliaire can : We'll be able to have

Nous avons vu (33-3) que **must** était parfois remplacé par une expression équivalente. De même, lorsqu'on veut exprimer le futur avec **can**, on fait appel à une expression équivalente : **be able to**, *être capable de*, puisque **can** ne peut pas s'employer avec **will** :
I don't think he will be able to come.
Je ne crois pas qu'il pourra venir.

4. Le gérondif : I fancy going

Comme le verbe **enjoy** (voir 32-6), **fancy** peut être suivi soit d'un nom, soit d'un verbe à la forme en **-ing** (gérondif) :
She fancies this red dress. *Elle a envie de cette robe rouge.*
She fancies buying a red dress.
Elle a envie d'acheter une robe rouge.

5. Le *present perfect* : I haven't really been, I've only been, I haven't got my passport back yet

Il s'agit d'actions qui évoquent des situations en relation avec le moment où l'on parle, d'où l'emploi du *present perfect*.

Remarquez qu'avec **not… yet**, tout comme en français avec *pas encore*, on ne peut pas employer le passé simple :
They haven't bought [bōt] **a car yet.**
Ils n'ont pas encore acheté de voiture.

6. L'expression de l'irréel : if it didn't arrive

Le passé simple, ici, correspond à l'imparfait français. Tous les deux expriment non pas le temps passé mais une condition irréelle :

If you left at three o'clock, you would arrive in time.
Si vous partiez à trois heures, vous arriveriez à temps.

EXERCICES

A. Traduisez :

1. Linda a été verte de jalousie quand elle nous a vus.
2. La semaine prochaine à cette heure-ci nous serons en Écosse.
3. Ça vous dirait d'aller au Portugal ?
4. J'espère que la plage est aussi belle qu'elle en a l'air dans la brochure.
5. Ne t'en fais pas. Tu peux toujours aller à Brighton.

B. *Who, that* ou Ø (= pas de pronom relatif) ?

1. Here are the books … I got from the library.
2. She's the girl … Paul wants to marry.
3. George is the one … can play golf.
4. This is the dog … Jim likes.
5. Can you show me the one … you like best?

C. Traduisez :

1. How many times have you been on a plane?
2. We'll be able to swim in the sea.
3. I've only been there once.
4. It'll be lovely to lie in the sun.
5. Are you looking at that brochure again?

D. Mettez au futur :

Exemple : **I can come → I'll be able to come.**
1. He can't help us.
2. Madeleine works at the library.
3. Bill's cousin can paint the room.
4. The bus stops here.
5. My dog can jump higher than yours.

E. Prononcez ces paires de mots en faisant attention à bien prononcer les *h* pour les mots de colonne A et de ne pas prononcer un *h* initial pour les autres mots :

A.	B.
1. high [haï], *haut*	eye [aï], *œil*
2. here [hiē], *ici*	ear [iē], *oreille*
3. heat [hīt], *chaleur*	eat [īt], *manger*
4. hair [hèe], *cheveux*	air [èe], *air*
5. hill [hil], *colline*	ill [il], *malade*

LEÇON 48

Last minute panic

[**R.** = Richard — **L.** = Lucy]

L. I **do** hope we haven't for**got**ten anything.

R. Oh, I'm **sure** we haven't. Your mum has thought of everything.

L. I've just got a **feel**ing we've forgotten something **vi**tal.

R. Well, let's **think** about it. Have you contacted the caterer's about the **wedd**ing cake?

L. **Yes. Mum** did that. We've organized the **cars**, the pho**to**grapher, the **or**ganist, the **flow**ers, my **dress**.

R. The re**cep**tion, the **rings**, presents for the **brides**maids…

L. I suppose it's just last minute **pan**ic.

R. **Yes**. I don't think your mum would for**get** anything. **Oh**, by the **way**, Lucy, have you got 'something **old**, something **new**, something **borr**owed and something **blue**'[6]?

L. No, I **have**n't. I didn't think you'd **both**er with an old tradition like **that**, Richard.

R. Oh, it's not **me**. It's my **mot**her. She's got an old blue **brooch** — she said you can **borr**ow it if you **like**.

L. That's really **nice** of her. I'd **love** to borrow it.

Mots nouveaux

for**got**ten [fe**got**n]
vital [**vaït**l]
contacted [**kon**taktid]
pho**to**grapher [fe**to**grefe]
organist [**ō**genist]
rings [riṅz]
bridesmaids [**braïds**mèïdz]
panic [**pa**nik]
borrowed [**bo**rôoud]
bother [**bo**że]
tra**di**tion [tre**di**chen]
brooch [brôoutch]

Vocabulaire

ear-ring [iērin̈], *boucle d'oreille*
diamond [daïemend], *diamant*
jewel [djo͞uel], *bijou*
necklace [nèkles], *collier*

Marry in haste, (repent at leisure).
[**ma**ri in **hèïst** ri**pènt** et **lè**je]

Angoisse de dernière minute

L. *Mon Dieu, j'espère que nous n'avons rien oublié.*

R. *Oh, je suis sûr que non. Ta mère a pensé à tout.*

L. *J'ai simplement l'impression que nous avons oublié quelque chose de vital.*

R. *Voyons... Réfléchissons. Est-ce que tu as pris contact avec le traiteur pour le gâteau de mariage ?*

L. *Oui, maman l'a fait. Nous nous sommes occupées des voitures, du photographe, de l'organiste, des fleurs et de ma robe.*

R. *De la réception, des alliances, des cadeaux pour les demoiselles d'honneur...*

L. *Je suppose que ce n'est que l'angoisse de la dernière minute.*

R. *Oui. Je ne crois pas que ta mère soit la personne à oublier quoi que ce soit. À propos, Lucy, est-ce que tu as « quelque chose de vieux, quelque chose de neuf, quelque chose d'emprunté et quelque chose de bleu » à mettre pour le mariage ?*

L. *Non. Je n'aurais jamais cru que tu tenais à cette vieille tradition, Richard.*

R. *Oh, ce n'est pas moi, c'est ma mère. Elle a une vieille broche bleue — elle a dit que tu peux l'emprunter si tu veux.*

L. *C'est vraiment gentil de sa part. J'aimerais beaucoup l'emprunter.*

Prononciation

Have et **has**, dans ce dialogue, apparaissent sous leur forme faible. En début de phrase le **h** est prononcé et ainsi les formes faibles sont respectivement [hev] et [hez]. Dans les autres cas, les formes faibles sont [ev] et [ez]. La forme négative, comme pour tous les auxiliaires, est toujours à la forme forte : **haven't** [havent] et **hasn't** [hazent].

Mariez-vous vite, vous aurez toute la vie pour vous en repentir.
(m. à m. : *Mariez-vous à la hâte, repentez-vous à loisir.*)

GRAMMAIRE

1. La forme emphatique : I do hope we haven't forgotten anything

Pour insister sur **hope**, *j'espère vraiment*, Lucy emploie la forme emphatique portée ici par l'auxiliaire **do** puisque le verbe est au présent (voir 36-2).

Forgotten est le participe passé de **forget** (voir la liste en Annexes).

2. Les indéfinis : we haven't forgotten anything

Anything est employé pour rendre *rien* à cause de la présence de la négation.

3. L'auxiliaire will : I don't think your mum would forget

Will a une autre valeur : la notion de caractéristique du sujet. C'est le sens qu'a ici **would**, forme passée de **will**. Richard exprime sa conviction que, étant donné le caractère de la mère de Lucy, il est peu probable qu'elle ait oublié quoi que ce soit : ça ne lui ressemblerait pas du tout.

Résumons les trois valeurs de **will** que nous avons vues jusqu'à présent :

– valeur de futur :
They'll come tomorrow. *Ils viendront demain.*

– valeur de futur + volonté du sujet :
What will you have to drink? *Que voulez-vous boire ?*

– valeur de caractéristique du sujet :
He will eat too much. *Ça lui ressemble de manger autant.*

4. Le passé simple : I didn't think you'd bother with…

Ici, les formes passées **didn't** et **would ('d)** ne sont pas employées pour faire référence au passé mais au présent.

Comme en français, qui emploie dans ce cas l'imparfait et le conditionnel, il s'agit d'exprimer de façon moins abrupte une opinion ou une demande. Exemples :

I thought you agreed with me.
Je pensais que vous étiez d'accord avec moi.

I didn't think you would agree with me.
Je ne pensais pas que vous seriez d'accord avec moi.

EXERCICES

A. Traduisez :

1. Would you like to borrow her old brooch?
2. Have they forgotten something?
3. By the way, don't forget the rings.
4. Has she got something new to wear?
5. I do hope she won't forget anything.

B. En vous référant au dialogue, répondez aux questions :

1. Why is Lucy worried?
2. Who contacted the caterer's?
3. Who organised the cars and the flowers?
4. Who wants Lucy to follow the old tradition?
5. What does Richard's mother say Lucy can borrow?

C. Mettez à la forme négative :

1. You *thought* I'd be late.
2. Ann and Bob *went* to Italy last year.
3. Jessie *bought* Brian a teddy bear.
4. They *found* a nice house.
5. He *met* his friend on the train.

D. Un même mot convient à toutes les phrases. Lequel ?

Traduisez :

1. They arrived at quarter … six.
2. Helen's going … town.
3. Please give it … her.
4. Will he be able … stop?
5. I'm looking forward … the summer.

E. Soulignez les formes faibles :

1. Have you ever seen such a mess !
2. My parents have been there before.
3. Helen has just left.
4. I know she has.
5. — He hasn't got a dog — Yes, he has.

LEÇON 49

A quarrel

[**L.** = Lucy — **R.** = Richard — **Mrs F.** = Mrs Flint]

L. Oh, by the **way**, Richard, I promised Mrs Evans you'd take her the **wedd**ing list tomorrow afternoon.

R. **What?** You **what?** What the hell did you say **that** for? You know I always play **foot**ball on Saturday afternoons. You'll have to do it your**self**.

L. I **can't**. I'm going to the **hair**dresser's.

R. Well, give her a **ring** and say I can't **go**.

L. Don't be so **sel**fish, Richard. You can give up your football for **once**.

R. No **way**. It's the only chance I **get** to do a bit of **sport**. **Come** on, Lucy, be **rea**sonable. It's not much to **ask**.

L. It isn't **much** to ask **you** to do **one** little thing for our wedding **ei**ther.

R. Yes, o**kay**, I **will**. But **not** tomorrow after**noon**.

L. You never put yourself out at **all**. You're the most **sel**fish, self-**cen**tred…

Mrs F. **Er**, am I inter**rup**ting something?

R. **No**, I'm just **go**ing. *(Door slams)*

Mrs F. What was all **that** about?

L. Oh, mind your own **bus**iness! *(Door slams again)*

Mrs F. **Well, real**ly!

Mots nouveaux

quarrel [**kwo**rel]
promised [**prom**ist]
Evans [**è**venz]
hell [hèl]
hairdresser [**hèe**drèse]
selfish [**sèl**fich]
chance [tchāns]
reasonable [rīznebl]
self-**cen**tred [sèlf**sèn**ted]
inter**rup**ting [inter**œp**tiṅ]
slams [slamz]
business [**biz**nis]

Vocabulaire

put one**self out**, *se donner du mal*

Actions speak louder than words.
[**akch**enz **spīk laou**de żen **wōēdz**]

Dispute

L. *À propos, Richard, j'ai promis à Mme Evans que tu lui apporterais notre liste de mariage demain après-midi.*

R. *Comment ? Tu as promis quoi ? Pourquoi diable as-tu dit ça ? Tu sais parfaitement que je joue toujours au football le samedi après-midi. Il te faudra la lui apporter toi-même.*

L. *Je ne peux pas. Je vais chez le coiffeur.*

R. *Alors, passe-lui un coup de fil pour dire que je ne peux pas y aller.*

L. *Ne sois pas si égoïste, Richard. Tu peux sacrifier ton football pour une fois.*

R. *Pas question. C'est la seule occasion que j'aie de faire un peu de sport. Allons, Lucy, sois raisonnable. Ce n'est pas beaucoup demander.*

L. *Ce n'est pas beaucoup demander que de te prier de faire une petite chose pour notre mariage.*

R. *D'accord. Entendu. Mais pas demain après-midi.*

L. *Tu n'es jamais prêt à faire le moindre petit effort. Tu es la personne la plus égoïste, la plus égocentrique…*

Mme F. *Euh… Je ne vous dérange pas ?*

R. *Non. Je partais. (La porte claque.)*

Mme F. *C'était à propos de quoi tout cela ?*

L. *Oh, mêle-toi de ce qui te regarde ! (La porte claque à nouveau.)*

Mme F. *Eh bien, ça alors !…*

Prononciation

À la ligne 4, la préposition **for** est sous sa forme forte [fɔ̄] : … **say that for?**, parce qu'elle se trouve en fin de phrase (ceci est une règle qui s'applique à toute préposition).
Ligne 9, **for once**, elle est sous sa forme faible [fe] parce que suivie d'un son consonne (**once** commence par une voyelle, mais sa prononciation commence par un son consonne [w]).
Lignes 13-14, **for our wedding**, on a la forme faible [fer] devant un son voyelle. Donc trois prononciations de **for**.

GRAMMAIRE

1. Le discours indirect : I promised Mrs Evans you'd take her

Comme en français, le verbe principal **promise** étant au passé, le verbe de la subordonnée doit aussi être au passé. D'où **I'd (I would)** (voir 37-3).

Remarquez qu'en anglais le verbe **promise** n'est pas suivi d'une préposition, à la différence du français.

2. What... for, what... about?

Le mot interrogatif **what** se combine avec les prépositions **for** et **about** pour rendre respectivement *pourquoi* (ou *pour quoi*) et *à propos de quoi*.

On remarque que les mots sur lesquels porte l'interrogation s'intercalent entre **what** et la préposition, qui se trouve alors en fin de proposition :
What the hell did you say that for? What was all that about?

3. La place de l'adverbe : I always play football

Always, comme tous les adverbes de fréquence (voir 29-2), se place toujours devant le verbe principal.

4. L'auxiliaire must : You'll have to do it yourself

Tout comme **can** (voir 47-3), **must** ne peut pas s'employer avec **will**. Il faut donc avoir recours, comme pour le passé (33-3), à une expression équivalente **have to** :
You will have to go early. *Il vous faudra partir tôt.*

5. Les verbes composés : you can give up your football, you never put yourself out

Give up, *abandonner*, est un verbe à particule. Pour des questions de rythme de la phrase, le locuteur place le complément après la particule. Si le complément était un pronom, celui-ci s'intercalerait entre le verbe et la particule (voir 35-6) :

Do you smoke? No, I've given it up.
Fumez-vous? Non j'ai abandonné.

Put oneself out, *se donner du mal*, est aussi un verbe à particule. Le pronom réfléchi s'intercale entre **put** et **out**.

6. Le superlatif : the most selfish

Le superlatif des adjectifs longs (voir 29-1 pour les adjectifs courts) se construit selon le schéma suivant : **the + most** + adjectif.

EXERCICES

A. Traduisez :

1. Il ne s'arrêtera jamais de fumer.
2. Vous travaillez toujours le week-end ?
3. C'est le livre le plus intéressant que j'aie jamais lu.
4. Il leur faudra venir tôt.
5. Richard ne joue jamais au foot le dimanche.

B. Mettez à la forme affirmative :

1. Margaret didn't learn to swim.
2. Sue's husband didn't buy her a birthday present.
3. Betty and Liz won't go running.
4. Their neighbours didn't sell their car.
5. Thomas doesn't like oranges.

C. Traduisez :

1. She promised me she'd do it herself.
2. What the hell did he do that for?
3. What are they talking about?
4. He's the most intelligent man I know.
5. Why did you promise to do that?

D. Reconstituez les phrases en commençant par le mot en italique :

1. *Peter*/watches/T.V./evening/the/in/always/./
2. never/bed/go/to/midnight/before/*I*/./
3. drink/Harry/usually/whisky/*does*/?/
4. *Mary*/me/see/comes/to/often/./
5. Saturday/mornings/play/*they*/sometimes/on/./

E. Indiquez la forme de *for* qui convient a), b) ou c) :
(a [fe] **b** [fer] **c** [fō]**)**

1. — How long are you going for? — For a week.
2. What's Dave looking for?
3. We're having a party for our friends.
4. It's for the first time.
5. I wanted it for Jane.

LEÇON 50

After the wedding

[**Mr F.** = Mr Flint — **Mrs F.** = Mrs Flint]

Mrs F. **Well**, John, it's all **o**ver. Our little girl is a **ma**rried woman with a home of her **own.** Oh, these shoes are **kil**ling me! It went very **well** though, **did**n't it?

Mr F. Yes, it **did.**

Mrs F. I mean **ev**erything went well, **did**n't it? Even the **wea**ther. It was a **per**fect day. And I thought the service[7] was **ve**ry nice. The vicar[8] is a **charm**ing man.

Mr F. Yes, he **is.**

Mrs F. The re**cep**tion was very successful **too**, **was**n't it? A lovely **meal** and the hotel staff were very pleasant and ef**fi**cient.

Mr F. I should **hope** so. It **cost** enough.

Mrs F. Wasn't the cake **beau**tiful? Richard's parents are **ve**ry nice, **are**n't they?

Mr F. Yes, they **are**. His mother's very a**mu**sing.

Mrs F. Yes, she **is.** She really shouldn't wear **gree**n with **her** complexion though. By the **way**, did you see who caught the bou**quet**?

Mr F. That Australian cousin of **Rich**ard's, **Lin**da.

Mrs F. Oh, **yes.** Rather a **plain** girl. **Rich**ard didn't look his best **ei**ther, **did** he?

Mr F. I gather the stag party[9] was fairly **hec**tic. I reckon he had a **hang**over.

Mrs F. **Still**, it all went very **well**, **did**n't it?...

Mots nouveaux

girl [go͞el]
shoes [cho͞uz]
killing [kiliṅ]
weather [**wè**że]
vicar [**vi**ke]
staff [stāf]
pleasant [**plè**zent]
ef**fi**cient [i**fi**chent]
cost [kost]
a**mu**sing [e**myo͞u**ziṅ]
com**plex**ion [kem**plèk**chen]
bou**quet** [bo͞u**kèï**]
Aus**tra**lian [ost**rèïl**yen]
plain [plèïn]
gather [**ga**że]
stag party [**stag** pāti]
hectic [**hèk**tik]
reckon [**rè**ken]
hangover [**hang**ôouve]

You can't take it with you.
[you **kānt tèïk** it **wiż** you]

Après le mariage

Mme F. *Voilà, John, c'est fini. Notre petite fille est mariée et elle a un foyer à elle. Mon Dieu, ces chaussures, quel supplice ! Finalement ça s'est très bien passé, n'est-ce pas ?*

Mr F. *Oui, très bien.*

Mme F. *Je veux dire que tout s'est bien passé, pas vrai ? Même le temps. Ça a été une journée parfaite. Et j'ai trouvé le service religieux très beau. Le pasteur est un homme charmant.*

Mr F. *C'est vrai.*

Mme F. *La réception aussi a été très réussie, n'est-ce pas ? Un repas formidable et le personnel de l'hôtel a été très agréable et très efficace.*

Mr F. *Heureusement. Ça a coûté assez cher.*

Mme F. *Et le gâteau, tu ne l'as pas trouvé beau ? Les parents de Richard sont très bien, tu ne trouves pas ?*

Mr F. *En effet. Sa mère est très drôle.*

Mme F. *Effectivement. Pourtant, avec le teint qu'elle a, elle ne devrait pas porter de vert. À propos, tu as vu qui a attrapé le bouquet ?*

Mr F. *C'est Linda, cette cousine australienne de Richard.*

Mme F. *Ah oui. Une fille assez ordinaire. Richard non plus n'avait pas l'air d'être au mieux de sa forme, tu ne crois pas ?*

Mr F. *J'ai cru comprendre que l'enterrement de sa vie de garçon a été un peu agité. À mon avis, il avait la gueule de bois.*

Mme F. *Enfin, tout s'est très bien passé, n'est-ce pas ?...*

Vocabulaire

kill [kil], *tuer*
cheek [tchīk], *joue*
skin [skin], *peau*
nose [nôouz], *nez*

On n'emporte pas son argent dans la tombe.
(m. à m. : *Vous ne pouvez pas l'emporter avec vous.*)

GRAMMAIRE

1. Le participe passé : a married woman

Married est le participe passé du verbe **marry**, *épouser, se marier*. **Marry**, comme la majorité des verbes en anglais, est un verbe dit « régulier », c'est-à-dire dont on peut prévoir le passé simple (voir 32-4) et le participe passé une fois qu'on connaît la forme de base du verbe. Devant **-ed**, le suffixe du participe passé, **-y** devient **-i**. Le participe passé est ici employé comme adjectif : m. à m. *une femme mariée.*

2. Own : a home of her own

Own, *propre, même*, est souvent employé pour renforcer le sens d'un possessif :

He did it with his own hands. *Il l'a fait de ses propres mains.*

3. Les queues de phrases : didn't it, wasn't it, aren't they, did he

Nous trouvons dans ce dialogue les deux types de queues de phrases (voir 25-3).

La plupart sont à la forme interro-négative puisque la première partie de la phrase ne contient pas de négation : **didn't it, wasn't it, aren't they**.

L'auxiliaire employé est ou bien celui qui figure déjà dans la première partie de la phrase **(was, are, didn't)**, ou bien **did** qui reprend un verbe au passé simple **(went)** sans auxiliaire apparent.

4. Les noms particuliers : the hotel staff were

Le nom **staff**, *personnel*, ne prend jamais de **-s**. Cependant il peut s'accorder au singulier, quand on considère le personnel comme un tout, comme un bloc, ou au pluriel, ce qui est le cas ici, lorsqu'on pense aux divers individus qui composent le personnel. On aura donc soit **the staff is**, soit **the staff are**. Trois autres noms courants qui fonctionnent de la même façon :

the family, the government, the crew [kro͞u], *l'équipage*.

5. Le génitif : that Australian cousin of Richard's

Remarquez ce schéma particulier, souvent utilisé en anglais : **that** + nom + **of** + nom**'s**. La notion de « possession » y est exprimée deux fois : une fois avec **of**, une fois par le génitif.

Une variante de ce schéma : **that** + nom + **of** + pronom possessif :

Tell me about that friend of yours.

Parle-moi un peu de ce fameux ami à toi.

EXERCICES

A. Traduisez :

1. Mrs Flint thought the cake was beautiful.
2. He thinks Linda is interesting and amusing.
3. The reception went very well, didn't it?
4. It was a really lovely meal.
5. I didn't see who caught the bouquet.

B. En vous référant au dialogue, répondez aux questions :

1. What was the weather like?
2. What does Mrs Flint say about the hotel staff?
3. What does Mr Flint think of Richard's mother?
4. What does Mrs Flint think of Richard's mother?
5. Why didn't Richard look his best ?

C. Ajoutez une « queue de phrase » :

1. They can't help us, …
2. You would go, …
3. She's a lovely girl, …
4. Phil didn't do that, …
5. The cake was beautiful, …

D. Faites une phrase en utilisant le relatif qui convient : *that, which, who* ou Ø (= pas de relatif) :

Exemple : **That's the woman. She works with Tom.**
That's the woman who works with Tom.

1. Where are the cakes? I made them.
2. Here's the book. I talked about it.
3. This is the girl. She went to Berlin.
4. That's the dog. It hurt Peter.
5. There's the house. Ann bought it.

E. Soulignez la syllabe accentuée :

librarian [laïbrèeriēn], (*bibliothécaire*)
Canadian [kenèïdiēn]
musician [myōuzichen]
Italian [italyen]
question [kwèstchen]
intention [intènchen]
tradition [trèdichen]
profession [prefèchen]
vegetarian [vèdjetèeriēn]
sensation [sènsèïchen]

LEÇON 51

Arriving at a hotel

[**R.** = Receptionist — **A.** = Mr Abernethy[1]]

R. Good after**noon**, **sir**.

A. Good after**noon**. The name's **A**bernethy. My **se**cretary called you a couple of **day**s ago to make a reser**va**tion.

R. Oh **yes**, Mr P.J. **A**bernethy, a single room with **bath**.

A. That's **me**.

R. And you've booked five **nights**.

A. That's **right**.

R. Here's your **key**, Mr **A**bernethy. Room 409. It's on the **fourth** floor[2]. There's a lift just be**hind** you.

A. There's a **what** just behind me?

R. **Er**, an **e**levator.

A. **Oh**, an **e**levator, **right**. **Uh**, I'd like to rent a **car** while I'm **here**. Do you have any information about **that?**

R. Certainly, **sir**. I can give you these **bro**chures. They are the three main car-hire firms in **Bri**tain.

A. **Oh**, that's **great**. Thank you very **much**. I'll go up to my **room** now. Can someone take my **bags?**

R. Yes **sir**, I'll ask the **por**ter to take them up.

A. **Thank** you. **Oh** and I think I'll lie down right a**way**, I have a bad case of **jet**-lag. So don't put any calls through to my **room**. Have a nice **day!**

R. Er, thank you, **sir**. You **too**.

Mots nouveaux

ago [e**gôou**]
main [mèïn]
hire [haïe]
case [kèïs]
while [waïl]
jet-lag [**djè**tlag]
firms [f$\overline{\text{oe}}$mz]
Britain [**bri**ten]
lie [laï]
elevator [**è**levèïte]
behind [bi**haïnd**]
away [e**wèï**]
sir [s$\overline{\text{oe}}$]
bags [bagz]
reservation [rèze**vèï**chen]
porter [**p$\overline{\text{o}}$**te]

Early to bed (early to rise makes a man healthy, wealthy and wise).
[$\overline{\text{oe}}$li te bèd $\overline{\text{oe}}$li te raïz mèïks e man **hèl**si **wèl**si en **waïz**]

Arrivée à l'hôtel

R. Bonjour, monsieur.

A. Bonjour. Je m'appelle Abernethy. Ma secrétaire vous a appelés il y a quelques jours pour faire une réservation.

R. Ah oui, M. P. J. Abernethy, une chambre pour une personne avec salle de bains.

A. C'est ça.

R. Et vous avez réservé pour cinq nuits.

A. C'est exact.

R. Voici votre clé, monsieur Abernethy, chambre 409. C'est au quatrième étage. Il y a un ascenseur juste derrière vous.

A. Il y a quoi juste derrière moi ?

R. Pardon, un ascenseur.

A. Ah, un ascenseur, d'accord. Euh, j'aimerais louer une voiture pendant mon séjour chez vous. Vous avez des renseignements à ce sujet ?

R. Certainement, monsieur. Je peux vous donner ces brochures. Ce sont les trois principales sociétés de location de voitures en Grande-Bretagne.

A. Formidable. Merci infiniment. Je vais monter dans ma chambre maintenant. Est-ce que quelqu'un peut prendre mes bagages?

R. Oui, monsieur. Je demanderai au porteur de vous les monter.

A. Merci. Oh, à propos, je crois que je vais me coucher tout de suite. Je souffre des effets du décalage horaire en ce moment. Alors, s'il vous plaît, ne me transmettez aucun appel téléphonique. Passez une bonne journée.

R. Euh, merci, monsieur. Vous aussi.

Vocabulaire

double room [dœbel rōūm], *chambre à deux lits*
rest, *se reposer*
wake up [wèïkœp], *(se) réveiller*

Se coucher et se lever tôt
rendent un homme sain, riche et sage.

GRAMMAIRE

1. Ago : my secretary called you a couple of days ago

Ago, équivalent du français *il y a* suivi d'une expression de temps, s'emploie toujours avec le passé simple, puisque l'expression fait nécessairement référence à du passé précis.

Remarquez que **ago** se place après l'expression de temps :

I saw him a couple of weeks ago.

Je l'ai vu il y a quelques semaines.

2. Le *present perfect* **: you've booked five nights**

Le réceptionniste consulte son registre et constate que la réservation est faite, sans se préoccuper de la date de la réservation, d'où l'emploi du present perfect (voir 34-2).

3. L'omission de l'article : Room 409

On n'emploie jamais l'article devant un numéro de chambre d'hôtel :

Room 409 is on the fourth floor.

La chambre 409 est au quatrième étage.

4. Le présent simple : while I'm here

Le sens est futur, mais en anglais on emploie le présent simple après **while**, comme après toutes les conjonctions de temps.

5. Les noms composés : car-hire firms

Les trois termes forment un nom composé dans lequel les deux premiers qualifient le troisième. C'est ce dernier qui prend la marque du pluriel.

6. Les verbes composés : take them up, put... through

Take, *prendre* → **take up**, *monter* ; **put**, *poser, placer, mettre* → **put through**, *mettre en communication.*

Le complément d'objet représenté par un pronom s'intercale obligatoirement entre le verbe et la particule (voir 35-6).

7. Américanismes

– L'emploi de **have** comme verbe ordinaire, donc conjugué avec **do**, dans : **Do you have any information**, est plutôt américain. En anglais britannique on emploierait de préférence **have got**.

– **Have a nice day** : placé dans cette situation, un Anglais, plus réservé (!), ne dirait sans doute rien.

EXERCICES

A. Traduisez :

1. Votre chambre est au sixième étage.
2. Puis-je avoir ma clé, s'il vous plaît ?
3. Je suis plutôt fatigué. Je pense que je vais m'allonger.
4. Ils vont louer une voiture en Écosse.
5. Combien de nuits avez-vous réservées ?

B. En vous référant au dialogue, répondez aux questions :

1. Who booked Mr Abernethy's hotel room?
2. Did she book a double room?
3. How long is Mr Abernethy going to stay at the hotel?
4. What sort of brochures does the receptionist give him?
5. What is the porter going to do?

C. Complétez ces proverbes anglais :

1. It's easier … than …
2. … heads are better than …
3. A … and his … are soon parted.
4. All's fair in … and …
5. Actions speak … than …

D. Remplacez les mots en italique par un pronom. (Attention à l'ordre des mots) :

1. Could the porter take up *my suitcases*?
2. I'd like to try on *that red coat*.
3. Would you put *Mrs Davies* through now ?
4. Peter won't give up *smoking*.
5. Turn down *the radio*, I'm on the phone.

E. Soulignez les syllabes toniques :

1. Turn on the television.
2. Turn it on.
3. Cross Kevin off the list.
4. Cross him off.
5. Will you put me through?

LEÇON 52

In a restaurant

[**W.** = waiter — **A.** = Mr Abernethy]

W. Are you ready to **or**der, **sir?**

A. I'd like to eat something typically **Bri**tish. What do you sug**gest**?

W. Well, the traditional Sunday **lunch** is roast beef and Yorkshire **pud**ding[3].

A. What goes with the roast **beef?**

W. Roast po**ta**toes, **car**rots, **peas** and **gra**vy[4].

A. That sounds good to **me.** I'll go for **that.** And **then**, what did you **say?** Yorkshire pudding for des**sert.**

W. Er, no. That's part of the roast **beef** dish, actually. It's **sa**voury, not **sweet.**

A. Oh, I **see.** O**kay**, I'm **game.** I'll try **a**nything once.

W. For des**sert** we have **tri**fle or lemon meringue **pie**, or you can have cheese and **bis**cuits[5].

A. Trifle? Now what's **that?**

W. It's a layer of **sponge** cake soaked in **sher**ry then a layer of fruit in **jel**ly topped with **cus**tard and whipped **cream.**

A. That sounds like a whole lot of cho**les**terol. I guess I'll **skip** dessert. I'll just have a cup of black **cof**fee[6].

W. Would you like wine with your **meal?**

A. No, I think I'll just have **wa**ter.

Mots nouveaux

roast [rôoust]
gravy [**grè**ïvi]
jelly [**djè**li]
layer [**lèï**ye]
fruit [frout]
cream [krīm]
beef [bīf]
Yorkshire pudding [**yō**kche **pou**diṅ]
trifle [traïfl]
guess [gès]
sponge [spœndj]
cholesterol [ke**lès**terol]
custard [kœsted]
skip [skip]
meringue [me**ra**ṅ]
soaked [sôoukt]
whipped [wipt]
topped [topt]

One man's meat (is another man's poison).
[wœn manz mīt iz e**nœ**że manz **poï**zn]

Au restaurant

*[**G.** = garçon]*

G. *Vous avez choisi, monsieur?*

A. *Je voudrais manger quelque chose de typiquement britannique. Que me conseillez-vous ?*

G. *Ma foi, le déjeuner traditionnel du dimanche c'est du rôti de bœuf et du Yorkshire pudding.*

A. *Qu'est-ce qu'il y a avec le rôti?*

G. *Des pommes de terre au four, des carottes, des petits pois et de la sauce.*

A. *Ça m'a l'air bon. Va pour le rôti de bœuf. Et ensuite, qu'est-ce que vous avez dit ? Du Yorkshire pudding comme dessert.*

G. *Euh, non. Ça fait partie du plat de viande en fait. C'est un plat salé, pas sucré.*

A. *Ah, je vois. D'accord. Je suis partant pour ça. Je suis du genre à tout essayer au moins une fois.*

G. *Comme dessert nous avons un « trifle », ou bien de la tarte au citron ou vous pouvez prendre du fromage et des biscuits.*

A. *« Trifle » ? C'est quoi, ça ?*

G. *Le dessous est une pâte légère trempée dans du vin de Jerez avec ensuite une couche de gelée de fruit, puis de la crème anglaise et de la chantilly par-dessus.*

A. *Tout ça m'a l'air bien plein de cholestérol. Je crois que je vais sauter le dessert. Je ne prendrai qu'une tasse de café.*

G. *Voudriez-vous du vin avec votre repas ?*

A. *Non, je crois que je prendrai seulement de l'eau.*

Vocabulaire

order [ōde], *commander* (restaurant) ; guess, *penser* (Am.), *deviner* (Br.) ; spoon [spōun], *cuillère* ; **teas**poon, *cuillère à café* ; game [gèïm], *jeu*

Prononciation

Le son [o] anglais devient [a] en américain. Ainsi **lot** [lot] devient [lat] et **coffee** [kofi] devient [kafi].

Le bonheur des uns fait le malheur des autres.
(m. à m. : *Ce qui est de la viande pour un homme est du poison pour un autre.*)

GRAMMAIRE

1. Le présent simple : what do you suggest?

Le verbe **suggest** fait partie d'une série de verbes qui ne se mettent pas à la forme progressive lors d'une première mention, c'est-à-dire lorsque le sujet, le thème, est introduit pour la première fois.

Si le verbe est repris, par contre, il pourra alors se mettre à la forme progressive. Par exemple M. Abernethy pourrait dire :
So you're suggesting I take roast beef.
Donc vous suggérez que je prenne du rôti de bœuf.

2. L'emploi de l'article défini : what goes with the roast beef?

Roast beef et **Yorkshire pudding**, noms d'aliments, non comptables, ne sont pas précédés d'article lorsqu'on parle en général (voir 7-5, 18-1).

Dans sa question, M. Abernethy reprend le terme de **roast beef** qui vient d'être mentionné par le garçon, donc d'un **roast beef** particulier et bien défini, d'où l'emploi de l'article **the**.

De la même façon, si un nom employé avec un article indéfini une première fois est repris par la suite, il devient défini et il est précédé de **the** :
I met a man and a woman ; the man told me they were going to get married. *J'ai rencontré un homme et une femme ; l'homme m'a dit qu'ils allaient se marier.*

3. Once : I'll try anything once

Pour rendre l'expression française *une fois, deux fois, trois fois…* etc., l'anglais n'est pas tout à fait aussi uniformisé que le français. Les deux premiers éléments de la liste sont « irréguliers » : **once**, *une fois* ; **twice** [twaïs], *deux fois*, mais ensuite on a un schéma régulier : **three times**, *trois fois* ; **four times**, *quatre fois…*, etc.

Pour la nième fois se dit en anglais soit **for the nth time** [fe żiènṡ taïm], soit **for the umpteenth time** [fe żi œmptīnṡ taïm].

4. Whole : a whole lot of cholesterol

Whole, *tout, toute*, adjectif, ne s'emploie que devant des noms singuliers. Il se place toujours entre l'article et le nom sur lequel il porte (cf. **all** 53-4).

5. Américanismes

A whole lot of cholesterol : cet emploi de **whole** dans l'expression a **lot** of est typiquement américain.

EXERCICES

A. Traduisez :

1. Most English families have roast beef for Sunday lunch.
2. In Britain you eat savoury biscuits with your cheese.
3. Do you want black or white coffee ?
4. Trifle is a traditional British dessert.
5. I'm not quite ready to order.

B. Mettez le verbe entre parenthèses à la forme du présent qui convient :

1. I (suppose) Miss Webb is about eighty now.
2. Kevin (write) a letter to Linda.
3. Diana (think) Tony is in Portugal.
4. I (learn) to drive.
5. I (believe) you know my sister.

C. On vous indique la tonique pour chaque phrase ci-dessous. Trouvez la réponse appropriée (1 à 3) pour chaque mini-dialogue (A à C) :

1. PETer would like wine with his meal.
2. Peter would like WINE with his meal.
3. Peter WOULD like wine with his MEAL.

A. — Peter would like wine with his MEAL.
— WHO would like wine with his meal?
— …

B. — Peter would like wine with his MEAL.
— WHAT would Peter like with his meal ?
— …

C. — I don't think Peter would like wine with his MEAL. What do YOU think?
— …

D. Complétez à l'aide de *the* ou *a* lorsque c'est nécessaire :

1. Who is … man in … brown suit?
2. … apples from … tree in Fred's garden are very sweet.
3. — Where is … Room 511? — It's on … fifth floor next to … lift.
4. It's nice to have … dog if you've got … garden.
5. That's … woman I saw on … bus.

LEÇON 53

Tea-time at the hotel

[**Mrs C.** = Mrs Cox — **Mr C.** = Mr Cox **A.** = Mr Abernethy]

A. Hel**lo** there. How are you **guys?**

Mrs C. Oh, hel**lo.** We've just ordered a pot of **tea.** Will you **join** us?

A. I'd **love** to.

Mr C. Have you been **sight**seeing?

A. **Yeah.** I sure **have.** I had a **great** day. This is a really beautiful **ci**ty. You have so many lovely old **buil**dings. I took a guided **tour** on one of those neat double-decker **bus**es this morning. I saw all the **sights.** The Houses of **Par**liament[7], the Tower of **Lon**don[8], the Crown **Jew**els[9], Buckingham **Pal**ace[10] and I caught the Changing of the **Guard**[11].

Mr C. Yes, that's quite im**press**ive, I be**lieve.**

A. You mean you've never seen it your**self?**

Mr C. Well **no**, actually, I **hav**en't.

A. You don't **say! Hey**, you ought to **see** that. **Real**ly, it's a **must. Yeah**, and then this **afternoon** I took one of those big London **cabs** and the driver was real **friend**ly. He showed me all **kinds** of things. He told me I ought to visit Madame **Tuss**aud's[12] too. Of course we have one in the **States** but it'd be kinda nice to see the o**rig**inal one.

Mrs C. Mm, I'm **sure** you'd enjoy Madame Tussaud's.

Mots nouveaux

double-decker [dœbl**dè**ke]
sightseeing [**saït**sīiṅ]
original [e**rid**jenel]
Buckingham [bœkiṅem]
buildings [**bil**diṅz]
Parliament [**pā**lement]
Jewels [djo͞uelz]
States [stèïts]
ought [ōt]
Tower [**tao**ue]
Crown [kraoun]
Palace [**pa**les]
guided [**gaï**did]
neat [nīt]
Guard [gād]
guys [gaïz]
pot [pot]
cabs [kabz]
sights [saïts]
visit [**vi**zit]
tour [toue]

When you've seen one (you've seen them all).
[wèn yev sīn wœn yev sīn żem ōl]

L'heure du thé à l'hôtel

A. *Bonjour tout le monde. Ça va, les gars ?*

M. C. *Oh, bonjour. Nous venons de commander le thé. Voulez-vous vous joindre à nous ?*

A. *Avec plaisir.*

M. C. *Vous avez fait le touriste ?*

A. *Ah oui alors. J'ai passé une journée formidable. C'est une ville vraiment belle. Vous avez tant de vieux bâtiments superbes. J'ai fait une visite guidée sur l'un de ces chouettes autobus à impériale ce matin. J'ai vu tout ce qu'il y a à voir : les Chambres du Parlement, la Tour de Londres, les Joyaux de la Couronne, le palais de Buckingham et j'ai réussi à voir la relève de la garde.*

M. C. *Oui, c'est très impressionnant je crois.*

A. *Vous voulez dire que vous ne l'avez jamais vue vous-même ?*

M. C. *Eh bien non, en fait.*

A. *Pas possible ! Vous savez, il vous faut absolument voir ça. Vraiment, c'est un « must ». Ouais, et puis cet après-midi, j'ai pris un de ces gros taxis londoniens et le chauffeur a été vraiment sympa. Il m'a montré toutes sortes de choses. Il m'a dit que je devrais visiter le musée de cire de Madame Tussaud aussi. Bien sûr nous en avons un aux États-Unis, mais ce serait plutôt chouette de voir l'original.*

Mme C. *Hm…, je suis sûre que vous aimeriez le musée de Madame Tussaud.*

Vocabulaire

bus-stop, *arrêt d'autobus*
litter, *détritus, papiers*
flag [flag], *drapeau*
neat, *chouette* (Am.) ; *bien fait, net* (Br.)

Lorsque vous en avez vu un,
vous les avez tous vus.

GRAMMAIRE

1. Le *present perfect* progressif : have you been sightseeing

Il s'agit du verbe **sightsee** au *present perfect* progressif.

On emploie ce temps pour attirer l'attention sur une activité s'étant déroulée dans un passé indéfini, mais qui, d'une façon ou d'une autre, a des incidences sur la situation présente.

C'est ce même temps qu'on emploiera si, à la sortie du cinéma par exemple, on voit la route mouillée : **It's (= has) been raining.** *Tiens, il a plu.* Ou encore, voyant un ami qui sent l'alcool : **You've been drinking**. *Tu as bu.*

2. So many : You have so many lovely old buildings

Devant un nom pluriel, **so many** traduit le français *tant de, un si grand nombre de* (voir 37-4).

3. L'ordre des adjectifs : lovely old buildings

Lovely, l'adjectif le plus subjectif des deux, se place en premier (voir 7-3). De plus, lorsque **old** est employé avec un deuxième adjectif, autre qu'un adjectif de nationalité, il se place toujours tout de suite avant le nom.

4. All : all the sights

All, *tout, toute, tous, toutes*, s'emploie devant des noms singuliers et pluriels. Contrairement à **whole** (voir 52-4), il se place toujours avant l'article : **He drank all the milk and ate the whole cake.** *Il a bu tout le lait et mangé tout le gâteau.* **All the world is a stage** (Shakespeare). *Le monde entier est une scène de théâtre.*

5. L'auxiliaire : ought to : you ought to see that

Ce verbe auxiliaire n'existe que sous cette seule forme et comporte toujours les deux éléments **ought** et **to** qui sont inséparables.
Il est pratiquement synonyme de **should** (voir 33-4).

6. Américanismes

– **How are you guys?**: expression inattendue s'adressant à des hommes et des femmes (**guys** = *mecs, types*). Cette nuance a été conservée dans la traduction.

– **I sure have = I certainly have** (Br.).

– **real friendly = really friendly** (Br.).

– **Kinda nice** (pour **kind of**) = **sort of** (Br). **Kinda** est une convention des écrivains et des journalistes pour essayer de rendre la prononciation de **kind of** (voir p. 227).

EXERCICES

A. Traduisez :

1. Avez-vous jamais vu la relève de la garde ?
2. Voulez-vous que je commande ?
3. C'est un bâtiment très impressionnant.
4. Ils devraient prendre une visite guidée.
5. Est-ce qu'ils vous ont montré la Tour de Londres ?

B. En vous référant au dialogue, répondez aux questions :

1. What time do you think it is ?
2. Did Mr Abernethy enjoy himself sightseeing ?
3. How did he travel round London ?
4. What does he think of London ?
5. What else does he want to see ?

C. Ajoutez *whole* ou *all* aux expressions indiquées en gras :

1. They ate **the cake** and **the biscuits**.
2. She read **the book** and **the magazines**.
3. **The house** is painted blue and **the windows** are white.
4. It's the only one in **the country**. **The others** are in America.
5. **The children** laughed at the dog.

D. Trouvez les paires logiques dans ces deux groupes de phrases :

1. What do you think of London?
2. Where did you go?
3. Was the taxi expensive?
4. Did you see the Changing of the Guard?
5. How long did the tour take?

A. Yes, I did. **B.** A couple of hours. **C.** It's a very nice city. **D.** All round London. **E.** No, not really.

E. Soulignez la syllabe portant l'accent principal :

The Eiffel Tower	Big Ben	Oxford Street
Hyde Park	Penny Lane	Waterloo Road
Leicester Square	Westminster Bridge	Victoria Station

LEÇON 54

Hiring a car

[**C.** = Car-hire agent — **A.** = Mr Abernethy]

A. Good **mor**ning. The name's **A**bernethy, P.J. **A**bernethy. My hotel called you about renting a **car.**

C. Oh **yeah.** I've already filled in the **forms** for you. If you could just let me have your **dri**ving licence for a minute?... Sign **here**, please.

A. Sure... There you **go**.

C. Fine... Well, I'll show you the **car**. This **way...** Here we **are. Er,** the switches are pretty **clear**. **Head**lights, **wi**pers, hom **here** and the **hea**ting works like **this**...

A. It doesn't have **air** conditioning? Back in the States **all** the cars have air conditioning. I guess it never gets **hot** enough here, **huh?**

C. Yeah. Uh, lift the **gear** stick for re**verse** gear.

A. You mean it's not auto**ma**tic?

C. No. Did you **want** an automatic? We **do** have some cars with automatic **gears** if you'd pre**fer** one.

A. No, **no**, that's o**kay**. It's just kinda sur**pri**sing for me. Almost **all** cars are automatic back **home.**

C. Yeah, well most **Brit**ish drivers prefer **man**ual. **Er,** it's got a full **tank** so that should take you about 300 **miles**. O**kay?**

A. Fine. Thank you. I'll be **see**ing you.

Mots nouveaux

forms [fōmz]
sign [saïn]
clear [klīe]
horn [hōn]
stick [stik]
tank [taṅk]
gears [giēz]
miles [maïlz]
switches [**swit**chiz]
headlights [**hèd**laïts]
automatic [ōte**ma**tik]
wipers [**waï**pez]
filled [fild]
air conditioning [èeken**dich**niṅ]
driving licence [**draï**viṅ **laï**sens]
surprising [se**praï**ziṅ]
almost [**ōl**môoust]
manual [**man**youel]

When in Rome (do as the Romans do).
[wèn in rôoum dōu ez że **rôo**umenz dōu]

Comment louer une voiture

[**E.** = employé de l'agence de location]

A. Bonjour. Je m'appelle Abernethy, P.J. Abernethy. Mon hôtel a téléphoné de ma part pour la location d'une voiture.
E. Exact. J'ai déjà rempli les formulaires pour vous. Si vous pouviez simplement me faire voir votre permis de conduire un instant... Signez ici, s'il vous plaît.
A. Certainement... Voilà.
E. Parfait... Bon, je vais vous montrer la voiture. Par ici... Nous y voici. Euh, pour les boutons, c'est très clair. Phares, essuie-glaces, klaxon ici, et le chauffage se met comme ça...
A. Elle n'a pas l'air conditionné ? Chez nous, aux États-Unis, toutes les voitures ont l'air conditionné. Je suppose qu'il ne fait jamais assez chaud ici, hein ?
E. Oui, c'est ça. Alors, pour la marche arrière, vous tirez le levier de vitesses vers le haut.
A. Vous voulez dire qu'elle n'est pas automatique ?
E. Non. Vous vouliez une automatique ? Vous savez, nous avons quelques voitures avec boîte de vitesses automatique, si vous préférez.
A. Non, non, ça va. C'est tout simplement un peu surprenant pour moi. Chez nous, presque toutes les voitures sont automatiques.
E. Ouais, mais voyez-vous, la plupart des conducteurs britanniques préfèrent la boîte de vitesses manuelle. Ah oui, le réservoir est plein, donc vous devriez pouvoir faire environ 300 miles. Ça vous va ?
A. Très bien. Merci. À bientôt.

Vocabulaire

speed [spīd], *vitesse* ;
road works ahead [rôoud wōeks ehèd], *travaux* (sur la route)
speed limit, *limitation de vitesse*

Quand on est à Rome, il faut faire comme les Romains.

GRAMMAIRE

1. Le pluriel des noms : switches
Les noms terminés en **-ch** ou **-sh** forment leur pluriel en **-es** : **switch → switches** [switchiz] ; **church → churches** [tchōētchiz] ; **bush → bushes** [bouchiz].

Au pluriel, il y a donc une syllabe supplémentaire.

2. Enough : hot enough
Enough (*assez* dans le sens de « suffisamment »), lorsqu'il modifie un adjectif, se place après celui-ci :
Is the water hot enough? *L'eau est-elle assez chaude ?*

3. L'emploi de would: if you'd prefer one
You'd = you would (passé de **will**).

Normalement, on ne trouve jamais **will** ou **would** après **if.**

Parmi les exceptions : **will** ou **would** exprimant une notion de volonté (voir 35-8), ce qui est le cas ici.

4. Le passé simple
Aucune des formes passées de ce dialogue (**if you could, did you want, if you'd prefer**) ne fait référence à du passé.

Il sert ici à exprimer une notion d'irréel et/ou de politesse (voir 47-7, 48-4), comme l'imparfait en français.

5. Most : most British drivers
Most, employé devant un nom, sert à rendre le français *la plupart de.* Remarquez l'absence d'article.

> **Attention :** si le nom est précédé d'un article défini ou remplacé par un pronom, on doit employer **most of** :

Most of the children were English.
La plupart des enfants étaient anglais.
Most of them prefer Italian cars.
La plupart (d'entre eux) *préfèrent les voitures italiennes.*

6. L'emploi de la forme progressive : I'll be seeing you
Dans cette expression, qui est devenue une formule figée correspondant au français *à bientôt*, on trouve la forme progressive employée avec **will.**

On passe du schéma **will** + verbe au schéma **will + be +** verbe **-ing** en mettant l'auxiliaire **be** au temps et à la personne du verbe principal et en ajoutant **-ing** à la forme de base de celui-ci.

EXERCICES

A. Traduisez :

1. How long have you had your driving licence?
2. Have you ever hired a car?
3. Fill this form in and then sign it, please.
4. You've got a problem with your left headlight.
5. The horn is on the right, next to the wipers.

B. Mettez ces phrases au pluriel :

1. Is this tooth hurting you ?
2. There's a woman in the office.
3. He musn't touch this red switch.
4. She's a very quiet child.
5. He bought a postcard of a famous church.

C. Trouvez la question correspondant à la réponse donnée par les mots en italique :

1. The heating works *like this.*
2. The horn is *over there.*
3. You can go *about 300 miles* with a full tank.
4. It doesn't have air-conditioning *because it never gets hot enough.*
5. I've had my driving licence *for nearly twenty years.*

D. Reconstituez chaque phrase ci-dessous en commençant par le mot en italique :

1. white/jumper/*what*/beautiful/a/!/
2. apples/the/kitchen/*all*/are/table/the/on/./
3. enough/soup/*is*/for/you/the/hot/?/
4. them/up/take/*can*/he/for/me/?/
5. houses/*most*/one/have/bathroom/./

E. Prononcez ces paires de mots en faisant attention à l'opposition [ō]/[ôou] **:**

	A.	B.
1.	form [fōm], *forme*	foam [fôoum], *mousse*
2.	bought [bōt], *acheté*	boat [bôout], *bateau*
3.	fawn [fōn], *faon*	phone [fôoun], *téléphone*
4.	cord [kōd], *corde*	code [kôoud], *indicatif, code*
5.	ball [bōl], *ballon*	bowl [bôoul], *bol*
6.	law [lō], *loi*	low [lôou], *bas*

LEÇON 55

At the Tourist Information Office

[**C.** = Clerk — **A.** = Mr Abernethy]

C. Good **mor**ning, can I **help** you?

A. **Yes**. I be**lieve** so. I wanna take a **tour** to get to see some of this wonderful **coun**try of yours. I was told you could give me some infor**ma**tion about what to **see.**

C. **Cer**tainly. Let me give you this **map**. It's got places of interest **marked** on it.

A. **Say**, that's **great**. Like **what?**

C. **Well**, **ca**stles, ancient **mon**uments, old **chur**ches, steam **rail**ways, **slate** mines, all **sorts** of things.

A. Fan**tas**tic, that's just what I **want.** **Now** then, what places would you advise me to visit?

C. **Er**, **Ox**ford, **Cam**bridge, **Strat**ford, Stone**henge...**

A. **Oh, yeah, well**, of course I know Oxford and Cambridge are your famous uni**ver**sity towns and **Strat**ford is where Shakespeare was **born**, **right?** But what is **Stone**henge?

C. It's one of the most important megalithic monuments in **Eur**ope. It's on Salisbury **Plain**, not far from **Sa**lisbury, which has a famous cat**he**dral. You could visit them both on the same **day.**

A. **Well**, I may just do that very **thing.**

Mots nouveaux

churches [**tchōet**chiz]
country [**kœn**tri]
castles [**kās**lez]
wonderful [w**œn**defl]
fantastic [fan**tas**tik]
interest [**in**trest]
ancient [**èïn**chent]
marked [mākt]
steam [stīm]
university [yōuni**vōes**iti]
born [bōn]
map [map]
railways [**rèïl**wèïz]
monuments [**mon**yements]
megalithic [mège**li**șik]
Europe [**youe**rep]
slate [slèït]
mines [maïnz]

A rolling stone (gathers no moss).
[e **rôou**liṅ stôoun **ga**żez nôou mos]

À l'office du tourisme

*[**E.** = l'employé]*

E. *Bonjour, monsieur. Puis-je vous aider ?*

A. *Je crois bien que oui. Je veux faire un circuit pour avoir l'occasion de visiter un peu votre si beau pays. On m'a dit que vous pourriez me donner quelques renseignements sur ce qu'il y a à voir.*

E. *Certainement. Tenez, prenez cette carte. Les endroits à visiter y sont marqués.*

A. *Dites donc, mais c'est formidable. Quoi par exemple ?*

E. *Eh bien, des châteaux, d'anciens monuments, de vieilles églises, des lignes de chemin de fer à vapeur, des mines d'ardoises, toutes sortes de choses.*

A. *Super, c'est exactement ce que je veux. Voyons voir, quels endroits me conseilleriez-vous de visiter ?*

E. *Euh… Oxford, Cambridge, Stratford, Stonehenge…*

A. *Mais oui, bien sûr, je sais qu'Oxford et Cambridge sont vos villes universitaires célèbres, et Stratford est la ville où Shakespeare est né. C'est bien ça ? Mais Stonehenge, c'est quoi ?*

E. *C'est l'un des monuments mégalithiques les plus importants d'Europe. Il se trouve dans la plaine de Salisbury, pas très loin de Salisbury même, qui possède une cathédrale célèbre. Vous pourriez visiter les deux choses le même jour.*

A. *Eh bien, il se peut que je fasse exactement cela.*

Vocabulaire

play, *pièce de théâtre*
stage [stèïdj], *scène* (théâtre)
playwright [plèïraït], *auteur dramatique*

Prononciation

Remarquez la prononciation de **Salisbury** [sōlzbri]. Voici quelques autres exemples de grandes villes dont le nom est prononcé « bizarrement » : **Leicester** [lèste], **Worcester** [wouste], **Gloucester** [gloste].

Pierre qui roule n'amasse pas mousse.

GRAMMAIRE

1. L'emploi des possessifs : this wonderful country of yours

Comme nous l'avons vu (50-5), cette construction exprime deux fois l'idée de possession : d'abord avec **of**, puis avec le pronom possessif **yours** (on pourrait aussi avoir un nom au génitif).

2. Le passif : I was told

Remarquez qu'en anglais le verbe qui signifie *dire, raconter* peut se mettre au passif avec un sujet personnel, chose impossible en français.

Comme nous l'avons vu (39-6), cette tournure passive permet de rendre la tournure française impersonnelle introduite par *on* (ici : *on m'a dit*).

The little boy was given a bicycle.
On a offert une bicyclette au petit garçon.

3. Les prépositions : in Europe

Contrairement au français, les compléments de lieu après un superlatif sont introduits par la préposition **in** en anglais :
The best in the world, *le meilleur du monde.*

4. Le relatif which : Salisbury, which has a famous cathedral

Comme on l'a vu (36-3), lorsque la relative se trouve entre virgules et constitue une espèce de parenthèse, on a soit **which** avec un antécédent neutre, soit **who** avec un antécédent animé :
John, who is a very good tennis-player, trains three times a week. *John, qui est un très bon joueur de tennis, s'entraîne trois fois par semaine.*

5. Both : them both

Lorsque **both** (tous les deux) est employé avec un pronom, il y a deux constructions possibles : **them both** ou **both of them**.

S'il est employé avec un nom, il se place toujours devant et sans **of** :
Both men play football. *Les deux hommes jouent au football.*

6. Very : that very thing

Devant un nom, **very** a le sens de *même* (= exactement).

7. Américanismes

Wonderful est plus utilisé par les Américains que par les Anglais. **Say** est une interjection qui sert à attirer l'attention. **Right** est utilisé en américain comme queue de phrase invariable, à la place de la construction britannique dont la forme varie (voir 25-3).

EXERCICES

A. Traduisez :

1. Où êtes-vous né(e) ?
2. Je suis né(e) au Canada en fait.
3. Notre maison n'est pas loin de l'église.
4. C'est un endroit très célèbre.
5. J'aimerais les visiter tous les deux ce week-end.

B. En vous référant au dialogue, répondez aux questions :

1. Why does Mr Abernethy go to the Tourist Office ?
2. What does the clerk give Mr Abernethy?
3. Is Mr Abernethy pleased?
4. Why?
5. Why is Stratford famous?

C. Faites une phrase en utilisant *which* ou *who* :

Exemple : **Salisbury is not far from London. It has a famous cathedral → Salisbury, which has a famous cathedral, is not far from London.**

1. Nicola lives in Madrid. She can't speak a word of Spanish.
2. Paul's computer has a marvellous printer. It's six years old now.
3. My aunt still plays golf. She used to be a champion.
4. The clock is broken. It came from Germany.
5. The film was rather short. I liked it.

D. Reconstituez les noms composés :

head	lag
driving	office
air	ball
jet	moon
tourist	conditioning
honey	over
foot	lights
hang	licence

E. Prononcez ces phrases en faisant attention aux formes faibles et aux noms des villes :

1. Did you buy Red Leicester cheese ?
2. His family's from Gloucester.
3. Could you pass the Worcester sauce, please?
4. We drove through London.
5. I've never actually been to Salisbury.

B. & B.

[**C.** = clerk — **A.** = Mr Abernethy]

A. **Now** then, the **o**ther thing I wanted to ask about was accommo**da**tions. Can you help me out with **that?** I'm getting tired of staying in ho**tels**.

C. **Well**, why not try a Bed and **Break**fast place?

A. That's when you stay in someone's **home, right?**

C. **Yes**, that's **right**. They provide bed and **break**fast.

A. **Right**. Is that cheaper than staying in a ho**tel?**

C. Oh, **yes.** Generally it's somewhere between £40 and £60 a **night**, including **break**fast.

A. That sounds like the kind of thing I **want**. What's the **catch?**

C. **Well**, you don't have your own **bath**room. You can usually only have **breakfast** there, not other meals. **Er**, what else? **Oh**, you don't usually have your own **key** so you have to be in at a reasonable **hour**.

A. That's okay by **me**. I guess I can share a **bath**room. I'll try t**hat**. Do you have a **list** of these places?

C. **Wel**l, each **tou**rist office has a list for their particular area. But if you're touring a**round** you'll see **lots** of houses with a B and **B** sign hanging out**side**.

A. O**kay. Well**, thank you for all your **help.**

C. You're **wel**come. Don't forget your **map.**

Mots nouveaux

provide [pre**vaïd**] — cheaper [**tchī**pe] — tourist [**toue**rist] — each [ītch] — area [**èerie**]

generally [**gèn**reli] — hanging [**haṅ**iṅ] — including [in**klōud**iṅ] — catch [katch]

Any port in a storm.
[èni **pōt** in e **stōm**]

B & B

[**E.** = employé]

A. *Ah, oui. L'autre chose que je voulais vous demander concerne le logement. Vous pouvez m'aider un peu ? Je commence à en avoir assez de vivre à l'hôtel.*

E. *Eh bien alors, pourquoi ne pas essayer un Bed and Breakfast ?*

A. *Ça, c'est quand vous logez chez un particulier, c'est ça ?*

E. *Oui, c'est ça. Ils vous fournissent le coucher et le petit déjeuner.*

A. *Est-ce que c'est moins cher que le séjour à l'hôtel ?*

E. *Oh, oui. En général ça se situe entre 40 et 60 livres sterling la nuit, petit déjeuner compris.*

A. *Ça m'a tout à fait l'air d'être ce que je cherche. Quels sont les inconvénients ?*

E. *Eh bien, vous ne disposez pas de salle de bains particulière. D'habitude vous ne pouvez y prendre que le petit déjeuner, mais pas les autres repas. Voyons, quoi d'autre… ? Ah oui, normalement vous n'avez pas de clé et vous devez être rentré à une heure raisonnable.*

A. *Ça ne me gêne pas du tout. Je suppose que je peux partager une salle de bains. Je vais essayer ça. Est-ce que vous avez une liste de ces endroits ?*

E. *Eh bien, chaque bureau de tourisme a une liste pour sa région à lui. Mais si vous vous déplacez en voiture vous verrez des tas de maisons avec des pancartes de B & B accrochées à l'extérieur.*

A. *Très bien. Merci pour toute votre aide.*

E. *Je vous en prie. N'oubliez pas votre carte.*

Vocabulaire

wealthy [wèlši], *riche* ; posh, *bien, rupin* ; there's a catch, *il y a un hic*

Prononciation

clerk prononcé [klāk] en anglais devient [klo͞ek] en américain. De même : **Derby** [dābi] → [do͞ebi] et on dira **Berkeley** [bākli] **Square** à Londres mais **Berkeley** [bo͞ekli] **University** en Californie.

Un homme en train de se noyer s'accrocherait à une paille.
(m. à m. : *N'importe quel port [est le bienvenu] dans une tempête.)*

GRAMMAIRE

1. La place de la préposition : the… thing I wanted to ask about

Comme nous l'avons vu (30-3), dans une construction de ce type, la préposition **about** se trouve seule en fin de phrase puisque **the other thing**, qu'elle introduit normalement, est placé en tête.

2. Les verbes composés : help me out

Dans **help me out**, la particule ne change pas fondamentalement le sens du verbe, il s'agit toujours d'« aider », mais ajoute une nuance : **out** indiquant un mouvement vers l'extérieur, on obtient l'idée de sortir d'une difficulté.

3. Le gérondif : tired of staying

Staying est employé ici à cause de la présence d'une préposition, il occupe donc bien la place d'un nom (voir 22-6).

4. Le génitif : someone's home

Comme le rappelle cet exemple (voir 45-4), le génitif s'emploie aussi avec les pronoms indéfinis terminés par **-one** ou **-body (someone, anyone, somebody, anybody, everyone, everybody).**

5. Le comparatif : cheaper than staying in a hotel

On a affaire à un adjectif court, donc le comparatif se forme selon le schéma : **cheap** + **-er…** + **than…** (voir 23-1).

6. Le participe présent : including breakfast, hanging outside

Remarquez que le participe présent anglais correspond aussi parfois à un participe passé français (voir 19-4, 26-7).

7. Le verbe have : you don't have, do you have a list

Le verbe **have** est aussi utilisé comme verbe ordinaire et se conjugue alors avec l'auxiliaire **do** dans une phrase négative ou interrogative. C'est le cas ici, où il signifie *disposer de.*

8. Each : each Tourist Office

Each, *chaque*, ne s'emploie que devant des noms comptables singuliers.

9. Américanismes

Accommodations : attention, en anglais britannique, ce nom est toujours singulier.

That's okay by me correspond à l'anglais **that's all right with me, that suits me.** *Ça me va.*

EXERCICES

A. Traduisez :

1. Est-ce qu'il y a un hôtel bon marché près d'ici ?
2. Non. Ils sont tous très chers.
3. Alors peut-être que je vais essayer un Bed and Breakfast.
4. Est-ce que d'habitude vous séjournez à l'hôtel ?
5. N'oubliez pas votre clé.

B. Un même mot convient à toutes ces phrases ; lequel ? Complétez et traduisez :

1. I couldn't finish the marathon. I gave … after five miles.
2. What time do you usually wake …?
3. Shall I pick him … at the station?
4. Robert doesn't like getting … early.
5. Take this shampoo … to the bathroom, please.

C. Remplacez les mots en italique (usage américain) par les mots utilisés par les Britanniques :

1. My secretary *called* you last week.
2. Take the *elevator* up to the third floor.
3. He wanted to *rent* a car.
4. The *cabs* in New York are black and yellow.
5. What can she do about *accommodations*?

D. Faites une phrase en employant le comparatif de supériorité :

Exemple : **January is as cold as February → January is colder than February**

1. A B & B is as cheap as a hotel.
2. Charles is as tall as his father.
3. I'm as intelligent as you.
4. Spanish wines are as nice as Italian wines.
5. Paris is as beautiful as Venice.

E. *Have* – accentué ou faible ? Soulignez les *have* accentués :

1. Do you have any brochures?
2. Have you seen Joan lately?
3. I think they have been to Canada.
4. George said he will have some next week.
5. Do you know if they have got a cat?

LEÇON 57

At the petrol station

[**P.** = Petrol pump attendant[13] — **A.** = Mr Abernethy]

A. Fill'er **up, squire?**

A. Uh, I **do** want to fill it up but the trouble **is** it's a **rent**al and I forgot to ask what sort of **gas** it takes. Do you happen to **know?**

P. Oh, **yeah**, this model takes un**lead**ed.

A. Oh, o**kay**. Go a**head** then.

P. Right. ... That's £35.75.

A. Can you give me change from a hundred pound **bill?**

P. Oh, **yeah, no** trouble... There you **go**, **£35.75, 80, £36, 37, 38, 39, 40** and three **twen**ties is **one hun**dred.

A. Thank you. Do you think you could clean the **wind**shield?

P. No sweat. ... Anything **els**e? Check the **tyres**? The **oil?**

A. Yeah, if you could check the tyres as **well...**

P. Right. ... On **ho**liday are you?

A. Yeah. It's my first vacation in three **years.**

P. Oh yeah? ... **Right**, your tyres are o**kay.**

A. Thank you. How much do I **owe** you?

P. Oh, no **charge.**

A. Well, thanks. Here, buy yourself a **drink** then.

P. Cheers, mate!

Mots nouveaux

windshield [**wind**chīld] squire [**skwaïe**] unleaded [œn**lèd**id] mate [mèït]
attendant [e**tèn**dent] rental [**rent**l] petrol [**pè**trel] years [yiēz]
vacation [veï**kèï**chen] check [tchèk] trouble [**trœb**l] oil [oïl]
holiday [**ho**lidèï] cheers [tchiēż] model [**mod**l] owe [ôou]
sweat [swèt] pump [pœmp] happen [**hap**n] clean [klīn] ahead [e**hèd**]

One good turn deserves another.
[wœn goud tōen di**zōevz** e**nœ**że]

À la station-service

*[**P.** = le pompiste]*

P. *Le plein, chef ?*
A. *Ben, je voudrais bien, mais le problème c'est que j'ai là une voiture de location, et j'ai oublié de demander quel type d'essence il lui fallait. Est-ce que par hasard vous savez ça ?*
P. *Bien sûr. Pour ce modèle, c'est du super sans plomb.*
A. *Ah, très bien. Allez-y alors.*
P. *D'accord... Ça fait 35,75 livres.*
A. *Vous avez de la monnaie sur un billet de 100 livres ?*
P. *Oui, oui, pas de problème... Tenez 35,75, 80, 36 livres, 37, 38, 39, 40 et trois billets de vingt, ça fait 100.*
A. *Merci. Pourriez-vous nettoyer le pare-brise ?*
P. *Pas de problème... Autre chose ? On vérifie les pneus ? l'huile ?*
A. *Ah, oui, si vous pouviez aussi vérifier les pneus...*
P. *D'accord... En vacances, c'est ça ?*
A. *Ouais. Mes premières vacances en trois ans.*
P. *Ah, oui ?... Voilà. Vos pneus sont bien.*
A. *Merci. Je vous dois combien ?*
P. *Oh, c'est gratuit.*
A. *Ah bon, merci. Tenez, payez-vous quelque chose à boire avec ça alors.*
P. *Merci à vous, mon pote !*

Vocabulaire

sweat, *sueur* ; **pe**trol (Br.), *essence* ; **wind**screen (Br.), *pare-brise* ; tyre (Br.) → tire (Am.), *pneu*

Prononciation

En américain, lorsque un **t** se trouve entre deux sons-voyelles, il a tendance à être prononcé comme un **d**, que nous transcrivons [d]. Exemples : **automatic** [ōdemadik] et **water** [wōde].

Un service en vaut un autre.
(m. à m. : *Un bon geste en mérite un autre.*)

GRAMMAIRE

1. Les pronoms personnels : fill'er up
'er n'est pas une contraction officielle. C'est une convention des écrivains et des journalistes pour rendre la forme faible de **her** [e].

Certains noms, normalement neutres en anglais, comme **car**, **ship**, *navire*, **plane** [plèīn], *avion*, **engine**, *locomotive* sont traités comme des noms féminins par les gens du métier, qui personnifient pour ainsi dire ces machines. Remarquez que, contrairement au pompiste, M. Abernethy, lui, emploie **it** pour désigner la voiture.

2. Les phrases elliptiques : fill'er up ; on holiday are you ?
Ces phrases appartiennent à la langue parlée familière. Elles sont tronquées. Il manque le début : **Shall I** dans la première qui, comme nous l'avons vu (38-2), est employé dans les questions, à la première personne, lorsqu'on propose un service ; et **you are** dans la seconde.

3. La construction du verbe happen : do you happen to know ?
Le verbe **happen**, *avoir lieu, se passer*, a, comme son homologue français, un sujet non animé qui désigne un événement et il est surtout employé dans des questions :
What's happening here? *Que se passe-t-il ici ?*
What has happened? *Que s'est-il passé ?*

En anglais, cependant, il peut aussi avoir un sujet animé et signifie alors *il se trouve par hasard que je* (*tu, il...*, etc.) + verbe. On a dans ce cas le schéma suivant : sujet + **happen** + **to** + verbe :
He happens to be English.
Il se trouve qu'il est anglais.

4. Les queues de phrases : On holiday, are you ?
Remarquez que ce schéma ne ressemble pas à celui que nous avons déjà vu (25-3) puisque la queue de phrase ne comporte pas de négation. Il s'agit toujours dans ce cas d'une interrogation, et la voix monte.

5. Les pronoms réfléchis : buy yourself
Le pronom réfléchi renvoie au sujet :
I bought myself a car. *Je me suis acheté une voiture.*
She bought herself a watch. *Elle s'est acheté une montre.*

EXERCICES

A. Traduisez :

1. Pensez-vous que vous pourriez vérifier l'huile ?
2. Le plein, s'il vous plaît.
3. Combien vous doit-il ?
4. J'ai oublié de lui (= à elle) demander son nom.
5. Nous sommes en vacances la semaine prochaine.

B. En vous référant au dialogue, répondez aux questions :

1. What problem does Mr Abernethy have ?
2. What sort of petrol does the car take ?
3. How much is the petrol ?
4. What else does the attendant do ?
5. Is Mr Abernethy on holiday ?

C. En ajoutant *un*- à 10 des 12 adjectifs suivants on obtient un adjectif qui exprime le contraire. Lesquels ? :

Exemple : leaded → unleaded

friendly	happy	impressive	available
comfortable	educated	beautiful	employed
healthy	intelligent	interesting	boring

D. Mettez le pronom réfléchi qui convient :

1. Simon's just bought … a camcorder.
2. Can I help … to sugar ?
3. Tell … you can do it.
4. Give the children some money to buy … an ice-cream.
5. Did you make … a dress ?

E. *Do* – accentué ou faible ? Soulignez les *do* accentués :

1. I do want to fill it up.
2. Do you happen to know ?
3. How much do I owe you ?
4. What can I do for you ?
5. What do you do in the evenings ?

LEÇON 58

An English breakfast

[**D.** = Mrs Davis[14] — **A.** = Mr Abernethy]

D. Good **mor**ning. Did you **sleep** all right, **dear**[15]?

A. I sure **did**. It was real **quiet**.

D. **Yes**, most of my guests find it **quiet**. **Now** then, what would you like for **break**fast?

A. **Well**, what can I **have** for breakfast?

D. I always do a tra**di**tional English breakfast. So that's fruit juice to **start** with. Then **ce**real, a cooked **break**fast, toast and **mar**melade and **tea** or **cof**fee.

A. That sounds **fine**. A **cook**ed breakfast. Is that ham and **eggs**?

D. **Bacon** and **eggs** or **sau**sages and grilled to**ma**toes.

A. I'll go for the saus**ag**es and to**ma**toes.

D. I expect you want **cof**fee to drink, **don't** you?

A. **Uh**, do you by any **chance** happen to have **skim**med milk?

D. Oh, **yes**. My daughter's very **diet** conscious. She won't drink the **o**ther kind any more.

A. Then I'd like coffee with skimmed **milk, plea**se.

D. **Right**. **Now** then, would you like me to bring you the morning **pa**per to read? All the **o**ther guests have already **had** breakfast so you won't have any **com**pany this morning.

A. **Thank** you. That would be very **nice**.

Mots nouveaux

marmelade [**mā**melèïd] – eggs [ègz] – sausages [**so**sidjiz] – ham [ham] – company [**kœm**pni] – toast [tôoust] – grilled [grild] – skimmed [skimd] – bacon [**bè**ïken] – chance [tchāns] – diet [**daï**et] – conscious [**kon**ches] – tomatoes [te**mā**tôouz] – cooked [koukt]

Health is better than wealth.
[hèlṡ iz bète żen wèlṡ]

Un petit déjeuner anglais

Mme D. *Bonjour. Vous avez bien dormi, mon petit monsieur ?*

A. *Ça oui, vous pouvez le dire. C'était très calme.*

Mme D. *Oui. La plupart de mes pensionnaires trouvent que c'est très calme. Mais voyons, qu'est-ce que vous voudriez pour le petit déjeuner ?*

A. *Eh bien, qu'est-ce qu'il y a ?*

Mme D. *Je prépare toujours un petit déjeuner à l'anglaise. C'est-à-dire un jus de fruits pour commencer, puis des céréales, un plat chaud, du pain grillé et de la confiture et du thé ou du café.*

A. *Ça m'a l'air très bon. Quand vous dites un plat chaud, ça veut dire du jambon et des œufs ?*

Mme D. *Du bacon et des œufs ou des saucisses et des tomates à la poële.*

A. *Je prendrai des saucisses avec des tomates.*

Mme D. *Je suppose que vous voulez boire du café, n'est-ce pas ?*

A. *Euh, est-ce que par hasard vous auriez du lait écrémé ?*

Mme D. *Oh, bien sûr. Ma fille s'intéresse beaucoup aux questions de diététique. Elle ne veut plus boire l'autre lait.*

A. *Alors, j'aimerais du café avec du lait écrémé, s'il vous plaît.*

Mme D. *Très bien. Dites-moi, voulez-vous que je vous apporte le journal de ce matin ? Tous les autres pensionnaires ont déjà pris leur petit déjeuner, donc vous n'aurez pas de compagnie ce matin.*

A. *Merci beaucoup. Ce serait très gentil de votre part.*

Vocabulaire

landlady, *propriétaire* (f.)
landlord, *propriétaire* (m.)
scrambled eggs, *œufs brouillés*
soft-boiled **egg**, *œuf à la coque*

Rien ne vaut la santé.
(m. à m. : *La santé est mieux que la richesse.*)

GRAMMAIRE

1. Le passé simple et le *present perfect* : Did you sleep all right, dear ? The other guests have already had breakfast

Pourquoi le passé simple dans un cas, et le *present perfect* dans l'autre ?

Dans le premier cas, Mme Davis parle de la nuit, période révolue, d'où l'emploi du passé simple (voir 32-4).

Dans le deuxième cas, on est encore dans la période du petit déjeuner, et ce que dit Mme Davis est mis en rapport avec le présent.

Avec **already** d'ailleurs on emploie le *present perfect*, tout comme en français, où, après « déjà », on emploie le passé composé et jamais le passé simple.

2. L'emploi du pronom it : most of my guests find it quiet

It remplace ici **this place**, *cet endroit.*

3. Le pluriel des noms : tomatoes

Les mots terminés par **-o** au singulier forment leur pluriel en **-es** :
potato [petèïtôou] → **potatoes**, *pomme de terre.*
cargo [kagôou] → **cargoes**, *cargaison.*

Photo a un pluriel en **-s** (voir 2-1) parce que c'est en réalité un mot tronqué, le mot entier étant **photograph**. Il en est de même pour **rhino** [raïnôou], forme tronquée de **rhinoceros**.

4. L'omission de la conjonction that : I expect you want

Remarquez l'omission de la conjonction **that** après le verbe **expect** (voir 10-2).

5. Les adjectifs composés : diet conscious

Comme nous l'avons déjà vu à plusieurs reprises, l'anglais est une langue très souple dans la formation des noms composés.

Il en est de même pour les adjectifs composés. Le schéma illustré ici : nom + adjectif est très souvent utilisé.

6. L'auxiliaire will : she won't drink, so you won't have

Ces deux exemples illustrent deux des sens de **will** : le sens de volonté (avec une négation : le refus) et le sens de futur seulement (voir 35-8, 32-9).

EXERCICES

A. Traduisez :

1. I always have a cooked breakfast in the winter.
2. Rachel only has orange juice for breakfast.
3. I didn't sleep very well last night.
4. My husband usually reads the morning paper at breakfast.
5. Do you know Helen's telephone number by any chance ?

B. Ajoutez une « queue de phrase » :

1. I expect you'd like coffee, … ?
2. I expect you wanted coffee, … ?
3. I suppose you don't like coffee, … ?
4. I suppose they prefer coffee, … ?
5. I think Wendy usually drinks coffee, … ?

C. Complétez les phrases avec le verbe *go* à la forme qui convient :

1. We often … to the cinema on Friday.
2. They … back to Ireland yesterday.
3. Didn't your friends … too ?
4. Victoria … swimming this afternoon.
5. Did Richard … to the party ?

D. Complétez avec la préposition qui convient :

1. I'll see them both … Wednesday.
2. What would you like … lunch ?
3. My flat is … the tenth floor.
4. There are all sorts … things to see.
5. Shakespeare was born … 1564 … Stratford.

E. Soulignez la syllabe tonique :

1. a) Would you like some breakfast now ?
   b) I'd like a cooked breakfast.
2. a) I expect you want coffee, don't you ?
   b) I'd rather have tea, actually.
3. a) Is that ham and eggs ?
   b) No, bacon and eggs.

LEÇON 59

At the dry cleaner's

[**S.** = Shop Assistant — **A.** = Mr Abernethy]

A. Good **mor**ning. I'd like to have this **suit** cleaned, **please.** It has a **cof**fee stain on the jacket **sleeve**, right **there.**

S. Oh **yes.** I **see.** I'll make a **note** of it. Here's your **tic**ket. Be ready on Friday after**noon.**

A. Friday after**noon**! Why that's three **days** from now! You mean you can't do it to**day**? I want to wear that suit to**night.**

S. Oh **no**, it won't be ready before **Fri**day.

A. Is that **nor**mal? I **mean**, do you **al**ways take three days to clean a **suit**?

S. Well, some dry-cleaners have a 24 **hour** service but that's a lot more ex**pen**sive.

A. Look, I really **need** this suit by tomorrow afternoon at the **lat**est because I'm going on a **trip**. Couldn't you get it done by **then**?

S. Well, I'll do my **best**. Not before four o'**clock** though. **Oh**, you've got a loose **but**ton here.

A. Oh, could you sew that **on** again then, **please**?

S. No, I'm **sor**ry, we don't **do** sewing.

A. You don't sew on buttons **ei**ther? People put up with this sort of **thing**? I can't **be**lieve this!

Mots nouveaux

dry cleaner's [draï**klī**nez]
sewing [**sôou**wiṅ]
note [nôout]
latest [**lèït**est]
stain [stèïn]
sleeve [slīv]
service [**sōe**vis]
trip [trip]
loose [lōūs]
ticket [**tik**it]
button [**bœt**n]
normal [**nō**mel]

He who pays the piper calls the tune.
[hi hōū pèïz że **paï**pe kōlz że tyōūn]

À la teinturerie

*[**E.** = Employé]*

A. *Bonjour. J'aimerais faire nettoyer ce costume, s'il vous plaît. Il y a une tache de café sur la manche de la veste, là, vous voyez ?*

E. *Oui, je vois. J'en prends note. Voici votre ticket. Ce sera prêt vendredi après-midi.*

A. *Vendredi après-midi ! Mais c'est dans trois jours ! Vous voulez dire que vous ne pouvez pas le faire aujourd'hui ? Je veux mettre ce costume ce soir.*

E. *Oh, non. Il ne sera pas prêt avant vendredi.*

A. *C'est normal, ça ? Je veux dire, il vous faut toujours trois jours pour nettoyer un costume ?*

E. *Eh bien, certains teinturiers vous font ça du jour au lendemain, mais c'est beaucoup plus cher.*

A. *Écoutez, j'ai vraiment besoin de ce costume demain après-midi au plus tard, parce que je pars en voyage. Vous ne pourriez pas le faire faire pour demain ?*

E. *Eh bien, je vais faire de mon mieux. Mais pas avant quatre heures. Oh, vous avez un bouton qui est sur le point de tomber.*

A. *Oh, pourriez-vous le recoudre alors, s'il vous plaît ?*

E. *Désolé, mais nous ne faisons pas de couture.*

A. *Quoi ? Vous ne recousez pas les boutons non plus ? Et les gens acceptent ça ? C'est incroyable !*

Vocabulaire

the day after to**mor**row, *après-demain* ; **Fri**day week, *vendredi en huit* ; in a **fort**night's time, *dans quinze jours*

Prononciation

Comme le montrent les trois exemples des lignes 7, 21 et 22 du dialogue, les Américains ont tendance à utiliser uniquement l'intonation montante pour indiquer une question, alors que les Anglais emploient de préférence la tournure interrogative.

C'est celui qui paie le musicien qui choisit la chanson.
(m. à m. : … *le joueur de cornemuse qui appelle la mélodie.*)

GRAMMAIRE

1. L'emploi de have : have it cleaned

Le schéma **have** + complément + participe passé sert à rendre le français *faire faire quelque chose*, lorsque le deuxième *faire* a un sens passif. Seul **have** se conjugue.

I had a house built. *J'ai fait construire une maison.*

Dans la leçon, on trouve aussi **get** employé dans la même construction à la place de **have : Couldn't you get it done by then?**

2. Le comparatif : a lot more expensive

Expensive étant un adjectif long (voir 41-2), il forme son comparatif à l'aide de **more**. Pour modifier un comparatif et rendre le français *beaucoup plus…*, l'anglais emploie **a lot** ou **much** :
English is much easier than Chinese.
L'anglais est beaucoup plus facile que le chinois.

3. Les indéfinis : some dry-cleaners

Some [sœm] dans le sens de *certains* est toujours accentué.

4. Le verbe need : I really need this suit

Le verbe **need**, *avoir besoin de*, se construit sans préposition:
I don't need this suit until next Friday.
Je n'ai pas besoin de ce costume avant vendredi prochain.

5. Either : You don't sew on buttons either

Après une négation, **either** rend le français *non plus* et l'expression ne forme pas un bloc inséparable :
I don't like her either. *Je ne l'aime pas non plus.*

6. Les verbes composés : people put up with this sort of thing

Le verbe **put up**, *héberger*, employé avec un pronom personnel comme complément, doit intercaler celui-ci entre le verbe et la particule (voir 35-6). On dira ainsi :
I can put you up for the night.
Je peux vous héberger pour cette nuit.

Lorsque ce verbe devient intransitif (suivi de la préposition **with** + complément), il change de sens et signifie *supporter*. Les trois éléments du verbe composé sont alors inséparables. C'est ainsi qu'on dira : **She puts up with a lot.** *Elle supporte beaucoup de choses* et **She has a lot to put up with.** *Elle a beaucoup à supporter.*

EXERCICES

A. Traduisez :

1. Malheureusement il a une tache sur la manche.
2. Quand sera-t-il prêt ?
3. Il a dit qu'il avait besoin de son costume au plus tard cet après-midi.
4. Carol a une dent qui va tomber.
5. Je n'aime pas coudre des boutons.

B. En vous référant au dialogue, répondez aux questions :

1. What's the matter with the jacket sleeve ?
2. What does the assistant give him ?
3. When will it be ready ?
4. Why does he need his suit the next day ?
5. What else does he ask her to do ?

C. Construisez des phrases à l'aide des éléments fournis :

Exemple : **Mr Abernethy/suit/clean/yesterday** → **Mr Abernethy had his suit cleaned yesterday.**

1. I/hair/cut/every month
2. Robert/photos/develop/last week
3. The man/buttons/sew on
4. My sister/photo/take/on Tuesday
5. They/house/paint/in the spring

D. Donnez la réplique :

1. Will it be ready by Tuesday ? — No, …
2. Could you help me ? — Yes, …
3. Were Frank and Betty there ? — No, …
4. Does she believe him ? — No, …
5. Are you serious ? — Yes, …

E. Ces phrases contiennent des homophones. Écoutez et répétez :

1. Where could you wear a dress like that ?
2. I'd rather sow seeds than sew on buttons.
3. The hotel suite was full of sweet-smelling flowers.
4. The hole went right through the whole book.
5. I'm never bored on board a boat.

LEÇON 60

Poppy Day

[**W.** = Woman selling poppies — **A.** = Mr Abernethy]

W. Poppy, **sir?**

A. Why are all you people selling **pop**pies[16] today?

W. It's the eleventh of No**vem**ber. You **know**, the end of the First World **War**. **Ar**mistice Day. It's to help ex-**ser**vicemen.

A. In **that** case, I'll **take** one. How much **are** they?

W. Whatever you'd like to **give.**

A. Oh, **right**. Uh, is a **pound** okay?

W. Certainly. Let me pin it on your **coat** for you.

A. Thank you. Uh, can you tell me where I can find a **tra**vel agency? Is there one around **here?**

W. Yes, there's one in the **shopp**ing mall. Can you see that **lett**er box over there?

A. You mean that red **mail**box? Uh **huh**.

W. Well, just next to **that** there's an entrance to the **mall**. Go in **there** and turn **left** and it's about the **fourth** shop on the **right**. I think it's **just** after **Boots**[17]. It's quite **small**, so it's a bit difficult to **find**. It's next to the Oxfam shop[18]. If you come to a big **foun**tain, you've gone too **far.**

A. Right. Thank you. I hope you **manage** to sell all your **popp**ies. **Have** a nice **day!**

W. Thanks. You **too**.

Mots nouveaux

ex-servicemen [èks s**ōe**vismen]
travel agency [**trav**l **èïd**jensi]
shopping mall [c**hop**iṅ mōl]
November [nôou**vèm**be]
World War [wōeld wō]
Armistice [**ā**mistis]
poppy [**po**pi]
pin [pin]
mailbox [**mèïlb**oks]
entrance [**èn**trens]
Oxfam [**oks**fam]
fountain [**faoun**tn]
manage [**ma**nidj]

Do as you would be done by.
[dou ez ye woud bi dœn baī]

11 Novembre

*[**F.** = femme vendant des coquelicots]*

F. *Un coquelicot, monsieur ?*
A. *Pourquoi est-ce que vous vendez tous des coquelicots aujourd'hui ?*
F. *C'est le 11 novembre. Vous savez, la fin de la Première Guerre mondiale. Le jour de l'armistice. C'est pour aider les anciens combattants.*
A. *Dans ce cas, j'en prends un. Combien faut-il donner ?*
F. *Ce que vous voulez.*
A. *Ah, d'accord. Euh, est-ce qu'une livre ça va ?*
F. *Certainement. Permettez que je l'épingle sur votre manteau.*
A. *Merci. À propos, pouvez-vous me dire où je peux trouver une agence de voyages. Il y en a une près d'ici ?*
F. *Oui, il y en a une dans la galerie marchande. Vous voyez cette boîte aux lettres, là-bas ?*
A. *Vous voulez dire cette boîte aux lettres rouge ? Oui, oui.*
F. *Eh bien, juste à côté se trouve une entrée de la galerie marchande. Entrez-y, tournez à gauche et c'est la quatrième ou cinquième boutique sur la droite. Je crois que c'est juste après Boots. C'est assez petit, donc un peu difficile à trouver. C'est à côté de la boutique Oxfam. Si vous arrivez jusqu'à une grande fontaine, ça veut dire que vous êtes allé trop loin.*
A. *Très bien. Merci. J'espère que vous arriverez à vendre tous vos coquelicots. Passez une bonne journée.*
F. *Merci. Vous aussi.*

Vocabulaire

peace [pīs], *la paix*
battle [batl], *bataille*
treaty [trīti], *traité*
enemy [ènemi], *ennemi*

Ne fais pas à autrui ce que tu ne voudrais pas qu'on te fasse.
(m. à m. : *Fais comme tu voudrais qu'on te fasse.*)

GRAMMAIRE

1. L'absence d'article : poppies, ex-servicemen

Devant des noms pluriels non définis qui désignent une catégorie de choses ou de gens, l'anglais, contrairement au français (qui dirait : *des* coquelicots, *les* anciens combattants), n'emploie pas d'article.

2. L'emploi des adjectifs ordinaux : the eleventh of November

Souvenez-vous que l'anglais emploie les ordinaux pour exprimer la date, alors que le français emploie les adjectifs cardinaux.

Il en va de même pour désigner les rois : **Henry VIII** (*Henri VIII*) se dira **Henry the eighth** [hènri żi èïtṡ].

3. Whatever : whatever you'd like to give

Souvenez-vous (voir 20-6) que le suffixe **-ever** employé avec les mots interrogatifs ou les pronoms relatifs ajoute une nuance, ici « peu importe ».

4. Les noms composés

Nous trouvons dans ce dialogue plusieurs exemples de noms composés formés selon le schéma nom + nom : **travel agency, letter box, mail box.**

5. L'emploi des adjectifs numéraux : Is there one around here?, There's one in the shopping mall

On remarque dans ces deux exemples que l'adjectif numéral **one** est employé comme pronom et sert à rendre le français *en* suivi d'un numéral :

I need a stamp. Have you got one?

Il me faut un timbre. Vous en avez un ?

Cela s'applique à tous les adjectifs numéraux.

6. Far : you've gone too far

> **Attention :** l'adverbe **far** se rencontre le plus souvent dans des phrases interrogatives ou négatives : **Is it far? It isn't far.**

Dans les phrases affirmatives, on ne le trouve que s'il est modifié par un autre mot, comme **too** dans la leçon. Sinon il est remplacé par **a long way** (cf. le titre de la chanson célèbre *It's a Long Way to Tipperary*).

EXERCICES

A. Traduisez :

1. It's the twenty-ninth of February.
2. Excuse me, I'm looking for a travel agency.
3. I want to buy a ticket to Rome.
4. Could you pin it on my jacket?
5. The chemist is just after a big shoe shop.

B. Trouvez la réponse :

1. Where would you get your hair done?
2. Where can you book a holiday?
3. Where do you go to have a suit cleaned?
4. Where can you buy aspirin?
5. Where would you buy meat and ham?

C. Remplacez les mots en italique (usage américain) par les mots utilisés par les Britanniques :

1. I need some *gas*.
2. The *windshield* is rather dirty.
3. I only have a hundred dollar *bill*.
4. Is there a *pharmacist* near here?
5. Turn left by the *mailbox*.

D. Complétez les phrases à l'aide des verbes composés suivants : *pin on, try on, put on, get on, come on* :

1. I'll … the brooch … my coat.
2. …, it's time to go.
3. Did you… that dress … in the shop?
4. How is your mother …? Is she okay?
5. It's raining, … your coat …

E. Cherchez l'intrus. Un seul mot ne contient pas le son [ō]. Lequel?

mall	war	fourth	sounds	small
more	sorts	important	ought	calls

LEÇON 61

Bonfire Night[1]

[**C.** = Cathy — **L.** = Liz (Elizabeth) — **A.** = Alan]

C. **Chil**dren, now please re**mem**ber, fireworks can be **dan**gerous. You mustn't stand too **close**.

L. It's a marvellous **guy**[2]. Did the children make it them**selves**?

C. **Well**, with a little help from **A**lan. More **wine**?

L. No, **thanks**. These baked potatoes are de**li**cious, Cathy. (WHOOSH) You must have spent a fortune on **fire**works.

C. **Yes**. Alan tends to get rather carried a**way**. He bought **hun**dreds of sparklers. He enjoys it as much as the **chil**dren. (BANG) **Oh**, those awful **bang**ers. I can't stand the **noise**. I think I'll go and clear up the **kit**chen a bit…

In the kitchen

L. I thought I'd come and give you a **hand**.

C. **Thanks**, but you needn't **both**er. I'll just stick it all in the **dish**washer. I meant to get some paper **plates** but I just didn't get **round** to it.

A. **Oh, there** you are. **Come** on. We're having the grand fi**na**le.

L. **Oh**, o**kay**. **Come** on Cath. We mustn't miss the grand fi**na**le.

C. **Oh**, all **right**. No more **bang**ers though, Alan.

Mots nouveaux

stick [stik]
dishwasher [**dich**woche]
grand finale [grand fi**nā**li]
fortune [**fōt**choun]
meant [mènt]
bonfire [**bon**faïe]
fireworks [**faïe**wœks]
dangerous [**dèïn**djeres]
sparklers [**spāk**lez]
close [klôous]
whoosh [wouch]
baked [bèïkt]
spent [spènt]
noise [noïz]
needn't [**nīd**nt]

In for a penny, in for a pound.
[in fer e **pè**ni in fer e paound]

Soirée de feu de joie

C. *Les enfants, s'il vous plaît, souvenez-vous : un feu d'artifice peut être dangereux. Vous ne devez pas vous tenir trop près.*

L. *Le pantin est magnifique. Est-ce que les enfants l'ont fait tout seuls ?*

C. *Enfin, un peu avec l'aide d'Alan. Encore un peu de vin ?*

L. *Non, merci. Ces pommes de terre au four sont succulentes, Cathy. (Pchttt !) Vous avez dû dépenser une fortune en feu d'artifice.*

C. *Oui. Alan a tendance à se laisser un peu emporter par son enthousiasme. Il a acheté des centaines de cierges magiques. Il aime ça autant que les enfants. (Boum !) Oh, ces affreux pétards. Je ne peux pas supporter ce bruit. Je vais aller ranger un peu la cuisine…*

Dans la cuisine

L. *J'ai pensé que je pouvais te donner un coup de main.*

C. *Merci, mais tu n'as pas besoin de t'en faire. Je vais simplement tout fourrer dans le lave-vaisselle. J'avais l'intention d'acheter quelques assiettes en carton, mais je n'en ai pas trouvé le temps.*

A. *Ah, vous voilà. Allez, venez. C'est le moment du bouquet final.*

L. *Oh, d'accord. Viens, Cath. Nous ne devons pas manquer le bouquet final.*

C. *D'accord, d'accord. Mais plus de pétards, Alan.*

Vocabulaire

burn [bōēn] (v), *brûler*, (n) *brûlure* ; blind [blaïnd], *aveugle* ; put out, *éteindre* ; **bang**ers [bañez] (fam.), *saucisses*

Prononciation

L'accent de mot dans les pronoms réfléchis porte toujours sur la deuxième syllabe : them**selves**, your**self**, …, etc.

Quand le vin est tiré, il faut le boire.
(m. à m. : *Lorsqu'on a mis un penny, on est bon pour une livre.*)

GRAMMAIRE

1. Les pronoms réfléchis : themselves

Themselves, pronom réfléchi de la troisième personne du pluriel : *eux-mêmes, elles-mêmes.*

Il se forme à partir du pronom personnel complément auquel on ajoute **-selves**, forme pluriel de **-self** (voir 10-1).

2. Les indéfinis : a little

Devant un nom non comptable singulier, ici **help** (voir 27-5), **a little** sert à rendre le français *un peu.*

3. Must + have + participe passé : must have spent ; must be just about finished

Spent est le participe passé de **spend** (voir Annexes). **Have** suivi du participe passé permet de former l'infinitif passé. **Must**, nous l'avons vu (18-2, 21-7), a deux sens. Dans le sens *être obligé de*, il est remplacé au passé par **had to** (33-3). Pour rendre le sens de supposition au passé, on emploie **must** suivi de l'infinitif passé.

Dans l'expression **must be just about finished, be finished** est l'équivalent dans la langue familière de **have finished** et **must** a aussi le sens de supposition.

4. As much as

Cette expression, cas particulier du comparatif d'égalité (voir 39-4), signifie *autant que* et s'emploie après un **verbe.**

5. L'auxiliaire need : you needn't bother

Comme **can, may** et **must, need** est un auxiliaire qui n'a qu'une forme pour toutes les personnes et qui est suivi de la forme de base du verbe.

Il a la particularité de s'employer surtout à la forme **négative** pour exprimer l'absence d'obligation ou de nécessité :
You needn't come if you don't want to.
Vous n'avez pas besoin de venir si vous ne voulez pas.

Il sert donc à exprimer le contraire de **must** lorsque celui-ci exprime l'obligation ou la nécessité.

Dans une phrase interrogative, où on le trouve quelquefois, il a le sens de *faut-il absolument que* : **Need I do it now?** *Faut-il absolument que je le fasse maintenant ?*

6. L'emploi de should : it should be quite good

Comme **can, may** et **must, should** a deux sens. Ici, il exprime la supposition et équivaut au conditionnel français : *Ça devrait être très bien.*

EXERCICES

A. Traduisez :

1. Carol ne peut supporter les feux d'artifice.
2. Ils ont dépensé une fortune pour leurs vacances.
3. S'il vous plaît, souvenez-vous que vous ne devez pas fumer ici.
4. Voulez-vous que je vous donne un coup de main ?
5. Voulez-vous mettre les assiettes dans le lave-vaisselle ?

B. En vous référant au dialogue, répondez aux questions :

1. Is there anything to eat at the party?
2. Who bought the fireworks?
3. Who do you think Alan is?
4. Why doesn't Cathy like bangers?
5. Did Cathy buy some paper plates?

C. Complétez ces proverbes anglais :

1. Early to … early to rise, makes a … healthy, … and wise.
2. One man's … is another man's …
3. When you've … one, you've … them …
4. A rolling … gathers … moss.
5. When in … do … the … do.

D. Complétez avec le mot qui convient – *mustn't* ou *needn't* :

1. You … smoke in the waiting room.
2. You … tell me. I already know.
3. You … drink that soup. It's too hot.
4. You … help me, thanks. I can manage.
5. The dentist says I … go back again.

E. Soulignez toutes les syllabes accentuées et entourez la syllabe tonique dans chaque phrase :

1. I'll come to give you a hand.
2. They want their daughter to go to university.
3. What a funny little black and white dog!
4. How much is that dog in the window?
5. Will you still love me when I'm sixty-four?

LEÇON 62

Christmas is coming

[**C.** = Cathy — **L.** = Liz]

L. Hel**lo**, Cathy. I just popped in to say how much we all en**joy**ed ourselves last night.

C. Oh **good**, I'm **so** glad. Everyone seemed to be having a good **time**. Even the **a**dults, but you can never be **sure**.

L. What are you **do**ing?

C. I'm making our Christmas **pud**ding[3].

L. Good **hea**vens, aren't you well **or**ganised! I haven't even **star**ted to think about Christmas yet.

C. **Well**, it is No**vem**ber. I always like to get my Christmas pudding done **ear**ly.

L. I don't know why you **both**er. I get mine from **Marks**[4] and my lot can't taste the **dif**ference.

C. **Oh**, neither can **I**. I just enjoy **cook**ing, that's **all**. I bake a few dozen mince **pies** and put them in the **free**zer too. **Oh, Liz, I** know what I meant to **ask** you. **Now**, don'**t laugh**. I'm going to book for the Christmas **pan**to[5] for the kids sometime this **week**. It's always packed **out** so you have to book **ear**ly if you want to get decent **seats**. Shall I book for **your** kids too? They're doing *Jack and the* ***Bean****stalk* this year.

L. **Well, yes**. That would be **nice**. Just **two** tickets though. Tony's too **old** for that sort of thing now.

Mots nouveaux

Jack and the Beanstalk [djak en że bīnstōk]

ourselves [aoue**sèlvz**]
popped [popt]
packed [pakt]
organised [**ō**genaïzd]
everyone [èvriwœn]
mince [mins]
adults [**a**dœlts]
Marks [māks]
freezer [frīze]
mine [maïn]
dozen [**dœz**n]
panto [**pan**tôou]

The proof of the pudding is in the eating.
[że prōūf ev że poudiṅ iz in żi **īti**ṅ]

Noël approche

L. *Salut, Cathy. Je passe seulement en coup de vent pour te dire combien nous nous sommes tous amusés hier soir.*

C. *Ah, très bien. Je suis si contente. Chacun a semblé bien s'amuser. Même les adultes, mais on ne peut jamais être sûr.*

L. *Qu'est-ce que tu fais là ?*

C. *Je fais notre pudding de Noël.*

L. *Mon Dieu, ce que tu peux être bien organisée ! Je n'ai même pas commencé à penser à Noël encore.*

C. *Tu sais, nous sommes en novembre. J'ai toujours aimé que mon pudding de Noël soit prêt à l'avance.*

L. *Je ne sais pas pourquoi tu te donnes toute cette peine. J'achète le mien chez Marks, et à la maison personne ne voit la différence.*

C. *Oh, moi non plus. Simplement j'aime faire la cuisine, c'est tout. Je prépare quelques douzaines de petites tourtes de Noël et je les mets aussi dans le congélateur. Oh, Liz, je sais ce que je voulais te demander. Mais s'il te plaît, ne ris pas. Dans le courant de la semaine, je vais réserver des places pour les enfants pour la pantomime de Noël. Ils font toujours salle comble, alors il faut réserver tôt si on veut avoir des places convenables. Tu veux que je réserve pour tes gosses aussi ? Cette année on donne* Jacques et le Haricot.

L. *Eh bien, oui. Ce serait gentil de ta part. Mais deux billets seulement. Tony est trop grand maintenant pour ce genre de choses.*

Vocabulaire

per**for**mance [pefōmens], *représentation*
row [rôou], *rangée*
interval [intevel], *entracte*
curtain [kōeten], *rideau*
re**hear**sal [rihōesel], *répétition*

On ne peut juger d'un plat qu'après l'avoir goûté.
(m. à m. : *La preuve du pudding c'est quand on le mange.*)

GRAMMAIRE

1. Les verbes composés : I just popped in

Formé à partir du verbe **pop**, *exploser* ou *faire éclater*, qui suggère un mouvement rapide ou une visite de courte durée. Avec la particule **out** on exprimera l'idée de sortir :

I'm just popping out to the baker's.

Je fais juste un saut chez le boulanger.

2. Les pronoms réfléchis : we all enjoyed ourselves

Lorsque le verbe **enjoy** n'est pas suivi d'un complément, c'est-à-dire lorsqu'il est intransitif, il se construit avec un pronom réfléchi pour rendre le français *s'amuser*.

Le pronom réfléchi **ourselves**, *nous-mêmes*, première personne du pluriel, est formé de l'adjectif possessif **our** et de la terminaison **-selves**.

On constate donc que le premier élément d'un pronom réfléchi est tantôt un adjectif possessif tantôt un pronom personnel complément (voir 10-1).

3. La forme progressive : seemed to be having

Le verbe **seem**, *sembler, paraître*, employé avec un autre verbe est généralement suivi de **to** + forme de base du verbe.

Ici, le deuxième verbe est **have**, utilisé comme verbe ordinaire dans l'expression **have a good time** (voir **have breakfast** leçon 56, ligne 13). Comme on parle d'une action particulière vue dans son déroulement, on emploie la forme progressive **be...ing** et c'est **have** qui prend la terminaison **-ing**.

4. Neither : neither can I

Comme **so** + auxiliaire + sujet est utilisé pour faire écho à une phrase affirmative et rendre le français *moi aussi* (voir 3-7), de même, pour rendre le français *non plus* faisant écho à une phrase négative, l'anglais emploie le schéma : **neither** + auxiliaire + sujet.

L'anglais utilise aussi le mot **nor** qui a exactement le même sens et la même construction : **Nor can I.**

Une autre possibilité est d'utiliser **either**, qui se place lui en fin de proposition, avec une négation après l'auxiliaire : **I can't either**.

EXERCICES

A. Traduisez :

1. Why does she bother?
2. The baby's too young for that.
3. I like to book early to get good seats.
4. We all really enjoyed ourselves at the party.
5. It's a good idea to have a few things in the freezer.

B. Complétez avec les mois qui conviennent :

1. The first month of the year is…
2. The three summer months are…
3. Christmas is in…
4. … is the shortest month.
5. The school year starts in…

C. Complétez les phrases avec le verbe make à la forme qui convient :

1. Jill usually… the Christmas pudding in November.
2. This year she… it in October.
3. At the moment she… mince pies to put in the freezer.
4. She… already… a dozen.
5. She wants… another two dozen.

D. Trouvez les paires logiques :

1. I can't swim	**A.** They told me they would.
2. Mary's a nurse.	**B.** No, but he's learning.
3. Can John drive?	**C.** Neither can I.
4. I love chocolate.	**D.** So am I.
5. They won't help.	**E.** So do I.

E. Les mots de la liste « A » sont tirés de la leçon 62. Chaque mot de la liste « A » rime avec un mot de la liste « B ». Trouvez les paires de mots qui riment :

A. dozen, sure, laugh, though, sort, enjoy, done, bake.
B. boy, caught, staff, tour, cousin, ache, sun, go.

LEÇON 63

Liz and Paul

[**E.** = Emily — **P.** = Paul — **L.** = Liz]

E. It's not **fair!** It's always **me**. *(Door slams)*

P. What's the matter with **her?**

L. Oh, she's making a **fuss** about having to sleep on the **so**fa over Christmas.

P. Whose **mo**tor bike is that parked in our **drive?**

L. One of Tony's **friends'**.

P. *(Shouting upstairs)* **To**ny! Turn that **mu**sic down and tell your friend to move his **mo**tor bike. It's blocking the **gar**age and I want to get the **car** out in a minute. … **Kids!** The older they **get** the more **trouble** they **are!**

L. I seem to have heard that somewhere be**fore.** … Guess what **Cath**y was doing yesterday when I went **round.**

P. I haven't got a **clue.**

L. Making her Christmas **pud**ding.

P. Oh **yes?**

L. Do you think **I** should make one? I **mean**, your parents are coming to **us** this year.

P. Good **heav**ens no. Mum and Dad won't even **noti**ce.

L. I'm sure your **mo**ther will. She always makes her **own.**

P. Look, Mum and Cathy don't **work**. You **do**. You can't do **ev**erything. **Hey**, why don't you ask Mum to **bring** one? I bet she'd be de**ligh**ted.

Mots nouveaux

drive [draïv]
fuss [fœs]
sofa [s**ôou**fe]
whose [hōūz]
motor bike [**môou**te baïk]
clue [klōū]
everything [èvriṡiṅ]
delighted [dilaïtid]
bet [bèt]
shouting [**chaou**tiṅ]
blocking [**blo**kiṅ]
garage [**gar**āj]
fair [fèe]
older [**ôoul**de]
trouble [trœbl]
round [raound]

Too many cooks (spoil the broth).
[tōū mèni kouks spoïl że broṡ]

Liz et Paul

E. Ça n'est pas juste ! C'est toujours moi. *(Une porte claque.)*

P. Qu'est-ce qu'elle a ?

L. Oh, elle fait des histoires parce qu'il faut qu'elle dorme sur le sofa pendant les fêtes de Noël.

P. À qui est la moto qui stationne devant l'entrée de notre garage ?

L. À un ami de Tony.

P. *(Criant dans l'escalier)* Tony ! Baisse cette musique et dis à ton ami de déplacer sa moto. Elle bloque le garage et je veux sortir la voiture dans une minute… Ah, ces gosses ! Plus ils grandissent, plus ils sont embêtants !

L. Il me semble avoir déjà entendu ça quelque part… Devine ce que faisait Cathy hier, quand je suis passée la voir.

P. Je donne ma langue au chat.

L. Elle faisait son pudding de Noël.

P. Ah oui ?

L. Tu crois que je devrais en faire un ? Je veux dire, comme tes parents viennent chez nous cette année.

P. Bon Dieu, non. Papa et maman ne s'en rendront même pas compte.

L. Ta mère si, j'en suis sûre. Elle fait toujours le sien elle-même.

P. Écoute. Maman et Cathy ne travaillent pas. Toi, si. Tu ne peux pas tout faire. Mais j'y pense, pourquoi tu ne demandes pas à maman d'en apporter un ? Je parie qu'elle serait enchantée.

Vocabulaire

lawn [lōn], *pelouse, gazon*
gate [gèït], *portail*
fence [fèns], *clôture*
front [frœnt] door, *porte d'entrée*
drive [draïv], *chemin, allée (qui mène au garage)*
clue [klōu], *indice*

Trop de cuisiniers gâtent la sauce.
(m. à m. : … *le potage.*)

LEÇON 63

GRAMMAIRE

1. Les mots interrogatifs : Whose is that motor bike ?

Whose, pronom interrogatif, interroge sur l'appartenance d'un objet (= à qui ?), sa terminaison rappelle d'ailleurs le génitif. On a le schéma : **whose** + **be** + nom.

On trouve aussi : **whose** + nom + **be** + pronom. On pourrait donc dire : **Whose motor bike is that?**

2. Le comparatif : the older they get the more trouble they are

Pour rendre le français *plus … plus*, l'anglais a recours au schéma suivant : **the** + comparatif… **the** + comparatif.

3. Le relatif what : do you know what Cathy was doing?

What peut être soit un pronom interrogatif (voir 5-3) soit un pronom relatif (voir 39-2), auquel cas il signifie *ce que*. Remarquez qu'il n'a pas d'antécédent.

4. La forme progressive au passé : what Cathy was doing?

Pour attirer l'attention sur une action particulière se déroulant au passé, on emploie la forme progressive au passé, c'est-à-dire que l'auxiliaire **be** est conjugué au passé simple et le verbe prend la terminaison **-ing**. Comme au présent progressif, c'est l'auxiliaire qui est suivi de la négation dans une phrase négative. Ce temps est toujours rendu par l'imparfait en français.

5. La forme progressive au présent : she's making a fuss ; it's blocking the garage ; your parents are coming

Nous retrouvons ici (voir 22-1, 31-7) deux des emplois du présent progressif : pour une action en cours au moment où l'on parle (deux premiers exemples), pour une action future dont l'accomplissement est déjà décidé.

6. L'emploi de l'auxiliaire : your mother will, you do

Vous avez pu remarquer l'importance de l'auxiliaire dans le maniement de la langue anglaise. Nous l'avons trouvé dans : les réponses brèves (5-2), les queues de phrase (25-3), et après **so** et **neither** (3-7, 62-5).

Il est aussi souvent employé dans des réponses pour prendre le contre-pied de ce qui vient d'être dit. Si on prend le contre-pied d'une phrase négative comme ici (**won't notice** et **don't work**), on reprend l'auxiliaire seul. Si on veut contredire une affirmation, on emploiera l'auxiliaire avec une négation :

I liked the film last night. — I didn't.

J'ai aimé le film hier soir. — Pas moi.

EXERCICES

A. Traduisez :

1. Pourquoi ne demandez-vous pas à Sheila de venir aussi ?
2. Je parie qu'elle aimerait beaucoup venir.
3. S'il vous plaît, ne stationnez pas devant le garage.
4. Que faisait Jill hier ?
5. Dis à Daniel de baisser la musique.

B. En vous référant au dialogue, répondez aux questions :

1. What is the matter with Emily?
2. How old do you think Tony is?
3. Whose is the motor bike?
4. Why is Liz worried about the Christmas pudding?
5. What does Paul say?

C. Trouvez les paires logiques dans ces deux groupes de phrases. Deux réponses sont possibles pour chaque question :

1. Who is Chris?
2. When did she come?
3. How old is Grace?
4. How is Katie?
5. What's the weather like?
6. Who told you?

A. Five or six, I think.
B. Peter's son.
C. Fine.
D. About twelve, I suppose.
E. A friend of Alan's.
F. Not too good, actually.

D. Complétez les phrases à l'aide des verbes composés en utilisant la forme qui convient : *look forward, look out, look for, look after, look at*:

1. I'm … my car keys. Have you seen them?
2. … that beautiful wedding cake!
3. Are you … to going skiing?
4. Who … the children when you go out?
5. … There's a car coming.

E. Les mots ci-dessous sont tirés de la leçon 63. Cinq d'entre eux contiennent le son [aou]**. Lesquels ?**

about, round, trouble, your, our, shouting, out.

LEÇON 64

The morning after[6]...

[**P.** = Paul — **L.** = Liz]

L. Good **mor**ning. How was the office **par**ty then?

P. Oh, you **know**, the **u**sual sort of thing. Everyone got **mer**ry, someone produced the inevitable **mistle**toe[7]. The blokes in the advertising department brought some home **brew**[8]. It was the most revolting stuff I've ever tasted in my **life**. I bet most of the staff will have a **hang**over this morning. **I** certainly have.

L. Serves you **right**. By the **way**, have you had your Christmas **bo**nus[9] yet?

P. **No**, I won't get it until the end of the **month**.

L. **Oh**, that re**minds** me, I haven't given anything to the milkman[10] and the **bin** men. I suppose I ought to give the paper boy[11] something **too**. How much do you think I should **give** him? Ten **quid?**

P. Ten **quid!** Surely five is e**nough?**

L. **Well**, you can't go far with five quid **these** days. **No**, I think it'll have to be at least ten **pounds**. I suppose we ought to get the Christmas decorations up to**day**. Will you buy a tree if you're going into **town?**

P. Hang **on**. Have a **heart**. My head's **kil**ling me. There's no **rush**, is there?

L. **Yes**, there is. Today's the nine**teen**th. Only five more shopping days till **Christ**mas[12].

Mots nouveaux

inevitable [**inè**vitebl]
mistletoe [**misl**tôou]
advertising [**ad**vetaïziṅ]
department [di**pāt**ment]
head [hèd]
home-brew [hôoum**brou**]
revolting [ri**vôoul**tiṅ]
reminds [ri**maïndz**]
milkman [**milk**men]
rush [rœch]
heart [hāt]
till [til]
staff [stāf]
bin [bin]
merry [**mè**ri]
tree [trī]
produced [pre**dyoust**]
decorations [dèke**reïch**enz]
brought [brōt]
serves [sōevz]
bonus [**bôou**nes]
surely [**choue**li]
usual [**you**jouel]

There's no time like the present.
[żez nôou taïm laïk że **prè**zent]

Le lendemain matin…

L. Bonjour. Alors, comment s'est passée cette fête au bureau ?

P. Oh, tu sais, la même chose que d'habitude. Tout le monde était joyeux, quelqu'un a sorti l'inévitable gui. Les gars de la section publicité ont apporté une espèce de bière faite maison. Le truc le plus dégoûtant que j'aie jamais goûté de ma vie. Je parie que la plupart du personnel va avoir la gueule de bois ce matin. Pour moi, c'est le cas.

L. Bien fait pour toi. À propos, est-ce que tu as déjà eu ta prime de Noël ?

P. Non, je ne la toucherai pas avant la fin du mois.

L. Oh, ça me rappelle que je n'ai rien donné au laitier ni aux éboueurs. Je suppose que je devrais aussi donner quelque chose au garçon qui nous apporte le journal. Combien penses-tu que je devrais lui donner ? Dix livres ?

P. Dix livres ! Cinq suffiraient, non ?

L. Eh bien, on ne peut pas aller très loin avec cinq livres par les temps qui courent. Non, je pense qu'il faudra que ce soit au moins dix livres. Je suppose que nous devrions accrocher les décorations de Noël aujourd'hui. Tu veux bien acheter un arbre, si tu vas en ville ?

P. Doucement. S'il te plaît. Ma tête est près d'éclater. Il n'y a pas le feu, n'est-ce pas ?

L. Si, justement. Aujourd'hui, nous sommes le 19. Il ne reste que cinq jours avant Noël pour faire les courses.

Vocabulaire

celebrate [sèlebrèït], *fêter, commémorer* ; bin, *poubelle* ; refuse (n) [rèfyōūs], *ordures* ; lid, *couvercle*

Prononciation

Nous avons vu que **the** a deux formes faibles. Devant **usual** [yōū-jouel], qui commence par un son-consonne, ce sera [że]. Il en sera de même pour **the United Nations** [że younaïtid nèïchenz].

Rien de tel que de faire les choses tout de suite.
(m. à m. : *Il n'y a pas d'époque comme le présent.*)

GRAMMAIRE

1. Serves you right
Cette expression s'emploie à toutes les personnes, il suffit de faire varier le pronom personnel qui est toujours sous la forme complément : **Serves him right**. *Bien fait pour lui*. **Serves them right**. *Bien fait pour eux (elles)*.

2. Yet : have you had your Christmas bonus yet?
Dans une phrase interrogative **yet** a le sens de *déjà*.
Souvenez-vous que **not… yet** = *pas encore* (voir 20-3).

3. Le verbe remind : that reminds me
Ce verbe peut être suivi de **of** ou de **to**, selon qu'il introduit un nom ou un verbe.
He reminded me of his brother. *Il me rappelait son frère.*
He reminded me to buy the newspaper. *Il m'a rappelé d'acheter le journal.*

4. Ought to/Should
Les deux auxiliaires sont employés indifféremment pour rendre le conditionnel du verbe *devoir* (voir 33-4).

5. Les démonstratifs : these days
These, pluriel de **this**, est utilisé pour faire référence à une période de temps proche, d'où le sens de *de nos jours* ou *ces temps-ci*.

6. Le *present perfect* **: I have ever tasted in my life. Have you had your Christmas bonus yet?**
Dans les deux cas on voit bien qu'il s'agit de parler de l'accomplissement d'une action vérifiée au moment où l'on parle, le présent. Il correspond donc ici à un des emplois du passé composé français.

7. L'auxiliaire will : will you buy
L'expression a une valeur de futur mais elle fait aussi référence à la bonne volonté du sujet (voir 40-4).

8. Les queues de phrases : There's no rush, is there?
Lorsqu'une phrase comporte **there is** ou **there are**, c'est le mot **there** qui est repris dans la queue de phrase. C'est la même chose dans les réponses par oui ou par non : **Yes, there is**.

9. Till : till Christmas
Till ou **until** traduit *jusqu'à* lorsqu'il est question du temps (durée ou date) : **Wait till I come**. *Attendez jusqu'à ce que j'arrive.*

EXERCICES

A. Traduisez :

1. Has the postman been yet?
2. How much do you think it will be?
3. Have you ever tasted my home-brew?
4. If you're going into town can I come with you?
5. Did you have a hangover yesterday?

B. Ajoutez une « queue de phrase » :

1. It shouldn't make any difference, …
2. Mary smokes, …
3. You didn't forget Mark's birthday, …
4. Vicky and Tom won't tell anyone, …
5. There's no one in the bathroom, …

C. Complétez avec le pronom qui convient :

1. I hope Larry's wife reminded … about the party.
2. I'm cooking dinner. Can you give … a hand?
3. We're in the garden. Will you call … when you're ready to go?
4. They've both got a hangover. — Serves … right.
5. Mary's crying. What's the matter with…?

D. Reconstituez chaque phrase ci-dessous en commençant par le mot en italique :

1. *Teresa*/finished/homework/must/her/have/now/./
2. seemed/themselves/*everyone*/be/enjoying/to/./
3. Christmas/started/cards/haven't/*I*/send/yet/to/./
4. coat/cupboard/*whose*/that/is/the/in/?/
5. Portugal/you/*have*/been/ever/to/?/

E. Prononcez ces paires de mots en faisant attention à l'opposition [a]/[œ] **:**

	A.	B.
1.	staff [stāf], *personnel*	stuff [stœf], *choses*
2.	calm [kām], *calme*	come [kœm], *venir*
3.	heart [hāt], *cœur*	hut [hœt], *cabane*
4.	party [pāti], *fête*	putty [pœti], *mastic*
5.	march [mātch], *défilé*	much [mœtch], *beaucoup*

LEÇON 65

Tea for two

[**L.** = Liz — **S.** = Susan (Paul's mother)]

S. Hel**lo**, Elizabeth. I hope you don't mind me dropping **in** like this. I was just **pass**ing so I thought I'd pop in to see if you **need**ed anything.

L. Nice to **see** you. **No**, I think everything's under con**trol**, **thanks**. How **are** you? How's your **knee?**

S. Oh, mustn't **grumb**le. It could be **worse**.

L. Would you like a cup of **tea?** I was just about to have one my**self**.

S. Yes, I'd **love** one. Your decorations are **love**ly. You've got a nice lot of **cards**[13] too. Have you **count**ed them?

L. No. Emily **start**ed but she got fed **up** and didn't **fin**ish. I think there must be about a **hun**dred.

S. Well now, what would be the best time for us to a**rrive** on Christmas **Day?** I'll bring the pudding with me **then**.

L. Oh, **a**ny time you **like** really.

S. Well, say about **tenn**ish. Is that too **ear**ly? I thought I could give you a hand in the **kit**chen.

L. Yes. That'd be **love**ly. Paul tells me you're going on a **cruise** in the summer.

S. Yes, that's **right**. George is retiring at the end of **June** and we're taking off in Ju**ly**. We've decided to make the most of being re**ti**red. Neither of us have done much **trave**lling so we're planning to go all **o**ver the place.

L. Good for **you!**

Mots nouveaux

control [ken**trôou**l]
counted [**kaoun**tid]
retiring [ri**taï**eriṅ]
passing [**pā**siṅ]
grumble [**grœmbl**]
myself [maï**sèlf**]
much [mœtch]
travelling [**trav**liṅ]
any time [**è**nitaïm]
tennish [**tè**nich]
fed up [fèd **œp**]
cruise [krōūz]
July [djou**laï**]
knee [nī]

You're only young once.
[yer **ôoun**li yœṅ wœns]

Thé à deux

S. *Bonjour, Élisabeth. J'espère que ça ne vous dérange pas que j'arrive à l'improviste comme ça. Je passais simplement par là et j'ai pensé faire un saut chez vous pour voir si vous n'aviez besoin de rien.*

L. *Je suis contente de vous voir. Non, je crois que tout est en ordre, merci. Comment allez-vous ? Comment va votre genou ?*

S. *Oh, je n'ai pas à me plaindre. Ça pourrait être pire.*

L. *Voudriez-vous une tasse de thé ? J'allais justement en prendre une moi-même.*

S. *Oui, j'aimerais bien. Votre décoration est magnifique. Vous avez aussi une belle collection de cartes. Vous les avez comptées ?*

L. *Non. Émilie a commencé, mais elle en a eu assez et n'a pas terminé. Je crois qu'il doit y en avoir une centaine.*

S. *Tant que j'y pense, à quelle heure préféreriez-vous que nous arrivions le jour de Noël ? J'apporterai le pudding avec moi à ce moment-là.*

L. *Oh, à n'importe quelle heure en fait.*

S. *Eh bien, disons aux environs de dix heures. Est-ce trop tôt ? J'ai pensé que je pourrais vous donner un coup de main à la cuisine.*

L. *Oui, ça serait vraiment bien. Paul me dit que vous partez en croisière cet été.*

S. *En effet, c'est exact. Georges prend sa retraite fin juin et nous partons en juillet. Nous avons décidé de profiter au maximum de notre situation de retraités. Aucun de nous deux n'a beaucoup voyagé, aussi nous envisageons d'aller aux quatre coins du monde.*

L. *Vous avez tout à fait raison. Bravo !*

Vocabulaire

com**plain**, *se plaindre* ; sail [sèïl], *lever l'ancre* ;
voyage [voïïdj], *voyage* (mer) ; **jour**ney [djoeni], *voyage*

On n'est jeune qu'une fois.

GRAMMAIRE

1. Les verbes composés : don't mind me dropping in
Drop, *laisser tomber*, change de sens avec la particule adverbiale **in** et signifie alors : *rendre une courte visite.*

2. La forme progressive : I was just passing
Remarquez qu'ici le passé simple à la forme progressive ne fait pas véritablement référence au passé, mais plutôt au présent. Il sert à rendre une forme de politesse correspondant à l'imparfait français *je passais par là* (voir 48-4).

3. Le superlatif irrégulier : the best
Best est le superlatif irrégulier de **good**.

4. Be about to : I was just about to
Équivalent du français *être sur le point de*.

5. Les différents sens de get : she got fed up
Get a ici le sens de *devenir, parvenir à un état*.

6. Les indéfinis : any time
Dans une phrase affirmative, **any** a le sens de *n'importe quel* (ou *quelle*), et porte toujours un accent fort. **anybody** = *n'importe qui*, **anything** = *n'importe quoi*, **anywhere** = *n'importe où*.

7. Le suffixe : -ish : about tennish
Il apporte une notion d'approximation et fait donc double emploi ici avec **about.** On l'emploie essentiellement avec des adjectifs numéraux et avec les adjectifs de couleur : **reddish** → *rougeâtre*.

8. Le présent progressif : you're going, is retiring
Le présent progressif, dans ces deux cas, a une valeur de futur. Ceci est possible lorsqu'il s'agit d'une action décidée par le sujet, ici respectivement **you**, **he** et **we**.

9. L'emploi de l'article défini : in the summer
Il a ici une valeur de démonstratif : *cet* été (voir 13-6).

10. Neither : neither of us have travelled
Sert à traduire *aucun* s'agissant de deux personnes, Remarquez l'accord pluriel du verbe, contrairement au français.

11. Such : such marvellous opportunities
Such (voir 32-7) s'emploie aussi devant des noms pluriels et traduit *de si, de tels* ou *de telles*.

EXERCICES

A. Traduisez :

1. Nos amis partent en croisière en août.
2. Aucun des deux n'est allé à Paris.
3. Belinda profite toujours au maximum des choses.
4. Est-ce que autour de sept heures sera trop tard ?
5. Elle était juste sur le point de sortir.

B. En vous référant au dialogue, répondez aux questions :

1. Is Liz expecting Susan?
2. Does Liz need any help?
3. How many Christmas cards have Liz and Paul got?
4. What is Susan going to bring with her on Christmas Day?
5. When are Susan and George going on a cruise?

C. Un même mot convient à toutes ces phrases ; lequel ? Traduisez :

1. Take … your hat and coat.
2. Rachel's not very well. She's … her food.
3. Bob and Alice are taking … in May.
4. It's the second road … the roundabout.
5. I've got a fortnight … at Christmas.

D. Formez des phrases à l'aide du verbe fourni en suivant le modèle ci-dessous :

Exemple : **It was a really delicious cake. (eat) →**
In fact, it was the most delicious cake I've ever eaten.

1. He's a very tall man. (meet)
2. It's a really good book. (read)
3. It was an extremely long letter. (write)
4. It was a really big dog. (see)
5. She's a very intelligent child. (talk to)

E. Classez les mots suivants selon le son-voyelle qu'ils contiennent [o], [ôou] **ou** [œ] **:**

hope	done	pop	off	love
over	lot	most	no	drop

LEÇON 66

A green Christmas

[**L.** = Liz — **I.** = Ian]

I. He**llo**, Liz. Paul said I could borrow your **step**ladder.

L. **O**h, he**llo**, Ian. Come on **in**. Paul's **out**. He's just popped into town to get a **tree**. He won't be **long**. We always seem to leave it till the last minute.

I. **What?** You're not still buying real **trees**, are you?

L. **Yes**, of **course. Why?** Don't **you?**

I. **No**, not since we joined the **Greens**. We've got an arti**fi**cial one now.

L. You've got to be **jok**ing!

I. **Why?** These days they look just like the real **thing** but they don't shed **pine** needles all **o**ver the place.

L. Surely **real** ones are more environmentally friendly than **plas**tic ones?

I. Not in the **long** run.

L. **Oh**, but they're just not the **same**. It wouldn't be **Christ**mas without a proper **tree**.

I. **Well**, Mary and I feel that you've got to be **lo**gical. If you believe in saving the **rain**-forests you don't help to destroy trees in **Brit**ain.

L. **Mm. True.** I'd never thought of it like **that** before.

Mots nouveaux

environmentally [invaïeren**mèn**teli]	stepladder [**stè**plade]	borrow [**bo**rôou]	since [sins] pine [païn]
plastic [**plas**tik] logical [**lo**djikl]	artificial [ātifichel]	needles [**nīd**lz]	run [rœn] true [trou]
rain-forests [**rèïn**forists]	joking [**djôou**kiṅ]	destroy [dis**troï**]	proper [**pro**pe]

Live and let live.
[liv en lèt liv]

Noël « vert »

I. *Salut, Liz. Paul m'a dit que je pouvais emprunter votre escabeau.*
L. *Oh, salut, Ian. Entre donc. Paul est sorti. Il a fait juste un saut en ville pour acheter un arbre. Il ne sera pas long. Nous semblons toujours attendre le dernier moment.*
I. *Quoi ? Vous ne continuez pas à acheter de vrais arbres, dis-moi ?*
L. *Si, bien sûr. Pourquoi ? Pas vous ?*
I. *Non. Plus depuis que nous avons rejoint les Verts. Nous avons un arbre artificiel maintenant.*
L. *Mais tu plaisantes !*
I. *Pourquoi ? Écoute, aujourd'hui ils ressemblent tout à fait aux vrais arbres, mais ils ne répandent pas des aiguilles de pin partout.*
L. *Tout de même, les vrais arbres respectent davantage l'environnement que les arbres en plastique.*
I. *Pas sur plusieurs années.*
L. *Oh, mais ce n'est absolument pas la même chose. Ça ne serait pas Noël sans un vrai arbre.*
I. *Eh bien, Cathy et moi sommes d'avis qu'il faut être logique. Si vous croyez qu'il faut sauver la forêt tropicale, vous n'aidez pas à détruire les arbres en Grande-Bretagne.*
L. *Hmm. C'est juste. Je n'avais encore jamais vu les choses comme ça.*

Vocabulaire

tin, *boîte en fer-blanc, de conserve* ; lend [lènd], *prêter* ; throw-a**way bott**le, *bouteille jetable* ; in the **long** run, *à la longue*

Prononciation

Nous avons vu (p. 175) l'accentuation des mots se terminant par **-ic** ou **-ics** et savons que l'accent dans **plastic** sera sur **plas-** . Remarquez que les suffixes **-al** ou **-ally** ajoutés à **-ic** ne changent pas la règle : **lo**gic → **log**ical → **lo**gically.

Vivre et laisser vivre.

GRAMMAIRE

1. L'emploi du gérondif : if you believe in saving
Cet exemple illustre l'emploi obligatoire du gérondif après une préposition : **in** (voir 43-3). On voit bien que **saying** tient la place d'un nom si on compare à :
Do you believe in God? *Croyez-vous en Dieu ?*

2. Les emplois de get : to get a tree. You've got to be joking. You've got to be logical
Dans le premier exemple, **get** a le sens de *se procurer, obtenir* ou même *acheter.*

Dans les deux autres exemples, il sert à étoffer respectivement **you have to be joking** et **you have to be logical.**

3. Still : You're not still buying real trees?
La place de **still** est importante ! Remarquez en effet que, si on dit **You're still not buying real trees**, la phrase change radicalement de sens, et signifie alors : *Vous n'achetez toujours pas de vrais arbres.*

4. Attention, faux ami ! without a proper tree
Proper fait partie d'une liste de mots (voir Annexes) qui ressemblent à s'y méprendre à des mots français, mais qui n'ont pas du tout le même sens que leur homologue français, d'où le terme de « faux amis » utilisé pour les désigner.

5. Le verbe help : help to destroy trees
Le verbe **help** employé avec un autre verbe admet deux types de constructions :
– soit, comme dans l'exemple de cette leçon, on a le schéma **help** + **to** + verbe : **Can you help me to wash the car?**
– soit on a le schéma : **help** + forme de base du second verbe :
Can you help me wash the car?
Pouvez-vous m'aider à laver la voiture ?

On emploie indifféremment l'une ou l'autre construction.

6. Le *pluperfect* **: I'd never thought**
Ce temps, qui est l'équivalent du plus-que-parfait français, se forme à l'aide du passé de l'auxiliaire **have, had**, suivi du participe passé du verbe.

EXERCICES

A. Traduisez :

1. Vous attendez toujours Kevin ?
2. Ils ne sont pas encore arrivés ?
3. Ces roses en plastique ont l'air vraies.
4. Je ne l'ai pas vue depuis cet été.
5. Avec le temps, le plastique est meilleur.

B. « *To be* » or not « *to be* »? Complétez avec la forme qui convient : « *to be* » ou « *be* » :

1. She tries … a perfect wife.
2. They can't … serious!
3. They've got … joking!
4. He'll only … a few minutes.
5. It must … home-made.

C. Traduisez :

1. He's still not reading that book.
2. He's not still reading that book.
3. Has Jenny got a proper watch?
4. The children are not still outside.
5. The children are still not outside.

D. Complétez avec le mot qui convient :

1. Could you give the kids a lift … town?
2. They're arriving … Tuesday … quarter to four.
3. Jane says she doesn't believe … God.
4. They're going … holiday … Christmas.
5. It's cheaper … the long run.

E. Soulignez les syllabes toniques dans ce mini-dialogue :

A. There's a letter for Nick on the table. Could you post it?
B. What did you say? A letter from Nick?
A. No. It's for Nick, not from him. Could you post it?
B. Yes, I suppose so.

LEÇON 67

At the hairdresser's

[**L.** = Liz Walker — **J.** = Jan — **A.** = Andrew[14]]

L. Good **mor**ning. I've got an appointment for a cut and blow-**dry**.

J. Oh **yes**, Mrs **Walk**er, isn't it? Would you like to have a look at the **style** book and choose a style you **like**? Andrew will be free in a **mo**ment…

A. Good **mor**ning, Mrs Walker. Have you found a style which you **like?**

L. **Yes**, I'd like to try something **new**. Something like **this**, but with a longer **fringe**.

A. U**huh**. A side **part**ing, fairly short at the **sides** and a bit longer at the **back**. O**kay**.

L. **Yes**, not **too** short at the sides though.

A. **Right**. Well if you'd like to go with **Jan** she'll give you a sham**poo**…

J. Can you put your **head** back, **please?** Is the water **warm** enough?

L. **No**, it's a bit **cold** actually. … That's **bet**ter.

J. Shall I use a con**di**tioner?

L. Yes, **please**… You're very **bu**sy today.

J. **Yes**. Everyone wants their hair done before **Christ**mas.

Mots nouveaux

blow-dry [blôou**draï**]
fringe [frindj]
cold [kôould]
parting [**pā**tiṅ]
cut [kœt]
busy [**bi**zi]
conditioner [ken**dich**ne]
choose [tchōūz]
done [dœn]
style [staïl]
shampoo [cham**pōū**]

There's nothing new under the sun.
[żez **nœ**śiṅ **œn**de że sœn]

Chez le coiffeur

L. *Bonjour. J'ai rendez-vous pour une coupe-brushing.*
J. *Ah, oui. Mme Walker, n'est-ce pas ? Voudriez-vous jeter un coup d'œil à notre catalogue et choisir la coiffure qui vous plaît ? Andrew va être libre dans un instant…*
A. *Bonjour, madame Walker. Vous avez trouvé une coiffure qui vous plaise ?*
L. *Oui. J'aimerais essayer quelque chose de nouveau. Quelque chose comme ça, mais avec une frange plus longue.*
A. *Hm, hm. Avec une raie, plutôt court sur les côtés et un peu plus long derrière. Entendu.*
L. *C'est ça, mais pas trop court sur les côtés quand même.*
A. *D'accord. Eh bien, si vous voulez bien suivre Jan, elle va vous faire un shampooing…*
J. *Est-ce que vous pouvez mettre votre tête un peu plus en arrière, s'il vous plaît ? Est-ce que l'eau est assez chaude ?*
L. *Non, elle est un peu froide en fait… Ça c'est mieux.*
J. *Voulez-vous que j'utilise un après-shampooing ?*
L. *S'il vous plaît, oui… Vous êtes très occupés aujourd'hui.*
J. *Oui. Tout le monde veut se faire coiffer avant la Noël.*

Vocabulaire

dye [daī], *teindre*
beard [biēd], *barbe*
scissors [sizez], *ciseaux*
bald [bōld], *chauve*
curly [kōeli], *bouclé*
shave [chèïv], *raser*
set [sèt], *mise en plis*
razor [rèïze], *rasoir*
wig [wig], *perruque*
straight [strèït], *raide*

Prononciation

Les mots terminés par **-oo** sont accentués sur cette dernière syllabe. Exemples : **shampoo** (ligne 14) et **kangaroo** [kangerōu].

Il n'y a rien de nouveau sous le soleil.

GRAMMAIRE

1. Les queues de phrase : Mrs Walker, isn't it ?
Nous avons affaire à une phrase elliptique, car le début de la phrase manque. La queue de phrase utilisée nous montre que le début de la phrase était : **It's Mrs Walker.**

2. L'emploi du relatif : a style you like, a style which you like
En français les deux expressions se traduiront de la même façon. En anglais l'un des personnages omet le pronom relatif complément (voir 12-3, 14-4), l'autre l'emploie, sans qu'il y ait de différence de sens.

L'emploi du relatif complément, qui n'est pas obligatoire, ajoute une nuance de langue plus formelle ou plus soignée.

3. Though : not too short at the sides though
Though, équivalent du français *cependant, pourtant,* se place toujours en fin de proposition.

> **Attention :** il ne porte jamais la tonique !

4. Le comparatif irrégulier : that's better
Better est le comparatif irrégulier de **good** (voir 26-1).

5. L'auxiliaire shall : Shall I use a conditioner ?
Comme nous l'avons déjà vu (38-2), **shall** sert ici à faire une proposition.

6. Everyone : Everyone wants their hair done
Remarquez cette particularité de l'anglais : le pronom **everyone** est toujours suivi d'un verbe au singulier, mais l'adjectif possessif qui renvoie à ce pronom est pluriel !

De même on dira :
Everybody likes chocolate, don't they?
Tout le monde aime le chocolat, pas vrai ?
qui montre que **everybody** est repris par un élément pluriel.

7. La construction du verbe want : wants their hair done
On trouve le schéma : **want** + complément + participe passé lorsque le second verbe a un sens passif. En fait **done** = **to be done**, les deux premiers mots restant sous-entendus : on veut que les cheveux soient coiffés.

EXERCICES

A. Traduisez :
1. Aimeriez-vous regarder une revue ?
2. Janet a de beaux cheveux longs.
3. Pourquoi ne pas essayer quelque chose de nouveau ?
4. L'eau de la piscine est un peu froide.
5. À quelle heure est votre rendez-vous ?

B. En vous référant au dialogue, répondez aux questions :
1. Who is going to cut Liz's hair ?
2. Does Liz want very short hair ?
3. What does Jan do ?
4. Is the water too hot ?
5. Why are they busy ?

C. Donnez le contraire des mots suivants :

1. borrow	**6.** last
2. old	**7.** buy
3. same	**8.** less
4. long	**9.** before
5. always	**10.** hot

D. Quels seraient les débuts de ces phrases elliptiques ?
1. Lots of presents, aren't there ?
2. A pretty girl, isn't she ?
3. A nice car, wasn't it ?
4. Tasted awful, didn't it ?
5. Friendly, weren't they ?

E. Soulignez la syllabe accentuée :

taboo [tebōu]	scientifically [saīentifikli]
physics [fiziks]	pronunciation [prenœnsièīchn]
myself [maīsèlf]	economically [ikenomikli]
political [pelitikl]	accommodation [ekomedêīchen]
cigarette [sigerèt]	Canadian [kenèīdyen]

LEÇON 68

A white Christmas

[**L.** = Liz — **P.** = Paul]

P. He**llo**. **O**h, your hair looks **nice**. It **suits** you. You should **al**ways have it done like that.

L. **Thank** you. Perhaps I **will**. I must put the presents under the **tree** this evening. I've got something for **eve**ryone except your **bro**ther. Any i**deas**?

P. How about a **gar**dening book?

L. Oh **yes**, good i**dea**. I'll have to get it to**morr**ow then.

P. You're not going shopping on Christmas **Eve**, are you? It'll be **mur**der.

L. I'll **have** to. I still need a few **things**. I got Sandra an ae**ro**bics video. I do hope she hasn't already **got** one, and for **Jen**ny I got one of those dolls whose **hair** grows.

P. Another **doll**! She must have at least **twen**ty already!

L. Don't e**xagg**erate. By the **way**, the children have asked if we'll take them **bow**ling on Boxing Day[15].

P. **Yes**, o**kay**, why **not**?

L. Oh, **lis**ten! **Car**ol singers[16]. How **nice**. It must be the Sally **Ar**my[17]. Go and **give** them something…

P. Guess **what**. It's started to **snow**.

L. **Oh**, how **love**ly! We haven't had a white Christmas for **years**.

Mots nouveaux

Boxing Day [**bok**siṅ dèï]
murder [**mœ̄**de]
exaggerate [i**gza**djerèït]
bowling [**bôou**liṅ]

aerobics [èe**rôou**biks]
grows [grôouz]
carol [karel]
Sally Army [sali **ā**mi]

video [**vi**diôou]
singers [**siṅ**ez]
snow [snôou]

dolls [dolz]
Eve [īv]

No sooner said than done.
[nôou **sōūn**e sèd żen dœn]

Noël blanc

P. *Salut. Oh, tu as une belle coiffure. Elle te va bien. Tu devrais toujours te faire coiffer comme ça.*

L. *Merci. Je le ferai peut-être. Il faut que je mette les cadeaux sous l'arbre ce soir. J'ai quelque chose pour tout le monde sauf pour ton frère. Tu as des idées ?*

P. *Que dirais-tu d'un livre de jardinage ?*

L. *Ah, oui. Bonne idée. Il faudra que je l'achète demain alors.*

P. *Tu ne vas tout de même pas faire des courses la veille de Noël, non ? Ça va être un vrai rodéo.*

L. *Il faudra bien. Il me faut encore quelques bricoles. J'ai une cassette vidéo d'aérobic pour Sandra. J'espère bien qu'elle n'en a pas déjà. Pour Jenny, j'ai une de ces poupées dont les cheveux poussent.*

P. *Encore une poupée ! Elle doit en avoir déjà au moins vingt !*

L. *N'exagérons pas. À propos, les enfants ont demandé si on voulait bien les amener au bowling le lendemain de Noël.*

P. *Oui, d'accord. Pourquoi pas ?*

L. *Oh, écoute ça. Des chanteurs de Noël dans la rue. Comme c'est beau. Ça doit être l'Armée du Salut. Va leur donner quelque chose…*

P. *Tu sais pas quoi ? Il a commencé de neiger.*

L. *Oh, c'est formidable. Ça fait des années que nous n'avons pas eu un Noël blanc.*

Vocabulaire

fog, *brouillard* ; mist, *brume* ;
dew [dyōū], *rosée* ; frost, *gelée*

Prononciation

Un petit groupe de mots de deux syllabes peuvent être employés soit comme verbes, soit comme noms. Ils sont accentués sur la première syllabe en tant que noms, et sur la seconde en tant que verbes. **Present** (ligne 3) fait partie de ce groupe, de même que **record** : [rèkōd] (nom), [rikōd] (verbe). Voir exercice E, p. 289.

Aussitôt dit, aussitôt fait.

GRAMMAIRE

1. La construction verbe + complément + participe passé : have it done

Comme nous l'avons vu (59-1), le français *faire* + verbe à l'infinitif, lorsque le deuxième verbe a un sens passif, est rendu par le schéma **have** + complément + participe passé. Ceci rappelle la construction du verbe **want** vue à la leçon précédente (67-7).

2. L'emploi de l'auxiliaire : perhaps I will

Comme nous l'avons vu (63-6), ce type de reprise est très fréquent en anglais. Ici, la phrase s'arrête après l'auxiliaire, et l'expression **have it done like that** est sous-entendue.

3. Les indéfinis : a few things

A few, toujours employé devant un nom pluriel, traduit le français *quelques*. Ne pas confondre avec **few** + nom pluriel qui signifie *peu de*.

4. Le pronom relatif whose : those dolls whose hair grows

Le pronom relatif **whose** traduit le français *dont* exprimant un rapport d'appartenance. Il n'y a jamais d'article après ce pronom, contrairement au français :

those dolls whose hair… *ces poupées dont les cheveux…*

5. Another : another doll

S'emploie devant un nom comptable singulier et s'écrit toujours en un seul mot.

6. L'emploi de l'auxiliaire will : have asked if we'll take them

Avec le verbe **ask** suivi d'une question indirecte (discours indirect) on trouvera **will** employé après **if**.

Avec un verbe qui n'introduit pas de question indirecte, on retrouve le schéma que nous avons déjà vu (54-3) :

They will be pleased if we take them bowling.

Ils seront contents si nous les amenons jouer au bowling.

7. Be going to : I think it's going to snow

Ici, **be going to** sert à faire une prédiction à partir d'éléments ou d'indices observables (ici sans doute la couleur du ciel et la température), comme son équivalent français *il va* + verbe à l'infinitif.

Cette formule exprime donc le futur proche accompagné soit d'une nuance de prédiction comme ici, soit d'une nuance d'intention de la part du sujet (voir 26-6).

EXERCICES

A. Traduisez :

1. His hair suits him like that.
2. Have you got presents for everyone ?
3. Why do they always exaggerate ?
4. She's very old. She must be at least ninety.
5. I haven't got anything for Brian yet.

B. Formulez des phrases à l'aide des éléments donnés et de *must* selon le modèle donné :

Exemple : **It's nearly dark. (late)**
It must be late.

1. It's a very old table. (antique)
2. She looks like Teresa. (sister)
3. What a marvellous watch ! (expensive)
4. He's got a lot of cards. (birthday)
5. They're all wet. (raining)

C. Complétez avec la couleur qui convient :

1. The … Angel is a famous film
2. An … is …
3. The colour … means stop or danger.
4. A zebra is … and …
5. The … Rose of Texas.

D. Réécrivez ces phrases avec les formes non contractées des verbes :

Exemple : **It's snowing → It is snowing.**

1. Barry's mother's in the kitchen.
2. That's Barry's mother's car.
3. It's been raining all day.
4. Where's Carol's doll ?
5. He's just been to the hairdresser's.

E. Soulignez les syllabes accentuées :

1. They want to produce a record.
2. There's no need to insult him.
3. What an insult !
4. Jane is trying to perfect her French.
5. She's got a perfect accent.

LEÇON 69

Car problems on Christmas Eve

[**P.** = Paul — **L.** = Liz]

P. **Oh**, **brill**iant! That's **all** I need!

L. What's the **matt**er?

P. Have you got your **car** keys on you? I've left mine in the ig**ni**tion. We're locked out of the **car**.

L. Oh **dear**. **No**. Mine are in my **ot**her bag. **Ne**ver mind, we can call the **A.A.**[18] They'll sort it out in **no** time.

P. Stop being so bloody **cheer**ful about it!

L. **Well**, you've got a damn **cheek**! If it had been **me** you would have been absolutely **fur**ious. It's **your** fault so don't start swearing at **me**. **Oh**, sort it out for your**self**! I'm going to catch a **bus**!

P. If you leave those **par**cels there I'm not **tak**ing them.

L. Don't be so **bloo**dy-minded!

P. **Well**, what's the point of you **hav**ing car keys if you leave them at **home**? I didn't want to come out **an**yway. All this last minute **shop**ping. It's **cra**zy to go shopping on Christmas Eve! I **told** you that! And I **hate** driving in the snow.

L. Oh **yes**, I might have known it would end up being **my** fault. That's **ty**pical. You can never admit you've done something **stu**pid. **Right**! I'll take **my** parcels and I'll get a **taxi**. Good**bye**!

Mots nouveaux

absolutely [abse**lōu**tli]
bloody-minded [blœdi **maïn**did]
furious [fyoueriēs]
hate [hèit]
brilliant [**bril**yent]
ignition [ig**nich**en]
bloody [**blœ**di]
damn [dam]
might [maït]
known [nôoun]
admit [ed**mit**]
taxi [**tak**si]
swearing [**swèer**iṅ]
fault [fōlt]
locked [lokt]
A.A. [èï èï]
cheek [tchīk]
crazy [**krèï**zi]
stupid [**styōu**pid]

Prevention is better than cure.
[privè**n**chen iz **bè**te żen kyoue]

Problèmes de voiture la veille de Noël

P. *Génial ! C'est tout ce qui me fallait !*
L. *Qu'est-ce qu'il y a ?*
P. *Est-ce que tu as tes clés de voiture sur toi ? J'ai laissé les miennes au volant. Nous sommes coincés dehors.*
L. *Mon Dieu. Non. Les miennes sont dans mon autre sac. Ça ne fait rien, nous pouvons appeler le Service Assistance. Ils régleront tout ça en un rien de temps.*
P. *Arrête d'être si optimiste !*
L. *Ça alors, tu as un sacré culot ! Si ç'avait été moi tu aurais été absolument furieux. C'est de ta faute, alors ne commence pas à m'insulter. Et puis, débrouille-toi tout seul ! Je vais prendre un autobus !*
P. *Si tu laisses ces paquets là, moi je ne les prends pas.*
L. *Ne sois pas si minablement mesquin !*
P. *Dis-moi, à quoi ça sert que tu aies des clés de la voiture si tu les laisses à la maison ? De toute façon, je ne voulais pas sortir. Toutes ces courses de dernière minute. C'est dingue de faire ses courses une veille de Noël ! Je te l'avais dit ! En plus je déteste conduire par temps de neige.*
L. *Oh oui, j'aurais dû savoir que ça finirait par être de ma faute. Typique. Tu n'avoueras jamais que tu as fait quelque chose de stupide. Très bien. Je vais emporter mes paquets et je prendrai un taxi. Au revoir !*

Vocabulaire

touchy [tœtchi], *susceptible*
for**give**, *pardonner*
hurt somebody's feelings, *blesser*
grateful, *reconnaissant*

Prononciation

Dans **damn** [dam], on n'entend pas le **n.** L'adjectif dérivé **damned** se prononce [damd] : le **n** et le **e** ne s'entendent pas. On a donc toujours une seule syllabe.

Mieux vaut prévenir que guérir.

GRAMMAIRE

1. L'indéfini all : That's all I need!

Pour rendre le français *tout ce que*, on utilise soit **all that**, soit **all** tout seul (omission du relatif).

2. Les pronoms possessifs : mine are in my other bag

Le pronom possessif de la première personne du singulier, **mine**, n'obéit à aucune des règles de formation que nous avons déjà vues (16-4).

3. Le *pluperfect* : If it had been me, if you'd brought

It had been et **you had brought** sont au *pluperfect*. Nous avons vu (66-6) qu'il correspondait au plus-que-parfait français. Après **if**, il exprime qu'un fait ne s'est pas réalisé dans le passé (irréel du passé), tout comme le plus-que-parfait français après *si*.

Il est par ailleurs employé pour exprimer l'antériorité d'une action passée par rapport à une autre action passée :

When we came they had finished dinner.

Quand nous sommes arrivés, ils avaient fini de dîner.

Là encore, il équivaut au plus-que-parfait.

Attention cependant, dans des phrases exprimant la durée, avec **for**, *pendant*, ou **since**, *depuis*, il correspond à l'imparfait français :

He had known her for a very long time.

Il la connaissait depuis très longtemps.

De la même manière le *present perfect* servira à rendre le présent français :

I've known her for a long time. *Je la connais depuis longtemps.*

4. La concordance des temps : If it had been me you would have been absolutely furious

On a exactement le même schéma en français : *Si ç'avait été moi* (plus-que-parfait) *tu aurais été* (conditionnel passé) *absolument furieux*.

5. L'auxiliaire may : I might have known

Might [maït] est la forme passée de **may** (voir 32-8).

Remarquez que dans **I might have known** : *J'aurais pu savoir* (= me douter), la notion de passé est exprimée une fois par **might** et une fois par l'infinitif passé **have known**, alors qu'elle n'est exprimée qu'une fois en français. L'expression **I might have known** est très fréquente en anglais.

EXERCICES

A. Traduisez :

1. N'oubliez pas vos clés !
2. Simon aurait été furieux s'il vous avait vu.
3. À quoi bon partir si tôt ?
4. Vous devriez avouer que c'était de votre faute.
5. Frank n'aime pas vraiment conduire par temps de neige.

B. En vous référant au dialogue, répondez aux questions :

1. What is Paul and Liz's problem?
2. Whose fault is it?
3. What's the date?
4. Has it been snowing?
5. What does Liz end up doing?

C. Mettez au passé en respectant la concordance des temps :

1. If you call me I will come.
2. If I go into town I'll get some stamps.
3. If the cake is ready we can eat it.
4. If Paul comes round will you show him that map?
5. It the phone rings will you answerw?

D. Reconstituez les noms composés et soulignez l'élément qui porte l'accent principal :

step	Day
Christmas	needles
car	over
motor	ladder
pine	bike
rain-	boy
hang	Eve
paper	keys
Boxing	forest

E. Soulignez les consonnes que l'on n'entend pas :

1. I can't undo this damn knot!
2. I went for a long walk on Wednesday.
3. Who is that handsome man in your car?
4. The Christmas cake is in the cupboard.
5. I'm so cold my fingers are numb.

LEÇON 70

Bowling on Boxing Day

[**E.** = Emily — **P.** = Paul — **J.** = Joe]

J. He**llo** Paul. I see we both had the same bright **idea.** Great **minds**[19], **eh?** Are **all** your lot here?
P. No, Liz backed out at the last **mi**nute.
E. Hey, Dad, Tony got a **strike!**
P. Oh, well **done**, Tony! **Yeah**, she said she needed to put her **feet** up for a bit. There were eleven of us for Christmas **din**ner. **Well**, you **know**, turkey and all the **trimm**ings[20] for eleven **peo**ple is quite a bit of **work.**
J. E**lev**en? Who was **that** then? **Liz**'s family or **yours?**
P. Mine. My parents came over for the **day** and my brother and his **fa**mily are staying with us until to**mor**row.
J. Oh **yeah**. We went to **Mandy's** parents this year.
P. How did it **go?** All **right?**
J. Oh **yeah**, it was o**kay**. The **kids** enjoyed it and that's the **main** thing. They were up at the crack of **dawn** to open their **stock**ings[21], of course.
P. Yeah, ours too. Did you get **snow** at your place?
J. Yes, I reckon we must have had about four **in**ches.
P. Yeah. It hasn't snowed on Christmas **Day** since I was a **kid**. First time our kids have **had** a white Christmas.
J. Yeah. Well, if I don't see you again be**fore** then, all the best for the New **Year**.
P. Yeah, same to **you. Cheers**, Joe. Love to **Man**dy.

Mots nouveaux

trimmings [**trim**inz]	inches [**in**chiz]	strike [straïk]	reckon [**rè**ken]
stockings [**stok**inz]	turkey [**tōek**i]	crack [krak] ours [aouez]	dawn [dōn] feet [fīt]

Great minds think alike.
[grèït maïndz sink **elaïk**]

Bowling le lendemain de Noël

J. *Salut, Paul. Je vois que nous avons eu tous les deux la même idée géniale. Les grands esprits…, n'est-ce pas ? Toute ta tribu est là ?*

P. *Non, Liz s'est désistée au dernier moment.*

E. *Eh, papa, Tony a fait un strike !*

P. *Oh, bravo, Tony ! Ouais, elle a dit qu'elle avait besoin de se reposer un peu. On était onze au repas de Noël. Alors, tu sais, la dinde et tout ce qui va avec pour onze personnes ça représente pas mal de travail.*

J. *Onze ? Il y avait qui alors ? La famille de Liz ou la tienne ?*

P. *La mienne. Mes parents sont venus passer la journée et mon frère et sa famille restent chez nous jusqu'à demain.*

J. *Ah, oui. Nous autres, nous sommes allés chez les parents de Mandy cette année.*

P. *Comment ça s'est passé ? Bien ?*

J. *Oh, oui. C'était pas mal. Les gosses ont beaucoup aimé et c'est le principal. Bien sûr, ils étaient debout aux aurores pour voir ce qu'il y avait dans leurs chaussettes.*

P. *Ouais, les nôtres aussi. Est-ce que vous avez eu de la neige là-bas ?*

J. *Oui, je pense que nous avons dû avoir une dizaine de centimètres.*

P. *Ouais, je n'ai pas vu un jour de Noël avec de la neige depuis que j'étais gosse. C'est la première fois que nos enfants ont un Noël blanc.*

J. *C'est vrai. Bon, si je ne te revois pas d'ici là, mes meilleurs vœux pour le Nouvel An.*

P. *Oui, à toi aussi. Salut, Joe. Bien des choses à Mandy.*

Vocabulaire

Happy **New Year**! *Bonne année !*
Merry **Christ**mas! *Joyeux Noël !*

Les grands esprits se rencontrent.
(m. à m. :… *pensent la même chose.*)

GRAMMAIRE

1. La concordance des temps : she said she needed
Comme à la leçon précédente (69-4), il y a parallélisme entre le français et l'anglais. Le verbe de la principale étant au passé, le verbe de la subordonnée est aussi au passé. La conjonction **that**, *que*, n'est pas exprimée, cas très fréquent en anglais.

2. There were eleven of us
Remarquez la différence de construction entre le français et l'anglais. Alors que nous disons simplement *nous étions 11*, l'anglais a recours à l'expression traduisant *il y a*, suivie de l'adjectif numéral, de la préposition **of** et du pronom complément.

3. Le présent progressif : are staying with us until tomorrow
Il a ici à la fois une valeur de présent, puisque ses hôtes sont effectivement chez lui en ce moment, et une valeur de futur comme le montre **until tomorrow.**

4. Until: until tomorrow
Until, tout comme **till** (voir 64-9), sert à traduire le français *jusqu'à* devant une expression de temps.

5. Must + have + participe passé : must have had
Comme nous l'avons déjà vu (61-3), cette construction est utilisée pour exprimer la supposition au passé à l'aide de **must**.

6. Le pluriel des noms : four inches
Comme tous les noms terminés en **-ch** (voir 54-1), **inch** a un pluriel en **-es**, **inches** [intchiz].

7. L'emploi du *present perfect* : it hasn't snowed since…, first time… have had
Since, de par son sens, *depuis*, établit un lien entre le passé et le présent, d'où l'emploi du *present perfect*. De même, pour exprimer une durée qui aboutit au présent, on emploiera le *present perfect* suivi de **for**, *depuis* : **It hasn't snowed for twenty years**. *Il n'a pas neigé depuis vingt ans.*

8. Then : before then
Then est ici adverbe de temps et signifie *à ce moment-là*.
En début de proposition, il signifie *puis, ensuite :*
He spoke, then went out. *Il parla, puis sortit.*

EXERCICES

A. Traduisez :

1. It hasn't snowed here since 1989.
2. It's the first time I've been to Liverpool.
3. Why not come over for the day?
4. She said she'd put her feet up after dinner.
5. They must have had over a hundred cards.

B. Complétez avec le mot qui convient :

1. My brother's wife is my …
2. His wife's father is his …
3. My children are my parents' …
4. Your mother's brother is your …
5. Her sister's daughter is her …

C. Trouvez la question correspondant à la réponse donnée par les mots en italique :

1. I want the *red* one, please.
2. I'd like *three* magazines.
3. Her birthday's *in May*.
4. I was born *in* 1958.
5. No, I'm *an only child*.

D. Complétez avec le mot qui convient :

1. We haven't been swimming … ages.
2. Brenda's lived in Paris … three years.
3. Luke hasn't been to Wimbledon … 1989.
4. Mike went home three days …
5. She hasn't been very well … the autumn.

E. Soulignez les formes faibles :

1. Two of his friends were on television.
2. When was that?
3. — Ken wasn't there. — Yes, he was.
4. My grandparents were Italian.
5. So were mine.

LEÇON 71

A letter from America

1068, East Point Road,
Indianapolis

Dear Stephanie and **Mar**tin.

We were delighted to **hear** from you and can hardly **wait** to see you all in the **spring**. Thank you for the photos of Peter and **Deb**bie. I've enclosed some photos of Kim and **Stu**art. As you can **see** they've grown just as much as **yours**!

We'll be arriving in **Lon**don, **Eng**land[1] (as **Clark** says!) in mid-**A**pril. What we are hoping to **do** is to spend a fortnight or so **the**re visiting my **fam**ily and showing the children the **sights**. I think they are **old** enough now to appreciate mu**seums** etc. After **that** we'd like to come on up to **you**. So if all goes according to **plan** we will be arriving at **your** place sometime during the first week in **May**. Would that be o**kay**? We want to cram in as much as **poss**ible in the six weeks we'll be in **Brit**ain. I know **Clark** has set his **heart** on a trip up to **Scot**land to show the children the Land of their **Fore**fathers!

We'll be in touch again by **let**ter before then and we'll **phone** as soon as we set foot in **Brit**ain. I can hardly **wait**. I feel very **home**sick sometimes.

Love to all the **fam**ily,
Gail.

Mots nouveaux

app**re**ciate [eprīchièït] — enclosed [inklôouzd] — museums [myo͞uziēmz] — **ho**mesick [hôoumsik]

India**na**polis [indjenapelis] — **fore**fathers [fōfażez] — **dur**ing [djouerin] — ac**cor**ding [ekōdin]

possible [posibl] — cram [kram] — land [land]

Absence makes the heart grow fonder.
[absens mèïks że hāt grôou fonde]

Une lettre d'Amérique

1068, East Point Road,
Indianapolis

Chère Stéphanie, cher Martin,

Nous avons été enchantés de recevoir de vos nouvelles et nous brûlons d'impatience de vous voir tous ce printemps. Merci pour les photos de Peter et Debbie. Je joins à ma lettre quelques photos de Kim et Stuart. Comme vous pouvez le constater ils ont grandi tout autant que les vôtres !

Nous arriverons à Londres, Angleterre (comme dit Clark !) à la mi-avril. Ce que nous espérons faire, c'est d'y passer une quinzaine de jours pour rendre visite à ma famille et montrer aux enfants tout ce qu'il y a à voir. Je pense qu'ils sont maintenant assez grands pour apprécier les musées, etc. Après ça, nous aimerions aller vous voir. Donc, si tout se passe comme prévu, nous arriverons chez vous dans le courant de la première semaine de mai. Est-ce que ça vous irait ? Nous voulons caser le plus grand nombre de choses possible pendant les six semaines que nous passerons en Grande-Bretagne. Je sais que Clark tient beaucoup à monter jusqu'en Écosse pour montrer aux enfants « le pays de leurs ancêtres » !

Nous vous contacterons à nouveau par lettre avant cette date et nous vous téléphonerons dès que nous poserons le pied en Grande-Bretagne. Je meurs d'impatience. Parfois, je ressens très fort le mal du pays.

Bons baisers à toute la famille,
Gail.

Vocabulaire

hardly, *à peine, tout juste* ; heart, *cœur* ;
the **fu**ture, *l'avenir* ; the past, *le passé*

Prononciation

L'exercice E, p. suiv. illustre l'opposition **i/ī**, dont nous avons déjà signalé l'importance (voir p. 87).

L'absence rend le cœur plus aimant.

GRAMMAIRE

1. L'adverbe hardly : we… can hardly wait

Cet adverbe, qui signifie *à peine*, comporte une idée de négation et ne sera par conséquent jamais employé avec **not**.

2. Le comparatif as much as yours, as much as possible

Le comparatif d'égalité **as… as** est utilisé avec **much** pour rendre le français *autant que*.

Si on fait référence à un nom pluriel, on emploie alors **as many as : There were a lot of books to choose from and I took as many as I could.** *Il y avait des tas de livres parmi lesquels choisir et j'en ai pris autant que j'ai pu.*

3. La forme progressive : we'll be arriving in London

L'emploi de la forme progressive avec **will** permet d'éviter qu'il ne soit interprété comme exprimant la volonté (voir 64-7).

4. Le relatif what : What we are hoping to do is…

Nous avons vu l'emploi de **what** signifiant *ce que* dans une interrogative indirecte (63-2). On voit qu'il peut aussi se trouver en tête de phrase pour annoncer une proposition, ici : **spend a week there showing the children…** Sur ce point, l'anglais et le français se comportent donc de la même façon.

5. Or so : a fortnight or so

Ces deux mots sont employés avec des expressions indiquant la durée ou la quantité pour rendre la notion d'approximation *environ, à peu près*. Ils se placent toujours en fin de proposition.

6. Enough : they are old enough now

Enough, modifiant un adjectif, se place après celui-ci. Lorsqu'il modifie un nom, il se place devant ce nom (voir 54-2).

Is it hot enough? *Est-il assez chaud ?*

7. L'emploi de l'auxiliaire would : Would that be okay?

Bien que parlant de l'avenir, Gail emploie la forme passée **would**. Elle aurait tout aussi bien pu écrire **Will that be okay?**

De la même façon, en français, on peut employer soit le conditionnel, soit le futur.

8. L'emploi du présent simple : as soon as we set foot in Britain

> **Attention :** après la conjonction de temps **as soon as**, *dès que*, on emploie le présent et non pas le futur (voir 51-4).

EXERCICES

A. Traduisez :

1. Ils espèrent venir en automne.
2. J'ai été enchanté(e) de recevoir votre lettre.
3. Belinda a beaucoup grandi.
4. Avez-vous jamais eu le mal du pays ?
5. Il brûle d'impatience d'avoir sa propre voiture.

B. En vous référant au dialogue, répondez aux questions :

1. When are they planning to arrive in England?
2. Who do you think Clark is?
3. Who lives in London?
4. Why does Clark want to go to Scotland?
5. Is Gail going to write to Stephanie and Martin again?

C. Complétez ces proverbes anglais :

1. In… a penny, in for a…
2. The proof of the… is in the…
3. … many cooks… the broth.
4. You're… young…
5. There's… time like the…

D. Formez des phrases avec un comparatif en suivant le modèle ci-dessous :

Exemple : **Linda's seen hundreds of films (me) → She's seen as many as me.**

1. Ian and Carol have been to a lot of places. (you)
2. Trevor's bought dozens of records. (Sheila)
3. Mary's got lots of money. (Brian)
4. John's collected quite a lot of stamps. (me)
5. Your parents gave me some advice. (my parents)

E. Prononcez ces paires de mots en faisant attention à l'opposition [i]/[ī] **:**

	A.	**B.**
1.	fill [fil], *remplir*	feel [fīl], *sentir*
2.	will [wil], auxiliaire	wheel [wīl], *roue*
3.	still [stil], *encore*	steel [stīl], *acier*
4.	six [siks], *six*	seeks [sīks], *il, elle cherche*
5.	sick [sik], *malade*	seek [sīk], *chercher*

LEÇON 72

Greeting old friends

[**S.** = Stephanie — **G.** = Gail — **C.** = Clark[2]]

S. Peter, **Deb**bie! They're **here**!... He**llo**! Welcome to **Man**chester!

G. Stephanie! How **are** you? It's **great** to see you again.

S. Fine. It's lovely to see **you**. How are **you**?

C. Couldn't be **bet**ter. We're all **fine**.

S. Come on **in. Pe**ter, take the **ca**ses, **will** you? How was the journey **up**?

C. We en**joy**ed it. We never travel by train in the **States**, so it was a nice **change.** It was a direct train straight up from **Eus**ton so there was no **prob**lem.

S. What would you like to do **first**, freshen **up** or have a cup of **tea**?

G. Oh, **tea** first, I think.

S. What do the **child**ren drink?

G. Coke, if you **have** it. Otherwise **milk** or **wa**ter.

C. It was so nice of **Mar**ty[3] to come and **meet** us at the **sta**tion. We could have taken a **cab**.

S. We wouldn't have **dreamt** of it.

G. It's a lovely **house**, Stephanie. How long have you **been** here?

S. We will have been living here for three **years** in **Au**gust. Doesn't time **fly**! It seems like just a few **months**.

Mots nouveaux

Manchester [mantcheste] — **fre**shen [frèchn] — **jour**ney [djōēni] — dreamt [drèmpt]

coke [kôouk] — **Eu**ston [yōūstn] — **o**therwise [œżewaïz] — **Au**gust [ōgest]

travel [travl]

A change is as good as a rest.
[e tchèïndj iz ez goud ez e rèst]

On accueille de vieux amis

S. *Peter, Debbie. Les voilà !... Salut ! Bienvenue à Manchester !*
G. *Stéphanie ! Comment ça va ? C'est formidable de te revoir.*
S. *Ça va bien. Ça fait plaisir de te voir. Comment ça va ?*
C. *Ça ne pourrait pas mieux aller. Nous allons tous très bien.*
S. *Entrez donc. Peter, prends les bagages, veux-tu ? Comment s'est passé le voyage jusqu'ici ?*
C. *Nous avons beaucoup aimé. Nous ne voyageons jamais en train aux États-Unis, alors ça nous a fait un changement agréable. C'était un train direct depuis Euston, donc il n'y a pas eu de problème.*
S. *Qu'est-ce que vous aimeriez faire d'abord ? Vous rafraîchir ou prendre une tasse de thé ?*
G. *Oh, du thé d'abord, je pense.*
S. *Ils boivent quoi, les enfants ?*
G. *Du Coca, si vous en avez. Sinon du lait ou de l'eau.*
C. *C'était vraiment gentil de la part de Martin de venir à notre rencontre à la gare. On aurait pu prendre un taxi.*
S. *Il n'en était pas question.*
G. *C'est une belle maison, Stéphanie. Depuis combien de temps vous habitez ici ?*
S. *Ça fera trois ans en août. Comme le temps passe vite ! On dirait qu'il n'y a que quelques mois.*

Vocabulaire

Wales [wèïlz], *le pays de Galles* ; the **Chan**nel, *la Manche* ;
Welsh, *gallois* (adj), *le gallois* (langue), (the) Welsh, *les Gallois*

Prononciation

De nombreux mots terminés par **-n** ont un **n** syllabique : le **n** final est prononcé directement après le son-consonne précédent et forme une syllabe à lui tout seul, sans être précédé d'un son-voyelle : freshen [frèchn], Euston [yōūstn], children [tchildrn], station [stèïchn], taken [tèïkn].

Le changement est aussi bénéfique que le repos.
(m. à m. : *est aussi bon que.*)

GRAMMAIRE

1. All : We're all fine

All, pronom, employé avec le verbe **be**, se place après celui-ci ; avec un autre verbe, il se place avant ce verbe : **They all came**. *Ils sont tous venus*.

2. La place des adverbes de fréquence : We never travel by train

Never, qui traduit le français *ne ... jamais*, se place devant un verbe ordinaire : **You never know**. *On ne sait jamais*. (voir 29-2 et 49-3).

3. So : so it was a nice change, so there was no problem, it was so nice of Marty

Nous voyons ici deux sens de **so** : celui, déjà vu (24-6), de *donc, aussi, par conséquent* dans les deux premiers exemples ; celui de *si, tellement* dans le dernier.

4. La construction verbe + and + verbe : come and meet us

Limitée aux verbes **come** et **go**, elle sert à rendre le français *venir* ou *aller* + infinitif (voir 11-4).

5. Could + have + participe passé : could have taken

En anglais, **could** (passé de **can**) et l'infinitif passé, **have taken**, se partagent pour ainsi dire la tâche pour exprimer le passé et l'antériorité. En français, c'est le conditionnel passé, *nous aurions pu*, qui exprime ces deux notions à lui tout seul. Le même phénomène se retrouve avec **would** dans la phrase suivante : **We wouldn't have dreamt of it** (littéralement : nous n'en aurions pas rêvé = *cela aurait été inimaginable pour nous*).

6. Les mots interrogatifs : How long have you been here?

How long signifie soit *combien de temps :*
How long are you staying? *Combien de temps comptez-vous rester ?*, soit *depuis combien de temps* lorsqu'il est employé avec le *present perfect* comme ici.

7. L'emploi du *present perfect* : How long have you been here

> **Attention :** après **how long**, *depuis combien de temps*, le *present perfect* correspond à un présent en français : *Depuis combien de temps habitez-vous ici ?*

8. Le futur antérieur progressif : we will have been living here

Will suivi de l'infinitif passé exprime le futur antérieur. Ici, on emploie en plus la forme progressive, ce qui permet d'insister sur l'action exprimée par le verbe. La préposition **for** devant une expression de temps introduit une notion de durée (voir 21-3).

EXERCICES

A. Traduisez :

1. They don't usually travel by train.
2. Peter managed to catch a direct train from Euston.
3. Where's the toilet, please?
4. I will have been learning French for three years in January.
5. It doesn't seem long since we saw them.

B. En vous référant au dialogue, répondez aux questions :

1. What are Stephanie and Martin's children called?
2. Why did they enjoy the journey?
3. Did they have to change trains?
4. What's the children's favourite drink?
5. How did they get from the station to the house?

C. Complétez avec le nom du mois qui convient :

1. Spring begins in …
2. The 5th of … is Bonfire Night.
3. Three months begin with a vowel — …, … and …
4. In France, Bastille Day is on … 14th.
5. My birthday is in …

D. Mettez le verbe entre parenthèses à la forme qui convient :

1. I (work) in the same office for twenty years next month.
2. My mother never (buy) bread, she always (make) her own.
3. They (not eat) since breakfast so they were all very hungry.
4. How long … you (be) here?
5. What … you (read) when I (see) you yesterday?

E. Les mots ci-dessous sont tirés de la leçon 72. Un seul ne contient pas le son [èï]**. Lequel ?**

cases	great	States	change	station
take	train	travel	straight	

LEÇON 73

Eating out

[**M.** = Martin[4] — **G.** = Gail — **C.** = Clark]

M. We thought we'd go **out** tonight if you're not too **tir**ed. There's a very good **Ital**ian restaurant[5] just around the corner and there's also an excellent **In**dian place in town if you like **In**dian food.

G. The children won't eat anything more exotic than a **ham**burger, I'm a**fraid**.

M. **Well**, we can get a take-away from Mc**Don**ald's for the kids, get them a **vi**deo to watch and go out on our **own**.

C. Sounds like a **great** idea to me. That'll give us a chance to catch up on all your **news**.

G. We eat Italian quite often back **home** so it would be nice to go to an **In**dian restaurant for a **change**.

M. **Well**, I'll phone and book a table **now**. *(Picks up the phone and dials)*… He**llo**, I'd like to book a table for **four** for this **e**vening, **please. … Eight** o'clock. … Yes, **four** people. … **Sterne. … No**, S.T.E.R.N.E. … **Thank** you. … No sooner said than **done**. They're expecting us at **eight**. We'll have to leave here about a quarter **to**. I'll take the kids to get a take-away about **se**ven and pick up a video on the way **back**.

Mots nouveaux

restaurant [rèstront]	to**night** [tenaït]	**ham**burger [hambo̅e̅ge]	ex**o**tic [igzotik]
excellent [èkselent]	**In**dian [indyen]	**ta**ke-away [tèïkewèï]	**ta**ble [tèïbl]

Variety is the spice of life.
[veraïeti iz że spaïs ev laïf]

Sortie au restaurant

M. *Nous pensions sortir ce soir, si vous n'êtes pas trop fatigués. Il y a un très bon restaurant italien au coin de la rue et il y a aussi un excellent resto indien en ville, si vous aimez la nourriture indienne.*

G. *Je suis désolée, mais les enfants ne voudront rien manger de plus exotique que le hamburger.*

M. *Eh bien, nous pouvons prendre un repas à emporter chez McDonald pour les gosses, louer un film vidéo pour eux et sortir seuls.*

C. *Ça me paraît une idée formidable. Ça nous permettra d'entendre les dernières nouvelles que vous avez à nous raconter.*

G. *Nous avons l'occasion de manger italien assez souvent chez nous, alors ce serait bien d'aller dans un restaurant indien pour changer.*

M. *Eh bien, je vais téléphoner pour réserver une table tout de suite. (Il soulève le combiné et compose le numéro) ... Allô, je voudrais réserver une table de quatre pour ce soir, s'il vous plaît. ... Huit heures. ... Oui, quatre personnes. ... Sterne. ... Non, S.T.E.R.N.E. ... Merci. ... Sitôt dit, sitôt fait. Ils nous attendent pour huit heures. Il nous faudra partir d'ici vers moins le quart. Je conduirai les gosses pour aller chercher le repas à emporter vers sept heures et je prendrai un film vidéo en revenant.*

Vocabulaire

spice [spaïs], *épice*
catch up (on), *rattraper son retard (sur)*
news [nyo͞uz], *nouvelles*

Prononciation

Les mots terminés par **-ity** ou **-ety** sont accentués sur la syllabe qui précède cette terminaison : va**ri**ety [veraïeti].

La variété est le sel de la vie.

GRAMMAIRE

1. La concordance des temps : We thought we'd go out
Remarquez d'abord que **we'd go out = we would go out**.

Le verbe principal étant au passé, passé de politesse (voir 47-6), le verbe de la subordonnée doit aussi être au passé, d'où **would**, forme passée de **will**.

2. Also : there's also an excellent Indian place in town
Also, synonyme de **too** dans le sens de *aussi* (voir 1-4), se place lui tout de suite après le verbe **be**.

On l'a employé ici de préférence à **too** parce que celui-ci, placé en fin de proposition, serait trop loin du début : **there's an excellent Indian restaurant in town too…**

3. L'emploi de l'article défini : the children
Il s'agit des enfants du couple, donc d'enfants bien définis.

4. Les noms composés : a take-away
Cet exemple montre la souplesse de l'anglais dans la formation des noms composés : c'est le verbe composé **take away**, *emporter*, qui a tout simplement été transformé en nom désignant le plat à emporter. Le procédé français qui se rapproche de ce phénomène, tout en étant cependant beaucoup moins répandu qu'en anglais, est l'utilisation de l'infinitif d'un verbe comme nom : *le manger, le boire, le coucher*, etc.

5. Own : on our own
Nous avons déjà vu (50-2) l'emploi de **own** après un adjectif possessif pour rendre le français *qui appartient en propre*.

Nous trouvons ici un autre sens de la même combinaison, employée avec les verbes **go, come** et **be**, pour rendre l'idée de solitude équivalent au français : *tout(e) seul(e), tout(es) seul(e)s*.

I came on my own. *Je suis venu tout seul.*

6. Les verbes composés : catch up on all your news
Le verbe **catch up**, *rattraper (son retard)*, a plusieurs constructions selon le type de contexte dans lequel il est employé : dans le sens de *rattraper quelqu'un* il se construit avec la préposition **with** ; dans le sens de *se mettre à jour*, il se construit avec la préposition **on**.

We're catching up with them! *Nous les rattrapons !*
Joe is trying to catch up on his reading.
Joe essaie de se mettre à jour pour sa lecture.

EXERCICES

A. Traduisez :

1. Et si on sortait seuls pour changer ?
2. À quelle heure nous attendent-ils ?
3. Est-ce que tu pourrais prendre un plat à emporter sur le chemin du retour ?
4. Ça nous donnera l'occasion de les voir un peu plus.
5. Je suis trop fatigué(e) pour sortir ce soir.

B. En vous référant au dialogue, répondez aux questions :

1. Is the Italian restaurant far?
2. Do the children like Indian food?
3. Why do they decide to go to the Indian restaurant?
4. What is Martin's surname?
5. What time are they going to leave?

C. Dans sa conversation téléphonique avec Martin, le patron du Taj Mahal a utilisé les phrases mentionnées ci-dessous. Regardez le dialogue et mettez les phrases dans l'ordre qui convient :

1. Certainly, sir. What time?
2. Oh, right. We'll see you at eight o'clock then.
3. Did you say a table for four?
4. Is that S.T.E.R.M.?
5. The Taj Mahal.
6. Can I have your name, please?
7. Goodbye.

D. Complétez les phrases à l'aide des verbes à particule suivants : *catch up, look up, wash up, put up, wake up* :

1. It's your turn to … the dishes.
2. William didn't … until nearly ten o'clock.
3. Could you … me … for a couple of days?
4. If you run you'll … Megan …
5. Where's the dictionary? I want to … something…

E. Soulignez la syllabe accentuée :

ability [ebiliti]
community [kemyōūniti]
infinity [infiniti]
majority [medjoriti]
university [yōūnivōēsiti]
ambiguity [ambigyōūiti]
eternity [itōēniti]
invisibility [invizibiliti]
society [sesaīeti]
variety [veraīeti]

LEÇON 74

Making plans

[**S.** = Stephanie — **G.** = Gail — **C.** = Clark **D.** = Debbie — **K.** = Kim]

S. Would you like to do anything in par**tic**ular while you're here, Gail?

G. I know Clark and the **kids** would love to see a **cas**tle.

S. Oh, good. That's **ea**sy to arrange. We'll go to **Con**way. It's probably the best one to **see**. It's a couple of hours **drive** from here so we can take a **pic**nic and make a **day** of it.

K. Great. When was it **built?** Is it very **old**?

S. Well, I'm afraid I can't tell you much a**bout** it. I'm sure they'll sell books and brochures **there** though.

D. We can go to the library if you'd like to read up about it before we **go**.

K. That'd be **neat**.

C. Stephanie, may I make a **phone** call? I'd like to touch base[6] with our friends in **Not**tingham.

S. Yes, of **course**. Go a**head**. The code book should be underneath the **te**lephone directory. ... Is there anywhere special **you**'d like to go, Gail?

G. Yes, there **is** actually. How far are we from **Ches**ter? I'd love to spend a day **there**.

S. Oh **yes**. So would I. I'll come **with** you. We're not far at **all**. It's about fifteen minutes by **car**.

Mots nouveaux

ar**ran**ge [erèïndj]	**ea**sy [īzi]	built [bilt]	**co**de book [kôoud bouk]
picnic [piknik]	**ba**se [bèïs]	**a**nywhere [èniwèe]	di**rec**tory [daïrèktri]

Birds of a feather (flock together).
[bo͞edz ev e fèże flok tegèże]

Projets de visites touristiques

S. *Est-ce que vous aimeriez faire quelque chose de particulier pendant que vous serez ici, Gail ?*

G. *Je sais que Clark et les gosses seraient ravis de voir un château.*

S. *Oh, très bien. Ça c'est facile à organiser. Nous irons à Conway. C'est certainement le meilleur à voir. Il se trouve à deux ou trois heures de voiture d'ici, donc nous pouvons prendre un pique-nique et en faire une journée d'excursion.*

K. *Super. Il a été construit quand ? Il est très vieux ?*

S. *Eh bien, je suis désolée, mais je ne peux pas vous en dire grand-chose. Cependant je suis sûre qu'ils vendront des livres et des brochures sur place.*

D. *Nous pouvons aller à la bibliothèque si tu voulais lire sur le sujet avant que nous y allions.*

K. *Ça serait chouette.*

C. *Stéphanie, est-ce que je peux donner un coup de fil ? J'aimerais donner signe de vie à nos amis de Nottingham.*

S. *Oui, bien sûr. Vas-y. La brochure des indicatifs régionaux devrait se trouver sous l'annuaire... Est-ce qu'il y a un endroit particulier où toi tu aimerais aller, Gail ?*

G. *En fait, oui. À quelle distance de Chester sommes-nous ? Je serais ravie d'y passer une journée.*

S. *Oh, oui. Moi aussi. Je viendrai avec toi. Nous n'en sommes pas loin du tout. C'est à une quinzaine de minutes en voiture.*

Vocabulaire

ghost [gôoust], *fantôme* ; thick [ṡik], *épais* ;
haunted [hōntid], *hanté* ; moss, *mousse*

Prononciation

Would apparaît plusieurs fois sous sa forme faible [d] : I'd [aīd]. Remarquez la prononciation de **that'd** [żated] (ligne 13).

Qui se ressemble s'assemble.
(m. à m. : *Les oiseaux de même plumage s'assemblent.*)

GRAMMAIRE

1. Les indéfinis : anything in particular, anywhere special
On emploie des composés de **any** dans ces phrases interrogatives parce que la personne qui pose la question ignore tout de la réponse (voir 16-1).

2. L'emploi du présent : while you're here, before we go
Nous avons ici deux exemples d'emploi du présent simple pour rendre le futur ou le subjonctif français après des conjonctions de temps (voir 51-4).

3. Le superlatif : the best one to see
Comme nous l'avons vu (65-3), **best** est le superlatif irrégulier de **good**.

4. Le génitif : it's a couple of hours' drive
Le génitif est souvent employé avec des expressions de temps (voir 14-2, 31-3). On remarque qu'ici il n'est marqué que par une apostrophe, parce que **hours** est un pluriel déjà terminé par **-s** (voir 32-5).

5. Le passif : When was it built?
Comme nous l'avons vu (31-2), le passif se forme à l'aide de l'auxiliaire **be**, qui se conjugue, suivi du participe passé du verbe (**built** participe passé de **build**) : ici **be** se met au passé → **was**.

6. Les mots interrogatifs : How far are we from Chester?
L'expression **how far** sert à interroger sur l'éloignement et rend le français *à quelle distance*. On pourrait aussi avoir la même phrase avec un sujet non animé : **How far is it to Chester?**

Souvenez-vous (voir 60-6) que **far** s'emploie dans des phrases interrogatives, comme ici, ou négatives, comme dans l'avant-dernière phrase de la leçon : **We are not far at all.**

7. It's about fifteen minutes by car
Cette construction exprime la même idée que la tournure vue ci-dessus (4), **by car** remplaçant **drive**, qui n'est pas possible ici à cause de la présence de **about**.

EXERCICES

A. Traduisez :

1. The whole family would like to go to London.
2. It's just a short drive from here.
3. Do you want anything in particular from town?
4. May I borrow these brochures?
5. I can't find the telephone directory.

B. En vous référant au dialogue, répondez aux questions :

1. What would the children like to see?
2. Is Conway Castle far from Manchester?
3. Who does Clark want to phone?
4. What is underneath the telephone directory?
5. What would Gail like to do?

C. Lisez le texte ci-dessous et formulez des questions s'y rapportant en commençant par les mots donnés (1 à 5) :

Offa's Dyke [daīk] forms a 167 mile long footpath [fōūtpas] along the border [bōde] between England and Wales. It was built by King [kin] Offa of Mercia in the eighth century [sèntcheri] to defend [difend] England from the Welsh.

1. When …?
2. Who …?
3. Why …?
4. How long …?
5. Where …?

D. Reconstituez chaque phrase ci-dessous en commençant par le mot en italique :

1. *I'd*/while/like/with/here/a/you're/word/you.
2. *It's*/Dover/drive/here/hour/a/ten/from/to/.
3. *How*/Ben's/is/house/far/to/it/?
4. *Do*/you/anything/lunch/want/particular/in/for/?
5. *Adrian*/club/best/is/squash/the/in/player/the/.

E. Soulignez les syllabes qui contiennent le son [e] :

particular	afraid	library	directory
arrange	about	ahead	special
probably	brochures	underneath	actually

LEÇON 75

Preparing a picnic

[**S.** = Stephanie — **G.** = Gail — **C.** = Clark]

G. Can I **help** you with anything, Steph?

S. **Yes**. You can tell me if I've for**go**tten anything. I've packed to**ma**toes, hard-boiled **eggs**, cold **chick**en, buttered **rolls, ham, cheese, crisps**, a flask of **cof**fee and lemo**nade** and **coke** for the **chil**dren.

G. What about knives and **forks**?

S. **Yes**, I've got those **too** and **plates, cups, spoons** and a **tab**lecloth. Do you think that will be e**nough** food?

G. Oh **yes**. There's **plent**y there.

C. He**llo** there. How are you **do**ing?

G. **Oh**, we're all **rea**dy. Did you **get** a car?

C. I sure **did**. I took if for ten **days** but we can ex**tend** that if we decide to drive up to **Scot**land.

S. **Right**. Shall we **go** then? We thought we'd set out **ear**ly and then we can have a walk along the **beach** as well. I suppose we'd better take um**bre**llas.

C. **Real**ly? It looks like it's gonna be a **love**ly day.

S. Yes it **does**, but you can never re**ly** on that in Britain. It could **pour** down.

C. You're the **boss**. I'll just get the **cam**corder and call the **kids**.

G. Get **my** camera too, **will** you, Clark?

C. **Sure**. Oh, **Gail**, remind me to buy some **post**cards, when we **get** there, **will** you?

Mots nouveaux

hard-boiled [hādboïld]	flask [flāsk] **ca**mera [kamre]	ex**tend** [ikstènd]	lemo**nade** [lèmenèïd]
tablecloth [tèïblklos]	rolls [rôoulz] crisps [krisps]	**cam**corder [kamkōde]	um**bre**llas [œmbrèlez]
boss [bos]	those [żôouz]	pour [pō]	re**ly** [rilaï]

Half a loaf is better than none.
[hāf e lôouf iz bète żen nœn]

Préparatifs pour un pique-nique

G. *Est-ce que je peux faire quelque chose pour t'aider, Steph ?*

S. *Oui. Tu peux me dire si j'ai oublié quelque chose. J'ai préparé des tomates, des œufs durs, du poulet froid, des petits pains beurrés, du jambon, du fromage, des chips, un thermos de café, et de la limonade et du Coca pour les enfants.*

G. *Et les couteaux et les fourchettes ?*

S. *Oui, ainsi que des assiettes, des tasses, des cuillères et une nappe. Tu crois qu'on aura assez à manger ?*

G. *Oh, oui. Il y en a largement assez.*

C. *Salut, la compagnie. Où en êtes-vous ?*

G. *Nous sommes tous prêts. Tu as trouvé une voiture ?*

C. *Bien sûr. Je l'ai prise pour dix jours mais nous pouvons prolonger si nous décidons de monter en Écosse.*

S. *Très bien. Alors, on y va ? Nous avons pensé démarrer tôt comme ça nous pourrons aussi nous promener le long de la plage. Je suppose que nous ferions mieux d'emporter des parapluies.*

C. *Vraiment ? On dirait qu'il va faire une belle journée.*

S. *C'est vrai, mais on ne peut jamais compter dessus en Grande-Bretagne. Il se pourrait qu'il pleuve à verse.*

C. *C'est toi le chef. Je vais simplement prendre le Caméscope et appeler les gosses.*

G. *Tu veux bien aussi prendre mon appareil-photo, Clark ?*

C. *Bien sûr. Oh, Gail, tu voudras bien me faire penser à acheter des cartes postales quand nous serons là-bas ?*

Vocabulaire

shore [chō], *rivage* ; tide [taïd], *marée* ; sand, *sable* ; wave [wèïv], *vague* ; sea [sī], *mer* ; pack [pak], *emballer*.

Prononciation : l'intonation dans les énumérations

La voix monte sur chaque élément d'une liste, sauf le dernier.

Un demi-pain vaut mieux que pas de pain du tout.
(m. à m. :… *qu'aucun* [pain])

GRAMMAIRE

1. Le pluriel des noms : knives

Le singulier est **knife** [naïf]. On voit donc qu'au pluriel il faut non seulement ajouter un **-s**, mais aussi remplacer le **f** par un **v**. Cette règle s'applique à d'autres mots terminés **-fe** ou **-f** ; **wife** (*femme*) → **wives, leaf** [lif] (*feuille*) → **leaves** [līvz].

2. Les prépositions : for the children, for ten days

Ces deux exemples nous rappellent les deux sens, et les deux emplois, de la préposition **for** :

— pour introduire un complément d'attribution :

This present is for you. *C'est un cadeau pour toi.*

You'll get it for Christmas. *Tu l'auras à Noël.*

— pour introduire une notion de durée :

We're staying for a week. *Nous restons une semaine.*

Souvenez-vous que dans ce dernier sens, employé avec le *present perfect*, il traduit le français *depuis* :

I haven't seen you for ages.

Je ne vous ai pas vu depuis des siècles.

3. La place de l'adverbe : you can never rely on that

Un adverbe de temps se place toujours après un auxiliaire. De même que **never** se place après l'auxiliaire **be** (voir 29-2), il se place aussi après l'auxiliaire **can**.

4. Le verbe remind : remind me to buy

On trouve ici une des deux constructions du verbe **remind** : **remind** + nom (ou pronom) + **to** + verbe (voir 64-3).

5. L'emploi du présent : when we get there

Encore un exemple de l'emploi du présent en anglais après une conjonction de temps, alors que le français emploie le futur.

6. Américanismes : I sure did

Cet emploi de **sure** est typiquement américain.

Un Anglais dirait : **I certainly did**.

EXERCICES

A. Traduisez :

1. Est-ce qu'ils vont monter en Écosse en voiture ?
2. Rappelle à Wendy d'emporter son appareil-photo.
3. On ne peut pas se fier à Patrick.
4. À quelle heure êtes-vous partis ?
5. Il y a largement assez à manger et à boire.

B. En vous référant au dialogue, répondez aux questions :

1. Who has prepared the picnic?
2. Where has Clark been?
3. How long did he hire the car for?
4. Does it look like rain?
5. What does Clark ask Gail to do?

C. Trouvez la réponse :

1. You can keep tea or coffee hot in a …
2. You can keep dry in the rain with an …
3. You take photos with a …
4. You use a … to cut food.
5. You can sunbathe on the …

D. Complétez avec le mot qui convient :

1. David hasn't been home … ages.
2. His uncle's been in hospital … last summer.
3. They've both been at university … two years.
4. Oliver and Tracy have been married … 1986.
5. They've only been here … a few minutes.

E. Prononcez ces phrases en faisant attention à l'intonation :

1. I've got knives, forks, spoons, cups and plates.
2. Jane took crisps, ham, rolls, eggs and cheese.
3. Do you want to drink tea, coffee, milk or water?
4. The library's open on Monday, Wednesday, Friday and Saturday.
5. They've invited John, Tim, Peter, Barry and Joe.

Conversation at a picnic

[**M.** = Martin — **S.** = Stephanie — **G.** = Gail — **C.** = Clark — **P.** = Peter]

C. This is a wonderful place for a **pic**nic. It really is beautiful **country**side around here. It's so **green**.

G. Look at the cows and sheep on that **hill**side over there. They look just like animals from a toy **farm**.

C. **Mm**. Could you pass some of that **ham**, please, **Mar**ty?… **Thanks**… I hadn't realized that Ireland was so **close**. We'd love to go ac**ross** for a couple of days before our trip up to **Scot**land.

M. Take the ferry from Holy**head**, you mean? **Yes**, we've done that **seve**ral times. I'm sure you'll like **Ire**land. It's even greener than **here**.

P. Are there any more **crisps**, Mum?

S. I'm not **sure**. Have a look in that **bag**.

G. We thought we'd go over on Friday for a long week**end**[7]. How about all of us going to**ge**ther?

S. **Well**, it would be **nice** but I've been neglecting the **gar**den far too much lately and **Mar**tin has promised to play in a **golf** tournament on Sunday, **have**n't you?

C. Oh, **right**. Mm. This ham sure is **good**. **Say**, we'll have a free place in the **car** if Debbie or Peter would like to go **with** us.

S. Debbie is going **cam**ping next weekend. But perhaps **Pe**ter would like to **go** with you. He's never **been** to Ireland. If you're sure he won't be any **troub**le.

C. We'd be de**ligh**ted to take him.

Mots nouveaux

neg**lec**ting [niglèktin]
conver**sa**tion [konvesèïchn]
ferry [fèri]
pass [pās]
hillside [hilsaïd]
lately [lèïtli]
several [sèvrl]
free [frī]
camping [kampin]
tournament [touenement]
golf [golf]
realised [riēlaïzd]

The grass is greener (on the other side).
[że gras iz grīne on żi œże saïd]

Conversation de pique-nique

C. *C'est un endroit magnifique pour un pique-nique. La campagne est vraiment belle par ici. C'est si vert.*

G. *Regarde ces vaches et ces moutons sur la colline, là-bas. On dirait tout à fait des animaux d'une ferme-jouet, pas vrai ?*

C. *Mm... S'il te plaît, Marty, pourrais-tu me passer un peu de ce jambon ? ... Merci... Je ne m'étais jamais rendu compte que l'Irlande était si proche. Nous aimerions y aller pour quelques jours, avant notre voyage en Écosse.*

M. *Tu veux prendre le ferry à Holyhead, c'est ça ? Oui, nous l'avons fait plusieurs fois. Je suis sûr que vous aimerez l'Irlande. C'est encore plus vert qu'ici.*

P. *Est-ce qu'il reste encore des chips, maman ?*

S. *Je n'en sais rien. Jette un coup d'œil dans ce sac.*

G. *Nous avons pensé traverser vendredi pour un long week-end. Que diriez-vous si on y allait tous ensemble ?*

S. *Eh bien, ce serait sympa, mais j'ai beaucoup trop négligé le jardin ces derniers temps et Martin a promis de jouer dans un tournoi de golf dimanche, pas vrai, Martin ?*

C. *Ah, bon. Mm... Ce jambon est vraiment bon. Dites donc, ça veut dire que nous aurons une place de libre si Debbie ou Peter veulent venir avec nous.*

S. *C'est-à-dire que Debbie va camper le week-end prochain. Mais peut-être que Peter aimerait aller avec vous. Il n'est jamais allé en Irlande. Si vous êtes sûrs qu'il ne vous gênera pas.*

C. *Nous serions enchantés de l'emmener.*

Vocabulaire

field [fîld], *champ* ; **mea**dow [mèdôou], *pré* ; the Irish [żi aïrich], *les Irlandais* ; the Irish Sea, *la mer d'Irlande*

Prononciation

Les mots qui se terminent par **-l** ont souvent un **l** syllabique (voir Prononciation, p. 303 et l'exercice E, p. 321).

C'est toujours mieux ailleurs.
(m. à m. : *L'herbe est toujours plus verte de l'autre côté du chemin.*)

GRAMMAIRE

1. Le pluriel des noms : sheep

Le nom **sheep** a la même forme au singulier et au pluriel. On dira donc **a sheep**, *un mouton* et **ten sheep**, *dix moutons*.

Il n'existe qu'un autre mot en anglais ayant le même comportement que **sheep** : **craft** *(embarcation)* utilisé seul ou dans un nom composé. On dira **an aircraft** *(un avion)* et **ten aircraft**.

2. Times : several times

En dehors de *une fois* et *deux fois* (voir 52-3), *fois* se traduit soit par le singulier **time** comme dans *pour la énième fois* (voir 52-3) ou dans l'expression par laquelle débutent les contes de fées (**Once upon a time**, *Il était une fois*), soit par le pluriel **times** comme dans **hundreds of times**, *des centaines de fois*.

3. Le comparatif : even greener

Pour rendre le français *encore plus*, on fait précéder le comparatif de l'adverbe **even** *(même)*.

4. Le gérondif : How about all of us going together?

How about, synonyme de **what about** *(et si…, que diriez-vous si…)* employé avec un verbe est toujours suivi du gérondif, ce qui est normal puisque **about** est une préposition (voir 43-3).

5. Le *present perfect* : I've been neglecting the garden… lately

L'adverbe **lately**, *ces derniers temps, récemment*, est toujours employé avec le *present perfect*, puisque, de par son sens, il introduit nécessairement un lien entre le passé et le présent.

Le *present perfect* à la forme progressive permet d'insister sur l'activité exprimée par le verbe, même si cette activité, **neglect**, est plutôt une absence d'activité dans ce cas !

6. Far : far too much

Far sert aussi à rendre le français *beaucoup* devant un comparatif et des expressions commençant par **too** : **Staying in France is far cheaper than staying in the U.S.A.** *Un séjour en France est beaucoup moins cher qu'un séjour aux U.S.A.*

Devant **too** + adjectif et devant un comparatif, on peut aussi employer **much** : **It's much too cold to go out.** *Il fait beaucoup trop froid pour sortir*. **It's much colder today than yesterday.** *Il fait beaucoup plus froid aujourd'hui qu'hier.*

EXERCICES

A. Traduisez :

1. Would you like to go camping for a long weekend?
2. I've promised to go swimming with Helen.
3. Did they find a good place for a picnic?
4. Those children look very neglected.
5. Margaret often takes the ferry to Ireland.

B. En vous référant au dialogue, répondez aux questions :

1. What are they all doing?
2. What animals can Gail see?
3. Have Martin and Stephanie been to Ireland?
4. Why can't Martin go to Ireland at the weekend?
5. What is Debbie doing at the weekend?

C. Formez des phrases au present perfect avec les éléments donnés et en utilisant *for* ou *since* si nécessaire :

1. I'm rather busy. (the holidays)
2. Harry was very ill. (a couple of months)
3. Richard's working hard. (lately)
4. Are the children watching T.V.? (all this time)
5. Did Brenda make a cake? (the party)

D. Complétez les phrases en mettant les verbes entre parenthèses à la forme qui convient :

1. I … Gary lately. Have you? (not see)
2. Tina usually … Christmas with her parents. (spend)
3. It doesn't matter if they … early. (leave)
4. We'll leave as soon as the babysitter … (arrive)
5. How long … you … Spanish? (learn)

E. Notez que le « l » final de chaque mot ci-dessous est un « l » syllabique. Prononcez les mots en faisant attention à la prononciation de ce « l » final :

animal	beautiful	bottle	castle	couple
parcel	several	travel	trouble	wonderful

LEÇON 77

At the travel agency

[**T.** = Travel agent — **C.** = Clark]

T. Good after**noon**. Can I **help** you?

C. Good after**noon**. I'd like to book for the car ferry across to **Ire**land. The one from Holy**head**.

T. **Cer**tainly, sir. When would you like to **go**?

C. We'd like to go early in the after**noon** on the four**teen**th and come back on the **seven**teenth. So I'd like to book three nights in a hotel in **Dub**lin as well. Can I do that through **you**?

T. **Yes**. No problem at **all**. That's the fourteenth of **this** month, is it?

C. That's **right**. So it's next **Fri**day, in **fact**.

T. O**kay**. **Now** then if you'd like to fill in the details of your **car** and the **pas**sengers on this **form**... What sort of hotel were you **think**ing of?

C. **Well**, something not too ex**pen**sive but, you know, **de**cent. **Two** star, or maybe **three** star, I guess.

T. I'd recommend the **Sham**rock Hotel[8]. It's only a **one** star hotel but it's very **com**fortable and the prices are very **rea**sonable.

C. I'll take your **word** for it. **So**, I'll need a double room with an extra **bed** and a room with **twin** beds.

Mots nouveaux

seven**teen**th [sèvntīns]
passengers [pasindjez]
prices [praïsiz]
Dublin [dœblin]
four**teen**th [fōtins]
comfortable [kœmftebl]
Ireland [aïelend]
double [dœbl]
Shamrock [chamrok]
maybe [mèïbi]
twin [twin]
Holy**head** [holihèd]
star [stā]

Take care of the pennies
(and the pounds will take care of themselves.)
[tèïk kèer ev że pèniz en że paoundz wil tèïk kèer ev żemsèlvz]

À l'agence de voyages

*[**E.** = Employé]*

E. *Bonjour, monsieur. Je peux vous aider ?*
C. *Bonjour. J'aimerais faire une réservation pour le car-ferry à destination de l'Irlande. Celui qui part de Holyhead.*
E. *Certainement, monsieur. Quand voudriez-vous partir ?*
C. *Nous aimerions partir tôt dans l'après-midi du quatorze et revenir le dix-sept. J'aimerais donc aussi réserver trois nuits dans un hôtel de Dublin. Puis-je faire ça par votre intermédiaire ?*
E. *Oui. Sans aucun problème. C'est le quatorze de ce mois, n'est-ce pas ?*
C. *C'est ça. Donc, vendredi prochain en fait.*
E. *Parfait. À présent, voyons. Si vous vouliez bien inscrire les détails de votre voiture et de vos passagers sur ce formulaire… À quel type d'hôtel pensiez-vous ?*
C. *Eh bien, quelque chose de pas trop cher mais, voyez-vous, convenable. Deux étoiles, peut-être trois, je suppose.*
E. *Je recommanderais l'hôtel Shamrock. Ce n'est qu'un hôtel à une étoile mais il est très confortable et les prix sont très raisonnables.*
C. *Je vous crois sur parole. Donc il me faudra une chambre à deux lits avec un lit supplémentaire et une chambre pour deux personnes.*

Vocabulaire

first rate [rèït], *de première classe* ; second rate, *de second ordre* ; crossing, *traversée* ; rough [rœf], *agitée* (mer)

Prononciation

Tous les nombres terminés par **-teen** (de 13 à 19) sont accentués sur la dernière syllabe, **-teen**, sauf s'ils sont suivis d'un mot accentué. Exemple : **She's** eigh**teen** mais **She was born in 1860 (eigh**teen **sixty)**.

Il n'y a pas de petites économies.
(m. à m. : *Prenez soin des pennies et les livres prendront soin d'elles-mêmes.*)

GRAMMAIRE

1. L'emploi de l'article : The one from Holyhead

The suivi de **one** sert à rendre le pronom démonstratif français *celui* ou *celle* (qui, que).

2. Les prépositions : in the afternoon, on the fourteenth

Pour indiquer les différents moments de la journée, l'anglais, tout comme le français d'ailleurs, ne procède pas de façon uniforme. C'est ainsi qu'on dira **in the morning, in the afternoon, in the evening** (respectivement *le matin, l'après-midi* et *le soir*), mais **at midday** (ou **at noon**), **at midnight** et **at night** pour *à midi, à minuit* et *la nuit*.

Devant les noms de saisons, par contre, on emploie toujours **in** : **in autumn**, *en automne* ; **in winter**, *en hiver*, etc.

D'autre part, souvenez-vous (voir 5-6) qu'une date ou un jour de la semaine est toujours introduit par **on** :
I'll see you on the fifteenth. *Je te verrai le 15.*
You mean on Monday? *Tu veux dire lundi ?*

3. Les verbes composés : fill in the details

Alors que **fill** est un verbe simple qui signifie *remplir un récipient*, s'il s'agit du sens figuré, *remplir un formulaire*, on doit avoir recours au verbe composé correspondant **fill in** :
Shall I fill in this form? — Yes, fill it in, please.
Dois-je remplir ce formulaire ? — Oui, remplissez-le, s'il vous plaît.

4. Two star

Remarquez que, contrairement à ce qui se passe en français, **star** est au singulier. En anglais, en effet, les expressions d'évaluation **two star** ou **three star** se comportent comme des expressions adjectivales ou adverbiales, donc invariables, d'où **a three star hotel**, *un hôtel trois étoiles*.

5. La formation des adjectifs : comfortable, reasonable

Comme en français, le suffixe **-able** sert à former des adjectifs à partir de noms ou de verbes : **reason** *(la raison)* → **reasonable** *(raisonnable)* ; **comfort** *(le confort)* → **comfortable ; bear** *(supporter)* → **bearable** *(supportable)* ; **accept** *(accepter)* → **acceptable** (voir 84.4).

EXERCICES

A. Traduisez :

1. Susan envisage de partir le seize.
2. Il m'a fallu remplir sept formulaires différents !
3. Est-ce qu'ils sont descendus à un hôtel cher ?
4. Jeudi prochain c'est l'anniversaire de Kevin.
5. Quel hôtel recommanderiez-vous ?

B. En vous référant au dialogue, répondez aux questions :

1. Where is Clark?
2. How long does he want to stay in Dublin?
3. Are they coming back on Sunday?
4. Does Clark decide to book rooms in a three star hotel?
5. How many beds do they need?

C. Complétez avec les prépositions qui conviennent :

1. My appointment is … four o'clock … the sixth … April.
2. Can you give me a lift … town … the morning?
3. Did you come … bus or … foot ?
4. I'm expecting them … Tuesday … quarter … six.
5. — What's … T.V. tonight? — I don't know. Look … the paper.

D. Pour obtenir l'information suivante d'un hôtel, il aurait fallu poser 5 questions. Lesquelles ?

It's a two star hotel. A double room with bath is £58 per night. They can provide an extra bed for a young child. The hotel is a ten minute walk from the station. There is a restaurant in the hotel.

E. Soulignez les toniques des phrases ci-dessous. Prononcez les phrases :

1. a. Is it comfortable? b. It's very comfortable.
2. a. Are the prices reasonable? b. The prices are very reasonable.
3. a. Are you happy here? b. I'm very happy here.
4. a. Was it a good holiday? b. It was a very good holiday.
5. a. Was the weather nice? b. The weather was very nice.

LEÇON 78

Buying shoes

[**C.** = Clark — **S.** = Shop assistant]

C. I'd like a pair of those wonderful English **bro**gues[9] you have in the window.
S. Could you show me which ones you **mean?**
C. **Cer**tainly. ... Those brown ones in the **middl**e there.
S. Oh **yes**. What **size** do you take, sir?
C. **Well**, I take a size **ten** back home in the **States** but I guess you have **diff**erent sizes here.
S. **Yes**, but that's o**kay**. American size **ten** is a British size **nine**. ... There you **are**, sir. ...
C. **Ac**tually, they're kinda **tight**. Could I try the next size **up**?
S. **Cer**tainly. ... I'm afraid I haven't got that model in a nine and a **half**. These are a size **ten**.
C. Well I'll **try** them. ... They feel o**kay**. **Yes**, they're a good **fit**. Do you have them in **black?**
S. I'll have to **check**, but I **think** so.
C. **Well**, I'd like to take a **black** pair as well.
S. O**kay**. ... Yes, we **do** have them in black. **There** you are. Is there anything **else** you need? **Shoe** polish? **Socks?**
C. **No**, t**hank** you, not to**day**. Oh, do you mind giving me an extra **car**rier-bag for my **par**cels? I'd ap**pre**ciate it.
S. **Yes**, of **course**. That's £91.98 then, please.
C. Can I pay by **cre**dit card?
S. Uh, ... oh **yes**, we take **that** one.

Mots nouveaux

brogues [brôougz]	pair [pèe] polish [polich]	tight [taït]	A**me**rican [emèrikn]
different [difrent]	fit [fit]	socks [soks]	**cre**dit card [krèdit kād]

If the shoe fits (wear it).
[if że chou̅ fits wèer it]

Clark achète des chaussures

[**V.** = vendeur]

C. Je voudrais une paire de ces magnifiques gros souliers anglais que vous avez en devanture.
V. Pourriez-vous me montrer ceux que vous voulez dire ?
C. Certainement… les marron, au milieu, là-bas.
V. Ah oui. Quelle pointure prenez-vous d'habitude, monsieur ?
C. Chez moi, aux États-Unis, je prends du dix, mais je suppose que vous avez des pointures différentes.
V. Oui, mais ça ne fait rien. La pointure américaine dix est une pointure neuf en Grande-Bretagne… Voilà, monsieur…
C. En fait, ils sont un peu étroits. Pourrais-je essayer la pointure au-dessus ?
V. Certainement… Désolé, mais je n'ai pas ce modèle en neuf et demi. Ceux-ci sont du dix.
C. Eh bien, je vais les essayer… Ça a l'air d'être ça. Oui, ils me vont bien. Est-ce que vous les avez en noir ?
V. Il faut que je vérifie, mais je crois bien.
C. Eh bien, j'aimerais aussi prendre une paire en noir.
V. Très bien… Oui, nous en avons bien en noir. Tenez. Vous avez besoin d'autre chose ? Du cirage ? Des chaussettes ?
C. Non, merci. Pas pour aujourd'hui. Oh, est-ce que vous pourriez me donner un autre sac pour mes paquets ? Ça m'arrangerait beaucoup.
V. Oui, bien sûr. Cela fait 91,98 livres, s'il vous plaît.
C. Je peux régler avec une carte de crédit ?
V. Euh… Oh oui, nous acceptons celle-là.

Vocabulaire

leather [lèże], *cuir* ; heel [hīl], *talon* ;
brogues, *style particulier de chaussures de marche chic*

Prononciation

Les mots de plus de deux syllabes terminés par **-ate** sont accentués sur l'antépénultième syllabe : **appreciate** [e**prī**chièït]

Si la chaussure vous va, mettez-la. (m. à m. : … *portez-la.*)

GRAMMAIRE

1. Les démonstratifs : those wonderful English brogues, those brown ones, these are a size ten

Dans cette leçon nous avons les deux formes plurielles des démonstratifs : **those**, pluriel de **that**, dans les deux premiers exemples, et **these**, pluriel de **this**, dans le troisième.

Le choix du démonstratif dépend ici de la distance qui sépare celui qui parle des souliers (voir 2-2, 23-2) : **those** traduit l'éloignement (renforcé par **in the window** dans le premier exemple, et par **in the middle there** dans le deuxième), **these** traduit la proximité (= ceux que j'ai à la main et que je vous propose).

2. Which : which ones you mean

Dans une interrogative, directe ou indirecte, on emploie souvent **which** lorsqu'il y a une notion de choix précis qui est impliquée : **I don't know which one to choose.** *Je ne sais laquelle choisir.*

Remarquez qu'un peu plus loin le vendeur pose la question : **What size do you take, sir?** Il emploie **what** parce qu'il s'agit d'un choix beaucoup plus ouvert que dans les exemples avec **which**.

3. Le verbe feel : they feel okay

Comme les verbes look et sound (voir 21-6), le verbe **feel** sert à traduire le français *sembler, donner l'impression*, mais lorsqu'il s'agit d'une impression ayant trait au toucher ou au corps dans son ensemble : **A baby feels comfortable in his mother's arms**. *Un bébé se sent à l'aise dans les bras de sa mère.*

4. As well : I'd like to take a black pair as well

Nous avons déjà vu trois façons de traduire *aussi (= également)* : **too** (voir 1-4), **so** (voir 3-7), et **also** (voir 73-2).

En voici une quatrième, **as well** (m. à m. : *aussi bien*), qui se place en fin de proposition, comme **too**, qu'on pourrait d'ailleurs lui substituer ici : **I'd like to take a black pair too**.

5. Les noms non comptables : Shoe polish

Shoe polish n'a pas de pluriel et ne s'emploie pas avec l'article indéfini **a** : c'est donc un nom non comptable. Lorsqu'il désigne la substance en général, il n'est jamais précédé d'un article, contrairement au français : **I never use shoe polish.** *Je n'utilise jamais de cirage.* **Shoe polish is good for shoes.** *Le cirage c'est bon pour les chaussures.*

EXERCICES

A. Traduisez :

1. Is that the right size for you?
2. It feels a bit too big actually.
3. Do you have that jacket in brown?
4. Linda doesn't need anything else.
5. The ones I want are in the window.

B. En vous référant au dialogue, répondez aux questions :

1. What size shoe does Clark take in America?
2. What colour shoes does he buy?
3. How many pairs of shoes does he buy?
4. What else does he buy?
5. Does Clark pay cash for his shoes?

C. Mettez ces phrases au pluriel :

1. Can you see that black sheep?
2. He had a very sharp knife.
3. It's a very nice family.
4. Don't put your foot on that magazine.
5. I just can't stand that person.

D. Trouvez les paires logiques :

1. Are they too tight?	**A.** Nothing today, thanks.
2. Anything else?	**B.** Twelve.
3. Can I pay by cheque?	**C.** Yes, they are a bit.
4. What size are you?	**D.** Yes, of course.
5. Can I try them on?	**E.** If you have a cheque card.

E. Classez les mots suivants selon le son-voyelle qu'ils contiennent :

brown	model	cow	two
home	shoe	those	polish
show	who	sock	how
[o]	[aou]	[ôou]	[ou]

LEÇON 79

On the way to Ireland

[**G.** = Gail — **C.** = Clark — **M.** = Man on bike[10]]

C. I can't see where we are on this **map**. **Gail**, could you open your **win**dow and ask that guy on the **bi**cycle before we get completely **lost.**

G. Ex**cu**se me. We're trying to get to Holy**head**. Is this the right **road?**

M. **No**, I'm afraid it **is**n't. It's the **A5** you want. **Now** then, let me **think**, which is the best **way**? **Well**, you'll have to turn **round** first and then carry **on** until you come to the next **cross**roads. Turn **left** and go down that **road** until you see a sign for Holy**head**. I think it's the third turning on the **right**, but I can't be **sure**. Anyway it'll be **sign**posted.

G. Thank you very **much**.

M. That's all **right.**

C. Can you remember what he **said**?

G. **Well**, the first bit was turn **round** and go on as far as the **cross**roads. I think he said turn **left** then, **did**n't he? And then follow the **signs**.

C. I wonder if there'll be somewhere to stop for **lunch**. I'm getting **hun**gry.

G. There's bound to be a **pub** or a **ca**fe or something **soon**. Keep your **eyes** open, kids.

Mots nouveaux

di**rec**tions [daïrekchenz] — com**ple**tely [kemplītli] — **bi**cycle [baïsikl] — **turn**ing [tō͞enin]

signposted [saïnpôoustid] — crossroads [krosrôoudz] — **won**der [wœnde] — bound [baound]

cafe [kafèï] — lost [lost]

A miss is as good as a mile.
[e mis iz es goud ez e maïl]

En route pour l'Irlande

*[**H.** = homme à vélo]*

C. *Je ne vois pas où nous sommes sur cette carte. Gail, est-ce que tu pourrais ouvrir ta vitre et demander à ce bonhomme à bicyclette avant que nous ne soyons complètement perdus ?*

G. *Pardon, monsieur. Nous essayons d'aller à Holyhead. Est-ce que c'est le bon chemin ?*

H. *J'ai bien peur que non. C'est la A5 qu'il vous faut. Voyons, laissez-moi réfléchir, quel est le meilleur chemin ? Bon, d'abord il vous faut faire demi-tour, puis continuer jusqu'à ce que vous arriviez au prochain carrefour. Tournez à gauche et continuez sur cette route jusqu'à ce que vous voyiez un panneau pour Holyhead. Je crois que c'est le troisième tournant à droite, mais je n'en suis pas sûr. De toute façon ce sera indiqué.*

G. *Merci beaucoup.*

H. *De rien.*

C. *Tu te souviens de ce qu'il a dit ?*

G. *Eh bien, d'abord c'était faire demi-tour et continuer jusqu'au carrefour. Je crois qu'ensuite il a dit de tourner à gauche, c'est ça ? Et puis suivre les panneaux.*

C. *Je me demande s'il y aura un endroit pour s'arrêter pour déjeuner. Je commence à avoir faim.*

G. *Bientôt il y aura forcément un pub, un café ou quelque chose. Ouvrez bien les yeux, les enfants.*

Vocabulaire

motorway [môoutewèï], *autoroute* ; one-way street, *sens unique* ; wrong [ron], *mauvais, faux* ; slow down [slôou daoun], *ralentir*

Prononciation

Dans des mots venus directement du français, qui se terminent par le son [é] en français, ce son-voyelle est prononcé [èï] en anglais : café [kafèï], bouquet [boukèï], buffet [boufèï].

Il n'y a pas de petit échec.
(m. à m. : *Manquer une cible de quelques centimètres, c'est comme la manquer de plus d'un kilomètre.*)

GRAMMAIRE

1. L'emploi du présent : before we get, until you come, until you see

Après toutes ces conjonctions **(before, until)**, l'anglais emploie le présent alors que le français emploie le subjonctif présent (voir 74-2).

Nous avons vu d'autre part (51-4) que l'anglais n'emploie jamais **will** dans les subordonnées de temps. De ce point de vue, il est intéressant de remarquer dans ce dialogue que, dès qu'il n'y a pas de conjonction de temps, **will** apparaît, sous la forme contractée **'ll**, aux lignes 7 et 12.

2. La formation des adverbes : completely

Certains adverbes, notamment les adverbes de manière, se forment en ajoutant le suffixe **-ly** à un adjectif : **complete → completely, nice → nicely, quick → quickly, easy → easily.**

3. Le passif : It'll be signposted

Ici l'auxiliaire du passif, **be**, est conjugué avec **will** sous sa forme réduite **'il**.

Le verbe **signpost** *(signaler par un panneau)* étant régulier, il forme son participe passé en **-ed.** Attention à la prononciation de la dernière syllabe : [saīnpôoustid].

4. Le verbe remember : Can you remember what he said?

Remarquez que **remember** se construit sans préposition. En français il a deux équivalents : *se souvenir de, se rappeler*.

5. As far as : go on as far as the crossroads

Pour rendre le français *jusqu'à* indiquant une limite dans l'espace, on emploie l'expression **as far as** (littéralement : *aussi loin que*) qui est en fait un comparatif d'égalité (voir 39-4, 61-4). Lorsqu'il s'agit du temps, on emploie **till** ou **until** (voir 64-9).

6. L'emploi de will : I wonder if there'll be somewhere

Cet exemple nous montre un deuxième cas (voir aussi 54-3) où on trouve **will** à valeur de futur après **if** : dans les interrogatives indirectes, c'est-à-dire des phrases commençant par **I don't know if** *(je ne sais pas si)*, **I wonder if** *(je me demande si)*, etc.

EXERCICES

A. Traduisez :

1. Est-ce qu'il a encore perdu la carte ?
2. Vous souvenez-vous où aller ?
3. Je me demande si Vicky se rappellera le chemin.
4. Il y aura forcément une grande route bientôt.
5. Faites demi-tour et continuez jusqu'à ce que vous arriviez à un rond-point.

B. En vous référant au dialogue, répondez aux questions :

1. Where do they want to go?
2. Which road should they be on?
3. Are they going in the right direction?
4. Will there be signs to Holyhead?
5. What time do you think it is?

C. Un même mot convient à toutes ces phrases. Lequel ?
Traduisez :

1. Have you filled … the form for your passport yet?
2. We often take the children to the swimming pool … the afternoon.
3. Let's go for a walk … the park.
4. Toby said he'd call back … about an hour.
5. Anne's sitting outside … the sun.

D. Reconstituez chaque phrase ci-dessous en commençant par le mot en italique :

1. *These*/too/are/shoes/a/small/bit/.
2. *Which*/beach/way/is/quickest/the/the/to/?
3. *There's*/soon/signpost/bound/be/a/to/.
4. *It's*/left/the/third/fourth/or/the/on/turning/.
5. *I'm*/don't/that/card/afraid/we/credit/take/.

E. Soulignez la syllabe portant l'accent ou l'accent principal dans le cas des mots composés :

Atlantic	complexion	educational	himself
kangaroo	nationality	postcards	somewhere
tablecloth	traditionally		

LEÇON 80

Boat trip to Ireland

[**C.** = Clark — **G.** = Gail — **I.** = Irishman[11] **K.** = Kim — **S.** = Stuart]

K. Look at all those s**ea**gulls!
G. Isn't the sea a lovely **co**lour? That gorgeous **blue.**
S. What time do we **get** there, Pop[12]?
C. I don't **know**, son. I'll ask that **guy** there. Ex**cu**se me, can you tell me what time we get into **port?**
I. We'll be there in about half an **hour**. You're Am**e**rican, **are** you?
C. **Yes**, that's **right**. Are you **I**rish?
I. As Irish as they **come**. Is it your first **trip** to Ireland?
C. **Yes**, it is. My **wife**'s been once before but that was many **years** ago.
G. I've never been to **Dub**lin though.
I. Oh Dublin's a **love**ly city. You'll **love** it. Are you staying for **long?**
G. **No**, just three **days** unfortunately.
I. Ah, it's not long e**nough**. **Ne**ver mind, you can always come **back** again. You have to see **Cork** and Galway **Bay** and Conne**ma**ra and you must kiss the **Blar**ney Stone[13]. What part of America are you **from?** Not New **York** by any chance? I have a c**ou**sin in New York.
C. **No**, we're from India**na**polis. Where are **you** from?
I. I'm from Tippe**ra**ry myself. It's a **beau**tiful place. There's a very famous **song** about it…

Mots nouveaux

un**for**tunately [œnfôtchenitli] — **sea**gulls [sīgœlz] — Tippe**ra**ry [tiperèeri] — Conne**ma**ra [konimāre]

Blarney Stone [blāni stôoun] — New **York** [nyou yōk] — Galway **Bay** [gōlweï bèï] — port [pōt] — Cork [kōk]

song [son]

Seeing is believing.
[sīin iz bilīvin]

Excursion en bateau vers l'Irlande

K. *Regardez toutes ces mouettes !*

G. *N'est-ce pas que la mer a une couleur magnifique ? Quel bleu admirable !*

S. *À quelle heure arrivons-nous là-bas, pa ?*

C. *Je ne sais pas, fiston. Je vais demander à ce bonhomme là-bas. Excusez-moi, monsieur, pouvez-vous me dire à quelle heure nous entrons au port ?*

I. *Nous y serons dans une demi-heure environ. Vous êtes américain, c'est ça ?*

C. *C'est exact. Vous êtes irlandais ?*

I. *Aussi sûr que deux et deux font quatre. C'est votre premier voyage en Irlande ?*

C. *Oui. Ma femme y est déjà allée une fois mais c'était il y a très longtemps.*

G. *Mais je ne suis jamais allée à Dublin.*

I. *Oh, Dublin est une ville magnifique. Vous adorerez. Vous restez longtemps ?*

G. *Non, trois jours seulement, hélas.*

I. *Ah, ce n'est pas vraiment assez long. Mais ça ne fait rien, vous pouvez toujours revenir. Il vous faut voir Cork, la baie de Galway, et le Connemara, et il vous faut embrasser la pierre de Blarney. De quelle région d'Amérique venez-vous ? Pas de New York, par hasard ? J'ai un cousin à New York.*

C. *Non, nous sommes d'Indianapolis. Et vous, d'où êtes-vous ?*

I. *Moi, je suis de Tipperary. C'est un bel endroit. Il y a une chanson très célèbre à ce sujet…*

Vocabulaire

harbour [hābe], *port* ; **life**-boat [laïfbôout], *canot de sauvetage* ; storm [stōm], *tempête* ; **life**-buoy [laïfboï], *bouée de sauvetage*

Prononciation

Un**fortunately**, en fin de ligne 15, ne prend pas la tonique. Remarquez que, si on le plaçait au début, il formerait une unité séparée et donc porterait la tonique : Un**FOR**tunately/just three **days.**

Voir, c'est croire.

GRAMMAIRE

1. Les prépositions : can you tell me what time we get into port?

On emploie **into** au lieu de **in** ici parce qu'il y a changement de lieu et indication d'une direction (voir 24-2).

2. Le *present perfect* et le passé simple : my wife's been once before, that was many years ago

Lignes 10 et 11 dans la leçon, on voit bien l'opposition entre le *present perfect* et le passé simple en anglais.

Dans la première partie de la phrase, il s'agit d'un passé indéfini dont on s'intéresse aux retombées sur le présent, comme l'indique la conjonction **before** (= *auparavant, déjà :* donc en rapport avec le présent) : on emploie par conséquent le *present perfect* (voir 34-2).

> **Attention : be** est synonyme de **go**, à cette nuance près : **she has been** signifie *elle est allée (et revenue)*, alors que **she has gone** signifierait *elle est partie.*

Dans la deuxième partie de la phrase, on s'intéresse au moment du passé où a eu lieu cette première visite, donc à un événement précis dans le passé, d'où l'emploi du passé simple et de **ago** pour indiquer le temps écoulé depuis ce moment-là (voir 51-1).

3. Le présent progressif : Are you staying for long?

Il a ici une valeur de futur et sera rendu par le présent en français (voir 31-7).

4. La formation des adverbes : unfortunately, really

Voici deux nouveaux exemples d'adverbes formés à partir d'adjectifs, à l'aide du suffixe **-ly : unfortunate** *(malheureux)* → **unfortunately** *(malheureusement) ;* **real** *(réel)* → **really** *(réellement)*. On voit que dans tous les cas il s'agit d'adverbes correspondant à des adverbes français terminés par **-ment** (voir 79-2).

5. Les faux amis : by any chance

Chance est un nom non comptable signifiant *le hasard*. Il s'agit donc d'un faux ami.

C'est le nom **luck**, non comptable lui aussi, qui signifie *la chance* d'où l'expression **Good luck!** *Bonne chance !*

EXERCICES

A. Traduisez :
1. What a lovely colour your dress is!
2. It's my first trip to Scotland for many years.
3. You'll have to come back again.
4. Corinne doesn't live in Paris by any chance, does she?
5. Never mind, we'll be there soon.

B. En vous référant au dialogue, répondez aux questions :
1. Have Clark and Gail been to Ireland before?
2. Is the man they meet from Dublin?
3. What do you do to the Blarney Stone?
4. Why does the man ask if they're from New York?
5. What does he say about Tipperary?

C. Trouvez les paires logiques :
1. Are you Irish?
2. Have you been to Italy before?
3. Is he the oldest child?
4. I can't remember what she said.
5. Is this the way to the M6?

A. No, but he's the tallest. **B.** Neither can I. **C.** Yes, that's right, I am. **D.** No, I'm afraid it isn't. **E.** Yes, often.

D. Complétez avec la couleur qui convient :
1. If you mix … and … you get purple.
2. At traffic lights … means go.
3. The … Panther is the name of a character in a cartoon and a film.
4. When you get old your hair will go …
5. The sun is …

E. Prononcez la phrase *Cathy bought a new car last week*, en réponse à chaque question 1 à 5. Il faut changer la place de la tonique chaque fois :
1. When did Cathy buy a new car?
2. What did Cathy buy last week?
3. Did you say Cathy hired a new car last week?
4. Who bought a new car last week?
5. Has Cathy still got her old car?

LEÇON 81

News

It's eight o'**clock** and time for the **news.** Today's news is read by Alister Mac**Bride.**

Here are the main **head**lines. In a statement to the House of **Comm**ons[1] today the Prime Minister expressed concern over the recent **out**break of violence and riots in prisons across the **coun**try.

The teachers' **pay** dispute, which led to thousands of **school** children breaking up early for the Christmas holidays, has been re**solv**ed. The two main teacher's unions, the NUT and the NAS/AWT[2] have agreed to accept the latest **in**creases proposed by the **gov**ernment.

British Rail **train** drivers have announced a twenty-four hour **strike** starting at midnight to**night.** It is expected to affect one in three **trains.**

Members of the Royal **Fa**mily will fly up to S**cot**land today to spend Christmas together at Bal**mor**al[3].

The RSPCA[4] have ap**peal**ed to people not to give animals as **Chris**tmas presents.

The Prime **Mi**nister, speaking today in the **Comm**ons, said that the government were con**cerned**…

Mots nouveaux

Prime Minister [praïm **mi**niste]	ap**pealed** [epīld]	violence [vaïelens]	**head**line [hèdlaïn]
pro**posed** [prepôouzd]	**gov**ernment [gœvenment]	**pri**sons [prizenz]	**state**ment [stèïtment]
recent [rīsent] **ri**ots [raïets]	**in**creases [inkrīsis]	an**nounced** [enaounst]	ex**pressed** [ikssprèst]
ac**cept** [eksèpt]	**out**break [aoutbrèïk]	re**solved** [rizolvd]	con**cern** [kensoen]
members [mèmbez]	**thous**ands [saouzenz]		

No news is good news.
[nôou nyōuz iz goud nyōuz]

Les informations

Huit heures, l'heure de notre bulletin d'informations. Les informations sont aujourd'hui présentées par Alister McBride.

Voici les principaux titres.
Dans une déclaration à la Chambre des communes, aujourd'hui, le Premier ministre a fait part de son inquiétude à propos de la récente explosion de violence et d'émeutes dans les prisons partout dans le pays.

Le conflit sur les revendications salariales des professeurs, qui a amené des milliers d'enfants d'âge scolaire à prendre des vacances de Noël anticipées, a été réglé. Les deux principaux syndicats d'enseignants, le NUT et le NAS/AWT, sont tombés d'accord pour accepter les toutes dernières augmentations proposées par le gouvernement.

Les conducteurs de train de la Compagnie britannique des chemins de fer ont annoncé une grève de vingt-quatre heures à partir de ce soir minuit. On s'attend à ce qu'un train sur trois soit touché.

Les membres de la famille royale vont s'envoler pour l'Écosse aujourd'hui pour passer Noël ensemble à Balmoral.

La Société protectrice des animaux appelle la population à ne pas offrir d'animaux comme cadeaux de Noël.

Le Premier ministre, prenant la parole aujourd'hui aux Communes, a déclaré que le gouvernement s'inquiétait...

Vocabulaire

re**solve**, *résoudre* ; **guil**ty [gilti], *coupable* ; **law**yer [lōye], *avocat* ; plead [plīd], *plaider* ;
sentence (v) *condamner*, (n) *peine, condamnation*

Prononciation

Attention à la prononciation de ces paires de mots :
county [kaounti] mais **country** [kœntri],
south [saous] mais **southern** [sœżen].

Pas de nouvelles, bonnes nouvelles.

GRAMMAIRE

1. Les noms non comptables : Today's news is read

Attention : malgré la présence d'un **s, news** est toujours singulier : remarquez l'accord du verbe !

Notez l'emploi du génitif avec **today** (voir 31-3).

2. Les prépositions : across the country

Across signifie *à travers, d'un bout à l'autre* et peut aussi vouloir dire *de l'autre côté* : **He walked across the road**. *Il a traversé la route*.

3. Le verbe lead : led to.

Lorsque ce verbe est suivi d'un complément indiquant la destination ou la conséquence, ce complément est introduit par to.

4. Les adjectifs numéraux : thousands of school children.

Ici thousand est employé comme nom, d'où la possibilité de le mettre au pluriel pour dire *des milliers*. De la même façon hundreds sera employé pour dire *des centaines*.

5. Les abréviations : NUT, NAS/AWT, RSPCA

Les abréviations composées des premières lettres des mots désignant un pays, une association ou un organisme se comportent de deux façons en anglais : certaines sont lues lettre par lettre, comme nos trois exemples, d'autres sont lues comme des mots véritables : **NATO** [nèïtôou], **UNESCO** [yōūnèskôou] (voir Annexes, p. 407).

6. The latest : the latest increases

Attention de ne pas confondre **the latest**, *le dernier en date* donc le plus récent, avec **the last**, qui veut dire *le dernier d'une énumération* : **the latest news**, *les dernières nouvelles (= les toutes dernières, les plus récentes)* ; **the last page**, *la dernière page*.

7. One in three

Remarquez l'emploi de la préposition **in** pour rendre l'expression française *un sur…*

8. Les noms particuliers : The RSPCA have, the government were

Bien qu'étant au singulier, ces deux noms sont suivis d'un verbe au pluriel, **have** et **were** respectivement, parce qu'on pense aux différentes personnes qui constituent la société en question et le gouvernement, d'où le pluriel (voir 50-4).

EXERCICES

A. Traduisez :

1. C'est la première fois que nous passons Noël ensemble.
2. Tout le monde s'inquiétait de son accident (à lui).
3. La grève durera probablement jusqu'à vendredi.
4. Un avion sur quatre sera touché par la grève.
5. Est-ce que tu as vu les gros titres dans le journal d'aujourd'hui ?

B. En vous référant au dialogue, répondez aux questions :

1. What has the P.M. expressed concern about?
2. How long will the train strike last?
3. How many trains will be running?
4. Why did thousands of children have an extended holiday?
5. Who has made an appeal about animals?

C. Complétez ces proverbes anglais :

1. A … is as … as a rest.
2. Variety is the … of …
3. … a loaf is … than none.
4. A miss is as … as a …
5. If the … fits, … it.

D. Un même mot convient à toutes ces phrases. Lequel ? Traduisez :

1. Did you come … train ?
2. *Romeo and Juliet* was written … Shakespeare.
3. He said he'll be here … two o'clock.
4. The toast was proposed … the bride's father.
5. You don't speak Italian … any chance, do you?

E. Classez les mots suivants selon le son-voyelle qu'ils contiennent [œ] **ou** [aou] **:**

1. double	**2.** how	**3.** found	**4.** sun
5. son	**6.** uncle	**7.** brown	**8.** mouth
9. house	**10.** south	**11.** southern	**12.** county
13. country	**14.** town	**15.** brother	**16.** young
17. bloody	**18.** round	**19.** money	**20.** comes

LEÇON 82

A news item

[**N.** = News reader — **R.** = Reporter — **M.** = Mr Marsh[5]]

N. Yesterday's heavy **rain** has led to severe **floo**ding in parts of **Dor**set. **Hun**dreds of people have been evacuated from their **homes** and are being lodged in church **halls** and **schools**. Brian Davies re**ports**.

R. Well, here in the little village of **Stik**ley most of the local popu**la**tion have had to leave their **homes**. Police and **res**cue operations have been under **way** since the early hours of this **morn**ing. Many people were reluctant to **leave** their homes because of the fear of possible **loo**ting. Here with me is local councillor Geoff **Marsh**. Mr **Marsh**, when did **you** leave your home?

M. Well, my wife left with the kids yesterday **eve**ning. And then this m**orn**ing the police came round in **boats** with louds**peak**ers and said that everyone had to **leave**. There was a good six inches of **wa**ter in the house when I **left** and it was still going **up**.

R. When do you hope to re**turn?**

M. Well, obviously we're all very anxious to get **back** and see what the damage **is** exactly and, **well**, to start clearing **up**. But the po**lice** say it may be several **days** before the water goes down comp**let**ely, so we'll just have to wait and **see**, I suppose.

Mots nouveaux

popu**la**tion [popyoulèïchn] — po**lice** [pelīs] — **an**xious [anches] — **floo**ding [flœdin]

severe [seviē]

ope**ra**tions [operèïchenz] — **lodged** [lodjd] — loud**speak**er [laoudspīke] — **vil**lage [vilidj]

councillor [kaounsele] — **evac**uated [ivakyouèïtid] — re**luc**tant [rilœktent] — **dam**age [damidj]

local [lôoukl] — **res**cue [rèskyōū] — fear [fiē]

It never rains but it pours.
[it nève rèïnz bet it pōz]

Un sujet de nouvelles

*[**P.** = le présentateur — **R.** = le reporter]*

P. *Les fortes pluies d'hier ont occasionné de sérieuses inondations dans certaines parties du Dorset. Des centaines de personnes ont été évacuées de leur maison et sont hébergées dans les salles paroissiales et dans les écoles. Reportage de Brian Davies.*

R. *Eh bien ici, dans le petit village de Stikley, la plus grande partie de la population locale a dû quitter sa maison. Les opérations de police et les opérations de secours sont en cours depuis les premières heures de la matinée. De nombreuses personnes hésitaient à abandonner leur foyer par crainte d'un possible pillage. À mes côtés, le conseiller municipal Geoff Marsh. Monsieur Marsh, quand avez-vous quitté votre maison ?*

M. *Eh bien, ma femme est partie hier soir avec les gosses. Et puis ce matin, la police est venue en barque, avec des haut-parleurs, et a dit que tout le monde devait partir. Il y avait plus de douze bons centimètres d'eau dans la maison quand je suis parti, et elle continuait de monter.*

R. *Quand espérez-vous revenir ?*

M. *Eh bien, évidemment, nous sommes tous très impatients de rentrer chez nous, pour voir exactement quels sont les dégâts et aussi pour commencer à nettoyer. Mais la police dit qu'il faudra plusieurs jours avant que l'eau se retire complètement, donc je suppose qu'il nous faudra tout simplement attendre.*

Vocabulaire

Over**flow**, *déborder* ; mud [mœd], *boue* ;
rescuer [rèskyoue], *sauveteur* ; **fire**man [faïemen], *pompier*

Prononciation

Le suffixe **-age** se prononce [-idj] : **damage** [damidj], **village** [vilidj]. Seul **garage** a deux prononciations : [garidj], [garāj].

Un malheur ne vient jamais seul.
(m. à m. : *Il ne pleut jamais que ce qu'il tombe.*)

GRAMMAIRE

1. Attention faux amis ! severe, we are all anxious

Attention : **severe** ne veut pas toujours dire *sévère*, il signifie ici *sérieux, grave, important*.

Anxious signifie *désireux, impatient*.

2. La formation des noms : flooding, looting

Le suffixe **-ing** ajouté à des verbes permet de former des noms qui indiquent une activité. En fait, il s'agit de gérondifs (voir 22-6) qui sont devenus des noms à part entière : **reading**, *la lecture* ; **swimming**, *la natation*, etc.

3. Les adjectifs numéraux : hundreds of people

Hundred est ici un nom, des centaines, d'où l'accord au pluriel. Voir leçon précédente 81-4.

4. Les noms particuliers : most of the local population have

Comme **RSPCA** et **government** à la leçon précédente (81-8), **population**, bien que singulier, est suivi d'un verbe au pluriel, parce qu'on pense aux différentes personnes qui composent la population.

5. Were reluctant to leave their homes

Remarquez la différence entre le français et l'anglais à propos de l'accord du mot **homes** traduit par *maison* ici : en effet, dans un cas comme celui-ci, l'anglais considère que comme chacun a sa maison, il y a addition, donc plusieurs maisons, d'où l'accord pluriel.

De même on dira en anglais :

Everybody took their cars. *Chacun a pris sa voiture.*

6. A good six inches

Remarquez la place de l'adjectif **good** devant l'expression de mesure en anglais, alors qu'en français *bons* se place après l'adjectif numéral.

7. La formation des adverbes : obviously, exactly

Encore deux adverbes de manière formés respectivement à partir des adjectifs **obvious**, *évident*, et **exact**, par adjonction du suffixe **-ly**.

EXERCICES

A. Traduisez :

1. Thousands of people have been affected by the strike.
2. Many people are reluctant to fly.
3. Most of the local population is Welsh.
4. Police are anxious to contact anyone who may have seen the accident.
5. It may be several weeks before people can return to their homes.

B. En vous référant au dialogue, répondez aux questions :

1. Why have people in Dorset left their homes ?
2. Where are they now ?
3. What were some people worried about ?
4. Did Geoff Marsh leave with his family ?
5. How much water was there in his house ?

C. Mettez le verbe *leave* à la forme qui convient :

1. My wife … with the kids last week.
2. My wife … just … with the kids.
3. My wife wanted … with the kids yesterday.
4. My wife … with the kids tomorrow.
5. My wife should … with the kids before now.

D. Lisez le texte ci-dessous et formulez des questions s'y rapportant en commençant par les mots donnés (1 à 5) :

An explosion late last night in a block of flats in Cardiff was due to a gas leak. Three people were taken to hospital suffering from shock.

1. What … ?
2. When … ?
3. Where … ?
4. How many … ?
5. Why … ?

E. Classez les mots ci-dessous selon la prononciation de oo : [œ], [$\overline{\text{ou}}$] ou [ou] :

1. flood	2. book	3. pool	4. took
5. spoon	6. cook	7. blood	8. foot
9. looting	10. good	11. soon	12. fool
13. stood	14. look	15. food	16. loose

LEÇON 83

Weather and traffic news

Here is the weather forecast for England and **Wales** until dawn to**morr**ow. Most of the country will be mainly **cold**. It'll be a clear day in the **south**, although fairly cloudy in the **north** with some rain expected at **times** and scattered showers throughout the day in the **west**. Temperatures around 40° **Fahr**enheit, 5° **Cel**sius[6]. The outlook for Sunday is much **brig**hter with **most** parts of the country enjoying sunny periods in the after**noon**.

And now the **traff**ic news. Bad news for drivers on the **south**bound carriageway of the **M1** ap**proac**hing **Not**tingham. There's been an **acc**ident involving a **lor**ry which has spilt its load of **pa**per blocking **two** lanes of the southbound **carr**iageway between junctions 27 and 26 and delays of up to an hour can be ex**pec**ted with a tailback over twelve miles **long**. Police say conditions will not be back to **nor**mal for at least three **hours**. **So**, avoid that area if you **can**. Drivers should watch **out** for the major roadworks on the **A5** between Milton Keynes and **Dun**stable. A new **con**traflow has been set up. There may be de**lays** on the London area...

Mots nouveaux

contraflow [kontreflôou]
scattered [skated]
carriageway [karidjwèï]
cloudy [klaoudi]

con**di**tions [kendichenz]
Celsius [sèlsiēs]
traffic [trafik]
de**lays** [dilèïz]
lorry [lori]

junctions [djœnkchenz]
outlook [aoutlouk]
in**volv**ing [involvin]
spilt [spilt]
waste [wèïst]

ap**proach**ing [aprôoutchin]
periods [piēriēdz]
Fahrenheit [farenhaït]
lanes [lèïnz]
major [mèïdje]

Bad news travels fast.
[bad nyōōz travlz fāst]

Nouvelles du temps et de la circulation

Voici les prévisions météorologiques pour l'Angleterre et le pays de Galles jusqu'aux premières heures de la matinée de demain. La majeure partie du pays aura un temps principalement froid. Le ciel sera dégagé pendant la journée dans le Sud, bien qu'assez nuageux dans le Nord, avec des possibilités de pluie par moments et des averses éparses tout au long de la journée dans l'Ouest. Les températures se situeront autour de 40° Fahrenheit, c'est-à-dire 5° Celsius. Les prévisions pour dimanche : ciel beaucoup plus clair, avec des périodes ensoleillées dans la plupart des régions pour l'après-midi.

Et maintenant, nos informations routières. Mauvaise nouvelle pour les conducteurs se trouvant sur la M1 et circulant en direction du sud vers Nottingham. Il y a eu un accident impliquant un camion, qui a renversé son chargement de papier, bloquant ainsi deux couloirs de la voie direction sud aux intersections 27 et 26 ; il faut compter sur des retards pouvant aller jusqu'à une heure, avec une file de retenue de plus de dix-huit kilomètres de long. La police annonce que les conditions de circulation ne reviendront pas à la normale pendant au moins trois heures. Donc, évitez ce secteur si vous le pouvez. Les automobilistes sont invités à faire attention aux importants travaux de voirie sur la A5, entre Milton Keynes et Dunstable. Un nouveau couloir de circulation en sens contraire a été mis en place. On nous signale des possibilités de retards sur Londres…

Vocabulaire

Dawn, *aube* ; black **ice** [aïs], verglas ; clear up, *s'éclaircir*

Prononciation

On retrouve fréquemment l'opposition [è]/[èï] : west [wèst]/waste [wèïst], let [lèt]/late [lèït].

Les mauvaises nouvelles vont vite.
(m. à m. : … *voyagent* …)

GRAMMAIRE

1. L'absence d'article : until dawn

Un certain nombre de mots désignant des moments de la journée ne prennent pas d'article défini lorsqu'ils sont employés dans un sens général, parmi ceux-ci, en plus de **dawn : sunrise** *(le lever du soleil)*, **sunset** *(le coucher du soleil)*, **dusk** *(le crépuscule)*.

2. Most of : most of the country

Devant un nom singulier, **most of** sera rendu par *la plus grande partie de*, alors que devant un nom pluriel (voir 54-5), on le traduit par *la plupart*.

3. La formation des adjectifs : cloudy, sunny

On voit que le suffixe **-y** sert à former des adjectifs à partir de certains noms : **cloud → cloudy**, **sun → sunny** (avec redoublement de la consonne finale). De même on aura : **rain → rainy** *(pluvieux)*, **noise → noisy** *(bruyant)*.

4. Les adjectifs composés : southbound

On peut former des adjectifs composés en anglais en employant un nom ou un adjectif suivi, soit d'un participe passé (**bound**, participe passé du verbe **bind**, signifie ici *se dirigeant vers*), soit d'un nom portant la terminaison **-ed** qui le fait ressembler à un participe passé régulier. Exemples : **heart-broken** *(qui a le cœur brisé)*, **blue-eyed** *(aux yeux bleus)*.

5. Over : over twelve miles long

Over, placé devant une expression contenant un numéral, a le sens de **more than**, *plus de*.

6. Les noms non comptables : Police say

Comme le nom **people, police** ne prend jamais d'article indéfini et s'accorde toujours au pluriel.

7. At least

Ne pas confondre avec **at last** qui signifie *enfin !*

8. Les verbes composés : Drivers should watch out for

Alors que le verbe **watch** veut dire *regarder*, ce même verbe, suivi de la particule **out**, prend le sens de *faire attention*. D'où l'expression employée pour attirer l'attention d'une personne sur un danger : **Watch out !** *Attention !*
Notez que le complément est introduit par **for**.

9. Les faux amis : major roadworks

Major signifie ici *important* !

EXERCICES

A. Traduisez :

1. Le temps sera chaud et ensoleillé dans le Sud. **2.** Les températures seront plus élevées pendant le week-end. **3.** De nombreuses régions du pays peuvent s'attendre à la pluie. **4.** La police dit que les automobilistes devraient éviter la M1 s'ils le peuvent. **5.** Il y a eu un accident dans lequel deux camions sont impliqués.

B. En vous référant au dialogue, répondez aux questions :

1. What will the weather be like in the west ?
2. What will the temperature be ?
3. What was the accident on the M1 ?
4. Where exactly did the accident happen ?
5. How long will it take to get back to normal ?

C. Faites une phrase en utilisant *which* ou *who* :

Exemple : **A lorry is blocking the road. It has spilt its load → A lorry, which has spilt its load, is blocking the road.**

1. The dog bit Joe. It went into that house. **2.** Kim made that cake herself. She's a good cook. **3.** That house has been sold. I wanted to buy it. **4.** Kevin is a professional musician. He played the piano. **5.** Those books are very old. I got them from my grandfather.

D. Commencez les phrases par *Police said* et respectez la concordance des temps :

1. Things are back to normal.
2. More delays can be expected.
3. The tailback is nine miles long.
4. It's possible there will be heavy traffic at the weekend.
5. Major roadworks have just been set up on the M6.

E. Prononcez ces mots. Attention à l'opposition [èï]/[è] :

1. waste [wèïst], *gaspillage* — west [wèst], *ouest*
2. main [mèïn], *principal* — men [mèn], *hommes*
3. tail [tèïl], *queue* — tell [tèl], *dire*
4. paper [pèïpe], *papier* — pepper [pèpe], *poivre*
5. saint [sèïnt], *saint* — sent [sènt], *envoyé*

LEÇON 84

Talking about music

[**G.** = Sir Richard Grey — **B.** = Barry, Radio interviewer]

B. It's half past **ten** and time for the **Mu**sic Programme. Today's guest is Sir[7] Richard **Grey**, the well-known playwright and **no**velist. Good m**orn**ing, Sir Richard.

G. Good m**orn**ing, Barry.

B. You **were**, I believe, Sir Richard, very much influenced by **mu**sic in your early **child**hood?

G. **Yes**, that is **true**. I was l**uck**y enough to belong to a very musical **fa**mily. My mother used to sing and play the pi**an**o and my **fa**ther, although he didn't actually play an instrument or sing him**self**, was immensely **know**ledgeable about music and there was always music in the **hous**e. And of course we were all encouraged to play an **ins**trument and to sing as **well**.

B. What **type** of music do you like? **Clas**sical?

G. Oh, classical, of **cour**se. But I'm very keen on **jazz** too. Louis **Arms**trong, Duke **Ell**ington and **so** on. I have to ad**mit** that I don't really keep up with **pop**[8] music though.

B. Who is your favourite com**po**ser?

G. **Well**, it's difficult to **ans**wer that because I really have so **ma**ny. But I suppose if I had to choose only **one** it would have to be Mo**zart**.

B. **Well**, let's hear something by your favourite com**po**ser…

Mots nouveaux

well-**known** [wèlnôoun]	**know**ledgeable [nolidjebl]	**clas**sical [klasikl]	pi**an**o [pianôou]
playwright [plèïraït]	**in**fluenced [inflōūenst]	im**mens**ely [imènsli]	be**long** [bilon]
novelist [novelist]	en**cou**raged [inkœridjd]	com**po**ser [kempôouze]	**ans**wer [ānse]
pop [pop]	jazz [djaz]	type [taïp]	keen [kīn]

Music soothes the savage breast[9].
[myōūzik sōūżs że savidj brèst]

Musique

*[**B.** = Barry]*

B. *Dix heures et demie, l'heure de notre Rendez-vous musical. Notre invité du jour est Sir Richard Grey, le célèbre auteur dramatique et romancier. Bonjour, Sir Richard.*

G. *Bonjour, Barry.*

B. *Sir Richard, je crois que vous avez été très influencé par la musique dans votre petite enfance ?*

G. *Oui, c'est exact. J'ai eu la chance d'appartenir à une famille très musicienne. Ma mère chantait et jouait du piano, et mon père, bien qu'il n'ait en fait pas joué d'un instrument ou chanté lui-même, avait un savoir musical immense et il y avait toujours de la musique dans la maison. Et bien sûr on nous encourageait tous à jouer d'un instrument et à chanter aussi.*

B. *Quelle sorte de musique aimez-vous ? La musique classique ?*

G. *Oh, classique, bien sûr. Mais j'aime aussi beaucoup le jazz, Louis Armstrong, Duke Ellington, etc. Mais je dois reconnaître que je n'arrive pas à me tenir au courant de la musique pop.*

B. *Quel est votre compositeur préféré ?*

G. *Ma foi, il est difficile de répondre à cette question parce que j'en ai tellement. Mais je suppose que si je devais n'en choisir qu'un ça serait nécessairement Mozart.*

B. *Eh bien, écoutons un extrait de votre compositeur préféré…*

Vocabulaire

con**duc**tor [kendœkte], *chef d'orchestre* ; breast [brèst], *poitrine* ; **or**chestra [ōkistre], *orchestre* ; band, *groupe, ensemble musical*

Prononciation

Les terminaisons **-able** et **-ly** n'influent pas sur l'accentuation des mots : **know**ledge → **know**ledgeable, **care**ful → **care**fully.

La musique adoucit les mœurs.
(m. à m. : … *apaise le cœur sauvage.*)

GRAMMAIRE

1. La formation des noms : novelist, childhood

À partir du nom **novel**, *roman*, on obtient le nom désignant l'agent, c'est-à-dire celui qui fait des romans, en ajoutant le suffixe **-ist**. Autre exemple : **journal** [djœnel], **journalist**.

Le suffixe **-hood**, lui, sert à former des noms abstraits à partir de noms concrets désignant des personnes. Le nom ainsi obtenu désigne alors soit une période de la vie humaine (**boyhood, manhood, womanhood**) soit une fonction (**priesthood**, *la prêtrise*) ou un état (**brotherhood**, *fraternité*).

2. Used to : My mother used to sing

Ce verbe n'existe que sous sa forme passée. On l'emploie pour désigner une action ou un état passés qui ne sont plus vrais au moment où l'on parle. Il peut rendre la notion *avait l'habitude de* qui n'est en général pas traduite en français, où on se contente de l'imparfait : **He used to be a heavy smoker.** *C'était un grand fumeur* (sous-entendu : plus aujourd'hui).

3. Le verbe play : play an instrument

Différents emplois des articles selon le type de complément :

a) pas d'article pour les sports : **You play football, rugby, tennis, squash, etc.**

b) article **the** pour les instruments de musique : **You play the piano, the violin**, etc.

> **Attention :** si on ne désigne pas un instrument précis, on emploie **a/an** : **They all play an instrument.**

4. La formation des adjectifs : knowledgeable

Cet adjectif est formé du nom **knowledge**, *le savoir*, et du suffixe **-able** *(= être doué de, capable de)*. La terminaison **-able** indique toujours qu'on a affaire à un adjectif. Ajouté à un verbe, ce suffixe signifie alors *digne d'être* + participe passé : **love** *(aimer)* → **lovable** *(digne d'être aimé, adorable)* (voir 77-5).

5. So many

Normalement employée devant un nom pluriel (voir 53-2), cette expression peut aussi être utilisée pronominalement, comme son équivalent français *tant*, **composers** étant sous-entendu.

Devant un nom singulier, ou après un verbe, on emploie **so much** : **So much coffee…** *Tant de café…* **There's so much to do.** *Il y a tant à faire.*

EXERCICES

A. Traduisez :

1. Were you influenced by your teachers ?
2. We all used to play the piano.
3. They encouraged their children to work hard at school.
4. William's very knowledgeable about sport.
5. What type of book do you usually read ?

B. En vous référant au dialogue, répondez aux questions :

1. What time is the Music Programme ?
2. What does Sir Richard Grey do ?
3. Which instrument did his mother play ?
4. What does he say about pop music ?
5. What does he say about Mozart ?

C. Reconstituez les mots composés :

A. out, head, church, loud, waste, north, road, contra, tail, after
B. hall, break, flow, bound, lines, speaker, noon, paper, works, back

D. Reformulez les phrases en commençant par le mot en italique. Utilisez un autre verbe si c'est nécessaire :

1. You can expect *delays* of up to an hour.
2. Nicola bought *Gary's* car.
3. He was very influenced by *music*.
4. Susan lent *Angela* all her C.D.s.
5. Carol's back problem is being helped by *regular* swimming.

E. Complétez en indiquant l'heure de deux façons différentes :

Exemple : It's quarter past eight/It's eight fifteen.

1.

2.

3.

4.

5.

LEÇON 85

Working at home

[**B.** = Barbara Smith — **R.** = Radio interviewer]

R. Good m**or**ning. Welcome to the fifth programme in our **se**ries, "Trends for To**mor**row". To**day** we'll be discussing the **grow**ing trend of computer operators working from **home**. In the studio with us today is Barbara **Smith**. Now, Barbara, you've been working from home for nearly three **years** now, **hav**en't you? How did it all **start?**

B. Well, my company offered the possibility of working at **home** for a trial period of three **months** and I decided to take **up** the offer.

R. How did **most** of the staff react? Did **ev**eryone want to try working from home?

B. Well, **no**. Sur**pris**ingly perhaps, a lot of people weren't really **in**terested. The company wanted fifteen volun**teers** but in fact only nine people app**lied**.

R. Is it not a **fact** that most people prefer to get out of the **house**, see new **faces**, meet other **peop**le, you know, **chat** to people other than the **fam**ily? They see all that as part of the at**trac**tion of a job.

B. Well, **yes**, I suppose that's **true**.

R. Don't you ever feel isolated your**self?**

B. Well, I suppose I **do** miss chatting to the other staff in the office, **yes**. But I'd hate to have to start going in to **work** again. Waiting for the bus in the **rain** and **that** sort of thing. I mean the **on**ly...

Mots nouveaux

dis**cus**sing [diskœsin]	**stu**dio [styo͞udiôou]	re**act** [rīakt]	faces [fèïsiz]
com**pu**ter [kempyo͞ute]	at**trac**tion [etrakchn]	**trial** [traïel]	**se**ries [siērīz]
volun**teers** [volentiēz]	isolated [aïselèïtid]	ap**plied** [eplaïd]	job [djob] chat [tchat]

Necessity is the mother of invention.
[nesesiti iz że mœże ev invènchn]

Le travail à la maison

R. Bonjour et bienvenue à la 5ᵉ émission de notre série « Les tendances de demain ». Nous allons parler de la tendance croissante pour les informaticiens à travailler à domicile. Dans nos studios, aujourd'hui, Barbara Smith. Dites-nous, Barbara, cela fait presque trois ans maintenant que vous travaillez ainsi, n'est-ce pas ? Comment cela a-t-il commencé ?

B. Eh bien, mon entreprise nous a offert la possibilité de travailler chez nous pendant une période d'essai de trois mois et j'ai décidé de profiter de cette proposition.

R. Quelle a été la réaction de la plupart du personnel ? Est-ce que tout le monde a voulu essayer de travailler depuis son domicile ?

B. Eh bien, non. C'est peut-être surprenant, mais un grand nombre de personnes n'ont pas été vraiment intéressées. La société voulait quinze volontaires, mais en fait neuf personnes seulement ont fait la demande.

R. N'est-ce pas un fait que la plupart des gens préfèrent sortir de chez eux, voir de nouveaux visages, rencontrer d'autres gens, bavarder avec d'autres personnes que des membres de la famille ? Les gens voient cela comme faisant partie de l'attrait d'un travail.

B. Oui, en effet, je suppose que c'est vrai.

R. Vous ne vous sentez pas un peu isolée par moments ?

B. Oui, il m'arrive de regretter de ne pas pouvoir bavarder avec mes collègues au bureau. Mais je détesterais avoir à me déplacer à nouveau pour aller au travail. Attendre l'autobus sous la pluie, et tout ça. Je veux dire que la seule…

Vocabulaire

screen [skrīn], *écran* ; **key**board [kībōd], *clavier*

Prononciation

Les mots terminés en **-eer** sont accentués sur la dernière syllabe.

Nécessité fait loi.
(m. à m. : *La nécessité est la mère de l'invention.*)

GRAMMAIRE

1. Les noms particuliers : in our series

Series a la même forme au singulier et au pluriel. Dans l'exemple que nous avons ici, rien ne nous indique s'il s'agit d'un singulier ou d'un pluriel. Seul le sens de la phrase et ce que nous savons des habitudes de la radio nous disent qu'il s'agit d'un singulier et que le pluriel n'aurait pas de sens, d'où la traduction *dans notre série…*

Un autre mot a le même comportement : **species** [spichiz], *une espèce* (animale) ou *les espèces.*

2. La forme progressive : we'll be discussing

En employant la forme progressive, celui qui parle montre son intérêt pour l'activité décrite par le verbe et son intention de discuter. S'il n'avait pas employé la forme progressive, c'est-à-dire s'il avait dit **we will discuss**, il aurait donné l'impression d'annoncer tout simplement un programme pour lequel il ne se sentait pas concerné. C'est pour cela que la traduction est *nous allons parler* et non pas *nous parlerons* qui serait plus neutre.

3. La formation des noms : possibility, trial

Le suffixe **-ity** est utilisé pour former des noms à partir d'adjectifs : **possible** → **possibility, active** → **activity, stupid** → **stupidity**.

Souvenez-vous que les mots terminés en **-ity** sont accentués sur la syllabe qui précède cette terminaison (voir Prononciation, en Annexes).

Le suffixe **-al** est utilisé pour former des noms à partir de verbes : **try** → **trial ; betray** [bitrèï] *(trahir)* → **betrayal, withdraw** [wiżdrō] *(se retirer)* → **withdrawal** *(retrait)*.

4. La formation des adverbes : surprisingly

Comme nous l'avons vu (80-4), le suffixe **-ly** sert à former des adverbes de manière à partir d'adjectifs.

On voit donc que le participe présent est considéré comme un adjectif. Autres exemples : **amazing** [emèïzin] *(étonnant)* → **amazingly** *(étonnamment)*, **maddening** [madenin] *(qui rend fou)* → **maddeningly** *(à rendre fou)*.

EXERCICES

A. Traduisez :

1. Demain ils parleront de la peine capitale.
2. Rachel travaille à Édimbourg depuis presque un an.
3. Vous pouvez emporter cet ordinateur chez vous pour une période d'essai d'une semaine.
4. Combien de gens ont demandé ce travail ?
5. Est-ce qu'il y avait beaucoup de volontaires ?

B. En vous référant au dialogue, répondez aux questions :

1. How many programmes have there been in this series?
2. What does Barbara Smith do?
3. How many people from her company wanted to try working from home?
4. What does Barbara miss about the office?
5. What didn't she like about going to work at the office?

C. Ajoutez une « queue de phrase » :

1. She's been learning Italian for years, …
2. They never used to drink whisky, …
3. Everyone likes Diane, …
4. Helen was driving the car, …
5. Graham hardly ever plays tennis on Saturday, …

D. Trouvez les paires logiques :

1. You don't like Graham much, do you?
2. She always smokes in the lift.
3. Do you eat spaghetti?
4. Don't you like cats?
5. What do you think of Elizabeth?

A. Let's just say she's not my favourite person. **B.** I'm not very keen on it. **C.** I don't like them at all. **D.** I hate that. Don't you? **E.** I can't stand him.

E. Soulignez la syllabe accentuée : prononcez les mots :

1. engineer
2. nationality
3. tailback
4. reliable
5. outlook
6. waste paper
7. roadworks
8. mountaineer
9. southbound
10. attraction
11. possibility
12. surprisingly

LEÇON 86

Drunken driving

[**D.** = David — **P.** = Pamela Bailey — **T.** = Terry Holmes]

D. Good after**noon**. To**day** on "Your O**pi**nion" we'll be talking about the government's latest pro**po**sals to curb drunken d**ri**ving. If you'd like to take **part** in our discussion the lines are open **now**. Our first caller is Mrs Pamela Bailey from **York**shire. Good after**noon**, Pamela.

P. Good after**noon**, David. Well I would like to **say** that I totally a**gree** with the policy of cracking down on drunken **dri**vers. My husband was knocked **down** by a drunken driver and the whole of the left side of his **bo**dy is completely paralysed as a result. He used to be a **build**er so he is unable to **work** and **so** far he has received no compensation at **all**.

D. How long ago **was** this?

P. Three years ago in No**vem**ber.

D. Yes, I **see**. And what happened to the person who knocked your husband **down?**

P. He got six months in **pri**son, but I **mean** it's all **o**ver now for him and my husband's life is **rui**ned.

D. **Yes**, so you would like to see stiffer **pe**nalties?

P. Yes, I **would**.

D. **Right**. Thank you for **call**ing, Pamela. Our next caller is Terry Holmes from **De**von. What is **your** position on this, Terry?

T. Well, of course I **sym**pathise…

Mots nouveaux

stiffer [stife]
un**a**ble [œnèïbl]
drunken [drœnken]
compen**sa**tion [kompenseïchn]
ruined [rōuind]
knocked [nokt]
paralysed [parelaïzd]
totally [tôouteli]
penalties [pèneltiz]
curb [kōeb]
body [bodi]
re**cei**ved [risīvd]
po**si**tion [pezichn]

There, but for the grace of God, (go I).
[żèe bet fe że grèïs ev god gôou aï]

Conduite en état d'ivresse

D. *Bonjour. Aujourd'hui dans « À votre avis » nous allons parler des récentes propositions du gouvernement pour lutter contre la conduite en état d'ivresse. Si vous souhaitez prendre part à notre discussion, notre standard est ouvert à partir de maintenant. Notre premier appel vient de Mme Pamela Bailey du Yorkshire. Bonjour, Pamela.*

P. *Bonjour, David. Je voudrais dire que je suis absolument d'accord avec la politique du gouvernement qui est de sévir contre les conducteurs en état d'ivresse. Mon mari a été renversé par un conducteur ivre. Il est resté paralysé de tout le côté gauche. Il était maçon et par conséquent il est incapable de travailler, et jusqu'ici il n'a pas reçu le moindre dédommagement.*

D. *C'était il y a combien de temps ?*

P. *Trois ans au mois de novembre.*

D. *Oui, je vois. Et qu'est-ce qui est arrivé à la personne qui a renversé votre mari ?*

P. *Il a eu six mois de prison, mais vous voyez pour lui c'est terminé et la vie de mon mari est fichue.*

D. *C'est vrai, donc vous seriez pour des peines plus sévères ?*

P. *Oh oui.*

D. *Bien. Merci de nous avoir appelés, Pamela. Notre appel suivant vient de Terry Holmes du Devon. Où vous situez-vous sur ce sujet, Terry ?*

T. *Bien sûr, je compatis…*

Vocabulaire

politics, *la politique* (sens général) ; poli**ti**cian [politichn], *homme politique* ; **is**sue [ichōu], *problème* ; **cal**ler, *personne qui appelle*

Prononciation

Quand on s'adresse à une personne dans une incise, le nom ne prend jamais la tonique : **Thank you for CALling, Pamela**.

Ça n'arrive pas qu'aux autres.
(m. à m. : *J'en serais là aussi, sans la grâce de Dieu.*)

GRAMMAIRE

1. Les prépositions : take part in our discussion
Remarquez l'emploi de la préposition **in** qui correspond ici à la préposition française *à*.

2. La formation des noms : caller, driver, builder
Le suffixe **-er** sert à former des noms d'agents à partir de verbes : **call** *(appeler)* → **caller** *(celui qui appelle)*, **drive** *(conduire)* → **driver** *(celui qui conduit : conducteur)*, **build** *(construire)* → **builder** *(celui qui construit)*.

Le suffixe **-eur** en français joue le même rôle : chauffeur, chanteur, joueur, etc.

3. Le préfixe un : unable
Placé devant un adjectif, ou un verbe, il permet d'exprimer l'idée contraire : **able** *(capable)* → **unable** *(incapable)*, **known** *(connu)* → **unknown** *(inconnu)*, **do** *(faire)* → **undo** *(défaire)*, **hook** *(accrocher)* → **unhook** *(décrocher)* (voir 35-5 et exercice C, p. 245).

4. Les mots interrogatifs : How long ago was that?
Comme **ago** (voir 51-1), **how long ago**, *il y a combien de temps*, est toujours employé avec le passé simple. Cette expression interroge sur le temps écoulé depuis qu'une action est terminée.

Ne pas confondre avec **how long**, *combien de temps*, qui interroge sur la durée d'une activité et qui peut s'employer avec tous les temps.

5. It's all over
Employé avec le verbe **be, over** forme une expression qui veut dire *être terminé*. **The show is over.** *Le spectacle est terminé.*

6. Le pluriel des noms : penalties
Penalties est le pluriel de **penalty**. On voit donc que dans les noms terminés par **-y**, cet **-y** devient **-ie** devant **-s**.

7. Next : Our next caller
Nous avons trouvé **next** employé avec les jours de la semaine et les mots **week, month** ou **year** pour traduire *prochain :* **next Friday**, *vendredi prochain*, **next year**, *l'année prochaine*.

Ici, nous trouvons un autre sens, *suivant*. D'où son emploi quand on fait l'appel : **Next!** *Le suivant !* ou dans la question : **Who's next?** *À qui le tour ?*

EXERCICES

A. Traduisez :

1. His daughter was knocked down by a lorry.
2. Did you know Mike used to be a builder?
3. They didn't get any compensation, did they?
4. Drunken drivers should be sent to prison.
5. I totally agree with the previous speaker.

B. En vous référant au dialogue, répondez aux questions :

1. What is this programme about?
2. Where does the first caller live?
3. What happened to her husband?
4. What was his job before the accident?
5. When was he knocked down?

C. Formez une phrase interro-négative au passé :
Exemple : **Paul likes her** → **Didn't Paul like her?**

1. A lot of people are interested.
2. They want more volunteers.
3. There's some sugar on the table.
4. My cousins have never been abroad before.
5. Stuart's coming on Tuesday.

D. Formulez des réponses en suivant le modèle :
Exemple : **It's a stiff penalty (think should)** → **I think it should be stiffer.**

1. It's a big house. (wish, was)
2. She's a quiet baby. (thought, would)
3. It's a cheap holiday. (expected, to be)
4. He's a good doctor. (hoped, would)
5. It's a comfortable room. (think, could)

E. Prononcez les phrases suivantes en mettant la tonique sur le nom propre pour les phrases A mais pas pour les phrases B :

1A. I was talking to the butcher Mr Hughes.
1B. I was talking to the butcher, Mr Hughes.
2A. I'm looking forward to phoning Mother.
2B. I'm looking forward to phoning, Mother.
3A. Was it you that shouted « Chris »?
3B. Was it you that shouted, Chris?

LEÇON 87

Learning languages

[**R.** = Interviewer — **J.** = James Thomas — **M.** = Margaret Cooper]

R. It's three o'**clock** and time for "At Home in **Eu**rope". With me to**day** are James **Tho**mas and Margaret **Coo**per and we'll be discussing the **role** that learning foreign **lan**guages has to play in the future of **Eu**rope... Margaret, the British are notoriously **bad** at learning languages. Why do you think that **is?**

M. Well, I think o**ri**ginally, you know, it was the co**lo**nial attitude and then of course it's due to the fact that so many foreigners are learning **Eng**lish there doesn't seem to be the **need**. I've just spent six months in **Fran**ce and everyone is learning **Eng**lish over there.

R. Mm. What about the **way** in which foreign languages are **taught** in Britain? Do you think **that** has anything to do with it?

M. Oh, abso**lu**tely. In **Hol**land, for example, they start learning English in **pri**mary schools[10]. It's taken very **se**riously over there. It's about time we took a leaf out of their **book**.

R. Yes. James, you speak fluent French and **Ger**man, **don**'t you? Do you find it a help in dealing with **cli**ents?

J. Oh, **yes**, most **def**initely. I mean it **is** true that a lot of French and German people speak **Eng**lish but even so they really ap**pre**ciate the fact that you can speak **their** language. It makes things easier all **round**. I **mean**, when there's a **mee**ting...

Mots nouveaux

noto**ri**ously [netōriēsli] – **pri**mary [praïmeri] – **cli**ents [klaïents] – **flu**ent [flōuent]
definitely [dèfinitli] – ex**am**ple [igzāmpl] – co**lo**nial [kelôounyel] – **Hol**land [holend]
taught [tōt] – leaf [līf] – role [rôoul] – **at**titude [atityōud]
due [dyōu]

Experience is the best teacher.
[ikspiēriēns iz że bèst tītche]

L'apprentissage des langues vivantes

R. Il est quinze heures, l'heure de « Comme chez soi en Europe ». À mes côtés aujourd'hui James Thomas et Margaret Cooper, et nous allons discuter du rôle que l'apprentissage des langues étrangères doit jouer dans l'avenir de l'Europe… Margaret, il est de notoriété publique que les Britanniques ne sont pas doués pour l'apprentissage des langues vivantes. Pourquoi cela, d'après vous ?

M. Je pense qu'à l'origine la cause en était l'attitude coloniale et puis bien sûr, comme tant d'étrangers apprennent l'anglais, nous n'avons pas l'impression qu'il y ait un besoin. Je viens de passer six mois en France et tout le monde apprend l'anglais.

R. Mm… Et que dire sur la façon dont on enseigne les langues étrangères en Grande-Bretagne ? Est-ce que vous pensez que ça a un rapport ?

M. Oh, absolument. Aux Pays-Bas, par exemple, on commence à apprendre l'anglais dans les écoles primaires. On prend ça très au sérieux, là-bas. Il est grand temps de prendre exemple sur eux.

R. C'est vrai. James, vous parlez couramment le français et l'allemand, n'est-ce pas ? Est-ce que vous trouvez que ça vous aide dans vos relations avec vos clients ?

J. Oh oui, sans l'ombre d'un doute. Je veux dire par là que c'est vrai que beaucoup de Français et d'Allemands parlent anglais mais, même dans ce cas, ils apprécient vraiment le fait que vous pouvez parler leur langue. Ça facilite les choses en général, je veux dire, quand il y a une réunion…

Vocabulaire

chair a meeting, *présider une réunion*

Prononciation

Les mots terminés par **-ious** sont accentués sur la syllabe qui précède : no**to**rious, **se**rious. La place de l'accent ne change pas quand on ajoute **-ly** : no**to**riously, **se**riously.

L'expérience est le meilleur des maîtres.

GRAMMAIRE

1. Le gérondif : bad at learning languages, a help in dealing

L'emploi du gérondif s'explique par la présence des prépositions **at** et **in** (voir 43-3).

Remarquez l'emploi de la préposition **at** dans l'expression **be bad at**, comme dans l'expression **be good at** (voir leçon 9, ligne 6).

2. Over : over there

La préposition **over** indique le passage d'un point à un autre, par-dessus un obstacle. On dira donc : **A plane flew over our house in the middle of the night.** *Un avion a survolé notre maison au milieu de la nuit*, mais : **He walked across the street.** *Il a traversé la rue* (voir 81-2).

Dans les expressions **over here** *(de ce côté-ci, chez nous, dans notre pays)* ou **over there** *(là-bas, de l'autre côte)*, **over** sert à exprimer une notion d'éloignement. Remarquez de ce point de vue la différence qui existe entre **Come over for Christmas**, qu'on dira à des gens qui habitent une autre ville ou région, et **Come round for Christmas**, qu'on dira à des gens qui habitent la même ville ou les environs, alors que les deux phrases signifient *Venez nous voir à Noël*.

3. Le passif : The way foreign languages are taught, it's taken very seriously

Beaucoup plus fréquemment employé en anglais qu'en français, il permet en particulier de rendre les expressions commençant par le pronom indéfini *on*, que le français utilise plus volontiers lorsqu'il n'y a pas d'agent exprimé.

4. L'emploi du passé simple : It's about time we took a leaf…

Après des expressions comme **it's about time, it's high time** *(il est grand temps que)*, après **suppose** *(supposez que)*, tout comme après **if** (voir 47-7) et le verbe **wish** *(souhaiter)*, on emploie le passé simple qui n'a plus alors de valeur temporelle. Il correspond dans ce cas au subjonctif français.

5. Even so

Cette expression, que l'on peut rendre en français, selon le cas, par : *malgré cela, même dans ce cas, pourtant, cependant*, reprend toujours implicitement ce qui vient d'être dit par **so** (voir 23-4).

EXERCICES

A. Traduisez :

1. Est-ce qu'il parle l'anglais couramment ?
2. On prend l'étude des langages très au sérieux en Hollande.
3. Vous pensez que Jason a quelque chose à voir avec cette fenêtre cassée ?
4. Il est plus facile de traiter avec des clients étrangers si vous savez parler leur langue.
5. Mon patron a dit qu'il appréciait vraiment le fait que je ne sois jamais en retard.

B. En vous référant au dialogue, répondez aux questions :

1. What does the interviewer say about British people learning languages?
2. Where has Margaret been?
3. What does she say about Holland?
4. What languages can James speak?
5. Does he speak them well?

C. En suivant le modèle, complétez en utilisant les expressions données ci-dessous avec *to* ou *for* le cas échéant :

Exemple : **It's five o'clock. Time for tea.**
the BBC news, lunch, get up, bed, go to work
1. It's seven o'clock … — **2.** It's half past eight … — **3.** It's half past twelve … — **4.** It's nine o'clock (in the evening) … — **5.** It's nearly midnight …

D. Lisez le texte ci-dessous et formulez des questions s'y rapportant en commençant par les mots donnés (1 à 5) : William Shakespeare was born in Stratford-on-Avon in 1564. He got married at eighteen to Anne Hathaway. They had three children.
1. Where … — **2.** When … — **3.** Who … — **4.** How old … — **5.** How many …

E. Classez les mots suivants selon la prononciation de g [g], [dj], [n] **ou muet :**
1. taught **2.** gorgeous **3.** Margaret **4.** George
5. languages **6.** learning **7.** originally **8.** English **9.** things
10. green **11.** foreign **12.** German

LEÇON 88

Capital punishment

[**R.** = Interviewer — **P.** = Penelope — **K.** = Kenneth]

R. Our **next** question is from Bill Stamford from **New**town.

B. What does the panel **think** of the recent increase in terrorist ac**ti**vities and do they agree with the **death** penalty[11] for acts of **terr**orism?

R. The death penalty for **terr**orists. Pe**ne**lope, let's start with **you**. Where do **you** stand on this?

P. **Well**, I personally have no hesit**at**ion. I am convinced one hundred per **cent** that we should bring back the **death** penalty for **terr**orists. I mean I can see no justification at **all** for these people to murder and maim innocent **peo**ple. *(Applause)*

R. **So**, Penelope's position is very clear on **this** one. **Ke**nneth, what about **you?**

K. **Well**, I'm afraid I can't possibly a**gree** with Penelope. No civilized so**cie**ty can possibly justify the death penalty for terrorists or anyone **else**. If you condemn **their** acts how can you condone putting people to **death?** It's not logical…

P. But Kenneth you can't possibly stand by and see innocent children **killed** and talk about **log**ic. You've got to have some effective de**terr**ent…

K. But it **is**n't an effective deterrent. It doesn't…

Mots nouveaux

con**demn** [kendèm]
per **cent** [pesènt]
ap**plause** [eplōz]
innocent [inesent]
justifi**ca**tion [djœstifikèïchn]
question [kwèstchen]
ac**ti**vities [aktivitīz]
con**vinced** [kenvinst]
maim [mèïm]
justify [djœstifaï]
civilized [sivilaïzd]
acts [akts]
death [dèn]
panel [panl]
ef**fec**tive [ifèktiv]
so**cie**ty [sesaïeti]
de**ter**rent [ditèrent]
con**done** [kendôoun]

Two wrongs don't make a right.
[tōū roṅz dôount mèïk e raït]

La peine capitale

R. *La question suivante vient de Bill Stamford de Newtown.*

B. *Que pensent les gens sur le plateau de la récente recrudescence des activités terroristes et sont-ils pour la peine capitale dans le cas d'actes de terrorisme ?*

R. *La peine capitale pour les terroristes. Pénélope, commençons par vous. Quelle est votre position à ce propos ?*

P. *Eh bien, personnellement, je n'ai pas la moindre hésitation. Je suis persuadée à cent pour cent que nous devrions réintroduire la peine capitale pour les terroristes. Je veux dire que je ne vois aucune justification à ce que ces gens assassinent et mutilent des innocents. (Applaudissements)*

R. *Donc, la position de Pénélope est très claire là-dessus. Et vous, Kenneth ?*

K. *Eh bien, je suis désolé, mais je ne peux absolument pas être d'accord avec Pénélope. Il est impossible qu'une société civilisée puisse justifier la peine capitale pour les terroristes ou toute autre personne. Si vous condamnez leurs actions, comment pouvez-vous soutenir qu'on mette des gens à mort ? Il n'est pas logique de…*

P. *Mais, Kenneth, vous ne pouvez tout de même pas rester les bras croisés, voir des enfants innocents tués et parler de logique. On a besoin d'une dissuasion efficace…*

K. *Mais ça n'est pas une dissuasion efficace. Elle ne…*

Vocabulaire

lawful [lōfoul], *légal* **un**lawful, *illégal*

Prononciation

Une autre opposition fréquente : [èï]/[aï], par exemple **maim/mime** [maïm] ou **pale** [pèïl]/**pile** [païl]. Dans l'accent **Cockney**, accent populaire de Londres, [èï] tend à être prononcé [aï] : **lovely day** [lœvli daï] !

Deux iniquités ne font pas une équité.

GRAMMAIRE

1. Les noms particuliers : What does the panel think... and do they agree with...

Panel est tantôt employé avec un verbe au singulier, quand on considère l'ensemble, tantôt avec un verbe au pluriel, quand on pense aux différents individus qui composent le groupe.

Il se comporte comme d'autres noms que nous avons déjà rencontrés : **the government**, the **RSPCA** (voir 81-8).

2. L'emploi de l'article : capital punishment, the death penalty

Nous avons ici deux expressions qui veulent dire exactement la même chose. Remarquez que l'anglais n'emploie pas d'article avec **punishment**, qui est un nom non comptable, mais qu'il faut l'article défini **the** devant **death penalty, penalty** étant un nom comptable.

3. L'emploi des démonstratifs : like those committed

On emploie **those** (pluriel de **that**) et non **these** (pluriel de **this**) parce qu'il s'agit de faire référence à des événements passés. C'est donc un exemple de l'opposition fondamentale entre **this** et **that** (voir 2-2, 4-2).

4. Le gérondif : how can you condone putting people to death ?

Le verbe **condone** fait partie de la liste des verbes qui sont toujours suivis d'un gérondif, qui occupe la place et la fonction d'un complément d'objet, donc d'un nom (voir 22-6, 32-6, 35-2).

5. Les verbes composés : you can't possibly stand by

La particule **by** modifie légèrement, et non radicalement, le sens de **stand**, qui veut dire *être debout*. **Stand by** signifie *se tenir debout, sans intervenir, en attente*, d'où l'emploi de ce verbe dans le jargon des transports aériens : un billet **stand by** étant un billet qu'on obtient à prix réduit parce qu'il faut ensuite attendre qu'un voyageur se désiste éventuellement.

6. You've got to have : You've got to have some effective deterrent

You've got to est synonyme de **you have to** (voir 33-3). De même que **have got** a tendance à être préféré à **have** en anglais contemporain pour exprimer *avoir*, il se substitue à lui dans l'expression **have to**.

EXERCICES

A. Traduisez :

1. Do you agree with stiffer penalties for terrorists?
2. She's quite convinced that the death penalty is wrong.
3. You can't stand by and not do something.
4. Is there any justification for terrorism?
5. The point is, it's not an effective deterrent.

B. En vous référant au dialogue, répondez aux questions :

1. What are they discussing?
2. What does Penelope think about it?
3. Does Kenneth agree with her?
4. What does Penelope say that terrorists do?
5. What does Kenneth say about the death penalty as a deterrent?

C. Ajoutez une « queue de phrase » :

1. You'd like to ask a question, …
2. Teresa's rather nice, …
3. They'd rather go home, …
4. There aren't any more, …
5. Nobody told Jane, …

D. Trouvez les paires logiques :

1. Do you mind if I smoke?
2. May I borrow your newspaper?
3. Is this seat free?
4. Shall I open the window?
5. Would you like a hand with your case?

A. Yes, I think so. **B.** No, of course not. **C.** If you like.
D. Yes, please. **E.** Certainly.

E. Prononcez ces paires de mots en faisant attention à l'opposition [èï]/[aï] **:**

A.	**B.**
1. main [mèïn], *principal*	mine [maïn], *le mien/la mienne*
2. lake [lèïk], *lac*	like [laïk], *aimer*
3. male [mèïl], *mâle*	mile [maïl], *mile*
4. paint [pèïnt], *peinture*	pint [païnt], *pinte*
5. maim [mèïm], *mutiler*	mime [maïm], *mimer*

LEÇON 89

Sports news

Good **ev**ening. Today's Sports News **head**lines are read by Mike **Hat**field.

An easy win for the light **blues**[12] in this afternoon's **Boat** Race[13]. They pulled ahead early **on** and increased their lead to ten clear **len**gths at the **fin**ishing line.

Blackburn Rovers' **cap**tain, Dave **Han**ley, who is due to retire at the end of the **sea**son, was the man of the **mat**ch today. He scored **three** goals including a **pen**alty kick in the last few seconds of the **game**. That takes his total of goals scored this **sea**son up to twenty-**sev**en. Fans cheered him for a full five **min**utes after his final winning **goal** today. The All-Blacks **rug**by team beat the England side at **Twi**ckenham this afternoon. The final score was: All-Blacks twenty **two**, England six**teen** with Jones scoring a **brill**iant try for England in the second **half**. **High**lights of the game will be shown on BBC 1 tonight.

C**ri**cket — in the **first** innings of the third Test Match[14] in **Mel**bourne today England were **all** out for three hundred and **four** and the Australians had just come in to **bat** when rain stopped **play**.

And now here are the **foot**ball result. League Division **One**. Everton **1**, Tottenham **Hot**spurs **1**; Manchester United **0**, **A**rsenal **2**; Blackburn Rovers **3**, **Che**lsea, **2**...

Mots nouveaux

league [līg]
pulled [pould]

doubt [daout]
rugby [rœgbi]

test [tèst]
race [rèïs]

fans [fanz]
goal [gôoul]

captain [**kap**tn]

season [sīzn]

cricket [krikit]

lengths [lenss]

with**out** [wiżaout]

innings [ininz]

win [win]
beat [bīt]

bat [bat]
team [tīm]

highlights [haïlaïts]

di**vi**sion [divijn]

lead [līd]
kick [kik]

score [skō]

Slow and steady wins the race.
[slôou en stèdi winz że rèïs]

Rubrique sportive

Bonsoir. Les titres de notre rubrique sportive d'aujourd'hui présentés par Mike Hatfield.

Facile victoire de l'équipe aux maillots bleu clair dans la course d'avirons de cet après-midi. Ils ont pris la tête très tôt et porté leur avance à dix bonnes longueurs sur la ligne d'arrivée.

Dave Henley, capitaine des Blackburn Rovers, qui doit prendre sa retraite à la fin de la saison, fut l'homme du match aujourd'hui. Il a marqué trois buts, dont un penalty dans les toutes dernières secondes de la partie. Ce qui porte le total des buts qu'il a marqués cette saison à vingt-sept. Des supporters l'ont acclamé pendant cinq bonnes minutes après son dernier but victorieux aujourd'hui.

L'équipe des All Blacks a battu celle d'Angleterre à Twickenham cet après-midi. Le score final : All Blacks vingt-deux, Angleterre seize, dont un splendide essai de Jones pour l'Angleterre dans la deuxième mi-temps. Les meilleurs moments de la partie seront présentés sur BBC1 ce soir.

Cricket. Dans la première manche du troisième test-match à Melbourne aujourd'hui, tous les joueurs de l'équipe d'Angleterre ont été sortis pour un score de trois cent quatre points, et les Australiens venaient juste de commencer à renvoyer quand la pluie a arrêté la partie.

Et voici maintenant les résultats de football. Première Division : Everton 1, Tottenham Hotspurs 1 ; Manchester United 0, Arsenal 2 ; Blackburn Rovers 3, Chelsea 2…

Vocabulaire

refe**ree** [rèferī], *arbitre* (football, etc.)
umpire [œmpaïe], *arbitre* (cricket et tennis)

Prononciation

Nous trouvons dans la leçon trois prononciations pour **ea** : [è] dans **headlines** et **read**, [ī] dans **easy, increased, lead, season, team, beat, League, Chelsea**, et [iē] dans **clear**.

La persévérance paie.
(m. à m. : *Lentement et régulièrement gagne la course.*)

GRAMMAIRE

1. La formation des noms : an easy win, their lead, a brilliant try, when rain stopped play

Nous trouvons dans cette leçon une illustration de la souplesse de l'anglais, notamment en ce qui concerne la formation des noms : c'est tout simplement un verbe qui est transformé en nom, sans aucune modification de la forme. Ici **win, lead, try** et **play** sont des noms dérivés de verbes.

2. In the last few seconds

Remarquez la place respective de **the last** et **few** en comparaison avec le français *les toutes dernières secondes*.

On retrouve cette même différence lorsqu'un nom est précédé de deux adjectifs numéraux (un adjectif cardinal et un adjectif ordinal). En anglais, on a le schéma ordinal + cardinal + nom : **I've already read the first ten chapters**, alors qu'en français l'ordre des adjectifs est inversé : *J'ai déjà lu les dix premiers chapitres.*

The last et **the next** se comportent comme des adjectifs numéraux ordinaux.

3. Les noms particuliers : England were all out

On utilise le nom du pays pour désigner l'équipe d'Angleterre, donc ici **England = The English team**.

Nous remarquons qu'ici le verbe s'accorde au pluriel. Nous retrouvons donc un phénomène que nous avons déjà rencontré avec des noms comme **government** (81-8) ou **panel** (88-1) : un nom, singulier de forme, est considéré comme pluriel par celui qui parle, pour indiquer qu'il pense aux différents individus qui composent le groupe et non pas au groupe vu comme une unité, comme un ensemble monolithique.

EXERCICES

A. Traduisez :

1. Les meilleurs moments du match de football étaient à la télé.
2. La pluie a fait arrêter la partie cet après-midi.
3. Est-ce que vous savez quel a été le score final ?
4. Pourquoi est-ce qu'on appelle l'équipe de rugby de Nouvelle-Zélande les All Blacks ?
5. Parce qu'ils portent des shorts, des chaussettes et des maillots noirs, bien sûr.

B. En vous référant au dialogue, répondez aux questions :

1. Which team won the Boat Race?
2. Why was Dave Hanley the man of the match?
3. How many goals has he scored this season?
4. Who won the rugby match and what was the score?
5. England were all out for how many?

C. Un même mot convient à toutes ces phrases. Lequel ? Complétez et traduisez :

1. I met him … work.
2. The meeting finished … quarter past eight.
3. They don't agree … all.
4. Paul said he'd wait for you … the station.
5. Just look … that beautiful child!

D. Formez une phrase interro-négative :

1. Tom Jones scored the winning goal.
2. The final score was three nil.
3. Townsend usually played better than that.
4. The light blues should win easily.
5. The captain would like to retire at the end of the season.

E. Soulignez la syllabe accentuée ; prononcez les mots :

1. career	5. delicious	9. personality
2. shampoo	6. religious	10. compensation
3. launderette	7. superstitious	11. notorious
4. seriously	8. midnight	12. yourselves

LEÇON 90

A New Year's Eve Party

[**R.** = Radio — **A.** = Alec[15] — **C.** = Cathy — **T.** = Tony — **J.** = Jane]

C. Hey, it's ten minutes to **mid**night, put the **ra**dio on someone or we'll miss Big **Ben**[16].

R. Here in Trafalgar **Square**[17] the crowds are…

T. I hope everyone has made their New Year Reso**lu**tions.

A. Nobody still does **that, sur**ely?

T. Well, I've decided to stop **smok**ing. In a few **min**utes I will join the ranks of the non-smokers fo**re**ver.

J. Who's going to be the first **footer**[18]? Alec, will **you**?

A. What? No **fear**. Not **me**. It's too damn **cold** out there.

J. Oh, go **on**. You're the only tall dark man **here**.

C. Turn the **ra**dio up again, it must be nearly **time** now. Hurry **up** or we'll **miss** it.

T. Oh, we've got five **min**utes yet. Someone give Alec a lump of **coal**.

J. Isn't he supposed to have **whis**ky as well?

A. Yes. I **se**cond that. If I'm going out in the freezing **cold** I de**serve** a bottle of whisky.

J. Oh, shut **up**, Alec. Just do as you're **told**.

T. Well, after **this** drink I won't touch another drop this **year**.

A. Your sharp **wit** never ceases to a**maze** me, Tony.

C. Quiet everyone! Big Ben is about to **strike**. *(Big Ben strikes midnight.)*

EVERYONE. Happy New **Year!** Happy New **Year e**veryone! Should auld acquaintance be forgot[19]…

Mots nouveaux

hurry up [hœri œp]
shut up [choet œp]
coal [kôoul]
nobody [nôoubedi]
radio [rèïdiôou]
lump [lœmp]
ceases [sīsis]
ranks [rańks]
a**maze** [emèïz]
de**serve** [dizœ̄v]
happy [hapi]
for**e**ver [ferève]
crowds [kraoudz]
sharp [chāp]

All's well that ends well.
[ōlz wèl żet èndz wèl]

Fête de la Saint-Sylvestre

C. *Hé, il est minuit moins dix, que quelqu'un mette la radio sinon nous allons manquer Big Ben.*

R. *Ici, dans Trafalgar Square, des foules de gens sont…*

T. *J'espère que tout le monde a pris ses résolutions de Nouvel An.*

A. *Personne ne fait plus ça, si ?*

T. *Eh bien, moi, j'ai décidé de m'arrêter de fumer. Dans quelques minutes, je rejoindrai les rangs des non-fumeurs à tout jamais.*

J. *Qui va être le premier à franchir le seuil ? Alec ? Tu veux bien ?*

A. *Quoi ? Pas question. Pas moi. Ça va pas non ? Il fait trop froid dehors.*

J. *Allons. Tu es le seul homme brun et grand ici.*

C. *Mettez la radio un peu plus fort, il doit être presque l'heure maintenant. Dépêchez-vous sinon nous allons le manquer.*

T. *Oh, il nous reste encore cinq minutes. Que quelqu'un donne un morceau de charbon à Alec.*

J. *Est-ce qu'il n'est pas censé avoir aussi du whisky ?*

A. *Oui, je suis pour. Si je dois sortir dans ce froid glacial, je mérite une bouteille de whisky.*

J. *Oh, tais-toi, Alec. Fais ce qu'on te dit, c'est tout.*

T. *Eh bien, après ce verre, je ne toucherai plus une goutte d'alcool de l'année.*

A. *La finesse de ton esprit n'en finit pas de m'étonner, Tony.*

C. *Silence tout le monde ! Big Ben va sonner.*

(Big Ben sonne les douze coups de minuit.)

TOUS EN CHŒUR : *Bonne Année ! Bonne Année à tous ! Ce n'est qu'un au revoir, mes frères…*

Vocabulaire

cele**bra**tion [sèlebrèïchn], *fête*

Tout est bien qui finit bien.

GRAMMAIRE

1. Les indéfinis : everyone has made their New Year Resolutions.

Comme nous l'avons vu (67-6), **everyone**, qui se construit avec un verbe au singulier, est repris par un adjectif pluriel **their**, phénomène très fréquent en anglais, pour ne pas avoir à employer **his** ou **her**, puisque **everyone** ne donne aucune indication de genre.

2. La formation des mots : non-smokers, the first footer, this drink

Nous trouvons ici différents procédés de formation des mots qui illustrent, une fois de plus, la souplesse de l'anglais dans ce domaine. Nous avons d'abord le suffixe **-er**, fréquemment ajouté à un verbe pour le transformer en nom désignant un agent (voir 86-2), procédé illustré par **smoker** et son contraire **non-smoker** (même procédé qu'en français). Mais on va même plus loin avec **footer**, puisque le suffixe est ici ajouté à un nom, **foot**, pour en faire un nom désignant un agent, c'est-à-dire *celui qui franchit le seuil* (littéralement *celui qui met le pied*). Et puis nous retrouvons un verbe transformé en nom, **drink** (voir 89-1).

3. Yet : we've got five minutes yet

L'équivalent du français *encore* (dans le sens de *qui continue*) dans une phrase affirmative est le plus souvent **still** comme dans **He is still here**. *Il est encore là*. On trouve, mais plus rarement, **yet**, comme dans l'exemple de la leçon (voir 64-2).

Souvenez-vous que dans une phrase négative seul **yet** est possible : **not… yet** = *pas encore* (voir 20-3).

4. Le passif : Isn't he supposed to have ? do as you're told

Comme nous l'avons dit, l'emploi du passif est beaucoup plus répandu en anglais qu'en français. Il est notamment possible, en anglais, d'employer le passif avec un verbe intransitif comme **suppose**, chose impossible en français.

Le verbe **tell** peut se mettre au passif, avec le complément de personne comme sujet, puisqu'il est transitif en anglais : **They tell me to go → I am told to go** (voir 39-6).

5. Be about to : Big Ben is about to strike

Comme nous l'avons vu (65-4) l'expression **be about to** est employée pour annoncer quelque chose d'imminent. Cette expression donne un ton plus cérémonieux que ne le ferait **be**

EXERCICES

A. Traduisez :

1. Hurry up or you'll miss the bus.
2. Isn't the first footer supposed to be a tall dark stranger ?
3. He doesn't deserve his success.
4. I hope no one has forgotten my birthday.
5. What on earth is the lump of coal for ?

B. En vous référant au dialogue, répondez aux questions :

1. What is the time ?
2. What has Tony decided to do ?
3. What is the first footer supposed to look like ?
4. What two things is the first footer supposed to take with him ?
5. What's the date ?

C. Complétez ces proverbes anglais :

1. … news is … news.
2. Bad … travels …
3. Experience … the best …
4. … wrongs don't … a right.
5. All's … that … well.

D. Prononcez ces paires de mots en faisant attention à l'opposition [œ]/[ōē] :

A.	B.
1. shut [chœt], *fermé*	shirt [chōē], *chemise*
2. gull [gœl], *mouette*	girl [gōēl], *fille*
3. luck [lœk], *chance*	lurk [lōēk], *se tapir*
4. ton [tœn], *tonne*	turn [tōēn], *tourner*
5. fun [fœn], *amusement*	fern [fōēn], *fougère*

E. Soulignez les toniques et prononcez ensuite les phrases :

1. a) Big Ben struck eleven. b) Midnight, you mean.
2. a) The dark blues won last year.
b) No, it was the light blues last year.
3. a) Does Alec prefer whisky or vodka ?
b) Whisky, I think.
4. a) I've decided to learn English this year.
b) You said that last year too.
c) Ah, but I really mean it this year.

ANNEXES

ANNEXES

1. Les pronoms personnels

sujet		complément	
I	*je*	**me**	*me, moi*
you	*tu, vous*	**you**	*te, vous*
he	*il*	**him**	*le, lui*
she	*elle*	**her**	*la, lui*
it	*il, elle*	**it**	*le, la*
we	*nous*	**us**	*nous*
you	*vous*	**you**	*vous*
they	*ils, elles*	**them**	*eux, elles, les, leur*

2. Les adjectifs et les pronoms possessifs

adjectifs		pronoms
1re pers. sing.	**my**	**mine**
2e pers. pl.	**your**	**yours**
3e pers. sing. { masc. fém. neutre	**his** **her** **its**	**his** **hers** **its**
1re pers. pl. 2e pers. pl. 3e pers. pl.	**our** **your** **their**	**ours** **yours** **theirs**

3. L'expression de la quantité

pas de	**no** **not … any**
peu de	**little** (+ sing.) **few** (+ pl.)
un peu de	**a little** (+ sing.)
quelques	**a few** (+ pl. : insistance sur petit nombre) **some** (+ pl. : quantité indéfinie)
du, de la, des	**some** **any** (phrases interrogative et négative)
assez	**enough**
beaucoup	**much** (+ sing.) **many** (+ pl.) **a lot of** **lots of** **a great deal of**
beaucoup plus	**much more** (+ sing.) **many more** (+ pl.)
trop	**too much** (+ sing.) **too many** (+ pl.)

4. Les nombres cardinaux

0 **zero** [ziērôou] 1 **one** [wœn] 2 **two** [tōū] 3 **three** [śrī] 4 **four** [fō] 5 **five** [faïv] 6 **six** [siks] 7 **seven** [sèvn] 8 **eight** [èït] 9 **nine** [naïn]	10 **ten** [tèn] 11 **eleven** [ilèvn] 12 **twelve** [twèlv] 13 **thirteen** [śōētīn] 14 **fourteen** [fōtīn] 15 **fifteen** [fiftīn] 16 **sixteen** [sikstīn] 17 **seventeen** [sèvntīn] 18 **eighteen** [èïtīn] 19 **nineteen** [naïntīn]
20 **twenty** [twènti] 30 **thirty** [śōēti] 40 **forty** [fōti] 50 **fifty** [fifti] 60 **sixty** [siksti] 70 **seventy** [sèvnti] 80 **eighty** [èïti] 90 **ninety** [naïnti]	**twenty-one** **twenty-two** **twenty-three**, etc.
100 **one (a) hundred** [hœndrid] 200 **two hundred** 300 **three hundred**, etc.	105 **one hundred and five** 120 **one hundred and twenty** 331 **three hundred and thirty one**
1 000 **one thousand** [śaouzend] 2 000 **two thousand** 3 000 **three thousand**, etc.	2 010 **two thousand and ten** 2 200 **two thousand two hundred** 2 222 **two thousand two hundred and twenty-two**

Remarques : 1. Lorsque **hundred** et **thousand** sont employés comme noms ils prennent la marque du pluriel : **hundreds of children**, *des centaines d'enfants*. 2. Pour lire une année, 1991 par exemple, on dira : **nineteen ninety-one.**

5. Les nombres ordinaux

1er **first** [fōēst] 2e **second** [sèkend] 3e **third** [ṡōēd] 4e **fourth** [fōṡ] 5e **fifth** [fifṡ] 6e **sixth** [siksṡ] 7e **seventh** [sèvnṡ] 8e **eighth** [èïtṡ] 9e **ninth** [naïnṡ] 10e **tenth** [tènṡ]	11e **eleventh** [ilèvnṡ] 12e **twelfth** [twèlvṡ] 13e **thirteenth** [ṡōētīnṡ] 14e **fourteenth** [fōtīnṡ] 15e **fifteenth** [fiftīnṡ] 16e **sixteenth** [sikstīnṡ] 17e **seventeenth** [sèvntīnṡ] 18e **eighteenth** [èïtīnṡ] 19e **nineteenth** [naïntīnṡ]
20e **twentieth** [twèntieṡ] 30e **thirtieth** [sōētieṡ] 40e **fortieth** [fōtieṡ] 50e **fiftieth** [fiftieṡ] 60e **sixtieth** [sikstieṡ] 70e **seventieth** [sèvntieṡ] 80e **eightieth** [èïtieṡ] 90e **ninetieth** [naïntieṡ]	21e **twenty-first** 22e **twenty-second** 23e **twenty-third** 24e **twenty-fourth** etc.
100e **hundredth** [hœndridṡ]	250e **two hundred and fiftieth**
1 000e **thousandth** [ṡaouzendṡ]	251e **two hundred and fifty-first**

Remarques : 1. Pour une date, le 14 juillet par exemple : on écrira **14th July** ou **July 14th**, ce qui se lira **the fourteenth of July** ou **July the fourteenth**. 2. Pour les souverains, on écrira par exemple **Charles I** et **Elizabeth II**, ce qui se lira **Charles the First** et **Elizabeth the Second**. 3. Les fractions se liront : **1/3 one third** ; **1/5 one fifth** ; **1/2 one half** ; **2 1/2 two and a half** ; **3/4 three quarters**.

6. Les unités de mesure

LONGUEUR

1 inch [intch] (en abrégé : 1 in. ou 1") = 2,54 cm
1 foot (en abrégé 1 ft. ou 1') = 30,48 cm
1 yard (1 yd) = 0,91 m
1 mile (1 ml) = 1 609,34 m
1 foot = 12 inches ; 1 yard = 3 ft.

POIDS

1 ounce [aouns] (1 oz) = 28,35 g
1 pound (1 lb) = 453,59 g
1 stone (1 st) = 14 lbs = 6,35 kg
1 hundredweight (1 cwt) = 112 lbs = 50,80 kg
1 ton = 20 cwt = 1 016 kg

VOLUME

1 pint [païnt] = 0,568 litre
1 quart [kwōt] = 2 **pints** = 1,136 litre
1 gallon (1 gl) = 4,54 litres (en Angleterre) ; 3,78 litres (USA)

TEMPERATURES

Celsius/Centigrade	*Fahrenheit*
- 20°	- 4°
- 18°	0°
- 5°	23°
0°	32°
10°	50°
20°	68°
37°	98,4°
100°	212°

Conversion : C° → F° : ôter 32 et multiplier par 5/9
F° → C° : multiplier par 9/5 et ajouter 32

7. CONJUGAISONS
Les auxiliaires du type *can*

	Présent	Passé simple (Conditionnel)	Present Perfect
Affirmation	I can (swim), etc.	I could (swim), etc.	(Expression équivalente) I / You / We / They } have / 've } been able (to swim) He / She / It } has / 's } been able (to swim)
Négation	I cannot (swim), etc. I can't (swim), etc.	I could not (swim), etc. I couldn't (swim). etc.	I / You / We / They } have not / haven't } been able (to swim) He / She / It } has not / hasn't } been able (to swim)
Interrogation	Can I (swim)? etc.	Could I (swim)? etc.	Have { I / you / we / they } been able (to swim) Has { he / she / it } been able (to swim)

Pluperfect	**Futur**	**Conditionnel**
(Expression équivalente) I {had / 'd} been able (to swim), etc.	(Expression équivalente) I {will / 'll} be able (to swim), etc. aussi quelquefois avec I/we : I / We {shall / 'll} be able (to swim)	(Expression équivalente) I {would / 'd} be able (to swim), etc.
I {had not / hadn't} been able (to swim), etc.	I {will not / won't} be able (to swim), etc. aussi quelquefois avec I/we : {I / We} {shall not / shan't} be able (to swim)	I {would not / wouldn't} be able (to swim), etc.
Had I been able (to swim)? etc.	Shall {I / we} be able (to swim)? Will {you / he / she / it / they} be able (to swim)?	Would I be able (to swim)?, etc.

Forme simple Verbe régulier : walk
Verbe irrégulier : take (take, took, taken)

	Présent	Passé simple	Present Perfect
Affirmation	I You We They } walk/take He She It } walks/takes	I walked/took, etc.	I You We They } have walked (verbe régulier) He She It } has taken (verbe irrégulier)
Négation	I You We They } do not / don't He She It } does not / doesn't } walk/take	I did not / didn't / etc. } walk/take	I You We They } have not / haven't He She It } has not / hasn't } walked / taken
Interrogation	Do { I / you / we / they Does { he / she / it } walk/take?	Did I walk/take?, etc.	Have { I / you / we / they Has { he / she / it } walked? / taken?

Pluperfect	Futur	Conditionnel
I { had / 'd } walked (v. régulier) taken (v. irrégulier) etc.	I { will / 'll } walk/take etc. aussi quelquefois avec I/we : I / We { shall / 'll } walk/take	I { would / 'd } walk/take etc.
I { had not / hadn't } walked taken, etc.	I { will not / won't } walk/take etc. aussi quelquefois avec I/we : I / We } { shall not / shan't } walk/take	I { would not / wouldn't } walk/take etc.
Had I { walked? taken?, etc.	Shall { I / we } be able (to swim)? Will { you / he / she / it / they } walk/take?	Would I walk/take?, etc.

Forme progressive Verbe : walk

	Présent	Passé simple	*Present Perfect*
Affirmation	I { am / 'm You, We, They } are / 're He, She, It } is / 's } walking	I, He, She, It } was You, We, They } were } walking	I, You, We, They } have / 've He, She, It } has / 's } been walking
Négation	I { am not / 'm You, We, They } are not / aren't He, She, It } is not } walking	I, He, She, It } was not / wasn't You, We, They } were not / weren't } walking	I, You, We, They } have not / haven't He, She, It } has not / hasn't } been walking
Interrogation	Am I Are { you, we, they Is { he, she, it } walking?	Was { I, he, she, it Were { you, we, they } walking?	Have { I, you, we, they Has { he, she, it } been walking?

Pluperfect	Futur	Conditionnel
I {had / 'd} been walking etc.	I {will / 'll} be walking etc. On trouve aussi avec I/we : I / We {shall / 'll} be walking	I {would / 'd} be walking etc.
I {had not / hadn't} been walking etc.	I {will not / won't} be walking etc. On trouve aussi avec I/we : {I / We} {shall not / shan't} be walking	I {would not / wouldn't} be walking etc.
Had I been walking?, etc.	Shall {I / we} Will {you / he / she / it / they} be walking?	Would I be walking?, etc.

8. Les verbes irréguliers

Forme de base	*Passé simple*	*Passé composé*	
*arise	arose	arisen	*s'élever*
*awake	awoke	awoke	*(s')éveiller*
be	was, were	been	*être*
bear	bore	borne	*porter, supporter*
beat	beat	beaten	*battre*
become	became	become	*devenir*
begin	began	begun	*commencer*
bend	bent	bent	*courber*
bet	bet	bet	*parier*
*bid	bade	bidden	*ordonner*
bid	bid	bid	*enchérir*
*bind	bound	bound	*lier*
bite	bit	bitten	*mordre*
bleed	bled	bled	*saigner*
blow	blew	blown	*souffler*
break	broke	broken	*casser*
breed	bred	bred	*élever*
bring	brought	brought	*apporter*
build	built	built	*construire*
burn	burnt	burnt	*brûler*
burst	burst	burst	*éclater*
buy	bought	bought	*acheter*
choose	chose	chosen	*choisir*
cling	clung	clung	*s'accrocher*
come	came	come	*venir*
cost	cost	cost	*coûter*
creep	crept	crept	*ramper*
cut	cut	cut	*couper*
deal	dealt	dealt	*distribuer*
dig	dug	dug	*creuser*
do	did	done	*faire*
draw	drew	drawn	*tirer, dessiner*
dream	dreamt	dreamt	*rêver*
drink	drank	drunk	*boire*
drive	drove	driven	*conduire*
*dwell	dwelt	dwelt	*demeurer*
eat	ate	eaten	*manger*

VERBES IRRÉGULIERS

fall	fell	fallen	*tomber*
feed	fed	fed	*nourrir*
feel	felt	felt	*se sentir*
fight	fought	fought	*combattre, se battre*
find	found	found	*trouver*
*flee	fled	fled	*s'enfuir*
*fling	flung	flung	*jeter*
fly	flew	flown	*voler (oiseau)*
forbid	forbade	forbidden	*interdire*
forget	forgot	forgotten	*oublier*
forgive	forgave	forgiven	*pardonner*
*forsake	forsook	forsaken	*abandonner*
freeze	froze	frozen	*geler*
get	got	got	*obtenir*
give	gave	given	*donner*
go	went	gone	*aller*
grind	ground	ground	*moudre*
grow	grew	grown	*croître, cultiver*
hang	hung	hung	*pendre*
have	had	had	*avoir*
hear	heard	heard	*entendre*
hide	hid	hidden	*cacher*
hit	hit	hit	*frapper*
hold	held	held	*tenir*
hurt	hurt	hurt	*blesser, faire mal*
keep	kept	kept	*garder*
kneel	knelt	knelt	*être à genoux*
know	knew	known	*savoir, connaître*
lay	laid	laid	*poser*
lead	led	led	*conduire, mener*
lean	leant	leant	*s'appuyer*
*leap	leapt	leapt	*sauter*
learn	learnt	learnt	*apprendre*
leave	left	left	*laisser, quitter*
lend	lent	lent	*prêter*
let	let	let	*laisser, louer*
lie	lay	lain	*être étendu*
light	lit	lit	*allumer*
lose	lost	lost	*perdre*
make	made	made	*faire*
mean	meant	meant	*vouloir dire*

meet	met	met	*rencontrer*
mow	mowed	mown	*faucher*
overcome	overcame	overcome	*l'emporter sur*
pay	paid	paid	*payer*
put	put	put	*poser, mettre*
read	read	read	*lire*
*rend	rent	rent	*déchirer*
rid	rid	rid	*débarrasser*
ride	rode	ridden	*aller à cheval/ aller à bicyclette*
ring	rang	rung	*sonner*
rise	rose	risen	*se lever (soleil)*
run	ran	run	*courir*
saw	sawed	sawn	*scier*
say	said	said	*dire*
see	saw	seen	*voir*
*seek	sought	sought	*chercher*
sell	sold	sold	*vendre*
send	sent	sent	*envoyer*
set	set	set	*placer, fixer*
sew	sewed	sewn	*coudre*
shake	shook	shaken	*secouer*
shed	shed	shed	*verser (larmes) perdre (feuilles)*
shine	shone	shone	*briller*
shoot	shot	shot	*tirer (fusil)*
show	showed	shown	*montrer*
shrink	shrank	shrunk	*rétrécir*
shut	shut	shut	*fermer*
sing	sang	sung	*chanter*
sink	sank	sunk	*couler (bateau)*
sit	sat	sat	*être assis*
*slay	slew	slain	*tuer*
sleep	slept	slept	*dormir*
slide	slid	slid	*glisser*
smell	smelt	smelt	*sentir*
sow	sowed	sown	*semer*
speak	spoke	spoken	*parler*
spell	spelt	spelt	*épeler*
spend	spent	spent	*dépenser passer (temps)*

VERBES IRRÉGULIERS

spill	spilt	spilt	*répandre*
spin	span	spun	*filer (laine)*
split	split	split	*(se) fendre*
spoil	spoilt	spoilt	*(se) gâter*
spread	spread	spread	*(s')étendre*
spring	sprang	sprung	*bondir, jaillir*
stand	stood	stood	*être debout*
steal	stole	stolen	*voler (voleur)*
stick	stuck	stuck	*coller*
sting	stung	stung	*piquer (insecte)*
stink	stank	stunk	*sentir mauvais*
strike	struck	struck	*frapper*
swear	swore	sworn	*jurer*
sweep	swept	swept	*balayer*
swell	swelled	swollen swelled	*enfler*
swim	swam	swum	*nager*
swing	swung	swung	*(se) balancer*
take	took	taken	*prendre*
teach	taught	taught	*enseigner*
tear	tore	torn	*déchirer*
tell	told	told	*raconter*
think	thought	thought	*penser*
thrive	throve	thriven	*prospérer*
throw	threw	thrown	*jeter*
understand	understood	understood	*comprendre*
wake	woke	waked	*éveiller*
wear	wore	worn	*porter (vêtement)*
*weep	wept	wept	*pleurer*
win	won	won	*gagner, l'emporter*
wind	wound	wound	*serpenter* *remonter (mécanisme)*
withdraw	withdrew	withdrawn	*(se) retirer*
wring	wrung	wrung	*tordre, arracher*
write	wrote	written	*écrire*

Les verbes précédés d'un astérisque sont peu utilisés en anglais courant. Par exemple, on utilise **live** plutôt que **dwell**.

9. Notes de civilisation

Leçons 1 - 10 : Faire connaissance

LEÇON 1 **1.** Les Anglais abrègent volontiers les prénoms chaque fois que c'est possible : Philip → Phil, Susan → Sue, Nicholas → Nick.

LEÇON 3 **2.** Glasgow et Édimbourg sont les deux principales villes d'Écosse. Édimbourg est la capitale, mais Glasgow lui dispute depuis toujours le titre de ville la plus importante.

LEÇON 4 **3. A friend in need** (…) Les parenthèses à la fin d'un proverbe indiquent que les mots qu'elles contiennent ne sont souvent pas prononcés. Le proverbe est si connu et si souvent utilisé que celui qui parle suppose que son interlocuteur en connaît bien la suite.

LEÇON 5 **4.** Le français arrive en tête des langues étrangères enseignées en Grande-Bretagne.

5. Le pub est une institution de la vie britannique et la plupart des gens ont ce qu'ils appellent leur **local**, c'est-à-dire un pub près de chez eux où ils vont régulièrement. Il se peut qu'ils aillent aussi faire un **pub crawl**, c'est-à-dire faire la tournée de plusieurs pubs en buvant un verre dans chacun d'eux.

LEÇON 8 **6.** Une pinte = 0,5683 litre. La **bitter** est une bière blonde vendue à la pression (**draught**). La bière brune vendue à la pression s'appelle **mild**.

Leçons 11 - 20 : Entre jeunes

LEÇON 12

1. En Grande-Bretagne aujourd'hui, on trouve côte à côte le système métrique et l'ancien système britannique, très compliqué. Un **yard** vaut 0,91 mètre **(voir l'Annexe 6, Les unités de mesures)**.

LEÇON 13

2. Les Anglais utilisent les prénoms beaucoup plus facilement que les Français. Très souvent, dans une situation où un Français à qui on demande son nom donnerait son nom de famille, un Anglais donnera son prénom.

LEÇON 17

3. Le repas à emporter traditionnel, autrefois enveloppé dans du papier journal (mais pas directement toutefois) est maintenant emballé dans du papier blanc.

4. Un des noms familiers employés pour désigner l'appareil de télévision. On dit aussi **telly** ou **T.V.** Les Américains disent **the tube.**

LEÇON 18

5. Le petit déjeuner anglais traditionnel, à base de **bacon** et d'œufs, est un peu passé de mode. Il est devenu, pour de nombreuses familles, un grand repas du dimanche, appelé **brunch** (mot composé des deux premières lettres de **breakfast** et des dernières lettres de **lunch**), c'est-à-dire un repas pris tard dans la matinée après une grasse matinée. Comme le nom l'indique, c'est un petit déjeuner et un déjeuner à la fois. On sert encore le petit déjeuner traditionnel dans la plupart des hôtels et B & B.

Leçons 21 - 30 : Une Française en Angleterre

LEÇON 24

1. Les banques britanniques n'ont pas les mêmes heures d'ouverture que les banques françaises. En général, elles ferment à trois heures et demie, avec cependant quelques variations ici et là. Renseignez-vous à ce sujet si vous voyagez en Grande-Bretagne.

LEÇON 27

2. L'hymne national anglais, dont on ignore l'auteur, et qui fut joué en public pour la première fois en 1745, était à l'origine **God Save the King** (*Dieu protège le Roi*). Ce fut le premier hymne national de l'histoire. La plupart des gens n'en connaissent que le premier couplet, dans lequel **the Queen** (*la Reine*) a pris la place de **the King** :

God save our gracious Queen,
Long live our noble Queen,
God save the Queen.
Send her victorious,
Happy and glorious
Long to reign over us,
God save the Queen.

3. Équivalent du coq français. Il symbolise l'obstination et le courage. Le nom vient de son utilisation, à l'origine, dans les combats de taureaux, où il s'illustrait par son courage. Depuis l'interdiction de ces combats, cette race de chiens a perdu son agressivité et ils sont aujourd'hui des compagnons doux et pacifiques.

4. Le **Union Jack** (drapeau de l'Union), apparu pour la première fois en 1801, est constitué des drapeaux anglais, écossais et irlandais.

LEÇON 29

5. La rue principale de la plupart des villes anglaises est appelée **High Street**. C'est là qu'on trouve la plupart des grands magasins, des banques, etc.

6. Célèbre recette anglaise. La version traditionnelle est **steak and kidney pudding.**

7. Autre type de bière, blonde, conservée six mois avant d'être consommée.

Leçons 31 - 40 : Vie de famille (1) : un jeune ménage

LEÇON 32

1. Pas tout à fait la même chose que la halte-garderie française, mais plutôt un lieu de rencontre pour les mères et les jeunes enfants. Les enfants jouent avec les jouets qui se trouvent sur place, tandis que les mères bavardent autour d'une tasse de thé.

LEÇON 33

2. Traduit littéralement par *mon Dieu*, mais susceptible de heurter en Grande-Bretagne. À utiliser donc avec circonspection.

LEÇON 37

3. Créés en 1908, en Angleterre, par Baden-Powell.

4. Organisé par une organisation charitable ou autre afin de récolter des fonds : quiconque le désire, remplit le coffre de sa voiture d'objets qu'il veut vendre, se rend à l'endroit indiqué, paie un droit d'entrée et essaie de vendre ce qu'il a apporté.

LEÇON 38

5. Le terme **casserole** est utilisé pour tout plat dont les ingrédients sont cuits lentement au four.

6. Célèbre dans le monde entier, c'est un festival artistique annuel, comportant musique, opéra, cinéma, ballet et théâtre. Il a été créé en 1947.

7. Il y en a des milliers en Grande-Bretagne, signalés par l'écriteau B & B accroché dehors ou devant une fenêtre. On peut aussi trouver le panneau **No vacancies** qui signifie qu'il n'y a plus de chambre libre. La qualité et les prix varient considérablement d'une région à une autre.

LEÇON 39

8. Ce type de magasin existe dans de nombreuses grandes villes et s'est spécialisé dans les jouets, les livres et les jeux d'éveil pour les bébés et les jeunes enfants.

LEÇON 40

9. Comme le marathon de Paris, c'est un événement sportif important qui attire des milliers de participants venus du monde entier. Il fut créé en 1981 et se déroule sur 42 kilomètres, entre Greenwich et Hyde Park.

10 & 11. Manière très répandue de collecter des fonds. Les participants demandent au plus grand nombre possible de gens de leur donner une petite somme d'argent pour chaque mile parcouru : par exemple 10 pence sur 10 miles donnerait **£ 1** (une livre), et si le coureur est « sponsorisé » par 50 personnes, il aura collecté **£ 50** qu'il donnera à l'œuvre charitable de son choix.

Leçons 41 - 50 : Préparatifs de mariage

LEÇON 41

1. Notez que Mr Flint parle avec l'accent écossais.

LEÇON 44

2. Sir et **madam** sont rarement utilisés en Grande-Bretagne et seulement dans un nombre de cas limités : par exemple par les employés dans les magasins de luxe et par la police. Les expressions **Mr** et **Mrs** ne sont employées que suivies d'un nom de famille, jamais seules.

LEÇON 46

3. Les gâteaux de mariage anglais sont des gâteaux riches en fruits, recouverts de sucre glacé et abondamment décorés. Traditionnellement, ils sont composés de trois rangées : la rangée du bas, la plus grande, est pour les invités ; la rangée du milieu est découpée et envoyée par la poste dans des boîtes réservées à cet effet à des amis ou des membres de la famille qui n'ont pas pu venir au mariage ; la troisième rangée est conservée jusqu'au baptême du premier enfant.

LEÇON 47

4. Les Bermudes sont constituées d'un groupe de plus de 300 îles de corail. C'est une colonie britannique, membre du Commonwealth. Le tourisme est la principale ressource de ces îles.

5. Passeport d'un an, valable uniquement pour certains pays, la CEE par exemple. On peut l'acheter sans formalité à la poste. Remarquez que la carte d'identité n'existe pas en Grande-Bretagne.

LEÇON 48

6. Ancienne tradition que la plupart des jeunes mariées respectent encore. Pour la cérémonie du mariage elles doivent porter quelque chose d'ancien, quelque chose de neuf, quelque chose qu'elles ont emprunté et quelque chose de bleu.

LEÇON 50

7 & 8. En Grande-Bretagne, il n'y a qu'une cérémonie. Donc, si le mariage a lieu à l'église, l'officier d'état civil vient à l'église et le marié et la mariée signent le registre à la fin de la cérémonie religieuse.

9. Avant le mariage, les futurs époux passent une dernière soirée en ville avec leurs amis du même sexe. C'est-à-dire que, chacun de son côté, ils organisent une petite fête ou une tournée des pubs. La version féminine est appelée **hen party** (*fête des poules*).

Leçons 51 - 60 : Un Américain en Angleterre

LEÇON 51

1. Mr Abernethy est américain et parle avec l'accent américain.

2. Mr Abernethy peut aller au cinquième étage puisqu'en Grande-Bretagne le rez-de-chaussée est appelé **ground-floor**, tandis que les Américains le désignent par **first-floor** (*premier étage*). Donc le quatrième étage pour un Britannique est le cinquième étage pour un Américain !

LEÇON 52

3. Traditionnellement cuit sous le rôti de bœuf, de sorte que le jus de la viande lui donne sa saveur, on le servait comme premier plat afin de calmer les gros appétits avant de servir le plat de viande, qui était plus cher. Aujourd'hui, cependant, on le sert en même temps que la viande.

4. Sauce faite de jus de viande.

5. Les Anglais mangent des biscuits avec le fromage, qui est servi après le dessert. Dans le repas de famille habituel, cependant, on ne sert pas de fromage.

6. On sert habituellement du café « blanc », c'est-à-dire avec un peu de lait. Si vous ne voulez pas de lait, comme M. Abernethy ici, vous devez demander un café noir, **black coffee**.

LEÇON 53

7. Les Chambres du Parlement, siège du gouvernement britannique.

8. Château médiéval, construit par Guillaume le Conquérant au XIe siècle. C'était un palais royal qui servait aussi de prison pour les prisonniers politiques et les prisonniers de sang royal. Il est célèbre aujourd'hui pour ses corneilles, oiseaux noirs dont on a coupé le bout des ailes pour les empêcher de s'envoler : une légende veut en effet que si les corneilles quittent la Tour de Londres, le palais s'effondrera et l'Angleterre avec lui. D'où le soin jaloux qu'on en prend !

9. La collection de bijoux la plus importante et la plus précieuse du monde. Ces bijoux sont conservés dans la Maison des Bijoux (**Jewel House**), dans la Tour de Londres, et certains sont portés en des occasions particulières.

10. La plus célèbre des résidences de la famille royale. Construite en 1708, elle a 600 pièces, un personnel de 400 personnes et 16 hectares de jardins. Lorsque le drapeau flotte au mât, cela signifie que le souverain y séjourne.

11. Cette cérémonie a lieu devant le palais de Buckingham. Elle commence à 11 h 30 chaque matin en été (et un jour sur deux en hiver) et dure environ une demi-heure. Il s'agit en fait de la relève de la garde : un groupe de soldats en remplace un autre.

12. Madame Tussaud's est un musée de cire, équivalent londonien, en plus grand, du musée Grévin.

LEÇON 57

13. Le pompiste a un accent **cockney** (accent populaire de Londres).

LEÇON 58

14. Mrs Davis parle aussi avec l'accent cockney.

15. Les mots **Love** et **Dear** sont souvent utilisés, dans le style familier, pour s'adresser à des gens, même inconnus.

LEÇON 60

16. Le coquelicot a été choisi à cause des nombreux coquelicots qui poussaient sur les champs de bataille français pendant la Première Guerre mondiale.

17. Grande chaîne de magasins présente dans la plupart des villes. À l'origine c'était une pharmacie, mais maintenant ces grands magasins vendent toutes sortes de choses.

18. De nombreuses villes britanniques ont aussi une boutique **Oxfam** qui appartient à l'œuvre charitable du même nom (**Oxfam** étant la forme abrégée de **Oxford Committee for Famine Relief**, *Comité d'Oxford pour le soulagement de la famine*), qui est gérée par des volontaires, et qui vend des vêtements d'occasion entre autres choses.

Leçons 61 - 70 : Vie de famille (2) : Noël approche

LEÇON 61

1. Le 5 novembre 1605, un groupe de catholiques, effrayés devant l'accroissement des persécutions, essayèrent de faire sauter le roi Jacques Ier, James I, et le Parlement, en plaçant vingt tonneaux de poudre à canon dans le sous-sol. La conspiration fut découverte et échoua. Cet événement est à l'origine des feux de joie et des feux d'artifice traditionnels le 5 novembre de chaque année.

2. L'un des principaux conspirateurs de cette « conjuration des Poudres » fut Guy Fawkes, et la tradition veut que les enfants fabriquent un pantin à l'aide de paille et de vieux vêtements et le promènent en demandant aux passants de l'argent qu'ils utilisent pour acheter des pétards. Le pantin est ensuite brûlé dans le feu de joie du 5 novembre.

LEÇON 62

3. C'est un pudding très riche, cuit à la vapeur, et fait de fruits séchés. On doit le faire au moins un mois avant Noël et le laisser reposer. On le sert chaud avec de la crème ou du beurre au cognac.

4. Spectacle de Noël pour enfants basé sur un conte traditionnel. Il comporte toujours un grand nombre de plaisanteries sur l'actualité avec une forte participation du public. Le rôle masculin principal est joué par une fille et la Dame, le personnage comique féminin principal, par une vedette masculine du show-biz.

LEÇON 64

5. L'expression complète est **the morning after the night before**, « le lendemain matin après la nuit précédente ». Cela veut dire une soirée qui se prolonge, dans une orgie de boisson, avec des conséquences douloureuses pour la personne au réveil.

6. Une branche de gui est accrochée dans la maison et on peut embrasser toute personne qui se trouve dessous.

7. De nombreuses personnes fabriquent leur propre bière et leur propre vin. On trouve facilement les appareils et les livres pour ce faire, étant donné que c'est devenu l'un des passe-temps les plus populaires en Grande-Bretagne.

8. Comme en France, de nombreux employés reçoivent une prime de Noël, bien que la somme allouée puisse varier d'une année à l'autre puisqu'elle est fonction de la performance de l'employé pendant l'année qui précède.

9. Le laitier britannique existe encore et chaque jour il livre le lait à votre porte. Maintenant, très souvent, il vend aussi d'autres choses : des œufs, du pain, des yaourts, etc. Il a une voiture électrique et fait ses livraisons en général très tôt le matin. Il laisse le lait et passe une fois par semaine relever l'argent qu'on lui doit.

10. De nombreux enfants distribuent des journaux pour se faire de l'argent de poche. Ils livrent des journaux dans un secteur particulier.

11. En Angleterre, le compte à rebours pour Noël commence chaque année un peu plus tôt. C'est ainsi que des cartes de Noël sont en vente dès septembre, et que la saison des cadeaux de Noël dans les magasins commence souvent en octobre !

LEÇON 65

12. Les cartes de Noël font partie de la décoration de chaque foyer britannique. Elles sont accrochées tout autour d'une pièce. La plupart des familles anglaises envoient et reçoivent des douzaines de cartes. Il y a un tel afflux de cartes que la Poste doit engager des centaines d'étudiants pour aider au tri en cette période de pointe.

LEÇON 67

13. Andrew parle avec l'accent de Liverpool.

LEÇON 68

14. Le 26 décembre. Ce nom provient du mot **box** (*boîte*) : il y avait dans les églises un tronc spécial pour les pauvres, qu'on ouvrait le 26 décembre, et dont on distribuait le contenu aux gens dans le besoin. Cette pratique a aujourd'hui disparu. C'est un jour férié pour la plupart des gens en Grande-Bretagne.

15. Les **carols** sont des chants de Noël. Il y en a environ une trentaine que tout le monde connaît, notamment **Silent Night** (*Douce Nuit*), **Good King Wenceslas** (*Le Bon Roi Wenceslas*), **While Shepherds Watched their Flocks** (*Tandis que les Bergers regardaient leurs troupeaux*), **O Come All ye Faithful** (*Oh, approchez, fidèles*), et **Away in a Manger** (*Là-bas, dans une mangeoire*). Les églises ont toujours au moins un service de chansons de Noël où ces **carols** sont chantés et la tradition veut que des groupes de gens se promènent en chantant ces chansons à l'époque de Noël pour collecter de l'argent pour les bonnes œuvres.

16. Abréviation courante pour **Salvation Army** (l'*Armée du Salut*), fondée en 1865 par William Booth, évangéliste de Nottingham.

LEÇON 69

17. L'Association Automobile a été créée en 1905 pour lutter contre les « pièges à vitesse » de la police. La limitation de vitesse à l'époque était de 20 miles à l'heure (= 32 km/h !). Maintenant, avec le **RAC** (**Royal Automobile Club**) fondé en 1897, il compte un très grand nombre d'adhérents et offre toute une gamme de formes de dépannage et d'assurances. Ces deux associations combinent les prestations de l'Automobile Club de France et d'Europ Assistance.

LEÇON 70

18. Great minds. Remarquez que seul le début du proverbe est mentionné, la suite allant de soi.

19. Le repas de Noël traditionnel comprend une dinde rôtie avec des pommes de terre au four, des choux de Bruxelles, des carottes, de la farce, de la sauce et du jus de viande, suivis d'un pudding de Noël et de beurre au cognac. C'est le repas de midi du 25 décembre, qui se prend un peu plus tard que d'habitude.

20. Traditionnellement, les enfants anglais suspendent une grande chaussette à la cheminée pour leurs cadeaux. Le pied de la chaussette est rempli de fruits et de noix, les cadeaux se trouvant dans la « jambe ».

Leçons 71 - 80 : Amitiés anglo-américaines

LEÇON 71

1. Il y a un Londres dans l'Ohio, un autre au Kentucky, et un autre au Canada, aussi les Américains ont-ils tendance à préciser de quel Londres il s'agit exactement. Ils disent aussi « Paris, France », pour le distinguer du Paris au Canada, dans l'Idaho, dans le Kentucky, dans le Tennessee et au Texas !

LEÇON 72

2. Clark, bien entendu, parle avec l'accent américain.

3. Les Américains forment couramment des diminutifs de noms en les raccourcissant et en leur ajoutant un **-y** : Marty, Bobby, Sandy, Danny, etc.

LEÇON 73

4. Martin parle avec l'accent du Yorkshire.

5. La Grande-Bretagne possède une culture multi-raciale et on y trouve de nombreux restaurants étrangers, notamment indiens, chinois, italiens et grecs.

LEÇON 74

6. Expression américaine empruntée au jeu de base-ball. Un Britannique dirait : « **I'd like to get in touch with…** »

LEÇON 76

7. Samedi et dimanche plus un autre jour au moins, généralement un lundi, puisque les jours fériés tombent d'habitude un lundi. Remarquez qu'il n'y a pas d'expression anglaise pour rendre « faire le pont ».

LEÇON 77

8. Le trèfle, **shamrock**, est l'emblème irlandais. Pour les Anglais c'est la rose, pour les Écossais le chardon et pour les Gallois le poireau.

LEÇON 78

9. Espèce particulière de grosses chaussures confortables, caractérisées en particulier par un dessin fait de petits trous dans le cuir.

LEÇON 79

10. Cette personne a un accent gallois.

LEÇON 80

11. Cette personne a un accent irlandais.

12. Américain pour **Dad**. Au lieu de **Mum** pour maman, les Américains disent **Mom**.

13. C'est une pierre, dans le château de Blarney, relativement difficile d'accès. Elle est censée donner à celui ou celle qui l'embrasse le pouvoir de charmer et de flatter.

Leçons 81 - 90 : À l'écoute de la radio

LEÇON 81

1. Il y a deux Chambres dans le Parlement britannique : la Chambre des communes, composée de représentants démocratiquement élus, et la Chambre des lords, où il suffit d'être **lord** (titre nobiliaire conféré par la Reine) pour avoir automatiquement le droit de siéger.

2. NUT = National Union of Teachers. NAS/AWT = National Association of Schoolmasters/Association of Woman Teachers.

3. L'une des résidences de la famille royale. En fait, la famille royale passe souvent les fêtes de Noël au château de Windsor, construit au XIe siècle par Guillaume le Conquérant. Il est situé à 32 kilomètres de Londres.

4. RSPCA = Royal Society for the Prevention of Cruelty to Animals.

LEÇON 82

5. Mr Marsh parle avec l'accent du sud-ouest de l'Angleterre.

LEÇON 83

6. Celsius = Centigrade. On utilise encore l'échelle Fahrenheit (Voir le tableau des conversions, Annexe 6, *Les unités de mesure*).

LEÇON 84

7. Sir = *chevalier*. Toujours écrit avec une lettre majuscule. On l'utilise devant le nom complet, Sir Winston Churchill, ou le prénom, Sir Winston, mais jamais devant le nom de famille seul.

8. Abréviation pour **popular music**, musique populaire.

9. Ce proverbe est en fait une citation déformée empruntée à la tragédie de William Congreve (1670-1729) **« The Mourning Bride »** (*La Mariée en deuil*). Le texte original est : **« Music has**

charms to soothe a savage breast » (*La musique a des charmes capables d'apaiser un cœur sauvage*). Au lieu de **« the savage breast »**, on trouve même dans le proverbe **« the savage beast »** (*la bête sauvage*) !

LEÇON 87

10. Il n'y a pas d'école maternelle en Grande-Bretagne. Les enfants vont à l'école primaire de 5 à 11 ans. L'enseignement secondaire va de 11 à 18 ans.

LEÇON 88

11. La peine de mort a été abolie en Grande-Bretagne en 1969.

LEÇON 89

12. Les maillots bleu clair = équipe de Cambridge, maillots bleu foncé = Oxford.

13. Course de bateaux annuelle, entre équipes de rameurs des universités de Cambridge et d'Oxford, qui se déroule sur la Tamise. La première course a eu lieu en 1829.

14. On appelle ainsi tous les matchs de cricket qui ont lieu chaque année entre les membres de l'International Cricket Conference, c'est-à-dire l'Angleterre et d'autres équipes du Commonwealth (Inde, Pakistan, Australie). Pendant l'été, c'est l'Angleterre qui reçoit les autres équipes, tandis qu'en hiver, climat oblige, c'est un des pays situés dans des latitudes plus chaudes qui organise ces rencontres. Elles se déroulent sur trois ou cinq journées. La première eut lieu à Melbourne, entre l'Angleterre et l'Australie, en 1877.

LEÇON 90

15. Alec parle avec l'accent australien.

16. Nom de la plus grande cloche du carillon de Westminster. Il est aussi utilisé pour désigner l'horloge de la tour de Westminster.

17. Commémore la célèbre bataille navale de 1805. Il y a une statue de l'amiral Nelson au sommet d'une grande colonne, quatre gros lions de pierre et plusieurs fontaines. La tradition veut que les Londoniens s'y réunissent pour accueillir la Nouvelle Année.

18. Coutume écossaise à l'origine. Si la première personne à franchir le seuil au Nouvel An est un homme grand et brun, cela est un présage de bonheur.

19. Ceci est un vieil air écossais, écrit en 1788 par Robert Burns, considéré généralement comme le plus grand poète écossais. On le chante quand ont retenti les douze coups de minuit annonçant le Nouvel An. Tout le monde se met en cercle et se tient par la main. Les paroles du refrain et du premier couplet, le seul à être chanté généralement, sont les suivantes (**Auld lang syne** = *bon vieux temps*) :

Auld Lang Syne

Should auld acquaintance be forgot,
(Faut-il oublier les vieilles connaissances)
And never brought to mind?
(Ne jamais s'en souvenir ?)
Should auld acquaintance be forgot,
(Faut-il oublier les vieilles connaissances)
And the days o'auld lang syne?
(Et les jours du bon vieux temps ?)
Refrain :
For auld lang syne, my dear,
(En souvenir du bon vieux temps, mon (ma) cher(chère))
For auld lang syne,
(En souvenir du bon vieux temps)
We'll tak'a cup o'kindness yet,
(Nous prendrons encore une coupe de l'amitié)
For auld lang syne.
(En souvenir du bon vieux temps).

10. Les abréviations courantes

Voici une liste d'abréviations employées fréquemment. Chacune des lettres composant ces abréviations est prononcée séparément hormis quelques exceptions pour lesquelles la prononciation est indiquée.

AA	Automobile Association
AIDS	[èïdz] Acquired Immunity Deficiency Syndrome *(SIDA)*
am	ante meridiem (*avant midi*, utilisé pour l'heure)
B & B	Bed and Breakfast
BBC	British Broadcasting Corporation
CIA	Central Intelligence Agency
CID	Criminal Investigation Department
DIY	Do-it-yourself
DJ	Disc-jockey
EEC/EC	European Economic Community *(CEE)*
ER	Elizabetha Regina (Queen Elizabeth)
FBI	Federal Bureau of Investigation
GB	Great Britain
GP	General Practitioner (doctor)
GPO	General Post Office *(Poste)*
HP	Hire-purchase
HQ	Headquarters
IOU	I owe you (*Je vous dois*, utilisé pour les dettes, IOU £5)
IQ	Intelligence Quotient *(QI)*
JP	Justice of the Peace
MD	Medicinae Doctor (Doctor of Medecine)
MP	Member of Parliament
Mr	[miste] Mister = *Monsieur*
Mrs	[misiz] = *Madame*
NATO	[nèïtôou] North Atlantic Treaty Organisation *(OTAN)*
NSPCC	National Society for the Prevention of Cruelty to Children
OAP	Old age pensioner
OECD	Organisation for Economic Co-operation and Development *(OCDE)*

OHMS	On Her Majesty's Service
OXFAM	[oksfam] Oxford Committee for Famine Relief
p	pence
pm	post meridiem (*après midi*, utilisé pour l'heure)
PM	Prime Minister
RAC	Royal Automobile Club
RSPCA	Royal Society for the Prevention of Cruelty to Animals
RSVP	Répondez s'il vous plaît (utilisé sur invitations)
SOS	Save Our Souls
UFO	Unidentified Flying Object *(OVNI)*
UK	United Kingdom
UN	United Nations
UNESCO	[yōūnèskôou] United Nations Educational, Scientific and Cultural Organisation
UNICEF	[yōūnisèf] United Nations International Children's Emergency Fund
USA	United States of America
VAT	[vat] ou bien [vī èï tī] Value Added Tax *(TVA)*
VCR	Video Cassette Recorder *(magnétoscope)*
VIP	Very Important Person

11. Noms et prénoms

Voici la liste des prénoms (suivi le cas échéant de leur diminutif) et des noms de famille qui sont utilisés dans cet ouvrage.

Prénoms féminins

Alice [alis]

Amanda [emande] Mandy [mandi]

Angela [andjela]

Ann [an]

Barbara [babre]

Belinda [belinde]

Betty [bèti]

Brenda [brènde]

Carol [karel]

Catherine [kaṡrin] Cathy [kaṡi]

Charlotte [chālet]

Christine, [kristīn] Chris [kris]

Claire [klèe]

Corinne [korin]

Deborah [dèbre] Debbie [dèbi]

Diana [daïane] Diane [daïan] Di [daï]

Elizabeth [ilizebeṡ] Liz [liz]

Emily [èmili]

Gail [gèïl]

Grace [grèïs]

Helen [hèlen]

Jane [djèïn]

Janet [djanèt] Jan [djan]

Jennifer [djènife] Jenny [djèni]

Jill [djil]

Joan [djôoun]

Joanne [djôouan]

Karen [karen]

Kate [kèït] Katie [kèïti]

Linda [linde]

Lucy [lōūsi]

Liz (voir Elizabeth)

Madeleine [madlin]

Mandy (voir Amanda)

Margaret [māgrit]

Mary [mèeri]

Megan [mègen]

Nicola [nikele]

Pamela [pamele]

Patricia [petriche] Pat [pat]

Penelope [penèlepi] Penny [pèni]

Rachel [rèïtchel]

Sally [sali]

Samantha [semanṡe]

Sandra [sandre] Sandy [sandi]

Sheila [chīle]

Stephanie [stèfeni] Steph [stèf]

Susan [sōūzn] Sue [sōū]

Teresa [terīze]

Tina [tīne]

Tracy [trèïsi]

Valerie [valeri]

Victoria [viktōriē] Vicky [viki]

Wendy [wèndi]

Prénoms masculins

Adrian [èïdriēn]

Alan [alen]

Alister [aliste]

Andrew [andrōū] Andy [andi]
Drew [drōū]

Barry [barī]

Benjamin [bèndjemin] Ben [bèn]

Bill (voir William)

Brian [braïen]

Charles [tchālz] Charley [tchāli]

Christopher [kristefe] Chris [kris]

Clark [klāk]

David [dèïvid] Dave [dèïv]

Dennis [dènis]

Frank [frańk]

Fred [frèd]

Gary [gari]

Geoffrey [djèfri] Geoff [djef]

George [djōdj]

Graham [grèïem]

Harry [harī]

Ian [iēn]

Jack [djak]

James [djèïmz]

Jason [djèïsen]

John [djon]

Joseph [djôousif] Joe [djôou]

Kenneth [kèneś] Ken [kèn]

Kevin [kèvin]

Louis [lōūī]

Luke [lōūk]

Martin [mātin]

Mark [māk]

Matthew [maśyōū]

Michael [maïkl] Mike [maïk]

Neil [nīl]

Nicholas [nikeles]

Nick [nik]

Oliver [olive]

Patrick [patrik] Pat [pat]

Paul [pōl]

Peter [pīte]

Philip [filip] Phil [fil]

Richard [ritched]

Robert [robet] Bob [bob]

Simon [saïmen]

Stuart [styōūet]

Terry [tèri]

Thomas [tomes] Tom [tom]

Timothy [timeśi]

Tim [tim]

Toby [tôoubi]

Tony [tôouni]

Trevor [trève]

William [wilyem] Bill [bil]

Will [wil]

Noms de famille

Abernethy [abenèṡi]
Armstrong [āmstroṅ]
Bailey [bèïli]
Brown [braoun]
Cooper [kōūpe]
Cox [koks]
Davies [dèïvis]
Ellington [èliṅten]
Evans [èvnz]
Freeman [frīmen]
Flint [flint]
Grey [grèï]
Hanley [hanli]
Hardy [hādi]
Hatfield [hatfīld]
Hathaway [haṡewèï]
Holmes [hôoumz]
Hughes [hyōūz]
Johnson [djonsen]
Jones [djôunz]
Laurel [lorel]
Lyle [laïl]
Marks [māks]
Marsh [māch]
McBride [mekbraïd]
Mozart [môoutsāt]
Shakespeare [chèïkspiē]
Smith [smiṡ]
Spenser [spènse]
Stamford [stamfed]
Sterne [stōēn]
Thomas [tomes]
Townsend [taounsènd]
Walker [wōke]
Webb [wèb]
Winslow [winzlôou]

12. Les faux amis

Il existe un grand nombre de faux amis, c'est-à-dire des mots qui se ressemblent en français et en anglais mais qui ont une signification tout à fait différente. Vous trouverez ci-dessous une liste des plus répandus.

abuse	*insulter*	*abuser*	**exaggerate**
actual	*réel*	*actuel, présent*	**current**
actually	*en fait*	*actuellement*	**nowadays**
affair	*liaison*	*affaire*	**business, matter**
appointment	*rendez-vous*	*appointement*	**wages**
assist	*aider*	*assister à*	**attend**
attend	*assister à*	*attendre*	**wait**
audience	*public*	*audience*	**interview**
baskets	*paniers*	*baskets*	**sports shoes**
cave	*caverne*	*cave*	**cellar**
chair	*chaise*	*chair*	**flesh**
chance	*hasard*	*chance*	**luck**
chase	*poursuivre*	*chasser*	**hunt**
confidence	*confiance*	*confidence*	**secret**
deceive	*tromper*	*décevoir*	**disappoint**
deception	*tromperie*	*déception*	**disappointment**
demand	*exiger*	*demander*	**ask**
deputy	*adjoint*	*député*	**Member of Parliament**
editor	*rédacteur en chef*	*éditeur*	**publisher**
exhibition	*exposition*	*exhibition*	**display, show**
furniture	*meubles*	*fournitures*	**supplies**
grape	*raisin*	*grappe*	**bunch**
guardian	*tuteur*	*gardien*	**caretaker, janitor**
habit	*habitude*	*habit*	**clothes**
inconvenient	*malcommode*	*inconvénient*	**drawback**
injure	*blesser*	*injurier*	**insult**
large	*grand, vaste*	*large*	**broad, wide**
lecture	*conférence*	*lecture*	**reading**
library	*bibliothèque*	*librairie*	**book shop**
luxury	*luxe*	*luxure*	**lust**

maniac	*fou*	*maniaque*	**fanatic, fussy**
march	*défiler au pas*	*marcher*	**walk**
maroon	*grenat*	*marron*	**brown**
miser	*avare*	*misère*	**poverty**
novel	*roman*	*nouvelle*	**short story**
office	*bureau*	*office*	**service**
presently	*bientôt*	*à présent*	**now**
preservative	*agent de conservation*	*préservatif*	**condom**
proper	*convenable*	*propre*	**clean**
prune	*pruneau*	*prune*	**plum**
raisins	*raisins secs*	*raisins*	**grapes**
rest	*repos*	*reste*	**remainder, rest**
route	*itinéraire*	*route*	**road**
rude	*grossier*	*rude*	**rough**
sensible	*sensé*	*sensible*	**sensitive**
store	*magasin*	*store*	**blind**
surname	*nom de famille*	*surnom*	**nickname**
sympathetic	*compatissant*	*sympathique*	**friendly, nice**
trivial	*insignifiant*	*trivial*	**coarse, crude**
vest	*maillot de corps*	*veste*	**jacket**
vicar	*curé*	*vicaire*	**curate**

13. Les vrais amis

Il existe un certain nombre de mots français (ainsi que quelques expressions) que l'on utilise couramment en anglais. Bien évidemment ils sont prononcés avec un accent anglais. Les mots de la première liste sont connus et fréquemment utilisés par les anglophones. La deuxième liste regroupe des termes qui sont un peu moins usités.

LISTE 1

attaché-case [etachikèïs]
au pair [ôou pèe]
beige [bèïj]
boudoir [bōūdwa]
bouquet [bōūkèï]
bourgeois [bouejwā]
buffet [boufèï]
café [kafèï]
coup d'État [kōūdèïta]
cul-de-sac [kœldesak]
eau de Cologne [ôoudekelôoun]
espionnage [èspiēnaj]
faux pas [fôou pā]
fiancé [fiansèï]
hors-d'œuvre [ōdōēvz]
liqueur [likyoue]
menu [mènyōū]
naïve [naiīv]
omelette [omlet]
rendez-vous [rondivōū]
restaurant [rèsterō]
rosé [rôouzèï]
roulette [rōūlèt]
R.S.V.P. [ā ès vī pī] (Répondez s'il vous plaît – écrit seulement)
serviette (pour manger) [sōēvièt]
suave [swāv]

LISTE 2

ancien régime [onsyèn rèïjīm]
apéritif [apèritīf]
après-ski [aprèïskī]
à propos [aprepôou]
au fait [ôou fèï]
bric-à-brac [brikebrak]
brusque [brōūsk]
chaise longue [chèïz loṅ]
chaperon [chaperôoun]
émigré [èmigrèï]
entente cordiale [antant kōdial]
fait accompli [fèït akomplī]
gauche [gôouch]
gourmet [gouemèï]
honni soit qui mal y pense [honi swœ kī mal ī pōns]
un certain je-ne-sais-quoi [œ sōten je ne sèï kwo]
ménage à trois [mènāj œ twœ]
négligé [nèglijèï]
noblesse oblige [nôoublès ôoublīj]
nouveau riche [nōụvôou rīch]
nuance [nyōūans]
pied-à-terre [pyèïtatèe]
raison d'être [rèïzondètre]
rien ne va plus [rèenevaplōū]
risqué [riskèï]
soupçon [sōūpson]
tête-à-tête [tèïtatèït]
touché [tōūchèï]
voyeur [voïyōē]

14. Quelques différences entre l'anglais britannique et l'anglais américain

GB	*Français*	*US*
autumn [ōtem]	*automne*	**fall** [fōl]
bargain [bāgin]	*une bonne affaire*	**a good deal** [e goud dīl]
boot [bōūt]	*coffre*	**trunk** [trœṅk]
box [boks]	*télé*	**tube** [tōūb]
caravan [karevan]	*caravane*	**trailer** [trèīle]
car park [kā pāk]	*parking*	**parking lot** [pārkiṅ lat]
chemist [kèmist]	*pharmacie*	**pharmacist, drug store** [farmesist] [drœg stōr]
chips [tchips]	*frites*	**French fries** [frènch fraīz]
cinema [sinemā]	*cinéma*	**movies** [mōūviz]
curtains [kōētenz]	*rideaux*	**drapes** [drèïpz]
darling [dāliṅ]	*chérie*	**honey** [hœni]
dinner jacket [dine djakit]	*smoking*	**tuxedo** [tœksīdôou]
driving licence [draïviṅ laïsens]	*permis de conduire*	**driver's license** [draïvez laïsens]
dustbin [dœstbin]	*poubelle*	**trash can, garbage can** [trach kan] [garbidj kan]
family, relations [famli] [rilèïchenz]	*famille, parents*	**folks** [fôouks]
film, picture [film] [piktche]	*film*	**movie** [mōūvi]
first floor [fōēst flō]	*premier étage*	**second floor** [sèkend flōr]
holiday [holidèï]	*vacances*	**vacation** [vèïkèïchn]
garden [gāden]	*jardin*	**back yard** [bak yārd]
Gents [djènts]	*W.C. hommes*	**Men's room** [mènz rōūm]
ground floor [graound flō]	*rez-de-chaussée*	**first floor** [fōēst flōr]
Ladies [lèïdiz]	*W.C. femmes*	**powder room** [paouder rōūm]
lift [lift]	*ascenseur*	**elevator** [élivèïter]
living room [liviṅ rōūm]	*salle de séjour*	**den** [dèn]

lorry [lori]	*camion*	**truck** [trœk]
luggage [loegidj]	*bagages*	**baggage** [bagidj]
motorway [môoutewèï]	*autoroute*	**highway** [haïwèï]
nappy [napī]	*couche culotte*	**diaper** [daïper]
overtake [ôouvetèïk]	*doubler (en auto)*	**pass** [pas]
pavement [pèïvment]	*trottoir*	**sidewalk** [saïdwok]
petrol [pètrl]	*essence*	**gas** [gas]
police station [pelīs stèïchn]	*commis-sariat*	**precinct** [prīsinkt]
post [pôoust]	*poste*	**mail** [mèïl]
postal code [pôoustel kôoud]	*code postal*	**ZIP code** [zip kôoud]
postbox [pôoustboks]	*boîte aux lettres*	**mailbox** [mèïlbaks]
postman [pôoustmen]	*facteur*	**mailman** [mèïlman]
return ticket [ritōēn tikit]	*aller-retour*	**round-trip ticket** [raound trip tikit]
rucksack [rœksak]	*sac à dos*	**backpack** [bakpak]
single ticket [singl tikit]	*aller simple*	**one-way ticket** [wœnwèï tikit]
suitcases [sōūtkèïsiz]	*valises*	**bags** [bagz]
tap [tap]	*robinet*	**faucet** [fosit]
taxi [taksi]	*taxi*	**cab** [kab]
tin [tin]	*boîte de conserve*	**can** [kan]
toilet [toïlet]	*toilette*	**rest room** [rèst rōūm]
torch [tōtch]	*lampe de poche*	**flashlight** [flachlaït]
trolley [troli]	*caddie*	**cart** [kārt]
trousers [traouzez]	*pantalon*	**pants** [pants]
tube [tyōūb]	*métro*	**subway** [sœbwèï]
windscreen [windskrīn]	*pare-brise*	**windshield** [windchīld]

15. Transcription phonétique

Mot anglais	Transcription adoptée ici	Symbole adopté	Symbole A.P.I.	Transcription A.P.I.
	Voyelles brèves			
sit	[sit] i de mille mais plus court	i	ĭ	/sĭt/
cat	[kat] a de patte en plus bref	a	æ	/kæt/
shop	[chop] o de note	o	ɒ	/ʃɒp/
put	[pout] ou de trou	ou	ʊ	/pʊt/
ten	[tèn] e de net, Hachette	è	e	/ten/
cup	[kœp] œu de bœuf	œ	ʌ	/kʌp/
ago	[egôou] le son de « e » dans le, me, de	e	ə	/əgəʊ/
	Voyelles allongées			
tea	[tī] i de île un peu plus long	ī	i:	/ti:/
car	[kā] a de hâte	ā	a:	/ka:/
ball	[bōl] o de bof !	ō	ɔ:	/bɔ:l/
boot	[o͞ut] ou de sous mais plus long	o͞u	u:	/bu:t/
bird	[bo͞ed] œu de sœur en plus long	o͞e	ɜ:	/bɜ:d/
	Voyelles doubles (diphtongues)			
buy	[baï] ai de ail, paille	aï	al	/bal/
day	[dèï] ay comme dans pays	èï	el	/del/

boy	[boï] oil comme dans langue d'oil	oï	ɔɪ̄	/bɔɪ̄/
brown	[braoun] on glisse du a vers ou (Raoul)	aou	aʊ	/braʊn/
no	[nôou] on glisse du o de pôle vers ou	ôou	əʊ	/nəʊ/
beer	[biē] on glisse du î vers ē	iē	ɪ̄ə	/bɪ̄ə/
tour	[toue] on glisse du ou vers e de me	oue	ʊə	/tʊə/
air	[èe] on glisse du è vers e de me	èe	eə	/eə/

Consonnes

this	[żis] z avec langue entre les dents	ż	ð	/ðis/
thin	[ṡin] s avec langue entre les dents	ṡ	θ	/θin/
sing	[siṅ] comme parking, jogging	ṅ	ŋ	/siŋ/
pleasure	[plèje] le j de je	j	ʒ	/pleʒə/
jam	[djam] le Dj de Djakarta	dj	dʒ	/dʒam/
shoe	[chōu] le ch de choucroute	ch	ʃ	/ʃu:/
chips	[tchips] le tch de tchèque	tch	tʃ	/tʃips/
hat	[hat] on entend le h « aspiré »	h	h	/hat/

16. Les formes fortes et faibles – Les contractions

	Contraction	Forme faible	Forme forte		Contraction	Forme faible	Forme forte
a		[e]	[èï]	**is**	's	[z]	[iz]
am	'm	[m]	[am]	**me**		[mi]	[mī]
an		[en]	[an]	**must**		[mest]	[mœst]
and		[en]	[and]	**of**		[ev]	[ov]
any		[eni]	[èni]	**shall**		[chel]	[chal]
are	're	[e]	[ā]	**she**		[chi]	[chī]
as		[ez]	[az]	**should**		[ched]	[choud]
at		[et]	[at]	**some**		[sem]	[sœm]
be		[bi]	[bī]	**than**		[żen]	[żan]
because		[bikez]	[bikoz]	**that**		[żet]	[żat]
been		[bin]	[bīn]	**the**		[że]	[żi]
but		[bet]	[bœt]	**their**		[że]	[żèe]
can		[ken]	[kan]	**them**		[żem]	[żèm]
could		[ked]	[koud]	**there**		[że]	[żèe]
do		[de]	[dou̅]	**to**		[te]	[tou̅]
does		[dez]	[dœz]	**us**		[es]	[œs]
for		[fe]	[fō]	**was**		[wez]	[woz]
from		[frem]	[from]	**we**		[wi]	[wī]
had	'd	[ed]	[had]	**were**		[we]	[wœ̅]
has	's	[ez]	[haz]	**who**		[hou]	[hou̅]
have	've	[ev]	[hav]	**will**	'll	[el]	[wil]
he		[i]	[hī]	**would**	'd	[wed]	[woud]
her		[e]	[hœ̅]	**you**		[ye]	[you̅]
him		[im]	[him]	**your**		[ye]	[yō]
his		[iz]	[hiz]				

Index grammatical

Les chiffres renvoient à la partie « Grammaire » de chaque leçon : ainsi 52.3 renvoie à la partie « Grammaire » de la leçon 52, numéro 3.

1. Le nom

2. L'adjectif

3. Les adverbes

4. Le verbe

5. La phrase

6. Morphologie

7. Divers

8. Américanismes

Corrigés des exercices

LEÇON 1

A. 1. How are you? **2.** I am fine. **3.** A blue boat. **4.** It is a big house. **5.** You and Joe in a nice boat.

B. 1. A bike. **2.** A nice bike. **3.** How are you? **4.** A nice photo. **5.** How are you?

C. 1. Une photo d'un bateau. **2.** Comment allez-vous ?/Comment vas-tu ? **3.** Ça va bien./Je vais bien. **4.** C'est une maison. **5.** Joe est dans un bateau aussi.

D. 1. fine **2.** I **3.** it **4.** too **5.** fine

E. 1. bike **2.** Joe nice **3.** house boat **4.** nice photo **5.** nice bike nice boat

LEÇON 2

A. 1. How old are you? **2.** I'm seven. **3.** My son is three. **4.** This is my daughter. **5.** She's very pretty.

B. 1. This is my son Ben. **2.** How old is he? **3.** He is four. **4.** Is your daughter seven? **5.** Yes, she is seven.

C. 1. Are you English? **2.** Is it a nice boat? **3.** Is this your daughter? **4.** Is she four? **5.** Is she a friend?

D. 1. are **2.** am (I'm) **3.** in a **4.** is ('s) **5.** old

E. 1. 2, **2.** 1, **3.** 2, **4.** 2, **5.** 2, **6.** 2, **7.** 2

LEÇON 3

A. 1. Where are you from? **2.** I'm from France. **3.** Are your children English? **4.** London is a lovely city. **5.** This boy isn't (is not) French.

B. 1. Jan isn't English. **2.** I'm not French. **3.** My father isn't Scottish. **4.** You aren't English./You're not English. **5.** He isn't Spanish.

C. 1. It's Tim. **2.** No, I'm not. **3.** No, she isn't. (she's not) **4.** She's my wife. **5.** No, it isn't. (it's not)

D. 1. Is she English? **2.** Where's she from? **3.** Are you from Scotland?/Are you Scottish? **4.** Is she from Glasgow? **5.** Where are you from?

E. [ā] car father; [aï] bike fine; [ōū] you too; [è] friends yes

LEÇON 4

A. 1. Is Nick your friend? – Yes, he is. **2.** He can play six instruments. **3.** Phil can speak three languages. **4.** – My friend can play four instruments. – Really? **5.** She's very interested in you.

B. 1. Are you interested in music? **2.** Nick's (is) my friend. He can speak five languages. **3.** Valerie is a musician too. **4.** I'm not an artist. **5.** My/your daughter is a very good artist.

C. 1. Is that Nick? **2.** Can he play six musical instruments? **3.** Is he divorced? **4.** Is Nick from London? **5.** Are you from Glasgow?

D. 1. Who is this? **2.** Where's he from? **3.** How is she? **4.** How old is Wendy? **5.** Who can play four musical instruments?

E. 1. divorced **2.** Accentués sur la première syllabe : languages, musical, instruments, interested. Sur la deuxième : impressive, musician. Sur la troisième : introduce.

LEÇON 5

A. 1. I (can) speak a bit of French and a bit of Italian. **2.** Can your friend speak English? **3.** Nick is at the pub on Thursdays. **4.** I can meet you on Monday if you like. **5.** He can't go to the pub on Thursday.

B. 1. Yes, she can. **2.** Of course he can. **3.** No I can't. **4.** Yes, I am. **5.** No, she isn't/she's not.

C. 1. a **2.** an **3.** a … a **4.** an **5.** a

D. 1. Who is it/this? **2.** Is he an artist? **3.** Can he play four musical instruments? **4.** What languages can he speak? **5.** When can you go to the pub?

E. 1. Where from **2.** Yes are **3.** speak French you **4.** Canada **5.** London

LEÇON 6

A. 1. Where's (is) Paul? **2.** Is he at the pub? **3.** Can't you meet him on Friday? **4.** No, (I can't). I'm not free then. **5.** Never mind. You can meet him next week if you like.

B. 1. Can't he come tomorrow? **2.** Aren't they English? **3.** Isn't Sue half Scottish? **4.** Can't they make it on Friday? **5.** Can't she play golf?

C. 1. Il est six heures. **2.** À quelle heure pouvez-vous/peux-tu venir ? **3.** Sept heures et demie environ. **4.** Je ne peux pas venir jeudi/Ça ne m'est pas possible jeudi. **5.** Ça ne fait rien. À vendredi.

D. 1. It's three o'clock. **2.** It's half past ten. **3.** It's five past nine. **4.** It's quarter past one. **5.** It's ten past seven.

E. [aï] mind like right fine nice wife tonight bye five [i] kids [èï] eight

LEÇON 7

A. 1. He plays tennis. **2.** He likes white wine. **3.** They (can) speak Spanish. **4.** It's water./This is water. **5.** She likes red wine.

B. 1. Can't he wait? **2.** Is he very tall? **3.** Can they walk to the pub? **4.** Is his car a red Porche? **5.** Isn't she French?

C. 1. in **2.** from **3.** to **4.** on **5.** until **6.** of

D. 1. La maison n'est pas loin. C'est à dix minutes à pied. **2.** Tony aime le bon vin et la bonne musique. **3.** Il n'est pas marié, il est divorcé. **4.** Elle n'est pas vraiment belle, mais elle est très gentille. **5.** Linda n'est pas artiste, elle est musicienne. **6.** Pouvez-vous attendre dix minutes ?

E. 1. Hello, Helen. How are you? **2.** Is he really half Italian? **3.** Here he is. **4.** The house is his. **5.** He likes Picasso but he likes Dali too. **6.** Can he speak Hindi?

LEÇON 8

A. 1. It's one of her/his favourite photos. **2.** Her/His father is Scottish. **3.** Is Nick with her? **4.** Her/His car is over there. **6.** The vodka and orange is for her.

B. 1. He likes this pub. **2.** He lives in London. **3.** Can he play golf? **4.** How is he? **5.** He wants a drink.

C. 1. Il a un mot à vous dire. **2.** J'aime sa veste bleue. **3.** C'est un pub très bien. **4.** Ils sont divorcés. **5.** Est-ce que votre femme est de Londres?

D. 1. It's six o'clock. **2.** It's quarter to five. **3.** It's half past two. **4.** It's eight o'clock. **5.** It's five to eight.

E. 1. Can she she **2.** he's a he **3.** she **4.** she **5.** He his

LEÇON 9

A. 1. She's very pretty. **2.** He plays rugby and squash. **3.** Mary isn't really interested in sport. **4.** How many people can play four musical instruments? **5.** Bill wants to have a word with you.

B. 1. Do you work in Paris? **2.** Does she like Robert? **3.** Is it a very nice house? **4.** Can they go to the pub on Friday? **5.** Do French people like good wine?

C. 1. Est-ce que votre ami(e) est libre le onze ? **2.** Pouvez-vous me présenter à cette jolie fille ? **3.** Sa mère est une femme très impressionnante. **4.** Leurs enfants sont en Italie jusqu'au neuf. **5.** – Quand pouvons-nous nous rencontrer ? – Que dirais-tu/diriez-vous de vendredi prochain ?

D. 1. at **2.** in … with **3.** at **4.** in **5.** to

E. 1. He's really an a~~r~~tist but he's mo~~r~~e interested in spo~~r~~t than a~~r~~t. **2.** – That drink is fo~~r~~ he~~r~~. – Right. **3.** He~~r~~e we are. **4.** You~~r~~ fathe~~r~~'s ove~~r~~ the~~r~~e. **5.** Of cou~~r~~se I prefer a pint of bitte~~r~~.

LEÇON 10

A. 1. Sue ne va pas souvent à des expositions d'art. **2.** Tous les deux vont au même club de tennis. **3.** Je ne m'intéresse pas vraiment au sport. **4.** Je pense qu'il est charmant/séduisant, mais il boit trop. **5.** Combien de gens connaissez-vous dans ce pub ?

B. How old is she? Is she married? Has she got any children? Where does she live?

C. 1. LANGuages **2.** WORK **3.** HOUSE **4.** THINK **5.** SPORT

D. 1. early **2.** good **3.** house **4.** blue **5.** nice

E. Accentués sur la première syllabe : boring interested interesting artist lovely ready early. Sur la deuxième : attractive himself conceited again prefer important. Sur la troisième : exhibitions.

LEÇON 11

A. 1. Passez vers neuf heures. **2.** Leur maison est près de la bibliothèque. **3.** Combien y a-t-il de chambres ? **4.** Tous se partagent la maison. **5.** C'est un bel appartement meublé.

B. 1. Don't you think Paul is funny? **2.** Doesn't your friend drink a lot? **3.** Doesn't he think Sue is attractive? **4.** Isn't Nick a bore? **5.** Doesn't Peter talk about his children?

C. 1. myself **2.** himself **3.** yourself (yourselves) **4.** herself **5.** themselves

D. 1. Ann likes Tony a lot. **2.** Nick drinks too much. **3.** I like her too. **4.** He talks about himself too much. **5.** I think you talk a lot.

E. 1. a) CAR b) SISter's **2.** a) JACKet b) GREEN **3.** a) ENglish b) COURSE **4.** a) GOOD b) VEry **5.** a) T.V. b) NEW

LEÇON 12

A. 1. Pardon. Pouvez-vous me dire l'heure, s'il vous plaît ? **2.** Il y a un rond-point et puis un feu rouge. **3.** Au feu, tournez à droite. **4.** Je ne vois pas. Est-ce que le feu est rouge ou vert ? **5.** Terry habite dans un appartement, pas dans une maison.

B. 1. at **2.** to **3.** on **4.** off **5.** to … for/at

C. 1. Is the library open at this time of day? **2.** Can you tell me the way? **3.** On foot, it's ten minutes from here. **4.** You can't miss it. It's in Shipley Road. **5.** Thank you very much.

D. 1. How old is he? **2.** Are they rich? **3.** What's the time?/What time is it? **4.** Who's this?/Who is it? **5.** Do you like wine?

E. 1. are the **2.** you for a **3.** the at of **4.** to the and **5.** from

LEÇON 13

A. 1. My room is upstairs. **2.** Robert's wife is a nurse. **3.** There isn't a washing machine in the house. **4.** The launderette is just around the corner. **5.** The other bathroom is downstairs.

B. 1. lives **2.** speak **3.** loves **4.** like **5.** speak

C. 1. Neil's room is upstairs. **2.** Is that Kay's book on the table? **3.** Where is Carol's mother? **4.** David's sister has got five cats. **5.** Can Robert's friend speak Italian too?

D. 1. Combien y a-t-il de pièces ? **2.** Est-ce qu'ils ont une télé couleur ? **3.** Les chambres sont en haut. **4.** La cuisine est bleue et blanche. **5.** Il n'y a pas de machine à laver.

E. 1. b, h **2.** a, g **3.** c, j **4.** e, f **5.** d, i

LEÇON 14

A. 1. My friend, Ann, works in a bank. **2.** You give a month's notice if you want to leave. **3.** I think I can move in next Friday. **4.** You can smoke in your room if you like. **5.** What else can I tell you?

B. 1. Can he see Kevin? **2.** Pleased to meet you. **3.** I want to have a word with you. **4.** Is that your husband? **5.** Do you like this sports centre?

C. 1. She works in a bank. **2.** The rule is no smoking (in the rooms they share). **3.** Yes. They all share the housework. **4.** She likes it./She thinks it's very nice. **5.** (She wants to move in) on Friday.

D. 1. the **2.** – **3.** – **4.** the **5.** – –

E. 1. BANK **2.** HOUSEwork **3.** BED **4.** NOW **5.** FRIday

LEÇON 15

A. 1. Our new flatmate doesn't smoke. **2.** What does she/he do? **3.** Neil has got a key for her. **4.** I'm sick of this music. **5.** Vicky's sick of Neil's friends.

B. 1. smoke **2.** play **3.** works **4.** tell **5.** drinks

C. 1. Where do you work? **2.** When do they go to the bank? **3.** What does Paul prefer? **4.** What can Sheila play? **5.** Who can play squash?

D. 1. Yes, it's a new one. **2.** No, they've got a small one. **3.** No, I've got/it's a blue one. **4.** Yes, she's got/it's a white one. **5.** Yes, I've got a good one.

E. [ôou] hope, bloke, so, smoke, [œ] other, lucky, some, one, [ōū] move, room, do, you

LEÇON 16

A. **1.** Karen has got a box full of photos. **2.** Is it very heavy? **3.** Her suitcase is full of records but it's not (it isn't) very heavy. **4.** Can I put my books somewhere? **5.** Neil puts his in the garden shed.

B. **1.** – **2.** – – **3.** to – **4.** – to **5.** – to … to …

C. **1.** There are books in Karen's suitcase. **2.** He puts it in the living room. **3.** Yes, they are. **4.** She can put it in the shed. **5.** Vicky's in the kitchen.

D. **1.** John puts his in there. Come and meet him. He's in the kitchen. **2.** Ann and Mary put theirs in there. Come and meet them. They're in the kitchen. **3.** Peter and Paul put theirs in there. Come and meet them. They're in the kitchen.

E. address, advance, tomorrow

LEÇON 17

A. **1.** I don't like fish. **2.** What's on the box (T.V./the telly) tonight? **3.** Where's the teapot? **4.** Oh, here it is, under the paper! **5.** There are three films on the box (T.V./the telly) tonight.

B. **1.** it **2.** them **3.** They **4.** her **5.** He

C. **1.** They want to go to the bank tomorrow. **2.** Karen thinks musical comedies are boring. **3.** What is on T.V. tonight? **4.** There is a good film on tonight. **5.** Neil can get a key for Karen on Tuesday.

D. **1.** Elle est contente que ce soit le week-end. **2.** Est-ce qu'il y a un bon film à la télé ce soir ? **3.** Qu'est-ce que tu préfères ? les westerns ou les comédies musicales ? **4.** Ils regardent davantage la télévision que nous. **5.** Le programme du week-end est dans le journal.

E. **1.** a) SUPper b) CHIPS **2.** a) PAper b) PROgramme **3.** a) TEApot b) PAper

LEÇON 18

A. **1.** David dort toujours comme une souche. **2.** Il nous faut une nouvelle clé. **3.** Ma cousine Rachel fume trop. **4.** Linda boit comme un trou. **5.** Votre/Ta mère fait de la confiture délicieuse.

B. **1.** the **2.** – **3.** – **4.** The **5.** –

C. delicious home-made jam; a tall good-looking man; a small furnished room; an interesting American film; a big heavy suitcase; a nice comfortable bed.

D. **1.** What is there in the fridge? **2.** When does Vicky leave the house? **3.** Who makes it? **4.** Where are Neil and Karen? **5.** What time does Neil leave for work?

E. 1. There are… the **2.** Can you **3.** He must… some **4.** can… at **5.** he

LEÇON 19

A. 1. Have you got any brothers and sisters? **2.** When do you see them? **3.** Who wants to come with us? **4.** I need a swimming cap. **5.** I don't see my cousins very often: only at Christmas.

B. 1. Has she got any brothers and sisters? **2.** Does she see them often? **3.** Can she swim? **4.** Has she got a swimming cap? **5.** Does she want to come with us?

C. 1. No, she hasn't. She's an only child. **2.** She needs a swimming cap. **3.** It opens at ten o'clock on Sundays. **4.** They usually go on Sundays. **5.** They leave (the house) at half past nine.

D. cousin [kœzn], us [œs], brothers [brœżez], does [dœz], much [mœtch]

E. 1. It's half past eight. **2.** It's quarter to four. **3.** It's ten past seven. **4.** It's three o'clock. **5.** It's quarter past eleven.

LEÇON 20

A. 1. Just a minute, please. I'm talking/speaking to my mother. **2.** Do you want to make plans for next week already? **3.** She's really very boring. **4.** I'm not free on Friday and I'm not free on Saturday either. **5.** Don't you work on Mondays?

B. 1. An Englishman's home is his castle. **2.** All roads lead to Rome. **3.** Many hands make light work. **4.** The early bird catches the worm. **5.** There's no place like home.

C. 1. on **2.** in **3.** at **4.** at **5.** to … at

D. 4. 2. 5. 1. 3.

E. 1. – MOther – SISter **2.** – GARden – BIG **3.** – WHISky – BEER

LEÇON 21

A. 1. When does Corinne's plane arrive ? **2.** Leblanc ? That/It sounds very French! **3.** They always speak English with their father. **4.** How old is she? **5.** I think she must be sixteen.

B. 1. an interesting old photo **2.** a small black cat **3.** a lovely red jacket **4.** a nice new pub **5.** long blonde hair

C. 1. L'autobus part à neuf heures dix. **2.** Quand arrive votre/ton père ? **3.** Bill reste toujours avec sa famille à Noël. **4.** Je suppose que je peux aller la chercher à l'aéroport. **5.** Comment est leur nouvelle maison ?

D. 1. When does it arrive? **2.** How long are they staying? **3.** Who does she look like? **4.** How old is she? **5.** What's her English like?

E. 1. can you her at the **2.** Her is to us for a of **3.** but her **4.** does she **5.** a of her

LEÇON 22

A. 1. Peter is Ann's husband. **2.** What on earth have you got in this suitcase? **3.** Do you mind/Don't you mind carrying it for me? **4.** They haven't got a trolley. **5.** Ann's working this morning, but she's coming home for lunch.

B. 1. She's working. **2.** No, she hasn't (got a trolley). **3.** Bottles of wine. **4.** It's a (blue) Rover. **5.** No, she isn't. She's off in the afternoon.

C. 1. is playing **2.** reads **3.** do **4.** is working **5.** are watching

D. 1. Her suitcase weighs a ton. **2.** It's full of bottles of wine for Ann. **3.** Peter has got an old blue Rover. **4.** Peter doesn't mind carrying her suitcase. **5.** Is Ann working in the afternoon?

E. 1. – MIni – GREEN **2.** – WEEK – OFF – **3.** – BAG – HEAvy

LEÇON 23

A. 1. I can bring your suitcase later. **2.** If you want anything else, don't hesitate to ask. **3.** Have you got everything you need? **4.** You can turn the heating down. **5.** Paul would like to give his father a quick ring/call.

B. 1. up **2.** like **3.** in **4.** at **5.** in

C. 1. to **2.** – **3.** to **4.** to **5.** –

D. 1. Doesn't Carol think it's a nice room? **2.** Wouldn't she like to ring her mother? **3.** Isn't there a towel on the bed? **4.** Can't Peter bring her suitcase later? **5.** Don't you dial 010 33 1 for Paris?

E. afraid, suppose, delicious

LEÇON 24

A. 1. Ann wants to go to/into town. **2.** Would you like to go to the bank? **3.** I've got four hundred euros. How much is that in pounds? **4.** What's the rate of exchange/exchange rate? **5.** The standard charge/usual commission is ten pounds.

B. 1. She wants to go to a bank. **2.** Ann does. **3.** She changes six hundred euros. **4.** She wants ten five pound notes. **5.** No, it's in cash.

C. 1. How much/What would Steve like to change? **2.** What would she like to change? **3.** When would they like to go? **4.** Where would you like to go? **5.** How do they go into town?

D. 1. Mary is here. Can you see her? She's in her white jacket. **2.** My friends are here. Can you see them? They're in their white jackets. **3.** I'm here. Can you see me? I'm in my white jacket.

E. 1. Paul wants to change money **2.** like go town **3.** take car **4.** far pub **5.** mother English actually

LEÇON 25

A. 1. You wouldn't like me to go, would you? **2.** Corinne has got a terrible headache. **3.** She'd rather wait until she gets back to Paris. **4.** I've got an appointment with your English dentist. **5.** The waiting room? No, thanks. I'd rather wait here.

B. 1. Je voudrais prendre un rendez-vous, s'il vous plaît. **2.** Comment écrivez-vous ça ? **3.** La salle d'attente est à gauche. **4.** À quelle heure est votre rendez-vous ? **5.** Qu'est-ce qui ne va pas, Jill ?

C. 1. at **2.** for **3.** on **4.** at **5.** in

D. 1. How do you spell that/your name? **2.** What time is your appointment? **3.** Where's the waiting room, please? **4.** Is your dentist good? **5.** Could I have/take an aspirin, please?

E. 1. Can you your **2.** can an from the **3.** to to a **4.** Would you to a **5.** Does she he's a

LEÇON 26

A. 1. My mouth is still numb. **2.** I can't eat anything. **3.** You don't think I'm jealous, do you? **4.** Ann's going to make Corinne some soup/ some soup for Corinne. **5.** Cathy feels better this afternoon than this morning.

B. 1. She thinks he's marvellous and very good-looking. **2.** A couple of hours. **3.** She's going to make Corinne/her some soup. **4.** It's Winslow. **5.** Perhaps he is, perhaps he isn't.

C. 1. delicious chicken soup **2.** rich successful artist **3.** small brown dog **4.** new red car

D. 1. When would you like an appointment? **2.** How about quarter past three (this afternoon)? **3.** What's your name please? **4.** How do you spell the/her surname? **5.** Right/Fine. Quarter past three this afternoon then. **6.** Goodbye.

E. 1. He's only here for half an hour. **2.** How is his uncle? **3.** Is he going to stay in a hotel? **4.** How many children has he got? **5.** Can Helen help him?

LEÇON 27

A. 1. I'm going into town. Do you want anything? **2.** Do you want me to give you a lift? **3.** I'd like to buy some stamps. **4.** This present is for your friend, isn't it? **5.** It's my mother's birthday soon.

B. 1. Corinne a toujours de bonnes idées de cadeaux/pour les cadeaux. **2.** En fait, la banque est au centre-ville. **3.** Vous pouvez/Tu peux m'emmener en voiture vendredi matin ? **4.** Elle achète deux ou trois revues chaque semaine. **5.** Pouvez-vous/Peux-tu m'apporter dix timbres à tarif réduit ?

C. 1. She wants to send her friend a present. **2.** Do you know when the Queen's birthday is? **3.** Corinne wants a lift into town. **4.** Ann drops her by the bank. **5.** How many stamps does Peter want?

D. 1. give/buy/send **2.** spell **3.** change **4.** make/give **5.** send/give

E. 1. – BREAD – WHITE **2.** – LIFT – MIND **3.** magaZINES – TYPE

LEÇON 28

A. 1. How much would it cost/How much is it to send this parcel to France? **2.** How long does it take by air (mail)? **3.** How many stamps do you want/would you like? **4.** It's too expensive by air (mail). **5.** In fact, it doesn't matter if my parcel gets there a bit late/is a bit late.

B. 1. She wants to send a parcel/birthday present. **2.** It's for her nephew. **3.** It takes about three months by sea. **4.** The last thing she buys is a phone card. **5.** She has to pay twenty-two pounds twenty p.

C. 1. Doesn't Corinne want a lift? **2.** Hasn't Peter got a cassette of God Save the Queen? **3.** Doesn't Ann want to go window-shopping? **4.** Isn't it expensive to send parcels by air? **5.** Mustn't Ann send her/the letters today?

D. 1. D **2.** A **3.** B **4.** E **5.** C

E. [ōū] who, chew, soon [èï] great, wait, late [aï] right, buy, side, [œ] dozen, couple, just [o] drop, god, trolley

LEÇON 29

A. 1. I'm hungry. **2.** When can we have lunch? **3.** I never have lunch before one o'clock in the afternoon. **4.** She always has the same thing. **5.** Can I have some bread and cheese?

B. 1. Le plus simple est que nous prenions tous la même chose. **2.** Quel est son nom ? Je ne m'en souviens jamais. **3.** Que voulez-vous ? De la soupe au poulet ou de la soupe à la tomate ? **4.** La tarte aux pommes est délicieuse. **5.** C'est un homme sympathique, mais il est très jaloux.

C. 1. It is his. **2.** Give them to him. **3.** Has she got a lot of them? **4.** Do they want to come? **5.** Is he sure that she is coming?

D. airport, nickname, coat hangers, clockwise, headache, waiting room, post office, tea-bags, birthday, phone card.

E. 1. and are for **2.** Are you to **3.** are you to **4.** a for **5.** Would you to a

LEÇON 30

A. 1. What time is the next train?/What time does the next train go? **2.** It goes from platform 10. **3.** You have to/must change at Newport. **4.** How much is a return (ticket) to Stratford? **5.** All the trains to Stratford are direct, aren't they?

B. 1. It's £6.20. **2.** She wants to come back after six o'clock. **3.** The train leaves from platform four. **4.** No. You have to change at Newtown on the six fifty-five. **5.** It's at twenty-five past nine.

C. 1. down **2.** like **3.** forward **4.** in **5.** out

D. 1. What time is the first train? **2.** Where does she want to go? **3.** When are you/we free for lunch? **4.** What are you going to order? **5.** How much is a phone card?

E. 1. IN **2.** a) ONE b) NOT **3.** ROUND **4.** a) EVening b) toMORrow

LEÇON 31

A. 1. They (were) worried about their children. **2.** I'm sure you'd love/like that/this film. **3.** Will you read me a book? **4.** Let's have lunch. **5.** Chris is coming/will come round next week.

B. 1. Were you hungry? **2.** Kevin was a very clever child. **3.** Wendy was worried about her work. **4.** They were both teachers. **5.** I was quite good at sport.

C. 1. Il était en avance parce que la réunion a été annulée. **2.** Est-ce qu'elle aimerait un livre pour son anniversaire ? **3.** Est-ce que John va être renvoyé ? **4.** C'était un après-midi chaud et ensoleillé. **5.** Quand est-ce que ta mère passera déjeuner ?

D. 1. heart **2.** Money … grow **3.** no … fire **4.** good **5.** Better … know

E. 1. [sī] see *voir* sea *mer* **2.** [tōū] two *deux* too *aussi* **3.** [baï] buy *acheter* by *par* **4.** [woud] would *(auxiliaire)* wood *bois* **5.** [wīk] weak *faible* week *semaine*

LEÇON 32

A. 1. Quel homme sympathique c'est ! **2.** Elle adorerait faire une fête. **3.** C'est un homme si charmant ! **4.** Il se peut qu'il pleuve cet après-midi. **5.** Charlotte a appris à lire à l'âge de quatre ans.

B. 1. He's nearly one. **2.** Fifteen (children went to Barry's first birthday party). **3.** Just a couple. **4.** She doesn't think Simon would like it. **5.** No, she isn't.

C. 1. read/get/send **2.** get **3.** change/get **4.** send **5.** make/get

D. 1. niece **2.** father **3.** grandfather **4.** cousins **5.** aunt

E. [d] preferred chewed ordered remembered followed cancelled loved lived seemed called played [t] liked looked helped dropped hoped impressed [id] sounded wanted decided

LEÇON 33

A. 1. I didn't know the Eiffel Tower was that/so big. **2.** His/Her eldest daughter is fifteen now. **3.** They should help him. **4.** I only sleep six hours a night. **5.** They want to pick her up every time she cries.

B. 1. E **2.** C **3.** D **4.** A **5.** B

C. 1. Le chiffre des ventes pour mars était très bon. **2.** Ils doivent faire leurs devoirs. **3.** Kim est beaucoup plus sympathique que sa sœur. **4.** Vous devriez vraiment vous arrêter de fumer. **5.** Harry est l'aîné.

D. 1. Rebecca is looking forward to her birthday. **2.** How old is your little boy? **3.** They have to leave at eight o'clock. **4.** Kevin never agrees with me. **5.** How many letters have you got?

E. 1. – Can you me – Of **2.** – He should – he **3.** – Would you a **4.** – You **5.** would to

LEÇON 34

A. 1. Sont-ils allés en Espagne ? **2.** Non. **3.** Sue est déjà partie. **4.** Donnez-les à Pat. **5.** Prenez des biscuits.

B. 1. He's in bed. **2.** Because they were in the park all afternoon. **3.** Because he's teething. **4.** She's going to do her homework. **5.** They'll probably be back about midnight.

C. 1. I went to the swimming pool at the weekend. **2.** He slept eight hours every night. **3.** They invited us round on Fridays. **4.** Peter took a bus to work. **5.** The children learnt to read at school.

D. 1. Give him a drink. **2.** Show her your new car. **3.** Tell them a story. **4.** Read her a book. **5.** Lend him that pen.

E. bro<u>ther</u> yes<u>ter</u>day <u>a</u>gree se<u>cond</u> fi<u>gures</u> af<u>ter</u>noon <u>your</u>self o<u>ver</u> pro<u>bab</u>ly u<u>sual</u>ly bet<u>ter</u> ac<u>tual</u>ly pre<u>sents</u> hun<u>dred</u> <u>cas</u>sette ma<u>ga</u>zine cen<u>tre</u>

LEÇON 35

A. 1. George keeps phoning me. **2.** I'll meet/see you at the dentist's. **3.** The doctor gave me a prescription. **4.** Don't undress him. **5.** She hasn't got a temperature.

B. 1. an **2.** ø, a **3.** a **4.** ø, a **5.** a

C. 1. Qu'avez-vous ? **2.** Cessez de faire ça ! **3.** Est-ce qu'elle a besoin d'antibiotiques ? **4.** Je prendrai rendez-vous vendredi ? **5.** Est-ce que le médecin vous a donné une ordonnance ?

D. 1. my **2.** her **3.** your **4.** his **5.** their

E. infor<u>ma</u>tion at<u>ten</u>tion edu<u>ca</u>tion hesi<u>ta</u>tion revo<u>lu</u>tion de<u>scrip</u>tion popu<u>la</u>tion so<u>lu</u>tion pro<u>fess</u>ion conver<u>sa</u>tion tra<u>di</u>tion sen<u>sa</u>tion

LEÇON 36

A. 1. Je viens de voir Toby. **2.** Quand est-ce que Daniel est parti ? **3.** Le Monopoly est le jeu le plus ennuyeux auquel j'aie jamais joué. **4.** Il préférerait boire du vin. **5.** Celui/Celle que je veux est sur la table.

B. 1. Their friends, Linda and Dennis. **2.** He wants to watch a film on T.V. **3.** They want to play a board game. **4.** No, not really. **5.** She's going to make a vegetable curry.

C. 1. has just bought **2.** haven't played **3.** I've/have found **4.** has left **5.** have never seen

D. 1. Yes, I did. **2.** Yes, she was. **3.** Yes, they do. **4.** Yes, he can. **5.** Yes, they are.

E. 1. There are some the **2.** Would your to **3.** can but her **4.** You must from **5.** We should for

LEÇON 37

A. 1. There are so many things in the cupboard (that) I can't close/shut it. **2.** The blue jacket suits you. **3.** The kids are playing with their toys. **4.** People sell all sorts of junk. **5.** I found a real bargain.

B. 1. Tony is reading a book. **2.** Jane is making (some) tea. **3.** I'm watching a film on T.V. **4.** They are buying their/some furniture. **5.** Barry and Teresa are having a cup of coffee.

C. 1. Je préférerais prendre du café. **2.** Gail veut vendre quelques-uns des jouets des enfants. **3.** Cette veste ne lui va pas vraiment bien. **4.** J'ai beaucoup aimé. C'était très amusant. **5.** Kate n'est jamais allée à Paris.

D. 1. They **2.** She **3.** He … them **4.** They **5.** She … it

E. 1. TENnis GOLF SQUASH **2.** GLASgow **3.** TEN eLEVen **4.** SPANish ITALian FRENCH **5.** APples – RED

LEÇON 38

A. 1. Sally a dit qu'elle séjournerait probablement dans un hôtel. **2.** Voulez-vous que j'ouvre la fenêtre ? **3.** Oliver gardait ses jouets dans sa chambre. **4.** Est-ce que vous pouvez vous rappeler où nous avons séjourné ? **5.** Ils se sont mariés l'été dernier.

B. A. He's playing with his cars. **2.** He's much better./He's fine. **3.** "Spot" is a children's book./"Spot" is Simon's favourite book. **4.** She's made a chicken casserole. **5.** No, they probably won't go.

C. 1. phoned **2.** stayed **3.** asked **4.** got **5.** met

D. 1. How long have you been here? **2.** What time/When did you arrive? **3.** Who are you waiting for? **4.** What don't you like? **5.** Where have you been?

LEÇON 39

A. 1. Kay couldn't decide what to give them. **2.** Could you tell me the way to the centre of town/town centre, please? **3.** I'm looking for my yellow jumper. **4.** There isn't much choice. **5.** Robert's just as likely to forget.

B. 1. He's not as tall as his brother. **2.** I didn't know they were as rich as that. **3.** Is your (my) father as old as my (your) father? **4.** Yesterday was just as sunny as today. **5.** Cats are just as nice as dogs.

C. 1. Que cherchez-vous ? **2.** Pourriez-vous m'aider à porter cette boîte, s'il vous plaît ? **3.** Je ne sais pas ce qu'elle aimerait. **4.** Richard n'a pas beaucoup d'argent. **5.** Un premier anniversaire est toujours exceptionnel.

D. 1. This bag was left in the shop. **2.** The meal was prepared quickly. **3.** The library books were found in the garden. **4.** An appointment was made for one o'clock. **5.** The children were asked some questions.

E. 1. aunt got lovely garden **2.** Mandy won't help. **3.** got lot friends **4.** keep stamps him **5.** car faster yours

LEÇON 40

A. 1. Voudriez-vous quelques fleurs ? **2.** Quel beau jardin ! **3.** Je vais nager tous les matins. **4.** Vous voulez vous joindre à nous ? **5.** Ils vont d'habitude courir dans le parc.

B. 1. Because they got caught in a tailback. **2.** Just a tonic. **3.** Because he's in training for the London Marathon. **4.** No, he doesn't. **5.** It's on the first Sunday in April.

C. 1. in … of **2.** for **3.** at **4.** of **5.** at

D. 1. He thought they would come. **2.** Debbie said she would help. **3.** Bobbie said it would be a boring film. **4.** My cousins thought he was marvellous. **5.** I thought Gary would be there.

E. atomic fantastic scientific economic automatic artistic diplomatic climatic heroic romantic

LEÇON 41

A. 1. Let me give you some advice. **2.** We can't invite more than fifty people. **3.** Can you help me to sort it/this out? **4.** It's not your wedding, is it? **5.** Put your book down and listen, please.

B. 1. rod … child **2.** sorry **3.** apple … doctor **4.** man's … his **5.** horse … mouth

C. 1. Qui dois-je inviter ? **2.** John veut lire le journal en paix. **3.** Voulez-vous de mon aide ou pas ? **4.** Qui puis-je barrer ? **5.** Elle est contente qu'il rentre tôt.

D. 1. that/ø **2.** who **3.** that **4.** who/that **5.** that/ø

E. fish 'n' chips; Bonny 'n' Clyde; Marks 'n' Spencer's; gin 'n' tonic; Laurel 'n' Hardy

LEÇON 42

A. 1. Il faut que je travaille tard cette semaine. **2.** Pourquoi ne prennent-ils pas de déjeuner ? **3.** Je prendrai seulement un sandwich au fromage. **4.** Ils vont à Venise pour leur lune de miel. **5.** Une tasse de café est justement ce qu'il me faut.

B. 1. He's working (late). **2.** She asks her to help finish the invitations. **3.** Betty is Mrs Flint's bridge partner. **4.** He's watching a football match on T.V. **5.** No, she doesn't.

C. 1. are doing **2.** is arriving **3.** Are they coming round today? **4.** I'm writing **5.** is living

D. 1. D **2.** C **3.** A **4.** E **5.** B

E. Buckingham Palace, Regent Street, Park Avenue, Wembley Stadium, Ashford Road, chicken casserole, vegetable soup, Christmas cake, beef curry, chocolate mousse, fruit salad, Christmas pudding, tomato sauce, banana split

LEÇON 43

A. 1. She loves playing bridge. **2.** I'll tell him when I see him. **3.** He just won't listen to me. **4.** Do you prefer gold or black? **5.** Is she interfering or helping?

B. 1. How many brothers has Wendy got? **2.** Which film does Barry want to watch? **3.** When did Sheila arrive? **4.** Who is waiting for me? **5.** What does Mrs Flint think (is more suitable)?

C. 1. Il ne veut rien faire lui-même. **2.** Qui aime être critiqué ? **3.** Les menus pour la réception ont l'air magnifiques. **4.** C'est un endroit très approprié pour une lune de miel. **5.** Est-ce que ce qu'il pense a de l'importance ?

D. 1. swimming **2.** to stop **3.** listening **4.** to play **5.** drink

E. 1. [nôou] no *non* know *savoir* **2.** [not] not *ne...pas* knot *nœud* **3.** [aoue] our *notre* hour *heure* **4.** [wèïlz] whales *baleines* Wales *Pays de Galles* **5.** [sôou] so *donc* sew *coudre*

LEÇON 44

A. 1. Voudriez-vous l'essayer ? **2.** Le vert ne lui va pas. **3.** En fait, je préfère l'autre. **4.** Pourriez-vous me montrer ce que vous avez ? **5.** C'est trop voyant pour moi.

B. 1. She's looking for a dress to wear to her daughter's wedding. **2.** It doesn't suit her. **3.** She's a size fourteen. **4.** No, she doesn't. She tries on the pink one. **5.** It's four hundred and sixty-five pounds.

C. in **1.** Nous partons dans trois jours. **2.** Je l'ai en jaune ou en blanc. **3.** À quoi pensiez-vous ? (Qu'aviez-vous en vue ?) **4.** Penny adore s'allonger au soleil. **5.** Laissez-moi lire le journal en paix.

D. 1. isn't looking for **2.** aren't learning **3.** isn't playing **4.** aren't going **5.** I'm not making

LEÇON 45

A. 1. She wants me to show her my stamps. **2.** She asked me to tell him. **3.** Did they laugh about it? **4.** Matthew won't be in this evening/tonight. **5.** The wedding presents are in the living room.

B. 1. D **2.** A **3.** B **4.** C

C. 1. Je ferais mieux de jeter un coup d'œil. **2.** Ne les laisse pas tomber ! **3.** Il a cassé toute la pile. **4.** Ils nous ont donné des assiettes blanches très belles. **5.** Il y a d'autres draps dans cette armoire.

D. 1. his **2.** her **3.** my **4.** his **5.** his

E. 1. accentué **2.** accentué **3.** accentué, faible **4.** accentué **5.** faible, accentué, faible

LEÇON 46

A. 1. J'ai l'habitude des enfants. **2.** On dirait qu'il va pleuvoir. **3.** Pouvez-vous me passer le directeur, s'il vous plaît ? **4.** Pourriez-vous vous en charger personnellement ? **5.** Voulez-vous confirmer cela au plus tard la semaine prochaine ?

B. 1. She wants to speak to the person responsible for wedding receptions. **2.** It will be delivered the day before the wedding (on the ninth of June). **3.** It must be kept in a cool dry place. **4.** He'll keep it in a special cupboard. **5.** There will be fifty guests.

C. 1. Can I try this jacket on? **2.** What time do you wake up in the morning? **3.** … turn the heating down. **4.** Time to get up. **5.** I'll put you through to the manager, sir.

D. 1. Does Jane live in Edinburgh? **2.** Is Tony making a cake? **3.** Will he come at eight o'clock? **4.** Did Steve and Bob go for a walk? **5.** Could Celia read when she was four?

E. 1. It's been raining for over a week. **2.** Kitty works for her uncle. **3.** Do you need three or four apples? **4.** Robert's got nicer eyes than me. **5.** Does your mother remember Alice?

LEÇON 47

A. 1. Linda was green with envy when she saw us. **2.** This time next week we'll be in Scotland. **3.** Do you fancy/What about going to Portugal? **4.** I hope the beach is as nice as it looks in the brochure. **5.** Don't worry. You can always go to Brighton.

B. 1. that/ø **2.** who/that/ø **3.** who/that **4.** that/ø **5.** that/ø

C. 1. Combien de fois êtes-vous monté en avion ? **2.** Nous pourrons nager dans la mer. **3.** Je n'y suis allé qu'une fois. **4.** Ce sera formidable de s'allonger au soleil. **5.** Tu regardes de nouveau cette brochure ?

D. 1. He won't be able to help us. **2.** Madeleine will work at the library. **3.** Bill's cousin will be able to paint the room. **4.** The bus will stop here. **5.** My dog will be able to jump higher than yours.

LEÇON 48

A. 1. Est-ce que vous aimeriez emprunter sa vieille broche ? **2.** Est-ce qu'ils ont oublié quelque chose ? **3.** À propos, n'oublie pas les alliances. **4.** Est-ce qu'elle a quelque chose de neuf à porter ? **5.** Mon Dieu, j'espère qu'elle n'oubliera rien.

B. 1. She thinks they've forgotten something. **2.** Lucy's mother did. **3.** Lucy and Richard did. **4.** Richard's mother does. **5.** An old blue brooch.

C. 1. You didn't think I'd be late. **2.** Ann and Bob didn't go to Italy last year. **3.** Jessie didn't buy Brian a teddy bear. **4.** They didn't find a nice house. **5.** He didn't meet his friend on the train.

D. to **1.** Ils sont arrivés à six heures moins le quart. **2.** Helen va en ville. **3.** Donnez-le-lui, s'il vous plaît. **4.** Pourra-t-il s'arrêter ? **5.** J'attends l'été avec impatience.

E. 1. Have you a **2.** have **3.** has **4.** she **5.** – He a – he

LEÇON 49

A. 1. He'll never give up smoking. **2.** Do you always work at weekends? **3.** It's the most interesting book I've ever read.

4. They'll have to come early. **5.** Richard never plays football on Sundays.

B. 1. Margaret learnt to swim. **2.** Sue's husband bought her a birthday present. **3.** Betty and Liz go running. **4.** Their neighbours sold their car. **5.** Thomas likes oranges.

C. 1. Elle m'a promis qu'elle le ferait elle-même. **2.** Pourquoi diable a-t-il fait cela ? **3.** De quoi parlent-ils ? **4.** C'est l'homme le plus intelligent que je connaisse. **5.** Pourquoi as-tu promis de faire cela ?

D. 1. Peter always watches T.V. in the evening. **2.** I never go to bed before midnight. **3.** Does Harry usually drink whisky? **4.** Mary often comes to see me. **5.** They sometimes play on Saturday mornings.

E. 1. c – b **2.** c **3.** b **4.** a **5.** a

LEÇON 50

A. 1. Mme Flint pensait que le gâteau était beau. **2.** Il pense que Linda est intéressante et drôle. **3.** La réception s'est très bien passée, pas vrai ? **4.** C'était un repas vraiment formidable. **5.** Je n'ai pas vu qui attrapait le bouquet.

B. 1. It was lovely weather. **2.** (She says) they were very pleasant and efficient. **3.** He thinks she is very amusing. **4.** She likes her too. **5.** Because he had a hangover.

C. 1. can they? **2.** wouldn't you? **3.** isn't she? **4.** did he? **5.** wasn't it?

D. 1. Where are the cakes (which/that/ø) I made? **2.** Here's the book (which/that/ø) I talked about. **3.** This is the girl who/that went to Berlin. **4.** That's the dog that/which hurt Peter. **5.** There's the house (that/which/ø) Ann bought.

E. lib<u>ra</u>rian, in<u>ten</u>tion, Ca<u>na</u>dian, tra<u>di</u>tion, mu<u>si</u>cian, pro<u>fes</u>sion, I<u>ta</u>lian, vege<u>tar</u>ian, <u>ques</u>tion, sen<u>sa</u>tion

LEÇON 51

A. 1. Your room is on the sixth floor. **2.** Can I have my key, please? **3.** I'm rather tired. I think I'll lie down. **4.** They're going to hire a car in Scotland. **5.** How many nights have you booked?

B. 1. His secretary did. **2.** No, she didn't, she booked a single room. **3.** He's going to stay five nights. **4.** She gives him brochures about car-hire firms. **5.** He's going to take Mr. Abernethy's suitcases up to his room.

C. 1. said … done. **2.** Two … one. **3.** fool … money **4.** love … war.

5. louder … words.

D. 1. Could the porter take them up? **2.** I'd like to try it on. **3.** Would you put her through now? **4.** Peter won't give it up. **5.** Turn it down, I'm on the phone.

E. 1. teleVISion **2.** ON **3.** LIST **4.** OFF **5.** THROUGH

LEÇON 52

A. 1. La plupart des familles anglaises mangent un rôti à midi le dimanche. **2.** En Grande-Bretagne on mange des biscuits salés avec le fromage. **3.** Voulez-vous/Veux-tu du café avec ou sans lait ? **4.** Le « trifle » est un dessert traditionnel britannique. **5.** Je ne suis pas tout à fait prêt à commander.

B. 1. suppose **2.** is writing **3.** thinks **4.** I'm learning **5.** believe

C. A **1.** B **2.** C **3.**

D. 1. the … the **2.** The … the **3.** – … the … the **4.** a … a **5.** the … the

LEÇON 53

A. 1. Have you ever seen the Changing of the Guard? **2.** Shall I order? **3.** It's a very impressive building. **4.** They ought to take a guided tour. **5.** Did they show you the Tower of London?

B. 1. About five o'clock – tea time. **2.** Yes, he did. He had a great day. **3.** He took a bus in the morning and a taxi (cab) in the afternoon. **4.** He thinks it's a lovely/beautiful city. **5.** He wants to see Madame Tussaud's.

C. 1. the whole cake and all the biscuits **2.** the whole book and all the magazines **3.** The whole house … and all the windows **4.** the whole country. All the others **5.** All the children

D. 1. C **2.** D **3.** E **4.** A **5.** B

E. the Eiffel **To**wer, Big **Ben**, **Ox**ford Street, Hyde **Park**, Penny **Lane**, Waterloo **Road**, Leicester **Square**, Westminster **Bridge**, Victoria **Sta**tion

LEÇON 54

A. 1. Depuis combien de temps avez-vous/as-tu votre/ton permis ? **2.** Tu as déjà loué une voiture ? **3.** Remplissez ce formulaire et ensuite signez-le, s'il vous plaît. **4.** Vous avez un problème avec le phare de gauche. **5.** Le klaxon est à droite, à côté des essuie-glaces.

B. 1. Are these teeth hurting you? **2.** There are (some) women in the offices. **3.** They mustn't touch these red switches. **4.** They are very quiet children. **5.** They bought (some) postcards of famous churches.

C. 1. How does the heating work? **2.** Where's the horn? **3.** How far can you go with a full tank? **4.** Why doesn't it have air-conditioning? **5.** How long have you had your driving licence?

D. 1. What a beautiful white jumper! **2.** All the apples are on the kitchen table. **3.** Is the soup hot enough for you? **4.** Can he take them up for me? **5.** Most houses have one bathroom.

LEÇON 55

A. 1. Where were you born? **2.** I was born in Canada actually. **3.** Our house isn't far from the church. **4.** It's a very famous place. **5.** I'd like to visit them both at the weekend.

B. 1. He wants some information about interesting things to see. **2.** He gives him a (tourist) map. **3.** Yes, he is. **4.** Because it's just what he wanted. **5.** Because Shakespeare was born there.

C. 1. Nicola, who can't speak a word of Spanish, lives in Madrid. **2.** Paul's computer, which is six years old now, has a marvellous printer. **3.** My aunt, who used to be a champion, still plays golf. **4.** The clock, which came from Germany, is broken. **5.** The film, which I liked, was rather short.

D. headlights, driving licence, air-conditioning, jet-lag, tourist office, honeymoon, football, hangover

LEÇON 56

A. 1. Is there a cheap hotel near here? **2.** No, they're all very expensive. **3.** Perhaps I'll try a B & B then. **4.** Do you usually stay in a hotel? **5.** Don't forget your key.

B. up **1.** Je n'ai pas pu terminer le marathon. J'ai abandonné après cinq miles. **2.** À quelle heure tu te réveilles normalement ? **3.** Et si j'allais le chercher à la gare ? **4.** Robert n'aime pas se lever tôt. **5.** Monte ce shampooing à la salle de bains, s'il te plaît.

C. 1. phoned **2.** lift **3.** hire **4.** taxis **5.** accommodation (sans « s »)

D. 1. A B & B is cheaper than a hotel. **2.** Charles is taller than his father. **3.** I'm more intelligent than you. **4.** Spanish wines are nicer than Italian wines. **5.** Paris is more beautiful than Venice.

E. 1. accentué **2.** faible **3.** les deux sont possibles **4.** accentué **5.** faible

LEÇON 57

A. 1. Do you think you could check the oil? **2.** Fill it up, please. **3.** How much does he owe you? **4.** I forgot to ask her name. **5.** We're on holiday next week.

B. 1. He doesn't know what sort of petrol the car takes. **2.** Unleaded. **3.** It's thirty-five pounds seventy five (pence). **4.** He cleans the windscreen (windshield) and checks the tyres. **5.** Yes, he is.

C. On ne peut pas ajouter «un–» à beautiful et boring. Les contraires de ces mos sont ugly et interesting.

D. 1. himself **2.** myself **3.** yourself/yourselves **4.** themselves **5.** yourself

E. 1. accentué **2.** faible **3.** faible **4.** accentué **5.** faible, accentué

LEÇON 58

A. 1. Je prends toujours un petit déjeuner chaud en hiver. **2.** Rachel ne prend que du jus d'orange au petit déjeuner. **3.** Je n'ai pas très bien dormi la nuit dernière. **4.** D'habitude mon mari lit le journal du matin au petit déjeuner. **5.** Est-ce que tu connais le numéro de téléphone de Helen par hasard ?

B. 1. wouldn't you? **2.** didn't you? **3.** do you? **4.** don't they? **5.** doesn't she?

C. 1. go **2.** went **3.** go **4.** is going/went **5.** go

D. 1. on/next **2.** for **3.** on **4.** of **5.** in ... in

E. 1. BREAKfast b) COOKED **2.** a) COFfee b) TEA **3.** a) EGGS b) BAcon

LEÇON 59

A. 1. I'm afraid it's got a stain on the sleeve. **2.** When will it be ready? **3.** He said he needed his suit by this afternoon (at the latest). **4.** Carol has got a loose tooth. **5.** I don't like sewing on buttons.

B. 1. There's a coffee stain on it. **2.** She gives him a ticket (for his jacket). **3.** On Friday afternoon. **4.** Because he's going on a trip. **5.** He asks her to sew on a button.

C. 1. I have my hair cut every month. **2.** Robert had his photos developed last week. **3.** The man had the/his buttons sewn on. **4.** My sister had her photo taken on Tuesday. **5.** They had their/the house painted in the spring.

D. 1. it won't. **2.** I could. **3.** they weren't **4.** she doesn't **5.** I am.

E. 1. [wèe] where *où*, wear *porter* **2.** [sôou] sow *semer*, sew *coudre* **3.** [swît] suite *suite*, sweet *doux, bon* **4.** [hôoul] hole *trou*, whole *entier* **5.** [bōd] bored *ennuyé*, board *planche* (on board: *à bord*)

LEÇON 60

A. 1. C'est le vingt-neuf février. **2.** Pardon, je cherche une agence de voyages. **3.** Je veux acheter un billet pour Rome. **4.** Est-ce que vous pouvez l'épingler à ma veste ? **5.** La pharmacie est tout de suite après un grand magasin de chaussures.

B. 1. At a hairdresser's **2.** In a travel agency. **3.** To a dry cleaner's. **4.** At a chemist's. **5.** At a butcher's.

C. 1. petrol **2.** windscreen **3.** note **4.** chemist **5.** letter box

D. 1. pin the brooch on **2.** Come on **3.** try that dress on **4.** getting on **5.** put your coat on

E. sounds [saoundz]

LEÇON 61

A. 1. Carol can't stand fireworks. **2.** They spent a fortune on their holiday. **3.** Please remember you mustn't smoke in here. **4.** Shall I give you a hand? **5.** Will you put the plates in the dishwasher?

B. 1. Yes, there is. There are baked potatoes. **2.** Alan did. **3.** He must be Cathy's husband. **4.** She can't stand the noise./Because they are too noisy. **5.** No, she didn't get round to it.

C. 1. bed... man... wealthy **2.** meat... poison. **3.** seen... seen... all. **4.** stone... no **5.** Rome... as... Romans.

D. 1. mustn't **2.** needn't **3.** mustn't **4.** needn't **5.** needn't

E. 1. come give HAND **2.** want <u>daug</u>hter go uniVERsity **3.** what <u>fun</u>ny little black white DOG **4.** How that dog WINdow **5.** still love when *six*ty-FOUR

LEÇON 62

A. 1. Pourquoi elle se donne du mal ? **2.** Le bébé est trop jeune pour ça. **3.** J'aime réserver tôt pour avoir des bonnes places. **4.** Nous nous sommes tous très bien amusés à la fête. **5.** C'est une bonne idée d'avoir quelques mets dans le congélateur.

B. 1. January **2.** June, July and August. **3.** December **4.** February **5.** September

C. 1. makes **2.** made **3.** is making **4.** has already made **5.** to make

D. 1. C **2.** D **3.** B **4.** E **5.** A

E. dozen, cousin; sure, tour; laugh, staff; though, go; sort, caught; enjoy, boy; done, sun; bake, ache.

LEÇON 63

A. 1. Why don't you ask Sheila to come too? **2.** I bet she'd love to come. **3.** Please don't park in front of the garage. **4.** What was Jill doing yesterday? **5.** Tell Daniel to turn the music down.

B. 1. She doesn't want to sleep on the sofa at Christmas. **2.** He must be about sixteen or seventeen. **3.** It belongs to one of Tony's friends. **4.** Because Paul's parents are coming for Christmas dinner. **5.** He says his parents won't notice./He says his mother would be delighted to bring one.

C. 1. B/E **2.** A/D **3.** D/A **4.** C/F **5.** F/C **6.** E/B

D. 1. looking for **2.** Look at **3.** looking forward **4.** looks after **5.** Look out!

E. about [ebaout] round [raound] our [aoue] shouting [chaoutiṅ] out [aout]

LEÇON 64

A. 1. Est-ce que le facteur est déjà passé ? **2.** Combien crois-tu que ça va coûter ? **3.** Tu as déjà goûté ma bière faite maison ? **4.** Si tu vas en ville est-ce que je peux venir avec toi ? **5.** Est-ce que tu as eu la gueule de bois hier ?

B. 1. should it? **2.** doesn't she? **3.** did you? **4.** will they? **5.** is there?

C. 1. him **2.** me **3.** us **4.** them **5.** her

D. 1. Teresa must have finished her homework now. **2.** Everyone seemed to be enjoying themselves. **3.** I haven't started to send Christmas cards yet. **4.** Whose is that coat in the cupboard? **5.** Have you ever been to Portugal?

LEÇON 65

A. 1. Our friends are going on a cruise in August. **2.** Neither of them have been to Paris. **3.** Belinda always makes the most of things. **4.** Will sevenish be to late? **5.** She was just about to go out.

B. 1. No, she isn't. **2.** No, she doesn't. Everything is under control. **3.** About a hundred. **4.** The Christmas pudding. **5.** In the summer. /In July.

C. off **1.** Enlevez votre chapeau et votre manteau. **2.** Rachel n'est pas très bien. Elle ne mange pas beaucoup. **3.** Bob et Alice s'en vont en mai. **4.** C'est la deuxième route au rond-point. **5.** J'ai deux semaines à Noël.

D. 1. In fact, he's the tallest man I've ever met. **2.** In fact, it's the best book I've ever read. **3.** In fact, it was the longest letter I've ever written. **4.** In fact, it was the biggest dog I've ever seen. **5.** In fact, she's the most intelligent child I've ever talked to.

E. [o] pop, off, lot, drop; [ôou] hope, over, most, no; [œ] done, love.

LEÇON 66

A. 1. Are you still waiting for Kevin? **2.** Haven't they arrived yet? **3.** Those plastic roses look real. **4.** I haven't seen her since the summer. **5.** In the long run plastic is better.

B. 1. to be **2.** be **3.** to be **4.** be **5.** be

C. 1. Il n'est toujours pas en train de lire ce livre. **2.** Il n'est pas encore en train de lire ce livre. **3.** Est-ce que Jenny a une vraie montre ? **4.** Les enfants ne sont pas toujours dehors. **5.** Les enfants ne sont pas encore dehors.

D. 1. into **2.** on ... at **3.** in **4.** on ... at **5.** in

E. A: TABLE / POST **B:** SAY / NICK **A:** NO / FOR / FROM / POST **B:** YES / supPOSE

LEÇON 67

A. 1. Would you like to look at a magazine? **2.** Janet's got beautiful long hair. **3.** Why not try something new? **4.** The water in the swimming pool is a bit cold. **5.** What time is your appointment?

B. 1. Andrew is (going to cut Liz's hair). **2.** No, she doesn't want it too short at the sides. **3.** She gives Liz's hair a shampoo. **4.** No, it's a bit too cold. **5.** Because everyone wants their hair done before Christmas.

C. 1. lend **2.** new/young **3.** different **4.** short **5.** never **6.** first **7.** sell **8.** more **9.** after **10.** cold

D. 1. There are **2.** She's **3.** It was **4.** It **5.** They were

E. ta<u>boo</u> <u>phy</u>sics my<u>self</u> po<u>li</u>tical ciga<u>rette</u> scien<u>ti</u>fically pronunci<u>a</u>tion eco<u>no</u>mically accomo<u>da</u>tion Ca<u>na</u>dian

LEÇON 68

A. 1. Ses cheveux lui vont bien comme ça. **2.** Est-ce que tu as des cadeaux pour tout le monde ? **3.** Pourquoi exagèrent-ils toujours ? **4.** Elle est très vieille. Elle doit avoir au moins quatre-vingt-dix ans. **5.** Je n'ai toujours rien pour Brian.

B. 1. It must be (an) antique. **2.** It/She must be her sister. **3.** It must be expensive. **4.** It must be his birthday. **5.** It must be raining.

C. 1. Blue **2.** orange ... orange **3.** red **4.** black ... white **5.** Yellow

D. 1. Barry's mother is in the kitchen. **2.** That is Barry's mother's car. **3.** It has been raining all day. **4.** Where is Carol's doll? **5.** He has just been to the hairdresser's.

E. 1. They want to pro<u>duce</u> a <u>re</u>cord. **2.** There's no need to in<u>sult</u> him. **3.** What an <u>in</u>sult! **4.** Jane is <u>try</u>ing to per<u>fect</u> her French. **5.** She's got a <u>per</u>fect <u>ac</u>cent.

LEÇON 69

A. **1.** Don't forget your keys! **2.** Simon would have been furious if he's seen you. **3.** What's the point of going so early? **4.** You should admit it was your fault. **5.** Frank doesn't really like driving in the snow.

B. **1.** They are locked out of their car. **2.** It's Paul's fault. **3.** It's the 24th of December (Christmas Eve). **4.** Yes, it has. **5.** She goes to get a taxi.

C. **1.** If you had called me I would have come. **2.** If I had gone into town I would have got some stamps. **3.** If the cake had been ready we could have eaten it. **4.** If Paul had come round would you have shown him that map? **5.** If the phone had rung would you have answered it?

D. **step**ladder, Christmas **Eve** (il s'agit d'une exception), **car** keys, **mo**tor bike, **pine** needles, **rain**-forest, **hang**over, **pa**per boy, **Box**ing Day

E. **1.** I can't undo this damn knot! **2.** I went for a long walk on Wednesday. **3.** Who is that handsome man in your car? **4.** The Christmas cake is in the cupboard. **5.** I'm so cold my fingers are numb.

LEÇON 70

A. **1.** Il n'a pas neigé ici depuis 1989. **2.** C'est la première fois que je viens à Liverpool. **3.** Pourquoi ne pas venir pour la journée ? **4.** Elle a dit qu'elle se reposerait après le dîner. **5.** Ils ont sûrement eu plus de cent cartes.

B. **1.** sister-in-law **2.** father-in-law **3.** grandchildren **4.** uncle **5.** niece

C. **1.** Which colour/one do you want/would you like? **2.** How many magazines would you like? **3.** When is her birthday? **4.** When were you born? **5.** Have you got any brothers and sisters?

D. **1.** for **2.** for **3.** since **4.** ago **5.** since

E. **1.** Two of his friends were on television. **2.** When was that? **3.** – Ken wasn't there. – Yes, he was. **4.** My grandparents were Italian. **5.** So were mine.

LEÇON 71

A. **1.** They're hoping to come in the autumn. **2.** I was delighted to get your letter. **3.** Belinda has grown a lot. **4.** Have you ever been homesick? **5.** He can hardly wait to get his own car./He's looking forward to having his own car.

B. **1.** In mid-April. **2.** He must be Gail's husband. **3.** Gail's family does. **4.** Because that's where his family comes from. **5.** Yes, she is.

C. **1.** for ... pound **2.** pudding ... eating **3.** Too ... spoil **4.** only ... once **5.** no ... present.

D. 1. They've been to as many as you. **2.** He's bought as many as Sheila. **3.** She's got as much as Brian. **4.** He's collected as many as me. **5.** They gave me as much as my parents.

LEÇON 72

A. 1. D'habitude, ils ne voyagent pas en train. **2.** Peter s'est arrangé pour prendre un train direct depuis Euston. **3.** Où sont les toilettes, s'il vous plaît ? **4.** En janvier, ça fera trois ans que j'apprends le français. **5.** On ne dirait pas qu'il y a longtemps que nous les avons vus.

B. 1. They're called Peter and Debbie. **2.** Because they never travel by train in the States. **3.** No, it was direct from Euston. **4.** It's Coke. **5.** Martin picked them up at the station.

C. 1. March **2.** November **3.** April, August and October **4.** July **5.** January, February, March, April, May, June, July, August, September, October, November or December?

D. 1. will have been working **2.** buys ... makes **3.** hadn't eaten **4.** have you been **5.** were you reading when I saw

E. travel [travl]

LEÇON 73

A. 1. Shall we go out/What about going out on our own for a change? **2.** What time are they expecting us? **3.** Could you pick up/get a take-away on the way back/home? **4.** It'll give us a chance to see (a bit) more of them. **5.** I'm too tired to go out tonight.

B. 1. No, it's just around the corner. **2.** No, they only like hamburgers. **3.** Because Gail and Clark often eat Italian. **4.** His surname is Sterne. **5.** They're going to leave at about (a) quarter to eight.

C. 5. 1. 3. 6. 4. 2. 7.

D. 1. wash up **2.** wake up **3.** put me up **4.** catch Megan up **5.** look something up

E. ability, ambiguity, community, eternity, infinity, invisibility, majority, society, university, variety

LEÇON 74

A. 1. Toute la famille aimerait aller à Londres. **2.** Ça n'est pas très loin d'ici en voiture. **3.** Voulez-vous quelque chose de spécial de la ville ? **4.** Est-ce que je peux emprunter ces brochures ? **5.** Je n'arrive pas à trouver l'annuaire du téléphone.

B. 1. They'd like to see a castle. **2.** (No, not really.) It's a couple of hours drive. **3.** He wants to phone their friends in Nottingham. **4.** The code book. **5.** She'd like to spend a day in Chester.

C. 1. When was Offa's Dyke built? **2.** Who built it? **3.** Why did he build it?/Why was it built? **4.** How long is it? **5.** Where is it?

D. 1. I'd like a word with you while you're here. **2.** It's a ten hour drive from here to Dover. **3.** How far is it to Ben's house? **4.** Do you want anything in particular for lunch? **5.** Adrian is the best squash player in the club.

E. p<u>ar</u>ticul<u>ar</u> <u>a</u>rrange pro<u>ba</u>bly <u>a</u>fraid <u>a</u>bout bro<u>chures</u> li<u>bra</u>ry <u>a</u>head un<u>der</u>neath direc<u>to</u>ry spe<u>cial</u> ac<u>tual</u>ly

LEÇON 75

A. 1. Are they going to drive up to Scotland?/Are they going up to Scotland in the car? **2.** Remind Wendy to take her camera. **3.** You/we can't rely on Patrick. **4.** What time did you set out/leave? **5.** There's plenty to eat and drink.

B. 1. Stephanie has (prepared the picnic). **2.** He's been to hire a car. **3.** (He hired it) for ten days. **4.** No, it doesn't. (It looks as though it's going to be a lovely day). **5.** (He asks her) to remind him to buy some postcards.

C. 1. flask **2.** umbrella **3.** camera **4.** knife **5.** beach

D. 1. for **2.** since **3.** for **4.** since **5.** for

LEÇON 76

A. 1. Est-ce que vous aimeriez aller camper pour un long week-end ? **2.** J'ai promis d'aller nager avec Helen. **3.** Est-ce qu'ils ont trouvé un bon endroit pour un pique-nique ? **4.** Ces enfants ont l'air très négligés. **5.** Margaret prend souvent le ferry pour l'Irlande.

B. 1. They are having a picnic. **2.** She can see cows and sheep. **3.** Yes, they've been several times. **4.** Because he's got a golf tournament. **5.** She's going camping.

C. 1. I've been rather busy since the holidays. **2.** Harry's been very ill for a couple of months. **3.** Richard's been working hard lately. **4.** Have the children been watching T.V. all this time? **5.** Has Brenda made a cake for the party?

D. 1. haven't seen **2.** spends **3.** leave **4.** arrives/has arrived **5.** have you been learning

LEÇON 77

A. 1. Susan is planning to leave on the sixteenth. **2.** I had to fill in seven different forms! **3.** Did they stay at an expensive hotel? **4.** Next Thursday is Kevin's birthday. **5.** Which hotel would you recommend?

B. 1. He's in a travel agency. **2.** Three nights. **3.** No, they're coming back on Monday. **4.** No, he takes rooms in a one star hotel. **5.** (There are five of them so) they need five beds.

C. 1. at... on... of **2.** into... in **3.** by... on **4.** on... at... to **5.** on... in

D. 1. How many stars has the hotel got? **2.** How much is a double room with a bath? **3.** Can you provide/Is it possible to provide an extra bed for a child? **4.** How far is the station from the hotel?/the hotel from the station? **5.** Is there a restaurant near/in the hotel?

E. 1. a) COMfortable b) VEry **2.** a) REAsonable b) VEry **3.** a) HAPpy b) VEry **4.** a) HOLiday b) VEry **5.** a) WEAther b) VEry

LEÇON 78

A. 1. Est-ce la bonne taille (pointure) pour vous ? **2.** Ça m'a l'air un peu trop grand, en fait. **3.** Est-ce que vous avez cette veste en marron ? **4.** Linda n'a besoin de rien d'autre. **5.** Ceux/Celles que je veux sont dans la devanture.

B. 1. (He takes) a size ten (back home). **2.** A brown pair and a black pair. **3.** (He buys) two pairs. **4.** He doesn't buy anything else. **5.** No, he pays by credit card.

C. 1. Can you see those black sheep? **2.** They had very sharp knives. **3.** They are very nice families. **4.** Don't put your feet on those magazines. **5.** We just can't stand those people.

D. 1. C **2.** A **3.** E **4.** B **5.** D

E. [o] model polish sock [aou] brown cow how [ôou] home those show [ōū] two shoe who

LEÇON 79

A. 1. Has he lost the map again? **2.** Can/Do you remember where (which way) to go? **3.** I wonder if Vicky will remember the way. **4.** There's bound to be a main road soon. **5.** Turn round and carry on until you come to a rondabout.

B. 1. They want to go to Holyhead. **2.** They sould be on the A5. **3.** No, (they're not). They have to turn round. **4.** Yes, there will (be signs). **5.** It must be nearly lunch time.

C. in **1.** Avez-vous déjà rempli la formulaire pour votre passeport ? **2.** Nous emmenons souvent les enfants à la piscine l'après-midi. **3.** Sortons nous promener dans le parc. **4.** Toby a dit qu'il rappellerait dans une heure environ. **5.** Anne est assise dehors au soleil.

D. 1. There shoes are a bit too small. **2.** Which is the quickest way to the beach? **3.** There's bound to be a signpost son. **4.** It's the third or fourth turning on the left. **5.** I'm afraid we don't take that credit card.

E. Atlantic complexion educational himself kangaroo nationality postcards somewhere tablecloth traditionally

LEÇON 80

A. 1. Que votre robe a une belle couleur ! **2.** C'est mon premier voyage en Écosse depuis de nombreuses années. **3.** Il vous faudra revenir. **4.** Corinne n'habite pas à Paris, par hasard, n'est-ce pas ? **5.** Ne vous en faites pas, nous y serons bientôt.

B. 1. Gail has (been once before) but Clark hasn't. **2.** No, he's from Tipperary. **3.** You kiss it. **4.** Because he's got a cousin (who lives) in New York. **5.** He says it's a beautiful place and (that) there's a famous song about it.

C. 1. C **2.** E **3.** A **4.** B **5.** D

D. 1. red, blue **2.** green **3.** Pink **4.** grey **5.** yellow

E. 1. WEEK **2.** CAR **3.** BOUGHT **4.** CATHY **5.** NEW

LEÇON 81

A. 1. It's the first time we've spent Christmas together. **2.** Everyone expressed concern over his accident. **3.** The strike will probably last until Friday. **4.** One in four planes will be affected by the strike. **5.** Have you seen the headlines in today's paper?

B. 1. (He has expressed concern) about the recent prison riots. **2.** Twenty-four hours. **3.** (Only) one in three (trains will be running). **4.** Because their teachers were on strike. **5.** The R.S.P.C.A. (have made an appeal about animals)/

C. 1. change... good **2.** spice... life **3.** Half... better **4.** good... mile **5.** shoe... wear

D. by **1.** Est-ce que vous êtes venu(s) en train ? **2.** *Roméo et Juliette* a été écrit par Shakespeare. **3.** Il a dit qu'il serait ici à deux heures au plus tard. **4.** Le toast a été proposé par le père de la mariée. **5.** Vous ne parlez pas italien par hasard, n'est-ce pas ?

E. [œ] double, sun, son, uncle, southern, country, brother, young, bloody, money, comes [aou] how, found, brown, mouth, house, south, county, town, round

LEÇON 82

A. 1. Des milliers de gens ont été touchés par la grève. **2.** Beaucoup de gens hésitent à prendre l'avion. **3.** La plus grande partie de la population est galloise. **4.** La police est désireuse de contacter quiconque est susceptible d'avoir vu l'accident. **5.** Il se peut qu'il se passe plusieurs semaines avant que les gens ne puissent retourner chez eux.

B. 1. Because their houses have been flooded. **2.** They are staying in church halls and schools. **3.** They were worried about people looting their homes. **4.** No, his wife and children left before him. **5.** There were six inches of water.

C. 1. left **2.** has just left **3.** to leave **4.** will leave/is going to leave **5.** have left

D. 1. What happened (in Cardiff last night)? **2.** When did it happen?/When was the explosion? **3.** Where did it happen?/Where was the gas leak? **4.** How many people were injured?/taken to hospital? **5.** Why was there an explosion?/Why were they taken to hospital?

E. [œ] flood, blood [ou] pool, spoon, soon, food, looting, fool, loose [ou] book, took, stood, cook, foot, good, look

LEÇON 83

A. 1. The weather will be warm and sunny in the south. **2.** Temperatures will be higher at the weekend. **3.** Many parts of the country can expect rain. **4.** Police say drivers should avoid the M1 if they can. **5.** There has been an accident involving two lorries.

B. 1. There will be scattered showers/some rain (in the west). **2.** The temperature will be a round 5° Celsius. **3.** A lorry has spilt its load of waste paper. **4.** On the southbound carriageway between junctions 27 and 26. **5.** (It will probably take) at least three hours (before conditions are back to normal).

C. 1. The dog, which went into that house, bit Joe. **2.** Kim, who is a good cook, made that cake herself. **3.** That house, which I wanted to buy, has been sold. **4.** Kevin, who played the piano, is a professional musician. **5.** Those books, which I got from my grandfather, are very old.

D. 1. Police said things were back to normal. **2.** Police said more delays could be expected. **3.** Police said the tailback was nine miles long. **4.** Police said it was possible there would be heavy traffic at the weekend. **5.** Police said major roadworks had just been set up on the M6.

LEÇON 84

A. 1. Est-ce que vous avez été influencé par vos professeurs ? **2.** Nous jouions tous du piano. **3.** Ils encouragèrent leurs enfants à travailler dur à l'école. **4.** William est très calé en sports. **5.** Quelle sorte de livre lisez-vous d'habitude ?

B. 1. At half past ten in the morning. **2.** He writes plays and novels. **3.** The piano. **4.** He can't keep up with pop music. **5.** Mozart is his favourite composer.

C. outbreak, headlines, church hall, loudspeaker, waste paper, northbound, roadworks, contraflow, tailback, afternoon

D. 1. Delays of up to an hour can be expected. **2.** Gary sold his car to Nicola./Gary's car was bought by Nicola. **3.** Music influenced him very much. **4.** Angela borrowed all Susan's C.D.s. **5.** Regular swimming is helping Carol's back problem.

E. 1. It's (a) quarter to five/It's four forty-five. **2.** It's half past eleven/ It's eleven thirty. **3.** It's twenty past nine/It's nine twenty. **4.** It's ten to eight./It's seven fifty. **5.** It's twenty-five to three/It's two thirty-five.

LEÇON 85

A. 1. Tomorrow they'll be talking/they'll talk about the death penalty. **2.** Rachel's been working in Edinburgh for nearly a year. **3.** You can take this computer home for a trial period of a week. **4.** How many people applied for that job? **5.** Were there a lot of volunteers?

B. 1. There have been four (programmes). **2.** She's a computer operator. **3.** Only nine of them. **4.** (She misses) chatting to the other staff. **5.** She hated waiting for the bus in the rain and things like that.

C. 1. hasn't she? **2.** did they? **3.** don't they? **4.** wasn't she? **5.** does he?

D. 1. E **2.** D **3.** B **4.** C **5.** A

E. engi<u>neer</u>, natio<u>na</u>lity, <u>tail</u>back, rel<u>i</u>able, <u>out</u>look, waste <u>pa</u>per, <u>road</u>works, mountai<u>neer</u>, <u>south</u>bound, at<u>trac</u>tion, possi<u>bi</u>lity, sur<u>pris</u>ingly

LEÇON 86

A. 1. Sa fille a été renversée par un camion. **2.** Saviez-vous que Mike était autrefois maçon ? **3.** Ils n'ont reçu aucun dédommagement, pas vrai ? **4.** Les conducteurs ivres devraient être envoyés en prison. **5.** Je suis tout à fait d'accord avec l'orateur précédent.

B. 1. It's about the penalties for drunken drivers. **2.** (She lives) in Yorkshire. **3.** He was knocked down by a drunken driver. **4.** He was/ used to be a builder. **5.** Three years ago in November.

C. 1. Weren't a lot of people interested? **2.** Didn't they want more volunteers? **3.** Wasn't there some sugar on the table? **4.** Haven't/ hadn't my (your) cousins ever been abroad before? **5.** Wasn't Stuart coming on Tuesday?

D. 1. I wish it was bigger. **2.** I thought she would be quieter. **3.** I expected it to be cheaper. **4.** I hoped he would be better. **5.** I think it could be more comfortable.

LEÇON 87

A. 1. Does he speak fluent English? **2.** They take learning languages very seriously in Holland. **3.** Do you think Jason has anything to do with that broken window? **4.** Dealing with foreign clients is easier/It's easier to deal with foreign clients if you can speak their language. **5.** My boss said (that) he really appreciated the fact that I'm never late.

B. 1. He says that they are notoriously bad at learning languages. **2.** She's been in France. **3.** She says that they start learning English at primary school in Holland. **4.** (He can speak) French and German. **5.** Yes, he speaks them both fluently.

C. 1. Time to get up. **2.** Time to go to work. **3.** Time for lunch. **4.** Time for the BBC news. **5.** Time for bed./Time to go to bed.

D. 1. Where was Shakespeare/he born? **2.** When was Shakespeare/he born? **3.** Who did Shakespeare/he marry? **4.** How old was Shakespeare/he when he got married? **5.** How many children did they/he have?

E. [g] gorgeous, Margaret, languages, English, green [dj] gorgeous, George, languages, originally, German [ṅ] learning, things, *muet* : taught, foreign

LEÇON 88

A. 1. Vous êtes d'accord pour des peines plus sévères à l'encontre des terroristes ? **2.** Elle est tout à fait convaincue que la peine de mort n'est pas une bonne chose. **3.** Vous ne pouvez pas rester là en spectateur et ne rien faire. **4.** Y a-t-il une justification pour le terrorisme ? **5.** Le problème c'est que ce n'est pas une dissuasion efficace.

B. 1. (Whether or not there should be) the death penalty for terrorism. **2.** She thinks the death penalty should be brought back for terrorism. **3.** No, he doesn't. **4.** She says they murder and maim innocent people. **5.** He says it isn't an effective deterrent.

C. 1. wouldn't you? **2.** isn't she? **3.** wouldn't they? **4.** are there? **5.** did they?

D. 1. B **2.** E **3.** A **4.** C **5.** D

LEÇON 89

A. 1. Highlights of the football match were on T.V. **2.** Rain stopped play this afternoon. **3.** Do you know what the final score was? **4.** Why is the New Zealand rugby team called the All Blacks? **5.** Because they wear black shorts, socks and shirts, of course.

B. 1. The light blues (won). **2.** Because he scored three goals (including the final winning goal). **3.** (He's scored) 27 goals (this season). **4.** The All Blacks won with 22 points to England's 16. **5.** (England were all out for) 304.

C. at **1.** Je l'ai rencontré au travail. **2.** La réunion s'est terminée à huit heures et quart. **3.** Ils ne sont pas du tout d'accord. **4.** Paul a dit qu'il vous attendrait à la gare. **5.** Regardez donc ce bel enfant !

D. 1. Didn't Tom Jones score the winning goal? **2.** Wasn't the final score three nil? **3.** Didn't Townsend usually play better than that? **4.** Shouldn't the light blues win easily? **5.** Wouldn't the captain like to retire at the end of the season?

E. ca<u>reer</u>, sham<u>poo</u>, launde<u>rette</u>, <u>se</u>riously, de<u>li</u>cious, re<u>li</u>gious, super<u>sti</u>tious, <u>mid</u>night, perso<u>na</u>lity, compen<u>sa</u>tion, no<u>to</u>rious, your<u>selves</u>

LEÇON 90

A. 1. Dépêchez-vous ou vous manquerez l'autobus. **2.** Est-ce que la première personne à franchir le seuil n'est pas censée être un inconnu grand et brun ? **3.** Il ne mérite pas son succès. **4.** J'espère que personne n'a oublié mon anniversaire. **5.** À quoi donc sert le morceau de charbon ?

B. 1. It's ten minutes to midnight. **2.** He's decided to give up smoking. **3.** He's supposed to be tall and dark. **4.** (He's supposed to take) a lump of coal and a bottle of whisky. **5.** It's the 31st of December, New Year's Eve.

C. 1. No… good **2.** news… fast **3.** is… teacher **4.** Two… make **5.** well… ends

D. *Cf.* l'enregistrement sur cassette.

E. 1. a) eLEVen b) MIDnight **2.** a) LAST b) LIGHT **3.** a) VODka b) WHISky **4.** a) ENGlish b) TOO **5.** a) MEAN

Exercices enregistrés

LEÇON 41

17, 30, 60, 19, 14, 50, 16, 80, 40, 13, 70, 90, 15, 18.

LEÇON 43

Excuse me, can you tell me the way to the post office?
Yes. Go down to the next set of traffic lights and turn right. The post office is on the corner of that road just after a fish and chip shop.
Thank you.

LEÇON 44

£14, £27.50, £67.35, £19.99, £3.25, £12, £32.49, £94.85, £16.60, £44.80.

LEÇON 45

1.) What's in this fruit salad? – Oranges, apples, pears, bananas, kiwis…
2.) What do you want from the shop? – Milk, butter, tea, cheese, ham…
3.) Who have you invited? – Peter, Mary, Charles, Victoria, Robert…
1.) twenty-seven, twenty-eight, twenty-nine, thirty.
2.) The vowels in the English alphabet are A E I O U.
3.) The names of the seven dwarves are Sleepy, Doc, Dopey, Sneezy, Grumpy, Bashful, Happy.

LEÇON 46

June the 9th, 15th of January, 28th of March, 25th of December, September the 19th, 14th of July, 24th of February, 1st of April, 30th of August, November the 22nd, 10th of May, October the 3rd.

LEÇON 47

Wolverhampton, Greenwich, Loughborough, Kidderminster.

LEÇON 48

Who have you invited? – Carol, Dave, Tony, Susan.
Eighteen, nineteen, twenty, twenty-one.
He bought whisky, vodka, sherry, gin.

LEÇON 49

– I'm going into town. Do you want anything, Pierre?
– Er, yes I want some… oh, I can't remember what it's called. It's to clean your teeth with, what you put on the toothbrush.
– Oh, toothpaste.
Er, yes I want some… oh, I can't remember what it's called. It's to wash your hands with.
– Oh, soap.
– Er, yes I want some… oh, I can't remember what they're called.

They're for cigarettes, you know to light cigarettes with, a box of…
– Oh, matches.

LEÇON 50

Richard's mother, Claire, has got one brother, Nick, who lives in Australia. Nick is married to Mary and they have one child, a daughter who is called Linda. She went to Richard's wedding and caught the bouquet.
Richard's father has got two sisters Madeleine and Sarah but they are not married. Richard has got one older sister, Christine, and one younger brother, William. His sister is married to Brian and they have a little boy, Daniel.

LEÇON 51

Room 109 on the first floor. Room 311 on the third floor. Room 582 on the fifth floor. Room 256 on the second floor. Room 444 on the fourth floor. Room 698 on the sixth floor. Room 323 on the third floor. Room 575 on the fifth floor.

LEÇON 52

She's from Paris, isn't she?… He's a doctor, isn't he?… They are coming, aren't they?…

LEÇON 54

The first car race was in France in 1894. At that time France was the only country where the roads were good enough to have a race. There were 21 participants and they went from the Porte Maillot in Paris to Rouen, a distance of 126 kilometres. The first car to arrive was a French car, a De Dion, with an average speed of 18.7 km/h.
When was the first car race?… The first car race was in 1894.
Why did it take place in France?… Because France was the only country where the roads were good enough.
How many people took part?… 21 people.
Where did the race start?… It started in Paris at the Porte Maillot.
How long was it?… It was 126 kilometres long.
What was the average speed of the winning car?… 18.7 kilometres per hour.

LEÇON 55

19, High Street, Cambridge CB2 3DG. 27, Queen's Road, London SW1. 103, Victoria Road, Salisbury SL 6 7HG. 52, Bridge Street, Glasgow GH 22, Scotland. 66, Shakespeare Road, Stratford SD 43 6GT.

LEÇON 56

British Rail announce the departure of the 7.35 train to Manchester Victoria, calling at Milton Keynes, Birmingham and Crewe. There will be no refreshments on this train. Passengers are advised that the 8.15 train to

Liverpool Lime Street will leave from **platform 4 not platform** 5 as previously announced. This train is running approximately ten minutes late. The expected time of departure is 8.25.

LEÇON 57

£42.95, £16.80, £159.20, £33.55, £14.65, £21.23, £99.65, £278.00, £47.35, £15.50, £349.02

LEÇON 58

Vous vous appelez Durand et vous voulez réserver deux nuits dans un B & B pour vous et votre conjoint(e). Vous comptez arriver le 9 juin. NE LISEZ PAS LE TEXTE SUIVANT AVANT DE FAIRE L'EXERCICE. Il faut le lire seulement dans le cas d'une éventuelle difficulté de compréhension.

Hello? **Hello**. Hello? Happy Holidays Bed and Breakfast. Yes? **I'd like to book a room.** How many nights? **Two nights**. When do you want to come? **On the ninth of June**. How many people? **Two people**. How many people, dear? **Two people**. Yes, that's okay. Can you give me your name, please? **Durand**. What's that again? **Durand**. Can you spell that, please? **DURAND** Oh, right. That'll be fine dear. I'll expect you on the ninth then. Goodbye. **Thank you. Goodbye.**

LEÇON 59

– A typical French breakfast? What is a typical French breakfast?
– Most people drink white coffee and have bread with butter and jam or croissants.
– The TGV? What's that? – It's a special French train which goes very fast.
– *La Joconde*? What's that? – It's a very famous painting by Leonardo da Vinci. It's in the Louvre museum. It's also called the Monna Lisa.
– Bateaux-mouche? What's that? – They are boats for tourists on the Seine in Paris. You go on them to see some of the sights of Paris, Notre-Dame and the Eiffel Tower for example.
– A kir? What's that? – It's an aperitive made with white wine and blackcurrant juice, or sometimes with champagne and blackcurrant juice.

LEÇON 60

Excuse me, is there a bank near here?
Yes. Go along here and take the second turning on the left. Go down past the traffic lights and the bank is on the corner opposite the Town Hall.
Thank you very much.

LEÇON 61

5,607, 3,420, 12,400, 1,764, 8,818, 6,060, 9,212, 2,078, 7,503, 4,975

LEÇON 62

This is the Odeon Cinema. The following films are being shown until Sunday the 4th November. Cinema one – **Walt Disney's Fantasia**. The programme starts at two fifteen, four twenty and **eight thirty with the main film ten minutes later**. Cinema two – Rambo 5. The programme starts at ten minutes past three, twenty-five past five and ten to nine. Cinema 3 – **Goldfinger**. At twenty to four, six o'clock and quarter past nine. Seats are £3.50 for all films. Reduced rates for O.A.P.'s and students on Mondays and for matinee performances – £2.50.

LEÇON 63

Dave's got two brothers, hasn't he? … Yes, he has.
It's a real diamond, isn't it? … No, it isn't.
The film was over two hours long, wasn't it? … No, it wasn't.
Claire's got a car, hasn't she? … Yes, she has.
They live in a flat, don't they? … Yes, they do.
Paul can speak French, can't he? … No, he can't.

LEÇON 64

55p – £9.45; 79p – £9.21; £1.99 – £8.01; £9.65 – 35p; £6.50 – £3.50; £7.25 – £2.75; £8.20 – £1.80; £5.10 – £4.90; £2.77 – £7.23; £9.04 – 96p

LEÇON 65

Go down Queen Street and turn left at the traffic lights, turn right at the next set of traffic lights and then first left. Go past the first shop and into the next one on the left.

LEÇON 66

Henry VIII was king of England from 1509 to 1547. He had three children, Mary, Elizabeth and Edward and they all became king or queen. He was married six times. His daughter Elizabeth was queen from 1558 to 1603. She did not marry. The most famous writer during her reign was William Shakespeare.
Who was Elizabeth I's father? … Henry VIII was Elizabeth I's father.
How many wives did Henry VIII have? … He had six wives.
What was the name of Henry VIII's son? … His son's name was Edward.
When was Elizabeth I Queen of England? … Elizabeth I was queen from 1558 to 1603.
Which famous writer lived at that time? … William Shakespeare.

LEÇON 67

Vous vous appelez Carpentier et vous avez un rendez-vous chez le coiffeur à dix heures et quart. D'habitude c'est Sharon [charen] qui s'occupe de vous. NE LISEZ PAS LE TEXTE SUIVANT AVANT DE FAIRE L'EXERCICE. Il faut le lire seulement dans le cas d'une éventuelle difficulté de compréhension.

Good morning. **Good morning**. Have you got an appointment? Yes, I have. What time is your appointment? **Quarter past ten**. And your name is...? **Carpentier**. Er, could you say that again, please? **Carpentier**. How do you spell that? **CARPENTIER**. Fine. Who usually cuts your hair? **Sharon**. Okay, well she'll be free in a minute. Would you like to take a seat over there? Yes. Thank you.

LEÇON 68

1. What is the capital city of Scotland? Edinburgh.
2. How many people live in London? Three million, five million or seven million? About seven million.
3. Which is the second largest city in Britain? Birmingham, Manchester or Edinburgh? Birmingham.
4. Where does the British Prime Minister live? At 10, Downing Street.
5. Which flower is the emblem of England? The rose.
6. Where is Nelson's Column? In London, in Trafalgar Square.
7. London is on which river? The Thames. [tèmz]
8. Which animal is the symbol of England? The lion.
9. How many pence are there in a pound? A hundred.
10. What is the Union Jack? – The British flag.

LEÇON 69

Chevallier? How do you spell that please?... CHEVALLIER, right.
Bourget? How is it spelt?... BOURGET. Oh, like the airport.
Leblanc? Is that LEBLOND? No, it's LEBLANC. LEBLANC, okay.
Jacquinot? Could you spell that please?... JACQUINOT, thank you.
Rousseau? RO...? ... ROUSSEAU Oh, like the writer.

LEÇON 70

– Do you need anything from town?
– Oh yes, please. I need a... er, I don't know what it's called. It's to put in my radio to make it work.
– You mean a battery.
– I need a... I can't remember what they are called. It's for going out in the rain. To keep you dry when it's raining.
– You mean an umbrella.

LEÇON 71

Go down Market Street and take the second turning on the right. Go to the end of the road and turn right again. Go into the shop there.

LEÇON 72

44 08 95; 07 81 22; 15 64 39; 27 44 09; 83 21 99; 01 66 55; 78 45 30; 89 73 42; 00 40 86; 90 44 73; 32 15 67; 88 42 50

LEÇON 73

£13.50 – £6.50; £4.75 – £15.25; £11.99 – £8.01; £19.83 – 17 pence; £17.05 – £2.95; £10.10 – £9.90; £13.46 – £6.54; £18.98 – £1.02; £7.67 – £12.33; £3.95 – £16.05

LEÇON 74

Vous vous appelez Silva et vous avez un rendez-vous avec le docteur Brown à trois heures moins vingt. NE LISEZ PAS LE TEXTE SUIVANT AVANT DE FAIRE L'EXERCICE. Il faut le lire seulement dans le cas d'une éventuelle difficulté de compréhension.
Good afternoon. **Good afternoon**. Which doctor do you want to see? **Doctor Brown**. Have you got an appointment? **Yes, I have**. What's your name please? **Silva**. Uh, how do you spell that please? **SILVA**. And what time is your appointment? **Twenty to three**. Okay, the waiting room is the first door on the left. The nurse will call you when it's your turn. **Thank you**.

LEÇON 75

Please be quiet. – Shut the door. – Answer the phone. – Help me with this.

LEÇON 76

Vous vous appelez Grandin. Vous voulez réserver une table dans un restaurant pour six personnes à huit heures le samedi soir. NE LISEZ PAS LE TEXTE SUIVANT AVANT DE FAIRE L'EXERCICE. Il faut le lire seulement dans le cas d'une éventuelle difficulté de compréhension.
Peking Duck Restaurant. Good evening. **Good evening. I'd like to book a table**. I'm afraid I can't hear you very well. Do you want to book a table? **Yes, a table for Saturday evening**. Did you say for tonight? **No, Saturday evening**. Oh, right. What time? **Eight o'clock**. Yes, for how many people? **Six people**. What name, please? **Grandin**. Can you spell that, please? **GRANDIN**. Okay, no problem. I've got that. Six people. Eight o'clock. Saturday. **That's right. Thank you. Goodbye**. Goodbye.

LEÇON 77

British Airways announce that delays of up to three hours are likely on all flights to Europe due to the combined effects of bad weather conditions and a strike by French air traffic controllers. British Airways would like to apologize to all passengers for these delays which are beyond their control. In the interests of security passengers are reminded to keep all luggage with them and to report any suspicious suitcases or parcels. BA flight 703 to Paris, Charles de Gaulle will be delayed for about two hours. Light refreshment will be served to all passengers booked on this flight in the Rainbow Lounge on the second floor. Any passengers who have not yet registered for this flight are requested to do so now. Would Mr. Gauthier Voron please report to the VIP lounge?

LEÇON 78

1. How many states are there in America? 50.
2. Where is the Statue of Liberty? In New York Harbour.

3. Which is the longest American river? The Mississippi.
4. What is the name of the large park in the middle of New York? Central Park.
5. What is the "Stars and Stripes"? The American flag.
6. Where are the Great Lakes? On the border between America and Canada.
7. Where does the American President live? In the White House.
8. What is the capital of the United States? Washington D.C.
9. Who was the first American president? George Washington.
10. How many cents in a dime? Ten.

LEÇON 79

Excuse me, can you tell me the way to the Town Hall?
Yes. Go up to the roundabout and take the third turning then take the first on the left. Go past the traffic lights and you'll see the Town Hall on the right just after the police station. You can't miss it.
Right. Thanks.

LEÇON 80

Hello, could I speak to Helen? **I'm afraid she's out**. Oh, will she be back soon? **I don't know**. Well, could you take a message, please? **Yes, of course**. Could you tell her that Jane phoned and that I can't make it at seven o'clock tonight. I'll be late so I'll meet her inside the cinema, in the foyer, about quarter past seven. And could you ask her to get me a ticket and I'll pay her afterwards. **Okay, I'll tell her**. Thank you very much. Goodbye. **Goodbye.**

LEÇON 81

1812, 1940, 1992, 1729, 1603, 2001, 1985, 1899, 1973, 1900

LEÇON 82

Give me a hand, will you. Write it down. Well, phone me tomorrow. Take one three times a day. Hang up your coat. Close your books now, please.

LEÇON 83

… and here is the weather forecast for England and Wales. Saturday will be a clear day and most parts of the country will have some sun with temperatures around 16°C. Sunday should be warmer with temperatures of around 19°C and again most parts of the country enjoying a fine sunny day. There may be rain in the south of England in the afternoon.

LEÇON 84

– Hello, Jill, this is Karen. Could you phone me as soon as you get in please? It's about the meeting with I.B.M. tomorrow morning.
– This is Peter. Just phoning to say hello, nothing special. I'll try again later. Bye.
– This is Ken Taylor of Hadley's. I'm phoning to let you know that your watch is ready. The shop is open all day tomorrow if you'd like to call in. Thank you.

– Hi Jill! This is Carol. I'm having a party on Saturday night. Are you free? You can bring your French friend with you. Let me know if you can come. Bye.

LEÇON 85 Scarborough, Newquay, Anglesey, Launceston.

LEÇON 86 010 331 59 82 44 73 ; 07 48 33 24 56 ;
09 83 44 69 21 ; 010 331 66 04 08 12 ;
52 99 78 93 76 ; 95 93 28 16 16.

LEÇON 87 Excuse me, can you tell me where Victoria Road is?
Yes. If you go straight down that street there, past the traffic lights and go straight on you'll come to Victoria Road.
Oh, thank you very much.

LEÇON 88 It's already three o'clock. Her favourite colour is blue. They used to live in Portugal. Most French people drink wine. I'm meeting him tomorrow. I think you'd enjoy this book.

LEÇON 89 – Can I get you anything from town?
– Yes please. I want a… I don't know what it's called, it's a thing you look in to see your face.
– It's called a mirror.
– I want a… I don't know what it's called. It's a thing to see in the dark. A little light to put in your pocket.
– It's called a torch.
– I want some… I don't know what they are called. They are for putting on letters and postcards.
– Stamps.

LEÇON 90 **1.** What is the capital of Holland? Amsterdam.
2. Which is the longest river in the world? The Nile.
3. Who built the palace of Versailles? Louis XIV.
4. When was the Eiffel Tower built? 1889.
5. Where was the first underground railway? In London.
6. When did Blériot fly across the Channel? Sunday, 25 July 1909.
7. Who was the first person on the moon? Neil Armstrong.
8. The tallest building in the world is the Sears Tower in Chicago. How many floors has it got? 92? 100? 110? – 110.
9. Who invented the telephone? Alexander Graham Bell.
10. Which language has the most words? French, English, Spanish or Russian? English, of course!

Lexique anglais-français

A

A.A *Automobile Club*
a bit *un peu*
able *capable*
about *à propos de ; environ*
absolutely *absolument*
accept *accepter*
accident *accident*
accidently *de façon accidentelle*
accommodation *logement*
according *d'après, selon*
acquaintance *connaissance* (personne que l'on connaît)
across *de l'autre côté de ; à travers*
act *action, acte*
activity *activité*
actually *en fait, en vérité*
address *adresse* (postale)
admit *reconnaître, admettre*
adult *adulte*
advance *avance*
advantage *avantage*
advertising *publicité*
advice *conseils*
advise *conseiller*
aerobics *aérobic*
a few *quelques*
affect *affecter, avoir des conséquences sur*
afraid *effrayé* ; I'm afraid *j'ai bien peur que, malheureusement*
after *après*
afternoon *après-midi*
again *de nouveau*
age *âge* ; for ages *depuis des siècles*
agency *agence* ; travel agency *agence de voyages*
ago *il y a* (précédé d'une expression de temps)
agree *être d'accord*
ahead *devant* ; go ahead *aller de l'avant*
air-conditioning *air conditionné*
air mail *courrier aérien*
airport *aéroport*
all *tout* ; not at all *pas du tout*
all right *très bien, d'accord*
all the time *tout le temps*
a lot (of) *beaucoup (de)*
almost *presque*
along *le long de*
already *déjà*
also *aussi*
altogether *en tout*
always *toujours*
amaze *stupéfier, surprendre*
America *Amérique*
American *américain*
amusing *drôle, amusant*
ancient *ancien*
animal *animal*
another *un(e) autre*
announce *annoncer*
annoying *embêtant, fâcheux*
answer (v.) *répondre* ; answering machine *répondeur automatique*
antibiotics *antibiotiques*
anticlockwise *en sens contraire des aiguilles d'une montre*
anxious *désireux, impatient*
any *n'importe quel(le)* ; not any + no *pas de*
anybody *n'importe qui*
any more (après négation : ne. . .) *. . . plus*
anyone *n'importe qui*
anything *n'importe quoi ; quelque chose* (après if)
any time *n'importe quand*
anyway *en tout cas, quoi qu'il en soit, de toute façon*
anywhere *n'importe où* ; not. . . anywhere *nulle part*
apologize *s'excuser*
apparently *apparemment*

appeal faire appel
appetite appétit
applause applaudissements
apple pomme ; apple pie tarte aux pommes
apply postuler, demander un poste
appointment rendez-vous
appreciate apprécier
approaching qui s'approche
April avril
area zone, district
armistice armistice
around autour
arrange organiser
arrival arrivée
arrive arriver (à destination)
art art
artificial artificiel
artist artiste
as en tant que ; étant donné que
as… as aussi… que
as well aussi
ask demander
aspirin aspirine
assure assurer, affirmer
attend assister
attendant employé
attitude attitude
attraction attrait
attractive attirant, séduisant
August août
aunt tante
Australian australien
automatic automatique
avoid éviter
away (préposition qui exprime l'éloignement :) five minutes away à cinq minutes d'ici
awful affreux, terrible

B

back (préposition marquant le retour vers le point de départ :) be back être de retour
back out se désister
bacon bacon
bad mauvais ; too bad! pas de chance, zut !
bag sac ; tea bag sachet de thé ; bags bagages
bake faire cuire au four
baker boulanger
bald chauve
band groupe, ensemble musical
banger pétard ; saucisse
bargain (bonne) affaire
base base
basically fondamentalement, essentiellement
bat servir (au cricket)
bath baignoire ; bain
bathroom salle de bains
battery batterie, pile
battle bataille
be être
beach plage
bean haricot ; bean-stalk tige de haricot
bear ours ; teddy bear ours en peluche
beard barbe
beat, beat, beaten battre
beautiful beau, belle
because parce que
become devenir
bed lit ; in bed au lit, couché
bedroom chambre à coucher
bedsitter studio (petit appartement)
beef bœuf (viande)
been (participe passé de be) été
beer bière
before auparavant
beggar mendiant
begin, began, begun commencer
behead décapiter
behind derrière
believe croire, penser
belong appartenir

best (superlatif de good) *le meilleur*
best man *témoin* (mariage)
bet, bet, bet *parier*
better *mieux* ; I had better *je ferais mieux*
between *entre*
beyond *au-delà*
bicycle *bicyclette*
big *grand, spacieux*
bike *vélo*
bill *note* (téléphone, gaz, etc.) ; *billet de banque* (Am.)
bin *poubelle* ; bin men *éboueurs*
bird *oiseau*
birthday *anniversaire*
birthplace *ville natale*
biscuit *biscuit*
bit (a…) *un peu*
bite, bit, bitten *mordre*
bitter (n.) *bière blonde*
black *noir*
blackcurrent *cassis*
blanket *couverture*
blind *aveugle*
block *obstruer*
block of flats *immeuble*
bloke *gars, mec*
blood *sang*
bloody *fichu, sacré*
blow-dry *brushing*
blue *bleu*
board *damier*
boat *bateau*
body *corps*
bone *os*
bonfire *feu de joie*
bonus *prime*
book (n.) *livre* ; *carnet* (de timbres)
book (v.) *réserver*
boot *coffre* (de voiture)
border *frontière*
bore (n.) *raseur*
boring *ennuyeux*
born *né*
borrow *emprunter*
boss *patron*
both *tous les deux*
bother *se soucier*
bottle *bouteille ; biberon*
bouquet *bouquet* (de la mariée)
bowling *bowling*
box (pl. boxes) *boîte ; télé*
Boxing Day *lendemain de Noël*
boy *garçon*
brandy *cognac*
bread *pain*
breadbin *boîte à pain*
break, broke, broken *casser, briser*
breakfast *petit déjeuner*
break down *tomber en panne*
break up *partir en vacances*
breast *poitrine*
bride *mariée*
bridegroom *marié*
bridesmaid *demoiselle d'honneur*
bridge *pont*
bright *voyant ; clair*
brilliant *sensationnel ; brillant*
bring, brought, brought *apporter*
Britain *Grande-Bretagne*
British *britannique*
British Rail *Compagnie des chemins de fer britanniques*
brochure *brochure*
brogues *grosses chaussures de sport*
broke *fauché*
brooch *broche* (bijou)
brother *frère*
brought *voir* bring
brown *marron* (couleur)
builder *maçon*
building *bâtiment*
built *construit*
bulldog *bouledogue*
burn (v.) *brûler*

burn (n.) *brûlure*
bus *autobus* ; bus-stop *arrêt d'autobus*
business *affaires* ; mind your own business *occupe-toi de tes affaires*
busy *occupé*
butcher *boucher*
butter (n.) *beurre* ; (v.) *beurrer*
button *bouton*
buy, bought, bought *acheter*
by *par ; près de*
by any chance *par hasard*
by the way *à propos*
bye (= goodbye) *au revoir*

C

cab (Am.) *taxi*
café *café* (*établissement*)
cake *gâteau*
call (v.) *appeler* (at) *s'arrêter (train)*
call (n.) *appel* (*téléphonique*) ;
caller *celui qui appelle*
camcorder *Caméscope*
camera *appareil de photo ; caméra*
camping *camping*
can, could *pouvoir*
cancel *annuler*
captain *capitaine*
car *voiture*
car-boot *coffre de voiture*
car-hire *location de voitures*
car keys *clés de voiture*
card *carte*
care (v.) *se soucier*
care (n.) *soin* ; take care *prendre soin, faire attention*
Carol singer *chanteur de Noël*
carriageway *voie* (*autoroute*)
carrot *carotte*
carry *porter, transporter*
carry away *emporter*
carry on *continuer*
case *cas* ; in case *pour le cas où*
cases (= suitcases) *bagages*
cash *argent liquide*
casserole *ragoût*
cassette *cassette*
castle *château*
casual *peu strict*
catch, caught, caught *attraper ;* get caught *être pris*
catch (n.) *inconvénient, hic* (*fam.*)
catching *contagieux*
catch up on *se mettre à jour*
caterer *traiteur*
cathedral *cathédrale*
caught *voir* catch
cease *cesser*
ceiling *plafond*
celebrate *fêter*
celebration *fête*
cellar *cave*
centre *centre*
century *siècle*
cereal *céréales*
certainly *certainement*
chair (n.) *chaise*
chair (v.) *présider*
chance *hasard*
change (v.) *échanger ; changer de train*
change (n.) *monnaie*
channel *chaîne* (*télévision*)
the Channel *la Manche*
charge *commission, prix*
charity *œuvre de bienfaisance*
charming *charmant*
chat *bavarder*
cheap *bon marché*
check *contrôler*
cheek *joue ; toupet*
cheerful *gai*
cheers *à la vôtre* (*tienne*) *!*
cheese *fromage*
chemist *pharmacien*
cheque *chèque*

chess *jeu d'échecs*
chew *mâcher*
chicken *poulet, poussin*
child (pl. children) *enfant*
childhood *enfance*
chips *frites*
chocolate *chocolat*
choice *choix*
choose, chose, chosen *choisir*
Christmas *Noël*
Christmas Eve *veille de Noël*
church *église*
citizen *citoyen ; citadin*
city *ville*
civilised *civilisé*
class *classe, catégorie*
classical *classique*
clean (v.) *nettoyer ; brosser* (dents)
clean (adj.) *propre*
cleaner *teinturier ;* the cleaner's *la teinturerie*
cleanliness *propreté*
clear (v.) *nettoyer*
clear (adj.) *clair*
clear up *se dissiper, disparaître ; s'éclaircir*
clever *intelligent ; adroit*
client *client*
clip *trombone, attache*
clock *pendule*
clockwise *dans le sens des aiguilles d'une montre*
close (v.) *fermer*
close (adj.) *proche*
clothes *vêtements*
cloud *nuage*
cloudy *nuageux*
club *club*
clue *solution*
coal *charbon*
coat *manteau, veste*
coat hanger *cintre*
code book *registre des codes postaux*
coffee *café*
coin *pièce de monnaie*
coke *Coca-Cola*
cold *froid*
collar *col, collier*
colonial *colonial*
colour *couleur*
combined *assorti*
comfortable *confortable*
come, came, come *venir*
come along *passer, faire un tour*
come back *revenir*
come home *rentrer chez soi*
come in *entrer*
come on (interjection) *allons !*
come over *venir* (chez quelqu'un)
company *compagnie*
compensation *dédommagement*
complain *se plaindre ; porter plainte*
completely *complètement*
complexion *teint*
composer *compositeur*
computer *ordinateur*
conceited *vaniteux, plein de soi-même*
concern (n.) *inquiétude, souci*
condemn *condamner*
condition *condition*
conditioner *après-shampoing*
condone *trouver des excuses à*
conductor *chef d'orchestre*
conference *conférence*
confirm *confirmer*
congestion *embouteillage*
connection *correspondance* (chemin de fer)
conscience *conscience*
conscious *conscient*
conspiracy *conspiration*
contact *contacter*
contraflow *circulation à contre-courant*
control *contrôle*

conversation *conversation*
convinced *convaincu*
co-ordinated *assorti*
cook *faire cuire*
cool *frais*
corner *coin* ; around the corner *au coin de la rue*
cost, cost, cost *coûter*
cough (v.) *tousser*
cough (n.) *toux*
could *voir* can
councillor *conseiller municipal*
count *compter*
country *pays* ; *campagne*
countryside *campagne*
couple ; a couple of *deux ou trois, quelques*
course *cours*
cousin *cousin*
cow *vache*
crack (on) *sévir, punir*
cram *bourrer, remplir*
crazy *fou*
cream *crème* (du lait)
credit card *carte de crédit*
cricket *cricket*
crisps *chips*
criticize *critiquer*
cross *contrarié* ; be cross with *être fâché contre*
cross off *barrer, biffer*
crossing *traversée*
crossroads *carrefour*
crowd *foule*
cruise *croisière*
cry *pleurer*
cup *tasse*
cupboard *placard, buffet*
cupboard space *rangement*
curb *mettre un frein à*
curly *bouclé*
curry *curry*
curtain *rideau*
custard *crème anglaise*
customs *la douane*
cut, cut, cut *couper, découper*
cut off *couper*

D

dad *papa*
daddy *papa*
damage *dégâts*
damn *drôlement, bougrement*
dangerous *dangereux*
dark *sombre* ; *brun*
daughter *fille* (≠ fils)
daughter-in-law *bru, belle-fille*
dawn *aube*
day *jour* ; the day after tomorrow *après-demain*
deal, dealt, dealt *traiter, avoir affaire à*
dealing *rapports, relations*
dear *cher, chéri(e)*
death (n.) *mort*
decent *correct, convenable*
decide *décider*
decoration *décoration*
deep *profond*
defend *défendre*
definitely *carrément*
delay (v.) *retarder*
delay (n.) *retard*
delicious *succulent*
delighted *enchanté*
deliver *livrer*
democratic *démocratique*
dentist *dentiste*
department *rayon, service*
departure *départ*
deserve *mériter*
dessert *dessert*
destroy *détruire*
detail *détail*
deterrent *dissuasion*
devil *diable, démon*

dew *rosée*
dial (v.) *composer un numéro* (téléphone)
diamond *diamant*
diet *régime* (alimentaire)
difference *différend, désaccord ; différence*
different *différent*
difficult *difficile*
dinner *dîner* (n.)
directions *indications*
directory (phone...) *annuaire téléphonique*
discuss *discuter*
dish *plat*
dishwasher *lave-vaisselle*
dismiss *renvoyer*
dispute *conflit*
dive *plonger*
diving-board *plongeoir*
division *division*
divorced *divorcé*
do, did, done *faire*
doctor *médecin*
documentary *documentaire*
doll *poupée*
done *voir* do
door *porte*
doorbell *sonnette*
double *double*
double-decker *à deux étages* (autobus)
double room *chambre à deux lits*
doubt *doute*
down to *jusqu'à*
downstairs *en bas* (des escaliers)
dozen *douzaine*
draughts *jeu de dames*
drawer *tiroir*
dream (v.), dreamt, dreamt *rêver*
dream (n.) *rêve*
dreamt *voir* dream (v.)
dress (n.) *robe*
dress (v.) *(s')habiller*
drink (n.) *boisson*
drink (v.), drank, drunk *boire*
drive, drove, driven *conduire*
drive *chemin* (pour la voiture et qui mène à une maison)
driver *conducteur, chauffeur*
driving licence *permis de conduire*
drop (n.) *goutte*
drum *tambour*
drunken *ivre*
dry *sec*
dry cleaner *teinturier*
due *attendu* (train, avion, etc.)
due to *à cause de*
dull *terne*
during *pendant, au cours de*
dye *teindre*

E

each *chaque*
ear *oreille*
ear-ring *boucle d'oreille*
early *tôt, en avance*
earth *terre* ; what on earth! *que diable !...*
easy *facile*
eat, ate, eaten *manger*
Edinburgh *Édimbourg*
educational *éducatif*
effective *efficace*
effects *effets*
egg *œuf*
eight *huit*
eighteen *dix-huit*
eighty *quatre-vingt(s)*
either (nég. + -) *non plus* ; either... or *soit... soit*
eldest *aîné*
electricity *électricité*
elevator (Am) *ascenseur*
eleven *onze*
else (après what, who) *autre, encore*
empty (adj.) *vide*

enclosed *ci-joint*
encourage *encourager*
end (n.) *fin*
end (v.) *finir, se terminer*
engaged (adj.) *fiancé(e)*
engineer *ingénieur*
England *Angleterre*
English (adj.) *anglais* ; (n.) *l'anglais* (langue) ; the English *les Anglais*
enemy *ennemi*
Englishman (n.) *anglais*
enjoy (+ v. -ing) *aimer, apprécier*
enough *assez*
entrance *entrée*
envelope *enveloppe*
environmentally *concernant l'environnement*
envy *jalousie*
Europe *Europe*
evacuate *évacuer*
Eve *veille* (soir précédant un jour de fête)
even *même*
evening *soir, soirée*
ever *jamais* (dans une phrase interrogative)
every *chaque*
everyone *chacun, tous*
every other *un sur deux*
everything *tout*
exactly *exactement*
exaggerate *exagérer*
example *exemple*
except *excepté, sauf*
exceptionally *exceptionnellement*
exchange *change* ; exchange rate *taux de change*
excuse *excuse*
exhausted *épuisé*
exhibition *exposition*
exotic *exotique*
expect *s'attendre à ce que, supposer*
expensive *cher*
express *exprimer*
ex-servicemen *anciens combattants*
extend *(s')étendre*
extra *supplémentaire*
extremely *extrêmement*
eye *œil*

F

face *visage*
fact *fait*
fair *loyal*
fairly *plutôt*
family *famille*
famous *célèbre*
fan *fan*
fancy *avoir envie de*
fantastic *formidable, fantastique*
far (from) *loin (de)*
farm *ferme* (n.)
fat *gros*
father *père*
fault *défaut*
favourite *préféré*
fear *peur*
feast *festin*
February *février*
fed up *écœuré*
fell, felt, felt *sentir, se sentir*
feeling *sentiment, impression*
female *de sexe féminin*
fence *clôture*
ferry *ferry*
festival *festival*
few *peu*
field *champ*
fifteen *quinze*
fifty *cinquante*
fighting *combats*
figure *chiffre*
fill *remplir*
filling *plombage*

film *film ; couche*
final *finale* (sport)
finale *final* (n.) (musique)
find, found, found *trouver*
find out *trouver, découvrir*
fine (adj.) *beau ; bien ; en bonne santé*
finger *doigt*
finish *finir*
fire *feu*
fireman *pompier*
fireworks *pétards, feu d'artifice*
firm *entreprise*
first (the…) *le premier*
first (adv.) *d'abord*
First World War *Première Guerre mondiale*
fish *poisson*
fit *aller bien*
five *cinq*
flag *drapeau*
flask *thermos*
flat *appartement*
flatmate *colocataire*
flesh *chair*
flight *vol (aérien)*
flooding *inondation*
floor *étage ; sol, plancher*
flower *fleur*
fluent *qui parle couramment*
fly, flew, flown *voler* (oiseau) ; *passer vite* (temps)
fog *brouillard*
follow *suivre*
food *nourriture*
fool *sot*
foot (n.) *pied* ; on foot *à pied*
foot (v.) *mettre le pied sur, franchir*
footpath *sentier*
forecast *prévisions*
forefather *ancêtre*
forever *à jamais ; sans cesse*
foreign (adj.) *étranger* (d'un autre pays)
foreigner (n.) *étranger*
forget, forgot, forgotten *oublier*
forgive, forgave, forgiven *pardonner*
fork *fourchette*
form *formulaire*
fortnight (a…) *quinze jours* ; in a fortnight's time *dans quinze jours*
fortune *fortune ; chance*
forty *quarante*
forward *de l'avant* ; look forward to *attendre avec impatience*
found *voir* find
fountain *fontaine*
four *quatre*
fourteen *quatorze*
fourth *quatrième*
fragile *fragile*
free *libre*
freezer *congélateur*
freezing *qui gèle*
French (adj.) *français*
French (n.) *le français* ; the French *les Français*
freshen up *se rafraîchir*
Friday *vendredi* ; Friday week *vendredi en huit*
fridge *frigo*
friend *ami*
friendly *amical, sympathique*
fringe *frange, bordure*
front (n.) *devant* ; in front of *devant* ; front-door *porte d'entrée*
frost *gelée*
fruit *fruits ; fruit*
full *plein, complet*
fully *complètement*
fun *amusement, drôlerie* ; it's good fun *c'est amusant*
funeral *enterrement*
funny *drôle*
furious *furieux*
furnished *meublé*
furniture *meubles*

fuss *histoires* (faire des –)
future *avenir*
fuzzy *flou*

G

gain *gagner*
game *jeu*
garage *garage*
garden *jardin*
gardening *jardinage*
gas (Br.) *gaz* ; (Am.) *essence*
gate *portail*
gather *supposer, penser*
gear *vitesse* (mécanisme) ; reverse gear *marche arrière*
gearstick *levier de vitesses*
generally *généralement*
German (adj.) *allemand* German (n.) *l'allemand* (langue) ; *un Allemand*
get, got, got *se procurer*
get back *revenir*
get in *entrer*
get on *se porter, aller* (santé)
get rid of *se débarrasser de*
get up *se lever* (du lit)
get used to *s'habituer à*
ghost *fantôme*
gift *cadeau*
girl *fille, jeune fille*
give, gave, given *donner*
give up *cesser de, abandonner, laisser tomber*
glad *content*
go, went, gone *aller*
go ahead *continuer, aller de l'avant*
goal *but*
go out *sortir*
go up *monter*
god *Dieu ; bon Dieu !*
godliness *divinité*
godmother *marraine*
gold *or*
golden *doré*
good *bon*
good heavens *bon Dieu*
good-looking *beau*
goodnight *bonne nuit*
gorgeous *splendide, magnifique*
gossip *bavarder, échanger des commérages*
government *gouvernement*
grand *magnifique*
grand-daughter *petite-fille*
grandfather *grand-père*
grandma *grand-mère*
grandparents *grands-parents*
grandson *petit-fils*
grapefruit *pamplemousse*
grapes *raisins*
grateful *reconnaissant*
gravy *sauce*
great *grand* ; (excl.) *formidable !*
green *vert* ; the Greens *les Verts* (écologistes)
grill *griller*
grow, grew, grown *pousser*
grumble *grogner, se plaindre*
guard *garde*
guess (Am.) *penser, supposer* ; (Br.) *deviner*
guest *hôte, invité ; pensionnaire* (pension de famille)
guided *guidé*
guilty *coupable*
guy *gars, type*
Guy Fawkes *pantin*

H

hair (+ sing.) *cheveux*
hairdresser *coiffeur*
half *moitié ; demi(e)* (heures)
hall *entrée* (d'une maison)
ham *jambon*
hamburger *hamburger*

hand *main ; aide ;* give sbdy a hand *donner un coup de main à qqn*
handsome *beau*
hang, hung, hung *être accroché*
hang on *ne raccrochez pas*
hanger (coat hanger) *portemanteau, cintre*
hangman *bourreau*
hangover *gueule de bois*
happen *arriver ; (il) se trouve(r) que*
happy *heureux ;* Happy New Year *Bonne Année*
harbour *port*
hard *dur*
hard-boiled *dur* (œuf)
hard luck *pas de chance*
hardly *à peine*
harm *mal, tort ;* come to harm *être endommagé*
hassle *se chamailler* (fam.)
haste *hâte*
hatch *éclore* (œuf)
hate *haïr*
haunted *hanté*
have got *avoir*
he *il*
head *tête*
headache *mal de tête*
headlight *phare* (de voiture)
headline *manchette, gros titre*
head-waiter *maître d'hôtel*
health *santé*
healthy *sain, en bonne santé*
hear, heard, heard *entendre*
heart *cœur*
heat *chauffer*
heating *chauffage*
heaven *paradis ;* good heavens *bon Dieu*
heavy *lourd*
hectic *mouvementé*
heel *talon ;* high-heeled shoes *chaussures à talon*
hell *enfer ;* what the hell! *que diable !*
help (v.) *aider* (n.) *aide*
help oneself to *se servir* (à table)
her *elle, la* (pronom personnel complément)
her *son, sa, ses*
here *ici*
hers *le sien, la sienne, les siens*
hesitate *hésiter*
hesitation *hésitation*
hideous *horrible, hideux*
high street *grand-rue*
highlights *principaux, meilleurs moments* (d'un match, etc.)
hillside *flanc* (de colline), *coteau*
himself *lui-même*
Hindi *l'hindou*
hire *louer* (voiture)
his *son, sa, ses ; le sien, la sienne, les siens*
hold, held, held *tenir*
holiday *jour de congé ;* on holiday *en vacances*
home *(à la) maison, chez-soi, foyer*
homebrew *bière faite maison*
home-made *fait maison*
homesick *qui a la nostalgie de son pays*
homework *devoirs* (scolaire)
honeymoon *lune de miel*
hope (v.) *espérer*
horn *klaxon*
horse *cheval ;* rocking horse *cheval à bascule*
hot *chaud*
hospital *hôpital*
hotel *hôtel*
hour *heure*
house *maison*
Houses of Parliament *Chambre des communes*
housewife *femme au foyer*
housework *ménage*
how about *et si…*
how are you *comment vas-tu ?*

how *comment*
how long *(depuis) combien de temps ?*
how long ago *quand ?*
how many (+ pl.) *combien*
how much (+ sing.) *combien*
how often *combien de fois*
how old + be *quel âge… ?*
hundred (a…, one…) *cent*
hungry *qui a faim*
hurry up *dépêchez-vous*
hurt, hurt, hurt *faire mal* ; hurt somebody's feelings *blesser qqn*
husband *mari*

I

I *je*
ice *glace* ; black ice *verglas*
idea *idée*
if *si* (condition)
ignition *allumage*
ignore *ne pas faire attention à*
immensely *immensément*
important *important*
impressed *impressionné*
impressive *impressionnant*
in *dans* ; she's not in *elle n'est pas chez elle*
inch (pl. inches) *pouce* (= 2,5 cm)
incident *incident*
include *inclure, comprendre*
increase *augmentation, accroissement*
incredible *incroyable*
Indian *Indien*
indeed *en fait, en vérité*
inevitable *inévitable*
infection *épidémie*
influence *influencer*
information *renseignements*
inner *interne*
innings *manche* (au cricket)
innocent *innocent*
instrument *instrument*
intelligent *intelligent*
interest *intérêt*
interested (in) *intéressé (à)*
interesting *intéressant*
interfere *se mêler de ; intervenir*
interrupt *interrompre*
interval *entracte*
into *dans*
introduce *présenter*
invitation *invitation*
invite *inviter*
involve *impliquer*
Ireland *Irlande*
Irish *Irlandais ; l'irlandais* (langue) ; the Irish sea *la mer d'Irlande*
island *île*
isolated *isolé*
issue *problème, question*
it *il, elle* (animal ou objet)
Italian (a.) *italien* Italian (n.) *l'italien* (langue) ; *un Italien*

J

jacket *veste*
jam *confiture*
Japan *Japon*
jazz *jazz*
jealous *jaloux*
jelly *gelée* (de fruits)
jet-lag *décalage horaire*
jewel *bijou*
job *emploi, travail*
join *se joindre à, rallier*
joke *plaisanter*
journey *voyage*
juice *jus*
July *juillet*
jumper *pull-over*
junction *nœud autoroutier*
June *juin*
junk *bric-à-brac*
just *tout simplement ; à peine*

justification *justification*
justify *justifier*

K

keen *intéressé, attiré*
keep, kept, kept *garder, conserver ;* (– + v. -ing) *ne pas arrêter de*
keeps, for keeps *pour de bon*
kettle *bouilloire*
key *clé*
keyboard *clavier*
kick *donner un coup de pied*
kid *gosse*
kidney *rein, rognon*
kill *tuer*
killing *qui fait très mal*
kind *sorte, espèce*
kinda (= kind of) *pour ainsi dire* (fam.)
king *roi*
kiss (v.) *embrasser*
kiss (n.) *baiser, bisou*
kitchen *cuisine*
knee *genou*
knife (pl. knives) *couteau*
knock *frapper* (à la porte)
knock down *assommer*
know, knew, known *connaître, savoir*
knowledge *le savoir*
knowledgeable *calé, qui en sait beaucoup*
known *voir* know ; well-known *célèbre*

L

lager *bière blonde*
land *terre* (par opposition à mer) ; *pays*
landlady *patronne, propriétaire*
landlord *patron, propriétaire*
lane *chemin ; voie* (autoroute)
language *langue* (parlée)
last (v.) *durer*
last *dernier*
late *tard, en retard*
lately *récemment*
latest *dernier en date ;* at the latest *au plus tard*
laugh (v.) *rire*
launderette *laverie*
lawful *légal*
lawn *pelouse, gazon*
lawyer *avocat*
layer *couche*
lazy *paresseux*
lead, led, led *conduire, mener*
leaf (pl. leaves) *feuille*
leak *fuite* (tuyau)
learn, learnt, learnt *apprendre*
least *moins ; moindre ;* at least *au moins*
leather *cuir*
leave, left, left *partir, quitter, laisser*
left (n., adj.) *gauche*
leisure *loisir*
lemon *citron*
lemonade *limonade*
lend, lent, lent *prêter*
length *longueur*
let, let, let *laisser, permettre*
let's go *partons*
letter *lettre*
letter box *boîte aux lettres*
lettering *caractères, écriture*
library *bibliothèque*
licence *licence, permis ;* driving licence *permis de conduire*
lid *couvercle*
lie, lay, lain *être étendu ;* lie down *se coucher*
life *vie*
life-boat *canot de sauvetage*
life-buoy *bouée de sauvetage*
lift *ascenseur ;* give sbdy a lift *prendre qqn en voiture*
light (adj.) *léger*
light (n.) *lumière ; feu* (pour cigarette)
like *comme*
like (v.) *aimer ; vouloir*

likely (to) *susceptible (de)*
line *ligne*
lining *bordure*
lion *lion*
lip *lèvre*
list *liste*
listen (to) *écouter* (qqn ou qqch)
litter *détritus, papiers*
little *petit*
live *habiter ; vivre*
living room *salle de séjour*
load *chargement ;* loads of *des tas de*
loaf *pain*
local *de l'endroit, du coin*
lock (v.) *fermer à clé*
lock (n.) *serrure*
lodge *loger*
loft *grenier*
log *bûche, souche*
logical *logique*
long *long*
look after *s'occuper de*
look (at) *regarder* (qqch)
look for *chercher*
look like *ressembler à*
look forward to (+ v. -ing) *attendre avec impatience*
look out! *attention !*
look over *inspecter*
look (n.) *regard, coup d'œil ; apparence*
loose *qui n'est pas bien fixé, attaché*
looting *pillage*
lorry *camion*
lose, lost, lost *perdre*
lost *voir* lose
lots of *beaucoup de*
loud *fort* (son)
loudspeaker *haut-parleur*
lounge *salon*
love (v.) *aimer, adorer*
love (n.) *amour*
lovely *charmant (e) ; splendide ; magnifique*
luck *chance ;* hard luck *pas de chance*
lucky *chanceux*
luggage *bagages*
lump *morceau* (sucre, charbon)
lunch *déjeuner*
lung *poumon*

M

madam *madame*
magazine *magazine*
mail *courrier ;* air mail *courrier aérien*
mail box (Am) *boîte aux lettres*
main *principal*
major *important*
maim *mutiler*
make, made, made *faire ; rendre* (+ adj.)
make it *réussir qqch*
mall *allée*
man (pl. men) *homme*
manage *diriger ; se débrouiller*
manager *directeur*
mane *crinière*
manual *manuel*
many *beaucoup*
map *carte* (routière)
marathon *marathon*
mark *marquer*
marmelade *confiture d'orange*
married *marié ;* get married *se marier*
marvellous *formidable, merveilleux*
match *aller ensemble, s'accorder*
match *partie* (football, etc.)
mate *pote, copain*
matter (v.) *avoir de l'importance*
matter (n.) *sujet ;* what's the matter (with) *qu'est-ce qui se passe ?, qu'est-ce qui ne va pas ? ;* nor… for that matter *ni… d'ailleurs ;* as a matter of fact *en fait*
matter-of-fact *terre à terre, réaliste*

May *mai*
may, might, I may *j'ai la permission de ; il se peut que je...*
maybe *peut-être*
meadow *pré*
meal *repas*
mean, meant, meant *vouloir dire, signifier*
meat *viande*
medicine *remède*
meet, met, met *rencontrer*
meeting *réunion*
megalithic *mégalithique*
members *membres*
mend *réparer*
menu *menu*
meringue *meringue*
merry *joyeux ; éméché* ; Merry Christmas *Joyeux Noël*
mid- *mi-* ; mid-January *mi-janvier*
midday *midi*
middle *milieu*
midnight *minuit*
mile *mile* (unité de mesure)
milk *lait*
milkman *laitier*
mince *hacher*
mind (v.) *se soucier* ; I don't mind (+ v. -ing) *ça m'est égal (de)* ; mind your own business *occupe-toi de tes affaires*
mind (n.) *esprit* ; make up your mind *décidez-vous*
mine *mien, mienne, à moi*
minus *moins*
mirror *miroir*
miss *manquer*
miss (n.) *coup manqué, perdu* ; give something a miss *faire l'impasse sur qqch*
mist *brume*
mistletoe *gui*
model car *modèle réduit*
moment *moment*
Monday *lundi*
money *argent* (avec lequel on paie)
month *mois*
monument *monument*
more *plus, davantage*
more or less *plus ou moins*
morning *matin*
moss *mousse*
most *la plupart*
mother *mère*
mother-in-law *belle-mère*
motorbike *moto*
motorway *autoroute*
mouth *bouche*
move *déplacer, déménager* ; move in *emménager*
mud *boue*
mum, mummy *maman*
museum *musée*
music *musique*
musical *musical*
musical comedy *comédie musicale*
musician *musicien*
must (1) : I must *je dois, il faut que je*
must (2) : it must be late *il doit se faire tard*
must (n.) : it's a must *c'est qqch à voir absolument*
my *mon, ma, mes*
myself *moi-même*

N

name (n.) *nom*
name (v.) *nommer*
nap *court sommeil, sieste*
near *près de*
nearly *presque*
neat *propre, bien fait* (Br.) ; *magnifique, chouette* (Am.)
necklace *collier*
need (n.) *besoin*

need (v.) *avoir besoin de*
needle *aiguille*
neglect *négliger*
neighbour *voisin*
neither *ni*
nephew *neveu*
never *jamais, ne… jamais*
never mind *ça ne fait rien*
new *nouveau, neuf*
news (the…) *les nouvelles* (radio, etc.)
New Year *Nouvel An*
New Zealand *Nouvelle-Zélande*
next *prochain* ; next door *d'à côté* ; next to *proche, à côté de*
nice *joli, beau*
nickname *surnom*
night *nuit*
nightmare *cauchemar*
nine *neuf*
nineteen *dix-neuf*
ninety *quatre-vingt-dix*
ninth *neuvième*
Noah's Ark *Arche de Noé*
nobody *personne*
noise *bruit*
noisy *bruyant*
non-smoker *non-fumeur*
non-smoking *interdiction de fumer*
normal *normal(e)*
north (the…) *le nord*
nose *nez*
not at all *pas du tout*
note (bank…) *billet de banque ; note écrite* : make a note *prendre note*
nothing *rien*
notice (n.) *note, préavis*
notice (v.) *remarquer*
notoriously *de façon notoire*
novel *roman*
novelist *romancier*
November *novembre*
now *maintenant*
now then *voyons, eh bien*
numb *engourdi*
number *nombre*
nurse *infirmière*

O

oak *chêne*
obvious *évident*
occur *arriver, se passer*
October *octobre*
off ; she's off *elle a congé*
offer (n.) *offre* ; (v.) *offrir*
office *bureau*
often *souvent*
oil *huile*
old *vieux, vieille*
old-fashioned *démodé, vieux jeu*
once *une fois*
one *un*
one-way street *sens unique*
only *seulement, ne… que* ; only child *enfant unique*
open (v.) *ouvrir*
open (adj.) *ouvert*
operation *opération*
operator *standardiste*
opinion *opinion*
opportunity *occasion ; chance*
opposite *en face*
orange *orange*
orbital *périphérique*
order *commander* (au restaurant)
organist *organiste*
organize *organiser*
original *original*
originally *à l'origine*
ornament *décoration*
other *autre*
otherwise *sinon*
ought to ; I ought to *je devrais*
our *notre*

ours *le, la, les nôtre(s)*
ourselves *nous-mêmes*
outbreak *explosion, accès*
outfit *ensemble* (vêtement)
outlook *prévisions*
out of order *en panne*
outside *à l'extérieur*
over there *là-bas* ; be over *être passé, terminé*
overflow *déborder*
owe *devoir* (argent)
own (qui appartient en) *propre, personnel*

P

pack *emballer*
pain *douleur* ; (fig.) *plaie*
painting *tableau* (peinture)
pair *paire*
palace *palais* (édifice)
pale *pâle*
panel *jury, invités sur le plateau* (télé, radio)
panic *désarroi*
panto *pantomime*
paper (1) *papier*
paper (2) *journal*
paralysed *paralysé*
parcel *colis*
pardon *pardon*
parents *parents* (père et mère)
park *parc*
parliament *parlement*
part *se séparer*
part (n.) *partie* (par opposition à l'ensemble)
participant *participant*
particular *spécial, particulier*
particularly *particulièrement*
partner *partenaire*
party *fête* ; *réception*
pass *passer*
passenger *voyageur*
passport *passeport*
past *le passé*
pay, paid, paid *payer*
pea *petit pois*
peace *paix*
penalty *peine* ; *coup franc, pénalty* (sport)
people (+ pl.) *gens*
per cent *pour cent*
perfect *parfait*
performance *représentation*
perhaps *peut-être*
period *période*
person *personne*
personally *personnellement*
petrol *essence*
phone *téléphone*
phone card *carte de téléphone, télécarte*
photo *photographie*
photographer *photographe*
piano *piano*
pick up *ramasser, aller chercher qqn* ; *prendre dans ses bras*
pickles *oignons (choux-fleurs, cornichons, etc.) au vinaigre*
picnic *pique-nique*
picture *image*
pie *pâté en croûte*
pin *épingler*
pine *pin*
pink *rose*
pint *pinte* (un peu plus d'un 1/2 litre)
piper *joueur de cornemuse*
place *endroit*
plain *ordinaire, laid*
plan *projeter, envisager de*
plane *avion*
plants *plantes*
plastic *plastique*
plate *assiette*
platform *quai* (gare)
play (v.) *jouer*

play (n.) *pièce de théâtre*
play group *halte-garderie, maternelle, crèche*
playwright *auteur dramatique*
plead *plaider*
pleasant *agréable*
please *s'il vous (te) plaît*
pleased *content*
pleasure *plaisir*
plenty of *largement suffisant, beaucoup*
ploughman *laboureur*
plus *plus*
point : that's not the point *là n'est pas la question*
police station *commissariat*
politics *la politique*
politician *homme politique*
poor *pauvre*
pop in *passer rapidement, en coup de vent*
poppet (n.) *mignon, petit chou*
poppy *coquelicot*
port *porto*
porter *porteur*
posh *bien, rupin*
position *situation*
possible *possible*
possibly *vraisemblablement*
possibility *possibilité*
postcard *carte postale*
postman *facteur*
post office *bureau de poste*
pot (pour tea-pot) *théière*
potato *pomme de terre* ; roast potatoes *pommes de terre au four*
pound *livre sterling*
pour down *pleuvoir à verse*
power *pouvoir ; puissance*
practise *entraînement ; pratique*
precinct *lieux* ; shopping precinct *galerie marchande*
prefer *préférer*
prescription *ordonnance*
present *cadeau*
pretty (adj.) *beau, belle*
pretty (adv.) *plutôt, assez*
previous *précédent* (adj.)
price *prix*
primary *primaire*
Prime Minister *Premier ministre*
printout *copie* (par l'imprimante)
prison *prison*
probably *probablement*
problem *problème*
produce *produire*
promise *promettre*
properly *convenablement, bien*
proposal *proposition*
propose *proposer, envisager de*
provide *procurer, fournir*
pull *tirer*
pump *pomper*
purpose *intention* ; on purpose *exprès*
purse *porte-monnaie*
put, put, put *placer, poser*
put away *ranger*
put down *poser*
put off *remettre à plus tard*
put on *mettre* (des vêtements)
put oneself out *se donner du mal, faire un sacrifice*
put out *éteindre*
put through *mettre en communication* (téléphone)
put up *héberger*
put up with *supporter, tolérer*

Q

quarrel *querelle*
quarter *quart*
queen *reine*
question *question*
quick *rapide*
quickly *rapidement*
quiet *tranquille, calme*

quite très ; assez

R

race course
radio radio
rage : it's all the rage ça fait fureur
railway chemin de fer
rain pluie
rainbow arc-en-ciel
rain-forest forêt tropicale
rank rang
rate taux, tarif ; first rate de premier ordre ; second rate de second ordre
rather plutôt ; I'd rather je préférerais
razor rasoir
react réagir
read, read, read lire
ready prêt
real (adj.) vrai
real (adv.) très
realize se rendre compte
really vraiment
reasonable raisonnable
receive recevoir
recent récent
recently récemment
reception réception (hôtel)
receptionist employé à la réception, secrétaire
recipe recette
reckon penser, supposer
recommend recommander
record disque
recover se rétablir
red rouge
referee arbitre
refuse ordures
refreshment rafraîchissement
register recommander (lettre)
rehearsal répétition
reign régner
remember se rappeler, se souvenir de
remind rappeler
rent (n.) loyer
rent (v.) louer
rental (Am. fam.) voiture de location
repent se repentir
report parler (journaliste radio)
request prier
rescue secours
rescuer sauveteur
resent éprouver du ressentiment
reservation réservation
resolution résolution
resolve décider ; résoudre
responsible (for) responsable (de)
rest (v.) se reposer
rest (n.) repos
result résultat
retire prendre sa retraite
retired retraité
return (ticket) billet aller-retour
reverse contraire ; marche arrière (voiture)
revolting révoltant
rich riche
rid ; get rid of se débarrasser
right (adj.) juste, correct, exact
right (adv.) = all right entendu, d'accord
right droite (≠ gauche) ; on the right à droite
right away tout de suite
ring, rang, rung sonner
ring up téléphoner
ring (n.) coup de fil
ring (n.) bague
riot émeute
rise, rose, risen se lever
road route
roadworks travaux (de voierie) ;
roadworks ahead attention travaux
roast rôtir ; faire cuire au four
rock balancer
rod bâton, baguette
role rôle

roll (v.) *rouler*
roll (n.) *petit pain*
roof *toit*
room *pièce, chambre*
rota *tour de rôle*
rough *agitée* (mer)
round *autour*
roundabout *rond-point*
row *rangée*
royal *royal*
RSPCA *SPA (Société protectrice des animaux)*
rude *grossier*
ruin *ruiner*
rule *règle, règlement*
rule out *exclure*
run, ran, run *courir* ; in the long run *à la longue*
running (n. + -) *d'affilée*
rush *se précipiter*

S

sack, get the sack (fam.) *être renvoyé*
safe *en sécurité ; sûr*
sail *lever l'ancre*
salad *salade*
sale *vente*
Sally Army *Armée du Salut*
salve *apaiser*
same (the...) *(un, le, les) même(s)*
sand *sable*
Saturday *samedi*
sausage *saucisse*
save (v.) *sauver ; épargner*
savoury *salé*
saw *voir* see
say, said, said *dire*
scatter *éparpiller*
school *école*
scissors *ciseaux*
score (n.) *score*
score (v.) *marquer* (but)
Scotland *l'Écosse*
Scottish *écossais*
scrambled eggs *œufs brouillés*
screen *écran*
second *second*
sea *mer*
seagull *mouette*
season *saison*
seat *place, siège*
second (v.) *soutenir* (proposition)
secretary *secrétaire*
security *sécurité*
see, saw, seen *voir*
seem *paraître, sembler*
self-centred *égocentrique*
selfish *égoïste*
sell, sold, sold *vendre*
send, sent, sent *envoyer*
sentence (v.) *condamner*
sentence (n.) *peine, condamnation*
series *série*
serious *grave*
seriously *gravement*
serve : serves him right *bien fait pour lui*
set *ensemble* ; music set *ensemble d'instruments de musique*
set out *se mettre en route*
set up *mettre sur pied, installer*
settle down *s'installer*
seven *sept*
seventeen *dix-sept*
seventeenth *dix-septième*
seventh *septième*
seventy *soixante-dix*
several *plusieurs*
severe *important*
sew, sewed, sewn *coudre*
sewing *couture*
shame *honte* ; what a shame *quel dommage, quelle honte*
shampoo *shampooing*
shamrock *trèfle*

shape *forme*
share *partager*
sharp *acéré, aiguisé*
shave *se raser*
she *elle*
shed *cabane, abri*
shed (v.) *verser ; perdre* (feuilles)
sheep *mouton(s)*
sheet *drap*
sherry *vin de Jerez*
shift *équipe* (d'ouvriers)
shirt *chemise*
skirt *jupe*
shock *choc (émotion)*
shoe *chaussure*
shop *magasin, boutique*
shopping *courses, achats*
shopping mall *galerie marchande*
shore *rivage*
short *court ; petit*
should ; I should *je devrais*
shout *crier, hurler*
show, showed, shown *montrer*
shower *douche ; averse*
shut up *se taire*
shy *timide*
sick *malade* ; I'm sick of *j'en ai assez de*
side *côté*
sight *monument à visiter*
sights *monuments*
sightsee *visiter en touriste*
sightseeing *visite des monuments*
sign (v.) *signer*
sign (n.) *pancarte, écriteau*
signpost (v.) *indiquer* (par un panneau)
silver *argent* (métal)
since *depuis*
sing, sang, sung *chanter*
singer *chanteur*
single (adj.) *seul ;* single room *chambre à un lit*
single (n.) *billet aller simple*
sir *monsieur* (employé seul)
sister *sœur*
sit, sat, sat *être assis*
sit down *s'asseoir*
sixteen *seize*
sixty *soixante*
size *taille*
skim *écrémer ;* skimmed milk *lait écrémé*
skin *peau*
skip *sauter*
slam *claquer* (porte)
slate *ardoise*
sleep, slept, slept *dormir*
sleeve *manche*
slight *léger*
slim *mince*
slip *faux pas, maladresse*
slow down *ralentir*
small *petit*
smart *élégant*
smell, smelt, smelt *sentir, avoir une odeur*
smoke (v.) *fumer*
smoke (n.) *fumée*
sneeze *éternuer*
snore *ronfler*
snow *neige*
soak *tremper*
sociable *sociable*
society *société*
socks *chaussettes*
sofa *divan*
soft-boiled egg *œuf à la coque*
sole *semelle*
someone *quelqu'un*
something *quelque chose*
sometime *un de ces jours*
sometimes *quelquefois*
somewhere *quelque part*
son *fils*
song *chanson*
son-in-law *gendre*
soon *bientôt*

so on and so on… *etc.*
sorry *désolé*
sort out *trier, ranger*
sound (v.) *avoir l'air* (à l'ouïe)
soup *soupe*
South *sud*
southbound *se dirigeant vers le sud*
space *espace*
Spanish *(l')espagnol*
sparklers *chandelles magiques*
spare (v.) *épargner*
spare (adj.) *de secours* ; spare tyre *roue de secours*
speak, spoke, spoken *parler*
special *spécial*
speed *vitesse* ; speed limit *limitation de vitesse*
spell *épeler*
spend, spent, spent *passer* (temps) ; *dépenser*
spice *épice*
spill, spilt, spilt *renverser, répandre*
spirit *l'esprit*
spoil *gâter, gâcher*
sponsor *sponsoriser*
spoon *cuillère* ; teaspoon *cuillère à café*
sports centre *centre sportif*
spring (v.), sprang, sprung *sauter*
spring (n.) *printemps*
squash *squash* (sport)
squire *sire* ; (fam.) *chef, patron*
staff *personnel*
stag *cerf mâle* ; stag party *fête pour enterrer sa vie de garçon*
stage *stade, période de la vie* ; *scène* (théâtre)
stain *tache*
stamp *timbre*
stand, stood, stood (1) *être debout, se dresser*
stand (2) *supporter* ; I can't stand him *je ne peux pas le supporter*
staple *agrafe*
star *étoile*
start (v.) *commencer*
start (n.) *départ* ; for a start *pour commencer, d'abord*
statement *déclaration*
States (the –) *les États-Unis*
station *gare*
stay (v.) *séjourner, rester*
stay (n.) *séjour*
steak *steak*
steam *vapeur*
step *pas* ; *marche* (d'escalier)
stepladder *escabeau*
stick, stuck, stuck *coller* ; get stuck *être coincé* (embouteillage)
stick (n.) *bâton, levier* ; gear stick *levier de vitesses*
stiff *sévère, dur*
still *encore* ; *cependant, pourtant*
stockings *bas*
stomach *estomac*
stone *pierre*
stop (n.) *arrêt* (d'autobus…)
storage *rangement*
storm *orage* ; *tempête*
story *histoire* ; detective story *roman policier*
straight *droit* ; straight on *tout droit* ; *raide*
street *rue*
stretch *étaler* ; stretch out *s'étirer, s'étaler, s'étendre*
strike *grève*
stripe *rayure*
stuck *voir* stick
stuff *trucs, bricoles*
stupid *stupide*
style *style*
successful *qui a réussi dans la vie* ; *réussi*
such *tel*
suffer *souffrir, supporter*

sugar *sucre*
suggest *suggérer*
suit (n.) *costume*
suit (v.) *aller bien* (vêtement)
suitable *approprié, convenable*
suitcase *valise*
summer *été*
sun *soleil*
sunbathe *prendre un bain de soleil*
Sunday *dimanche*
sunny *ensoleillé*
suppose *supposer*
sure *sûr(e)*
surely *sûrement*
surname *nom de famille*
surprising *étonnant, surprenant*
survive *survivre*
suspicious *méfiant, soupçonneux*
swear *jurer*
sweat *sueur*
sweet *doux, gentil ; sucré*
swim, swam, swum *nager*
swimming *natation*
swimming cap *bonnet de bain*
swimming costume *maillot de bain*
swimming pool *piscine*
switch *bouton* (de commande)
sympathise *compatir*

T

table *table*
tablecloth *nappe*
tactful *prudent*
tail *queue*
tailback *file d'attente, retenue, bouchon* (dans embouteillage)
take, took, taken *prendre ;* (– to) *amener, conduire*
take-away (n.) *plat à emporter*
take off *décoller* (avion) ; *partir*
take part *participer*
talk (v.) *parler, discuter*
talk (n.) *conversation*
tall *grand* (taille)
tank *réservoir*
tape *enregistrer* (magnétoscope)
taste *goût*
taught *voir* teach
tea *thé*
teabag *sachet de thé*
teach, taught, taught *enseigner*
teacher *professeur*
teapot *théière*
teddy bear *ours en peluche*
teeth (v.) *faire ses dents* (bébé)
tell, told, told *dire, raconter*
telly *télé*
temperature *température*
ten *dix*
tenth *dixième*
tend *avoir plutôt tendance à*
terrible *terrible*
terribly *terriblement*
thank *remercier*
thanks *merci ; remerciements*
that *ce, cet, cette ; cela*
them *les* (pronom complément)
themselves *eux-mêmes, elles-mêmes*
then *alors ; à cette époque-là*
there + be *il y a*
there *là*
these *ces ; ceux-ci, celles-ci*
they (pronom sujet) *ils, elles*
thick *épais*
thin *mince*
thing *chose, objet*
think, thought, thought *penser*
third *troisième*
thirteen *treize*
thirty *trente*
this *ce, cet, cette ; ceci*
though *pourtant, cependant*
thought *voir* think
thousand *mille*

three *trois*
through *à travers*
throughout *d'un bout à l'autre*
throw-away bottle *bouteille jetable*
Thursday *jeudi*
tide *marée*
tight *qui serre*
till *jusqu'à*
time *temps ; heure ; horaire* ; in time *à temps*
times *fois*
tin *boîte en fer-blanc, boîte de conserve*
tip *décharge publique*
tire (Am.) *pneu*
tired *fatigué*
toast *pain grillé*
today *aujourd'hui*
together *ensemble*
toilet *toilettes*
told *voir* tell
tomato *tomate*
tomorrow *demain*
ton *tonne*
tonight *ce soir*
too *trop ; aussi*
too many + n. pl. *trop*
too much + n. sing. *trop*
tooth (pl. teeth) *dent*
toothache *mal, rage de dents*
toothbrush *brosse à dents*
toothpaste *dentifrice*
top (n.) *haut* ; on top of that *en plus*
topped *surmonté*
torch *lampe de poche*
touch (v.) *toucher*
touch (n.) *contact* ; be in touch with *être en contact avec*
touchy *susceptible*
tour *voyage* ; guided tour *voyage organisé*
tour around *parcourir, visiter une région*
towel *serviette de toilette*
tower *tour* (construction)
town *ville*
Town Hall *mairie*
toy *jouet*
tradition *tradition*
traditional *traditionnel*
traffic *circulation*
traffic jam *embouteillage*
traffic lights *feux de circulation*
train *s'entraîner*
training *entraînement* (sport)
travel *voyage* ; travel agency *agence de voyages*
tray *plateau*
treaty *traité*
tree *arbre*
trial *essai*
trimmings *légumes, sauce, etc. accompagnant une viande*
trip *voyage*
trolley *chariot* (gare ou magasin)
trouble *difficulté, ennui*
true *vrai* ; come true *se réaliser*
try (v.) *essayer* ; try on *essayer un vêtement*
try (n.) essai (rugby)
Tuesday *mardi*
tune *air* (de musique)
turkey *dinde*
turn (v.) *tourner*
turn (n.) : good turn *service, bienfait*
turn down *baisser* (température ou volume)
turn up *monter, augmenter* (température d'un appareil)
T.V. *télé*
twelve *douze*
twenty *vingt*
twice *deux fois*
twin *jumeau*
two *deux*
type *type, sorte*
typical *typique*

typically *typiquement*
tyre *pneu* ; Am. : tire

U

ugly *laid*
umbrella *parapluie*
umpire *arbitre*
unable *incapable*
uncle *oncle*
under *sous*
underneath *sous*
under way *en marche, en train*
undress *(se) déshabiller*
unfortunately *malheureusement*
Union Jack *drapeau britannique*
unlawful *illégal*
unleaded *sans plomb*
until *jusqu'à (ce que)* ; not until *pas avant*
upstairs *en haut* (des escaliers)
up-to-date *à la mode, au goût du jour*
us *nous* (complément)
used (to) *habitué (à)*
usual *habituel*
usually *d'habitude*

V

vacation (Am.) *vacances*
van *camionnette*
vary *varier* ; it varies *ça dépend*
vase *vase*
vegetable *légume*
venture *risquer ; s'aventurer*
very *très*
vicar *pasteur* (anglican)
violence *violence*
violent *violent*
visit (n.) *visite*
visit (v.) *visiter*
vital *vital*
volunteer *volontaire*
vote (v.) *voter*

W

wait *attendre*
waiter *garçon* (café)
waiting room *salle d'attente*
wake up *se réveiller ; réveiller*
Wales *pays de Galles*
walk (n.) *promenade*
walk (v.) *marcher, aller à pied*
wall *mur*
wallet *portefeuille*
wanna (fam.) = want to
want *vouloir*
war *guerre*
wardrobe *armoire, garderobe*
warm *chaud*
warn *avertir*
washing machine *machine à laver*
waste *gaspiller*
watch (v.) *regarder*
watch out *faire attention*
water *eau*
wave *vague*
way *chemin* ; by the way *à propos*
we *nous*
weak *faible*
wealthy *riche*
wear, wore, worn *porter* (un vêtement)
weather *temps* (météo)
wedding *mariage* ; wedding-ring *alliance* (bague)
Wednesday *mercredi*
week *semaine*
weigh *peser*
welcome *bienvenu(e)* ; you're welcome *il n'y a pas de quoi*
well *bien* ; . . . as well *aussi*
well done *bien fait, bien joué*
well-known *célèbre*
Welsh *Gallois ; le gallois* (langue)
west *ouest*
whale *baleine* ; have a whale of a time *s'amuser follement*

what about you ? *et toi (vous) ?*
what *que, quoi ; ce que*
what… for ? *pour quoi ?*
what's the time ? *quelle heure est-il ?*
whatever *quoi que ce soit que, n'importe quoi*
when *quand*
whenever *quand* (n'importe quand)
where *où*
whether *si* (alternative)
which *qui, que ; ce qui*
while *pendant que*
whip *battre, fouetter* (œufs, crème)
whiskers *favoris*
white *blanc*
who *qui*
whole *tout, toute ; entier*
why *pourquoi ; eh bien, mais* (exprimant la stupeur)
wife *femme* (≠ mari)
willing *plein de bonne volonté*
win, won, won *gagner* (sport)
window *fenêtre*
window shopping *lèche-vitrine*
windscreen (Br) *pare-brise*
windshield (Am) *pare-brise*
wine *(le, du) vin*
winter *hiver*
wiper *essuie-glace*
wise (adj. et n.) *sage*
wit *esprit*
witch *sorcière*
with *avec*
without *sans*
witty *spirituel, drôle*
woman *femme* (≠ homme)
wonder *se demander*
wonderful *magnifique*
wooden *en bois*
word *mot*
work (n.) *travail*
work (v.) *travailler ; fonctionner, marcher* (appareil)
world *monde*
worm *ver de terre*
worn out *usé*
worry *s'inquiéter*
worst *pire*
worthless *sans valeur*
wrap *envelopper, emballer ;* wrapping paper *papier d'emballage*
write, wrote, written *écrire*
writer *écrivain*
wrong *mauvais, faux*

Y

yawn *bâiller*
yeah *ouais*
year *an, année*
yellow *jaune*
yesterday *hier*
yet *cependant ;* not… yet *pas encore*
young *jeune*
your *ton, ta, tes, votre, vos*
yourself *toi-même, vous-même*
yourselves *vous-mêmes*

Lexique français-anglais

A

abandonner give up
absolument absolutely
accepter accept
accident accident
accidentellement accidently
accord agreement ; *être d'accord* agree
accrocher hang
acheter buy
action act
activité activity
admettre admit
adorer love
adresse address
adroit clever
adulte adult
aérien, courrier aérien air mail
aérobic aerobics
aéroport airport
affaire, bonne affaire bargain ; *les affaires* business
affecter affect
affilée (d'–) running
affreux awful
âge age ; *quel âge avez-vous ?* how old are you ?
agence agency ; *agence de voyages* travel agency
agité(e) (mer) rough
aide help
aider help
aiguille needle
aiguisé sharp
aimer like ; love ; enjoy
aîné eldest
air conditionné air-conditioning
allée mall
allemand German
aller go ; *aller bien (vêtement)* suit ; *aller ensemble* match ; *aller-retour* return ticket
alliance wedding ring
allumage ignition
alors then
américain American
Amérique America
amusant amusing, funny ; *c'est amusant* it's fun
ancêtre forefather
ancien ancient
anglais English (adj.) ; Englishman (n.)
Angleterre England
animal animal
année year
anniversaire birthday
annoncer announce
annuaire directory
annuler cancel
antibiotiques antibiotics
août August
apaiser salve
apparemment apparently
appartement flat
appartenir belong
appel (faire –) appeal
appeler call
appétit appetite
applaudissements applause
apporter bring
apprécier appreciate ; enjoy
apprendre learn
approcher approach ; come nearer
approprié suitable
après after
après-midi afternoon
arbitre referee ; *(cricket, tennis)* umpire
arbre tree
ardoise slate
argent money ; *argent liquide* cash ; *(métal)* silver
Armée du Salut Sally Army, Salvation Army

armoire cupboard
arrêter stop ; *ne pas arrêter de* keep on + -ing
arrivée arrival
arriver arrive ; happen ; occur
artifice (feu d'–) fireworks
artificiel artificial
ascenseur lift (Br.) ; elevator (Am.)
aspirine aspirin
asseoir (s'–) sit down ; *être assis* sit, be sitting
assez enough ; *j'en ai assez de* I'm sick of
assiette plate
assister attend
assommant boring
assommer knock down
assorti co-ordinated
assurer assure
attendre wait ; *s'attendre (à ce que)* expect ; *attendre avec impatience* look forward to
attendu (train, avion... etc.) due
attention (ne pas faire –) ignore
attirant attractive
attrait attraction
attraper catch
aube dawn
aujourd'hui today
auparavant before
aussi too ; also ; as well
aussi... que as... as
australien Australian
auteur author ; *auteur dramatique* playwright
autobus bus ; *arrêt d'autobus* bus-stop ; *autobus à deux étages* double-decker
automatique (répondeur –) answering machine
automne autumn
autoroute motorway
autour around ; round
autre other ; else ; *quoi d'autre* what else
avance advance ; *avance (en –)* early
avantage advantage
avec with
avenir future
averse shower
avertir warn
aveugle blind
avion plane
avocat lawyer
avoir have ; have got
avril April

B

bagages cases ; suitcases, luggage
bague ring
baguette rod
baignoire bath
bâiller yawn
bain bath ; *salle de bains* bathroom
baiser kiss
baisser turn down
balancer rock
baleine whale
barbe beard
barrer cross off
bas stocking
bataille battle
bateau boat
bâton stick
battre beat ; *(œufs, crème)* whip
bavarder chat ; gossip
beau beautiful ; fine ; nice ; good-looking ; handsome, pretty
beaucoup a lot, lots of, much, many, a great deal of
bébé baby
besoin need ; *avoir besoin* need
beurre butter
beurrer butter
bibliothèque library
bicyclette bicycle

bien good (n.) ; right ; *très bien* all right, OK ; well, *bien joué* well done
bienfaisance (œuvre de –) charity
bientôt soon
bienvenu welcome ; *souhaiter la bienvenue* welcome
bière beer ; *bière blonde* bitter, lager ; *bière brune*, mild
bijou jewel
billet (train, spectacle) ticket ; *(billet de banque)* (bank) note
blanc white
blesser qqn hurt sbdy's feelings
bleu blue
bœuf beef
boire drink
bois wood ; *en bois* wooden
boisson drink
boîte (en fer-blanc) tin ; box
boîte box
bon good ; *bon Dieu* good heavens ; *pour de bon* for keeps
bordure lining
bouche mouth
boucher (n.) butcher
boucle (d'oreille) ear-ring
bouclé curly
boue mud
bouée de sauvetage life-buoy
bouilloire kettle
boulanger baker
bouledogue bulldog
bourreau hangman
bourrer cram
bout : d'un bout à l'autre throughout
bouteille bottle
bouton (interrupteur) switch
bric-à-brac junk
bricole stuff
britannique British
broche brooch
brouillard fog
bruit noise
brûler burn
brûlure burn
brume mist
brun dark
bruyant noisy
bureau office
but goal

C

cabane shed
cadeau present ; gift
café (établissement) café ; *(breuvage)* coffee
calme quiet
Caméscope camcorder
camion lorry
campagne country ; countryside
canot de sauvetage life-boat
capable able
capitaine captain
caractères lettering
carnet (de timbres) book
carotte carrot
carrefour crossroads
carrément definitely
carte (de crédit) credit card ; *(routière)* map ; *(postale)* postcard
cas case ; *pour le cas où* in case ; *en tout cas* anyway
casser break
catégorie class
cathédrale cathedral
cauchemar nightmare
cave cellar
ce this ; that
célèbre famous ; well-known
cent (pour –) per cent
cent hundred
cependant yet ; still
céréales cereal
certainement certainly

ces these ; those
cesser cease
chacun everyone
chaîne (de télé) channel
chair flesh
chaise chair
chambre bedroom
champ field
chance luck ; *pas de chance* hard luck, too bad
chanceux lucky
chandelle magique sparkler
change exchange ; *taux de change* exchange rate
chanson song
chant tune ; *de Noël* carol
chanter sing
chanteur singer
chaque each, every
charbon coal
chariot trolley
charmant charming ; lovely
château castle
chaud warm
chauffage heating
chauffer heat
chaussettes socks
chaussure shoe ; *grosses chaussures* brogues
chauve bald
chef (d'orchestre) conductor
chef (fam.) sire, squire
chemin (de fer) railway
chemin lane ; drive *(qui conduit au garage)*
chemin (direction) way
chemise shirt
chêne oak
cher dear ; expensive
chercher look for
chéri dear
cheval horse
cheveux hair
chocolat chocolate
choisir choose
choix choice
chose thing
chou (petit –) poppet *(terme d'affection envers un enfant)*
ci-joint enclosed
cinq five
cintre coat hanger
circulation traffic ; *circulation à contre-courant* contraflow
ciseaux scissors
citadin citizen
citron lemon
civilisé civilized
claquer (porte) slam
classique classical
clavier keyboard
clé key
clôture fence
cœur heart
coffre (voiture) boot
cognac brandy
coin corner ; *au coin de la rue* round the corner
coincé (être –) get stuck
colis parcel
coller stick
collier necklace
colline hill
colocataire flatmate
combattant (ancien) ex-serviceman
combats fighting
combien how much ; how many ; *combien de fois* how often ; *combien de temps* how long ; *depuis combien de temps* how long ago
commander order
comme like ; as (= étant donné que)
commencer begin ; start ; *pour commencer* for a start

commission charge
compagnie company
compatir sympathise
complètement completely ; fully
composer (numéro téléphone) dial ; key *(téléphone à touches)*
compositeur composer
compte (se rendre –) realize
compter count
condamner condemn ; sentence
conducteur driver
conduire drive
confirmer confirm
confiture jam ; *confiture d'orange* marmelade
conflit dispute
congé holiday
congélateur freezer
connaissance (personne) acquaintance
connu known
conscient conscious
conseiller (municipal) councillor
conseiller advise
conseils advice
conspiration conspiracy
contact (être en –) be in touch with
contacter contact
contagieux catching
continuer carry on
contrarié cross
contrôle control
contrôler check
convaincu convinced
convenable decent
convenablement properly
copain mate
copie (par imprimante) printout
coque (œuf à la –) soft-boiled egg
coquelicot poppy
cornemuse (joueur de –) piper
corps body
correct decent ; right
correspondance (trains) connection
costume suit
côté side ; *de l'autre côté* across, over there
coteau hillside
couche film
coudre sew
couleur colour
coup de fil ring
coup de pied kick
coup franc penalty
coupable guilty
couper cut ; *sectionner* cut off
couramment fluently
courir run
courrier mail ; *courrier aérien* air mail
cours course
course race ; *courses* shopping ; *aller faire les courses* go shopping
court short
couteau knife (pl. knives)
coûter cost
couture sewing
couvercle lid
couverture blanket
crème cream ; *crème anglaise* custard
crier shout
crinière mane
critiquer criticize
croire believe
croisière cruise
cuillère spoon ; *(– à café)* teaspoon
cuir leather
cuire (faire –) au four bake ; cook
cuisine kitchen

D

d'ailleurs for that matter
dames (jeu) draughts
damier board
dangereux dangerous
dans in ; into ; inside

davantage more
déballer unpack
débarrasser (se) get rid of
déborder overflow
debout (être –) stand
décalage (horaire) jet-lag
décapiter behead
décembre December
décharge publique tip
décider decide ; resolve ; (se –) décidez-vous make up your mind
déclaration statement
décoller take off
décoration ornament ; decoration
découvrir find out
défaut fault
dégât damage
déjà already
déjeuner lunch ; petit déjeuner breakfast
demain tomorrow
demander ask ; demander (se) wonder
démocratique democratic
démodé old-fashioned
dent tooth ; mal de dents toothache ; brosse à dents tooth-brush
dentifrice toothpaste
dentiste dentist
départ departure ; start
dépêcher (se) hurry ; hurry up
dépenser spend
déplacer move
déposer drop
depuis since
dernier last ; dernier en date latest
derrière behind
désaccord difference
désarroi panic
déshabiller undress
désireux anxious
désister (se) back out
désolé sorry
détritus litter
détruire destroy
deux two ; tous les deux both
devant in front of ; ahead, aller de l'avant go ahead
devoir (argent) owe ; je dois I must ; devoirs homework
devrais, je devrais I ought to ; I should
diable devil
diamant diamond
différent different
difficile difficult
difficulté trouble
dimanche Sunday
dinde turkey
dîner dinner
dire say
directeur manager
diriger manage
discuter discuss ; talk
disque record ; disque compact CD
dissiper (se) clear up
dissuasion deterrent
divan sofa
divorcé divorced
dix ten
dix-huit eighteen
dix-sept seventeen
dixième tenth
documentaire documentary
doigt finger
donner give ; – un coup de pied kick
doré golden
dormir sleep
douane customs
douche shower
douleur pain
doute doubt
douzaine dozen
douze twelve
drap sheet
drapeau flag ; drapeau britannique Union Jack

droit straight ; *tout droit* straight on
droite right
drôle funny
drôlerie fun
dur hard ; *œuf dur* hard-boiled egg
durer last

E

eau water
éboueur bin man
échecs (jeu) chess
éclore hatch
écœuré fed up
école school
écossais Scottish ; *Écossais* Scots
Écosse Scotland
écouter listen (to)
écran screen
écrémer skim ; *lait écrémé* skimmed milk
écrire write
efficace efficient
effrayé afraid ; *j'ai bien peur que* I'm afraid
église church
égocentrique self-centered
égoïste selfish
élégant smart
elle she
emballage (papier d'–) wrapping paper
emballer pack, wrap
embêtant annoying
embouteillage congestion ; traffic jam
embrasser kiss
émeute riot
emménager move in
emploi job
employé attendant
emporter carry away ; take away ; *plat à emporter* take-away
emprunter borrow
enchanté delighted
encore still ; *pas –* not… yet
encourager encourage
endroit place
enfance childhood
enfant child
enfer hell
engourdi numb
enlever (vêtements) take off
ennemi enemy
enregistrer (magnétoscope) tape
enseigner teach
ensemble (n.) *(vêtements)* outfit ; *(objets)* set
ensoleillé sunny
entendre hear
enterrement funeral
entier whole
entracte interval
entraînement practice ; *(sport)* training
entraîner (s') train
entrée entrance ; hall
entreprise firm
entrer come in
enveloppe envelope
envelopper wrap
envie (avoir –) fancy
environ about, or so
envisager propose
envoyer send
épais thick
épargner save ; spare
éparpiller scatter
épeler spell
épice spice
épidémie infection
épingler pin
épuisé exhausted
équipe shift
escabeau stepladder
escaliers stairs ; *en bas (des –)* downstairs ; *en haut (des –)* upstairs
espace space
Espagne Spain
espagnol Spanish

espérer hope
espoir hope
esprit mind ; spirit ; wit
essai trial ; *(rugby)* try
essayer (vêtement) try on
essence petrol (Br.), gas (Am.)
estomac stomach
essuie-glace wiper
étage floor
étaler stretch
États-Unis the States ; the USA
été summer
éteindre put out
étendre (s'–) extend
étendu (être –) lie
éternuer sneeze
étoile star
étonnant surprising
étranger foreigner (n.) ; foreign (adj.)
étroit (qui serre) tight
eux-mêmes themselves
évacuer evacuate
évident obvious
éviter avoid
exact right
exagérer exaggerate
excepté except
exceptionnellement exceptionally
excuse excuse ; *trouver des excuses* condone
exemple example
explosion outbreak
exposition exhibition
exprès, faire exprès do something on purpose
exprimer express
extérieur (à l'–) outside
extrêmement extremely

F

face (en –) opposite
fâché (être –) be cross with
facile easy
facteur postman
faible weak
faim hunger ; *j'ai faim* I am hungry
faire do ; make ; *faire ses dents* teeth ; *faire attention* watch out
fait fact ; *en fait* actually, indeed ; *bien – pour lui* serves him right
fantôme ghost
fatigué tired
fauché broke
faux wrong
favoris whiskers
femme woman ; *(épouse)* wife ; *femme au foyer* housewife
ferme farm
fermer shut ; close ; *– à clé* lock
festin feast
fête celebration ; party
fêter celebrate
feu fire ; *feu de joie* bonfire
feuille leaf (pl. leaves)
feux de circulation traffic lights
février February
fiancé engaged
fichu bloody
cinquante fifty
file (– d'attente de voitures) tailback
fille (par rapport à mère) daughter ; girl ; *belle-fille* daughter-in-law ; *demoiselle d'honneur* bridesmaid
fils son
fin end
finale final
finir end
fleur flower
flou fuzzy
fois times ; *une fois* once ; *deux fois* twice ; *trois fois* three times, etc.
fonctionner work
fondamentalement basically
fontaine fountain

forme shape
formidable marvellous
formulaire form
fort (bruit) loud ; *(physique)* strong
fou crazy ; mad
foule crowd
fourchette fork
fournir provide
foyer home
frais cool
français French
frapper hit ; *(à la porte)* knock
frein brake ; *mettre un frein à* curb
frère brother
frigo fridge
froid cold
fromage cheese
fumée smoke
fumer smoke
fureur, ça fait fureur it's all the rage
furieux furious

G

gâcher spoil
gagner win ; gain
gai cheerful
Galles (pays de –) Wales
gallois Welsh
garçon boy ; *(– de café)* waiter
garder keep
garderobe wardrobe
gare station
gaspiller waste
gâteau de mariage wedding cake
gauche left
gelée (sucrée) jelly ; *(froid)* frost
gendre son-in-law
généralement generally
genou knee
gens people
gentil sweet ; kind ; nice
glace ice
gosse kid
goût taste
goutte drop
gouvernement government
grand (taille) tall ; great
grand-mère grandmother ; grandma
grand-père grandfather
Grande-Bretagne Great Britain, Britain
grave serious
gravement seriously
grève strike
grogner grumble
gros fat
grossier rude
guerre war
gueule de bois hangover
gui mistletoe
guidé guided

H

habiter live
habitué used to
habituel usual
habituellement usually
hacher mince
haïr hate
hanté haunted
haricot bean ; *tige de haricot* bean-stalk
hasard chance ; *par hasard* by any chance
hâte haste
haut (n.) top ; (adj.) high
haut-parleur loudspeaker
héberger put up
hésiter hesitate
heure hour
heureux happy ; *Bonne Année* Happy New Year
hic catch
hideux hideous
hier yesterday

hindou Hindi
histoire story
histoires (faire des –) fuss
hiver winter
homme man
honte shame
hôte guest
huile oil
huit eight

I

ici here
idée idea
il y a there is, there are ; *il y a 20 ans* twenty years ago
île island
illégal unlawful
image picture
immensément immensely
immeuble block of flats
impasse, faire l'impasse sur qqch give something a miss
impliquer involve
importance, avoir de l'– matter
important major ; severe
impressionnant impressive
impressionné impressed
incapable unable
inclure include
indications directions
indien Indian
infirmier (-ière) nurse
influencer influence
informations news
inondation flooding
inquiétude concern
inspecter look over
installer (s'–) settle down
intelligent clever
intention purpose
intéressant interesting
intéressé interested (in) ; keen (on)
intérêt interest
interrompre interrupt
invitation invitation
inviter invite
irlandais Irish
Irlande Ireland
isolé isolated
Italie Italie
italien Italian
ivre drunk

J

jalousie envy
jaloux jealous
jamais never ; *à jamais* forever
jambon ham
janvier January
Japon Japan
jardin garden
jardinage gardening
jaune yellow
je I
Jerez (vin de –) sherry
jetable throw-away
jeu game
jeudi Thursday
jeune young
joindre (se –) join
joue cheek
jouer play
jouet toy
jour day ; *se mettre à jour* catch up on
journal paper ; newspaper
joyeux merry ; *Joyeux Noël* Merry Christmas
juillet July
juin June
jumeau twin
jupe skirt
jurer swear
jury panel
jus juice

jusqu'à down to ; until ; till ; as far as
juste right
justification justification
justifier justify

K

klaxon horn

L

là there
là-bas over there
laboureur ploughman
laid ugly
laisser tomber drop
lait milk
laitier milkman
langue (parlée) language
largement (= suffisant) plenty of
lave-vaisselle dishwasher
laverie launderette
le tien yours
légal lawful
léger light
légume vegetable
lettre letter ; *boîte aux lettres* letter-box, pillar box (Br.), mail box (Am.)
lever (se –) rise ; get up
lever l'ancre sail
lèvre lip
libre free
ligne line
limonade lemonade
lion lion
lire read
liste list
lit bed ; *chambre à un lit* single room
livre book ; *(sterling)* pound, £
livrer deliver
location, voiture de – rental
logement accommodation
loger lodge
logique logical
loin far
loisir leisure
Londres London
long long ; *le long de* along
longueur length
louer rent ; hire
lourd heavy
loyal fair
loyer rent
lumière light
lundi Monday
lune moon ; *lune de miel* honeymoon

M

mâcher chew
machine à laver washing-machine
maçon builder
madame madam ; *Mme* Mrs.
magasin shop
magazine magazine
magnifique wonderful
mai May
main hand ; *donner un coup de –* give a hand
maintenant now
maison house ; *fait maison* home-made
maître d'hôtel head-waiter
mal harm ; *faire –* hurt
malade (adj.) sick
malheureusement unfortunately
maman mummy, mum (Br.) ; mom (Am.)
manche sleeve ; *(cricket)* innings
Manche (La) the Channel
manchette headline
manquer miss
manteau coat
manuel manual
marathon marathon
marche (en –) under way
marché market ; *bon marché* cheap

marcher walk
mardi Tuesday
marée tide
mari husband
mariage wedding
marié (le) bridegroom ; (adj.) married ; *se marier* get married
mariée bride
marquer mark ; *(sports)* score
marraine godmother
marron brown
mars March
matin morning
mauvais bad ; wrong
médecin doctor
mégalithique megalithic
meilleur better ; *le meilleur* the best
mêler (se –) interfere
membre members
même even ; same
ménage housework
mendiant beggar
mener lead
menu menu
mer sea
merci thank you ; thanks
mercredi Wednesday
mère mother
mériter deserve
mesquin mean ; bloody-minded
mettre (vêtement) put on ; *mettre en communication* put through
meublé furnished
meubles furniture
midi midday
mien mine
mieux better ; *le mieux* the best ; *je ferais mieux* I'd better
milieu middle
mille thousand
mince thin
minuit midnight
mode (à la –) up-to-date ; fashionable
moi-même myself
moins less ; least ; *au moins* at least
mois month
moitié half
mon my
monde world
monnaie change
monsieur sir ; Mr.
monter go up ; *(température ou volume d'un appareil)* turn up
monuments sights
morceau piece ; lump
mordre bite
mort death
mot word
moto motorbike
mouette seagull
mousse moss
mouton sheep
mouvementé hectic
mur wall
musée museum
musical musical
musicien musician
musique music
mutiler maim

N

nager swim
nappe tablecloth
natale (ville –) birthplace
natation swimming
né born ; *il est né en* he was born in
négliger neglect
neige snow
nettoyer clean ; clear
neveu nephew
ni neither
n'importe où anywhere
n'importe quand any time
n'importe quel any

n'importe qui anyone, anybody
Noël Christmas, Xmas ; *veille de Noël* Christmas Eve
nœud (autoroutier) junction
noir black ; *café noir* black coffee
nom name ; *– de famille* surname ; *surnom* nickname
nombre number
non-fumeur non-smoker
nord north
note (écrite) note ; notice ; *(téléphone, etc)* bill
noter (prendre note) note ; make a note
notoire (de façon –) notoriously
notre our ; *le nôtre* ours
nourriture food
nous we ; us (pronom complément)
nous-mêmes ourselves
nouveau new ; *à nouveau* again
Nouvel An New Year
Nouvelle-Zélande New Zealand
novembre November
nuage cloud
nuageux cloudy
nuit night ; *bonne nuit* good night

O

obstruer block
occasion opportunity
occupé busy
octobre October
œil eye
œuf egg ; *œufs brouillés* scrambled eggs
offre offer
offrir offer
oiseau bird
oncle uncle
onze eleven
opération operation
opinion opinion
or gold
orage storm
orange orange
ordinaire plain
ordinateur computer
ordre, de premier – first rate ; *de second –* second rate
ordures refuse
organiser arrange, organize
organiste organist
original original
origine (à l'–) originally
os bone
où where
oublier forget
ouest west
ours bear ; *ours en peluche* teddy-bear
ouvrir open

P

pain bread ; loaf ; *(boîte à –)* breadbin ; *(petit –)* roll ; *pain grillé* toast
paire pair
paix peace
palais (édifice) palace
pâle pale
pamplemousse grapefruit
pancarte sign
panne breakdown ; *en panne* out of order ; *tomber en panne* break down
pantalon trousers
pantin Guy Fawkes
pantomime panto
papa dad, daddy
papier paper
par by
paradis heaven
paraître seem
paralysé paralysed
parapluie umbrella
parc park
parce que because
parcourir tour around
pardonner forgive

parents (père et mère) parents
paresseux lazy
parfait perfect
parier bet
parlement parliament
parler speak
partager share
partenaire partner
participant participant
participer take part
particulièrement particularly
partie (sport) game
partir leave
pas step ; *faux pas* slip
passé past ; *être passé, terminé* be over
passeport passport
passer pass ; *passer (en coup de vent)* pop in ; *passer (temps)* spend
pasteur vicar
pâté (en croûte) pie
patron boss ; landlord
patronne landlady
pauvre poor
payer pay
pays country ; land
peau skin
peine penalty ; sentence ; *à peine* hardly
pendant during ; *pendant que* while
pendule clock
penser reckon ; think ; guess
perdre lose ; *– ses feuilles* shed
perdu lost
père father
période period
périphérique (boulevard) orbital
permettre let ; allow
permis (de conduire) driving-licence
personne (n.) person
personnel staff
personnellement personally
peser weigh
pétard banger
petit little ; small
petit-fils grandson
peu little ; few ; *un peu* a little, a bit
peur fear
peut-être maybe ; perhaps
phare (voiture) headlight
pharmacien chemist
photo photo(graph) ; *appareil –* camera
photographe photographer
piano piano
pièce room ; *(théâtre)* play ; *(de monnaie)* coin
pied foot ; *à pied* on foot ; *mettre sur –* set up
pierre stone
pillage looting
pinte pint
pique-nique picnic
pire worse ; *(le –)* the worst
piscine swimming pool
placard cupboard
place (assise) seat
plafond ceiling
plage beach
plaider plead
plaindre (se) complain
plaisanter joke
plaisir pleasure
plaît, s'il vous plaît please
plantes plants
plastique plastic
plat dish ; (adj.) flat
plateau tray
plein full
pleurer cry
plomb lead ; *sans plomb* unleaded
plombage filling
plongeoir diving-board
plonger dive
pluie rain
plupart (la –) most ; most of

plusieurs several
plutôt fairly ; rather
pneu tyre (Br.) ; tire (Am.)
pois (petit –) pea
poisson fish
poitrine breast
politique (la –) politics ; *homme politique* politician
pomme apple ; *tarte aux pommes* apple pie ; *pomme de terre* potato
pomper pump
pont bridge
port harbour
portail gate
porte door
porte-monnaie purse
portefeuille wallet
porter (se) get on ; *(transporter)* carry
porter (vêtement) wear
porteur porter
porto port
poser put ; put down
possibilité possibility
possible possible
poste (bureau de –) post office
postuler apply
poteau indicateur signpost
poubelle bin
poulet chicken
poumon lung
poupée doll
pourquoi why
pourtant though ; yet
pousser grow *(plante)*
pouvoir (n.) power
pouvoir (permission) be allowed to ; *puis-je ?* may I ? *il se peut que je* I may – *(capacité)* be able to ; *je peux* I can
pré meadow
précédent previous
précipiter (se –) rush
préféré favourite
préférer prefer ; *je préférerais* I'd rather
premier first
Premier ministre Prime Minister, PM
prendre take ; *prendre dans ses bras, ramasser* pick up
prénom first name
près (de) near ; next to ; by
présider (une réunion) chair
presque almost ; nearly
prêt ready
prêter lend
prévisions (météo) outlook ; forecast
primaire primary
prime bonus
principal main
printemps spring
pris caught
prison prison
prix price ; charge
probablement probably
problème issue
prochain next
procurer (se) get
produire produce
professeur teacher
profond deep
promettre promise
propos, à propos by the way
propre clean ; neat ; *qui appartient en* – own
propreté cleanliness
propriétaire landlord (m.) ; landlady (f.)
prudent tactful
publicité advertising
pull-over jumper ; pullover

Q

quai platform
quand when ; whenever
quarante forty
quart quarter

quatorze fourteen
quatre four
quatre-vingts eighty
que, quel, quelle what ; *quelle heure est-il ?* what's the time ?
quelque chose something
quelque part somewhere
quelquefois sometimes
quelques a few, some
quelqu'un someone ; somebody
querelle quarrel
question point ; *là n'est pas la question* that's not the point
queue tail
qui who ; *ce qui* what, which
quinze fifteen ; *quinze jours* a fortnight

R

raconter tell
radio radio
rafraîchir (se) freshen up
ragoût casserole
raisins grapes
raisonnable reasonable
ralentir slow down
ramasser pick up
rang rank
rangée row
rangement storage
rapide quick ; fast
rapidement quickly
rappeler (se –) remember ; *rappeler qqch* remind
rapport dealing
raser (se –) shave
raseur bore
rasoir razor
rayon department
rayure stripe
réagir react
récemment lately ; recently
récent recent
réception (hôtel) reception ; *employé à la réception* receptionist
recette (cuisine) recipe
recevoir receive
recommander recommend
reconnaissant grateful
regard look
regarder look (at) ; watch
régime diet
règle rule
regretter (l'absence) miss
rein kidney
reine queen
remède medicine
remercier thank
remettre (à plus tard) postpone
rencontrer meet
rendez-vous appointment
renseignements information
rentrer (chez soi) come (go) home
renverser spill
renvoyé (être –) get the sack
renvoyer dismiss ; *(cricket)* bat
réparer mend
repas meal
repentir (se –) repent
répétition rehearsal
répondre answer
reportage (faire un –) report
repos rest
reposer (se –) rest
représentation performance
réservation reservation
réserver book
réservoir tank
résolution resolution
résoudre resolve ; solve
responsable responsible (for)
ressembler look like ; *(à l'ouïe)* sound like
ressentiment (éprouver du –) resent
résultat result

rétablir (se –) recover
retard (en –) late ; (n.) delay
retarder delay
retour (être de –) be back
retraite (prendre sa –) retire
retraité retired
réunion meeting
réussi successful
rêve dream
réveiller (se –) wake up
revenir come back
rêver dream
revoir, au revoir good-bye, bye
révoltant revolting
riche rich
rideau curtain
rien nothing
rire (v.) laugh
risquer risk ; venture
rivage shore
robe dress
rognon kidney
rôle role ; *(théâtre)* part ; *tour de rôle* rota
roman novel
romancier novelist
rond-point roundabout
ronfler snore
rose (couleur) pink
rosée dew
rôtir roast ; *rôti de bœuf* roast beef
rouge red
route road ; *se mettre en –* set out
royal royal
rue street
ruiner ruin
rupin posh

S

s'habiller dress
s'habituer get used to
sable sand
sac bag
sachet, sachet de thé tea bag
sain healthy
saison season
salade salad
salé savoury
salle d'attente waiting room
salle de séjour living room
samedi Saturday
sang blood
sans without
santé health
sauce gravy
saucisse sausage ; banger (fam.)
sauter (une page) skip ; *(faire un saut)* spring
sauver save
sauveteur rescuer
savoir (n.) knowledge ; (v.) know
score score
sec dry
second second
secours (n.) rescue ; *de –* spare ; *roue de secours* sparewheel
secrétaire secretary
seize sixteen
séjour stay
séjourner stay
selon according to
semaine week
semelle sole
sens, sens des aiguilles d'une montre clockwise ; *sens contraire* anticlockwise
sensationnel brilliant ; super ; wonderful ; smashing
sentir feel ; *(odorat)* smell
séparer (se –) part
sept seven
septembre September
série series
serrure lock
service good turn
serviette (de toilette) towel

servir serve
seul single
seulement only
sévère stiff
sévir crack down on
shampooing shampoo
si if ; whether
siècle century ; *depuis des siècles* for ages
siège seat
simple (aller –) single ticket
simplement just ; only
sinon otherwise
situation position
six six
sociable sociable
société society ; firm ; *Société protectrice des animaux* RSPCA
sœur sister
soin care ; *prendre soin* take care of
soir evening ; *ce soir* tonight
soixante sixty
soixante-dix seventy
soleil sun ; *prendre un bain de* – sunbathe
solution clue
sombre dark
sommeil sleep ; *court sommeil* nap
sonner ring up
sonnette doorbell
sorcière witch
sorte kind ; sort, type
sot fool
soucier (se –) mind ; bother ; care ; worry
soulever lift
soupe soup
sous under ; underneath
souvent often
spécial particular
spirituel witty
splendide gorgeous
sponsoriser sponsor
stade stage
standardiste operator
studio (petit appartement) bedsitter
stupéfier amaze
stupide stupid
succulent delicious
sucre sugar
sucré sweet
sud south ; southern (adj.) ; *se dirigeant vers le* – southbound
sueur sweat
suivre follow
supplémentaire extra
supporter (je ne peux pas le –) I can't stand him
supposer gather ; guess ; suppose
sûr safe ; sure
sûrement surely
surmonté topped
survivre survive
susceptible touchy ; *– de* likely to
svelte slim

T

table table
tache stain
taille size
taire (se –) shut up
talon heel ; *chaussures à talon* high-heeled shoes
tambour drum
tant so much, so many ; *en tant que* as
tante aunt
tard late
tasse cup
taux rate
taxi taxi ; cab (Am)
teindre dye
teint complexion
teinturier cleaner
tel such
télé telly ; box ; tube (Am)
téléphone phone ; *carte de –, télécarte* phone card

témoin (mariage) best man
température temperature
tempête storm
temps time, *tout le temps* all the time ; *(météo)* weather ; *à temps* in time
tendance (avoir – à) tend to
tenir hold
terne dull
terre earth ; land ; *terre à terre* matter-of-fact
terrible awful, terrible
terriblement terribly
tête head ; *mal de tête* headache
thé tea ; *sachet de –* teabag
théière tea-pot
thermos flask
timbre stamp
timide shy
tirer pull
tiroir drawer
toi-même yourself
toilettes toilet
toit roof
tolérer put up with
tomate tomato
ton, ta, tes your
tonne ton
tôt early
toucher touch
toujours always
toupet cheek
tour tower
tourner turn
tousser cough
tout all ; everything ; *pas du tout* not at all ; *en tout* altogether
toux cough
tradition tradition
traité treaty
traiter deal
traiteur caterer
transpirer sweat
travail work
travailler work
travaux (de voirie) roadworks
travers (à –) through ; across
traversée crossing
traverser cross
trèfle shamrock
treize thirteen
tremper soak
trente thirty
très very ; quite
trier sort out
trois three
troisième third
trop too ; too much ; too many
trouver find
tuer kill
type guy, bloke
typique typical
typiquement typically

U

un one
usé worn out

V

vacances vacation (Am.) ; holidays
vache cow
vague wave
valeur worth ; *sans valeur* worthless
valise suitcase; case
vaniteux conceited
varier vary
veille eve ; *veille de Noël* Christmas Eve
vélo bike
vendre sell
vendredi Friday
venir come ; *(visite de qqn qui n'habite pas loin)* come over

vente sale
ver de terre worm
verglas black ice
verse (pleuvoir à –) pour down
vert green
veste coat ; jacket
vêtements clothes
viande meat
vide empty
vie life
vieux old
ville city; town
vin wine
vinaigre (choux-fleurs, cornichons, oignons au –) pickles
vingt twenty
violence violence
violent violent
visage face
visite visit
visiter visit ; sightsee
vital vital
vitesse speed ; *limitation de vitesse* speed limit ; *boîte de –* gearbox ; *levier de –* gearstick
vitrine shopwindow
voie carriageway
voir see
voisin neighbour
voiture car ;
coffre de – car-boot ;
location de – car-hire ;
prendre qqn en – give sbdy a lift
voler (ailes) fly
volontaire volunteer
volonté will ;
(plein de bonne –) willing
voter vote
vouloir want ; *vouloir dire* mean
vous-mêmes yourselves
voyage journey ; trip ; travel ;
(par mer) voyage ; tour
voyageur passenger
voyons now then ; let's see
vrai real ; true
vraiment really
vraisemblablement possibly

Z

zone area

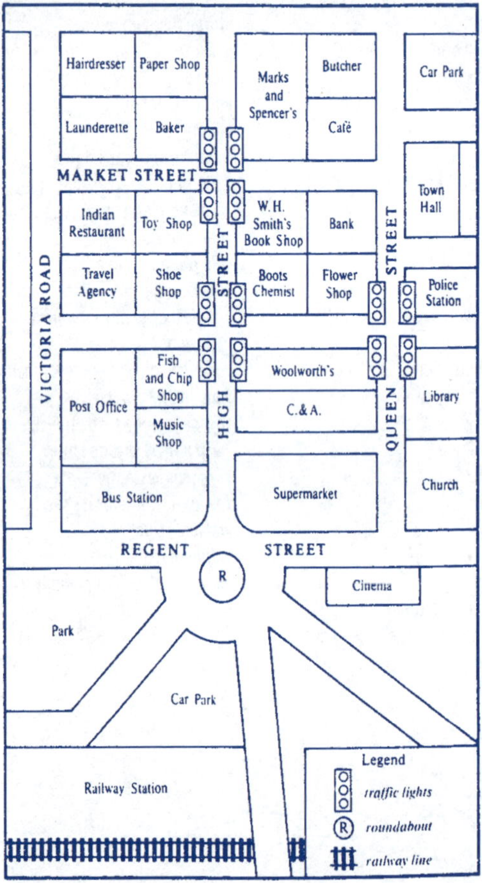

Achevé d'imprimer en janvier 2011 en France par
I.M.E.
Baume-les-Dames (Doubs)
Dépôt légal 1re publication : 1992
Dépôt légal 1re nouvelle édition : septembre 2007
Édition 05 - janvier 2011
LIBRAIRIE GÉNÉRALE FRANÇAISE – 31, rue de Fleurus – 75278 Paris Cedex 06

30/8424/1